민들레
왕조 연대기

제왕의
위엄

민들레 왕조 연대기 I

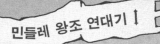

제왕의 위엄 上

켄 리우 장편소설 | 장성주 옮김

The

Grace of

Kings

황금가지

나에게 한(漢) 왕조의 위대한 영웅들을
소개해 주신 할머니께.
할머니랑 같이 들었던 오후의 라디오 드라마는
영원히 못 잊을 거예요.

그리고 나보다 먼저 다라(Dara)라는 세계를 발견한
리사에게도.

차례

만물은 하나의 하늘 아래

물고기의 예언

사슴을 쫓는 모험(상)

만물은
하나의
하늘 아래

제1장

자객

주디 현

일명천(一明天) 14년 7월

화창한 서쪽 하늘에 하얀 새 한 마리가 이따금 날개를 퍼덕이며 유유히 날고 있었다.

어쩌면 몇 킬로미터 떨어진 에르메 산맥의 깎아지른 봉우리에서 먹잇감을 찾아 날아오른 맹금인지도 몰랐다. 그러나 이날은 사냥하기에 적당한 날이 아니었다. 평소에는 맹금의 사냥터인 포린 평원의 양지 넓이 인파로 뒤덮여 있었던 것이다.

주디 성에서 뻗어 나온 널따란 도로 양편에 수천 명이나 되는 구경꾼이 늘어서 있었지만, 하늘의 맹금을 눈여겨보는 이는 아무도 없었다. 모두 황제의 행차를 구경하러 나왔기 때문이었다.

제국군의 거대한 비행함 전단이 상공에서 우아하게 대열을 바꾸며 날아가는 광경을, 구경꾼들은 경외감에 젖어 우러러보았다. 입을 헤 벌린 채 말 한마디 못하는 군중 앞으로 행진하는 육중한 전차에는 굵직한 소 힘줄이 치렁치렁 늘어진 투석기가 탑재되어 있었다. 얼음 수레에 탄 제국군 공병대가 향이 밴 물을 뿌려 코크루 북부의 뜨거운 햇볕과 먼지투성이 공기를 서늘하게 식히는 동안, 구경꾼들은 황제의 선견지명과 관대함을 칭송했다. 정복당한 티로 육국(六國)이 마지못해 바친 최고의 무용수들에게 박수와 환호가 쏟아졌다. 베일을 쓰고 빙글빙글 돌며 고혹적인 춤사위를 선보이는 파사의 무희 500명은 한때는 보아마의 왕궁에서밖에 볼 수 없었던 진풍경이었다. 코크루의 검무단 400명은 휘두르는 검에 당당한 위세와 우아한 자태를 함께 담아 번뜩이는 검광으로 국화 무늬를 그렸다. 인구가 적어서 아직 미개척지로 남은 에코피섬에서 온 코끼리 수십 마리는 위풍당당한 몸통이 칠국(七國)의 색으로 물들어 있었다. 가장 커다란 수코끼리는 다들 예상한 대로 자나의 흰 깃발을, 나머지 코끼리들은 정복당한 육국의 무지개 색 깃발을 두르고 있었다.

코끼리 떼가 끄는 이동식 무대에는 다라 제도(諸島)의 모든 섬에서 동원한 최고의 가희 200명이 타고 있었다. 자나 제국의 정복 전쟁 이전에는 결코 꾸리지 못했을 합창단이었다. 그들은 제국의 대학자 뤼고 크루포가 황제의 제도 순행을 찬양하기 위해 새로 지은 노래를 불렀다.

북쪽에는 파사,
어진 루피조 신의 눈처럼 푸르고 비옥한 땅

달콤한 비가 입맞춤하는 초원과

안개에 싸인 험준한 고원.

　이동식 무대 옆에서 행진하는 군인들은 구경 인파를 향해 조그만 노리개를 던져 주었다. 일곱 나라를 상징하는 색색의 실을 꼬아서 만든 자나풍의 장식 매듭이었다. 매듭의 모양은 저마다 '번영'과 '행운'을 뜻하는 표의 문자를 연상케 했다. 구경꾼들은 이 떠들썩한 날의 기념품을 서로 차지하려고 우르르 달려들어 옥신각신했다.

남쪽에는 성벽으로 둘러싸인 코크루,

수수밭과 논이 펼쳐진 곳

전장의 무공처럼 붉고, 고고한 라파 신처럼 하얗고,

애도하는 카나 신처럼 검은 땅.

　자기네 고향을 찬양하는 이 구절에 군중은 더욱 크게 환호했다.

서쪽에는 매혹의 섬 아무,

투투티카 신의 보석

파란 호숫가의 도시가 우아하게 빛나네.

동쪽에는 눈부신 간,

타주 신이 관장하는 상업과 도박이 번창한 곳

은혜로운 바다처럼 풍족하고

학자의 치렁치렁한 회색 예복처럼 세련됐네.

합창단 뒤에서 걷는 군인들이 높이 쳐든 비단 깃발에는 칠국의 아름답고 신비한 풍경이 수 놓여 있었다. 눈 덮인 키지산을 물들인 달빛, 동틀 녘의 투투티카 호수에서 반짝이는 물고기 떼, 늑대발섬 앞바다에서 수면 위로 도약하는 크루벤과 고래 떼, 제도(帝都) 판의 번화가를 즐거운 표정으로 오가는 행인들…… 모르는 것 없이 현명한 황제 앞에서 진지하게 정책을 논하는 문관들의 모습도.

서북쪽에는 품위 있는 하안,
철학자들이 토론하며
루소 신의 노란 거북 등딱지에
신들의 고된 길을 아로새기는 땅.
중앙에는 숲으로 둘러싸인 리마,
피소웨오 신의 칠흑 검 같은 햇살이
태고의 숲을 뚫고 대지에 얼룩지네.

가사 한 절이 끝날 때마다 군중은 합창단과 함께 후렴구를 목청껏 노래했다.

자나에, 하늘에, 천공의 지배자께
절할지어다, 절할지어다, 절할지어다
저항해서 무엇 하리, 키지 신에 맞서

승산 없는 싸움을 벌여 무엇 하리?

코크루의 군중 가운데 불과 십여 년 전 자나 제국의 침략군에 맞서 무기를 든 이가 있었다면 이 비굴한 가사에 기분이 상했을 테지만, 구시렁거리는 소리는 목이 터져라 외치는 주위 사람들의 열광적인 노랫소리에 묻혀 들리지 않았다. 최면 같은 노랫소리는 그 자체로 힘이 있었다. 그저 되풀이하기만 해도 노랫말에 무게가 실리고 더 진실해지는 것처럼.

그러나 이제껏 펼쳐진 장관만으로는 군중을 만족시키기에 턱없이 부족했다. 그들은 아직 순행의 핵심을 보지 못했던 것이다. 다름 아닌 황제를.

서쪽 하늘의 하얀 새는 미끄러지듯 날아서 순행 행렬에 가까워졌다. 새의 날개는 주디 현의 깊은 우물에서 물을 길어 올려 부호들의 저택에 공급하는 풍차의 날개만큼이나 길고 널따랬다. 흔한 독수리나 콘도르라기에는 너무나 컸다. 구경꾼 몇몇은 그 새를 올려다보며 거대한 밍겐 수리가 아닐까 하고 막연히 짐작했다. 황실의 조련사들이 군중에게 위압감을 심어 주려고 수천 킬로미터나 떨어진 루이섬의 둥우리에서 데려와 이곳에 풀어놓은 게 아닐까 하고.

하지만 변장을 하고 군중 속에 섞여 있던 제국군 정찰병은 그 하얀 새를 보고 눈살을 찌푸렸다. 이내 돌아선 그 병사는 인파를 헤치고 현지 관리들이 모여 있는 가설 감시탑으로 향했다.

기계 인간처럼 줄을 맞춰 행진하는 황실 근위대를 보며 구경꾼들의 기대는 더욱 커졌다. 단 한 쌍의 손이 조종하는 꼭두각시 인형

무리처럼, 군인들의 시선은 꼿꼿이 정면을 향했고 팔다리는 하나가 되어 척척 움직였다. 근위대의 절도 있는 모습은 앞서 지나간 무희들의 현란한 자태와 명확한 대비를 이루었다.

잠시 조용하던 군중이 환호성을 지르며 찬탄했다. 눈앞의 군대가 코크루의 군인들을 살육하고 유서 깊은 귀족 가문을 폐족으로 전락시킨 바로 그들인 것을 아랑곳하지 않는 눈치였다. 군중은 단지 구경거리를 원할 뿐이었다. 번쩍이는 갑옷과 위풍당당한 군대라면 누구든 상관없었다.

하얀 새는 이제 순행 행렬에 더욱 가까이 활공하고 있었다.

"지나갈게요! 좀 지나갈게요!"

열네 살 먹은 소년 두 명이 빽빽이 모여 선 군중 사이를 비집고 마치 사탕수수밭을 뚫고 달리는 망아지처럼 달려갔다.

앞서 달리는 소년의 이름은 쿠니 가루. 길고 뻣뻣한 흑발을 틀어 올려 묶은 모양새가 사설 학당의 학생 같았다. 몸집이 통통해 보였지만 군살 때문이 아니라 튼실한 근육 때문이었고, 팔다리도 굵직했다. 여느 코크루 남자들처럼 길고 가느다란 두 눈에는 장난기를 머금은 총기가 번득였다. 소년은 남녀를 가리지 않고 거리낌 없이 팔꿈치로 밀치며 앞으로 꾸역꾸역 나아갔다. 옆구리에 멍이 들어 욕을 지껄이는 사람들을 뒤에 남기고서.

쿠니의 뒤를 따라가는 소년은 린 코다. 호리호리한 체격에 겁을 먹은 표정이었다. 배 꽁무니에 부는 순풍을 타고 유유히 나는 갈매기처럼 친구 뒤를 따라 인파 속을 지나가면서, 린은 성난 얼굴로 돌아보는 사람들에게 미안하다는 말을 웅얼거렸다.

"쿠니, 우리 그냥 뒤에 서서 구경하자. 내 생각에 이건 진짜 아닌 것 같아."

"그럼 생각을 하지 마." 린의 말에 쿠니는 이렇게 대꾸했다. "넌 생각이 너무 많아서 탈이야. 그냥 행동을 해."

"로잉 사부님 가라사대, 신들은 우리가 늘 생각하고 나서 행동하기를 바란다고 하셨어."

린은 자신들에게 욕을 하며 팔을 휘두르는 남자를 보고 움찔 놀라 몸을 수그렸다.

"신들이 뭘 바라는지는 아무도 몰라." 쿠니는 뒤도 돌아보지 않고 거침없이 나아가며 말했다. "물론 로잉 사부님도 포함해서."

둘은 마침내 빽빽한 인파를 뚫고 나와 길가에 섰다. 땅에 하얀 백묵으로 그은 선이 곧 구경꾼들이 다가설 수 있는 경계선이었다.

"그래, 이 정도는 돼야 구경할 맛이 나지."

쿠니는 그렇게 말하고는 숨을 한껏 들이마셨다. 그러다 베일을 쓴 파사 무용단의 후미가 눈앞을 지나가자 거의 벗다시피 한 무희들을 그윽한 눈으로 바라보며 휘파람을 불었다.

"황제라는 자리의 묘미가 뭔지 이제 좀 알겠군."

"그런 말 하지 말래도! 너 감옥 가고 싶어?"

린은 혹시 쳐다보는 사람이 있을까 싶어 안절부절못하며 주위를 두리번거렸다. 쿠니는 자칫 반역죄로 몰릴 수도 있는 터무니없는 소리를 툭하면 지껄이곤 했다.

"어때, 교실에 쭈그리고 앉아서 밀랍판에다 서예 연습하는 거나,

콘 피지가 쓴 『도덕관계론』을 외우는 것보단 훨씬 재밌지?" 쿠니는 린의 어깨에 팔을 걸치며 물었다. "솔직히 인정해. 나랑 같이 오길 잘했다고."

로잉 선생은 아이들이 학문을 중단하는 것은 황제께서 바라시는 바가 아니라며 순행 때문에 수업을 쉬지는 않을 거라고 했다. 그러나 린은 로잉 선생이 황제를 황제로 인정하지 않기 때문일 거라고 내심 추측했다. 주디 현에는 황제에 대해 복잡한 감정을 품은 사람이 많았다.

"로잉 사부님께서 절대 용서 안 하실 거야."

말은 그렇게 했지만, 린 역시 베일을 쓴 무희들에게서 눈을 떼지 못했다.

쿠니는 그 말에 낄낄 웃었다.

"어차피 사흘을 통째로 결석해서 신나게 회초리질을 당할 팔자라면, 아쉽다는 생각이 안 들게 구경이라도 실컷 하자고!"

"그래도 넌 맨날 교묘한 핑계를 대서 빠져나가잖아, 결국엔 나만 두 배로 맞고!"

군중의 환호성이 최고조에 이르렀다.

옥좌탑 꼭대기에, 푹신한 비단 방석에 기대어 다리를 앞으로 쭉 뻗은 *사크리도* 자세로, 황제가 앉아 있었다. 수많은 사람들 앞에서 이 자세로 앉을 수 있는 사람은 단 한 명, 만인지상의 신분인 황제뿐이었다.

대나무와 비단을 엮어 지은 5층짜리 옥좌탑은 굵직한 대나무를 가로로 10개, 세로로 10개씩 묶어서 만든 기단 위에 솟아 있었고, 기단 자체는 가슴과 양팔을 벗어부친 남자 100명이 어깨로 떠받치고 있었다. 기름을 바른 그들의 몸이 햇빛에 번쩍였다.

옥좌탑의 아래쪽 네 층을 채운 보석처럼 화려하고 정교한 톱니 장치는 우주의 네 영역이 어떻게 작동하는지 보여 주는 모형이었다. 맨 아래층은 불의 세계, 수많은 악마들이 금강석과 황금을 캐고 있었다. 그 위는 물의 세계, 물고기와 수룡과 몸을 부풀렸다가 오그리며 헤엄치는 해파리로 가득했다. 그 위는 인간이 사는 흙의 세계로, 드넓은 사해에 섬들이 점점이 떠 있었다. 마지막으로 맨 위에 펼쳐진 공기의 세계는 새와 정령의 차지였다.

마피데레 황제는 번쩍거리는 비단 곤룡포를 입고 황금과 찬란한 보석으로 만든 영롱한 보관을 쓰고 있었다. 보관 꼭대기에는 사평해(四平海)의 지배자인 철갑 고래 크루벤의 조그마한 조각상이 자리 잡고 있었다. 크루벤의 기다란 외뿔은 어린 코끼리의 엄니 속심에서 얻은 가장 순수한 상아였고, 두 눈은 커다란 흑금강석이었다. 다라 전역에서 가장 큰 그 금강석은 15년 전 자나 제국이 코크루 왕궁의 보물 창고를 차지하면서 얻은 것이었다. 한 손으로 손차양을 하고서, 황제는 상공으로 점점 가까워지는 커다란 새를 보며 눈을 찡그렸다.

"저게 뭐냐?"

황제가 큰 목소리로 물었다.

천천히 나아가던 옥좌탑 발치에서 제국군 정찰병이 근위대장에게 보고를 올렸다. 주디 현의 관리들 가운데 저 이상한 새의 정체를 아는 자는 한 명도 없다는 보고였다. 대장이 나지막이 몇 마디 명령을 내리자 다라에서 으뜸가는 정예 병력인 근위대 병사들이 탑을 떠받친 가마꾼들 주위로 바짝 모여들었다.

황제가 눈을 떼지 않고 올려다보는 동안 그 거대한 새는 천천히 활공하며 점점 더 가까워졌다. 새는 중간에 날개를 한 번 퍼덕였고, 그러는 동안 황제는 군중의 열띤 환호성 속에서도 그 새의 울음소리가 인간의 목소리와 몹시도 비슷하다고 생각했다.

여러 섬에 걸친 황제 순행은 이미 여덟 달이 넘게 이어지는 중이었다. 마피데레 황제는 피정복민들에게 자나 제국의 권능과 권위를 눈에 보이는 형태로 일깨워 줘야 한다는 것을 잘 알았지만, 그럼에도 피로를 느꼈다. 황제는 아무것도 부족한 것이 없어 무궁성(無窮城)이라 불리는 제국의 새 수도 판으로 돌아가고 싶어 애가 탔다. 그가 아껴 마지않는 판의 동물원과 수족관은 다라 전역에서 잡아온 여러 동물과 함께 수평선 너머까지 항해하는 해적들이 바친 진귀한 동물 또한 기르고 있었다. 가는 곳마다 대접받는 낯선 요리 대신 총애하는 요리사가 준비한 만찬을 받고 싶은 마음 또한 간절했다. 아마도 시골 호족들이 자기 땅에서 긁어모은 재료 중에는 최고의 진미일 터였지만 기미 담당관이 접시마다 독이 있는지 확인할 때까지 기다리기란 짜증 나는 일이었고, 그렇게 올라온 요리는 하나같이 너무 기름지거나 향이 강해서 속이 거북했다.

무엇보다도, 황제는 지루함에 시달렸다. 지방 관리와 호족이 주최한 수많은 만찬회는 바닥없는 늪이나 마찬가지였다. 어느 땅의 언어로 말하든 충성 서약과 복종 선언은 다 똑같은 소리로 들렸다.

이따금 황제는 극장 한복판에 홀로 앉아 있는 느낌이 들었다. 매일 밤 똑같은 공연이 펼쳐지는 그 극장에서는 제각각 다른 무대에 등장한 다른 배우들이 똑같은 대사를 읊었다.

마피데레 황제는 몸을 앞으로 숙였다. 상공의 그 이상한 새가 오랜만에 보는 신기한 구경거리였기 때문이었다.

이윽고 새가 더 가까워지자 몸통의 자잘한 부분까지 황제의 눈에 들어왔다. 그것은…… 결코 새가 아니었다.

종이와 비단과 대나무로 만든 거대한 연이었다. 다만 지상과 연결된 줄은 보이지 않았다. 연 아래쪽에 매달린 것은 사람의 형상이었다. 어떻게 이런 일이?

"흥미롭구나."

황제가 중얼거리는 사이에 근위대장이 옥좌탑 내부의 정교한 나선 계단을 두세 단씩 성큼성큼 뛰어 올라왔다.

"*렌가*, 경계 지시를 내려야 할 듯하옵니다."

황제는 고개를 끄덕였다.

가마꾼들이 옥좌탑을 땅에 내려놓았다. 근위대는 행진을 멈추었다. 옥좌탑 주위로 궁수들이 위치를 잡는 동안 탑 발치에 모인 방패수들은 커다란 방패를 거북의 등갑처럼 다닥다닥 붙여 벽과 지붕을 갖춘 임시 방공호를 만들었다. 그러는 사이에 황제는 뻣뻣해진 근육에 다시 피가 돌도록 발을 구르며 옥좌에서 일어설 준비를 했다.

군중은 눈앞에서 벌어지는 일이 미리 계획된 행진의 일부가 아닌 것을 알아차렸다. 그들은 목을 길게 빼고 궁수들의 화살이 겨누는 방향으로 눈을 돌렸다.

그 기이하게 생긴 활공 장치는 이제 고작 몇백 미터 앞까지 다가와 있었다.

연에 매달려 있던 사람이 옆에 대롱거리던 밧줄 몇 가닥을 잡아당겼다. 그러자 새처럼 생긴 연이 느닷없이 날개를 접더니, 남아 있던 거리를 단숨에 좁히고 날아와 옥좌탑을 향해 내리꽂혔다. 연에 매달린 사람이 날카로운 함성을 길게 내지르자 아래에 모여 있던 군중은 한낮의 열기에도 불구하고 등골이 서늘해졌다.

"자나와 마피데레에게 죽음을! 위대한 하안 왕국 만세!"

누군가 반응할 틈도 없이, 연에 매달린 사람이 옥좌탑을 향해 불덩이를 던졌다. 황제는 날아오는 발사체를 멍하니 바라볼 뿐 너무 놀라서 움직이지도 못했다.

"렌가!"

근위대장이 순식간에 황제 곁으로 뛰어왔다. 그는 늙은 황제를 한 손으로 붙들고 옥좌에서 끌어내린 다음, 끙 소리와 함께 반대편 손으로 옥좌를 들어 올렸다. 묵직한 철목(鐵木) 좌판에 금칠을 한 옥좌는 대형 방패나 마찬가지였다. 옥좌에 부딪힌 발사체가 폭발하며 불길이 치솟더니 산산이 튄 불똥이 땅바닥에까지 떨어졌고, 불이 붙어 지글거리는 타르 덩어리가 사방으로 튀어 유폭을 일으키면서 곳곳이 불바다로 변했다. 운이 없었던 무희와 군인들은 끈끈한 덩어리가 몸과 얼굴에 들러붙어 활활 타는 동안 비명을 지르다가 이내 넘실거리는 불길에 휩싸였다.

근위대장과 황제는 육중한 옥좌를 방패로 삼아 최초의 폭발을 대부분 막아낼 수 있었지만, 어지럽게 퍼진 불길은 기다란 혀처럼 넘실대며 대장의 얼굴 오른편과 오른팔에 지독한 화상을 남겼다. 그러나 황제는 놀라기만 했을 뿐 다친 곳은 없었다.

옥좌를 내던진 근위대장은 고통 때문에 일그러진 표정으로 옥좌 탑에 몸을 기댄 다음, 놀라서 어쩔 줄 모르는 탑 아래의 궁수들에게 외쳤다.

"쏴라, 닥치는 대로 쏴!"

대장은 엄격한 기율을 중시한 나머지 병사들이 스스로 판단해서 반응하는 대신 명령을 기다리게끔 훈련시킨 과거의 자신에게 저주를 퍼부었다. 그러나 마지막 황제 암살 시도는 이미 까마득히 오래 전의 일이었고, 이 때문에 모두가 안전하다는 착각에 빠져 있었다. 대장은 근위대의 훈련을 개선해야겠다고 다짐했다. 이날의 위기를 넘기고 나서도 목이 붙어 있다면.

궁수대가 일제히 화살을 발사했다. 자객은 연의 줄을 당겨 날개를 접더니 급격히 방향을 틀어 화살을 피했다. 빗나간 화살들이 시커먼 비처럼 하늘에서 쏟아졌다.

무용단과 군중 수천 명이 뒤엉켜 비명을 지르고 서로 밀쳐대면서 아비규환이 펼쳐졌다.

"내가 말했지, 이건 진짜 아닌 것 같다고!"

린 코다는 숨을 곳을 찾아 정신없이 사방을 두리번거렸다. 그러다가 떨어지는 화살을 피해 비명을 지르며 펄쩍 뛰기도 했다. 바로 옆의 땅바닥에는 남자 둘이 등에 화살이 꽂힌 시체가 되어 엎어져 있었다.

"네가 학당이 쉰다고 부모님께 거짓말할 때 옆에서 거들지 말았어야 했는데. 네 꿍꿍이에 휘말리면 결국엔 항상 내가 피를 본다니까! 달아나자, 빨리!"

"지금 달아나다가 저 수라장에 섞이면 꼼짝없이 밟혀 죽을걸. 게다가 말이지, 이런 구경거리를 놔두고 그냥 갈 순 없잖아?"

"야, 이러다 우리 다 죽는다고!"

반걸음도 안 떨어진 곳의 땅바닥에 또다시 화살이 떨어져 푹 박혔다. 다시금 구경꾼 몇 명이 단말마의 비명과 함께 화살에 몸이 꿰어 널브러졌다.

"죽으려면 아직 멀었어."

쿠니 가루는 도로로 냉큼 달려가 근위대가 떨어뜨린 방패를 주워서 돌아왔다.

"수그려!"

쿠니가 외쳤다. 그러고는 린을 붙들고 쪼그려 앉으며 방패를 머리 위로 치켜들었다. 화살 한 대가 쿵 소리와 함께 방패에 꽂혔다.

"라파 신이여 그리고 카나 신이여, 부, 부부, 부디 저를 지켜 주소서!" 린은 눈을 질끈 감은 채 중얼거렸다. "여기서 살아 돌아가기만 하면 어머니 말씀 잘 듣고 수업도 절대 안 빠질게요, 옛 성현들의 말씀도 잘 받들고, 달콤한 말로 저를 꼬드겨서 나쁜 길로 이끄는 친구하고는 같이 안 놀……."

그러나 쿠니는 이미 방패 옆으로 고개를 내밀고 있었다.

새 모양 연에 매달린 자객이 연방 다리를 활짝 폈다 구부리자 연의 날개가 빠른 속도로 퍼덕거렸다. 연은 수직으로 상승하여 고도를 높였다. 자객은 줄을 당겨서 연을 급선회시키고 다시금 옥좌탑을 향해 날아왔다.

한편 첫 번째 공격의 충격에서 벗어난 황제는 호위를 받으며 나선 계단을 내려가는 중이었다. 그러나 아직은 옥좌탑 기단에 이르는 계단의 중간 지점, 흙의 세계와 불의 세계 사이에 있었다.

"*렌가*, 무례를 용서하소서!"

근위대장은 몸을 숙여 황제의 옥체를 번쩍 들더니 탑 옆으로 내밀어 아래로 떨어뜨렸다.

아래쪽에서는 이미 근위대가 넓고 뻣뻣한 천을 펴든 채 대기하고 있었다. 황제는 그 천에 떨어져서 몇 번 튕기기는 했지만 다친 것 같지는 않았다.

근위대가 황제를 데리고 방패를 겹겹이 쌓아 만든 방어벽 아래로 부랴부랴 대피하기 직전, 쿠니는 아주 잠깐이나마 황제의 모습을 눈에 담을 수 있었다. 장수를 꿈꾸며 오랫동안 복용해온 연단술 약 때문에 황제의 몸은 엉망이 되어 있었다. 아직 쉰다섯 살인데도 그보다 서른 살은 더 늙어 보였다. 그러나 가장 놀라운 것은 자글자글한 주름 사이로 반쯤 내리깐 두 눈이었다. 아주 잠깐이었지만 황제의 눈은 충격과 공포로 얼룩져 있었다.

등 뒤의 상공에서 연이 급강하하면서 질긴 천을 찢는 듯한 소리가 울려 퍼졌다.

"엎드려!" 쿠니는 린을 넘어뜨리고 자기 몸을 친구 위로 포개면서 방패를 처들었다. "거북이가 됐다고 생각해!"

린은 쿠니 밑에 깔린 채 땅바닥에 납작 엎드렸다.

"어휴, 도랑이라도 있으면 기어 들어갔을 텐데."

불타는 타르 덩어리가 옥좌탑 주위에서 또다시 폭발을 일으켰다. 그중 일부가 방패로 만든 지붕의 틈새로 떨어지는 바람에 아래에 있던 근위대 병사들은 고통스러운 비명을 질렀지만, 그러면서도 꿋꿋이 자리를 지켰다. 지휘관의 명령에 일제히 방패를 한쪽으로 기울여 불타는 타르 덩어리를 털어 버리는 병사들의 모습은 흡사 피갑을 쭉 펴서 물기를 터는 악어 같았다.

"이제 괜찮은 것 같은데."

쿠니는 방패를 치우고 데구루루 굴러 린에게서 떨어졌다.

천천히, 린은 일어나 앉아서 친구를 멍하니 바라보았다. 쿠니는 눈밭에서 신나게 구르는 아이처럼 땅바닥에 누워 데굴데굴 구르고 있었다. *쿠니 이 자식은 진짜, 어떻게 이 판국에 놀고 자빠질 생각을 할 수가 있지?*

그러다가 쿠니의 옷에서 피어오르는 연기가 눈에 띄었다. 놀라서 소리를 지르며 부랴부랴 달려간 린은 기다란 소매로 쿠니의 펑퍼짐한 겉옷을 두드려 불이 꺼지도록 도와주었다.

"고맙다, 린."

쿠니는 몸을 일으키고 앉아서 웃으려고 했지만, 찡그린 표정을 짓는 것이 고작이었다.

린은 친구의 몸을 찬찬히 살펴보았다. 등에 불붙은 기름이 군데군데 떨어져 있었다. 연기가 나는 겉옷의 구멍 사이로 불에 그을려 피가 배어나는 속살이 보였다.

"세상에! 쿠니, 안 아파?"

"그냥, 조금."

"네가 몸으로 안 막아 줬으면, 나는……" 린은 침을 꼴깍 삼키고 말을 이었다. "쿠니 가루, 넌 진정한 친구야."

"어, 별거 아냐. 현자 콘 피지께서 가라사대, 사람은 모름지기…… 아야! 그…… 벗을 도울 수만 있다면 언제라도 자기 옆구리에 칼을 꽂을 각오가 되어 있어야 하느니라." 쿠니는 으스대는 말투로 성현의 말씀을 인용하려 했지만 화상의 고통 때문에 목소리가 떨렸다. "봤지, 나도 사부님한테 배운 게 있다고."

"그런 걸 다 외우고 있었어? 근데 그 구절은 콘 피지의 말씀이 아니야. 콘 피지와 토론을 벌인 도적단 두목의 말이지."

"도적이라고 해서 덕을 모른다는 법은 없잖아?"

날개를 퍼덕이는 소리가 둘의 대화를 가로막았다. 두 소년은 고개를 들었다. 바다 위에서 선회하는 앨버트로스처럼 천천히, 우아하게, 새 모양 연이 날개를 퍼덕이며 상승하다가 커다란 원을 그리며 선회하더니, 옥좌탑을 노리는 세 번째 폭격 경로에 들어섰다. 이번에는 고도가 그리 높지 않은 것으로 보아 연을 조종하는 자객은 분명 기운이 빠진 모양이었다. 이제 연은 지면에 꽤 가까이 날고 있었다.

궁수 몇 명은 실도 없이 나는 연의 날개를 화살로 관통시켜 구멍을 뚫는 데에 간신히 성공했고 자객의 몸통에도 화살을 몇 대 명중시켰지만, 두툼한 가죽 갑옷에 무슨 처리를 했는지 박혔던 화살은 잠시 대롱거리다가 힘없이 떨어지고 말았다.

다시금, 자객은 자신이 모는 비행체의 날개를 접고 옥좌탑을 향해 물총새처럼 급강하했다.

궁수대가 쉬지 않고 화살을 발사했지만 자객은 쏟아지는 화살 비를 무시한 채 꿋꿋이 경로를 지켰다. 불붙은 폭탄이 옥좌탑의 양 측면에 떨어져 폭발했다. 비단과 대나무로 만든 옥좌탑은 순식간에 불의 탑으로 변했다.

그러나 황제는 이미 방패수들이 만든 지붕 아래로 안전히 대피한 후였고, 시간이 흐르면서 모여든 궁수들이 황제의 주위를 빽빽하게 에워쌌다. 연에 매달린 자객은 표적이 사정거리 바깥으로 벗어난 것을 알아차렸다.

다시 한번 폭격에 나서는 대신, 자객은 연을 남쪽으로 선회시켜 순행 행렬로부터 멀어졌다. 그러고는 고도를 높이려고 얼마 안 남은 힘을 쥐어짜서 필사적으로 다리를 휘적거렸다.

"주디 쪽으로 가려는 거야. 쿠니, 저 사람 혹시 우리가 아는 사람이랑 한패인 건 아닐까?"

린의 말에 쿠니는 고개를 가로저었다. 연이 두 소년의 머리 위를 똑바로 통과하던 찰나의 순간, 환한 햇빛이 가려져 그늘이 드리웠다. 그 순간 쿠니의 눈에 포착된 자객은 서른 살도 안 돼 보이는 젊은 남자였다. 가무잡잡한 피부와 기다란 팔다리는 먼 북쪽에 위치한 하안 왕국 출신에게서 흔히 보이는 특징이었다. 아주 잠깐, 아래쪽을 내려다본 자객의 시선이 쿠니의 시선과 마주쳤다. 쿠니는 뜨거운 열정과 굳건한 의지가 새겨진 남자의 연녹색 눈을 보고 가슴이 두근거렸다.

"저 사람, 황제를 벌벌 떨게 했어." 쿠니는 혼잣말처럼 중얼거렸다. "황제도 결국엔 그냥 인간이었던 거야."

쿠니의 얼굴에 함박웃음이 번져 나갔다.

린이 친구의 입을 미처 틀어막기도 전에 커다랗고 시커먼 그림자가 지면을 뒤덮었다. 두 소년은 하늘을 올려다보고 연의 주인이 퇴각한 또 하나의 이유를 알아차렸다.

길이가 저마다 90미터는 돼 보이는 비행함 여섯 척이 상공에 떠 있었다. 우아한 자태를 뽐내는 비행함은 제국 공군의 자랑거리였다. 원래는 순행 행렬의 선두에서 전방을 감시하고 군중에게 위압감을 심어 주는 것이 비행함의 임무였다. 노잡이들이 함의 방향을 틀어 황제를 구하러 오기까지 한참이 걸린 것은 이 때문이었다.

실도 안 달린 연의 뒷모습은 점점 더 작아졌다. 비행함 편대는 달아나는 암살 미수범의 뒤를 쫓아 느릿느릿 나아갔다. 깃털이 달린 거대한 노로 허공을 젓는 모습이 꼭 날아오르려고 버둥대는 살찐 거위 같았다. 연의 주인은 이미 비행함의 궁수와 전투연의 사정거리 바깥으로 달아난 후였다. 그 날쌘 자객은 비행함 편대가 주디의 중심지에 닿기도 전에 착륙해서 뒷골목으로 몸을 숨길 터였다.

한편 방패로 지은 방공호의 옅은 그늘 속에 웅크리고 있던 황제는 분노한 와중에도 체통을 잃지 않았다. 암살 시도는 어차피 처음 겪는 일이 아니었고, 마지막도 아닐 터였다. 다만 이번 시도는 과거 어느 때보다도 성공에 가까웠다.

명령을 내리는 황제의 목소리는 어떤 감정도 없이 추상같았다.

"놈을 찾아내라. 주디 현의 모든 가옥을 무너뜨리고 하안의 귀족

들이 사는 장원을 모조리 불태워도 좋다, 반드시 놈을 잡아서 내 앞
에 끌고 와라."

제2장

마타 진두

투노아 군도의 파룬 현

일명천 14년 9월

파룬 현 광장의 변두리. 웅성거리는 군중 속에 우뚝 서 있는 덩치 큰 남자가 고작 열네 살 먹은 소년이라는 것을 아는 이는 거의 없었다. 사람들은 밀치락달치락하는 와중에도 키가 7척을 훌쩍 넘는 데다 온몸이 불끈거리는 근육으로 뒤덮인 이 마타 진두라는 소년에게는 감히 가까이 가지 못하고 거리를 유지했다.

"너를 두려워하는구나."

어린 마타의 숙부인 핀 진두가 우쭐한 목소리로 말했다. 그는 조카의 얼굴을 올려다보다가 한숨을 내쉬었다.

"네 할아버지와 아버지가 살아 계셔서 오늘 네 모습을 보셨더라면 좋았을 것을."

마타는 말없이 고개만 끄덕였다. 그러고는 도요새 무리에 섞인 한 마리 학처럼, 옹기종기 늘어선 사람들의 머리 위로 먼 곳을 응시했다. 보통 갈색인 코크루 사람들의 눈과 달리 마타의 눈은 칠흑 같은 검은색이었고, 한쪽 눈에 두 개씩 들어 있는 눈동자는 희미한 광채를 뿜었다. 많은 이들이 전설에나 나오는 이야기로 치부할 법한 드문 눈이었다.

눈동자가 두 개인 그 눈 덕분에 마타는 보통 사람보다 더 또렷하게, 더 멀리까지 볼 수 있었다. 그리고 지금, 지평선을 훑어보던 마타의 시선은 현 북쪽 변두리에 서 있는 시커먼 석탑에 머물러 있었다. 바다와 맞닿아 서 있는 탑의 모습은 마치 바위투성이 해안에 꽂힌 단검 같았다. 탑 꼭대기 바로 아래에 나 있는 커다란 무지개 모양 창문이 마타의 머릿속에 저절로 떠올랐다. 창문틀에는 하얀 까마귀와 검은 까마귀가 정교하게 새겨져 있었고, 두 까마귀의 부리는 무지개의 정점에서 만나 꽃잎 천 개가 달린 돌 국화 한 송이를 물고 있었다.

그곳은 진두 가문이 조상 대대로 물려받은 성의 중앙 탑이었다. 그리고 지금은 파룬 현을 점령한 자나 제국 주둔군의 사령관인 다툰 자토마의 거처였다. 마타 진두는 그 천한 자토마를 떠올리기조차 싫었다. 진두 가문의 정당한 재산인 유서 깊고 이름난 저 탑에 앉아 있는 그자는, 전사도 뭣도 아닌 일개 서기에 지나지 않았다.

마타는 힘겹게 마음을 다잡아 다시 현재로 돌아왔다. 그러고는 몸을 숙여 숙부 핀의 귀에 대고 소곤거렸다.

"더 가까이 가야겠습니다."

황제의 순행 행렬이 본섬 남쪽에서 배편으로 이제 막 투노아 섬에 도착한 참이었다. 소문에 따르면 황제는 주디 현 근처에서 암살 시도를 가까스로 모면한 모양이었다. 마타와 핀이 앞쪽으로 걸어 나가는 동안 군중은 뱃머리 앞의 파도처럼 군말 없이 저절로 물러 나 길을 터 주었다.

두 사람은 맨 앞줄로 나서기 직전에 걸음을 멈추었고, 마타는 황 실 근위대의 눈에 띄지 않도록 숙부의 키 높이로 몸을 수그렸다.

"왔다!"

사람들이 외치는 사이에 비행함 편대가 지평선의 구름을 뚫고 모 습을 드러내더니, 뒤이어 높다란 옥좌탑의 꼭대기가 눈에 들어왔다.

파룬 현의 백성들은 아름다운 무희들의 자태에 환호하고 늠름한 군대에 박수갈채를 보냈지만, 그러는 동안에도 마타 진두의 시선은 오로지 마피데레 황제에게 못 박혀 있었다. 마침내 원수의 낯짝이 눈앞에 나타났기 때문이었다.

이번 순행에서는 시위에 활을 재고 검을 뽑아 든 근위대 병사들 이 옥좌탑 맨 위층을 철벽같이 빙 둘러싸고 있었다. 황제는 그 원의 한복판에 앉아 있었기 때문에 구경꾼들은 황제의 용안을 어쩌다 한 번, 아주 잠깐밖에 보지 못했다.

마타는 안락에 젖어 정신이 흐리멍덩해지고 살이 찐 노인의 모습 을 상상했다. 그러나 벽처럼 둘러선 병사들을 면사포처럼 꿰뚫어 보는 그의 눈에 비친 것은 매섭고 무표정한 눈빛의 수척한 인물이 었다.

너무도 외로워 보이는구나, 비길 데 없이 높고 화려한 자리에 앉

아 있으면서도.

게다가 잔뜩 겁에 질렸어.

핀과 마타는 시선을 주고받았다. 둘은 서로의 눈에 비통함과 이글거리는 증오가 똑같이 뒤섞여 있는 것을 확인했다. 핀은 굳이 소리 내어 말할 필요가 없었다. 조카에게 이때껏 하루도 빼놓지 않고 똑같은 말을 들려주었기 때문이었다.

절대 잊지 말거라.

마피데레 황제가 아직 자나 왕국의 젊은 왕이었을 무렵, 무너져가는 티로 육국의 군대를 자나 군대가 땅과 바다와 하늘에서 궤멸시킬 때, 자나군의 앞길을 가로막은 남자가 한 명 있었다. 그의 이름은 다주 진두, 투노아의 영주이자 코크루 왕국군의 원수였다.

진두 일족은 대대로 코크루 왕국의 위대한 장군들을 낳은 명문가였다. 그러나 어릴 적의 다주 진두는 깡마르고 병약한 소년이었다. 아버지와 할아버지는 다주를 가문의 영지인 투노아 군도로부터 까마득히 먼 북쪽, 다라 본섬의 정반대편에 있는 누에알 군도로 보내서 전설의 검사(劍士)인 메도에게 검술 훈련을 받도록 했다.

메도는 다주를 흘끗 보고 이렇게 말했다.

"나는 너무 늙었고, 너는 너무 어리구나. 마지막으로 제자를 가르친 것도 이미 오래전 일이다. 나를 편히 쉬게 해다오."

그러나 다주는 돌아가지 않았다. 대신 메도의 집 앞에 무릎을 꿇고 음식도 거절한 채 빗물만 받아 마시며 꼬박 열흘 밤낮을 버텼다. 열하루째 되던 날, 다주는 결국 땅바닥에 쓰러지고 말았고, 그 끈기에 탄복한 메도는 다주를 제자로 맞아들였다.

그러나 메도는 다주에게 검술을 가르치지 않았다. 그 대신 목동으로 삼아 얼마 안 되는 소 떼를 돌보도록 했다. 어린 다주는 불평하지 않았다. 다주는 소 떼를 따라 춥고 바위투성이인 산속을 이곳저곳 돌아다녔다. 안개 속에 숨어 있을지도 모르는 늑대를 조심하면서, 밤이면 음매 하고 우는 소들 사이에 옹송그린 채 추위를 피하면서.

봄이 되어 송아지가 태어났을 때, 메도는 송아지의 몸무게를 재야 하니 매일 집까지 안고 오라고 지시했다. 땅바닥에 널린 날카로운 돌에 갓 태어난 새끼의 여린 발이 상하면 안 된다는 것이 이유였다. 산에서 집까지는 수십 리를 걸어야 했다. 처음에는 별것 아니었지만, 송아지가 점점 살이 붙으면서 집으로 오는 길은 점점 더 힘들어졌다.

"송아지는 이제 충분히 제 발로 걸을 수 있습니다. 넘어진 적도 없습니다."

"허나 나는 네게 안고 오라고 했다." 다주의 말에 스승은 이렇게 대답했다. "군인이 맨 먼저 배워야 할 덕목은 명령에 복종하는 것이다."

송아지는 하루하루 조금씩 더 무거워졌고, 다주의 귀갓길도 조금씩 더 힘들어져 갔다. 마침내 집에 도착한 다주가 기진맥진해서 쓰러지면 품에서 벗어난 송아지는 다리를 쭉 뻗고 제 발로 걷는 기쁨을 만끽했다.

다시 겨울이 돌아왔을 무렵, 메도는 다주에게 목검 한 자루를 건

네며 연습용 인형을 있는 힘껏 쳐 보라고 명령했다. 다주는 날이 없는 투박한 무기를 보고 실망했지만, 그럼에도 고분고분히 목검을 휘둘렀다.

나무 인형은 깨끗이 두 동강이 나서 땅바닥에 나뒹굴었다. 다주는 휘둥그레진 눈으로 손에 쥔 목검을 내려다보았다.

"검 때문이 아니다. 요즘 들어 너 자신의 모습을 확인한 적이 있느냐?"

스승은 반질반질하게 윤을 낸 방패 앞으로 다주를 데려갔다.

소년은 방패에 비친 자신의 모습을 믿기가 힘들었다. 어깨는 떡 벌어져서 방패의 테두리를 가득 채울 정도였다. 팔과 허벅지는 기억 속의 굵기보다 두 배는 돼 보였고, 날씬한 허리 위쪽의 가슴 역시 실팍했다.

"훌륭한 무사는 무기가 아니라 스스로에게 의지하느니라. 진정한 힘을 소유한 자는 풀잎 한 장으로도 필사의 일격을 날리는 법.

자, 너는 드디어 가르침을 받을 준비가 되었다. 허나 그전에 먼저 송아지에게 튼튼한 몸을 만들어 줘서 고맙다고 인사부터 해라."

전장에서 다주 진두와 대적할 자는 아무도 없었다. 다른 티로국의 군대는 자나의 용맹한 대군 앞에서 불쏘시개처럼 사그라졌지만, 진두 공(公)이 이끄는 코크루 왕국군은 거센 홍수를 막아선 튼튼한 제방처럼 자나군의 공격을 막아냈다.

병력에서 열세였던 진두 공은 코크루 왕국 전역에 요새 및 주둔지를 전략적으로 건설하고 군사들을 배치했다. 자나군이 침공할 때마다 그는 부하들에게 자나군 사령관의 도발에 넘어가지 말고 등갑 속에 숨은 거북처럼 성벽 뒤에 머물라고 명령했다.

그러나 자나의 군대가 철통같이 방어된 요새와 도시를 우회하려 할 때면 코크루군은 깊숙한 구렁에서 튀어나온 곰치처럼 쏜살같이 요새에서 몰려나왔고, 배후에서 맹렬한 공격을 가하여 자나군의 보급선을 끊어 버렸다. 자나군의 대장군 고타 톤예티는 훨씬 우세한 병력과 훌륭한 장비를 보유하고도 진두 공의 전술에 발목을 잡혀 전진하지 못했다.

톤예티는 진두 공을 모욕할 작정으로 '수염 거북'이라고 불렀지만, 정작 진두 공 본인은 껄껄 웃으며 그 별명을 자랑거리로 삼았다.

전장에서 승리할 수 없었던 톤예티는 간계에 의지했다. 코크루 왕국의 수도인 사루자에 진두 공이 시커먼 야망을 품고 있다는 소문을 퍼뜨렸던 것이다.

"진두 공은 왜 자나를 공격하지 않고 성벽 뒤에 숨기만 하는 거지?" 사람들의 귀에서 귀로 이런 속삭임이 퍼져 나갔다. "자나 군대는 강력한 우리 코크루군에 비하면 아무것도 아니야, 그런데도 진두 공은 우물쭈물하면서 침략군이 우리 땅을 차지하도록 놔두잖아. 어쩌면 고타 톤예티하고 밀약을 맺었는지도 몰라, 톤예티는 그냥 공격하는 시늉만 하는 거고. 혹시 우리 폐하를 몰아내고 진두 공을 대신 왕으로 세우려는 계략이 아닐까?"

의심에 빠진 코크루의 왕은 진두 공에게 방어 태세를 풀고 톤예티의 군대와 전면전을 벌이라고 명령했다. 진두 공은 그랬다가는 패할 거라고 거듭 간언했지만, 그럴수록 왕의 의심은 더 깊어질 뿐이었다.

진두 공에게는 선택의 여지가 없었다. 그는 갑옷을 걸치고 돌격을 지휘했다. 톤예티의 군대는 용맹한 코크루 전사들 앞에서 녹아내리는 듯했다. 자나군은 퇴각에 퇴각을 거듭하다가 지리멸렬에 빠지고 말았다.

진두 공이 패주하는 자나군을 쫓아 깊은 골짜기 안쪽으로 들어섰을 때, 적의 대장군 톤예티는 어두운 숲속으로 사라졌다. 느닷없이, 진두 공이 이끄는 병력의 다섯 배는 될 법한 자나군 병사들이 골짜기 양편 벼랑 위에 매복해 있다가 불쑥 나타나 퇴로를 차단했다. 진두 공은 속임수에 빠진 것을 그제야 알아차렸다. 빠져나갈 길은 오로지 항복뿐이었다.

진두 공은 부하들을 포로로 삼는 대신 안전을 보장해 달라고 교섭한 후에 스스로 목숨을 끊었다. 항복했다는 치욕을 안고서는 도저히 살아갈 자신이 없었기 때문이었다. 고타 톤예티는 약속을 저버리고 투항한 코크루 병사 전원을 산 채로 땅에 묻어 버렸다.

수도 사루자는 사흘 만에 함락당했다.

자나의 마피데레 왕은 자신에게 그토록 오랫동안 저항해 온 진두 가문을 본보기로 삼겠노라 결심했다. 진두 가문의 삼족을 통틀어 남자는 모두 사형에 처해졌고 여자는 모두 청루(靑樓)로 팔려갔다. 다주 진두의 맏아들 시루는 사루자에서 산 채로 화형을 당했다. 톤예티의 부하들은 수도의 백성들에게 억지로 처형 광경을 지켜보도록 했고, 자나에 충성을 맹세하는 증거로서 시루의 살점을 먹게 했다. 다주의 딸 소토는 하인들과 함께 시골의 저택에서 농성을 벌이다가 자신을 기다리는 더 처참한 숙명으로부터 벗어나고자 저택에 불을 질렀다. 불길은 카나 신의 비통함을 상징하듯 하루 밤낮을 꼬박 타올랐다. 열기가 어찌나 뜨거웠던지, 무너진 잔해 속에서 소토의 유골은 흔적도 찾아볼 수 없었다.

다주의 막내아들이었던 열세 살 소년 핀은 추적의 손길을 피해 진두 가문의 성 지하에 있는 캄캄한 창고와 굴에 며칠 동안 숨어 지냈다. 그러나 결국에는 물을 마시러 주방으로 살금살금 올라왔다가 그만 톤예티의 부하들에게 붙잡히고 말았다. 병사들은 소년을 질질 끌고 가서 대장군 앞에 대령했다.

톤예티는 눈앞에 꿇어앉은 소년을 내려다보았다. 겁에 질려 훌쩍이며 벌벌 떠는 아이를 지켜보다가, 그는 문득 웃음을 터뜨렸다.

"너를 죽이는 건 너무 창피한 일이다." 톤예티의 목소리가 쩌렁쩌렁 울려 퍼졌다. "늑대처럼 싸우지 않고 토끼처럼 숨다니, 저세상에서 무슨 낯으로 아비와 형들을 대할 작정이냐? 너는 네 누이의 십 분의 일만큼도 용기가 없는 녀석이다. 하는 짓이 아기와 다를 바 없으니 네 형의 아기와 똑같이 대해 주마."

마침 톤예티는 마피데레의 명령을 따르지 않고 아직 갓난아기인 시루의 아들을 살려 둔 참이었다.

"귀족은 고결한 행동으로 평민에게 모범을 보여야 하는 법이다." 그것이 톤예티의 명분이었다. "비록 전쟁 중이라 할지라도."

그리하여 톤예티의 부하들은 핀 진두를 풀어 주었고, 수모를 당한 소년 핀은 죽은 큰형의 젖먹이 아들 마타만을 품에 안고 가문의 성에서 비틀비틀 걸어 나왔다. 명예와 집과 가족을 빼앗기고 안락한 삶과 재산마저 덧없는 꿈처럼 사라져 버린 소년이, 과연 무엇을 할 수 있었을까?

진두 성의 바깥문 근처에서, 핀은 땅에 떨어진 붉은 깃발 하나를 주워 들었다. 불에 그슬리고 더럽혀지기는 했지만 금실로 수놓은 진두 가문의 국화 문장은 온전히 남아 있었다. 싸늘한 겨울 공기를 막기에는 역부족이었지만, 핀은 그 깃발로 마타를 감싼 다음 얼굴이 나오도록 한쪽 귀퉁이를 접었다.

갓난아기인 마타는 눈을 깜박이다가, 눈동자가 두 개인 까만 눈 한 쌍으로 삼촌을 물끄러미 올려다보았다. 아기의 눈동자는 희미한 빛을 머금고 반짝였다.

핀은 헉 소리를 내며 숨을 들이마셨다. 옛 아노족의 전설에 따르면 눈동자가 둘인 중동안(重瞳眼)을 지닌 자는 신들에게 특별히 총애를 받는다고 했다. 그런 아이들은 대개 날 때부터 장님이었다. 스스로도 유년기를 채 벗어나지 못했기에, 핀은 그때껏 강보에 싸여 울기만 하던 갓 태어난 조카에게 별 관심을 두지 않았다. 그러다 보니 마타의 눈이 어떻게 생겼는지를 이날 비로소 알아차렸던 것이다.

핀은 혹시라도 장님이 아닌가 확인하려고 아기의 눈앞에서 손을 움직여 보았다. 마타는 눈을 움직일 기미가 전혀 보이지 않았다. 그러다가 고개를 휙 돌리더니, 핀의 눈에 시선을 맞추었다.

중동안을 타고난 이들 가운데 아주 드물게, 시력이 독수리 같은 사람이 있다고 했다. 그리고 그런 사람은 위대한 업적을 이룰 운명의 주인이라고도 했다.

마음이 놓인 핀은 두근거리는 가슴에 아기를 꼭 품었다. 잠시 후,

피처럼 뜨거운 눈물이 핀의 눈에서 마타의 얼굴로 흘러내렸다. 아기는 그제야 울음을 터뜨렸다.

핀은 고개를 숙여 아기와 이마를 맞댔다. 그 감촉에 마음이 놓였는지, 아기가 울음을 그쳤다. 핀은 조그맣게 속삭였다.

"이제 우리 둘뿐이란다. 우리 가문에 무슨 일이 일어났는지, 절대 잊지 말거라. *절대 잊지 말거라.*"

아기는 삼촌의 말을 알아들은 모양이었다. 자신을 감싼 깃발에서 자그마한 팔을 빼내려고 바동거리던 아기는 핀을 향해 양팔을 번쩍 쳐들더니, 두 주먹을 꽉 움켜쥐었다.

핀은 하늘을 향해 고개를 들고 흩날리는 눈을 맞으며 껄껄 웃었다. 그러고는 깃발로 아기의 얼굴을 조심스레 가린 다음, 성을 등지고 걸음을 옮겼다.

* * *

마타의 찡그린 얼굴을 보며, 핀은 아버지인 다주 진두가 생각에 깊이 빠졌을 때 짓곤 하던 진지한 표정이 떠올랐다. 마타의 웃는 얼굴은 죽은 누이 소토가 어린 시절 정원에서 뛰놀 때 짓던 표정과 판박이였다. 마타가 잠들었을 때의 얼굴은 핀에게 참는 법을 더 배우라고 늘 타이르던 맏형 시루와 마찬가지로 평온했다.

마타를 보고 있노라면 핀은 자신이 살아남은 이유를 알 것 같았다. 어린 조카는 진두 일족이 오랜 세월에 걸쳐 이룩한 고귀한 계보의 꼭대기에 핀 마지막이자 가장 찬란한 국화였다. 핀은 코크루의 쌍둥이 수호신인 카나와 라파에게 맹세했다. 자신에게 남은 힘을 모조리 바쳐 마타를 기르고 지키겠노라고.

핀은 마음은 차갑게, 피는 뜨겁게 유지하기로 마음먹었다. 얼음 장같이 냉정한 라파처럼, 또 불같이 열정적인 카나처럼. 그는 마타를 위해 연약한 응석받이가 아니라 억세고 빈틈없는 사람이 되는 법을 배우고자 했다. 복수를 위해서라면 토끼도 늑대가 되는 법을 배우게 마련이었다.

핀은 처음에는 진두 일족의 참화를 가엾게 여긴 귀족들이 이따금 전해 주는 금품으로 연명하는 수밖에 없었지만, 나중에는 들에서 노숙하는 2인조 도둑을 죽이고 그들의 약탈품을 빼앗아 파룬 변두리에 있는 조그마한 농가를 사들였다. 그곳에서 핀은 마타에게 낚시와 사냥과 검술을 가르쳤다. 고된 시행착오를 거치며 그 기술들을 스스로 몸에 익힌 후의 일이었다. 처음으로 활을 쏴서 사슴을 잡았을 때, 핀은 사슴의 피를 보고 그만 토하고 말았다. 처음으로 검을 휘둘렀을 때에는 하마터면 자기 발을 자를 뻔했다. 핀은 안락한 생활을 만끽하느라 쓸모 있는 기술을 하나도 배워 두지 않았던 지난날의 자신을 저주하고 또 저주했다.

짊어진 책임의 무게 탓에 핀은 스물다섯 살에 이미 머리가 하얗게 셌다. 이따금, 어린 조카가 잠든 깊은 밤에, 핀은 그들의 작은 집 바깥에 혼자 앉아 있곤 했다. 몇 해 전 유약했던 스스로의 모습을 잊을 수 없었던 핀은 곰곰이 생각했다. 자신이 제대로 하고 있는지, 제대로 할 능력이 있기는 한지, 마타를 옳은 길로 이끌고 있는지, 마타에게 용기와 힘을, 무엇보다 명예에 대한 갈망을 심어 주고 있는

지에 관하여. 그것은 핀의 어린 조카가 날 때부터 지닌 권리였다.

아버지 다주 진두와 맏형 시루는 예민한 막내아들 핀이 군문에 들어서기를 바라지 않았다. 그래서 문학과 예술을 사랑하는 아이로 자라도록 놔두었고, 그 결과가 바로 오늘의 핀이었다. 가문에 위기가 닥쳤을 때 핀은 아무것도 할 수가 없었다. 그렇게 가문의 이름에 먹칠을 한 겁쟁이가 되고 말았다.

그래서 핀은 아버지의 다정한 말과 형의 따뜻한 격려를 기억 속에 봉인했다. 그 대신 마타에게 아버지와 형이 바랐을 법한 유년기를 마련해 주었다. 마타가 여느 아이처럼 혼자 놀다가 다칠 때면 핀은 달래 주고 싶은 마음을 꾹 참고서, 어린 조카가 울어 봐야 소용없다는 것을 스스로 깨달을 때까지 기다렸다. 마타가 마을에서 다른 아이와 싸움을 벌이면 이길 때까지 절대 주먹을 풀지 말라고 다그쳤다. 핀은 마타에게 약점을 보이면 절대 안 된다고, 무릇 싸움이란 스스로를 증명할 기회이니 기꺼이 받아들이라고 가르쳤다.

세월이 흐르면서 핀의 너그러운 천성은 스스로 맡은 배역에 너무도 철저히 가려지고 말았다. 이제 핀은 어디까지가 가문의 전설이고 어디서부터가 자신의 삶인지조차 분간할 수 없었다.

그러나 딱 한 번, 다섯 살 무렵 중한 병에 걸려 목숨이 위태로워졌을 때, 마타는 삼촌의 엄격한 표정 사이로 드러난 여린 면을 목격한 적이 있었다.

마타가 고열에 시달리다 잠에서 깼을 때, 삼촌 핀은 울고 있었다. 삼촌이 우는 모습을 그때껏 본 적이 없었던 어린 마타는 아직 꿈속인가 하고 생각했다. 핀은 마타를 힘껏 끌어안았다. 이 역시 어린 마타로서는 처음 겪는 일이었다. 그렇게 조카를 끌어안고서 핀은 카나 신과 라파 신에게 연거푸 감사의 기도를 올렸다.

"너는 진두 일족의 핏줄이다. 누구보다도 강한 아이다."

평소에도 핀이 입버릇처럼 하던 말이었다. 그러나 이날은 다정하고 왠지 낯선 목소리로 한마디를 덧붙였다.

"이제 나한테는 너밖에 없단다."

친아버지의 기억이 전혀 남아 있지 않았던 마타에게는 핀이 곧 아버지이자 영웅이었다. 그런 핀에게서 마타는 진두 일족의 이름이 성스러운 것이라고 배웠다. 그들의 핏줄에는 명예로 충만한 고귀한 피, 신들의 축복을 받은 피가 흐르고 있었다. 그 피를 땅에 쏟게 한 황제는 마땅히 피의 값을 치러야만 했다.

핀과 마타는 농장에서 기른 작물과 사냥한 짐승의 가죽을 마을에 내다 팔았다. 핀은 살아남은 학자와 가문의 친구들, 지인들을 찾아나섰다. 그들 중 몇몇은 코크루 고유의 고대 문자로 기록한 책을 남몰래 보관하고 있었는데 이는 황제의 명령으로 금지된 물건이었다. 핀은 그 책들을 주인에게서 빌리거나 사들여 마타에게 읽기와 쓰기를 가르쳤다.

책과 자신의 기억을 토대로, 핀은 마타에게 코크루 왕국의 강성했던 과거와 진두 일족의 영광스러운 역사가 담긴 이야기와 전설을 가르쳐 주었다. 마타는 할아버지처럼 되기를 꿈꾸었다. 할아버지의 용맹한 위업을 이어 나가고 싶어서였다. 마타는 오로지 고기만 먹으며 찬물로만 목욕을 했다. 할아버지와 달리 안고 다니며 힘을 키울 살아 있는 송아지가 없었기에, 어린 마타는 날마다 부둣가에 찾아가 어부들을 도와 그날 잡은 물고기를 배에서 내렸다(그러면서 조금씩 용돈을 벌었다.). 또 조그마한 주머니에 돌을 채워 손목과 발목에 달고 다니며 한 걸음 내디딜 때마다 더 힘이 들어가도록 했다. 목적지까지 가는 길이 두 갈래일 때면 늘 더 멀고 험한 길을 택했다. 무슨 일을 할 때 두 가지 방법이 있으면 더 어렵고 고생스러운 방법을 골랐다. 열두 살이 되었을 무렵, 마타는 파룬의 사원 앞에 있는 거대한 향로를 머리 위로 들어 올릴 만큼 힘이 세졌다.

마타는 뛰어놀 시간이 거의 없었고, 그러다 보니 깊은 우정을 나눌 친구도 사귀지 못했다. 삼촌이 힘들게 손에 넣은 귀한 옛 책들을 소중히 읽으며 날마다 열심히 공부했기 때문이었다. 그러나 마타는 시에는 좀처럼 흥미가 없었다. 그 대신 역사책과 병법서에 탐닉했다. 그 책들을 통해 이제는 사라진 찬란한 과거를 배웠고, 자나 제국이 단지 자신의 일족에게만 죄를 지은 것이 아님을 깨달았다.

"마피데레가 일으킨 정복 전쟁은 이 세계의 토대 자체를 무너뜨렸단다."

핀이 입버릇처럼 하던 그 말은 사실이었다.

유서 깊은 '티로' 제도의 기원이 무엇인지는 시간의 안개에 가려 뚜렷하지 않았다. 전설에 따르면 오래전 스스로를 '아노'라고 칭하는 이들이 다라의 여러 섬에 정착했다. 그들은 서쪽 바다 먼 곳에 가라앉은 대륙의 유민들이었다. 우선 다라 군도의 원래 주인이었던 야만인들을 굴복시키고 일부 야만족과 혼인을 맺어 동족으로 삼은 후에, 아노인들은 즉시 자기들끼리 싸우기 시작했다. 그 자손들은 몇 대에 걸쳐 수많은 전쟁을 벌인 끝에 여러 나라로 갈라졌다.

어떤 학자들은 고대 아노족의 위대한 현인(賢人) 아루아노가 국가 간의 전쟁에 따른 혼돈을 막고자 티로 제도를 창안했다고 주장했다. 고전 아노어에서 *티로*의 사전적 의미는 '동료'였고, 티로 제도의 핵심 원리는 각각의 티로국이 다른 모든 티로국과 동등하다는 것이었다. 각 나라는 타국에 대하여 어떠한 권한도 행사하지 못했다. 오직 한 나라가 신들을 거스르는 죄를 지었을 때에만 다른 나라들이 이에 맞서 동맹을 맺을 수 있었으며, 그러한 임시 동맹의 지도자는 맹주(盟主)라는 칭호를 얻었다. '동등한 자들 가운데 으뜸가는 *티로*'라는 뜻이었다.

티로 칠국은 1000년이 넘는 세월 동안 공존해 왔고, 자나의 폭군 마피데레가 없었다면 이후로도 1000년은 더 존속했을 터였다. 티로국의 왕은 궁극의 세속 권력이자 서로 평행하는 '존재의 대(大)사슬' 일곱 가닥이 매달려 있는 닻이었다. 왕은 귀족들을 제후로 봉하고 영지를 하사했고, 귀족들은 저마다 자기 영지의 치안을 유지하며 작은 티로국처럼 운영했다. 농민은 영주에게 세금과 노동력을 제공할 의무가 있었고 개별 영주는 다시 자기 위의 영주에게 같은 의무를 지는 식으로, 사슬은 위쪽으로 길게 이어져 갔다.

티로 제도의 지혜는 그것이 자연계를 반영하는 방식에서 명확히 드러났다. 다라의 원시림에 솟아 있는 아름드리나무는 티로국과 마찬가지로 저마다 다른 나무들과 거리를 유지하며 자라났다. 어떤 나무도 다른 나무 위에 군림하지 않았다. 나무 한 그루 한 그루는 가지를 거느리고 각각의 가지는 잎을 거느리듯이, 각 나라의 왕은 귀족에게서, 귀족은 자기 영지의 농민에게서 힘을 제공받았다. 같은 이치로 다라 군도의 여러 섬들 역시 조그마한 섬과 산호초와 넓고 좁은 만(灣)으로 이루어져 있었다. 이처럼 독립된 영역들이 어우러져 만든 무늬는 각각의 영역 안에서 미세한 복사판으로 무수히 반복되었고, 그런 무늬는 산호초에서도, 물고기 떼에서도, 숲처럼 거대하게 일렁거리는 바닷말 무리에서도, 광물 결정에서도, 동물의 신체 조직에서도 볼 수 있었다.

그 무늬는 우주의 근본에 자리 잡은 질서였다. 또한 코크루의 직공이 짠 거친 천의 날실과 씨실처럼 동등한 자들 간의 상호 존중을 수평선 삼아, 또 아래를 향하는 의무와 위를 향하는 충성을 수직선 삼아 이루어진 거대한 격자였다. 그 안에서는 모두가 자신의 자리가 어디인지를 알았다.

마피데레 황제는 그 모든 것을 뿌리째 없애 버렸다. 자나군이 격파한 육국의 군대처럼, 가을날의 낙엽처럼 쓸어버렸다. 일찌감치 투항한 늙은 귀족들은 빈껍데기가 된 작위를 유지하도록 허락받았고 개중에는 성과 재산을 지킨 자도 있었지만, 그뿐이었다. 그들의 영지는 이제 모조리 자나 제국에, 황제 일인에게 귀속되어 더는 그들의 것이 아니었다. 영주들이 저마다 영지를 다스리던 과거와 달리 이제는 하나의 법이 모든 섬을 지배했다.

과거 티로국의 학자들은 나라마다 고유한 일련의 표의 문자로 글을 쓰고 거기에 자기네 땅의 전통과 역사가 담긴 표음 문자인 '진다리 문자'를 곁들였지만, 이제는 모두가 자나 제국의 방식대로 글을 써야 했다. 과거에 개별 티로국은 고유한 도량형을 사용하여 자기네만의 방식으로 세계를 저울질하고 가늠했지만 이제는 모든 나라의 도로 폭을 제도(帝都)인 무궁성에서 사용하는 수레의 바퀴 간격에 맞춰야 했고, 화물용 상자의 크기는 자나의 옛 수도였던 크리피의 항구에서 오는 배에 빈틈없이 쌓이도록 맞춰야 했다.

의리와 고향을 사랑하는 마음은 모조리 황제를 향한 충성으로 대체되었다. 귀족들이 자기 몸을 바쳐 길게 이어 나가던 사슬의 자리에, 황제는 옹졸한 관료들로 층층이 이루어진 탑을 쌓았다. 그들은 자기 이름 말고는 표의 문자를 거의 몰라서 모든 문서를 진다리 문자로 괴발개발 써야 하는 평민들이었다. 최고의 인재를 등용하여 통치하는 방식 대신, 황제는 비겁하고 탐욕스럽고 어리석고 비천한 자들을 중용하는 길을 택했다.

이 새로운 세상에서는 질서가 정연하던 예전의 삶을 찾아볼 수 없었다. 누구도 자기 자리가 어디인지를 알지 못했다. 평민은 성에 살았고 귀족은 웃바람이 스며드는 오두막에 살았다. 마피데레 황제의 죄는 자연을 거스른 것, 우주 자체의 비밀스러운 작동 방식을 거스른 것이었다.

순행 행렬이 멀리 사라지자 군중은 천천히 흩어졌다. 이제 나날의 고된 삶으로 돌아가야 했기 때문이었다. 수확을 기다리는 논밭으로, 돌봐야 할 양 떼에게로, 잡아 올릴 물고기에게로.

그러나 마타와 핀은 떠나지 않았다.

"자기네 아버지와 할아버지를 죽인 자에게 환호를 보내는구나."

핀은 나지막이 말했다. 그러고는 땅바닥에 침을 뱉었다.

마타는 멀어지는 사람들의 뒷모습을 둘러보았다. 군중은 대양의 물결에 일렁이는 모래와 개흙 같았다. 바닷물을 한 줌 퍼 올려 들여다보면 그 속에는 빛이 통하지 않는 혼돈의 소용돌이가 가득하게 마련이었다.

그러나 끈기 있게 기다리면 결국 자잘한 찌꺼기는 본래 있어야 할 자리인 바닥에 가라앉고, 투명한 물에는 고귀하고 순수한 빛이 통하는 법이었다.

마타 진두는 투명함과 질서를 되살리는 것이야말로 자신의 숙명이라고 굳게 믿었다. 역사의 무게가 만물을 본래 있어야 할 자리로 가라앉히는 것처럼.

물고기의
예언

제3장

쿠니 가루

7년 후, 주디 현

일명천 21년 5월

주디 현에서는 쿠니 가루에 관한 소문이 많이 돌았다.

순박한 농사꾼이었던 쿠니의 부모는 자식들이 출세하기를 간절히 바랐지만, 청년 쿠니는 그러한 부모의 기대에 몇 번이고 몇 번이고 찬물을 끼얹었다.

하긴, 쿠니도 어린 시절에는 영특한 구석을 보였다. 다섯 살도 되기 전에 표의 문자를 300자나 읽고 쓸 수 있었던 것이다. 쿠니의 어머니 나레는 날마다 카나 신과 라파 신에게 감사 기도를 올리는 한편으로 틈만 나면 지인들에게 자신의 어린 아들이 얼마나 영특한지를 자랑했다. 쿠니의 아버지 페소는 아들이 학식을 쌓아 훗날 집안의 명예를 드높일 거라 생각하고 큰돈을 들여 쿠니를 투모 로잉의 사설 학당에 보냈다. 주디에서 이름난 학자였던 로잉은 통일 전쟁 전까지 재정 대신으로서 코크루의 왕을 섬기던 인물이었다.

그러나 쿠니는 틈만 나면 단짝 친구인 린 코다와 함께 학당을 빠져나와 낚시하러 가기를 더 좋아했다. 그러다가 들키면 유창하고 장황한 사과를 늘어놓아 자신이 진심으로 반성하고 깨달음을 얻었노라고 로잉 사부를 납득시켰다. 하지만 얼마 못 가서 다시 린과 함께 고약한 장난을 벌이기 일쑤였고, 로잉의 고전 강의에 의문을 제기하고 추론의 오류를 지적하다가 결국 인내심이 바닥난 스승에게 쫓겨나곤 했다. 늘 쿠니 뒤를 따라다니던 린 코다 역시 가엾게도 번번이 함께 쫓겨났다.

그래도 쿠니는 아무렇지도 않았다. 내로라하는 술꾼이자 달변가이면서 싸움꾼이었던 쿠니는 얼마 안 가서 주디의 온갖 말썽쟁이들과 친구가 되었다. 도둑, 깡패, 세금 징수원, 주둔군 기지의 자나 제국 병사들, 술집 종업원, 종일 길모퉁이에 서서 시빗거리를 찾는 것 말고는 할 일이 없는 부잣집 건달 자제 등이었다. 살아서 숨을 쉬는 사람, 술 한잔 사줄 돈이 있는 사람, 또 음담패설과 소문 이야기를 즐기는 사람이라면 누구나 쿠니 가루의 친구였다.

가루 집안사람들은 쿠니를 착실한 생활인의 길로 이끌려고 애썼다. 쿠니의 형 카도는 일찌감치 장사에 소질을 보여 주디에서 부인복을 파는 상인이 되었다. 카도는 동생 쿠니를 점원으로 고용했다. 그러나 쿠니는 손님에게 굽실거리며 재미없는 농담에 웃어 주는 일 따위는 지겹다고 공공연히 떠들다가, 끝내는 청루의 종업원들을 고용해 옷맵시를 보여 주는 '인간 모형'으로 삼겠다는 무모한 계획을 실행하려 했다. 카도는 그런 동생을 해고할 수밖에 없었다.

"옷이 불티나게 팔릴 거라니까요! 인기 있는 아가씨가 우리 옷을 입은 걸 보면 부자들이 틀림없이 자기 부인한테도 사다 줄 거예요."

"우리 집안 이름에 먹칠하는 건 상관없다는 소리냐, 지금?!"

카도는 재단용 자를 휘두르며 큰길까지 쿠니를 쫓아갔다.

쿠니가 열일곱 살이 되었을 무렵, 아버지 페소는 매일 밤 고주망태가 되어 집에 돌아와 저녁밥을 찾는 게으름뱅이 아들에게 질리고 말았다. 페소는 쿠니의 면전에서 집 대문을 잠가 버리고 꾸짖었다. 혼자 힘으로 머물 곳을 찾은 다음 네가 얼마나 인생을 허비하는지, 또 너 때문에 어머니가 얼마나 슬퍼하는지 곰곰이 생각해 보라면서. 나레는 눈물로 세월을 보내며 날마다 카나와 라파를 모시는 사당에 찾아가 어린 아들을 옳은 길로 이끌어 달라고 기도했다.

카도는 내키지는 않았지만 그래도 동생을 가엾이 여겨 자기 집으로 들였다. 그러나 살림을 맡은 카도의 아내 테테는 남편처럼 너그러울 수만은 없었다. 테테는 저녁 시간을 조금씩 앞당겨 쿠니가 집에 들어오기 한참 전에 상을 치웠다. 그러고는 부엌에서 기다리다가 현관 쪽에 시동생의 발소리가 들리면 남은 밥이 없다는 신호로 빈 솥을 요란하게 두들겼다.

쿠니는 눈치가 빨랐다. 그때껏 사귄 친구들과 어울리느라 자연히 낯이 두꺼워진 쿠니였지만, 그럼에도 형수에게서 밥 한 끼 주기 싫은 군식구 취급을 받고 보니 모욕당한 기분이 들었다. 쿠니는 형네 집을 나와서 친구네 집 바닥의 돗자리에 누워 잠을 잤다. 그러다가 친구의 호의가 바닥나면 다른 친구의 집으로 옮겨갔다.

쿠니는 툭하면 이사를 다녔다.

군침 도는 군만두 냄새와 톡 쏘는 생강 식초 냄새. 따끈한 독주와 시원한 맥주가 든 유리잔이 부딪히는 소리.

"……그래서 내가 이랬지. '남편 집에 없다며?' 그랬더니 그 여자가 이러는 거야. '그러니까 너 보고 빨리 들어오라는 거 아냐!'"

"쿠니 가루!"

술집 '빛나는 술동이'의 주인인 과부 와수가 외쳤다. 손님 무리 한복판에서 이야기하는 젊은 남자의 주의를 끌기 위해서였다.

"부르셨습니까, 누님?"

쿠니는 기다란 팔을 뻗어 와수의 어깨를 감쌌다. 그러고는 와수의 뺨에 요란한 소리가 나도록 힘껏 입을 맞췄다. 마흔 줄에 접어든 와수는 나이를 곱게 먹었다는 말을 듣곤 했다. 여느 술집 주인과 달리 입술연지나 분을 두껍게 바르지 않았는데 이 때문에 오히려 훨씬 더 우아해 보였다. 쿠니는 자기가 와수를 얼마나 좋아하는지 사람들 앞에서 곧잘 떠들곤 했다.

와수는 쿠니의 품에서 재빨리 벗어났다. 그러고는 무슨 일인지 다 안다는 듯이 웃고 환호하는 손님 무리를 향해 한쪽 눈을 찡긋하며 쿠니를 한쪽으로 데려갔다. 와수는 안쪽에 있는 사무실로 쿠니를 끌고 들어간 다음, 책상 앞의 방석에 쿠니를 앉히고 자신은 반대편에 마주 앉았다.

와수는 무릎을 꿇고 등을 곧게 펴서 격식 있는 *미파 라리* 자세로 고쳐 앉은 다음, 짐짓 매서운 표정을 지었다. 이제 진지하게 사업 이야기를 꺼낼 때였고, 쿠니 가루는 남한테서 뭔가 요구받을 때면 화제를 딴 데로 돌리는 버릇이 있었기 때문이었다.

"네가 우리 가게에서 연회를 연 게 이번 달에만 세 번이다. 술이랑 군만두랑 오징어 튀김을 얼마나 먹어 치웠는지 몰라. 다 네 이름으로 외상을 달아 놓고 말이지. 네가 이때껏 그은 외상값이 우리 가게 보증금보다 더 많아. 일부라도 계산을 해 줘야겠어."

쿠니는 방석 위에서 몸을 젖히고 다리를 뻗어 느슨한 *사크리도* 자세를 취했다. 한쪽 다리를 반대쪽 다리 위에 포갠 그 자세는 남자가 애인과 함께 있을 때 앉는 방식이었다. 쿠니는 능글맞게 웃느라 가늘어진 눈으로 와수를 바라보다가 노래를 흥얼거리기 시작했다. 낯 뜨거운 노래 가사에 와수의 얼굴이 붉어졌다.

"작작 좀 해라, 쿠니. 나 지금 농담하는 거 아니야. 세금 징수원들이 벌써 몇 주 전부터 돈을 뜯으려고 눈이 벌게져 있어. 내가 자선사업 하는 사람은 아니잖아."

쿠니 가루는 뻗었던 다리를 당기더니 느닷없이 *미파 라리* 자세로 고쳐 앉았다. 눈은 가느다래진 모양 그대로였지만, 능글맞은 웃음은 간데없이 사라졌다. 와수는 엄격하게 대하려던 다짐을 잊고 그만 움찔하고 말았다. 어쨌거나 눈앞의 청년은 건달이었으므로.

"와수 누님." 쿠니의 목소리는 잔잔하고 나지막했다. "내가 누님 가게에 얼마나 자주 오는 것 같아요?"

"거의 하루걸러 한 번이라고 봐야지."

"그럼 내가 오는 날이랑 안 오는 날이랑 매상이 다른 거, 혹시 눈치챘어요?"

와수의 입에서 한숨이 흘러나왔다. 그것이야말로 쿠니에게는 비장의 무기였고, 와수는 쿠니가 그 무기를 꺼낼 줄 이미 알고 있었다.

"그래, 네가 오는 날은 매상이 조금 오르기는 하지."

"조오그음?" 쿠니는 찻잔처럼 휘둥그레진 눈을 하고서 거센 콧김을 뿜었다. 자존심에 상처라도 입었다는 듯이.

와수는 웃어야 할지 아니면 눈앞의 이 젊은 건달에게 뭐라도 집어던져야 할지 판단이 서지 않았다. 그러다 결국 못 말리겠다는 듯이 고개만 저으며 팔짱을 끼었다.

"저 바깥에 손님들 좀 봐요! 대낮부터 돈을 들고 술 마시러 온 사람들로 미어터질 지경이잖아요. *내가 있는 날은 매상이 최소한 평소의 5할은 더 오른다, 이거예요.*"

심하게 부풀린 수치였지만, 쿠니가 가게에 있으면 단골들이 더 오래 눌러앉아서 술도 더 많이 시킨다는 사실은 와수도 인정할 수밖에 없었다. 쿠니는 쩌렁쩌렁한 목소리로 기상천외한 음담패설을 늘어놓으며 어떤 화제에도 빠지지 않고 한마디씩 아는 척을 했다. 염치라고는 눈곱만큼도 없는 이 건달 곁에 모인 사람들은 어느새 마음이 느긋해져 여흥을 즐겼다. 저속한 음유시인과 허풍쟁이 재담꾼과 즉흥 도박사를 하나로 합친 사람, 그가 바로 쿠니 가루였다. 매상이 5할이나 올라가지는 않더라도 2할, 어쩌면 3할쯤? 그 정도는 분명한 사실이었다. 게다가 쿠니가 거느리고 다니는 패거리 덕분에 싸움을 벌이고 물건을 부수는 진짜 말썽꾼들은 가게에 발도 들이지 못했다.

"누님." 쿠니는 와수를 향해 자신의 매력을 슬슬 발휘했다. "서로

돕고 살아야죠. 난 친구들이랑 이 집에 오는 게 좋아요, 다 같이 즐겁게 놀 수 있으니까. 와서 누님 장사를 거드는 것도 좋고. 그런데 누님께서 이 짭짤한 상부상조를 몰라주신다면 저야 뭐, 딴 집으로 가는 수밖에."

와수는 매서운 눈으로 쿠니를 쏘아보았지만, 속으로는 이길 수 없는 담판인 것을 이미 알고 있었다.

"그럼 가서 못 말리게 지저분한 이야기나 더 늘어놔 봐, 제국군 병사들이 코가 비뚤어지게 취해서 주머니를 다 털 때까지." 와수의 입에서 한숨이 흘러나왔다. "군만두 맛이 일품이라는 얘기도 빼놓지 말고. 오늘 다 팔아 치워야 하니까."

"그래도 내 외상을 좀 줄여야 한다는 말씀은 잘하신 거예요. 다음에 들를 땐 내 외상 장부 다 지워진 걸로 알게요. 그렇게 해 주실 거죠?"

와수는 마지못해 고개를 끄덕였다. 그러고는 한숨을 쉬며 손을 휘휘 저어 쿠니를 내보낸 다음, 쿠니 패거리가 신나게 퍼마신 외상 술값을 장부에서 지우기 시작했다.

비틀거리는 걸음으로 '빛나는 술동이'를 나서기는 했지만, 쿠니 가루의 머릿속은 아직 맑았다. 아직 대낮인 탓에 절친한 벗들은 일을 하는 중이었다. 쿠니는 주디의 중앙 시장을 어슬렁거리며 시간을 보내기로 마음먹었다.

주디는 작은 현이었는데도 '천하 통일'의 여파로 거리 풍경이 적잖이 변모했다. 로잉 사부는 이러한 변화를 폄하했고, 그의 유년기에 더 소박했던 주디의 미덕을 어린 제자들은 배우지 못할 거라며 한탄했다. 그러나 눈앞의 새 주디밖에 알지 못하는 쿠니는 나름의 기준으로 고향을 판단했다.

마피데레 황제는 옛 티로국의 귀족층이 대대로 살던 영지에서 반란을 꾀하지 못하도록 그들의 실권을 모조리 박탈하고 허울뿐인 작위만 남겨 주었다. 그러나 거기서 만족할 황제가 아니었다. 황제는 귀족들의 가문을 분할하여 일부를 제국의 먼 변방으로 이주시켰다. 예컨대 코크루 왕국 백작 가문의 맏아들은 하인과 처첩, 요리사, 경비원까지 다 거느리고서 간 왕국의 옛 땅인 머나먼 늑대발섬으로 이주해야 했다. 그런가 하면 간 왕국 공작 가문의 방계 일족은 이삿짐을 싸서 루이 왕국의 어느 현으로 옮겨야 했다. 이렇다 보니 혈기 왕성한 귀족 자제가 들고일어나려고 해도 현지의 유지들에게 영향력을 행사하지 못했고, 지역 주민들에게 공감을 사서 대의에 가담시킬 방법도 없었다. 황제는 나라가 무너진 후에 투항한 티로 육국의 군인과 그 식솔에게도 똑같은 정책을 적용했다.

귀족층은 치를 떨었지만, 다라 본섬에 사는 평민층은 이주 정책 덕분에 삶이 풍요로워지는 혜택을 누렸다. 이주한 귀족들이 고향의 음식과 의복을 애타게 그리워했기 때문에 상인들은 다라 전역을 돌며 토박이에게는 낯설지만 유배당한 귀족이라면 눈에 불을 켜고 사들일 만한 물자를 실어 날랐다. 귀족들은 고향과 예전 삶의 흔적을 애타게 그리워했다. 이렇게 각지에 흩어진 귀족이 취향의 스승이 되면서 평민들은 이전보다 더 국제적이고 넓은 안목을 기를 수 있었다.

그리하여 주디 현은 다라 각지에서 유배된 여러 귀족 가문의 터전이 되었고, 귀족들은 이 새 터전을 낯선 관습과 요리와 사투리와 글월로 채웠다. 과거 주디의 활기 없는 시장과 조용한 다관(茶館)에는 없던 것들이었다.

쿠니가 생각하기에 마피데레 황제를 행정가로 보고 점수를 매긴다면, 주디의 상거래에 활력을 불어넣은 것은 단연 칭찬할 만한 업적이었다. 시장은 다라 전역에서 온 갖가지 특산품을 파는 상인들로 가득했다. 그중 아룰루기섬의 대나무 잠자리는 막대 자루 끝에 회전하는 날개 한 쌍이 달린 신기한 장난감이었는데, 자루를 잡고 재빨리 손을 비비면 조그만 잠자리처럼 하늘로 날아올랐다. 살아 있는 종이 인형은 파사의 특산품으로, 조그만 무대 천장의 유리 막대를 비단으로 문지르면 베일을 쓴 사람 모양 종이 인형들이 폴짝거리며 춤을 추었다. 하안에서 온 마법 계산기는 나무로 만든 미로판이었다. 구슬이 미로를 따라 굴러가면 마디 끄트머리마다 붙은 조그마한 문이 팔락거렸는데 숙련된 사람은 이 기구를 이용하여 숫자의 합을 구할 수 있었다. 리마의 쇠 인형은 정교하게 만든 인간 및 동물 인형으로, 혼자 힘으로 내리막을 걸어 내려갈 수 있었다. 이처럼 신기한 물건은 한두 가지가 아니었다.

그러나 쿠니가 가장 관심을 보인 것은 무엇보다도 음식이었다. 쿠니는 자나 제국의 본거지였던 서북 제도의 양고기 볶음이라면 사족을 못 썼는데, 다수풍의 매콤한 양념을 특히 좋아했다. 늑대발섬에서 온 상인들이 내놓는 세련된 생선회도 별미였다. 생선회는 시나네 산맥 깊숙한 곳의 작은 향신료 농원에서 나는 톡 쏘는 고추냉

이와 망고 술을 곁들이면 맛이 더욱 기가 막혔다. 상점마다 늘어놓은 먹거리를 찬찬히 둘러보는 동안 어찌나 군침이 돌았던지, 쿠니는 몇 번이나 침을 삼켜야 했다.

수중에 있는 돈은 다 합쳐서 동전 두 닢. 설탕을 입힌 돌능금 꼬치 한 개도 못 살 금액이었다.

"뭐, 어차피 몸무게에 신경 쓸 때도 됐으니까."

쿠니는 혼잣말을 중얼거리며 불룩한 뱃살을 처량하게 다독였다. 이즈음 쿠니는 운동도 제대로 하지 않고 연회와 술로 하루하루를 보냈다.

어디 조용한 곳을 찾아 낮잠이라도 자려고 한숨을 쉬며 시장을 나서려던 순간, 옥신각신하는 소리가 쿠니의 귀를 잡아끌었다.

"부탁입니다, 나리, 이 아이를 데려가지 말아 주세요."

자나 농민의 전통 복장을 한 나이든 여성이 제국군 장교에게 통사정을 하고 있었다. 여인의 옷에 줄줄이 달린 형형색색의 매듭 장식은 원래 행운과 번영의 상징이었지만, 그 옷을 입는 사람들에게는 둘 다 허락되지 않았다.

"이제 겨우 열다섯 살입니다, 저희 막둥이예요. 큰아들은 벌써 황릉 공사에 끌려갔어요. 법에도 막내는 부모랑 같이 살게 돼 있잖습니까."

나이든 여성과 아들은 여느 코크루 사람보다 피부색이 옅었지만, 그 자체로는 별 의미가 없었다. 다라 각지의 여러 민족은 외모가 제각각이었으나 민족 간의 이주와 통혼은 과거부터 꾸준히 이루어졌고, 천하통일 이후에는 더욱 활발해졌다. 여러 티로국의 백성들은 예로부터 외모보다는 문화와 언어상의 차이를 더 중시했다. 그럼에도 여인의 자나풍 복장과 억양을 보면 분명 코크루 토박이는 아니었다.

만리타향까지 흘러온 사람이라고, 쿠니는 생각했다. 아마도 통일 전쟁이 끝난 후에 이 땅에 배치된 자나군 병사의 미망인일 듯싶었다. 7년 전, 새 모양 연의 조종사가 암살 미수 사건을 일으킨 후로 주디 현에는 많은 병력이 주둔했다. 황제의 부하들은 범인을 끝내 못 찾았지만, 허술한 증거를 빌미로 현지 백성 여럿을 투옥하고 처형한 후에 주디 현을 극도로 엄혹하게 다스렸다. 황제의 하수인들은 적어도 법만큼은 불편부당하게 적용했다. 승전국인 자나에서 온 가난한 백성은 패전국의 가난한 백성과 똑같은 대우를 받았다.

"아들놈 둘의 출생증명서를 내라고 했다, 헌데 너는 아무것도 안 내놓지 않았느냐."

제국군 장교가 애원하며 매달리는 여인의 손을 성마르게 뿌리쳤다. 말씨를 보니 그 역시 자나 출신이었다. 출렁거리는 살집은 전사가 아니라 행정관이라는 증거였다. 병사는 나이든 여인 곁에 서 있는 소년을 보며 싸늘하게 웃었다. 어디 덤빌 테면 덤벼 보라는 도발이었다.

쿠니는 그런 부류의 인간을 잘 알았다. 필시 통일 전쟁이 한창일 때에는 전투 임무를 피하다가, 전쟁이 끝나기가 무섭게 뇌물을 써서 자나 제국군의 장교로 임관했을 것이다. 점령지에 부임하여 부역 감독관이 될 목적으로. 그의 업무는 황제가 추진하는 대공사에 투입할 목적으로 이 지역에서 끌고 가는 장정의 머릿수를 더 늘리는 것이었다. 손에 쥔 권력은 쥐꼬리만 했지만, 그 권력을 남용할 여지는 차고 넘쳤다. 부수입 또한 쏠쏠했다. 아들이 부역에 끌려가는 꼴을 볼 수 없었던 부모들이 기꺼이 큰돈을 내놓기 때문이었다.

"너처럼 교활한 여편네들이 간혹 있지. 네 '큰아들' 얘기는 새빨간 거짓말이야. 경애하는 마피데레 황제 폐하께서 내세에 거하실 황궁을 짓는 일에 네 몫의 정당한 책임을 다하지 않으려고 지어낸 얘기지. 황제 폐하, 만수무강하시기를."

"폐하께서 만수무강하시기를. 하지만 제 말은 사실입니다, 나리." 나이든 여인은 듣기 좋은 말로 부역 감독관을 달래려 했다. "나리께서는 현명하고 용맹한 분이시잖습니까, 저를 가엾게 여기신다는 거 다 압니다."

"너한테 필요한 건 동정이 아니야. 당장 증명서를 내놓지 않으면……"

"증명서는 고향의 관아에 있습니다, 루이 현의……"

"이걸 어쩌나, 여긴 루이 현이 아닌데, 응? 그리고 너, 내가 말할 때 끼어들지 마라. 나는 너에게 이미 기회를 줬다, 부흥세를 바쳐서 이 불쾌한 소란을 끝낼 기회를. 헌데 네가 그리할 생각이 없는 듯하니 어쩔 수 없이……"

"내겠습니다! 부흥세를 내겠습니다, 나리. 하지만 시간을 좀 주세요. 요즘 장사가 통 안 되지 뭡니까. 시간을 주시면……"

"말 끊지 말라고 했을 텐데!"

감독관은 손을 쳐들어 여인의 뺨을 힘껏 후려쳤다. 곁에 서 있던 소년이 감독관에게 달려들려고 했지만, 나이든 여인은 아들의 팔을 붙들고 두 사람 사이를 막아섰다.

"부탁입니다, 제발! 제 어리석은 아들을 용서해 주세요. 이 아이 대신 저를 더 때리세요."

감독관은 껄껄 웃고는 여인에게 침을 뱉었다.

파르르 떨리는 여인의 얼굴은 형용하기조차 힘든 슬픔에 물들어 있었다. 그 얼굴을 보며 쿠니는 자신의 어머니 나레의 얼굴을, 그리고 어머니가 인생을 허비하는 아들을 보며 탄식하던 모습을 떠올렸다. 어지러운 취기가 깨끗이 사라졌다.

"그 부흥세라는 게 얼맙니까?"

쿠니는 그들 셋을 향해 어슬렁어슬렁 다가갔다. 주위의 행인들이 멀찍이 물러나 길을 터 주었다. 부역 감독관의 눈길을 끌고 싶어 하는 사람은 아무도 없었다.

감독관은 쿠니 가루를 흘깃 쳐다보았다. 쿠니의 불룩한 배와 알랑거리는 웃음, 아직 불콰한 얼굴, 흐트러지고 쭈글쭈글한 옷은 조금도 위협적이지 않았다.

"은화 스물다섯 냥이다. 헌데 그게 너랑 무슨 상관이냐? 이 꼬맹이 대신 부역을 가려고 자원할 작정이냐?"

쿠니는 부역 감독관이 새로 올 때마다 뇌물을 바친 아버지 덕분에 부역 면제를 입증할 증명서를 몸에 지니고 있었다. 게다가 눈앞의 감독관이 두렵지도 않았다. 길거리 싸움이라면 꽤 자신이 있었기에, 실제로 주먹다짐이 벌어지면 자기 몸 정도는 너끈히 지킬 수 있었다. 그러나 당장은 완력이 아니라 수완을 발휘할 때였다.

"저는 핀 크루케도리라고 합니다."

쿠니가 말했다. 크루케도리 집안은 주디에서 가장 큰 보석상의 주인으로, 그 집 맏아들인 핀은 언젠가 쿠니 패거리를 소란죄로 치안 유지대에 고발하려 했다. 큰돈이 걸린 주사위 도박판에서 쿠니에게 무참하게 졌기 때문이었다. 핀의 아버지는 자선 활동에 동전한 닢 내놓지 않는 구두쇠로 악명이 높았지만, 아들인 핀은 씀씀이가 헤프기로 유명했다.

"제 소개를 하자면, 세상 무엇보다 돈을 좋아하는 인간이지요."

"그럼 지갑 끈이나 단단히 붙들고 있어라, 남의 일에 끼어들지 말고."

"현명한 말씀입니다, 나리!" 쿠니는 흙을 쪼아 대는 닭처럼 정신없이 고개를 끄덕이더니, 어쩔 수 없다는 듯이 두 손을 벌렸다. "그런데 이 늙은 여자가 저희 집 주방장의 장모의 이웃의 친구지 뭡니까. 제가 모른 척한 걸 이 여자가 자기 친구한테 이르면 그 친구는 자기 이웃한테 이를 테고, 그 이웃은 또 자기 딸한테 이를 테고, 그 딸은 또 자기 남편한테 이를 텐데 그렇게 되면 그 남편은 제가 제일 좋아하는 오리 알을 넣은 장어 조림을 안 만들어 줄 테니……"

감독관은 쿠니가 두서없이 늘어놓는 이야기를 따라잡느라 머리가 핑 돌 지경이었다.

"헛소리 집어치워! 그래서, 이 여자의 부흥세를 대신 내겠다는 거냐, 말겠다는 거냐?"

"내야지요! 내고말고요! 어휴, 나리, 그 장어 조림을 한번 맛보시면 아, 내가 이때껏 숟가락질 헛했구나 하실 겁니다. 옥구슬을 한입 가득 씹는 것처럼 보들보들하거든요. 오리 알은 또 어떻고요? 아이고, 그건 정말……"

쿠니는 자나군 감독관의 혼이 달아날 만큼 정신없이 떠벌리는 한편으로 길가 식당의 여성 종업원에게 손짓을 했다. 쿠니가 어떤 위인인지 익히 아는 그 종업원은 슬며시 올라가는 입꼬리를 애써 누르며 종이와 붓을 건넸다.

"……그런데 부흥세가 얼마라고 하셨죠? 스물다섯 냥? 좀 깎아주시면 안 될까요? 어쨌거나 제 덕분에 장어 조림의 참맛에 눈을 뜨셨잖습니까! 스무 냥만 받으시는 게……?"

쿠니는 크루케도리 가의 사무실에서 은화 스무 냥과 교환할 수 있다는 내용의 증서를 적었다. 서명을 한 후에는 자신의 위조 실력을 찬찬히 감상했다. 그런 다음 이런 때를 대비하여 지니고 다니는 인장에 먹물을 묻혀 증서에 찍었다. 너무 낡고 닳아서 종이에 찍으면 사람에 따라 어떤 글자로도 보이는 인장이었다.

쿠니는 마지못해 준다는 듯이 한숨과 함께 증서를 내밀었다.

"여기 있습니다. 짬이 나실 때 저희 집에 들르셔서 문지기한테 이걸 주십시오. 곧바로 돈을 내 드릴 겁니다."

"잘 받았소이다, 크루케도리 공자!"

증서에 찍힌 인장을 본 감독관은 헤벌쭉 웃으며 예를 갖추었다. 지역 유지들 중에는 이 핀 크루케도리처럼 멍청한 부잣집 자제들이 친해지기에 가장 좋은 상대였다.

"새 벗을 사귀는 것만큼 즐거운 일도 없지. 그런 의미에서 같이 한잔하러 가시지 않겠소?"

"그 말씀을 안 하시면 어떡하나 걱정했습니다." 쿠니는 신이 나서 감독관의 어깨를 쳤다. "그런데 제가 잠깐 바람 쐬러 나온 길이라 수중에 돈이 한 푼도 없지 뭡니까. 다음번에 제가 집으로 모셔서 장어 조림을 대접하겠습니다, 그 대신 오늘은 나리께서 좀……"

"물론이오, 당연히 그래야지. 친구 좋다는 게 뭐요?"

감독관과 나란히 걸어가면서, 쿠니는 그 나이든 여인을 흘깃 돌아보았다. 여인은 아무 말도 못 한 채 우두커니 서 있었다. 입을 헤벌리고 눈을 둥그렇게 뜨고서. 아마도 너무 놀라고 고마워서 인사조차 잊었을 그 여인을 보며 쿠니는 다시금 자신의 어머니가 떠올랐다. 쿠니는 느닷없이 축축해진 눈시울을 감추려고 눈을 껌벅거리고는 여인을 안심시키려고 한쪽 눈을 찡긋한 다음, 돌아서서 감독관과 농을 주고받기 시작했다.

소년이 어머니의 어깨를 살짝 흔들었다.

"엄마, 이제 가요. 저 돼지 같은 놈이 마음을 바꾸기 전에 여길 떠나야 해요."

여인은 그제야 정신이 돌아온 모양이었다.

"젊은이." 여인은 멀어지는 쿠니의 뒷모습을 보며 중얼거렸다. "게으르고 어리석은 척하지만, 내게는 자네의 진심이 보이는군. 화사하고 강인한 꽃이 이름 없이 피었다가 잊히는 일은 없을 거야."

그 목소리를 듣기에는 쿠니는 이미 너무 멀리 있었다.

그런데 길가에 놓인 가마 안에 앉아 있던 젊은 여성은, 그 나이든 여인의 목소리를 들었다. 가마꾼들이 마실 것을 사러 여관에 들어간 사이에 일어난 일이었다. 여성은 가마 창문의 가림막을 살짝 젖히고 방금 일어난 일을 처음부터 끝까지 지켜보았다. 나이든 여인을 돌아보던 쿠니의 마지막 눈빛과 젖은 눈시울까지도.

　나이든 여인의 말을 곰곰이 생각하던 여성의 새하얀 얼굴에 미소가 번져 갔다. 불길처럼 붉은 머리 타래를 만지작거리며 먼 곳을 바라보는 그녀의 눈은 무지갯빛 비늘에 리본 모양 꼬리를 지닌 물고기 다이란의 몸통처럼 갸름하고 우아했다. 선한 사람 행세를 하지 않으며 선행을 베풀던 그 청년에게는 특별한 구석이 있었다. 그녀는 그 청년에 관해 더 알고 싶어졌다.

제4장

지아 마티자

주디 현

일명천 21년 5월

며칠 후, 쿠니는 친한 패거리를 만나러 '빛나는 술동이'에 다시 들렀다. 그들은 싸움이 벌어지면 서로 편을 들어 주고 술집에도 함께 몰려다니는 사이였다.

"쿠니, 너 언제까지 그렇게 인생을 낭비할 작정이야?"

린 코다가 물었다. 어릴 적과 다름없이 깡마르고 예민해 보이는 린은 자나군 기지에서 글을 모르는 병사들을 위해 대필하는 일로 생계를 꾸렸다.

"네 어머니가 나만 보면 한숨을 쉬면서 친구 좋은 게 뭐냐고, 너한테 취직 좀 하라고 타일러 달라고 그러셔. 오늘 저녁에 여기 오는 길에는 네 아버지한테 붙들려서 너랑 놀면 나쁜 물이 든다는 소리도 들었고."

쿠니는 아버지의 말이 생각보다 아프게 다가왔다. 그래서 일부러 더 거칠게 대꾸했다.

"나한테도 *야망*이란 게 있어."

"하! 거 다행이네." 그렇게 쏘아붙인 샌 카루코노는 현청 마구간의 책임자로, 친구들한테서 사람보다 말의 마음을 더 잘 이해한다고 놀림을 받곤 했다. "넌 우리가 반듯한 일자리를 소개해 줄 때마다 말도 안 되는 핑계로 거절하잖아. 내가 마구간에서 같이 일하자고 했을 땐 말이 너를 무서워해서 안 된다고 했지."

"그건 사실이야! 말이라는 짐승은 원래 인격이 비범하고 정신이 고상한 사람을 무서워하는 법이라……"

샌은 쿠니의 말을 무시했다. "코고의 일을 돕기 싫어하는 건 공무원 일이 따분하다고 생각하기 때문이고."

"너 내 말을 곡해하는 것 같은데. 난 그냥 내 창의성을 제한받기 싫다는 뜻으로……"

"린이랑 같이 일하는 건 로잉 사부님한테 배운 고전 문구를 병사들 연애편지에 인용했다가 들키면, 사부님이 창피해하실 테니 싫다고 했지. 도대체 네가 하고 싶은 일이 있기는 하냐?"

사실 쿠니는 병사들의 연애편지에 로잉 사부가 가르쳐 준 주옥같은 격언을 양념처럼 집어넣으면 재미있을 거라고 생각했지만, 린의 일거리를 뺏고 싶지는 않았다. 내심 린보다 자기가 더 글을 잘 쓴다고 자부했기 때문이었다. 하지만 그런 이유를 대놓고 밝힐 수는 없었다.

쿠니는 장차 뭔가 특별한 업적을 이룰 거라고 말하고 싶었다. 장대한 행렬의 맨 앞에서 말을 타는 기수가 되는 것처럼, 사람들이 떠받드는 업적을. 그러나 그 업적의 구체적인 내용을 떠올리려 할 때마다 쿠니는 머릿속이 하얘졌다. 가끔은 아버지와 형이 자신을 제대로 본 게 아닐까 하는 생각도 들었다. 부평초처럼 둥둥 떠다니며 인생을 낭비하는, 구제불능.

"난 적당한 때가 오기를……"

"……기다리는 중이지."

샌과 린이 입을 모아 대신 말을 맺었다.

"너도 점점 발전하는구나. 이젠 그 소리를 하루걸러 한 번씩만 하니까."

린의 말에 쿠니는 기분이 상한 눈치였다.

"난 네 말이 무슨 뜻인지 알 것 같아." 샌이 말했다. "넌 현장(縣長)이 비단 가마를 타고 찾아와서 굽실거리기를 기다리는 거야, 너를 주디의 자랑으로 황제한테 추천하게 허락해 달라면서."

그 말에 모두가 웃음을 터뜨렸다.

"한낱 참새 떼가 독수리의 높은 뜻을 알 리가 없지."

쿠니는 가슴을 쭉 펴고 남은 술을 벌컥벌컥 들이켰다.

"맞아. 독수리들이 너를 보면 우르르 몰려들긴 할 거야."

"진짜?"

린의 칭찬을 들은 쿠니는 눈을 반짝이며 다음 말을 기다렸다.

"당연하지. 네 몰골이 워낙 깃털 뽑힌 닭 같잖아. 독수리도 매도 환장을 해서 날아올걸."

쿠니는 건성으로 친구에게 주먹을 날렸다.

"저기, 쿠니." 코고 옐루가 말을 꺼냈다. "현장이 연회를 연다는데, 안 갈래? 힘깨나 쓰는 양반들이 많이 올 거야. 네가 평소에 만날 일 없는 사람들이지. 혹시 알아, 네가 기다리던 *기회*가 거기 있을지."

코고 옐루는 쿠니보다 나이가 열 살가량 위였다. 성실하고 우직한 코고는 제국 공무원 임용 시험에 높은 성적으로 합격했다. 그러나 관료 사회의 족벌 체제와 인연이 없는 한미한 집안 출신인 탓에 아무리 애써 봐야 현청의 3급 관리 이상은 바라기 힘든 처지였다.

그럼에도 코고는 자신의 일을 사랑했다. 자나 출신인 현장은 뇌물로 한직을 샀을 뿐 행정에는 별 관심이 없어서 보통은 코고가 조언하는 대로 일을 처리했다. 코고는 지방 행정이라는 일에 매력을 느꼈고, 현장이 처한 문제를 해결하는 데서도 재능을 보였다.

사람들은 게으르고 빈둥거리기 좋아하는 쿠니가 가난뱅이 아니면 범죄꾼으로 전락할 거라 여겼지만, 코고는 쿠니의 소탈한 분위기와 번득이는 재치를 좋아했다. 쿠니에게는 독특한 구석이 있었지만, 그 독특함을 알아보고 높이 살 사람이 주디 현에는 좀처럼 드물었다. 그런 쿠니와 한담을 나눈다면 현장의 지겨운 연회도 조금은 즐거워질 듯싶었다.

"좋지."

쿠니의 표정에 다시 생기가 돌았다. 연회라면 언제나 환영이었다. 공짜 술에 공짜 음식이 기다리고 있으니!

"현장 친구 중에 마티자라는 사람이 있는데, 이제 막 주디 현으로 이사를 왔어. 예전 파사 왕국의 영토였던 곳에서 큰 목장을 하다가 그쪽 지방 관리하고 사이가 틀어졌나 봐. 새 출발을 하려고 이리로 옮겨오긴 했지만, 자산의 태반이 그쪽에 있는 가축이라 곧장 현금화하기는 힘든 모양이더라. 현장이 그 사람을 위해서 환영회를……"

코고의 말을 자르고 샌 카루코노가 끼어들었다.

"물론 현장이 연회를 여는 진짜 목적은 자기한테 잘 보이고 싶은 손님들을 불러 모아서 그 마티자라는 친구한테 선물을 잔뜩 바치게 하는 거겠지, 그러면 친구의 현금 사정도 풀릴 테니까."

"연회에 고용된 임시 일꾼으로 오는 것도 가능할 거야." 코고가 말을 이었다. "연회 책임자는 나니까. 그날 하루만 급사로 채용해 줄게. 요리를 나르다 보면 귀빈하고 한두 마디 주고받을 기회가 생길 거야."

"무슨 소리." 쿠니 가루는 그 제안에 손을 내저었다. "코고, 음식이나 품삯 때문에 굽실거리긴 싫어. 난 손님으로 갈 거야."

"하지만 현장의 초대장을 보면 손님이 지참할 선물은 최소한 은화 100냥이야!"

그 말에 쿠니는 눈을 동그랗게 떴다.

"나한텐 재치와 잘생긴 얼굴이 있잖아. 이건 값을 따질 수 없는 선물이라고."

코고가 질렸다는 듯이 고개를 젓자 모두가 웃음을 터뜨렸다.

현장의 관저 앞에 샛노란 등이 내걸렸다. 정문 양옆에는 코크루의 전통 복식인 짧은 드레스 차림의 여성이 서서 손님이 도착할 때마다 향을 태운 연기를 들이마셨다가 비눗방울을 불어 주었다. 비눗방울은 손님에게 부딪혀 터지면서 안에 든 향기를 내뿜었다. 재스민, 월계수, 백단향의 향기였다.

코고 옐루는 문지기를 맡아 손님들을 맞이하면서 그들이 가져온 선물을 장부에 기록했다('마티자 어르신께서 감사 편지를 보내셔야 해서'라는 평계와 함께). 그러나 나중에 그 장부를 읽어 볼 사람이 현장이라는 것을 모르는 사람은 없었다. 장차 주디 현에서 승승장구할 사람이 누구인지는 이름 옆에 적힌 액수의 크기에 달려 있었다.

쿠니는 혼자서 관저에 도착했다. 깨끗한 속옷에 기운 자리가 가장 적은 겉옷을 입고 머리도 감은 모습이었다. 술에 취한 기색도 없었다. 이 정도가 쿠니에게는 '차려입은' 상태였다.

코고는 정문 앞에서 쿠니를 잡아 세웠다.

"농담하는 거 아니다, 쿠니. 선물을 안 가져온 사람은 안에 들여보낼 수가 없어. 빈손으로 왔으면 저쪽의 걸인용 식탁에 앉아야 해."

코고는 정문에서 서른 걸음 정도 떨어진 곳, 관저 외벽에 붙여 놓은 탁자를 가리켰다. 연회가 시작되려면 한참 전이었는데도 걸인과 영양실조로 보이는 고아들이 벌써부터 자리를 차지하려고 다투고 있었다.

"손님들의 만찬이 끝나면 남은 음식을 저기로 갖다 줄 거야."

쿠니 가루는 코고에게 한쪽 눈을 찡긋하더니 소맷부리 안에서 빳빳한 종이를 꺼내어 세 번 접었다.

"사람을 잘못 보신 것 같군요. 저는 핀 크루케도리라고 합니다. 선물은 은화 1000냥이고요. 여기 증서가 있습니다, 저희 본가의 사무실에 갖다 주시면 제 명의로 돈을 찾으실 수 있습니다."

그 말에 코고가 대꾸하기도 전에 웬 여자의 목소리가 들려왔다.

"고명하신 크루케도리 공자님을 여기서 다시 뵙다니, 정말 영광이군요!"

코고와 쿠니가 고개를 돌려 보니 스무 살을 넘은 지 얼마 안 됐을 법한 여성이 정문 안쪽의 관저 정원에 서 있었다. 그녀는 짓궂은 웃음을 머금고 쿠니를 응시했다. 흰 피부색과 구불구불하고 새빨간 머리카락은 파사 사람의 특징이라 주디에서는 조금 튀어 보였지만, 쿠니는 무엇보다 그녀의 눈에서 깊은 인상을 받았다. 다이란의 몸통처럼 우아한 곡선을 그리는 두 눈이 꼭 암녹색 술이 고인 웅덩이 같았던 것이다. 들여다본 남자는 누구든 길을 잃고 헤매게 할 눈이었다.

쿠니는 헛기침을 하고 나서 물었다.

"무슨 재미난 일이라도 있습니까, 아가씨?"

"재미있는 건 당신이에요. 핀 크루케도리 공자는 부친과 함께 안에 들어간 지 10분도 안 됐어요. 그동안 같이 환담을 나누면서 나한테 몇 마디 공치사도 건넸죠. 그런데 또 다른 크루케도리 공자가 도착해서 내 눈앞에 서 있지 뭐예요, 완전히 딴판인 얼굴로."

여성의 말에 쿠니는 표정이 진지해졌다.

"아마 헷갈리셨나 봅니다, 저랑…… 제 사촌을요. 그 친구 이름은 핀이고, 제 이름은 퀸입니다." 쿠니는 입술을 동그랗게 오므려 발음의 차이를 강조했다. "아마 코크루 사투리에 익숙지 않아서 그러셨을 겁니다. 발음이 미묘하게 다르거든요."

"아, 그런가요? 그렇담 사촌 분으로 착각당하는 경우가 꽤 많으시겠네요. 시장에 돌아다니는 자나군 장교들도 그 미묘한 차이를 잘 모를 테니까요."

쿠니는 얼굴이 잠시 벌게졌지만, 이내 웃음을 터뜨렸다.

"아무래도 저를 몰래 지켜본 사람이 있었나 보군요."

"난 지아 마티자라고 해요. 당신이 사기를 치려고 하는 사람의 딸이에요."

"*사기*라는 표현은 너무 심하군요." 쿠니는 망설임 없이 대꾸했다. "마티자 공의 따님께서 대단한 미인이라는 말은 익히 들었습니다. 물고기 떼 속의 다이란처럼 아름다우시다고."

그 말에 지아는 어이없다는 듯이 눈을 하늘로 향했다.

"원래는 여기 있는 제 친구 코고의 힘을 빌려서……" 쿠니가 돌아보자 코고는 모르는 사람인 양 고개를 저었다. "……남의 이름으로 연회장에 들어갈 생각이었습니다. 그 따님을 한 번이라도 보고 싶어서. 그런데 들어갈 것도 없이 이렇게 뜻을 이뤘으니, 코고도 저도 명예를 지킬 수 있게 됐군요. 그럼 전 이만 가 보겠습니다."

"정말이지 부끄러움이란 걸 모르시는군요." 말은 그렇게 했지만, 지아 마티자의 눈에는 웃음이 어려 있었고 목소리 역시 부드러웠다. "저랑 같이 들어가세요, *제* 손님으로. 엉뚱하긴 해도 재미있는 분 같으니까."

열두 살 되던 해, 지아 마티자는 스승의 몽상초(夢想草)를 조금 훔쳤다.

그리고 꿈속에서 수수한 회색 목면 옷차림의 남자를 만났다.

"당신은 나한테 뭘 줄 건가요?" 지아가 물었다.

"시련, 외로움, 오랫동안 이어질 번민." 남자가 대답했다.

남자의 얼굴은 보이지 않았지만, 지아는 그의 목소리가 왠지 마음에 들었다. 부드럽고 진중한, 그러면서도 살짝 웃음기가 밴 목소리였다.

"행복한 짝이 아닌 것 같은데요."

"행복한 짝으로는 이야기나 노래를 만들 수가 없지. 우리가 함께 견뎌낸 모든 시련이 결국에는 두 배의 기쁨이 될 거야. 사람들은 천년 후에도 우리를 기리는 노래를 부를 테고."

지아는 그 남자가 어느새 노란 비단 예복으로 갈아입은 것을 알아차렸다. 이내 그가 지아에게 입을 맞추었다. 그에게서는 소금과 포도주의 맛이 났다.

지아는 그가 장차 자신의 남편이 될 남자라는 것을 깨달았다.

며칠 전에 갔던 연회 생각이 지아의 머릿속을 떠나지 않았다.

"루루센의 시가 사실은 한밤중에 청루에서 눈을 뜬 사람의 이야기라니, 그런 해석은 금시초문이네요." 지아는 웃으며 말했다.

"정치나 뭐 그런 고상한 주제를 담은 시라는 게 전통적인 해석이죠." 쿠니가 말했다. "하지만 잘 들어 보세요. '세상은 술에 취했는데 나만 홀로 맑은 정신이구나/ 세상은 잠들었는데 나만 홀로 깨어 있구나.' 이 행은 분명 술에다 물을 타는 청루를 암시하는 거예요. 뒷받침할 증거도 이미 찾아봤다고요."

"물론 그랬겠죠. 그 해석을 스승님께도 말씀드렸나요?"

"그럼요, 하지만 너무 꽉 막힌 분이라 저의 총명함을 못 알아보시더군요." 쿠니는 곁에 지나가던 급사의 쟁반에서 작은 접시 두 개를 집었다. "으깬 매실 절임에 군만두를 찍어 먹으면 맛있는 거 아세요?"

지아의 표정이 굳었다.

"듣기만 해도 역하네요. 그 둘은 맛이 전혀 안 어울려요. 파사 음식과 코크루 음식을 섞은 거니까."

"먹어 보지도 않고 맛이 있는지 없는지 어떻게 알아요?"

지아는 쿠니의 창작 요리를 맛보았다. 맛있었다. 기가 막히게.

"시보다는 요리 쪽에 재능이 있는 분 같군요." 지아는 으깬 매실을 바른 만두 쪽으로 다시 손을 뻗으며 말했다.

"그래도 당신이 루루센의 시를 예전처럼 감상하는 건 불가능할걸요?"

"지아야!"

어머니의 목소리가 지아를 현실로 끌어냈다.

지아가 판단하기에 맞은편에 앉은 젊은 남자는 못생긴 편은 아니었지만, 멀쩡한 사람처럼 보이려고 갖은 애를 쓰는 눈치였다. 총기라고는 눈곱만큼도 없는 두 눈은 지아의 얼굴과 몸을 쉴 새 없이 훑

끔거렸고, 입가에는 가느다랗게 침이 흘러내렸다.

이 사람은 절대 아니야.

"······백부님께서는 토아자까지 오가는 상선을 스무 척이나 소유하신 분이랍니다."

중매쟁이 여인의 말이었다. 그녀는 탁자 밑으로 손을 뻗어 젓가락으로 지아를 쿡 찔렀다. 미리 일러둔 대로 더 요염하게 웃으라는 신호였다.

지아는 입을 가릴 생각도 않고 두 팔을 쭉 뻗은 채 하품을 했다. 어머니인 루 부인의 눈꼬리가 올라갔다.

"타보 님, 맞으시죠?"

지아는 몸을 앞으로 숙이며 물었다.

"타도입니다."

"맞아요, 그랬죠. 타도 님, 10년 후에 어디서 뭘 하고 계실지, 가르쳐 주실 수 있을까요?"

타도는 표정이 한층 더 멍해졌다. 그래도 잠시 우물쭈물하다가, 이내 얼굴이 주름투성이로 바뀔 만큼 활짝 웃었다.

"어휴, 무슨 말씀인지 이제야 알아들었네요. 걱정 마십시오, 아름다운 아가씨. 10년 후에 저는 호숫가에 저택을 갖고 있을 겁니다."

지아는 고개를 끄덕였다. 무슨 생각을 하는지 알 수 없는 표정을 지은 채로. 그렇게 침이 흐르는 청년의 입을 가만히 응시하기만 할 뿐, 더는 말이 없었다. 그 자리에 있던 다른 사람들은 애가 탔다. 영원처럼 느껴지는 시간이었다.

"마티자 아가씨는 훌륭한 약초 연구가이시랍니다." 중매인의 목소리가 불편한 침묵을 깨뜨렸다. "파사에서 최고의 선생님들한테 배우셨거든요. 보나마나 행운아이신 부군의 건강을 지키고 예쁜 아기를 여럿 낳을 방법을 잘 아실 거예요."

"아이는 적어도 다섯은 낳을 생각입니다." 타도가 시원스럽게 거들었다. "더 낳을 수도 있고요."

"저를 씨 뿌릴 밭으로 여기시는 게 아니란 건 확실히 알겠네요."

지아의 말에 중매인이 또다시 탁자 밑으로 지아를 쿡 찔렀다.

"마티자 아가씨께서 시 짓기에 능하시다는 얘기를 들었습니다."

타도는 아부하듯이 말을 꺼냈다.

"어머? 시에도 관심이 있으신가요?"

빨간 머리카락 한 타래를 빙글빙글 돌리는 지아의 모습은 모르는 사람이 보면 교태로 착각할 만도 했지만, 루 부인은 딸이 비웃는 중이라는 것을 알았기에 의혹의 눈길을 보냈다.

"저는 시를 읽는 게 정말 좋습니다."

타도는 비단 윗옷의 소매로 입가의 침을 닦았다.

"그래요?"

지아의 얼굴에 앞서 보였던 짓궂은 웃음이 다시 떠올랐다. 지아는 정신을 집중할 대상이었던 남자 입가의 침 줄기가 사라져서 조금 아쉬웠다.

"저한테 좋은 생각이 있어요! 지금 여기서 시를 한 편 쓰시는 게 어떨까요? 주제는 마음대로 고르세요, 전 한 시간 후에 돌아와서 읽어 볼게요. 시가 마음에 들면 타도 님이랑 결혼하는 걸로 하죠."

지아는 중매인이 뭐라고 말을 꺼내기도 전에 일어서서 자기 방으로 가 버렸다.

　루 부인은 지아의 방문 앞에 서서 씩씩거렸다.

　"그 사람 저 때문에 겁먹고 달아나 버렸나요?"

　"아니. 끙끙대면서 시를 쓰는 중이야."

　"의지의 사나이네! 감동적인걸요."

　"언제까지 그렇게 험한 말을 퍼붓고 화를 내서 멀쩡한 총각들을 쫓아낼 작정이냐? 중매인한테 네 혼처를 처음 부탁한 때가 두꺼비 해였다, 그런데 지금은 벌써 크루벤 해가 아니냐!"

　"어머니, 어머니는 딸이 행복해지는 게 싫으세요?"

　"싫기는, 그런데 널 보면 노처녀가 되려고 작정한 것 같잖아."

　"하지만 노처녀가 되면 평생 어머니랑 같이 살 수 있잖아요!"

　딸을 바라보는 루 부인의 눈꼬리가 올라갔다.

　"너 뭔가 감추고 있는 거 아니야? 몰래 만나는 사람이라도 있어?"

　지아는 대꾸하지 않고 시선을 피했다. 오래된 버릇이었다. 지아는 거짓말은 하지 않았지만, 솔직한 대답이 환영을 못 받겠다 싶으면 입을 다물어 버렸다. 루 부인의 입에서 한숨이 흘러나왔다.

　"계속 이런 식이면 머잖아 주디에서 네 중매를 설 사람은 아무도 없을 거다. 파사에서도 그렇게 악명을 떨치더니, 여기서도 소문이 슬슬 퍼지는 중이라더라!"

　지아는 한 시간이 다 지나서 응접실로 돌아갔다. 그러고는 시가 적힌 종이를 들고 헛기침을 한 후에 읽기 시작했다.

그대의 머리카락은 불길 같소.

그대의 눈은 물 같소.

그대를 내 아내로 맞고 싶소.

그대의 미모가 내 삶의 새 의미라오.

지아는 생각에 잠긴 표정으로 고개를 끄덕였다.

청년은 흥분을 감추지 못했다.

"마음에 드십니까?"

"읽고 나니까 저도 시가 한 수 떠오르네요."

당신의 눈은 말라 버린 우물 같군요.

당신의 침은 자벌레 같아요.

부디 아내를 맞으시길 바랄게요.

여기 계신 중매인은 어떠세요? 찌르기의 명수이신데!

청년과 중매인이 성난 걸음으로 마티자 저택을 나서는 동안 지아
의 웃음소리는 길고 낭랑하게 이어졌다.

쿠니는 마티자 저택에 연락을 취할 방법이 없었다. 아직 자리는
못 잡았을지 몰라도 상류층으로 발돋움하려고 애쓰는 마티자 가문
같은 집안에 싹수없는 불량배를 소개할 만큼 어리석은 중매인이 있
을 리 없기 때문이었다.

다행히도 지아에게는 혼자서 집을 나설 완벽한 구실이 있었다.

주디 현에서 나는 약초를 조사하고 채집해서 약을 만든다는 핑계로 교외의 산과 들을 여러 차례 돌아다녔던 것이다.

쿠니는 자신이 가장 아끼는 장소로 지아를 데려갔다. 강에서 고기가 가장 잘 잡히는 물굽이, 그늘에 누워 낮잠을 자기에 안성맞춤인 정자와 나무 그늘, 최고로 인기 있는 주점과 다관 같은 곳이었다. 그렇게 본때 있는 집안의 음전한 규수라면 절대 찾지 않을 장소, '격식'을 따지는 사람들 특유의 답답한 인습과 지독한 긴장감이 존재하지 않는 장소에서 지아는 낯선 진솔함을 느꼈다. 그런 곳에서 함께 어울려 놀 때면 쿠니와 그 친구들은 지아의 인사법이 격식에 맞는지 어떤지, 또는 말씨가 우아한지 어떤지에 신경 쓰지 않았다. 그저 함께 술잔을 비우기만 해도 박수를 쳐 주었고 속내를 털어놓으면 귀를 기울여 주었다.

그 답례로 지아는 쿠니에게 그가 여태 눈여겨보지 않았던 새 세상을 보여 주었다. 바로 그의 발치에 자란 풀과 긴 시골길을 수놓은 덤불이었다. 쿠니는 처음에는 지아가 설명해 주는 화초의 효능보다 그녀의 입술에 정신이 팔려 있었기 때문에 시큰둥했지만, 생강과 달맞이꽃을 씹으면 지긋지긋한 숙취가 신기하게도 사라지는 것을 깨닫고 나서 열성적인 신도로 거듭났다.

"이건 뭐예요?"

쿠니는 하얀 꽃잎이 다섯 장 달린 꽃받침 아래에 기도하는 손 모양처럼 생긴 풀잎이 달린 꽃을 가리키며 물었다.

"실은 하나가 아니라 둘이에요. 아래쪽의 풀잎은 '자비 아마'라는 풀이죠. 위쪽의 꽃은 '오정향(烏丁香)'이고."

쿠니는 그 꽃을 더 자세히 보려고 옷이 더러워지는 것도 아랑곳하지 않고 땅에 냉큼 엎드렸다. 지아는 호기심이 동한 소년처럼 행동하는 그를 보고 웃음이 터졌다. 쿠니는 모두가 따르는 규칙에서 자신만은 예외인 것처럼 행동했고, 지아는 바로 그 점에서 자유를 느꼈다.

"진짜네." 쿠니는 감탄 어린 목소리로 중얼거렸다. "근데 멀리서 보면 하나로 붙어 있는 것 같아요."

"오정향에는 느리게 퍼지는 독이 있어요. 하지만 꽃이 이렇게 예쁘다 보니, 성스러운 카나 신과 라파 신께서 지혜롭게 창조하신 까마귀마저도 그 자태에 넋이 나가 버리죠. 까마귀들은 오정향을 따가서 자기네 둥우리를 장식하는데, 시간이 지나면 꽃에서 증발한 즙 때문에 죽고 말아요."

오정향의 향기를 음미하던 쿠니는 뒤로 펄쩍 물러났다. 들판에 지아의 낭랑한 웃음소리가 울려 퍼졌다.

"괜찮아요, 당신은 까마귀보다 덩치가 훨씬 크니까. 그렇게 조금 들이마신 정도로는 아무렇지도 않아요. 게다가, 아래쪽의 자비 아마가 오정향의 천연 해독제예요."

쿠니는 자비 아마의 잎을 몇 장 따서 입에 넣고 씹었다.

"독이랑 해독제가 이렇게 붙어서 자라다니 신기하군요."

지아는 고개를 끄덕였다.

"그런 식의 짝이 보편적으로 존재한다는 게 본초학(本草學)의 근본 원리예요. 치명적인 독사인 파사의 칠보사(七步蛇)는 그늘진 동굴에 둥지를 트는데, 뱀독의 해독 성분을 분비하는 우는아이버섯이 잘 자라는 곳도 그늘진 동굴이에요. 추운 겨울밤에 어울리는 매운 향신료인 불도마뱀풀은 열을 내리는 효능으로 잘 알려진 눈물꽃 옆에서 잘 자라고요. 우주는 적이 될 운명인 것들을 친구로 맺어 주길 좋아하나 봐요."

쿠니는 그 말을 곰곰이 곱씹었다.

"한낱 풀에 그렇게 대단한 사상과 지혜가 숨어 있을 줄은 꿈에도 몰랐는데."

"놀랐어요? 왜요, 약초로 병을 고치는 건 진짜 학자와 의술가 거들떠도 안 보는 아녀자들의 재주라서?"

쿠니는 지아 쪽으로 돌아서서 고개를 숙였다.

"제가 그만 어리석은 소리를. 무례를 범할 생각은 없었습니다."

지아는 *지리* 자세로 깊이 고개를 숙여 답례했다.

"그래도 당신은 자신이 남보다 잘났다고 생각하진 않아요. 그거야말로 진정 그릇이 큰 사람의 특징이죠."

둘은 서로를 보며 씩 웃고는 계속 걸었다.

"당신이 제일 좋아하는 식물은 뭔가요?"

지아는 잠시 생각하다가, 몸을 숙여 조그맣고 꽃부리가 샛노란 꽃을 꺾어 들었다.

"식물은 뭐든 다 좋아하지만, 하나만 고르라면 민들레예요. 민들레는 튼튼하고 의연하고, 적응을 잘하고 실용적이에요. 민들레 꽃송이는 조그만 국화처럼 생겼지만 훨씬 더 쓸모가 많고 강인하죠. 시인들이 시를 지어 기리는 꽃은 국화지만 민들레는 잎과 꽃송이로 배를 채울 수 있고, 즙으로는 사마귀를 없앨 수 있고, 뿌리로 열을 내릴 수도 있어요. 꽃잎으로 차를 만들어서 마시면 감각이 예민해지는 반면에 뿌리를 씹으면 손 떨림이 가라앉아요. 민들레 즙은 투명 물감으로도 쓸 수 있어서, 그걸로 글씨를 쓰면 석이버섯 즙을 발라야 볼 수 있어요. 그렇게 쓰임새가 많아서 사람한테 의지가 되는 식물이죠. 게다가 장난감으로 써도 재미있어요."

지아는 갓털이 보송보송한 봉오리 하나를 따서 훅 불었다. 미세한 날개 같은 갓털이 달린 꽃씨들이 공중으로 흩어졌고, 몇 개는 쿠니의 머리에 내려앉았다.

쿠니는 민들레 꽃씨를 털지 않고 가만히 두었다.

"하지만 국화는 고귀한 꽃이에요."

"맞아요. 가을에 가장 늦게 피어서 겨울에 맞서는 꽃이니까. 향기는 다른 어떤 꽃도 넘보지 못할 만큼 그윽하고요. 차로 만들어 마시면 정신이 깨어나고, 꽃다발에 넣으면 단연 주인공이 되죠. 하지만 사람들에게 사랑받는 꽃은 아니에요."

"고귀한 걸 별로 안 좋아하나 봐요?"

"내 생각에 진짜 고귀함은 그보다 훨씬 소탈한 방식으로 드러나는 것 같아요."

그 말에 쿠니는 고개를 끄덕였다.

"마티자 아씨는 진정 그릇이 큰 분이시군요."

"어휴, 아첨은 당신이랑 안 어울려요, 가루 공자님." 지아는 웃으며 말했지만, 이내 표정이 진지하게 바뀌었다. "말해 봐요, 10년 후에 당신은 어떤 사람이 돼 있을 것 같아요?"

"짐작도 안 가는데요. 인생이란 모름지기 실험이에요. 그렇게 먼 미래를 무슨 수로 계획하겠어요? 난 그냥 그때그때 기회를 봐서 제일 신나는 걸 하겠다고 스스로에게 다짐할 뿐이에요. 그 다짐을 꼬박꼬박 지키면서 살면, 10년 후에 후회할 일이 없으리란 것만은 분명하죠."

"왜 굳이 그런 다짐을 해야 하죠?"

"기회가 닥쳤을 때 제일 신나는 쪽을 택하는 건 사실 되게 겁나는 일이거든요. 웬만한 사람은 엄두도 못 내요. 예를 들면, 초대받지 않은 연회에 허풍을 쳐서 들어가는 거라든가. 하지만 봐요, 그 덕분에 지금 내 인생이 얼마나 즐거워졌는지. 이렇게 당신을 알게 됐잖아요."

"제일 신나는 일이 제일 쉬운 일이 아닐 때도 많아요. 고통과 시련, 낙담과 실패가 찾아오기도 하죠. 당신 스스로에게도, 당신이 사랑하는 사람들에게도."

그 말에 쿠니 역시 표정이 진지해졌다.

"하지만 시련을 견뎌내지 않은 사람은 행복을 만끽할 수 없을 것 같은데요."

지아는 쿠니 쪽으로 돌아서서 그의 팔에 손을 얹었다.

"난 믿어요, 당신이 위대한 사람이 될 거라고."

쿠니의 마음은 온기로 물들었다. 지아를 만나기 전까지 그는 여성을 친구로 느껴 본 적이 한 번도 없었다.

"내가요?" 쿠니의 입꼬리가 슬며시 올라갔다. "나한테 속고 있다는 생각은 안 들어요?"

"속기에는 내가 너무 똑똑한걸요."

지아는 스스럼없이 대꾸했고, 둘은 누가 볼까 걱정하는 기색도 없이 서로를 끌어안았다.

쿠니는 세상에서 으뜸가는 행운아가 된 기분이었다. 지아의 아버지에게 부끄럽지 않을 결혼 비용은 마련할 길이 없었지만, 그럼에도 반드시 지아를 아내로 맞고 싶었다.

"때로는 제일 신나는 일이 제일 지루한 일일 때도 있지. 책임을 다하는 일이라든가."

쿠니가 혼자 중얼거린 말이었다.

쿠니는 코고에게 현청에 일자리를 알아봐 달라고 부탁했다.

"네가 할 줄 아는 게 뭐가 있다고."

코고의 이마에 깊은 주름이 패었다.

그러나 친구가 곤란에 처해 있었기에 코고는 사방에 빈자리가 있는지 문의했고, 마침내 부역을 관리하는 부서에 새로 징집된 장정과 중노동형에 처해진 경범죄자 등을 감시할 사람이 필요하다는 말을 들었다. 그들은 며칠간 유치장에 머물다가 머릿수가 차면 배치받은 곳으로 다 함께 출발할 처지였다. 그런 식의 호송길에는 징집병과 죄수를 감시할 사람 또한 필요했다. 훈련받은 원숭이한테 몽둥이를 쥐여 줘도 해낼 법한 일이었다. 쿠니라고 해도 망칠 리가 없었다.

"이런 식으로 황제를 섬기게 될 줄은 꿈에도 몰랐는데."

쿠니는 어찌 보면 지아와 자신을 맺어 준 셈인 그 부역 감독관을 떠올리며 말했다. 장차 동료가 될 그의 양심을 풀려면 맛있는 식사라도 대접해야 할 판이었다.

"그래도 난 '부흥세'는 안 걸을래. 뭐, 돈이 썩어나는 부자한테서라면 또 모르지만."

"검소하게만 살면 괜찮을 거다. 급료는 안정적으로 나오니까."

제국 공무원의 급료는 쿠니가 사채업자를 찾아가서 장래 수입을 담보로 지아의 부모에게 건넬 예물 비용을 빌릴 만큼은 안정적이었다.

길로 마티자는 당최 이해가 가지 않았다. 쿠니 가루는 어느 모로 보나 재주도 장래성도 없는 게으른 청년에 지나지 않았다. 쿠니는 돈도 없었고, 집도 없었고, 얼마 전까지는 직업도 없었다. 심지어 가족한테서도 내쳐진 위인이었다. 게다가 행실이 안 좋은 패거리와 어울리며 애인을 여럿 사귄다는 소문마저 돌았다.

그런데 지아는, 어떤 중매인도 만족시킬 수 없다고 소문이 자자한 그의 딸은, 어째서 이런 남자의 청혼을 받아들인 걸까?

"최고로 신나는 일을 하고 싶어서요."

지아는 그렇게 말했다. 대답은 그것으로 끝이었다.

어떤 말로도 지아의 마음을 돌릴 수 없었다. 한번 마음을 먹으면 지아는 고집이 무쇠 같았다. 그래서 길로는 이 청년의 말을 한번 들어보는 수밖에 없었다.

"제 평판이 별로 안 좋다는 건 저도 압니다."

등을 꼿꼿이 펴고 *미파 라리* 자세로 앉은 쿠니가 입을 열었다. 시선은 코끝에 걸려 있었다.

"하지만 루루센 현자께서 일찍이 말씀하셨습니다. '세상은 술에 취했는데/ 나만 홀로 맑은 정신이구나. 세상은 잠들었는데/ 나만 홀로 깨어 있구나'라고요."

길로는 움찔 놀랐다. 코크루의 고전에서 인용한 문구를 듣게 될 줄은 짐작도 못 했기 때문이었다.

"그게 자네의 청혼하고 무슨 상관인가?"

"현자께서는 의심에 찬 삶을 살다가 어느 날 문득 명쾌함이 찾아온 경험에 관해 말씀하신 것입니다. 저는 지아 아가씨와 아버님을 뵙고 나서야 그 시의 의미를 깨달았습니다. 아버님, 개과천선한 사람 한 명은 날 때부터 어진 사람 열 명만큼 귀한 법입니다. 그런 사람은 유혹이 어떤 것인지 잘 아는 만큼 바른길에서 벗어나지 않으려 더욱 힘쓰기 때문이지요."

길로의 표정이 누그러졌다. 그는 지아에게 좋은 혼처를 마련해 주고 싶었다. 현지의 부유한 상인, 또는 관직에서 출세가 보장된 젊은 학자 같은. 그러나 이 쿠니라는 청년은 학식과 예절을 아는 듯했고, 이는 드문 자질이었다. 어쩌면 그를 둘러싼 소문은 다 거짓인지도 몰랐다.

한숨을 내쉬면서, 길로는 쿠니의 혼인 요청을 받아들였다.

"아버지한테 루루셴의 시를 달리 해석할 수도 있다는 얘긴 안 했나 보군요. 의원데요. 난 그때 하마터면 그 얘길 믿을 뻔했는데."

"흔히 하는 말 있잖아요, 왜. '늑대를 만나면 길게 울고, 원숭이를 만나면 머리를 긁어라.'"

"시를 해석하는 법을 얼마나 많이 아는 거죠?"

"우리가 앞으로 함께할 날만큼 많이."

쿠니의 형 카도와 아버지 페소는 방탕한 막내가 마침내 제자리로 돌아왔다고 믿으며 다시 쿠니를 집으로 반갑게 맞아들였다.

어머니 나레는 어찌나 흐뭇했던지 지아를 끌어안고 놓을 줄을 몰랐다. 하도 울어서 지아가 입은 드레스의 어깨가 흠뻑 눈물로 젖을 정도였다.

"네가 우리 아들을 구했구나!"

나레는 그 말을 몇 번이나 되풀이했고, 지아는 볼이 빨개져서 어색하게 웃었다.

그리하여 열린 성대한 결혼식은 이후 며칠 동안이나 주디 현의 화제가 되었다(결혼식 비용은 길로 마티자의 몫이었다.). 길로는 딸과 사위가 호화롭게 살도록 지원하지는 않겠노라고 했지만("네가 고른 남편감이다. 그러니 남편이 버는 돈으로 먹고살아라."), 지아가 가져온 지참금만으로도 작은 집을 사기에는 너끈했다. 이제 쿠니는 친구의 인내심이 바닥나서 잘 곳을 새로 찾을 때까지 며칠이나 남았을지 궁리할 필요가 없었다.

쿠니는 매일 아침 출근해서 사무실에 앉아 보고서를 작성했고, 매시간 순찰을 돌며 유치장에 갇힌 채 해저 땅굴 공사 또는 황릉 건설 공사에 투입되기를 기다리는 낙담한 남자들이 무슨 말썽을 저지르지는 않는지 감시했다.

눈 깜짝할 사이에 쿠니는 일이 하기 싫어 죽을 지경이 됐다. 이제는 정말로 빈둥거리는 신세가 된 기분이었다. 쿠니는 날마다 지아에게 불평을 늘어놓았다.

"그렇게 안달하지 마, 서방님. 가만히 기다릴 줄 아는 사람한테 복이 온다고 했어. 날아오를 때가 있으면 내려앉을 때도 있고, 움직일 때가 있으면 쉴 때도 있는 법이야. 행동할 때가 있으면 준비할 때도 있는 법이고."

"이래서 당신이 시인이라는 거야. 당신이 읽어주면 서류도 흥미진진하게 들릴걸."

"내 생각엔 말이지, 기회는 여러 가지 형태로 찾아오는 것 같아. 토끼가 굴에서 튀어나오기 전에 미리 덫을 놓고 기다리는 것도 운 아니겠어? 당신은 오랫동안 밥만 축내면서 주디에 친구를 많이 만들어 뒀잖아, 그러니까……"

"저기, 말이 좀 심한 것 같은데……"

"그런 당신하고 결혼까지 한 게 *나*야, 잊었어?" 지아는 남편을 달래려고 뺨에 살짝 입을 맞추었다. "그러니까 내 말은, 이제 당신은 주디 현의 관리가 됐으니까 다른 부류의 친구들을 사귈 기회가 생겼다는 뜻이야. 지금 하는 일은 임시직이라고 생각해. 그 자리를 이용해서 더 폭넓게 사람을 만나 보는 거야. 당신은 사람들이랑 어울리기를 좋아하잖아."

쿠니는 지아의 충고를 받아들여 퇴근 후에는 일부러 동료들과 함께 다관에 들렀고, 가끔은 상관들의 집을 찾아가기도 했다. 그는 겸손하고 예의가 발랐고, 자기 말을 하기에 앞서 남의 말에 귀를 기울였다. 마음이 통하는 사람을 만날 때면 지아와 함께 사는 작은 신혼집으로 가족까지 모두 초대해서 속 깊은 이야기를 나누었다.

오래지 않아 쿠니는 현청의 각 부서를 주디 현의 뒷골목과 붐비는 시장만큼이나 속속들이 파악했다.

"난 공무원들이 되게 따분한 족속인 줄 알았어. 그런데 알고 보니까 그렇게 형편없지는 않더라고. 그냥…… 내 예전 친구들하고 좀 다를 뿐이야."

"새가 하늘을 날려면 길고 짧은 깃털이 다 필요하다잖아. 당신은 다양한 사람들이랑 같이 일하는 법을 배워야 해."

쿠니는 사려 깊은 아내의 조언에 흐뭇해하며 고개를 끄덕였다.

때는 바야흐로 늦은 여름, 표류하는 민들레 꽃씨가 하늘을 점점이 물들였다. 매일 저녁 집으로 돌아오는 길에 쿠니는 그 조그만 씨앗들을 동경하며 바라보았다. 갓털에 의지하여 바람을 타고 정처 없이 떠도는, 코끝과 눈가에서 눈송이처럼 춤을 추는 민들레 꽃씨들을.

민들레 꽃씨가 하늘을 나는 모습이 머릿속에 그려졌다. 그 꽃씨는 몹시도 가벼워서, 강풍이 불면 몇 리나 되는 거리도 날아갈 수 있었다. 민들레 꽃씨가 다라 본섬의 한쪽 끝에서 반대쪽 끝까지 날아가지 못할 이유는 없었다. 아예 바다를 건너 초승달섬까지, 오게섬까지, 에코피섬까지 못 갈 이유도 없었다. 라파산과 키지산의 봉우리를 유유자적하게 지날 수도 있었다. 루피조 폭포의 물안개를 맛보지 못할 이유도 없었다. 필요한 것은 오로지 대자연이 베푸는 조그만 친절, 그것만 있으면 온 세계를 여행하는 것도 가능했다.

스스로도 설명하지 못할 방식으로, 쿠니는 느낄 수 있었다. 자신이 지금과 다른 삶을 살게 될 운명을 타고났다는 것을, 언젠가 저 민들레 꽃씨처럼 하늘 높이 날아오를 운명이라는 것을. 오래전에 목격했던 그 연의 조종사처럼.

쿠니는 시든 꽃송이에 아직 붙어 있는 민들레 꽃씨와 같았다. 늦여름 저녁의 가라앉은 공기가 요동치기를, 그리하여 폭풍이 불기를 기다리는 꽃씨였다.

제5장

천붕(天崩)

에코피섬

일명천 23년 10월

마피데레 황제는 벌써 몇 주째 거울을 들여다보지 않았다.

마지막으로 용기를 내어 거울을 보았을 때, 황제를 마주 본 것은 창백한 가죽 가면이었다. 수많은 아내들을 과부로 만들고 육국의 왕관을 녹여 하나로 합친 준수하고 오만하고 용맹한 남자의 얼굴은 간 데가 없었다.

황제의 몸을 차지한 늙은 남자는 죽음이라는 공포에 갉아 먹히는 중이었다.

황제가 머무는 곳은 에코피섬, 평탄한 대지의 지평선 끝까지 초원이 펼쳐진 섬이었다. 옥좌탑 꼭대기에 앉은 황제는 먼 곳의 코끼리 떼가 위풍당당하게 시야를 가로질러 걸어가는 광경을 바라보았다. 에코피섬은 황제가 여러 섬을 순행할 때 가장 즐겨 들르는 장소였다. 번잡한 도회지와 판의 황궁에서 벌어지는 암투로부터 아득히 멀리 떨어진 이 섬에서, 황제는 홀로 자유를 만끽하는 자신의 모습을 상상했다.

그러나 복부에서 느껴지는 통증은 부정할 길이 없었다. 이제는 옥좌탑에서 혼자 내려가기조차 힘들 만큼 극심한 통증이었다. 부축해 줄 시종을 불러야 했다.

"약을 드시겠습니까, 렌가?"

황제는 말이 없었다. 그러나 수궁령(守宮令) 고란 피라는 여느 때와 마찬가지로 눈치가 빨랐다.

"비전(祕傳)에 정통하다는 에코피의 무녀가 지은 약입니다. 불편한 속이 누그러질 겁니다."

황제는 잠시 망설이다가 마음을 돌렸다. 쓰디쓴 물약을 홀짝이고 나니 정말로 통증이 조금 누그러진 듯했다.

"고맙다." 들을 사람이 고란밖에 없었기에 황제는 한마디를 덧붙였다. "죽음은 누구에게나 닥쳐오는구나."

"그런 말씀은 부디 물러 주소서, 폐하. 쉬시는 것이 좋겠습니다."

정복 전쟁에 평생을 바친 사람이 으레 그렇듯이, 마피데레 황제는 일찌감치 궁극의 적에게로 관심을 돌렸다. 몇 년 전부터 판에는 불로불사의 영약을 개발하는 방사(方士)들이 우글거렸다. 사기꾼과 돌팔이들은 새로 건설된 제국의 수도를 누비며 번지르르한 실험 도구와 연구 계획안으로 국고를 축냈지만, 쓸 만한 약은 전혀 만들지 못했다. 약삭빠른 자들은 감사가 시작되기 전에 하나같이 짐을 챙겨 자취를 감추었다.

황제는 그들이 만든 환약을 삼켰다. 어떤 환약은 1000종이나 되는 물고기의 진액을 달여서 만들었는데 그중에는 깊은 산속에 있는 호수 한 곳에서만 잡히는 물고기도 섞여 있었다. 또 피소웨오산의 성스러운 불로 달인 환약, 수백 가지 질병을 예방하여 옥체가 시간의 흐름을 피하도록 돕는다는 환약도 있었다.

모두 거짓이었다. 지금 이것이 황제의 모습이었다. 그의 몸은 의사들이 저마다 다른 병명을 대면서도 하나같이 치료법을 내놓지 못한 병에 잠식당한 상태였다. 그는 똬리를 튼 뱀처럼 배 속을 친친 감고 자꾸만 치솟는 통증 때문에 식사조차 할 수 없었다.

헌데 이 약은 참으로 잘 듣는군. 황제는 속으로 중얼거렸다.

"고란, 속이 훨씬 편해졌다. 좋은 약을 구했구나."

수궁령 피라가 고개를 조아렸다.

"저는 폐하의 충실한 종입니다. 지금도, 앞으로도."

"너는 짐의 친구다. 하나뿐인 진정한 친구."

"쉬십시오, 폐하. 이 약은 수면을 유도하는 효과도 탁월합니다."

정말로 졸리는구나.

아직 할 일이 산더미 같이 남았거늘.

자나 국이 정복 전쟁을 시작하기 전, 젊은 마피데레가 아직 '레온'이라는 이름으로 불리며 탐스럽고 반들거리는 머리카락과 주름 한 줄 없는 얼굴을 지녔던 시절에, 칠국은 이미 수백 년째 다라 본섬의 패권을 놓고 각축을 벌였다. 먼 서북쪽에 자리 잡은 궁벽한 자나 국의 영토는 루이섬과 다수섬뿐이었다. 기품 있고 콧대 높은 아무 국의 터전은 강우량이 풍부하고 기후가 온화한 아룰루기섬 및 강으로 둘러싸인 비옥한 게피카 평야였다. 삼림이 울창한 리마 국과 사막의 나라 하안 국, 기암절벽이 가득한 파사 국은 본섬의 북쪽 절반을 차지한 세 형제국이었다. 동쪽의 부유하고 세련된 간 국에는 큰 도시와 번화한 무역항이 즐비했다. 마지막으로 남부의 평원 지대에 자리 잡은 군사 대국 코크루는 병사가 용맹하고 장수의 지략이 뛰어나기로 유명했다.

칠국 사이의 거미줄 같은 동맹과 적대는 역동적이면서도 혼란스럽게 변화했다. 자나 왕과 간 왕이 아침까지 호형호제하던 날 밤에 간의 함대가 본섬을 빙 돌아서 자나를 기습하는가 하면, 같은 날 아침까지만 해도 과거의 배신을 이유로 간을 용서치 않겠노라 맹세하던 파사 왕이 날쌘 기병대를 파견하여 간의 함대를 호위하는 식이었다.

그러던 와중에 레온이 등장했고, 이로써 모든 것이 바뀌었다.

황제는 주위를 둘러보았다.

황제는 '무궁성'이라 불리는 제도 판에 있었다. 서 있는 자리는 황궁 앞에 널따랗게 펼쳐진 키지 광장의 중앙. 봄과 여름에는 연을 날리는 아이들, 겨울에는 얼음 조각을 만드는 아이들을 빼면 보통은 비어 있는 곳이었다. 이따금 제국군 비행함이 착륙하면 근처의 백성들이 구경하러 모여들곤 했다.

그러나 이날은 비어 있지 않았다. 황제는 다라의 신들을 본떠 세운 거대한 신상(神像)으로 둘러싸여 있었다. 저마다 옥좌탑만큼이나 높다란 신상들은 청동과 철로 만들어졌고, 살아 있는 것처럼 생생한 색으로 칠해져 있었다.

오래전, '세상의 아버지' 타솔루오는 만신(萬神)의 왕 모아노에게 불려가 다시는 돌아오지 않았다. 타솔루오는 임신한 아내이자 '모든 물의 근원' 다라메아를 뒤에 남기고 갔다. 공허 속에 홀로 남아 해산을 하면서, 다라메아는 커다랗고 뜨거운 용암 눈물을 흘렸다. 그 이글거리는 눈물은 천상에서 바다로 떨어져 단단하게 굳어서 다라의 여러 섬이 되었다.

태어난 아이는 여덟이었다. 그들은 다라의 신으로서 섬의 소유권을 주장하며 원주민들을 수호했다. 이에 안심한 다라메아는 자식들에게 다라를 맡기고 대양으로 가라앉았다. 나중에 도착한 아노족이 여러 섬으로 퍼져 나가면서 이들의 운명 또한 신들의 위불위와 뗄 수 없이 엮이게 되었다.

마피데레 황제의 오랜 꿈은 다라에 존재하는 모든 무기를, 모든 검과 창과 칼과 화살을, 압수하는 것이었다. 그것들을 모조리 녹여서 본연의 금속으로 되돌려 신들을 기리는 상으로 만드는 것이었다. 무기가 없으면 세상은 영원토록 평화로울 터였다.

황제는 언제나 바빴기에 그 원대한 꿈을 실현할 틈이 없었지만, 어찌 된 영문인지 이제 그 꿈이 눈앞에 서 있었다. 어쩌면 신들에게 직접 애원할 기회인지도 몰랐다. 영생과 건강과 회춘을 달라고.

마피데레는 먼저 자나 제국의 힘의 원천인 키지 신 앞에 무릎을 꿇었다. 구레나룻이 하얗고 머리가 벗어진 중년 남자를 묘사한 키지의 신상은 흰색 망토를 두르고 있었다. 마피데레는 망토에 아로 새겨진 정교한 문양에 감탄했다. 바람과 비행과 조류를 관장하는 키지의 권능이 드러난 문양이었다. 키지의 어깨에 앉은 밍겐 수리가 바로 그의 *파위*였다.

"키지 신이시여, 제 신앙심의 징표가 마음에 드십니까? 바쳐야 할 영광이 아직도 많이 남아 있습니다. 그런데 제게는 시간이 더 필요합니다!"

마피데레 황제는 신이 그 기도를 들었다는 증거를 자신에게 보여주었으면 하고 간절히 바랐다. 그러나 신들이 뜻을 행할 때 알 수 없는 모호한 방식을 선호한다는 것은 이미 아는 바였다.

키지 곁에는 코크루의 수호신이자 쌍둥이 신인 카나와 라파가 서 있었다. 카나는 검은 드레스 차림에 갈색 피부와 길고 반지르르한 검은 머리칼, 진갈색 눈을 지닌 반면, 얼굴 생김새가 자매인 카나와 똑같은 라파는 하얀 드레스 차림에 살갗이 희고 머리카락은 눈처럼 새하얬으며, 눈은 연회색이었다. 자매 신의 어깨에는 각각 *파위*인 까마귀가 앉아 있었다. 한 마리는 흰색, 한 마리는 검은색이었다.

모든 티로국을 정복한 마피데레였지만, 그가 진정으로 갈구한 것은 모든 신의 승인이었다. 그는 뒤이어 자매 신을 향해 머리를 조아렸다.

"불과 재와 죽음의 주인이신 카나여, 당신께 경배를 바칩니다. 얼음과 눈과 잠의 주인이신 라파여, 경배를 바칩니다. 저는 인간들의 무기를 몰수해 그들 간의 분쟁을 종결지었고, 이로써 만인의 마음을 두 분에 대한 숭배로 이끌었습니다. 부디 저에게 더 긴 수명을 허락해 주십시오."

두 자매신의 상이 움찔거리며 살아 움직이기 시작했다.

황제는 너무 놀란 나머지 움직일 수도, 말을 할 수도 없었다.

무릎 꿇은 마피데레를 향해 청동 눈을 돌리는 카나의 모습은 흡사 개미를 내려다보는 여성처럼 무심하기만 했다. 우렁차고 날카롭고 귀에 거슬리는 카나의 목소리는 오래된 숫돌에 녹슨 검을 갈 때 날 법한 소리였다.

"설령 코크루를 마음에 품고 살아가는 인간이 지상에 단 한 명만 남는다 할지라도, 바로 그 한 명이 자나 제국을 멸망시킬 것이다."

마피데레는 충격에 몸을 떨었다.

"내가 가만히 구경만 할 것 같은가?"

마피데레가 천둥 같이 울려 퍼지는 목소리 쪽으로 고개를 돌려 보니 키지 역시 살아서 움직이고 있었다. 신상이 걸음을 내딛자 마피데레의 무릎 아래에서 땅이 흔들렸다. 밍겐 수리는 키지의 어깨에서 솟아올라 신상들 주위를 맴돌았다. 카나와 라파의 까마귀들도 날아올라 밍겐 수리를 위협하듯이 깍깍거렸다.

"우리가 맺은 협정을 잊었나?"

라파가 말했다. 달콤하고 서늘하고 조화로운, 그러면서도 쌍둥이인 카나와 똑같이 힘이 넘치는 목소리였다. 라파와 카나는 얼음과 불처럼 멀면서도 잠과 죽음처럼 가까운 사이였다.

"나는 또다시 유혈을 선동하고 싶지는 않아."

키지는 그렇게 말하고는 새끼손가락이 없는 왼손을 들어 검지와 중지를 입에 대고 휘파람을 불었다. 까마귀들을 표독스럽게 노려보던 밍겐 수리가 내키지 않는 듯이 키지의 어깨로 돌아왔다.

"자나는 승리를 거두었다. 이제 전쟁의 시대는 끝났어. 마피데레가 평화를 불러온 거야. 너희가 아무리 탐탁잖아 한다고 해도."

리마의 수호신 피소웨오의 신상은 가죽 갑옷 차림에 흑요석 촉이 달린 장창을 든 호리호리한 근육질 남자의 모습이었다. 그 신상이 움직이더니 키지의 뒤를 이어 말하기 시작했다.

"무기를 빼앗아 봤자 평화는 오지 않아. 인간들은 몽둥이와 돌로 싸울 테고, 그것도 없으면 이와 손톱으로 싸울 테니까. 마피데레가 불러온 평화는 두려움 덕분에 유지되는 것일 뿐이야. 썩은 가지 위에 지은 둥우리처럼 위태로운 평화지."

마피데레는 사냥의 신이자 금속과 돌, 전쟁과 평화의 신이기도 한 피소웨오의 말에 절망감을 느꼈다. 황제는 신상의 눈을 올려다보았다. 피소웨오 산의 흑요석으로 만든 그 차가운 눈에 동정의 빛은 조금도 보이지 않았다. 피소웨오의 *파위*인 늑대가 긴 울음소리로 주인의 야멸친 발언을 마무리했다.

피소웨오는 키지를 향해 으르렁대듯 이를 드러내더니 피가 얼어붙을 듯이 섬뜩한 포효를 내질렀다.

"나의 자제심을 나약함으로 착각하면 곤란해." 키지가 피소웨오를 향해 말했다. "너는 까마득히 오래전에 나의 밍겐 수리에게 두 눈을 뽑히고 돌멩이를 대신 박아 넣었지. 한 번 더 장님이 되고 싶은가?"

"꼭 남의 얘기처럼 말하는군!" 귀에 거슬리는 카나의 웃음소리에 키지는 인상을 찌푸렸다. "키지, 우리가 마지막으로 싸웠을 때 넌 내 손에 머리털과 턱수염이 죄다 불타 버렸잖아, 그래서 지금은 그 우스꽝스러운 구레나룻으로 근근이 버티는 중이고. 더 뜨거운 맛을 보고 싶다면 내 기꺼이……"

"……아니면 새끼손가락보다 더 큰 것을 동상으로 잃게 해 준다거나."

라파의 위협은 감미롭고 차가운 목소리 때문에 더욱 섬뜩하게 들렸다.

마피데레는 땅바닥에 납작 엎드려 루피조 신상을 향해 정신없이 기어갔다. 파사의 수호신 루피조는 생명과 치유와 푸른 초원의 신이기도 했다. 마피데레는 두 팔로 신상의 엄지발가락을 끌어안았지만, 차가운 금속에서는 어떠한 위안도 느껴지지 않았다.

"루피조님, 저를 지켜 주십시오! 당신 형제들 사이의 다툼을 부디 멈춰 주십시오!"

키가 홀쭉하고 야윈 청년의 모습을 한 루피조 신상은 초록색 담쟁이 망토를 두르고 있었다. 신상은 울적해 보이는 두 눈에 생기가 도는가 싶더니, 발을 조심스레 흔들어 무슨 먼지라도 털듯이 마피데레를 떼어 냈다. 그러고는 키지와 피소웨오와 쌍둥이 자매 사이에 끼어들어 루피조 폭포 아래의 연못처럼 잔잔하고 온화한 목소리로 말하기 시작했다. 루피조 폭포 주변의 초원은 연중 뜨거운 물이 쏟아지는 폭포 덕분에 파사 고원의 냉랭한 기후에도 불구하고 푸르른 빛을 잃지 않았다.

"형제자매들이여, 힘겨루기는 그 정도면 됐어. '이산(離散) 전쟁'으로 어머니의 가슴을 다 함께 갈가리 찢어 놓고 나서 우리는 맹세했어, 신들끼리는 두 번 다시 서로를 해치지 않겠노라고. 그것도 만신의 왕 모아노를 증인으로 삼아서. 마피데레가 벌인 전쟁이 그토록 오래 이어지는 동안에도 우리는 내내 평화를 지켰어. 오늘은 그 맹세를 깰 때가 아니야."

땅바닥에 널브러진 마피데레는 루피조의 연설을 듣고 마음이 놓였다. 그는 신화에 나오는 이산 전쟁 이야기를 떠올렸다. 신이 아노 족의 영웅과 함께 전장을 누볐던 그 피로 얼룩진 전쟁이 끝나고 나서, 형제자매 사이였던 다라의 신들은 두 번 다시 서로에게 무기를 겨누지 않기로 맹세했다. 그 후로 신들은 오로지 설득과 기만, 암시, 또는 예언 같은 간접적인 수단을 통해서만 인간 세상의 일에 개입했다. 또한 앞으로는 필멸의 존재인 인간을 상대로 직접 싸우는 대신 다른 인간을 조종하여 싸우겠다고도 합의했다.

한낱 필멸자인 자신을 해치는 것은 신들의 명예에 어긋나는 짓이라는 생각에 고무된 마피데레는 일어서서 루피조를 향해 외쳤다. 쇠잔한 육신에 남은 힘을 모조리 끌어모아서, 갈라지는 목소리로.

"다른 신은 몰라도 당신만은 알아주셔야 합니다, 제가 모든 전쟁을 끝내기 위한 전쟁에 평생을 바친 것을."

"너는 온 세상을 피로 물들였다."

루피조가 한숨을 내쉬었다. 그의 *파위*인 하얀 비둘기도 덩달아 구구거렸다.

"더 많은 피가 흐르지 않도록 흘린 피였습니다."

마피데레는 고집을 굽히지 않았다.

황제의 등 뒤에서 웃음소리가 터져 나왔다. 폭풍처럼 거세고 회오리처럼 어지러운 그 웃음소리의 주인은 타주, 변신에 능한 간의 수호신이었다. 유연해 보이는 몸을 한 타주 신상은 물고기 비늘로 지은 윗옷에 상어 이빨로 만든 벨트를 차고 있었다.

"거 참 마음에 드는 논리로구나, 마피데레. 더 얘기해 봐라." 타주의 발 앞에 생긴 물웅덩이에서 그의 *파위*인 거대한 상어가 아가리를 벌려 섬뜩한 웃음을 지었다. "나는 네 덕분에 익사한 인간과 가라앉은 보물로 창고가 미어터질 지경이거든."

타주의 발치에서 소용돌이치던 웅덩이가 점점 커지자 마피데레는 물을 피해 엉금엉금 물러났다. 비록 신들이 인간에게 직접 화풀이를 하지 않기로 약속했다 할지라도, 아노족의 현인 아루아노에 따르면 인간과 신을 하나로 묶는 규약이 모두 그렇듯이 그 약속 또한 달리 해석할 여지가 있었다. 신들은 자기네 어머니이자 모든 물의 근원인 다라메아에게서 자연계를 운영할 책임을 부여받았다. 키지는 바람과 폭풍을 다스리고, 라파는 영겁에 걸쳐 빙하의 흐름을 인도하고, 카나는 격렬하게 분출하는 화산을 제어하는 식이었다. 이렇게 자연의 힘이 움직이는 길에 필멸자가 우연히 들어선다면, 예컨대 타주의 유명한 용오름과 성난 파도에 걸려들어 목숨을 잃는다면, 이는 약속을 위반하는 행위가 아니었다. 마피데레는 신들 중에서도 가장 변덕스러운 타주가 그 약속을 어떻게 해석할지 조금도 확인하고 싶지 않았다.

타주의 웃음소리가 더욱 커지는가 싶더니, 상어가 그의 발 앞에 있던 물웅덩이 속으로 다시 사라졌다. 그러나 물웅덩이가 확장을 멈춘 사이에 마피데레가 딛고 있던 땅바닥은 루소 해변의 유명한 모래톱처럼 시커먼 유사(流沙)로 바뀌어 그를 빨아들였다. 마피데레는 목까지 유사에 잠겨 숨쉬기조차 버거웠다.

"저는 언제나 당신들을 숭배했습니다." 마피데레의 갈라진 목소리는 타주의 멈출 줄 모르는 웃음소리에 가려 제대로 들리지도 않았다. "저는 그저 인간들의 세상을 더 완벽하게, 신들의 세상에 더 가깝게 만들고자 애썼을 따름입니다."

하안의 수호신 루소의 신상은 피부가 방금 굳은 용암처럼 시커멓고 몸집이 땅딸막한 어부 노인의 모습이었다. 그 신상이 *파위*인 거대한 바다거북의 등딱지에서 발을 떼더니, 어깨에 걸치고 있던 그물을 던져 마피데레를 안전한 곳으로 끌어당겼다.

"가끔은 완벽함과 사악함을 구분하기 힘들 때가 있지."

루소의 말을 들으며 마피데레는 가쁜 숨을 가다듬었다. 그 말이 무슨 뜻인지는 당최 이해가 가지 않았지만, 어차피 루소는 인간의 이해를 초월한 영역인 속임수와 계산과 점술을 관장하는 신이었기에 놀랄 일도 아니었다.

"놀랍구나, 타주." 주름살 사이로 보이는 루소의 적갈색 눈은 연로한 겉모습이 속임수로 보일 만큼 환하게 반짝였다. "임박한 전쟁에서 네가 누구를 편들 줄은 몰랐는데. 그럼 키지 대 쌍둥이, 피소웨오, 그리고 너냐?"

이제 꿔다 놓은 보릿자루 신세가 된 마피데레는 노쇠한 심장이 철렁 내려앉는 기분을 느꼈다. *그럼 또 전쟁이 벌어진다는 말인가? 내 필생의 계획은 물거품이 되고?*

"아, 편을 정해서 얽매이는 고생을 사서 할 수야 없지. 내 관심사는 오로지 수중 궁전에 보물과 해골을 더 많이 쌓는 것뿐이야. 나는 중립을 지키는 참관자라고 보면 돼, 저기 있는 루피조처럼. 다만 루피조는 죽는 인간이 더 적게 나오기를 바라지만, 나는 그 반대야. 당신은 어때, 늙다리 양반?"

"나?" 루소는 타주의 말에 짐짓 놀란 척했다. "내가 싸움과 정치에 소질이 없는 건 너도 알 텐데. 나는 이때껏 마피데레의 방사들에게만 흥미가 있었어."

"하긴, 너는 어느 쪽이 우세한지 드러날 때까지 기다리다가 그쪽에 붙을 심산이겠지, 사기꾼답게."

루소는 빙긋이 웃기만 할 뿐 말이 없었다.

아무 국의 수호신이자 천상의 아름다움을 타고난 투투티카가 마지막으로 입을 열었다. 목소리는 투투티카 호수의 물결 한 점 없이 고요한 수면처럼 차분하고 낭랑했다. 황금빛 머리칼과 진청색 눈, 광택을 낸 호두나무 목재 같은 피부를 지닌 여신의 말에 다른 신들은 모두 침묵을 지켰다.

"우리 가운데 막내이자 경험 또한 가장 일천한 자로서, 나는 권력과 피를 향한 그대들의 집착을 이해할 수가 없어. 난 그저 내 아름다운 영토와 나를 찬양하는 백성들을 아껴 주고 싶을 뿐이야. 우리는 왜 항상 끝에 가서는 갈가리 찢어진 가족이 되어야 하지? 필멸자들의 사정에는 일절 관여하지 않기로 서로에게 약속할 수는 없을까?"

다른 신들은 말이 없었다. 한참 후에 키지가 입을 열었다.

"넌 역사가 별것 아니라는 식으로 이야기하는구나. 마피데레가 전쟁을 시작하기 전까지 다른 나라들이 자나의 백성을 어떻게 취급했는지는 너도 잘 알 거다. 업신여기고, 속이고, 이용했지. 자나는 오랫동안 생명과 재산을 빼앗긴 끝에 더는 수모를 참지 못할 지경에 이르렀던 거야. 그러다가 비로소 사람으로 대우받게 됐는데, 그들이 위협당하는 꼴을 내가 구경만 할 것 같아?"

"자기 땅의 역사만 늘어놓을 생각은 마. 나의 아무 역시 마피데레의 정복 전쟁에서 큰 시련을 겪었어."

"바로 그거야." 키지는 의기양양하게 대꾸했다. "만약 지금 당장 아무의 백성들이 죽어가면서 네게 도와 달라고 절규한다면, 넌 귀를 막고 가만히 서서 아룰루기섬의 석양을 감상할 수 있을까? 불타는 도시의 연기와 재로 틀림없이 더욱 아름답게 물들 그 석양을?"

투투티카는 입술을 깨물고 있다가 한숨을 뱉었다.

"난 모르겠어. 우리가 필멸자들을 인도하는지, 아니면 필멸자들이 우리를 인도하는지."

"역사의 무게를 벗어던지기란 불가능해."

"나의 아무는 눈감아 줘, 제발."

"전쟁은 나름의 논리를 따른다네, 어린 자매여." 피소웨오의 말이었다. "우리는 인도할 수는 있어도 조종할 수는 없어."

"인간들은 그 교훈을 몇 번이고 거듭해서 배웠지만……"

이번에는 라파가 말을 시작했다.

"……제대로 기억하는 것 같지는 않아."

말을 끝맺은 쪽은 카나였다.

투투티카는 한쪽에 버려져 있던 마피데레에게 눈길을 돌렸다.

"그럼 이 남자에게 동정을 베풀어야겠군, 위업이 머잖아 물거품이 될 운명이니. 위대한 인간이 당대에 제대로 인정받지 못하는 것은 필연이야. *위대한 자가 곧 선량한 자*인 경우도 드물고."

투투티카는 마피데레를 향해 미끄러지듯 다가갔다. 파란 비단 드레스가 평온한 하늘처럼 널찍이 펼쳐졌다. 투투티카의 *파위*인 황금 잉어는 반짝이는 비늘로 황제의 눈을 어지럽히며, 꼭 살아 있는 비행함처럼 주인 앞의 허공을 헤엄치듯 나아갔다.

"가거라." 투투티카가 말했다. "네게 남은 시간은 여기까지다."

그냥 꿈이다. 황제는 그렇게 생각했다.

중요한 꿈도 있지. 계시, 전조, 아직 실현되지 않은 가능성의 편린 같은. 허나 대개는 고단한 정신의 무의미한 산물일 뿐. 위대한 자는 실현될 가망이 있는 꿈에만 집중하는 법이다.

누대에 걸쳐 이어진 자나 국왕의 숙원은 다라 제도의 여러 타국에게서 존중을 받는 것이었다. 서로 거리도 가깝고 인구도 더 많은 다른 티로 국가의 백성들은 외따로 떨어진 자나를 언제나 멸시했다. 아무의 희극 배우는 자나 억양을 우스갯거리로 삼았고 간의 상인은 자나에서 온 구매자를 등쳐먹었으며, 코크루의 시인은 자나를 일찍이 아노족이 정착하기 전에 살던 야만인과 별다를 바 없이 예의를 모르는 자들의 땅으로 상상했다. 외지인을 만난 자나 어린이들의 기억 한구석에는 예외 없이 모욕과 냉대가 자리를 잡았다.

존중은 힘으로 얻어 내야 하는 것이었다. 다라의 모든 인간들이 자나의 힘 앞에 벌벌 떨게 만들어야 했다.

자나는 긴 세월에 걸쳐 천천히 힘을 키웠다.

까마득히 오랜 옛날부터 다라 제도의 아이들은 종이와 대나무로 둥그런 주머니를 만들고 그 밑에 촛불을 달았다. 이렇게 만든 열기구를 아득히 펼쳐진 바다 위의 밤하늘로 띄워 보내면, 뜨거운 공기가 담긴 작은 주머니들은 빛나는 해파리처럼 둥실둥실 밤하늘을 날아갔다.

어느 날 밤, 마피데레의 아버지 데잔 왕은 궁궐 근처에서 불 켜진 열기구를 갖고 노는 아이들을 지켜보다가 퍼뜩 영감이 떠올랐다. 그런 기구는 적절하게 크기를 키우면 전쟁의 판도를 바꿀 수도 있다는 생각이었다.

데잔 왕은 철사와 대나무로 엮은 뼈대에 비단을 몇 겹 두른 기구를 제작하기 시작했다. 그 기구는 늪지의 증발 기체를 채운 주머니에 불을 붙여 발생시킨 뜨거운 공기의 힘으로 떠올랐다. 병사 한두 명이 기구에 매달린 바구니에 탑승하면 매복해 있을지도 모르는 적군을 포착하거나, 멀리서 접근하는 함대를 발견하는 식의 경계 임무를 수행할 수 있었다. 나중에 타르와 끓인 기름을 혼합하여 항아리에 담고 불을 붙여 아래로 투하하는 화염탄(火焰彈)이 등장하면서 열기구는 공격 능력까지 갖추었다. 다른 티로 국가들도 재빨리 자나의 발명품을 모방하기 시작했다.

그러던 와중에 자나의 기술자 키노 예가 공기보다 가볍고 무색무취인 기체를 발견했다. 그 기체는 오로지 키지산 중턱에서 부글부글 끓는 다코 호수에서만 피어올랐다. 단단히 밀봉한 주머니에 그 기체를 채우면 엄청난 부양력이 생겼고, 여기에 매달려 이륙한 배는 하늘에 무한정 떠 있는 것도 가능했다. 날개처럼 생긴 거대한 노를 저어 움직이는 자나의 강력한 비행함은 바람에 수동적이고 불안정한 다른 나라의 열기구를 단숨에 해치웠다.

비행함은 목재로 된 선체에 천으로 만든 돛을 단 수군 함정에게도 치명적이었다. 비행함 몇 척만 있으면 함대 하나를 기습하여 통째로 전멸시킬 수도 있었다. 대적할 만한 무기는 화약으로 추진력을 얻는 장거리 쇠뇌뿐이었지만, 이 무기는 제작비가 많이 드는 데다 기다란 호를 그리며 날아가서 추락할 때까지 불이 꺼지지 않는 탓에 다른 아군 함정에 더 큰 피해를 입히기도 했다.

데잔 왕은 다른 티로 국가에게 합당한 존중을 받는 선에서 만족했다. 그러나 그의 후계자인 젊고 야심 찬 레온 왕은 더 큰 꿈을 이루기로 마음먹었다. 아노인들의 시대가 저문 이후 감히 아무도 입밖에 내지 못했던 꿈, 바로 모든 티로 국을 정복하여 다라 제도를 통일하는 것이었다.

하늘을 뒤덮은 비행함대의 호위 아래 자나의 수군과 육군은 연승을 거듭했다. 그칠 줄 모르는 전란의 불길이 마침내 꺼지고 레온 왕이 티로 육국을 모두 정복하기까지 30년이라는 시간이 걸렸다. 코크루의 마지막 왕은 벌거벗은 포로가 되어 레온 왕의 궁정에 서는 수모를 차마 견딜 수 없었기에, 수도 사루자가 점령당한 날 바다로 몸을 던졌다.

그리하여 레온 왕은 스스로를 온 다라의 군주로 선포하고 '시황제(始皇帝)', 즉 최초의 황제를 의미하는 마피데레로 이름을 바꾸었다. 그는 스스로를 이제껏 없었던 새로운 힘, 세계를 변화시킬 힘의 시초로 여겼다.

"왕들의 시대는 끝났다. 짐은 왕 중의 왕이다."

새 아침이 밝았지만, 황제 순행의 행렬은 움직이지 않았다.

황제는 아직 천막 안에 누워 있었다. 복부의 통증이 너무나 지독해서 몸을 일으킬 수가 없었다. 숨만 쉬려고 해도 온몸의 기력이 소진되는 듯했다.

"가장 빠른 비행선을 보내라. 황태자를 이리 데려오도록."

임박한 전쟁에 대비하라고 풀로에게 경고해야 한다. 황제는 생각했다. *신들이 계시한 전쟁이다. 허나 아직 막을 수 있을지도…… 신들조차도 자기네가 늘 통제할 수 있는 것은 아니라고 인정했으니.*

수궁령 고란 피라는 황제의 떨리는 입술에 귀를 바짝 대고 고개를 끄덕였다. 그러나 피라의 눈에는 어떤 광채가 번득였다. 황제가 보지 못한 광채였다.

황제는 침상에 누운 채 머릿속으로 원대한 계획을 그렸다. 아직 해야 할 일이 너무나 많았다. 아직 끝마치지 못한 과업이 산더미 같았다.

피라는 승상(丞相) 뤼고 크루포를 자기 천막으로 불러들였다. 황제의 거대한 천막 곁에 세워진 수궁령의 조그맣고 소박한 천막은 30년 묵은 고등 옆에 보금자리를 판 소라게 같았다.

"폐하의 용태가 위중합니다." 찻잔을 쥔 피라의 손은 떨리는 기색이 전혀 없었다. "폐하의 병이 실제로 얼마나 깊은지는 아무도 모릅니다. 아는 사람은 오직 저 하나…… 이제는 승상까지 둘뿐입니다. 폐하께서는 이미 황태자를 이곳으로 데려오라고 명하셨습니다."

"내가 '시간의 화살'호를 보내겠소."

크루포가 말했다. 황태자 풀로는 루이섬에서 대장군 고타 톤예티와 함께 해저 땅굴 공사를 감독하는 중이었다. 황제가 보유한 가장 빠른 비행선인 시간의 화살호는 노역자들이 교대로 쉬지 않고 노를 젓는 쾌속선이었지만 목적지가 루이섬이라면 그조차도 가는 데에 꼬박 이틀, 돌아오는 데에 또 이틀이 걸릴 터였다.

"글쎄요, 그 건은 생각을 좀 해 봐야겠습니다."

그렇게 말하는 피라의 표정은 속내를 읽기가 힘들었다.

"생각할 게 뭐가 있단 말이오?"

"말씀해 보십시오, 승상. 태자의 마음속에서 더 중한 자리를 차지한 사람이 누굽니까? 승상이십니까, 아니면 톤예티 대장군입니까? 태자가 보기에 자나를 위해 더 공헌한 사람이 누굽니까? 태자가 의지하는 사람은요?"

"그런 어리석은 질문을. 톤예티 대장군은 육국 가운데 가장 끈질기고 사납게 저항한 코크루를 정벌했소. 태자께서는 오랫동안 그와 함께 전장을 누볐으니, 사실상 그의 슬하에서 자라신 셈이오. 대장군을 더 중히 여기신다고 해도 이상할 것이 없소."

"허나 승상께서는 20년 가까이 제국을 경영하시며 수백만의 목숨을 쥐락펴락하고, 수많은 난관 앞에서 결단을 내리고, 폐하의 꿈을 현실에 펼치기 위해 전신전령을 다하셨습니다. 싸움과 살육밖에 모르는 늙은 전사보다는 승상께서 세우신 공이 더 크지 않겠습니까?"

크루포는 대꾸하지 않고 묵묵히 차만 홀짝였다.

피라는 빙긋이 웃으며 더 깊이 파고들었다.

"만약 태자가 제위에 오르면 승상의 직인(職印)은 톤예티에게 넘어갈지도 모릅니다. 그렇게 되면 누군가 한 명은 새 일자리를 구해야겠지요."

"충신은 자기 권한을 넘어서는 일로 고민하지 않소."

"허나 승상의 제자인 막내 황자 로시가 형 대신 제위에 오른다면, 사정은 전혀 딴판이 될 수도 있습니다."

크루포는 목덜미의 털이 쭈뼛 서는 느낌이 들었다. 그의 두 눈이 휘둥그레졌다.

"수궁령이 방금 한 말은…… 입에 담아서는 안 되는 말이오."

"승상, 제가 무슨 말을 입에 담든 말든 간에, 세상은 나름의 법칙에 따라 돌아가게 마련입니다. *잉가안 파 나우란 이 기피 로수.* 고대 아노족의 현인들은 그렇게 말했지요. '행운은 용감한 자를 사랑한다.'"

피라는 다반(茶盤)에 어떤 물건을 내려놓았다. 그런 다음 크루포의 눈에 그 물건이 슬쩍 띄도록 소매를 걷었다. 제국의 옥새였다. 그 도장이 찍힌 문서는 담고 있는 내용과 상관없이 곧 지상의 법령이었다.

크루포는 암갈색 눈을 들어 피라를 응시했다. 피라 역시 담담한 표정으로 마주 보았다.

잠시 후, 크루포의 표정이 누그러졌다. 그의 입에서 한숨이 흘러나왔다.

"수궁령, 세상은 혼란스러운 곳이오. 가끔은 신하가 충심을 떳떳이 밝히기 힘들 때도 있지. 그대가 이끄는 대로 따르리다."

수궁령 피라의 입가에 미소가 번졌다.

자리보전을 하고 누워 있는 동안, 마피데레 황제는 꺼져 가는 총기를 모아 자신이 다라의 앞날을 위해 구상한 계획들을 차례로 돌이켜보았다.

맨 먼저 떠오른 것은 해저 땅굴 공사였다. 황제는 다라의 여러 섬이 두 번 다시 서로 적대하는 국가로 갈라지지 않도록 바다 밑바닥 아래에 땅굴을 파서 섬들을 하나로 잇고자 했다. 해저 땅굴이 완성되면 섬들 간에 상거래가 활발해지고 사람들이 섞일 터였다. 제국군 병사들이 배나 비행함에 타지 않고 다라 제도의 한쪽 끝에서 반대쪽 끝까지 말을 달려 이동하는 것 또한 가능했다.

터무니없는 계획입니다! 여러 기술자와 학자가 격렬히 반대했다. *대자연과 신들이 용납하지 않을 것입니다. 여행자들이 무엇을 먹고 마시겠습니까? 캄캄한 바다 밑바닥 아래에서 숨은 어떻게 쉬겠습니까? 게다가 그 큰 공사를 감당할 인력은 또 무슨 수로 구한단 말입니까?*

황제는 그들의 우려를 일축했다. 그들은 자나가 전쟁에서 승리하는 것 또한 터무니없다고 예측하지 않았던가? 다라의 모든 섬을 정복하는 것은 불가능하다고 하지 않았던가? 인간을 상대로 싸우는 것은 영광스러운 일이었지만, 그보다 훨씬 더 큰 영광은 하늘의 뜻을 굽히고 바다를 길들이고 땅의 형상을 바꾸는 것이었다.

문제에는 해법이 있게 마련이었다. 땅굴 내부에는 섬과 섬 사이를 오가는 여행자가 쉴 수 있도록 약 30킬로미터마다 보조 동굴을 파고 간이역을 설치할 예정이었다. 식량은 어두운 땅굴 속에서 빛이 나는 버섯을 재배하면 얻을 수 있었고, 물은 안개 그물을 이용하여 축축한 공기에서 뽑아낼 수도 있었다. 혹시 필요하다면 땅굴 입구에 대형 풀무를 설치하고 대나무 관을 연결해 굴 전체에 맑은 공기를 불어넣으면 그만이었다.

황제는 선포했다. 추첨으로 뽑힌 모든 남성은 직업과 토지, 직장, 가족마저 남겨 두고 명령받은 곳으로 가서 자나 병사들의 삼엄한 감시 아래 노역을 해야 한다고. 청년들은 10년 또는 그 이상을 가족과 억지로 헤어진 채 바다 밑바닥 아래에서 점점 늙어 갔다. 그렇게 끝이 안 보이는 어둠 속에 사슬로 묶여서, 실현되기에는 너무나 장대한 꿈을 위해 노예처럼 일했다. 그러다가 죽으면 시신은 화장되고 재만 고향으로 돌아왔다. 먹고 남은 뼈나 과일 씨를 담는 나무 쟁반처럼 조그맣고 볼품없는 상자에 담긴 채로. 그러고 나면 아들이 끌려가서 아버지의 빈자리를 채워다.

생각이 좁아서 코앞밖에 못 보는 무지렁이들은 황제의 선견지명을 이해하지 못했다. 그런 자들은 불평을 구시렁대고 마피데레의 이름을 몰래 저주했다. 그러나 황제는 꾹 참았다. 공사가 턱없이 느리게 진척되는 것을 알았을 때에도 그저 더 많은 인원을 징용하라고만 지시했다.

폐하의 가혹한 법은 유일하고 참된 현자이신 콘 피지의 가르침에 어긋납니다. 황제의 보좌관이자 대학자인 후조 투안의 말이었다. *폐하께서는 현명한 군주의 길에서 벗어나셨습니다.*

황제는 상심했다. 마피데레는 언제나 투안을 존경했고, 투안처럼 총명한 위인은 남들보다 더 멀리 내다볼 수 있으리라 기대했다. 그러나 황제를 그런 식으로 비판한 이상 살려 둘 수는 없었다. 마피데레는 투안의 장례식을 성대하게 치러주고 그의 사후 저작집을 친히 편찬하여 간행토록 했다.

황제에게는 세상을 발전시킬 구상이 그것 말고도 여럿 있었다. 한 가지 예를 들면, 황제는 다라 제도의 백성들이 다양하게 변형된 고대 아노족의 상형 문자와 그에 맞춰 발달한 진다리 문자 대신 모두 똑같은 문자를 써야 마땅하다고 생각했다.

정복당한 티로 국가의 학자들이 '어문(語文) 통일에 관한 칙령' 앞에서 얼마나 비통해했는지 떠올리기만 해도, 황제는 입가에 미소가 번졌다. 그 칙령을 통해 자나의 방언과 문자는 다라 전역의 표준어가 되었다. 자나의 본거지였던 루이섬과 다수섬을 제외하고 사실상 다라의 모든 지식인이 그 칙령은 문명에 대한 범죄라며 입에 거품을 물고 규탄했다. 그러나 마피데레는 그들이 실은 권력을 잃기 싫어서 반대한다는 것을 정확히 간파했다. 일단 모든 어린이가 동일한 표준 문자와 표준어 아래 교육을 받으면, 지방의 학자들은 자신의 영향권 안에서 독자적인 사상을 전파하기가 불가능했던 것이다. 바야흐로 외부에서 전해지는 사상, 즉 제국의 칙령이나 시문(詩文), 다른 티로 국가의 문화 산물, 현지인의 해석을 배제한 공식 역사 등이 일곱 가지 문자라는 해묵은 장벽을 넘어 다라 전역으로 퍼져 나갈 판국이었다. 게다가 학자들이 박식함을 뽐내려고 같은 내용을 일곱 가지 문자로 적는 꼴을 더 볼 필요가 없어졌으니, 어찌 후련하지 않겠는가!

또한 마피데레는 선박을 건조하는 이는 누구나 같은 규격을 따라야 한다고 생각했다. 다름 아닌 황제가 최선이라고 판단한 규격이었다. 그는 옛 서적을 미래에 쓸 만한 내용이 전혀 없는 어리석은 것으로 여겼고, 따라서 모조리 불태우고 한 권씩만 남기도록 했다. 그렇게 해서 남은 한 권은 모든 것을 새로 지어 무궁성(無窮城)으로 불리는 제도(帝都) 판의 대도서관 지하 깊숙한 곳에 처박혔고, 케케묵은 말장난에 현혹되지 않는 자만이 그 책을 열람하도록 허락받았다.

학자들은 황제에 맞서 항의하며 그를 폭군이라고 비판하는 글을 썼다. 그래 봐야 학자일 뿐, 그들에게는 검을 치켜들 힘조차 없었다. 황제의 명에 의해 산 채로 파묻힌 학자는 200명, 글을 쓰는 손이 잘린 학자는 1000명이 넘었다. 항의와 비판은 그렇게 멈췄다.

세상은 아직 너무나 불완전했고, 위대한 인간이 당대에 제대로 인정받지 못하는 것은 필연이었다.

시간의 화살호가 루이섬에 도착했다. 황제의 친서를 받든 전령들은 사냥개를 앞세우고 깊은 지하로 내려갔다. 사냥개들은 까마득히 깊은 바다 밑바닥을 한참 나아간 후에야 풀로 황태자와 고타 톤예티 대장군의 체취를 감지했다.

태자가 펼친 친서 안에는 조그마한 주머니가 동봉되어 있었다. 친서를 읽어 내려가는 동안 태자의 낯빛은 파랗게 질려갔다.

"나쁜 소식입니까?"

톤예티 대장군이 물었다. 풀로는 친서를 대장군에게 넘겼다.

"틀림없이 날조된 겁니다."

친서를 다 읽은 톤예티가 말했다. 태자는 고개를 저었다.

"여기 찍힌 옥새는 진짜입니다. 귀퉁이에 이가 빠진 곳이 있지요? 제가 어릴 적에 자주 보았던 자국입니다. 이건 진짜입니다."

"그렇다면 무슨 착오가 있었을 겁니다. 폐하께서 무엇 때문에 느닷없이 전하의 황태자 칭호를 박탈하고 동생이신 황자를 황태자로 세우시겠습니까? 그 주머니는 또 뭡니까?"

"독약입니다. 폐하께서는 제가 황위 계승권을 놓고 동생과 싸울 거라고 염려하십니다."

"이런 천부당만부당한 일. 태자 전하는 형제들 가운데 가장 어진 분이십니다. 이곳의 노역자들에게 채찍질을 가하는 것조차 힘겨워하시지 않습니까."

"아버님은 흉중을 헤아리기 힘든 분이십니다."

풀로는 이제 아버지가 무슨 짓을 해도 놀라지 않았다. 신뢰받던 신하들이 부주의한 말 한마디 탓에 목이 달아나는 꼴을 숱하게 보았기 때문이었다. 그럴 때마다 풀로는 앞에 나서서 신하들의 목숨을 구하려 했고, 이 때문에 아버지에게 늘 나약하다는 인상을 주었다. 애초에 황제가 그를 이곳의 공사 현장으로 파견한 이유가 바로 그것이었다. *너는 강자가 약자를 어떻게 부리는지 배워야 한다.*

"폐하를 찾아뵙고 어찌 된 일인지 여쭈어야 합니다."

대장군의 말에 풀로는 한숨을 내쉬었다.

"아버님께서 한번 내리신 결정은 절대로 바뀌지 않습니다. 필시 저보다 제 동생이 제위에 더 어울리는 재목이라고 판단하셨겠지요. 그 판단이 옳을 겁니다."

부드럽게, 또 정중하게, 풀로는 친서를 다시 말아서 전령에게 돌려주었다. 그런 다음 주머니를 벌려 손바닥에 털었다. 커다란 알약 두 개가 나왔다. 태자는 그 알약을 한입에 삼켰다.

"대장군, 동생이 아니라 저를 따르기로 택하신 것이 참으로 안타깝습니다."

태자는 마치 잠을 청하는 사람처럼 땅바닥에 반듯이 누웠다. 잠시 후, 눈을 감은 태자의 호흡이 멈췄다. 톤예티는 무릎을 꿇고 젊은 태자의 축 늘어진 시신을 끌어안았다. 눈물로 뿌예진 시야 저편에다 함께 칼을 뽑아 든 전령들이 보였다.

"이것이 자나를 위해 헌신한 보답인가."

대장군이 전령들의 칼에 쓰러진 후에도 그의 분노에 찬 절규는 오래도록 땅굴 속에 메아리쳤다.

"풀로는 도착했느냐?"

황제는 이제 입술을 달싹거리는 것조차 힘겨웠다.

"이제 금방입니다. 겨우 이삼일 남았습니다."

피라의 대답을 듣고 황제는 눈을 감았다.

피라는 그로부터 한 시간을 기다렸다. 그런 다음 몸을 숙여 황제의 콧구멍에서 숨이 나오지 않는 것을 확인했다. 손을 뻗어 입술도 만져 보았다. 차가웠다.

피라는 황제의 천막을 나섰다.

"폐하께서 붕어(崩御)하셨다! 황제 폐하, 만세!"

제도(帝都) 판
일명천 23년 11월

황제 자리에 오른 열두 살 난 황자 로시는 제호(帝號)를 '에리시'로 정했다. 고전 아노어로 '계승'을 의미하는 단어였다. 승상 크루포는 황제의 섭정이 되었고, 수궁령 피라는 천문과 역법을 관장하는 태사령(太史令)에 새로이 취임했다.

피라는 선한 힘을 뜻하는 상서로운 말 '선무(善武)'를 새 시대의 연호로 선포하고 달력을 새로 고쳤다. 판에서는 꼬박 열흘 동안 축제가 열렸다.

그러나 대신들 중에는 황위 계승 과정이 부적절하다고, 또 황제가 숨을 거둔 정황이 석연치 않다고 수군대는 이가 적지 않았다. 크루포와 피라는 날조한 문서를 증거로 삼아 풀로 황태자와 톤예티 대장군이 해적을 비롯한 역도 무리와 결탁하여 루이섬을 장악하고 독립된 티로 국가를 세우려 모의했으며, 역모가 들통나자 후사가 두려웠던 나머지 자결했다고 발표했다. 그러나 그 증거를 허술하다고 여기는 대신과 장군들도 있었다.

섭정 크루포는 의심하는 자들을 색출하기로 마음먹었다.

황제가 붕어하고 한 달쯤 지났을 무렵, 여러 대신과 장군이 최근 보고된 도적과 기근의 대책을 황제와 논의하기 위해 대정전(大正殿)에 모인 날 아침, 섭정 크루포는 느지막이 모습을 나타냈다. 곁에는 에리시 황제가 가장 즐겨 찾는 장소인 황궁 동물원에서 데려온 수사슴 한 마리가 서 있었다. 뿔이 커다랗게 자란 사슴이었기에, 대정전을 가득 메운 대신들과 장군들은 뒤로 물러나 사슴과 섭정이 지나갈 길을 널따랗게 터 주었다.

"렌가." 크루포는 깊숙이 절하며 말했다. "제가 멋진 말을 한 마리 데려왔습니다. 폐하와 여러 대신께서 보시기에는 어떻습니까?"

어린 황제의 조그만 몸은 그가 앉아 있는 거대한 옥좌에 금방이라도 삼켜질 것만 같았다. 황제는 섭정이 무슨 농담을 하고 있는지 종잡을 수가 없었다. 평소에도 이 늙은 스승의 학술적이고 난해한 수업을 따라가기가 버거웠던 황제는 그에게 거리감을 느꼈다. 스승이 자신을 아둔한 제자로 여긴다고 확신한 탓이었다. 한편으로 섭정은 기이한 사람이기도 했다. 한밤중에 난데없이 찾아와 이제 황제가 될 거라고 하더니, 정작 할 일은 하나도 주지 않고 그저 피라와 함께 느긋하게 놀면서 무희와 곡예사, 동물 사육사, 마술사 같은 이들의 공연을 즐기라고만 했던 것이다. 황제는 마음을 다잡고 섭정을 좋아하려 애썼지만, 실제로는 그를 적잖이 두려워했다.

"무슨 소린지 모르겠소. 말이 어디 있다는 거요? 내 눈에는 사슴이 보이는데."

에리시 황제의 말에 크루포는 다시금 깊숙이 허리를 굽혔다.

"잘못 보셨습니다, 폐하. 허나 폐하께서는 아직 어리신 데다 앞으로 배우실 것 또한 많이 남았으니, 그러실 만도 합니다. 아마 여기 계신 공경(公卿)들이라면 폐하께서 바로 보시도록 도와 드릴 수 있을 겁니다."

크루포는 대정전 안을 천천히 둘러보았다. 그러는 동안 오른손으로는 사슴의 등을 살며시 쓸어내렸다. 눈빛은 차갑고 엄숙했다. 감히 눈을 마주치는 이는 아무도 없었다.

"어떻습니까, 제 눈에 보이는 것이 경들께도 보입니까? 이것은 준마입니까, 아니면 사슴입니까?"

바람이 바뀌는 방향에 민감한 약삭빠른 자들은 섭정의 의도를 알아차렸다.

"훌륭한 준마입니다, 섭정."

"참으로 멋진 말입니다."

"제 눈에는 아름다운 말이 보입니다."

"*렌가*, 현명하신 섭정의 말씀을 들으소서. 저것은 말입니다."

"사슴이라 하는 자는 누구든 제 검을 마주해야 할 것입니다!"

그러나 대신들 가운데 일부는, 특히 장군들은, 믿을 수가 없다는 표정으로 고개를 저었다.

"이런 수치스러운 일이."

그 말을 한 사람은 수미 유마 장군이었다. 자나군에 몸담은 지 어느덧 50년이 넘은 유마 장군은 마피데레 황제의 아버지와 할아버지까지 섬긴 군인이었다.

"저것은 사슴입니다. 크루포 승상, 공께서 권력자이건 아니건 간에 사람들에게 진실이 아닌 것을 믿거나 말하게 할 수는 없습니다."

"진실이란 무엇입니까?" 승상은 한 자 한 자 또박또박 발음했다. "해저 땅굴에서 무슨 일이 일어났습니까? 에코피섬에서는 무슨 일이 일어났을까요? 그런 일들은 마땅히 사서에 기록해야 합니다, 그리고 누군가는 무엇을 기록할지 결정해야 합니다."

유마 장군의 용기에 고무된 대신들이 하나둘 앞으로 나서서 섭정이 대정전에 데려온 것은 사슴이라고 소리 높여 말했다. 그러나 앞서 말이라고 했던 무리가 이에 굴하지 않자 양편 사이에 떠들썩한 언쟁이 벌어졌다. 크루포는 빙긋이 웃으며 찬찬히 턱을 매만졌다. 에리시 황제는 두 편으로 나뉜 대신들을 두리번거리다가 깔깔 웃었다. 이 역시 크루포의 기묘한 농담이라고 생각했으므로.

그로부터 몇 개월이 흐르는 동안, 그날 크루포에 맞섰던 대신들은 하나둘 자취를 감추었다. 그들 대부분은 불충한 풀로 황태자와 공모한 것으로 밝혀졌고, 옥에 갇힌 채 얼마간 설득당한 끝에 눈물로 얼룩진 참회문을 써서 역모를 자백했다. 그들은 가족과 함께 처형당했다. 그것이 자나의 법이었다. 반역은 오염된 피의 산물이었기에 한 명이 죄를 지으면 다섯 대에 걸쳐 그 대가를 치러야 했다.

심지어 유마 장군마저도 실패한 역모의 주동자 가운데 한 명으로 밝혀졌다. 실제로 그가 아직 살아 있는 황자들과 공모하려 했다는 물증이 나왔던 것이다. 황자들은 근위대에게 체포되기 직전에 다 함께 독약을 삼켰다.

그러나 다른 반역자들과 달리 유마 장군은 발뺌할 수 없는 물증이 나온 후에도 자백하기를 거절했다. 황제는 장군이 배신했다는 보고에 가슴이 무너지는 것만 같았다.

"자백만 하면 장군의 목숨은 살려 줄 것이다. 그가 자나에 바친 공헌을 생각해서!"

"안타까운 일입니다, 폐하." 섭정 크루포가 황제에게 말했다. "저희는 혼을 정화하여 양심을 되찾도록 하는 육체적 고통을 유마 장군에게 세심히 적용했습니다. 허나 장군은 조금도 뜻을 굽히지 않았습니다."

"유마 장군 같은 위인조차 반역을 도모하다니, 세상에 믿을 사람이 누구란 말인가?"

섭정 크루포는 깊숙이 허리를 숙일 뿐, 말이 없었다.

섭정이 또다시 자신의 말을 데리고 대정전에 나타난 날, 대신들은 다 함께 입을 모아 실로 멋진 말이라고 칭찬했다.

어린 에리시 황제는 어찌해야 좋을지 알 수가 없었다.

"내 눈에는 지금도 사슴의 뿔이 보이거늘." 황제는 혼잣말을 중얼거렸다. "저것이 어찌 말이란 말이냐?"

"염려하실 것 없습니다, *렌가.*" 태사령 피라가 황제의 귀에 대고 속삭였다. "폐하께서는 아직 배우실 것이 산처럼 많습니다."

제6장

부역에서 반란으로

키에사

선무 3년 8월

후노 크리마와 조파 시긴이 그해 키에사 마을에 배정된 부역 인원수를 채우려고 출발한 장정들의 공동 인솔자로 뽑힌 까닭은, 그둘의 키가 가장 크기 때문이었다. 크리마는 체격이 호리호리하고 벗어진 머리가 조약돌처럼 반질반질했다. 시긴은 리마 출신 어머니를 닮아 머리카락이 지푸라기 색이었고 어깨는 떡 벌어졌으며, 목은 듬직한 물소가 떠오를 만큼 굵다랬다. 피부색은 들판에서 오랜 시간 땀 흘리는 코크루의 농민답게 둘 다 구릿빛이었다.

부역 감독관은 두 사람에게 임무를 설명해 주었다.

"너희는 부역 행렬을 인솔하여 마피데레 폐하('선제(先帝) 폐하, 편히 쉬소서')의 황릉 공사 현장까지 열흘 안에 도착해야 한다. 섭정과 황제께서는 선제께서 영원히 쉬실 안식처의 공사가 지지부진한 것을 크게 염려하고 계신다. 만일 하루 늦게 도착하면 너희는 각각 한쪽 귀가 잘릴 것이다. 이틀 늦게 도착하면 각각 한쪽 눈이 뽑힐 것이다. 사흘 늦게 도착하면, 둘 다 죽을 것이다. 그런데 그보다 더 늦으면 너희 아내와 어머니는 하녀로 팔려 갈 테고, 아버지와 자식들은 죽을 때까지 공사장에서 중노동을 할 것이다."

후노 크리마와 조파 시긴은 두려움에 벌벌 떨었다. 둘은 하늘을 올려다보며 부디 맑은 날씨가 이어지기를 기도한 다음, 부역에 동원된 장정들을 이끌고 서쪽의 항구 도시 칸핀을 향해 출발했다. 행렬은 그곳에서 배를 타고 해안을 따라 북쪽으로 향하다가, 다시 리루강을 거슬러 올라가 판의 근교에 있는 황릉 공사장에 도착할 예정이었다. 폭풍은 곧 연착을 의미했다.

새벽, 모두 합쳐 30명인 부역 노동자들이 마차 세 대의 짐칸에 나뉘어 탔다. 짐칸의 문은 달아나려는 마음이 들지 않도록 즉시 잠겼다. 제국군 병사 두 명이 동승하여 다음 마을에 도착할 때까지 대열을 호송했고, 도착한 후에는 현지의 주둔군이 인계받아 다음번 마을까지 호송할 병사 둘을 지원했다.

도로를 따라 서쪽으로 향하는 동안 남자들은 짐칸의 창밖을 내다보았다.

곡식이 한창 무르익을 늦여름이었건만, 들판은 황금빛이 아니었고 일하는 사람도 좀체 눈에 띄지 않았다. 그해의 태풍은 몇 년 만인지 기억하는 사람 한 명 없을 만큼 강력했고, 이 때문에 사방의 논밭이 빗물과 진흙에 잠겨 썩어 갔다. 여성들은 남편과 아들이 멀리서 황제의 원대한 계획을 실현하느라 중노동에 시달리는 동안 혼자 힘으로 농사를 지으려 안간힘을 썼다. 얼마 안 되는 영근 곡식은 제국의 관리가 빼앗아 갔다. 굶주린 백성들이 한 해만 징수를 미뤄 달라고 청원해 봐도 판에서 돌아오는 답은 언제나 거절이었다.

한편으로 부역과 세금의 부담은 더욱 무거워졌다. 새로 즉위한 에리시 황제는 해저 땅굴 공사는 중지시켰으나 새 황궁을 짓고자 했고, 자신의 효심을 증명할 목적으로 선제 황릉의 크기를 자꾸만 키워 갔다.

굶주리다 길가에 쓰러져 숨이 끊어진 사람들의 주검을 마차 안의 남자들은 멍한 눈으로 바라보았다. 피골이 상접한 몸으로 썩어 가는 주검들은 지니고 있던 것을 모조리, 심지어 옷 대신 걸쳤던 누더기마저 남김없이 빼앗긴 모양새였다. 수많은 마을에 기근이 닥쳤는데도 주둔군 사령관은 군량이 비축된 제국 창고를 개방해 달라는 청원을 거절했다. 먹을 수 있는 것은 이미 다 먹어 치운 후였다. 마지막 수단으로 나무뿌리를 끓여서 먹거나 벌레를 잡으려고 땅을 파는 이들도 있었다. 여성과 어린이와 노인은 아직 식량이 남았다는 소문이 들리는 곳을 걸어서라도 찾아가려 했지만 도중에 허물어지듯 쓰러지기 일쑤였다. 더는 발을 뗄 기운이 없어 널브러진 주검이 생기 없이 텅 빈 눈으로 올려다보는 하늘은, 그 눈과 마찬가지로 텅비어 있었다. 가끔은 죽은 어머니 곁에서 아직 숨이 붙어 있는 아기가 마지막 남은 힘을 다해 가냘프게 우는 광경도 보였다.

부역에 동원되지 않은 청년들 중 일부는 산으로 달아나 산적이 되었고, 구제업자에게 쫓기는 쥐 떼처럼 제국군에게 추격당했다.

마차 대열은 계속 나아갔다. 시체가 버려진 길을 지나서, 텅 빈 들판을 지나서, 버려져 허물어진 오두막을 지나서, 화려한 제국의 수도 판까지 타고 갈 배가 기다리는 칸펀의 항구를 향하여.

대열이 어느 조그만 마을의 중앙 광장을 통과할 때였다. 반쯤 벌거벗은 노인이 비틀비틀 걸으면서 마차와 행인을 향해 소리를 질렀다.

"라파 산의 깊숙한 땅속에서 50년 만에 우르릉거리는 소리가 들린다. 루피조 폭포도 바닥을 드러냈고. 루소 해변의 검은 모래는 피로 붉게 물들었어. 신들께서 자나의 왕가에 노여움을 표하시는 거다!"

"저 노인 말이 사실일까?" 크리마는 벗어진 머리를 긁적이며 시긴에게 물었다. "그런 이상한 전조가 보인다는 얘기는 처음 듣는데."

"낸들 알아? 신들이 진짜로 화가 났을 수도 있지. 아니면 그냥 저노인이 배가 너무 고파서 돌아 버렸든가."

대열에 동승한 군인들은 노인의 고함 소리를 못 들은 척했다. 그들 역시 농사꾼 집안 출신이었다. 그리고 그들이 살던 루이섬과 다수섬의 농촌 마을에도 그 노인과 비슷한 사람이 있었다. 마피데레 황제는 다라 제도 전역에 수많은 과부와 고아를 만들었고, 자나의 본거지인 두 섬 또한 예외가 아니었다. 화가 잔뜩 쌓인 사람들은 막힌 숨통을 터뜨리기 위해서라도 가끔씩 반역에 가까운 생각을 소리 내어 외치지 않으면 안 됐다. 어쩌면 개중에는 실제로 미치지 않은 사람도 있었을 테지만, 그냥 미쳐서 그러려니 하는 것이 모두에게 최선이었다.

비록 제국의 국고에서 급료를 지급받는 처지였지만, 군인들은 자신의 출신까지 잊어버리지는 않았다.

나흘째 되는 날에는 쉬지 않고 비가 내렸다. 여관의 창밖을 내다본 크리마와 시긴은 절망한 나머지 두 손에 얼굴을 묻었다.

그들은 나피 현에 머무는 중이었다. 칸핀 항구까지는 아직 80킬로미터쯤 더 가야 했지만, 폭우로 길이 진창이 되는 바람에 마차를 몰 수가 없었다. 어찌어찌해서 해안까지 도착한다 해도 이런 날씨에 바다로 나가려는 배가 있을 리 없었다.

전날은 사실상 대열이 리루강 하구에 도착하여 기일에 늦지 않게 판으로 가는 배를 탈 수 있는 마지막 날이었다. 흘러가는 일분일초가 그들에게는 곧 자신과 가족의 운명이 점점 더 비참해진다는 신호였다. 제국 법정의 판사들이 법전을 문자 그대로 해석할지, 아니면 법의 취지에 따라 해석할지는 중요하지 않았다. 어차피 자비는 그들의 몫이 아니었다.

"틀렸어." 크리마가 말했다. "판에 도착해 봤자 불구가 되든가, 아니면 더한 꼴을 당할 거야."

시긴은 고개를 끄덕였다.

"돈을 모아 보자. 기왕 이렇게 된 거, 오늘 한 끼라도 배불리 먹자고."

크리마와 시긴은 군인들에게 허락을 받고 여관을 떠나 시장으로 향했다.

"올해는 바다에서 생선 구경하기도 힘들다니까요." 생선 장수의 말이었다. "물고기들도 세금 징수원이 무서워서 꽁꽁 숨었나 봅니다."

"아니면 다라에 잔뜩 널린 굶주린 인간들의 입이 무서웠는지도 모르죠."

말은 그렇게 했지만, 두 사람은 터무니없이 비싼 값에 생선을 사고 남은 돈으로는 술도 조금 샀다. 돈주머니는 바닥을 드러냈다. 어차피 죽으면 동전 따위는 아무 쓸모가 없었다.

여관에 돌아온 그들은 일행을 불러 모았다.

"자, 자, 아무리 슬퍼도, 이제 곧 눈이 뽑히고 귀가 잘릴 처지라고 해도, 일단 밥은 먹자고. 맘껏 먹어 보자고!"

장정들은 고개를 끄덕였다. 참으로 옳은 말이기 때문이었다. 부역 노동자의 삶이란 날아오는 채찍의 횟수를 세다가 끝나게 마련이었기에, 두려움에 떨던 그들이 무엇보다 배를 든든하게 채우는 것이 최고임을 깨닫기까지는 그리 오랜 시간이 걸리지 않았다.

"여기서 요리를 제일 잘하는 사람이 누구지?"

크리마는 커다란 생선의 주둥이를 잡고 높이 들면서 물었다. 비늘은 은색에 지느러미는 무지갯빛, 길이는 크리마의 팔 만큼이나 기다란 생선이었다. 장정들의 입에 군침이 돌았다. 싱싱한 생선은 오랜만에 구경하는 별미였다.

"저희요."

그렇게 말한 사람은 다피로 미로와 라소 미로 형제였다. 열여섯 살과 열네 살, 아직 어린애 티도 못 벗은 소년들이었다. 판에서 부역에 동원하는 남성의 나이를 자꾸만 낮추었기 때문이었다.

"요리는 어머니한테서 배운 거냐?"

"아뇨." 동생인 라소가 말했다. "아빠가 해저 땅굴에서 돌아가시고 나서 엄마는 맨날 술만 마시고 잠만 잤……"

라소는 형에게 입이 틀어 막혀 말을 끝맺지 못했다.

"우린 요리 잘해요."

형인 다피로는 그렇게 말하고 주위의 장정들을 한 명 한 명 노려보다가 동생에게로 눈을 돌렸다. 동생이 방금 한 말로 자신들을 놀리는 사람이 있을까 봐서였다.

"그리고 우리끼리 먹으려고 생선을 꿍치지도 않을 거예요."

남자들은 다피로의 시선을 피했다. 미로 형제네 같은 집이 수두룩하다는 것을 알기 때문이었다. 그런 집의 아이들은 어릴 적부터 제 손으로 끼니를 챙기지 않으면 굶어야 했기에, 훌륭한 요리사가 될 수밖에 없었다.

"고맙다." 크리마는 다피로에게 말했다. "보아하니 솜씨가 보통이 아니겠구나. 그래도 생선을 손질할 땐 조심해라. 생선 장수한테 들었는데, 이놈들은 쓸개가 비늘 안쪽에 바투 달렸다고 하더라."

다른 장정들은 여관에 붙은 술집에 남아 술을 마셨다. 그들은 마침내 판에 도착했을 때 벌어질 사태가 머릿속에서 지워질 때까지 퍼마실 작정이었다.

"크리마 대장님! 시긴 대장님! 와서 이것 좀 보세요!"

주방에 있던 미로 형제가 외쳤다.

술 취한 남자들은 후들거리는 다리로 일어서서 주방으로 비틀비틀 모여들었다. 후노 크리마와 조파 시긴은 잠시 뒤에 남아 의미심장한 눈길을 주고받았다.

"드디어 시작이군."

시긴이 중얼거렸다.

"이젠 돌이킬 수 없어."

크리마가 대꾸했다. 둘은 다른 장정들을 따라 주방으로 향했다.

라소는 생선의 내장을 바르려고 배를 갈랐더니 이런 것이 나왔다고 설명했다. 진다리 문자가 적힌 비단 두루마리였다.

후노 크리마가 왕이 되리라.

장정들은 서로를 마주 보았다. 눈이 휘둥그레진 채로, 입을 헤 벌리고서.

다라 제도의 백성들은 늘 예언과 점술을 신봉했다.

세상은 신들이 쓴 책이었다. 필경사들이 붓과 먹물, 밀랍과 조각칼로 책을 쓰는 것과 같은 이치였다. 필경사가 조각칼로 밀랍을 깎아 손으로 만지고 느낄 수 있는 표의 문자를 새기듯이, 신들은 땅과 바다의 형상을 빚었다. 신들이 시시각각 바뀌는 변덕에 따라 급하게 휘갈기는 거대한 계획 속에서 인간은 한낱 진다리 문자이자 구두점에 지나지 않았다.

비행함을 띄울 수 있는 기체가 오로지 루이섬에서만 발생하도록 신들이 예정했다면, 이는 곧 자나가 다른 모든 티로 국가를 압도하고 통일을 이루는 것이 신들의 바람이라는 뜻이었다. 마피데레 황제가 밍겐 수리의 등에 올라타 자나 제도의 창공으로 높이 솟아오르는 야망을 품었다면, 이는 신들이 그를 만인지상의 영예로운 자리에 올려놓고자 한다는 뜻이었다. 신들이 역사를 미리 써 놓은 이상 육국이 자나의 무력 앞에 발버둥 쳐 봤자 헛수고였다. 필경사의 손에서 제대로 깎이기를 거부하는 밀랍 덩어리가 쓰레기통에 처박혀 고분고분한 새 밀랍으로 대체되듯이, 자기 숙명을 거스르는 인간은 티끌처럼 쓸려나가고 운명의 향방에 민감한 자들이 그 자리를 대신했다.

전에 없이 강력한 태풍이 온 섬의 해변을 휩쓴다는 것은 무슨 뜻일까? 기이한 구름과 섬뜩한 빛이 다라 제도 곳곳에서 목격된다는 것은 무슨 의미일까? 서쪽 바다 전역에서 거대한 크루벤들이 해수면 위로 뛰어오르는 광경이 목격되는 까닭은? 기근과 역병이 창궐하는 것은 무엇을 전하기 위함일까?

무엇보다도, 후노 크리마와 조파 시긴이 생선의 배 속에서 나온 두루마리를 높이 들어 등불에 비추고 있는 동안, 그것을 멍하니 올려다본 남자들은 무슨 생각을 했을까?

"우린 이미 죽은 목숨이다." 말을 꺼낸 사람은 후노 크리마였다. "가족들도 마찬가지야. 우리가 기일을 어겼으니까."

주방을 가득 메운 남자들은 숨죽인 채 귀를 기울였다. 크리마의 목소리는 나지막했고, 벽난로의 불빛은 그들의 얼굴에 일렁이는 그림자를 드리웠다.

"나는 예언을 좋아하지 않아. 계획을 물거품으로 만들고 우리를 신의 장기 말 신세로 끌어내리기 때문이지. 하지만 이미 예언이 나온 이상, 거기에 맞서는 것은 더 어리석은 짓이야. 만약 우리가 자나의 법에 따라 이미 죽은 목숨이라면, 그런데 신들이 다른 길을 보여 주었다면, 나는 신들의 뜻을 따를 것이다.

지금 여기 있는 우리는 서른 명이다. 도시를 다 뒤지면 우리처럼 기일에 맞춰 판에 도착할 가망이 없는 부역 노동자들이 잔뜩 있을 거다. 그들 모두가 산송장이나 다름없는 신세다. 이제는 더 잃을 것이 없다는 말이다.

우리가 자나의 법전에 적힌 말에 복종할 이유가 뭐냐? 나는 차라리 신들의 말을 따르련다. 자나의 시대가 이제 막바지에 이르렀다는 징조는 사방에 널렸다. 남자들은 노예가 됐고, 여자들은 매춘부로 팔려 갔다. 노인은 굶주려 죽고 젊은이는 도적질을 하다가 잡혀 죽는다. 우리가 영문도 모른 채 괴로워하는 동안 황제와 대신들은 시녀가 보드라운 손으로 먹여 주는 사탕을 빨면서 트림을 하고 있다. 그것은 제대로 된 세상의 이치가 아니다.

어쩌면, 방랑하는 음유시인들이 새로운 전설을 노래할 때가 바로 지금인지도 모른다."

라소 미로와 다피로 미로는 일행 가운데 가장 어리고 작고 약해 보인다는 이유로 가장 위험한 임무를 맡았다. 두 아이 모두 검은 곱슬머리에 체격이 가녀렸다. 아직 어려서 충동적인 동생 라소는 대번에 임무를 받아들였다. 형 다피로는 그런 동생을 흘끔 보더니 한숨을 쉬며 고개를 끄덕였다.

쟁반 두 개에 술과 생선 요리를 받쳐 들고서, 미로 형제는 부역 대열을 호송하는 군인 둘이 묵는 방으로 찾아가 노동자들이 보내는 선물이라고 얘기했다. 그 대신 자기들끼리 진탕 취해서 떠드는 것을 잠시만 눈감아 주지 않겠냐는 뜻이었다.

군인들은 마음껏 먹고 마셨다. 따끈하게 데운 술과 매콤한 생선탕 때문에 땀이 송골송골 맺히자 아예 갑옷과 제복까지 벗어 던지고서, 속옷 차림으로 편히 앉아 식사를 즐겼다. 그러다가 이내 혀가 슬슬 풀리고 눈꺼풀이 무거워졌다.

"술을 더 갖다 드릴까요, 나리?"

라소가 물었다. 군인들이 고개를 끄덕이자 라소는 냉큼 달려가 술잔을 채웠다. 그러나 그 잔은 두 번 다시 움직이지 않았다. 군인들은 방석에 기대어 입을 벌린 채 잠들고 말았다.

다피로 미로는 소매 속에 감췄던 기다란 식칼을 꺼냈다. 돼지와 닭을 잡은 적은 있었지만, 사람에게 칼을 대는 것은 차원이 다른 문제였다. 다피로는 동생과 나란히 눈을 질끈 감았다. 둘은 한순간 숨을 멈췄다.

"난 아빠처럼 채찍질당하다가 죽기 싫어."

라소가 말했다. 형 다피로는 고개를 끄덕였다.

이제 형제에게는 물러설 곳이 없었다.

다피로는 군인 둘 중 한 명의 옆구리를 식칼로 찔러 심장까지 단숨에 꿰뚫었다.

옆을 돌아보니 동생 역시 다른 군인을 똑같은 방식으로 해치운 후였다. 흥분과 두려움과 즐거움이 뒤섞인 라소의 표정을 보고 다피로는 가슴이 아렸다.

어린 라소는 언제나 형을 우러러보았고, 다피로는 그런 동생이 마을의 다른 아이들과 싸움을 벌이면 언제나 나서서 감싸 주었다. 아버지는 일찌감치 세상을 뜨고 어머니는 살아 있을 때조차 거의 종일 자거나 술을 마시는 집에서 다피로는 사실상 라소를 키우다시피 했다. 그렇게 언제나 동생을 지켜 줄 거라고 자신했지만, 바로 이 순간 다피로는 자신이 실패한 것을 깨달았다.

라소의 표정이 아무리 흐뭇해 보인다고 할지라도.

* * *

나피에서 가장 큰 여관인 '도약하는 크루벤'에 제국군 병사 두 명이 도착했다. 군복이 몸에 잘 안 맞는 모양새가 영락없는 신병들이었다.

여관은 2층과 3층이 통째로 징발되어 부역 노동자와 중노동형에 처해진 죄수들의 임시 숙소로 쓰였다. 호송을 맡은 병사들은 2층 층계 바로 옆방에 묵으면서 허락 없이 드나드는 사람이 있는지 감시하려고 방문을 열어 놓았다.

제국군 병사 둘은 그 열린 방문을 두드린 다음, 자신들은 수배 중인 범죄자를 찾으러 주둔군 기지에서 왔노라고 설명했다. 그러고는 감시 중인 남자들을 둘러봐도 되겠냐고 물었다.

카드놀이에 정신이 팔려 있던 호송병들은 손님들을 향해 귀찮다는 듯이 손을 내저었다.

"마음껏 뒤져 봐. 어차피 찾는 놈은 여기 없을 테니까."

후노 크리마와 조파 시긴이 고맙다고 인사하자 호송병들은 다시 술과 카드놀이에 빠져들었다. 두 사람은 모든 방을 빠짐없이 돌며 부역 노동자와 죄수들에게 자신들의 계획을 설명했다. 이 여관이 그들의 종점이었다. 나피 현에서 같은 처지의 남자들이 갇혀 있는 곳은 이미 모두 들른 참이었다.

그날 자정, 나피 전역의 부역 노동자와 죄수 무리가 일제히 봉기를 일으켜 잠든 호송병들을 살해했다. 그들은 여관과 숙소에 불을 지르고 거리에 모였다.

"자나 제국에 죽음을!" 남자들은 한목소리로 외쳤다. "황제에게 죽음을!"

금지된 말을 외치는 행위에는 짜릿한 맛이 있었다. 모든 이의 마음속에 숨어 있던 말이었다. 그 말을 소리 높여 외치는 것만으로도 무적이 된 기분이 들었다.

"후노 크리마가 왕이 되리라!"

거리에 모인 남자들, 걸인과 도둑, 굶주린 자와 빈털터리, 그리고 남편과 아들이 눈앞에서 끌려가 바다 밑에서 또 산속에서 노예가 되는 꼴을 지켜본 아낙들이, 입을 모아 그 말을 외쳤다.

군중은 식칼과 맨주먹만을 휘두르며 무기고로 돌진했고, 담을 뛰어넘어 그곳을 지키던 병사들을 제압했다. 이제 진짜 무기로 무장한 군중은 주둔군의 식량 창고를 공격했다. 오래지 않아 수수와 쌀이 담긴 포대와 말린 생선 꾸러미가 여기저기 눈에 띄었다. 식량을 짊어지고 달리는 인파가 홍수처럼 거리를 가득 메웠다.

군중은 현장이 사무를 보는 현청으로 달려가 그곳을 점령했다. 누군가 날개를 펼친 밍겐 수리가 그려진 자나 제국의 하얀 국기를 끌어내린 다음, 도약하는 물고기를 조잡한 솜씨로 그린 깃발을 대신 올렸다. 비늘은 은색에 지느러미는 무지갯빛인 그 물고기 아래쪽의 두루마리에는 이렇게 적혀 있었다. *후노 크리마가 왕이 되리라!*

대부분 코크루 출신이었던 주둔군 기지의 병사들은 동포를 상대로 진격하기를 거부했다. 자나 출신 지휘관들이 투항할지 아니면 부하들에게 살해당할지 선택해야 한다는 것을 깨닫기까지는 그리 오래 걸리지 않았다.

크리마와 시긴은 이제 반란군 수천 명의 지도자가 되었다. 부하들은 대개 절박한 처지의 노동자나 도적, 아니면 죄수들의 폭동에 가담한 제국군 병사였다.

투항한 제국군 지휘관은 훗날의 후한 보상을 약속받았고, 투항하는 즉시 반란군이 현청 금고에서 탈취한 돈을 지급받기도 했다. 다름 아닌 코크루 백성들의 피와 땀과 눈물이 밴 세금이었다.

나피 현을 장악한 크리마와 시긴은 인근에 주둔하는 자나 군대의 반격에 대비하여 성문을 봉쇄한 다음, 자신들의 전과를 음미하는 데에 몰두했다. 상인과 귀족의 집은 약탈당했고 식당과 청루는 반란군 무리를 특별히 할인한 가격으로 대접했으며, 계약서와 차용증은 모두 휴짓조각이 되었다. 부자들이 통곡하는 동안 빈민들은 축제를 즐겼다.

"이제 우리가 왕위에 오르면 되는 건가?"

소곤거리는 시긴을 보며 크리마는 고개를 저었다.

"너무 일러. 지금 우리한테 필요한 건 상징이야."

반란에 정통성을 부여하기 위해 크리마와 시긴은 즉각 파사로 사절을 파견했다. 그곳으로 망명한 후에 양치기가 되었다는 소문이 도는 옛 코크루 왕가의 후계자를 찾을 생각에서였다. 그들은 쫓겨난 계승자에게 정당한 왕위를 돌려주겠노라고 선포했다.

다라 제도 구석구석까지 파견된 전령들은 육국의 귀족들에게 옛 영지로 돌아와 반란에 힘을 보태 달라고 호소했다. 통일의 잿더미 속에서 티로 국가를 되살리자고, 그리하여 다 함께 판에 있는 황제의 옥좌를 뒤집어엎자고.

다라 제도 서북쪽의 외진 하늘을 여름 폭풍이 사납게 휩쓸고 지나갔다. 루이섬과 다수섬의 농민들은 집 안에 숨어서 기도를 올렸다. 부디 자나의 날개 달린 수호신이자 바람과 폭풍우의 신인 키지의 분노가 머잖아 수확할 작물을 망치지 않게 해 달라고.

혹시 주의 깊게 들은 사람이 있었다면, 요란한 천둥소리와 퍼붓는 빗소리 사이로 웬 목소리가 들리는 것을 알아차렸을 터였다.

하얀의 루소여, 그대가 먼저 치고 나설 줄은 미처 몰랐어. 물고기 배 속의 두루마리라니, 그대의 솜씨가 덕지덕지 묻어 있더군.

바다거북과 함께 다니는 계산과 속임수의 신 루소는 노인답게 중

후한 목소리로 그 목소리에 답했다. 파도를 가르는 지느러미발처럼 점잖게, 달빛에 물든 모래톱을 쓸고 가는 조개처럼 부드럽게.

형제여, 단언컨대 나는 이 일에 전혀 관여하지 않았네. 내가 예언에 일가견이 있는 건 사실이네만, 이번에는 나도 자네만큼이나 허를 찔렸어.

허면 그대들 코크루의 쌍둥이 소행인가, 불과 얼음의 자매여?

그 물음에는 두 목소리가 함께 대답했다. 거슬리면서도 조화롭고 성난 듯하면서도 차분한, 흡사 빙하와 나란히 흐르는 용암 같은 목소리였다. 목소리의 주인은 카나와 라파, 까마귀와 함께하는 불과 얼음, 또한 죽음과 잠의 신들이었다.

필멸자들은 스스로 원하는 곳에서 계시를 찾는 법이지. 우리는 이번 일의 발단하고는 아무런 상관도……

하지만 마무리는 우리 손으로 지을 테니 두고 보도록 해. 설령 코크루를 마음에 품고 살아가는 인간이 지상에 단 한 명만 남는다 할지라도……

잠자코 있던 키지가 자매신의 말허리를 끊었다.

그만 떠들고 기운을 아껴 두도록 해. 너흰 그 단 한 명의 인간이 있는지부터 확인해야 할 테니까.

제7장

마타의 용기

투노아 군도의 파룬 현

선무 3년 9월

투노아 군도의 북쪽 끄트머리에 있는 투노아 북섬의 파룬 현. 주둔군 사령관인 다툰 자토마는 본섬에서 일어난 반란 소식에 마음을 졸였다.

믿을 만한 정보를 얻기가 쉽지 않았다. 상황은 실로 혼돈의 연속이었다. 후노 크리마와 조파 시긴이라는 도적들이 코크루 왕가의 적통 계승자를 찾았다고 선포하는가 하면, 이들이 새로 옹립한 '코크루 왕'은 부대를 인솔하여 자기 휘하에 들어오는 모든 제국군 지휘관에게 귀족 작위를 내리겠다고 약속했다.

제국은 무너지고 있었다. 고타 톤예티 대장군이 자결하고 수미 유마 장군이 처형당한 이후 제국군의 원수(元帥) 자리는 내내 비어 있었다. 그 2년 동안 섭정과 어린 황제는 군대를 까맣게 잊어버린 양 각지의 주둔군 사령관들에게 군사를 일임했다. 그러다가 진짜 반란이 터지자 제도 판은 충격에 빠져 마비된 형국이었고, 한 달이 지난 이때까지도 제국군을 통솔하여 반란을 진압할 총사령관은 임명되지 않았다. 각지의 주둔군 사령관은 저마다 앞날을 도모하느라 분주했다.

바람이 어느 쪽으로 부는지 당최 알 수가 없군. 자토마 사령관은 속으로 중얼거렸다. *어쩌면 내가 먼저 주도권을 쥐는 게 나을지도. 일찍 나설수록 공이 더 커질 테니까. '자토마 공(公)'이라, 꽤 듣기 좋지 않은가.*

그러나 자토마는 말안장 위보다는 책상 앞에 앉아 있을 때가 더 편했다. 그에게는 충직하고 유능한 부하 지휘관이 필요했다. 그 점에서 보면 파룬 현에 부임한 것은 행운이었다. 투노아는 온 다라를 통틀어 가장 무력이 강한 지역으로, 고대 아노인들이 다라에 정착할 당시에 호전적인 원주민을 평정하느라 가장 늦게 들어선 곳이기도 했다. 파룬에서는 여자아이도 투창을 능숙하게 던졌고, 다섯 살이 넘은 사내아이라면 누구나 아버지의 창을 남부끄럽지 않게 휘두를 줄 알았다.

그런 투노아에서 적당한 인재들을 찾기만 하면, 그들은 몰락한 가문의 명예를 되살릴 기회를 준 자토마에게 진심으로 감사하며 충성을 바칠지도 몰랐다. 자토마는 머리가 되고, 그들은 그의 수족이 될 터였다.

조상들의 유산인 옛 성의 커다란 홀과 긴 복도를 지나는 동안, 핀 진두는 표정에서 심란한 기색을 지우려고 애썼다. 25년 전 그날, 진두 일족의 역사에서 가장 어두웠던 순간에 추방당한 이후 이곳에 다시 발을 들이기는 처음이기 때문이었다. 정복자 행세를 하는 평민 다툰 자토마의 간청으로 가문의 성에 되돌아오다니, 핀이 꿈에 그리던 귀환은 아니었다.

핀의 뒤에 따라가던 마타는 벽에 걸린 호화로운 족자와 창틀의 정교한 철제 격자 장식, 그리고 선조들의 위업을 묘사한 그림을 홀린 듯이 바라보았다. 그림 가운데 몇 점은 정복 직후에 전리품을 챙기려고 약탈을 벌인 자나 병사들의 손에 인물의 얼굴 부분이 찢겨 나가고 없었다. 비천한 다툰 자토마는 그렇게 훼손된 그림을 내버려 둠으로써 진두 일족의 수치스러운 몰락을 상기시키려는 모양이었다. 마타는 이를 갈며 끓어오르는 분노를 억눌렀다. 이 모든 것이, 그의 정당한 유산이, 그의 자리를 차지하고 이곳으로 불러들인 돼지의 발밑에서 더럽혀지고 있었다.

"여기서 기다려라."

핀 진두는 마타에게 말했다. 삼촌과 조카는 잠시 의미심장한 눈빛을 주고받았고, 이내 조카가 고개를 끄덕였다.

"어서 오시오, 진두 대인!"

다툰 자토마는 성격이 적극적이고 적어도 자기 딴에는 예의가 바른 사람이었다. 그런 그가 어깨를 끌어안으며 반갑게 인사하는데도 핀 진두는 별 반응이 없었다. 멋쩍어진 자토마는 이내 물러서서 손님에게 앉으라고 청했다. 자토마는 친구처럼 격의 없이 얘기하자는 뜻에서 양쪽 발을 반대편 허벅지에 포갠 *게위파* 자세로 앉았지만, 핀은 빈틈없이 정중한 *미파 라리* 자세로 방석에 앉았다.

"본섬의 소문은 들으셨소?"

자토마가 물었지만 핀은 대답하지 않았다. 사령관이 먼저 본론을 꺼내기를 기다렸으므로.

"내가 곰곰이 생각해 봤는데."

실로 까다로운 문제였다. 자토마는 핀 진두가 자신의 의도를 오해하는 일이 없도록 신중을 기할 작정이었지만, 혹시 나중에 황제의 군대가 승기를 잡아 반란군을 분쇄하면 그때에는 납득할 만한 설명을 제시해야 했다.

"대인의 가문은 대대로 코크루 왕가를 섬기며 충성을 다했소. 진두 가문에서 수많은 명장이 나온 것은 코홀리개 아이들도 다 아는 사실이오."

핀 진두는 거의 알아보기도 힘들 만큼 살짝 고개를 끄덕였다.

"전쟁이 임박했소. 그리고 전시에는 병법을 아는 이가 후한 대접을 받는 법이지. 내 생각에는 진두 가문의 앞날에 서광이 비칠 것 같소."

"진두라는 성을 지닌 자는 오직 코크루를 위해서만 싸웁니다."

다행이군. 자토마는 속으로 생각했다. *그 중요한 얘기를 제 입으로 내뱉다니, 내가 말을 꺼낼 필요도 없이.* 자토마는 핀의 반역적인 언동을 못 들은 양 태연하게 말을 이었다.

"내 휘하의 병사들은 강궁의 시위를 당길 기운도 없는 노병, 아니면 회피와 돌격도 구별할 줄 모르는 신병이오. 그 병사들을 단련시커야 하오, 그것도 시급하게. 대인께서 조카와 함께 나를 도와 그 일에 힘써 주신다면 참으로 감사하겠소. 지금 같은 난세에 우리가 힘을 합쳐 일어나면 함께 영광을 맛볼 수 있을 거요."

핀은 이른바 제국군의 사령관인 자나 출신 사내를 마주 보았다. 그의 손은 하얗고 통통하고 부드러워 보였다. 여자가 끼는 반지에 붙은 진주알처럼 고왔다. 검을 쥐거나 도끼를 휘두를 줄 아는 사람의 손이 아니었다. *책상물림이로군.* 핀은 속으로 중얼거렸다. *주판알을 튕기고 상사들한테 알랑거리는 재주밖에 없는 자이거늘, 이런 자가 정복 전쟁의 전리품을 지키는 책임자가 되어 군대를 이끌다니. 제국이 농민들의 반란 앞에서 그토록 엉망으로 망가질 만도 하구나.*

그러나 핀은 웃으며 자토마에게 고개를 끄덕일 뿐, 마음속의 혐오와 경멸을 표정에 드러내지 않았다. 마타와 함께 할 일은 이미 정해져 있었다.

"복도에서 기다리는 제 조카를 데려오겠습니다. 그 아이도 사령관님을 뵙고 싶을 겁니다."

"아무렴, 어서 데려오시오! 젊은 인재를 만나는 건 언제나 즐거운 일이니."

핀은 사령관의 집무실을 나서서 마타에게 고갯짓을 했고, 마타는 삼촌을 따라 방으로 들어왔다. 자토마는 활짝 웃는 얼굴로 양팔을 벌린 채 젊은 마타를 끌어안으려고 다가왔다. 그러나 환영하는 몸짓이 어딘가 어색했다. 스물다섯 살인 마타는 키가 8척이 넘었고, 사뭇 위협적으로 보였다. 눈동자가 두 개인 중동안 역시 사람들로

하여금 예외 없이 시선을 피하게 했다. 마타의 눈을 똑바로 마주 보기란 불가능했다. 어느 쪽 눈동자에 시선을 맞춰야 할지 알 수가 없어서였다.

자토마는 영영 그 눈에 익숙해지지 못했다. 처음 보았을 때가 마지막이었으므로.

아래를 내려다보는 자토마의 얼굴은 믿을 수 없다는 빛으로 물들어 있었다. 단검이, 실고기처럼 가느다랗고 그 자신의 더운 피로 붉게 물든 단검이, 마타의 왼손에 쥐어진 채 그의 가슴에서 빠져나오고 있었다. 그 순간 자토마의 머릿속에는 이 조그만 무기와 거인의 손이 너무도 안 어울린다는 생각뿐이었다.

그렇게 멍하니 바라보는 사이에 마타는 단검을 위로 들더니 자토마의 목을 그어 기도와 동맥을 끊었다. 목소리도 내지 못하고 꾸르륵 소리만 남긴 채로, 자토마는 바닥에 허물어지듯 쓰러졌다. 그렇게 자신의 피에 질식해 가며 사지를 꿈틀거렸다.

"자, 이제는 네가 *나의* 집에서 쫓겨날 차례다."

마타가 말했다. 다툰 자토마는 마타가 태어나서 처음으로 목숨을 빼앗은 상대였다. 그 행위가 주는 흥분에 몸이 떨릴 지경이었지만, 후회나 연민은 조금도 느껴지지 않았다.

마타는 집무실 한쪽 구석에 놓인 무기 거치대로 걸어갔다. 빼곡히 걸린 아름다운 고검(古劍)과 창과 곤봉은 모두 빼앗긴 진두 일족의 가보였다. 자토마는 그 무기들을 장식용으로만 사용했기에 하나같이 표면에 먼지가 잔뜩 앉아 있었다.

마타는 맨 위에 걸린 묵직한 검을 쥐고 들어 올렸다. 청동제로 보이는 그 검은 날이 두껍고 자루가 길어서, 두 손으로 쥐도록 만든 듯했다.

비단으로 감싼 대나무 검집의 먼지를 훅 불고 나서, 마타는 검을 반쯤 뽑아 보았다. 금속의 느낌이 범상치 않았다. 검신의 중앙은 누구나 알 법한 맑은 청동색이었지만, 창문의 햇빛에 비친 날 부분은 서늘하고 푸르스름하게 번득였다. 마타는 검을 앞뒤로 뒤집으며 검신의 양면에 새겨진 정묘한 무늬를 감상했다. 무늬는 고대의 전쟁시를 상형 문자로 새긴 것이었다.

"네 조부께서는 그 검과 평생을 함께하셨다. 검술 수련을 마쳤을 때 스승 메도에게서 받으신 선물이란다." 핀의 목소리에는 자부심이 배어났다. "청동은 무쇠나 강철보다 무르고 날을 세우기도 힘들지만, 네 조부께서는 청동이 더 무겁다는 이유로 그 검을 애용하셨다. 보통 사람은 두 손으로도 들기 힘든 검이거늘 당신께서는 한 손으로 휘두르셨지."

마타는 검집에서 검을 완전히 뽑아 한 손으로 허공에 몇 번 휘둘러 보았다. 검은 마타의 몸 앞에서 춤을 추듯 가볍게 움직였고, 검광이 그리는 궤적은 피어나는 국화 같았다. 검이 일으킨 서늘한 바람이 얼굴을 스쳤다.

묵직한 검의 균형감은 경이로울 정도였다. 마타가 검술을 수련할 때 사용한 강철 검은 대부분 너무 가벼웠고 날도 너무 얇아서 연약했다. 그러나 이 검은 마치 그를 위해 만들어진 무기 같았다.

"검을 다루는 모습이 네 조부님과 똑같구나."

핀의 목소리는 점점 나지막해졌다.

마타는 엄지손가락으로 검의 날을 만져 보았다. 그토록 오랜 세월이 흘렀는데도 여전히 예리했다. 이가 빠진 곳이나 갈라진 틈새가 조금도 느껴지지 않았다. 마타는 영문을 모르겠다는 표정으로 삼촌을 돌아보았다.

"그 예리한 날에는 사연이 있다. 네 조부가 코크루 군대의 원수로 임명됐을 때, 토토 왕께서는 겨울의 길일(吉日)에 직접 투노아에 행차하시어 폭이 아흔아홉 척이고 높이 또한 아흔아홉 척인 예식용 단을 쌓게 하셨다. 그런 다음 모두가 볼 수 있도록 단 위에 오른 네 조부에게 세 번 절을 올리셨지."

"왕께서 할아버님에게 절을 하셨단 말입니까?"

"그래." 이제 펜의 목소리에는 자부심이 흘러 넘쳤다. "그것은 티로 왕들의 오래된 관례였다. 티로 국가에서는 군대의 원수를 임명하는 것이 무엇보다 엄숙한 의식이었다. 왕이 국가의 가장 강대한 권력인 군대를 자신이 아닌 남의 손에 맡기는 행위였으니까. 왕이 원수로 임명한 이에게 더없는 명예와 존경을 표한다는 것을 보여 주려면 그에 걸맞은 의식을 행해야만 했던 거다. 왕이 남에게 절을 하는 것은 오직 그때뿐이었다. 원수 임명식은 다라 제도의 다른 어느 섬보다 우리 일족의 거점인 투노아에서 가장 많이 열렸다."

마타는 다시금 자신의 핏줄에 흐르는 역사의 무게로 어깨가 묵직해지는 기분이 들었다. 그는 걸출한 전사들, 왕마저 고개를 숙이며 예를 표할 만큼 뛰어난 전사들로 이루어진 사슬의 고리 하나에 지나지 않았다.

"그 의식을 제 눈으로 봤더라면 좋았을 텐데."

"보게 될 거다." 핀은 조카의 등을 가볍게 다독였다. "반드시 그리될 거다. 토토 왕께서는 네 조부인 다주 장군에게 원수의 권위를 보여 주는 상징으로 새 검을 하사하셨다. 강철을 천 번 담금질해서 만든, 세상에서 가장 단단하고 예리한 날을 지닌 검을. 허나 네 조부께서는 옛 검을 차마 손에서 놓지 못하셨다. 스승에게서 인정받았다는 증거였기 때문에."

마타는 고개를 끄덕였다. 그는 제자에게 스승을 존경할 의무가 있다는 것을 잘 알았다. 사람의 용모와 품성을 만드는 본과 틀이 아버지이듯이, 제자의 기예와 학식을 만드는 본과 틀은 바로 스승이기 때문이었다. 그것은 태곳적부터 내려오는 의무이자 세상을 반듯한 토대 위에 유지시키는 도리였다. 이는 사적인 유대이면서도 개인이 군주에게 지니는 공적인 의무만큼이나 소중하고 공고했다. 마타는 다주 진두가 수십 년 전에 느꼈을 고뇌를 생생하게 느낄 수 있었다.

마피데레는 그러한 사적 유대를 억압하고 황제에 대한 의무를 최우선으로 격상시키려 했고, 그것이야말로 그의 제국이 그토록 혼돈스럽고 불의했던 까닭이었다. 마타는 마피데레가 제국군의 원수에게 절을 했는지 안 했는지 굳이 묻지 않아도 알 수 있었다.

핀의 이야기가 다시 이어졌다.

"두 검 가운데 어느 쪽을 쥐어야 할지 고민하시던 네 조부께서는 리마로 여행을 떠나셨다. 온 다라에서 으뜸가는 검장(劍匠)인 수마 지를 찾아서 도움을 얻고자 하셨던 거다. 수마 지는 사흘 낮과 사흘 밤 동안 피소웨오 신에게 길을 보여 달라고 기도한 끝에 계시를 받아 해결책을 찾았다. 한편으로는 복합 검을 제련하는 기상천외한 방법이 만들어진 계기이기도 했지.

그 명검장은 원수의 상징인 새 강철 검을 녹였다. 그런 다음 옛 검을 심으로 삼고 강철을 수없이 겹쳐 벼림질한 끝에, 청동의 묵직한 무게감과 강철의 단단하고 예리한 성질을 겸비한 새 검을 만들어 냈다. 벼림질을 다 마치고 나서, 수마 지는 피소웨오의 신성한 동물인 늑대의 피에 검을 담갔다."

마타는 차가운 검날을 어루만지며 오랜 세월 동안 그 검이 얼마나 많은 사람의 피를 마셨을지 상상했다.

"이 검의 이름이 뭡니까?"

"수마 지는 그 검에 '나아로엔나'라는 이름을 붙여 주었단다."

"고전 아노어로 '의심을 종결짓는 자'라는 뜻이군요."

핀은 고개를 끄덕였다.

"그 검을 뽑기만 하면 네 조부님의 마음속에서는 전투의 향방에 관한 의심이 깨끗이 사라졌다."

검을 쥔 마타의 손에 힘이 들어갔다. *나는 반드시 이 검에 어울리는 전사가 될 것이다.*

무기 거치대를 계속 살펴보던 마타는 창에서 검, 채찍, 활로 시선을 옮기며 하나같이 나아로엔나에 어울리지 않는 무기들이라고 생각하다가, 마지막으로 맨 아래의 가로대에서 시선이 멈췄다.

마타는 그곳에 걸린 철목 곤봉을 들어올렸다. 곤봉의 자루는 마타의 손목만큼이나 굵직했고, 자루를 감싼 하얀 비단의 얼룩은 긴 세월 동안 빨아들인 피와 땀이었다. 끄트머리로 갈수록 굵어지는 곤봉의 몸통 위쪽 부분에는 하얀 엄니를 박아서 만든 테가 여러 줄 둘러져 있었다.

"그 무기는 자나의 장군이었던 리오 코투모가 사용하던 거다. 기운이 열 사람과 맞먹는다고 알려진 용장이었지."

마타가 곤봉을 이쪽저쪽으로 돌리자 날카로운 이빨의 끄트머리가 번득였다. 몇몇은 주인을 알아볼 수 있었다. 늑대, 상어, 심지어 크루벤의 엄니로 보이는 것도 있었다. 몇 개는 피로 물들어 있었다. 그 엄니에 박살이 난 투구와 머리는 또 얼마나 많았을까?

"네 조부께서는 리루강에서 무려 닷새 동안 쉬지 않고 리오 코투모와 결투를 벌이셨지만, 그래도 승자를 정할 수가 없었다. 그러다가 엿새째 되던 날 코투모가 미끄러운 바위를 밟고 자세가 흐트러진 순간, 네 조부께서 코투모의 목을 베셨다. 허나 스스로의 힘으로 얻은 승리가 아니라고 생각하셨기에 코투모의 장례를 성대하게 치르시고 그의 무기를 기념 삼아 보관하셨던 거다."

"이 곤봉에도 이름이 있습니까?"

마타의 물음에 핀은 고개를 저었다.

"있었다 한들 네 조부께서는 알지 못하셨을 거다."

"그럼 제가 나아로엔나와 어울리는 '고레마우'라는 이름을 지어 주겠습니다. '피를 마시는 나락'이라는 뜻이니까요."

"방패는 안 쓸 거냐?"

마타는 가소롭다는 듯이 웃었다.

"적들은 채 삼합을 겨루기도 전에 죽을 텐데 방패가 왜 필요하겠습니까?"

마타는 검을 오른손으로 단단히 쥔 다음, 왼손에 든 곤봉에 번개처럼 빠른 일격을 날렸다. 검에서 울린 흐뭇하고 청아한 소리는 성의 돌 벽에 부딪혀 오랫동안 메아리쳤다.

핀 진두와 마타 진두는 싸우면서 성 내부로 전진했다.

처음으로 피 맛을 본 마타는 살육의 욕망에 휩쓸리고 말았다. 그야말로 물개 떼 속에 풀어놓은 상어였다. 성의 복도가 좁은 탓에 자나 주둔군 병사들은 수적 우세를 살리지 못했고, 마타는 병사들이 한두 명씩만 접근하도록 용의주도하게 움직였다. 마타가 가공할 힘으로 휘두르는 나아로엔나 앞에서 병사들의 방패와 무기는 종잇장처럼 산산조각이 났다. 태산처럼 내리찍는 고레마우 아래에서 병사들의 머리는 박살이 나 몸통에 처박혔다.

성에 주둔하는 수비대는 200명이었다. 그날 마타는 173명을 몰살했다. 나머지 27명은 핀 진두가 처치했다. 곁에서 피투성이가 되어 싸우는 젊은 조카에게서 아버지인 위대한 장군 다주 진두의 모습을 본 핀은 껄껄 웃으며 싸웠다.

이튿날, 마타는 성에 코크루의 국기를 내걸었다. 붉은 대지에 하얗고 검은 까마귀 한 쌍이 그려진 깃발이었다. 성문에는 진두 일족의 국화 문장이 다시 걸렸다. 마타가 자나 주둔군을 격파했다는 소식은 투노아 군도 전역으로 퍼져 나가며 이야기에서 전설로, 다시 신화로 탈바꿈했다. 코흘리개 아이들조차 나아로엔나와 고레마우라는 이름을 줄줄 외웠다.

"코크루가 부활했어."

투노아 군도의 백성들 사이에 귓속말이 돌고 또 돌았다. 대장군 다주 진두의 무용담을 여전히 기억하는 백성들은 그의 손자를 할아버지에 버금가는 영웅으로 치켜세웠다. 어쩌면 이 반란에 희망을 품어도 좋을 듯싶었다.

　진두 성에 사람이 모이기 시작했다. 코크루를 위해 싸우겠노라고 자원하는 이들이었다. 오래지 않아 진두 일족의 깃발 아래 모인 병력은 800명에 이르렀다.

　바야흐로 9월의 끝, 후노 크리마와 조파 시긴이 물고기 배 속의 예언을 발견하고 두 달이 흘렀을 무렵이었다.

제8장

쿠니, 결단을 내리다

주디 현 외곽

선무 3년 9월

전날 밤, 쿠니 가루가 책임지고 호송하던 죄수는 아직 50명이었다. 몇 명은 주디 사람이었지만 대부분은 먼 타향 출신이었다. 죄를 범하고 중노동형을 받아 부역에 동원된 자들이었다.

그중 한 명이 다리를 절었던 탓에 대열은 줄곧 느리게 걸었다. 다음 마을까지 제시간에 도착할 수 없다는 것을 안 쿠니는 산속에서 야영하기로 했다.

이튿날 아침, 남아 있는 죄수는 고작 열다섯 명이었다.

"그놈들 도대체 뭔 생각을 하는 거야?" 쿠니는 화가 나서 씩씩거렸다. "달아나 봤자 다라 제도에 숨을 데가 어디 있다고. 잡히면 가족들까지 처형당하든가 자기들 대신 중노동에 끌려갈 게 뻔하잖아.

내가 그렇게 잘해 주면서 밤에 사슬도 안 채웠는데, 사람을 이런 식으로 엿 먹이나? 난 이제 뒈졌다고!"

쿠니는 2년 전에 부역 담당 부서의 책임자로 승진한 몸이었다. 평소 같으면 죄수 무리를 호송하는 것은 그의 부하가 할 일이었다. 그러나 이번에는 다리를 저는 사람이 끼어 있으니 기일을 맞추기 힘들 거라 판단하고 직접 호송 임무를 맡았다. 쿠니는 판에서 기다릴 지휘관을 구슬릴 자신이 있었다. 게다가 판에 가 본 적이 한 번도 없었던 쿠니로서는 무궁성으로 불리는 제도를 구경하고 싶은 마음 또한 간절했다.

"최고로 신나는 일만 하고 살겠다고 다짐한 인생인데." 쿠니는 혼자서 한탄했다. "신나기는 개뿔, 이게 무슨 꼴이야 지금?"

그 순간 쿠니는 모든 것을 버리고 그저 지아와 함께 집에 틀어박히고만 싶었다. 지아가 한창 효능을 실험하는 약초로 차를 달여 마시며, 안전하고 지루하게.

"모르셨습니까, 대장님?" 이름이 후페인 병사가 믿을 수 없다는 표정으로 물었다. "죄수들은 어제 하루 종일 달아날 계획을 속닥거렸습니다. 저는 대장님께서 다 아시면서도 예언을 믿으시고 일부러 녀석들을 풀어 주셨거니 했습니다. 녀석들은 황제에 맞서 전쟁을 선포한 반란군에 가담할 작정입니다. 모든 죄수와 부역 노동자를 해방시키겠다고 맹세한 패거리 말입니다."

쿠니는 그 전날 소곤거리는 죄수들이 유독 많았던 것이 기억났다. 그리고 다른 주디 사람들과 마찬가지로 쿠니 역시 반란이 일어났다는 소문은 들은 적이 있었다. 그러나 마침 지나던 산의 아름다운 경치에 매료된 나머지 그 두 가지 사실을 미처 연결 지어 생각하지 못했던 것이다.

당황한 쿠니는 후페에게 반란에 관해 아는 대로 더 얘기해 달라고 부탁했다.

"물고기 배 속에 두루마리가!" 쿠니는 깜짝 놀라서 외쳤다. "그것도 마침 시장에서 산 물고기였단 말이지. 내가 다섯 살 때 이미 통달한 사기 수법인데. 그런데 사람들은 그걸 믿는다고?"

"신들께서 하신 일을 험담하시면 안 됩니다."

신앙심이 깊은 후페는 부루퉁한 목소리로 핀잔을 주었다.

"음, 이거 좀 곤란하게 됐는데."

쿠니는 그렇게 중얼거리고는 마음을 가라앉힐 생각으로 허리 주머니에서 말린 약초를 꺼낸 다음, 입에 넣고 우물거리다 혀로 지그시 눌렀다. 지아는 약초를 배합하여 하늘을 날면서 사방에 떠 있는 무지갯빛 크루벤과 다이란을 구경하는 착각이 드는 약을 만들 줄 알았고 쿠니와 함께 그 약을 즐기기도 했지만, 한편으로는 정반대의 효과를 내는 약도 만들 줄 알았다. 긴장했을 때 마음을 차분하게 가라앉혀 선택지를 더 명확하게 파악하도록 도와주는 약이었다. 그리고 지금, 쿠니에게는 맑은 정신이 간절히 필요했다.

정원이 50명인데 15명만 데리고 판에 도착해 봐야 무슨 소용이 있을까? 현란한 언변으로 빠져나가려고 아무리 발버둥 친들, 쿠니는 사형 집행인과 만날 약속이 잡힌 신세였다. 십중팔구 지아도 함께. 황제의 종으로 살던 시절은 이미 끝이었다. 안온한 삶으로 돌아갈 길은 모조리 끊어지고 없었다. 앞에 보이는 길은 죄다 위험한 것뿐이었다.

그래도 어떤 길은 다른 길보다 더 신날 거야. 난 그렇게 살겠다고 다짐한 몸이잖아.

이 반란이야말로 쿠니가 평생 동안 찾아 헤맸던 그 기회일까?

"황제, 왕, 장군, 제후." 쿠니는 혼잣말을 중얼거렸다. "그런 건 그냥 호칭일 뿐이야. 어느 가문이든 족보를 쭉 거슬러 올라가면 맨 위에는 용감하게 기회를 틈탄 평민이 있게 마련이지."

쿠니는 바위 위에 올라서서 병사들과 남은 죄수들을 마주 보았다. 하나같이 겁에 질린 표정들이었다.

"나랑 같이 남아 줘서 고맙다. 하지만 여기서 더 가 봤자 헛수고야. 자나의 법에 따르면 우린 다 같이 극형에 처해질 거다. 가고 싶은 데로 달아나든 반란에 가담하든, 너희 좋을 대로 해라."

"대장님은 반란군에 가담 안 하실 겁니까?" 후페가 애타는 목소리로 물었다. "예언이 나왔다지 않습니까!"

"지금은 예언 같은 거 생각할 때가 아니야. 난 일단 산속에 숨어서 가족들을 구할 방법부터 찾아볼 거다."

"그럼 산적이 되시겠다는 겁니까?"

"내 생각은 이래. 우리가 법을 따르려고 하면, 법관들은 우리한테 죄인이라는 낙인을 찍을 거야. 그렇다면 그 이름에 걸맞게 사는 것도 나쁘지 않다, 이거지."

모두가 함께 남겠다고 했을 때, 쿠니는 흡족해할 뿐 놀라지는 않았다.

최고의 부하는 자기가 원해서 따른다고 생각하는 자들이지.

쿠니 가루는 제국군 순찰대와 마주치는 위험을 피하고자 패거리를 이끌고 에르메 산맥 깊숙이 숨기로 마음먹었다. 산허리를 따라 구불구불 위로 이어지는 산길은 가파르지 않았고, 가을 오후의 햇빛은 따사로웠다. 일행은 거침없이 산을 올라갔다.

그러나 전직 군인과 전직 죄수들 사이에 동료 의식 같은 것은 거의 없었다. 그들은 서로를 불신했고, 앞날에 대해서도 불안을 품고 있었다.

쿠니는 산길의 굽이에 멈춰 서서 이마에 흐르는 땀을 훔쳤다. 그곳에서는 발아래의 녹음이 우거진 골짜기와 그 너머로 끝없이 펼쳐진 포린 평원이 한눈에 들어왔다. 쿠니는 주머니에서 말린 약초를 한 조각 더 꺼내어 맛나게 씹었다. 이번 것은 박하 향이 나서 기분이 상쾌했고, 그래선지 이쯤에서 연설을 한번 해야겠다는 생각이 들었다.

"경치 한번 끝내주는구나! 난 지금까지 꽤 방탕하게 살았는데 말이지." 일행 가운데 쿠니의 과거를 아는 자들은 그 말을 듣고 쿡쿡 웃었다. "이곳의 산장을 빌려서 아내랑 같이 한 달쯤 에르메 산맥을 유람할 만큼 돈을 벌어 본 적은 없어. 우리 장인어른은 부자라서 그 정도 여유는 있지만, 사업 때문에 너무 바빠서 그럴 생각을 못 했지. 이렇게 아름다운 경치가 바로 여기 있었는데 우리 중에 그걸 즐긴 사람은 한 명도 없었던 거야."

일행은 색색으로 물든 가을 단풍을 느긋이 감상했다. 새빨간 잔나비딸기 덤불과 늦게 핀 민들레가 모자이크처럼 곳곳에 자리를 잡고 색을 뽐냈다. 일행 가운데 몇몇은 산의 맑은 공기를 가슴 깊이

들이마시며 갓 떨어진 낙엽과 햇볕에 말라가는 흙의 냄새를 음미했다. 동전 냄새와 하수구 냄새가 코를 찌르는 주디의 길거리 공기하고는 천지 차이였다.

"봤지, 산적이 되는 것도 그렇게 나쁜 선택은 아니야."

쿠니의 말에 부하들은 다 함께 웃고 말았다. 다시 길을 나섰을 때 모두의 발걸음은 한결 더 가벼웠다.

느닷없이, 맨 앞에 가던 후페가 우뚝 멈춰 섰다.

"뱀이다!"

과연, 길 한복판에 커다란 흰색 구렁이가 버티고 있었다. 몸통은 어른 남자의 허벅지만큼이나 굵직했고, 길이는 산길을 완전히 막은 와중에도 꼬리가 수풀에 가려 안 보일 만큼 길었다. 쿠니 일행은 일제히 뒤로 물러나 구렁이에게서 멀어지려고 엎치락뒤치락했다. 그러나 구렁이는 대가리를 채찍처럼 흔들다가 오소 크린이라는 호리호리한 죄수의 몸통을 휘감았다.

훗날 쿠니는 자신이 그날 왜 그런 짓을 했는지 도무지 알 수가 없었다. 뱀이라면 질색했거니와, 위험한 상황에 무턱대고 뛰어드는 성격도 아니기 때문이었다.

발작 같은 흥분이 핏줄을 타고 온몸으로 퍼져 나가자 쿠니는 씹던 약초를 뱉어 버렸다. 그러고는 미처 생각할 겨를도 없이, 후페가 차고 있던 검을 뺏어 들고 거대한 흰색 구렁이에게 달려들었다. 일격에 구렁이의 대가리가 깨끗이 날아갔다. 남은 몸통이 똬리를 틀며 펄떡거리는 바람에 쿠니는 그만 넘어지고 말았다. 그러나 오소 크린은 무사했다.

"가루 대장님, 괜찮으십니까?"

쿠니는 고개를 흔들었다. 머리가 빙빙 도는 것만 같았다.

뭐야…… 나 어떻게 된 거지?

길가에 핀 민들레의 꽃씨가 눈에 들어왔다. 쿠니가 멍하니 보고 있는 사이에 난데없는 돌풍이 불어와 민들레의 하얀 꽃씨를 휙 날려 보냈고, 날아오른 꽃씨들은 하루살이 떼처럼 공중에 둥둥 떠다녔다.

쿠니는 검을 돌려주려 했지만 후페는 고개를 저었다.

"이 검은 대장님께서 차십시오. 검술 실력이 그렇게 훌륭하실 줄은 꿈에도 몰랐습니다!"

남자들은 쉬지 않고 산을 올랐지만, 그러는 동안에도 속닥거리는 소리는 사시나무 수풀을 쓸고 가는 미풍처럼 그들 사이로 퍼져 나갔다.

쿠니는 멈춰 서서 뒤를 돌아보았다. 속닥거리는 소리가 멈췄다.

사내들의 눈빛에서 쿠니는 존경심과 외경심을 느낄 수 있었다. 심지어는 살짝 두려워하는 빛까지도.

"무슨 일이야?"

쿠니가 물었지만 사내들은 서로 눈치만 볼 뿐이었다. 결국 후페가 앞으로 나섰다.

"제가 어젯밤에 꿈을 꿨는데 말입니다." 후페의 목소리는 아직도 꿈이 덜 깬 사람처럼 맥이 없었다. "저는 꿈속에서 사막을 걷고 있었습니다. 모래가 석탄처럼 시커먼 사막이었습니다. 그러다가 저 멀리 뭔가 하얀 것이 쓰러져 있는 걸 봤습니다. 가까이 가 봤더니 엄청나게 커다란 흰색 뱀의 몸통이었습니다.

그런데 좀 더 다가서는 사이에 뱀이 사라져 버렸습니다. 그 대신 웬 할머니가 그 자리에 서서 울고 있는 겁니다. 그래서 물어봤습니다. '할머니, 왜 여기서 울고 계세요?'

'아이고, 내 아들이 죽었지 뭐야.'

제가 물었습니다. '할머니 아들이 누군데요?'

'내 아들은 백제(白帝)야. 적제(赤帝)가 내 아들을 죽였어.'"

후페는 그렇게 말하고 나서 쿠니 가루를 물끄러미 바라보았다. 다른 사내들의 눈길도 그를 따랐다. 백(白)은 자나를 상징하는 색, 적(赤)은 코크루를 상징하는 색이었다.

야, 또 그놈의 예언 타령이냐. 쿠니는 고개를 절레절레 흔들며 쿡쿡 웃었다.

"혹시 이번 산적 사업이 잘 안 풀리면 말이야, 넌 음유시인으로 한번 나서 봐라." 쿠니는 후페의 등을 철썩 갈겼다. "그래도 낭독 연습은 더 해야 되겠다, 이야기도 좀 재밌게 짜고!"

산중의 대기에 왁자한 웃음소리가 메아리쳤다. 사내들의 눈빛에서 두려움은 자취를 감췄지만, 경외심은 여전히 남아 있었다.

뜨거운 바람이 산마루 근처의 수풀을 휩쓸었다. 화산재처럼 건조하고 까끌까끌한 바람이었다.

나의 반쪽인 라파여, 이게 다 웬 소동이야? 저 필멸자에게 왜 그토록 관심을 갖는 거지?

서늘한 바람이 뜨거운 바람에 합류했다. 빙하의 한 조각처럼 가날프고 청량한 바람이었다.

무슨 말인지 모르겠군, 카나여.

뱀을 풀어 놓고 아까 그 사내에게 꿈을 보여 준 게 너의 소행이 아니란 말이야? 딱 네가 할 만한 예언인데.

물고기 배 속의 예언과 마찬가지로 내가 한 짓이 아니야.

그럼 누구지? 전쟁광 피소웨오? 속임수의 달인 루소?

글쎄. 그 둘은 다른 일로 바빠. 하지만…… 이제 저 필멸자에게 정말로 흥미가 생기는군.

저자는 약해 빠졌어, 평민이고. 게다가…… 신앙심도 전혀 없어. 저런 자한테 시간을 낭비할 때가 아니야. 얼음의 라파여, 우리의 가장 유망한 투사는 바로……

……진두 일족의 젊은이겠지. 그래, 불의 카나여, 그 젊은이가 태어난 날부터 너의 총애를 받은 건 나도 알아…… 하지만 봐, 저 남자의 주변에서는 신기한 일이 끊이질 않아!

단순한 우연일 뿐이야.

운명이란 돌이켜보면 우연의 연속이 아니던가?

쿠니 가루와 부하들은 산적 생활에 잘 적응했다. 그들은 에르메 산맥 높은 곳에 산채를 지어 놓고 며칠에 한 번씩 마부와 호위 무사가 지쳐서 꾸벅꾸벅 조는 해 질 녘을, 또는 사람들이 이제 막 일어나서 출발 준비를 하는 해 뜰 녘을 틈타 상인들의 마차 대열을 습격했다.

산적단은 표적이 죽거나 크게 다치지 않도록 주의했고, 빼앗은 물건은 반드시 산속 여기저기에 흩어져 사는 나무꾼들에게 나누어 주었다.

"우리는 덕을 쌓는 의로운 도적의 길로 나아갈 것이다." 쿠니는 부하들에게 복창하도록 가르쳤다. "우리는 자나의 법이 정직한 백성을 괴롭히기 때문에 무법자가 되었을 뿐이다."

인근 마을의 주둔군 기지에서 산적을 소탕하려고 기병대를 파견하면 나무꾼들은 하나같이 입을 꾹 다물고 아무것도 못 본 척했다.

쿠니가 부하들을 따뜻하게 보살피는 두목으로 명성을 얻으면서, 산적단에 가담하는 탈주 노동자와 탈영병은 갈수록 늘어났다.

이번 습격 작전은 처음부터 낌새가 좋지 않았다.

상인들은 산적 떼가 접근하기가 무섭게 뿔뿔이 흩어져 달아나는 대신, 야영지의 모닥불 주위로 모여들어 자기 위치를 지켰다. 쿠니는 나중에 자신의 실수를 자책했다. 그때 눈치를 챘어야 했다.

그러나 이때껏 거둔 성공이 쿠니의 눈을 멀게 했다. 부하들을 철수시키는 대신, 쿠니는 전원 야영지로 돌격하라고 명령했다.

"몽둥이로 뒤통수를 갈기고 손발을 묶어라. 아무도 죽이지 마!"

그러나 산적들이 코앞까지 접근한 순간, 소가 끄는 수레의 장막이 활짝 걷히더니 칼을 뽑아 들고 활에 화살을 잰 무사 수십 명이 우르르 몰려나왔다. 무슨 물건을 수송하는지는 알 수 없었지만 이 상인들은 큰돈을 들여 전문 경호원을 고용했던 것이다. 쿠니 패거리는 방심한 나머지 꼼짝없이 걸려들었다.

몇 분도 안 되는 사이에 부하 둘이 목에 화살이 꽂혀 쓰러졌다. 놀란 쿠니는 그 자리에 얼어붙고 말았다.

"쿠니 대장!" 후페가 외쳤다. "퇴각 명령을 내려야죠!"

"후퇴! 작전 중지! 중과부적이다! 풍전등화! 삼십육계!"

쿠니가 산적질에 관해 아는 지식이라고는 시장의 이야기꾼들과 콘 피지의 교훈담에서 배운 것이 전부였다. 머릿속에 떠오르는 산적들의 은어를 정신없이 내뱉을 뿐, 쿠니는 무엇을 해야 할지 무슨 말을 해야 할지 알 수가 없었다.

무장 경호대가 전진하는 동안 쿠니의 부하들은 어쩔 줄 모른 채 우왕좌왕할 뿐이었다. 또다시 수많은 화살이 그들을 노리고 날아 왔다.

"대장, 놈들한테는 말이 있어요. 뛰어서 달아나 봤자 쥐새끼처럼 잡혀 죽을 거라고요. 몇 명은 남아서 싸워야 해요."

"그래." 쿠니는 이제 작전이 생긴 덕분인지 조금은 진정이 되는 듯했다. "내가 피랑 가타랑 같이 뒤에 남을게, 넌 나머지를 데리고 달아나."

후페는 고개를 저었다.

"쿠니 대장, 이건 술집에서 주먹싸움 하는 거랑은 전혀 달라요. 대장이 사람을 죽여 본 적도 없고 진짜 검술을 수련한 적도 없다는 거 다 알아요. 하지만 난 군인 출신이에요. 그러니까 누군가 남아야 한다면, 그건 바로 나예요."

"하지만 대장은 나야!"

"바보 같은 소리 하지 마요. 대장은 주디에 부인도 있고 형제도 있고 부모님도 있지만, 나한텐 아무도 없어요. 다른 녀석들은 고향에 있는 가족을 구하고 싶어서 대장만 믿고 있고요. 난 믿어요, 대장이 나왔던 내 꿈을, 물고기 배에서 나온 예언을. 그걸 잊지 마요, 대장."

후페는 몰려오는 경호원들을 향해 돌진했다. 검을 높이 쳐들고서, 목청이 터질 것처럼 무시무시한 괴성을 내지르면서. 쿠니에게 진검을 넘겨준 그가 높이 쳐든 것은 나뭇가지를 깎아 만든 목검이었다.

다른 부하 한 명이 쿠니 곁에 풀썩 쓰러졌다. 배에 화살이 꽂힌 채 비명을 지르면서, 고통에 몸부림치면서.

"모두 달아나! 빨리!"

쿠니가 외쳤다. 목숨을 걸고 남은 부하들을 한데 모은 쿠니는 상단의 야영지를 벗어나 산속으로 정신없이 달아났다. 그들은 다리가 풀리고 허파에 불이 난 것처럼 숨이 차서야 비로소 걸음을 멈추었다.

후페는 끝내 돌아오지 않았다.

쿠니는 자기 천막에 틀어박혀 코빼기도 내놓지 않았다.

"그래도 식사는 하셔야죠."

말을 건넨 사람은 오소 크린이었다. 쿠니가 거대한 흰 뱀에게서 구해 준 그 남자였다.

"꺼져."

산적질은 음유시인의 이야기나 콘 피지의 교훈담에 묘사된 것과 딴판이었다. 현실의 인간이 죽어 나갔다. 쿠니의 어리석은 결정 때문에.

"한패가 되고 싶다고 새로 찾아온 녀석들이 있는데요."

"다 꺼지라고 해."

"대장님을 만나기 전에는 안 가겠답니다."

천막을 나선 쿠니는 환한 햇살에 눈을 껌벅거렸다. 울어서 퉁퉁 부은 눈이 빨갰다. 고량주 한 동이만 있으면 마시고 다 잊어버릴 수 있을 텐데 하는 생각이 들었다.

눈앞에 남자 둘이 서 있었다. 언뜻 보니 두 사람 다 왼쪽 손이 없었다.

"저희를 기억하십니까?"

나이가 많은 쪽이 물었다. 두 사람 다 얼굴이 눈에 익었다.

"작년에 저희를 판으로 보내셨잖습니까."

쿠니는 두 남자의 얼굴을 자세히 뜯어보았다.

"당신들 부자지간이잖아. 세금을 못 내서 둘 다 부역에 끌려갔지." 쿠니는 눈을 질끈 감고 기억을 더듬었다. "당신 이름은 무루, 양손 카드 도박의 명수였어."

말을 내뱉기가 무섭게 쿠니는 괜한 말을 했구나 하고 후회했다. 눈앞의 남자는 이제 좋아하는 도박을 다시는 못 할 신세였건만 잃어버린 왼손을 새삼 떠올리게 하다니, 면목이 없었다.

그러나 무루는 웃는 낯으로 고개를 끄덕였다.

"기억하실 줄 알았습니다, 쿠니 가루 대장님. 대장님은 황제를 섬기는 처지였고 저는 죄수 신세였지만, 그래도 대장님은 저를 친구처럼 대해 주셨습니다."

"어쩌다 이렇게 된 거야?"

"제 아들은 황릉에서 석상을 부서뜨린 죄로 왼손을 잘렸습니다. 저는 그 일이 사고였다고 해명하려다가 그만 아들이랑 같이 손이 잘렸고요. 1년치 노역을 다 마치고 나니까 풀어 주더군요. 하지만 제 처는…… 작년 겨울을 넘기질 못했습니다. 양식이 한 톨도 남질 않아서."

"그런 딱한 사정이."

쿠니는 지난 몇 년간 판으로 보낸 남자들의 얼굴을 하나하나 떠올렸다. 분명 쿠니는 그들이 자기 감독하에 머무는 동안에는 친절하게 대해 주었다. 그러나 자신이 그들을 어떤 운명으로 몰아넣는지 과연 생각해 본 적이 있을까? 정말로 진지하게 생각해 본 적이 있기는 할까?

"저희는 운이 좋은 편입니다. 살아서 못 돌아온 사람도 수두룩하니까요."

쿠니는 멍하니 고개를 끄덕였다.

"나한테 화내고 싶으면 마음껏 내. 당신은 그럴 자격이 있어."

"화를 내라고요? 원, 별말씀을요. 저희는 대장님이랑 같이 싸우려고 왔습니다."

쿠니는 영문을 모르겠다는 표정으로 그들을 응시했다.

"처의 장사를 치러 주려고 논밭을 담보로 돈을 빌렸는데, 올해 날씨가 이 모양이라 수확물로 돈을 갚기는 다 틀렸습니다. 날씨가 꼭 키지 신하고 쌍둥이 신이 서로서로 화풀이를 하는 것 같지 뭡니까.

그러니 저랑 이 녀석한테 남은 길이 산적질 말고 뭐가 있겠습니까? 그런데 다른 산적 두목들은 저희가 불구라는 이유로 받아 주질 않았습니다. 그러다가 대장님도 산적이 되셨다는 얘기를 들은 겁니다."

"난 형편없는 산적이야. 부하들을 통솔하는 데도 젬병이고."

쿠니의 말에 무루는 고개를 저었다.

"저는 이 녀석이랑 같이 대장님이 관리하시던 감옥에서 지낼 때를 기억하고 있습니다. 그때 대장님께선 저희랑 같이 카드를 치시면서 맥주를 나눠 주셨지요. 부하들한테는 제 발목에 종기가 생겼으니 사슬을 채우지 말라고 하셨고요. 지금 백성들 사이에서는 대장님께서 의적의 길을 걸으시면서 권력자에 맞서 약한 이들을 보살핀다는 소문이 돌고 있습니다. 부하들을 지키려고 뱀 떼에 맞서 싸우시고, 습격이 실패했을 때에는 맨 나중에 후퇴하셨다는 소문도요. 저는 그 소문들을 믿습니다. 쿠니 가루 대장님, 대장님은 좋은 분이십니다."

쿠니는 주저앉아서 엉엉 울었다.

쿠니는 산적질에 품었던 낭만을 깨끗이 잊고 부하들, 특히 중노동형을 받기 전에 범죄자로 살았던 이들에게 자문을 구했다. 그러는 한편으로 더 신중하게 판단하면서 표적을 주의 깊게 골랐고, 동료 간의 신호 체계도 고안했다. 습격에 나설 때에는 부하들을 편대로 나누어 서로 지원하도록 했고, 반드시 퇴각 작전을 먼저 세운 후에 공격을 시작했다.

자신에게 목숨을 의지하는 사람들이 있는 이상, 쿠니는 도저히 가볍게 행동할 수가 없었다. 쿠니가 점점 유명해지면서 삶의 희망을 송두리째 잃고 그를 찾아오는 백성들의 수도 점점 더 늘어 갔다. 특히 다른 산적단을 찾아갔다가 퇴짜를 맞은 사람들이 유독 많았다. 팔다리가 온전치 않은 이들, 너무 어리거나 너무 늙은 사람들, 또는 과부들이었다.

쿠니는 그런 이들을 모두 받아들였다. 휘하의 부대장들은 새 식구들이 딱히 하는 일도 없이 밥만 축낸다고 이따금 불평했지만, 쿠니는 그런 신입들이 산적단에 이바지할 수 있는 방법을 생각해 냈다. 그들은 겉모습이 산적 같지 않았기 때문에 정찰 임무를 수행하기에 적격이었을 뿐 아니라 기만 작전에도 안성맞춤이었다. 쿠니 산적단은 주디 현으로 통하는 도로변에 다관을 만들어 놓고 상인들의 음료에 수면제를 타는 식으로 검 한 자루도 뽑지 않고 상단을 터는 데에 몇 번이나 성공했다.

그러나 쿠니의 진짜 목표는 산적질만이 아니었다. 부역 노동자들을 제때 호송하지 못한 탓에 가족들이 관부에 보복당할 위험에 처했기 때문이었다. 다행히 주디 현의 주둔군은 반란을 진압하느라, 또는 어느 쪽에 붙어야 할지 고민하느라 황제의 법을 집행할 경황이 없는 모양이었지만, 그래도 운에만 의지할 수는 없는 노릇이었다. 어쩌면 현장이 자기 친구인 길로 마티자와 그 딸인 지아를 감싸려고 힘을 쓸지도 몰랐지만 현장의 입김이 언제까지 통할지는 아무도 알 수 없었다. 쿠니의 부모형제와 처가 식구들은 다 버리고 달아나기에는 가진 것이 너무 많았고, 쿠니는 그들을 설득하여 산속으로 불러들일 자신이 없었다. 그럼에도 지아는, 지아만은 하루라도 빨리 데려와야 했다.

산채가 안정됐다는 확신이 들었을 때, 쿠니는 사람을 보내서 지아를 데려오기로 결심했다. 보낼 사람은 제국군 병사들에게 들키지 않도록 주디에서 얼굴이 알려지지 않은 자, 그러면서도 전적으로 신뢰할 수 있는 자여야 했다. 쿠니가 점찍은 사람은 오소 크린이었다.

"여기 아까 지나온 데 아니에요?"

지아는 그때껏 앞에 걸어가는 야윈 청년이 안내하는 대로 따라왔지만 더는 그의 능력을 믿을 수가 없었다. 두 사람은 숲속의 공터 한곳에 세 번째로 들어선 참이었고, 주위는 이미 상당히 캄캄했다.

오소 크린은 거의 한 시간 동안 앞서 걸으며 지아에게 얼굴을 보이지 않았다. 이제 한참 만에 뒤를 돌아본 오소의 얼굴은 당황해서 어쩔 줄 모르는 표정을 하고 있었고, 지아는 길을 잃었다는 의심이 확신으로 바뀌었다.

"거의 다 온 게 확실합니다."

오소는 지아의 눈을 피하며 소심하게 대답했다.

"어디 출신이에요, 오소?"

"뭐라고 하셨습니까?"

"억양을 들어 보니까 고향이 주디 현 근방은 아닌데. 이 근처 지리를 모르는군요, 맞죠?"

"맞습니다, 부인."

지아는 한숨이 나왔다. 대나무 장대 같은 이 딱한 남자에게 화를 내 본들 헛수고였다. 지아는 이미 녹초가 되어 있었고, 홑몸이 아니었기에 더욱 피곤했다. 지아 부부는 한동안 아기를 가지려고 애썼으나 잘되지 않았다. 그러다가 쿠니가 판으로 출발하기 직전에 딱 들어맞는 약초 배합법을 발견했다. 지아는 임신 소식을 쿠니에게 서둘러 전하고 싶었다. 물론 감감무소식인 채로 한 달이나 아내를 내버려둔 잘못을 호되게 야단치고 나서 곧바로 알려 줄 작정이었다. 지아는 딱히 쿠니가 산적이 된 것 때문에 화가 나지는 않았다. 그보다는 남편의 계획 속에 자신의 자리가 없는 것이 더욱 분했다. 실은 지아 역시 가슴이 두근거렸다. 바야흐로 자신과 쿠니가 함께 모험을 벌일 때가 왔기 때문이었다.

하지만 일단은 여기서 앞장서는 일부터 시작해야 했다.

"오늘은 여기서 야영해요. 길은 날이 밝으면 다시 찾아보기로 하고."

오소 크린은 지아를 물끄러미 바라보았다. 지아는 오소보다 나이가 그리 많지는 않았다. 언성을 높이는 법은 없었지만, 눈빛을 보면 왠지 그를 혼내려고 준비할 때의 어머니가 떠올랐다. 오소는 고개도 들지 못한 채 순순히 지아를 따랐다.

지아는 나뭇가지와 나뭇잎을 모아서 자기가 누울 자리를 만들었다. 그러다가 어쩔 줄 모른 채 우두커니 서 있는 오소를 보고는 나뭇가지를 더 모아다가 그의 잠자리도 만들어 주었다.

"배고파요?"

지아가 묻자 젊은 오소는 고개를 끄덕였다.

"따라와요."

지아는 졸래졸래 따라오는 오소와 함께 근처를 걷다가 싼 지 얼마 안 된 짐승 배설물을 발견했다. 몸을 숙이고 주위를 두리번거리던 지아의 시선이 길가의 풀 한 포기에 멈췄다. 지아는 그 풀을 뽑아서 가지런히 늘어놓았다. 그런 다음 걸낭에서 조그만 병을 꺼내어 풀 위로 뭔지 모를 가루를 흩뿌렸다.

손가락 한 개를 입술 앞에 대고서, 지아는 오소에게 따라오라고 손짓했다. 두 사람은 서른 걸음쯤 물러나 수풀 속에 수그리고 앉은 다음, 기다렸다.

산토끼 한 쌍이 산길로 폴짝 튀어나오더니 지아가 놔둔 풀 더미를 미심쩍은 듯이 킁킁거렸다. 한참을 킁킁대도 별일이 없자 산토끼들은 안심하고 풀을 먹기 시작했다.

잠시 후, 토끼들은 귀를 쫑긋 세우고 허공을 킁킁대더니 깡충깡충 뛰어서 멀어졌다.

"자, 이제 따라가요." 지아가 소곤거렸다.

오소는 서둘러 지아의 뒤를 쫓았다. 소문으로는 부잣집에서 곱게 자란 부인이라던데 숲속을 이토록 날쌔게 누비다니, 어안이 벙벙할 지경이었다.

숲속의 작은 개울에 도착해 보니 산토끼 두 마리가 물가에 누워 있었다. 토끼들은 움찔거리기만 할 뿐 일어나서 달아날 기미가 안 보였다.

"너무 아프지 않게 금방 숨을 끊어 줄 수 있겠어요? 내 손으로 죽이면 부정을 탈 것 같아서 그래요. 지금 몸이 좀……."

오소는 무슨 얘기인지 물어볼 엄두가 나지 않아 그냥 고개만 끄덕였다. 그러고는 큼지막한 돌을 집어서 토끼의 머리를 냅다 갈겨 곧바로 숨을 끊었다.

"이제 저녁거리가 생겼네요."

지아의 목소리는 밝았다.

"하지만…… 그……."

오소는 얼굴이 빨개져서 우물쭈물했다.

"왜요?"

"……독이 든 고기 아닙니까?"

지아는 웃음을 터뜨렸다.

"독약으로 죽인 게 아니에요. 아까 뜯은 풀은 토끼고수풀이라는 건데, 단맛이 나서 산토끼가 아주 좋아해요. 위에 뿌린 가루는 중조를 태운 재하고 말린 레몬을 섞어서 내가 직접 만들었어요. 그 두 가지를 섞은 가루는 독성은 없지만 수분에 닿으면 거품이 잔뜩 일어나요. 그래서 토끼들이 그걸 먹고 나서 잠시 후에 속이 거북해진 거예요. 자연히 이 개울로 와서 물을 마시려고 했지만, 오히려 더 안 좋은 결과가 나왔죠. 배 속에 공기가 가득 차서 숨을 못 쉬게 되니까 꼼짝할 수가 없었던 거예요. 고기는 먹어도 아무렇지도 않아요."

"그런 걸 다 어떻게 아십니까?"

오소가 보기에 쿠니의 부인은 마녀, 아니면 마법사 같았다.

"책을 많이 읽고 실험을 많이 하면 돼요. 세상의 이치를 충분히 깨달으면 풀잎 한 장도 무기가 될 수 있어요."

지아가 이제 막 잠이 들려고 할 때, 오소가 흐느끼는 소리가 들려왔다.

"밤새 그렇게 울 거예요?"

"죄송합니다."

그러나 훌쩍이는 소리는 그치지 않았다.

지아는 자리에서 일어나 앉았다.

"왜 그래요?"

"어머니가 보고 싶어서 그만."

"어디 계신데요?"

"제 아버지는 일찍 돌아가셨고, 남은 가족은 어머니뿐이었습니다. 작년 저희 마을에 기근이 닥쳤을 때 어머니는 저한테만 음식을 챙겨 주시는 걸 안 들키시려고 죽에 물을 잔뜩 타서 드셨습니다. 어머니가 돌아가시고 나서 저는 도저히 살 길이 보이질 않았습니다, 그래서 도둑질을 시작했지요. 그러다 잡혀서 중노동형을 받았는데, 이제는 산적이 돼 버렸습니다. 어머니가 살아 계셨다면 창피해서 얼굴도 못 드셨을 겁니다."

눈앞의 청년이 가엾기는 했지만, 지아는 감상에 젖거나 청승을 떠는 것의 효용을 믿지 않는 사람이었다.

"내 생각엔 안 부끄러워하실 것 같은데요. 어머니께선 그저 아들이 살아남기만 바라실 거예요. 지금은 당신께서 해 주실 수 있는 게 아무것도 없으니까."

"정말로 그렇게 생각하십니까?"

지아는 속으로 한숨을 쉬었다. 지아의 부모는 사위인 쿠니가 산적이 됐다는 소문을 듣고 딸과 연을 끊었다. 쿠니가 붙잡혔을 때 자신들까지 화를 입을까 두려워서였다. 그러나 지아는 이 청년에게 용기를 북돋아 주고 싶었지, 더 낙담시키고 싶지는 않았다.

"그럼요. 부모라면 누구나 자식이 스스로 택한 길을 힘닿는 데까지 달려 나가길 바라는 법이에요. 당신은 산적의 길을 택했으니까, 온 힘을 다해서 최고의 산적이 되세요. 그러면 어머니도 자랑스러워하실 거예요."

오소의 표정이 어두워졌다.

"하지만 전 싸움을 못 합니다. 머리회전이 빠른 것도 아니고요. 저희 산채로 돌아가는 길도 못 찾을 정도인데요. 게다가…… 사냥도 못 해서 끼니마저 부인 덕분에 해결했습니다!"

지아는 웃음이 터지려 했지만, 한편으로는 이 청년에 대한 연민이 샘솟는 것을 느꼈다.

"사람은 말이죠, 누구나 하나쯤은 잘하는 게 있어요. 내 남편이 나를 데려오라고 당신을 보낸 건, 분명히 당신의 재주를 알아봤기 때문일 거예요."

"아마 제가 산적처럼 보이지도 않아서 그러셨을 겁니다. 그리고…… 전에 한번은 습격에 실패한 적이 있는데, 동료들이 다들 저를 놀렸습니다. 개를 그냥 두지 않고 데려간 것 때문이요."

"개라뇨?"

"상단의 야영지를 몰래 덮칠 때였는데, 경비견을 조용히 시키려고 제가 육포를 줬습니다. 그런데 그때 상인들이 낌새를 챘는지 잠에서 깨 버린 겁니다. 저희가 퇴각하려고 하는데 누군가 말하는 소리가 들렸습니다, 밥값도 못하는 경비견을 죽여버려야겠다고요. 전 그 개가 너무 불쌍해서 같이 데리고 달아났습니다."

"착실한 사람이네요. 그건 보기 드문 자질인데."

지아는 걸낭을 뒤적거리다가 조그마한 약병을 꺼냈다.

"자, 이걸 마셔요." 지아의 목소리는 부드러웠다. "내가 지난 몇 달 동안 남편 걱정 때문에 잠을 잘 못 자서 만든 약이에요. 내일 출발하려면 우리 둘 다 눈을 좀 붙여야 해요. 혹시 알아요, 꿈속에서 어머니를 만날 수 있을지?"

"감사합니다." 오소는 약병을 받아 들었다. "부인은 친절한 분이시군요."

"아침에 눈을 떠 보면 세상이 더 나아진 기분이 들 거예요."

지아는 웃으며 돌아누워서 이내 잠들었다.

오소는 불가에 앉아 약병을 만지작거리며 지아가 자는 모습을 밤이 깊도록 지켜보았다. 약병에서는 지아의 손이 남긴 온기가 오랫동안 느껴지는 듯했다.

엄마, 엄마. 희미하게 부르는 소리가 지아의 귀에 맴돌았다.

분명 배 속의 아기가 전하는 말이었다. 지아는 빙긋이 웃으며 배를 다독였다.

해는 이미 떠 있었다. 초록색과 붉은색이 섞인 앵무새가 난데없이 날아와 지아 곁에 내려앉았다. 앵무새는 지아를 돌아보고 고개를 갸웃하더니, 금세 날개를 펴고 하늘로 날아올랐다. 지아의 시선이 새의 뒤를 쫓았다. 새는 공터에서 시작된 거대한 무지개 속으로 날아드는가 싶더니, 둥그렇게 휘어진 빛의 띠를 타고 건너편 끄트머리로 날아갔다.

지아는 그제야 잠에서 깨어났다.

"물을 데워 놨습니다."

오소가 냄비를 들고 다가왔다.

"고마워요."

표정이 어젯밤보다 훨씬 밝아졌는걸. 지아는 속으로 생각했다. 오소의 표정과 태도에는 어딘가 쑥스러워하면서도 흐뭇해하는 기색이 묻어났다. *꿈에서 애인이라도 본 거겠지.*

따뜻한 물에 세수를 하고 얼굴을 닦으면서, 지아는 야영지 주위를 둘러보았다. 아침에 보니 정말로 모든 것이 더 나아진 기분이 들었다.

지아의 시선이 우뚝 멈췄다. 꿈에서 본 것과 똑같이 생긴 거대한 무지개가 동쪽 하늘에 걸려 있었다. 지아는 그 무지개를 따라가야 한다는 것을 깨달았다.

오래지 않아 지아는 쿠니의 산채에 도착했다.

"다음번엔 말이야, 부하를 보내기 전에 돌아오는 길을 아는지 꼭 확인하도록 해. 차라리 개랑 같이 오는 게 더 편할 뻔했어."

말은 그렇게 했지만, 지아는 농담이라는 것을 알 수 있도록 오소의 등을 다독여 주었다.

"오는 길이 꽤 파란만장했다고."

지아가 빙긋 웃으며 덧붙였다. 오소는 얼굴이 빨개져서 덩달아

웃었다.

쿠니는 지아를 끌어안고 구불구불한 붉은 머리칼에 얼굴을 묻었다. 역시 우리 지아야, 자기 앞가림은 항상 자기가 하지.

"있잖아, 우리 살짝 망한 것 같아, 알아?" 지아가 말을 꺼냈다. "당신이 산적이 된 것 때문에 아버님이랑 아주버님이 화가 머리끝까지 나서는, 나더러 시댁에 발도 들여놓지 말래. 당신이 나 때문에 예전처럼 막 사는 인간으로 돌아간 줄 아나 본데, 과연 그럴까? 그리고 우리 부모님은 아예 나랑 연을 끊었어. 내가 부득부득 우겨서 당신이랑 결혼했으니까 뒷일은 내가 알아서 책임지라나, 뭐라나. 당신 어머님만 몰래 돈을 보내서 나를 도와주려고 하셨어. 우리 집에 오셨을 땐 얼마나 통곡을 하시던지…… 나도 같이 엉엉 울었지 뭐야."

쿠니는 믿을 수 없다는 듯이 고개를 절레절레 흔들었다.

"피는 물보다 진하다더니 다 헛소리였군! 어떻게 우리 아버지가 나한테……."

"반란군에 가담하는 건 일족 전체가 처형당할 수도 있는 중죄야, 잊었어?"

"나 아직 반란군에는 가담 안 했는데."

지아는 조심스레 쿠니의 표정을 살폈다.

"아직 가담 안 했어? 그럼 이 산채는 뭐 하러 지었어? 나한테 여기 쭉 눌러앉아서 산적단의 안주인 노릇을 하라는 거면 꿈 깨는 게 좋을걸!"

"다음 단계는 아직 생각을 안 해 봤어." 쿠니는 선선히 인정했다. "그냥, 그때는 열려 있는 길이 산적질뿐인 것 같아서 그랬어. 산적이 되면 적어도 당신을 제국군의 손에서 구해 낼 수는 있으니까.”

“불평하는 게 아니라, 아무리 *신나는* 일을 고르고 싶어도 때를 좀 가려야 한다는 거지, 내 말은.”

지아는 배시시 웃으며 쿠니의 목을 아래로 끌어당기더니 귀에 대고 뭐라고 소곤거렸다.

“정말이야? 그거 하나는 좋은 소식이네!” 쿠니는 웃으며 지아에게 뜨겁게 입을 맞추고 지아의 배를 내려다보았다. “당신은 아무 데도 가지 말고 산채에만 있어.”

“아, 그래, 나한테 이래라저래라 하는 당신 목소리가 정말 그리웠어. 지금까지 쭉 그랬던 것처럼.” 지아는 어이없다는 듯이 하늘을 보면서도 쿠니의 팔을 다정하게 다독였다. “그건 그렇고, 내가 준 용기 나는 약초는 마음에 들었어?”

“그게 무슨 소리야?”

지아의 입가에 짓궂은 미소가 번졌다.

“마음을 가라앉히는 약초 주머니, 기억나? 거기다가 용기를 북돋는 약초를 살짝 섞어 놨지. 항상 제일 신나는 일을 택하는 게 당신의 신조잖아, 안 그래?”

쿠니는 오솔길을 따라 산을 오르던 날을 떠올렸다. 그리고 하얀 구렁이 앞에서 황당한 짓을 하던 자신의 모습도.

“그 약초 덕분에 얼마나 운이 좋았는지 당신은 상상도 못 할걸.”

지아는 쿠니의 뺨에 입을 맞췄다.

“당신은 운이라고 생각하겠지만, 내가 보기엔 예정된 결과야.”

“그나저나 오소가 길을 잃었다면서 어떻게 찾아온 거야?”

지아는 무지개가 나오는 꿈 이야기를 쿠니에게 들려주었다.

"그건 틀림없이 신들의 계시야."

또 예언 타령인가. 쿠니는 속으로 중얼거렸다. *가끔 보면 신들이 세운 계획 앞에서 인간의 계획은 무용지물 같단 말이야. 어디 사는 어떤 신들인지는 모르겠지만.*

쿠니 가루를 둘러싼 신비한 소문은 그렇게 더욱 커져 갔다.

한 달이 지났을 무렵, 보초를 서던 쿠니의 부하 둘이 건장한 사내 한 명의 손을 뒤로 묶어 산채로 끌고 왔다.

"몇 번을 말해야 알겠냐고!" 사내가 고래고래 악을 썼다. "난 너희 두목 친구라니까! 너희 지금 실수하는 거야!"

"아니면 첩자이든가."

보초들이 받아쳤다. 사내는 끌려오는 동안 내내 몸부림을 치느라 숨을 씩씩거렸다. 쿠니는 버둥거리며 흘린 땀과 흙먼지로 얼룩덜룩한 그의 얼굴을 보며 웃음을 참느라 애썼다. 사내는 시커먼 수염이 텁수룩했고, 수염 끄트머리에는 풀잎에 맺힌 아침 이슬처럼 땀방울이 맺혀 있었다. 몸집이 실팍한 사내였던 탓에 보초들은 그의 팔을 밧줄로 힘껏 묶어야 했다.

"뮌 사크리 아니야, 이게 얼마 만이냐! 산적이 되려고 나를 찾아오다니, 주디에서 살기가 그렇게 힘들던? 여기까지 왔으니 부대장을 시켜 줘야겠군."

쿠니는 부하들에게 밧줄을 풀라고 명령했다. 뮌 사크리는 쿠니가 관직을 맡기 전에 함께 술에 취해 주디의 거리를 누비던 푸주한이었다.

"부하들 훈련 한번 기똥차게 시켰네." 뮌은 팔에 피가 통하도록 기지개를 펴며 구시렁거렸다. "이 근방에선 '백사(白蛇) 산적단'으로 악명이 자자하더구먼요. 그런데 산에서 만난 녀석들한테 형님 있는 곳을 물어봤더니 하나같이 모른다고 도리질을 치던데요."

"아마 솥단지만 한 네 주먹이랑 그 시커먼 수염을 보고 겁먹은 거겠지. 솔직히 나보단 네가 더 산적 같이 생겼잖아!"

뮌은 쿠니의 말을 못 들은 척했다.

"너무 꼬치꼬치 캐물었는지, 나무꾼 두 놈이 달려들어서 나를 형님 부하한테 넘겼다니까요."

어린 부하가 차를 내왔지만 뮌은 손을 내저었다. 쿠니는 껄껄 웃으며 차 대신 맥주 두 잔을 갖다 달라고 부탁했다.

"실은 공무 때문에 왔습니다. 현장이 보내서요."

"야, 잡아다가 옥에 처넣는 거 빼면 현장이 나한테 무슨 볼일이 있겠냐. 난 그럴 생각은 털끝만큼도 없다."

"실은 현장이 자나 제국 관리들한테 배반하라고 부추기는 크리마하고 시긴 쪽으로 마음이 기울었지 뭡니까. 주디 현을 반란군에 넘기면 나중에 한자리 얻을지도 모른다고 머리를 굴린 거지요. 그래서 형님한테 도움을 청하려는 겁니다, 그 양반이 아는 사람 중에 반란군하고 제일 비슷한 사람은 형님이니까요. 제가 형님하고 친한 사이란 걸 아니까 형님을 설득해서 데려오라고 저를 보낸 거지요."

"뭘 망설이는 거야?" 지아가 물었다. "이거야말로 당신이 기다리던 기회잖아."

"하지만 세상에 떠도는 내 무용담은 사실이 아니야. 그냥 부풀려진 뜬소문이라고." 쿠니는 후페와 다른 부하들의 죽음을 떠올렸다. "내가 반란을 일으킬 만한 그릇이 될까? 현실은 옛날이야기에 나오는 모험하고는 딴판이던데."

"자아 성찰은 적당히 하면 약이지만, 지나치면 독이야. 때로는 남들이 하는 얘기가 우리 삶의 틀이 되기도 하는 법이야. 자, 한번 둘러봐. 당신을 믿고 따르는 부하가 수백 명이나 돼. 저 사람들 소원은 당신이랑 같이 자기들 가족을 구하는 거야. 그러려면 주디 현을 차지하는 수밖에 없어."

쿠니는 머릿속으로 가만히 떠올려 보았다. 왼손이 잘린 무루와 그의 아들을, 시장에서 끌려갈 처지가 된 아들을 지키려고 안간힘을 쓰던 자나 출신의 늙은 여인을, 아들과 남편을 다시는 못 보게 된 과부들을, 제국의 비정한 철권 아래 삶이 짓밟힌 모든 백성을.

"산적으로 사는 동안에는 뇌물만 두둑이 바치면 사면받을 가망이 조금이나마 있기는 해. 그치만 한번 반란군이 되면 그걸로 끝이라고."

"신나는 일에는 두려움이 따르게 마련이지." 지아가 말했다. "그게 옳은 일이기도 한지 어떤지는 당신 스스로에게 물어봐."

쿠니의 머릿속에서 후페의 목소리가 들려왔다. *난 대장이 나왔던 내 꿈을 믿어요. 잊지 마요, 대장.*

뮌 사크리와 쿠니 가루가 부하들을 이끌고 주디에 도착했을 때,

날은 이미 어둑어둑했다. 성문은 굳게 닫혀 있었다.

"문을 여시오!" 뭔이 외쳤다. "쿠니 가루님께서 도착하셨소, 현장님의 귀한 손님이시오!"

"쿠니 가루라면 그 범죄자 아니냐!" 성벽 꼭대기에 있던 병사가 외쳤다. "현장께서는 성문을 봉쇄하라고 명하셨다!"

"그 양반 겁먹은 것 같은데." 쿠니가 말했다. "반란이라는 게 말만 그럴듯하지, 진짜로 뛰어들려고 보면 엄두가 안 나는 일이긴 하지."

그 순간 길가의 덤불에서 샌 카루코노와 코고 옐루가 뛰어나와 일행에 합류하면서 쿠니의 가설은 사실로 입증되었다.

"쿠니, 현장이 우리가 네 친구인 걸 알고 성에서 내쫓았어. 어제는 반란군이 이기고 있다는 소식을 듣고 우리를 만찬에 초대해서 그쪽으로 전향할 계획을 논의하자더군. 그래놓고 오늘은 황제가 드디어 반란군에 치명타를 날리고 곧 제국군을 파견한다는 소식을 듣더니 이런 짓을 한 거야. 바람에 춤추는 풀잎이 따로 없다니까."

코고의 말에 쿠니는 빙긋이 웃었다.

"마음을 바꾸기엔 이미 늦은 것 같은데."

쿠니는 부하에게 활을 달라고 부탁했다. 그러고는 소매에서 비단 쪼가리를 꺼내어 화살에 감았다. 그런 다음 활에 화살을 재서 하늘 높이 쏘아 올렸다. 부하들이 지켜보는 사이에 화살은 높다란 포물선을 그리며 성벽을 넘어 주디 현에 떨어졌다.

"이제 기다리기만 하면 돼."

우유부단한 현장이 마음을 바꿀지도 모른다고 예견한 쿠니는 그날 성문이 닫히기 전에 일찌감치 부하 몇 명을 주디 현에 잠입시켜 두었다. 그들은 오후 내내 부지런히 소문을 퍼뜨렸다. 영웅 쿠니 가루가 주디 현을 자나 제국으로부터 해방시키려고 반란군을 이끌고 오는 중이라는, 그리하여 주디 현을 부활한 코크루 왕국에 돌려주리라는 소문이었다.

"세금을 안 내도 된대요." 쿠니의 부하들이 소곤거리는 말이었다. "부역도 없을 거래요. 한 사람의 죄로 가족까지 처형하는 연좌제도 없어질 거고."

쿠니가 화살에 묶어 보낸 편지에는 백성들에게 들고일어나 현장을 몰아내라는 호소문이 적혀 있었다. '코크루 해방군이 여러분을 지원할 겁니다.' 편지에 적힌 약속이었다. 만약 산적 패거리를 '해방군'이라고 볼 수 있다면, 또 코크루 왕이 쿠니 가루가 누군지 전혀 모른다는 사실에 눈을 감을 수 있다면, 그 편지에 적힌 말 또한 어느 정도는 사실이라고 할 수 있었다.

그러나 주디의 현민들은 쿠니의 호소에 응답했다. 거리는 아수라장이 됐고, 자나 제국의 철권통치에 오랫동안 분노했던 백성들은 현장 휘하의 관리들을 순식간에 처치했다. 육중한 성문이 열리고 성 안으로 성큼성큼 들어서는 쿠니 가루와 한 줌밖에 안 되는 부하들을 보며, 백성들은 놀라서 눈이 동그래졌다.

"코크루 해방군은 어디 있는 거요?"

폭동을 일으킨 주동자 가운데 한 명이 물었다.

쿠니는 근처 민가의 발코니로 올라가 거리에 가득한 백성들의 얼굴을 찬찬히 살폈다.

"여러분이 코크루 해방군입니다! 보십시오, 두려움을 벗어던지고 일어섰을 때 여러분이 얼마나 큰 힘을 발휘하는지! 코크루를 마음에 품고 살아가는 인간이 이 지상에 단 한 명만 남는다 할지라도, 바로 그 한 명이 자나 제국을 멸망시킬 것입니다!"

진부하다면 진부한 연설이었지만, 군중은 일제히 손뼉을 치며 환호했다. 그리고 백성들의 열광적인 동의와 함께 쿠니 가루는 주디 공으로 추대되었다. 귀족의 작위는 그렇게 민주적인 방식으로 주어지는 것이 아니라고 지적하는 사람도 몇몇 있었지만, 그런 입바른 소리는 깨끗이 무시당했다.

때는 바야흐로 11월의 끝, 후노 크리마와 조파 시긴이 물고기 배 속의 예언을 처음 발견한 날로부터 석 달이 지났을 무렵이었다.

제9장

이세 황제 에리시

판

선무 3년 11월

제국의 수도 판에서는 술이 잠시도 쉬지 않고 물처럼 흘렀다. 황궁 대정전의 바닥에 세워진 분수대 여러 개가 비취로 마감한 작은 연못에 색색의 술을 뿜어냈기 때문이었다. 연못은 수로와 관으로 연결되어 있어서 갖가지 술이 섞여 부글거리며 독한 냄새를 뿜었고, 이 때문에 황제를 알현하러 오는 사람은 연못을 피해 진저리를 치며 멀찍이 돌아가야 했다.

수궁령 고란 피라는 어린 황제에게 비취 연못을 바다 모양으로 만들면 어떻겠냐고 제안했다. 그렇게 하면 술이 흐르지 않는 마른 바닥을 다라 제도의 수많은 섬들처럼 이용할 수 있다는 것이었다.

그리하면 폐하께서 옥좌에 앉아 영토를 굽어보실 수 있으니 즐겁지 않겠습니까? 피라는 공손하게 머리를 조아리며 아뢰었다. 그렇게 하면 아래를 굽어보기만 해도 문자 그대로 포도주 빛으로 짙게 물든 바다가 보일 테고, 주문(奏文)을 올리거나 정사를 논하러 온 대신과 장군이 섬에서 섬으로 폴짝폴짝 뛰는 모습을 보는 것 또한 재미있지 않겠냐는 말이었다.

어린 황제는 손뼉을 치며 즐거워했다. 수궁령은 언제나 기발한 생각을 내놓는구려! 이제는 태사령이 된 피라였지만, 겸손하기 짝이 없었던 그는 황제에게 더 친밀한 느낌이 든다는 이유로 예전의 직함을 유지했다. 에리시 황제가 오랜 시간에 걸쳐 그림을 그리면 인부들은 그 그림에 따라 대정전의 바닥에 깔린 황금 벽돌을 걷어내고 다라 제도의 가장 중요한 지형지물을 본떠 만든 조각들을 설치했다. 붉은 산호는 카나 산의 화산 봉우리였고, 하얀 산호는 라파 산의 얼음 덮인 봉우리였다. 반들거리는 자개 봉우리는 키지산, 사파이어가 깔린 커다란 웅덩이는 아리수소 호수, 에메랄드 웅덩이는 다코 호수…… 그리고 그 모든 것을 아우르는 축소판 정원의 섬세하게 다듬은 분재들은 옛 리마의 아름드리 참나무 숲이었다. 대지를 성큼성큼 활보하는 거인 흉내를 내며 자기 영토의 축소판 안에서 삶과 죽음을 쥐락펴락하는 것은, 어린 황제에게는 이루 말할 수 없이 즐거운 놀이였다.

대신과 장군이 제국의 변방에서 말썽을 일으키는 반란군의 소식을 전하러 오면 황제는 짜증을 부리며 그들을 쫓아냈다. 가서 섭정과 상의하시오! 짐이 피라 수궁령과 노느라 바쁜 것을 모르겠소? 수궁령은 입만 열면 정치에 너무 힘을 쓰면 안 된다고, 어릴 적에는 즐겁게 놀아야 한다는 것을 잊으면 안 된다고 일깨워 주는 멋진 친구였다. 그것이야말로 황제라는 지위의 본질이 아니던가?

"*렌가.*" 피라가 말했다. "산해진미로 이루어진 미로를 만드는 것은 어떻겠습니까? 온갖 맛있는 요리를 천장에 매달아 놓은 다음, 폐하께서 눈가리개를 하시고 오로지 음식의 맛을 따라 길을 찾으면서 미로를 통과하시는 겁니다."

그 또한 멋진 제안이 아닐 수 없었다. 에리시 황제는 즉시 그 재미있는 놀이터의 설계도를 그리기 시작했다.

만약 누군가 제국 각지에서 날마다 수많은 백성들이 쌀 한 줌이 없어서 굶어 죽는다고 알려 주었다면, 황제는 놀라서 이렇게 말했으리라.

"왜 굳이 쌀을 먹겠다고 고집한단 말인가? 고기가 훨씬 더 맛있거늘!"

제10장

섭정

판

선무 3년 11월

섭정 크루포는 자기 일이 마음에 들지 않았다.

거대한 황릉을 건설하는 것이야말로 아버지에게 경의를 표하는 최선의 방법이라고, 선제가 내세에서 영생을 누릴 집은 판의 황궁보다 훨씬 더 눈부셔야 한다고 황제에게 간언한 장본인은 수궁령 피라였다. 어머니인 선황후가 선제의 비위를 거스른 죄로 오래전에 숨을 거두었기 때문에 황제에게는 경의를 표할 육친이 아버지인 마피데레뿐이었다. 아노족의 대현자 콘 피지가 이르길, 효심이 깊은 자식은 온 힘을 다해 부모를 공경한다고 하지 않았던가?

그러나 그 꿈을 실현하는 것은 섭정 뤼고 크루포의 몫이었다. 그는 황제의 유치한 그림을 현실적인 계획으로 탈바꿈시켜야 했고,

사람을 뽑아 그 계획을 추진해야 했으며, 병사들에게 게으른 인부들이 임무를 수행하도록 다그치라는 명령도 내려야 했다.

"어째서 폐하의 흉중에 그런 어리석은 생각을 불어넣는 거요?"

크루포는 피라에게 이렇게 물었다.

"우리가 지금의 지위까지 어떻게 올라왔는지 잊으시면 안 됩니다, 섭정. 마피데레 황제의 유령이 우리를 굽어보고 있는 걸 못 느끼십니까?"

크루포는 등줄기가 오싹했다. 그러나 그는 이성적인 사람이었기에 유령의 존재를 믿지 않았다.

"이미 엎질러진 물이오."

"그럼 우리가 헌신하는지 안 하는지 주의 깊게 감시하는 세간의 이목을 느껴 보시는 게 좋을 겁니다. 일찍이 섭정께서 말씀하셨다시피, 가끔은 신하가 충심을 떳떳이 밝히기 힘들 때도 있습니다. 선제이신 마피데레 폐하께 바치는 기념비는 곧 우리 둘의 마음을 안정시키고 지위를 다지기 위한 번거로운 방법이라고 생각하십시오."

크루포는 피라의 지혜로운 말에 고개를 끄덕였다. 이후 그는 죽은 황제를 기리기 위해 수많은 백성을 노예로 만들고 그들의 항의에 귀를 닫았다. 법질서를 엄정하게 유지하려면 얼마간의 희생은 불가피했다.

크루포와 피라가 처음에 맺은 거래는 그들이 일하는 방식 또한 결정했다. 크루포는 섭정, 즉 자나의 국새를 쥐고 정책을 수행하는 실무자였다. 피라는 황제의 놀이 상대로서 황제의 마음을 현혹하는 목소리였다. 그렇게 둘은 에리시 황제라는 꼭두각시의 줄을 조종했다. 처음에는 섭정 쪽이 더 수지맞는 거래 같았다. 그러나 요즘 들어 크루포는 조금씩 마음이 흔들렸다.

사실 크루포는 권력을, 그것도 커다란 권력을 갈망했다. 그래서 피라가 대담한 음모를 들고 접근했을 때 그 기회를 거머쥐었다. 그러나 자나 제국의 옥좌에서 비롯된 권력을 실제로 휘두르는 것은 예상과 달리 조금도 즐겁지 않았다. 물론 다른 대신이나 장군이 위세에 질려 설설 기는 꼴을 구경하는 재미는 쏠쏠했지만, 섭정이라는 지위에 따라붙는 업무의 태반은 지루하기 짝이 없는 잡무가 아닌가! 크루포는 숫자로 이루어진 그해의 수확량이나 굶주린 농민들의 상소문, 부역 이탈자들에 관한 소식, 최근 들어 확산되는 기근, 반란 진압의 어려움을 호소하는 주둔군 사령관들의 보고 따위를 듣고 싶지 않았다. 자기 관할 지역에서 활개 치는 도적 떼를 왜 알아서 소탕하지 못한단 말인가? 그들은 군인이고, 그것이 군인의 임무이거늘.

그래서 위임하고 또 위임했다. 크루포는 떠넘길 수 있는 모든 일을 부하들에게 떠넘겼지만, 그래도 결정을 구하러 그를 찾는 발길은 끊이지 않았다.

뤼고 크루포는 학자이자 문인이었다. 그래서 자질구레한 사안들로 꼼짝 못 하는 신세에 신물이 났다. 그는 원대한 계획과 새로운 법체계를, 또 장차 유구하게 빛날 새로운 철학의 틀을 만들고 싶었다. 그러나 사람들이 한 시간에 네 번씩 집무실 문을 두드리는 마당에 철학을 연구할 여유가 어디에 있단 말인가?

크루포는 원래 코크루 출신으로, 그가 태어날 무렵 코크루는 끊임없이 전쟁을 벌이던 티로 국가들 가운데 가장 강성한 나라였다. 작은 마을에서 빵집을 하던 빈한한 양친은 국경 다툼의 와중에 숨을 거두었다. 도적 떼에 납치당한 크루포는 티로 국가들 가운데 학문이 가장 발전한 하안까지 끌려가 품삯도 못 받는 머슴으로 팔릴 처지였지만, 하안의 수도인 긴펜에 이르렀을 때 치안관들이 도적 떼를 소탕하고 크루포를 거리로 풀어 주었다.

그러한 처지의 아이들은 대부분 밝은 앞날을 기대하기가 어려웠다. 그러나 크루포가 긴펜의 노상에서 먹을 것을 구걸하던 어느 날, 운 좋게도 이름난 문인이자 법학자로 여러 나라 왕실의 자문을 맡은 기 안지가 그의 앞을 지나갔다.

기 안지는 바쁜 사람이었고, 긴펜의 시민들이 으레 그렇듯이 거리의 부랑아나 걸인이 딱한 사정을 하소연해도 마음을 굳게 닫고 무시하는 법을 터득한 사람이기도 했다. 그들 가운데 누가 진실을 말하는지 분간할 방법이 없기 때문이었다. 그러나 이날, 기 안지는 어린 뤼고 크루포의 암갈색 눈에서 왠지 마음을 흔드는 빛을 보았다. 먹을 것을 바라는 굶주린 눈빛이 아니라 더 커다란 어떤 것을 바라는 눈빛이었다. 안지는 걸음을 멈추고 어린 크루포에게 가까이 오라고 손짓했다.

그리하여 크루포는 안지의 제자가 되었다. 크루포는 학과 내용을 수월하게 깨우치는 제자는 아니었다. 예컨대 하안의 저명한 학자 집안 출신으로 안지의 수제자였던 탄 페위지 같은 조숙한 수재하고는 달랐다. 게다가 그는 안지 학당에 적응하는 데에도 어려움을 겪었다.

기 안지가 가장 즐겨 사용하는 교수법은 제자들과 벌이는 집단 토론이었다. 여기서 그는 교묘한 질문을 던져 제자들이 제대로 이해했는지 확인하고 제자들의 가설을 검증했으며, 새로운 사고의 물꼬를 터 주기도 했다.

기 안지가 질문 한 개를 던질 때마다 페위지는 즉시 세 가지 다른 답을 생각해 낸 반면, 크루포는 안지가 던진 질문의 요지를 파악하는 것조차 힘겨워했다. 크루포는 안간힘을 써야 비로소 하나씩 하나씩 깨우칠 수 있었다. 진다리 문자를 익히는 데에만 한참이 걸렸고, 안지가 쓴 짧은 글을 이해할 만큼의 표의 문자를 익히는 데에는 그보다 더 긴 시간이 걸렸다. 때로는 스승조차 어린 크루포에게 낙담하고 두 손을 들곤 했다. 총명한 페위지와 대화하는 것이 훨씬 더 즐겁기 때문이었다.

그럼에도 크루포는 꿋꿋이 공부를 계속했다. 크루포의 소원은 무엇보다도 스승 안지를 기쁘게 하는 것이었다. 그렇게 할 수만 있다면 뜻을 이해하기 위해 같은 책을 세 번 읽는 것도, 밀랍판에 같은 표의 문자를 백 번 새기는 것도, 몇 시간이고 한자리에 앉아서 우화의 의미를 풀이하는 것도, 크루포는 불평 한마디 없이 모두 해냈다. 말 그대로 촌음을 아껴서 공부에 매진하는 그의 모습은 근면이라는 말을 형상화한 듯했다. 그는 밥을 먹으면서도 책을 읽었고, 다른 아이들이 놀 때에도 혼자 공부를 했으며, 방석에 앉으면 너무 편해서 졸음이 온다는 이유로 뾰족한 조약돌을 깔고 앉았다.

기 안지의 우등생 제자들 틈에서 시나브로 크루포의 모습이 눈에 띄기 시작했다. 왕들과 이야기하는 자리에서 안지는 이따금 자신이 평생 가르친 제자들 중에 배운 것을 모조리 이해하고 더 나아가 새로운 사상이 싹트는 전인미답의 경지까지 이른 제자는 오로지 페위지와 크루포뿐이라고 언급하곤 했다.

기 안지의 학당을 졸업하고 나서, 크루포는 고국인 코크루의 궁정에서 봉직하고자 했다. 그러나 코크루 국왕은 크루포를 깍듯이 대우하기는 했지만 정식 관직은 결코 하사하지 않았다. 크루포는 봉록을 받는 대신 강의와 교습으로 연명하는 수밖에 없었다.

식자층은 크루포의 강의와 얇은 서책 말고도 그의 서예 작품을 유독 칭송했다. 크루포는 글을 쓸 때에는 정교한 구성을 따랐고 논변을 할 때에는 치밀한 논리를 구축했던 반면, 밀랍으로 글씨를 새길 때에는 아이 같은 감수성과 검객 같은 분방함을 함께 구사했다. 또한 크루포의 붓 끝이 펼쳐 놓는 진다리 문자는 잔잔한 연못 위로 날아가다가 그대로 붙잡힌 기러기 떼처럼 종이를 박차고 날아오르는 듯했다. 크루포의 서예를 흉내 내는 사람은 많았지만, 그 예술적인 솜씨에 필적하기는커녕 근접하는 사람조차 드물었다.

그러나 사람들의 칭송에는 크루포의 마음을 찌르는 생색이 얼마간 섞여 있었다. 어떤 이들은 그토록 출신이 한미한 자가 그토록 창의적이고 예술적인 글씨를 쓸 수 있다는 데에 거의 경악하는 눈치였다. 호평 뒤에는 은근한 폄하 또한 도사리고 있었다. 마치 크루포가 아무리 노력해 봤자 페위지의 타고난 총명함을 따라잡지는 못한다는 듯이.

크루포는 끝내 탄 페위지만큼 유명해지지 못했다. 페위지는 약관의 나이에 이미 하안의 승상 자리에 올랐고, 그가 집필한 통치론은 크루포의 어떤 글보다 더 널리 읽히며 더 높이 평가받았다. 심지어 육국의 학자들을 칭찬하는 일이 거의 없었던 자나의 레온 왕, 즉 미래의 마피데레 황제마저도 페위지의 글에서 깨달음을 얻는다고 공언할 정도였다.

그러나 크루포가 보기에 페위지의 글은 진부하기만 했다. 미사여구와 궤변으로 가득한 글이 아닌가! '어진 군주'나 '조화로운 사회', '중용의 도(道)' 같은 주제는 하나같이 구역질이 치밀 뿐이었다. 그런 것들은 고답적인 수사법과 감언이설로 지은 사상누각일 뿐, 튼튼한 토대에는 전혀 관심이 없었다.

페위지의 통치론, 즉 군주는 다스리되 어질어야 하며, 백성이 근면과 자주를 통해 스스로의 삶을 개선하도록 군주는 뒤로 물러나 있어야 한다는 신념은, 크루포가 보기에 절망적일 정도로 순진했다. 전쟁으로 쑥밭이 된 티로 국가에서 살아 본 경험을 통해 크루포가 깨달은 바가 있다면 평범한 백성은 짐승과 별반 다르지 않다는 것, 따라서 강력한 군주가 넓은 시야를 지닌 신하의 조언에 따라 백성을 인솔하여 울타리 안에 가두어야 한다는 것이었다. 강한 국가에 필요한 것은 효율적이고 가차 없이 집행되는 엄정한 법률이었다.

또한 크루포는 알고 있었다, 모든 왕과 대신이 마음속 깊은 곳에서는 페위지가 아니라 그에게 동의한다는 것을. 그들이 진정 듣고 싶은 말을 하는 이는 크루포였건만, 그들의 칭송과 영예를 독차지하는 이는 언제나 페위지였다. 크루포가 사루자에 있는 코크루 궁정에 관직을 청하는 편지를 아무리 보내 봐도 답장은 한 통도 돌아오지 않았다.

낙담한 크루포는 질투심에 사로잡혔다.

크루포는 기 안지를 찾아갔다.

"스승님, 저는 탄보다 몇 배는 더 열심히 일합니다. 그런데 왜 그만큼 존경받지 못하는 것입니까?"

"탄은 있는 그대로의 세상이 아니라 마땅히 도래해야 할 세상에 관해 쓰기 때문이다."

크루포는 스승에게 고개를 조아리며 물었다.

"스승님께서 보시기에는 어떻습니까, 제가 탄보다 더 나은 글을 씁니까?"

기 안지는 제자를 바라보며 한숨을 쉬었다.

"탄은 남의 환심에 얽매이지 않고 글을 쓴다. 그래서 사람들이 그의 목소리를 참신하고 독창적이라고 여기는 것이야."

은근한 비판이 크루포의 가슴속을 깊이 파고들었다.

그러던 어느 날, 변소에 앉아 있던 크루포는 그곳에 사는 쥐들이 야위고 병들어 보이는 것을 알아차렸다. 뒤이어 예전 미곡 창고에서 보았던 쥐들은 통통하고 건강해 보였던 기억이 떠올랐다.

사람의 처지를 결정하는 것은 재능이 아니야. 크루포는 속으로 중얼거렸다. *재능을 발휘하기로 결심한 장소가 어디냐에 따라 처지가 바뀌는 거다. 자나는 강하고 코크루는 약해. 바보가 아닌 이상 가라앉는 배와 함께 빠져 죽을 수야 없지.*

크루포는 코크루를 버리고 자나 궁정으로 향했고, 그곳에서 출세의 사다리를 빠르게 올라갔다. 이는 기 안지의 다른 제자를 휘하에 두는 것은 탄 페위지를 얻는 것의 차선책이라고 생각한 레온 왕 덕분이었다.

그러나 왕과 정사를 논할 때마다 크루포의 귀에는 왕의 말 속에 깃든 소리 없는 탄식이 들려왔다. *탄 페위지가 이 자리에 앉아 있으면 더 바랄 것이 없으련만……*.

크루포는 레온 왕이 이미 가진 것보다 갖지 못한 것을 더 귀히 여긴다는 생각에 분노했다. 자신이 어딘가 부족한 차선으로밖에 여겨지지 않는다는 데에 늘 번민했다. 그래서 더욱 열심히 일하며 자나의 힘을 키우고 다른 티로 국가들을 약체로 만들 방안을 차례로 내놓았다. 그는 언젠가 왕에게 인정받고 싶었다. 그가 페위지보다 훨씬 더 가치 있는 존재라는 것을.

하안의 수도 긴펜이 함락된 후, 탄 페위지는 포로로 붙잡혔다.

레온 왕은 기뻐서 어쩔 줄을 몰랐다.

"드디어." 왕과 함께 축배를 들던 대신들 중에는 크루포도 끼어 있었다. "그 걸출한 인물에게 나의 대의에 함께해 달라고 설득할 날이 왔구나. 페위지의 지혜를 칭송하는 자는 다라 제도 전역에 헤아릴 수 없이 많다. 그러니 그가 자나의 편에 서면 말 1000마리나 용장 10명보다 더 큰 힘이 될 것이다. 고래 떼 속의 크루벤이나 물고기 떼 속의 다이란처럼 평범한 학자들 속의 비범한 학자이니."

크루포는 눈을 질끈 감았다. 그는 페위지라는 신기루에서, 진실 대신 이상만을 늘어놓는 그 달변가의 그림자에서 결코 벗어나지 못할 신세였다. 설령 그 달변이 무용지물이라 할지라도 레온 왕은 페위지라는 이름의 유명세를 손에 넣고 싶어 했다.

그날 밤, 크루포는 옥에 갇힌 탄 페위지를 찾아갔다.

왕이 이 특별한 죄수를 얼마나 아끼는지 아는 옥리들은 페위지를 귀빈처럼 대우했다. 그는 옥장의 방에 머물면서 옥리들에게 깍듯한 존대를 받았다. 감옥을 나서는 것만 빼면 행동 또한 자유로웠다.

"오랜만이군."

크루포는 옛 친구를 바라보며 말했다. 탄의 반들반들하고 주름 한 줄 없는 검은 얼굴을 보며, 크루포는 그가 누렸을 안락한 삶을 상상했다. 끼니 걱정은 할 필요도 없이 왕후장상과 건배하며 보냈을 삶을.

"이게 얼마 만인가!" 페위지는 크루포의 팔을 힘껏 붙잡았다. "안 지 스승님의 장례식에서 만나려니 했는데, 너무 바빴을 테지. 스승님께선 말년에 자네 생각을 자주 하셨다네."

"스승님께서?"

크루포는 페위지의 팔을 똑같이 반갑게 붙잡으려 했다. 그러나 그의 움직임은 어색했고, 긴장돼 보였고, 딱딱했다. 그렇게 잠깐의 시간이 흐른 후에 그는 뒤로 물러섰다.

두 사람은 바닥에 깔린 폭신한 방석에 앉아 찻주전자를 사이에 두고 마주 보았다. 크루포는 처음에는 등을 꼿꼿이 펴고 무릎에 체중을 싣는 *미파 라리* 자세로 앉았다.

다탁(茶卓) 건너편의 페위지가 껄껄 웃었다.

"뤼고, 우리가 학동 시절부터 알고 지낸 사이란 걸 잊었나? 나는 자네가 오랜 벗을 만나러 온 줄 알았는데. 어째서 조약을 협의하러 온 사람처럼 불편하게 앉는 건가?"

당황한 크루포는 페위지처럼 스스럼없는 *게위파* 자세로 고쳐 앉았다. 바닥에 엉덩이를 깔고 다리를 엇갈리게 포개어 양발이 반대쪽 허벅지에 올라가도록 앉는 자세였다.

"표정이 왜 그렇게 어두운가? 뭔가 감추고 있군그래."

크루포는 움찔 놀라서 찻잔의 차를 조금 흘렸다.

"뤼고, 내 오랜 벗이여. 무슨 사정인지 짐작은 가네. 자네는 나한테 사과하러 왔을 거야. 레온 왕이 광포한 정복 계획을 포기하도록 설득하지 못한 것을 말일세."

크루포는 벌게진 얼굴을 소매로 가린 채 마음을 가다듬었다.

"그런데 이제 사과로는 부족하다는 생각에 당황한 거야. 하안은 패망하고, 나는 처형을 기다리는 죄수 신세가 돼 버렸으니까. 그래서 유구무언인 거지."

"자네는 나보다 나를 더 잘 아는군."

크루포는 찻잔을 내려놓으며 중얼거렸다. 그러고는 소매 안에 깊숙이 숨겨 두었던 조그마한 초록색 도자기 병을 꺼냈다.

"우리 우정은 차보다 더 진하지. 거기에 걸맞은 것을 마셔 보세."

크루포는 병에 든 술을 페위지 앞의 빈 잔에 따랐다.

"뤼고, 자네는 레온 왕이 어리석은 전쟁으로 살육한 수많은 인명에 책임을 느끼는 걸세. 마음이 따뜻한 사람이라서 그런 거지. 허나 자기 몫이 아닌 마음의 가책 때문에 괴로워하지는 말게. 나는 자네가 폭군을 설득하려고 최선을 다한 걸 알아. 내 목숨을 구하려고 애쓴 것도 알고 있네. 허나 레온 왕은 그토록 오랫동안 자기를 무시한 나를 살려 두지 않겠지. 고맙네, 오랜 벗이여, 부디 나 때문에 괴로워하지는 말게! 잘못은 폭군 레온에게 있네."

크루포는 고개를 끄덕였다. 뜨거운 눈물이 볼에 흘러내렸다.

"자네는 진정 내 영혼을 비추는 거울이로군."

"자, 즐겁게 마셔 보세."

페위지는 자기 잔의 술을 단숨에 들이켰다. 크루포도 함께 잔을 기울였다.

"이 친구야, 나한테만 술을 따라 주면 어떡하나." 페위지는 껄껄 웃었다. "자네 잔에 있는 건 차가 아닌가."

크루포는 말없이 기다릴 뿐이었다. 잠시 후, 페위지의 표정이 변했다. 배를 끌어안고 뭔가 말하려는 눈치였지만, 나오는 것은 컥컥거리는 숨소리뿐이었다. 일어서려던 페위지는 비틀거리며 방석 위로 쓰러지더니 이내 꿈틀거리기를 멈췄다.

크루포는 자리에서 일어섰다.

"이제 나는 차선이 아니야."

그로부터 지금껏 내내, 크루포는 마침내 꿈을 이루었다고 생각했다. 그는 지상에서 가장 강력한 유일무이의 권력자였다. 마침내 세상에 보여 줄 기회를 잡았던 것이다. 사람들의 존경과 칭송을 받을 주인공은 처음부터 그였음을.

크루포가 받을 것은 존경이었다.

그런데 지금 그가 하는 일은 너무도 불만스러웠다. 너무도 *자질구레*했다.

"섭정 각하, 반란군을 진압할 총사령관으로 누구를 임명해야겠습니까?"

반란군? 그 도적 떼 말인가? 그깟 놈들이 제국군의 위력에 무슨 수로 맞선다는 거지? 원숭이를 훈련시켜서 사령관으로 앉혀도 이길 텐데. 왜 이런 일로 나를 귀찮게 하는지 모르겠군. 이건 다 말단 벼슬아치들의 뻔한 장난질이다. 국고에서 돈과 자원을 빼돌리려고 반란군의 위협을 과장한 거야. 내가 속을까 보냐.

크루포는 궁정에서 가장 눈에 거슬리는 인물이 누구인지 떠올려 보았다. 눈에 띄지 않도록 판에서 멀리 쫓아 보낼 만한 인물을.

집무실 구석에 마련된 키지 신의 작은 사당을 건너다보는 동안, '지급(至急)' 표시가 된 상주문 더미가 크루포의 눈에 띄었다. 아무리 열심히 일을 해도 재가할 서류 더미는 자꾸만 커지는 느낌이 들었다. 크루포는 상주문 더미를 사당 옆에 쌓아 놓았다. 처리할 일이 얼마나 많은지 신에게 보여 주면 혹시라도 그를 가엾게 여겨 신통력으로 일을 처리해 주지 않을까 하는 막연한 바람에서였다.

맨 위에 쌓인 상주문은 모두 한 명이 올린 것이었다.

옳거니. 크루포는 마음을 정했다. 이는 분명 키지 신이 직접 내린 계시였다. 킨도 마라나, 세제 개선책을 들고 며칠째 크루포를 졸졸 따라다니며 귀찮게 한 재무 대신이었다. 얼굴은 누렇게 뜨고 체격도 왜소한 그 사내는 세금이나 재정 같은 사소한 문제에 죽기 살기로 매달렸다. 섭정이 품은 심모원려를 이해할 능력이 없기 때문이었다. 그 세금 징수원들의 우두머리, 그 계산꾼 중의 계산꾼을 군대의 사령관으로 삼아 도적 떼를 상대하도록 하면 실로 유쾌하고 황당한 일일 듯싶었다. 크루포는 스스로의 재치에 탄복했다.

"킨도 마라나를 불러라."

어쩌면 드디어 통치론에 관한 책을 쓸 여유가 생길지도 모르겠군. 그 책은 탄 페위지가 쓴 어떤 책보다도 훌륭할 것이다. 열 배, 아니, 스무 배는 더 훌륭할 것이야.

제11장

수궁령

판

선무 3년 11월

수궁령(守宮令)이란 단지 집사의 번지르르한 호칭에 지나지 않는다고, 고란 피라는 종종 생각했다. 오래전 티로 국가 체제의 초창기에는 수궁령이 궁성의 방어를 책임지며 귀족의 일원으로 대우받던 시절도 있었다. 요즘 들어 수궁령의 임무는 마피데레 황제의 후궁들이 벌이는 다툼을 중재하는 것, 시종 교육, 황궁 예산 관리(막대한 예산이기는 했지만), 그리고 황제의 놀이 상대가 되어 주는 것이었다.

피라는 아버지에게서 수궁령 자리를 물려받았다. 그의 아버지는 마피데레 황제의 아버지인 데잔 왕을 섬겼다. 피라는 루이섬에 있는 자나의 예전 수도인 크리피의 옛 궁정에서 어린 레온 왕자와 함께 놀며 성장했다. 두 아이는 가끔 레온 아버지의 젊은 후궁이 기거

하는 침소의 창을 몰래 엿보다가 들켜서 혼나곤 했다.

그렇게 들킬 때마다 피라는 자기가 꾸민 일이라고, 자기가 어린 왕자의 마음을 미혹했노라고 우겼다. 볼기를 맞는 것도 채찍질을 당하는 것도 모두 피라의 몫이었다.

"고란, 너 엄청 용감하더라. 넌 내 진정한 친구야."

"저는 언제까지나 왕자님의 친구일 겁니다." 피라는 욱신거리는 엉덩이를 주무르며 찡그린 얼굴로 말했다. "그래도 다음번엔 안 들키도록 목소리를 살짝 낮추시는 게 좋겠네요."

둘의 우정은 레온이 자나의 왕좌에 오른 후에도 쭉 이어졌다. 오랜 정복 전쟁을 거치는 동안에도 둘은 친구였다. 레온이 교착 상태인 전황 때문에 좌절하거나 외교상의 굴욕을 당하고 격노할 때면 피라가 달래 주는 식이었다. 심지어 육국을 정복하고 마피데레 황제가 되어 우쭐해진 레온이 온갖 기행을 일삼을 때에도 둘의 우정은 건재했다. 문무백관은 황제가 새끼손가락만 까딱해도 두려움에 벌벌 떨었지만, 대정전을 떠나 황궁의 처소로 돌아온 황제는 여전히 피라의 죽마고우 레온이었다.

그러나 둘의 우정은 마잉 귀비(貴妃) 앞에서 무너지고 말았다.

마잉은 원래 아무 국 출신으로, 자나군에 투항하기를 거부한 공작의 딸이었다. 포로로 잡혀 마피데레가 건설한 제국의 새 수도 판으로 끌려온 마잉은 황궁 수라간의 여종이 되었다.

피라는 궁정의 여자들을 목석처럼 대했다. 이는 수궁령으로 살아남기 위한 필수 사항이었다. 주군이 소유한 여러 아리따운 후궁과 포로에게 흑심을 품은 수궁령은 장수를 누리지 못했다.

피라는 양친이 정해 준 자나 출신 처녀와 혼인했다. 부부는 서로에게 공손했지만, 피라가 항시 레온의 곁을 지켜야 했기에 함께한 시간은 길지 않았다. 둘 사이에는 자식이 없었으나 피라는 개의치 않았다. 수궁령으로 사는 삶을 자식에게 물려줄 만큼 멋진 것으로 여기지 않아서였다. 남성으로서 지닌 충동을 억누르는 법은 이미 오래전에 몸에 익힌 피라였다.

그러나 마잉을 보고 나서, 피라는 무언가 되살아나는 느낌을 받았다. 공작의 영애에서 종으로 전락하고도 신세를 한탄하지 않는 태도 때문이었을까? 고개를 똑바로 들고 상대의 눈을 마주 보는, 결코 노예를 자처하지 않는 자세 때문이었을까? 아니면 사소한 일에서도 즐거움을 찾는 마잉의 모습 때문이었을까, 수라간의 여종들에게 급수구에서 물이 새는 소리를 음악으로 바꾸는 재주나 커다란 화덕의 불빛 속에서 벽에 비친 손가락 그림자로 인형극 하는 법을 가르치는 식으로? 피라는 까닭을 알지 못했다. 그저 자신이 마잉을 사랑한다는 것만 알 뿐이었다.

말을 주고받기 시작하면서, 피라는 자신의 본모습을 이해하는 사람이 세상에 마잉뿐이라고 느꼈다. 오로지 마잉만이 알아주었다. 피라가 자신이 맡은 임무의 총량 이상인 것을, 때로는 시를 쓸 줄도 아는 사람인 것을. 봄볕에 녹는 얼음과 여름 밤하늘에 천천히 회전하는 별들을 관조하는 낙이 담긴 시를, 군중 속의 외로움을 읊는 시를, 또 온갖 금은보화를 만지면서도 다정한 손길에는 좀처럼 닿지 못하는 쓸쓸한 마음을 토로하는 시를.

"나는 그럴듯한 칭호를 가진 노예일 뿐이다." 마잉에게 그렇게 말하면서 피라는 자신의 말이 진실인 것을 깨달았다. "우리 둘 중 누구도 자유롭지 않구나."

마잉과 함께하는 시간을 통해 피라는 마침내 진정한 친밀감이 무엇인지를 배웠다. 전에는 레온과 친한 사이라고 생각했던 피라였지만 그들은 결국 대등한 사이가 아니었고, 진정한 친밀감은 대등한 사이에서만 피어날 수 있었다.

어느 날 밤, 마피데레 황제가 장군들과 연회를 즐기는 동안 피라는 연회가 끝나기를 기다렸다. 황제의 기분이 좋을 때를 틈타 청할 일이 있었기 때문이었다. 피라는 레온에게, 한때 같이 뛰어놀던 죽마고우에게 부탁할 작정이었다. 마잉을 노예 신분에서 해방시켜 자신과 살도록 허락해 달라고.

그날 밤 마잉은 황새치 구이를 맡아 날랐다. 요리가 담긴 쟁반을 높이 들고 황제의 주안상 앞을 지나가던 마잉의 모습이 마피데레의 눈에 들어왔다. 연회에 싫증이 난 황제는 마침 심심풀이할 거리를 찾던 참이었다. 황제의 시선이 마잉의 잘록한 허리에 머물렀다. 그리고 탐스러운 연갈색 머리타래에도. 이로써 황제는 오래전부터 자기 소유였으나 너무 바빠서 즐기지 못했던 것을 발견했다.

그날 밤 황제는 마잉을 침소로 불렀고, 그렇게 여종 마잉은 마잉 귀비가 되었다. 마피데레의 수많은 애첩 가운데 한 명이었다. 마피데레는 그때껏 황후를 지명하지 않고 새 애첩으로 헌 애첩을 갈아치웠다.

피라의 마음은 그날 밤에 죽었다.

다른 모든 여종들에게는 꿈에 그리던 행운이었겠지만, 이튿날 아침 피라가 황제를 깨우러 아침 문안을 갔을 때, 마잉의 표정은 기쁨 대신 두려움에 물들어 있었다. 마잉은 피라의 시선을 피했고, 피라는 태연한 목소리로 문안을 올렸다. 그가 마잉에게 몇 번이고 몇 번이고 작별인사를 한 곳은 꿈속이었다.

마잉 귀비가 회임했다는 소식이 알려지자 내관들과 궁녀들은 진심으로 축하해 주었다. 황제에게 또 한 명의 자식을 안겨 줄 애첩으로서, 황궁 내에서 마잉 귀비의 지위는 확고해졌다.

그러나 마잉은 축하를 건네는 이들에게 아무 대꾸도 하지 않았다. 배가 점점 더 불룩해질수록 마잉의 얼굴은 점점 더 홀쭉해졌다.

태어난 아기는 아들이었고, 팔삭둥이였다. 그럼에도 튼튼하고 기운찼고, 몸무게도 열 달을 채운 여느 아기와 다를 바 없었다. 의심을 품은 태의령(太醫令)은 부하 의원과 의녀를 보내 기진맥진한 마잉 귀비를 한 시간 동안이나 심문했다. 마침내 귀비의 입을 통해 진실을 들은 태의령은 서둘러 수궁령에게 그 소식을 전했다.

그때 이후로 지금껏 피라는 머릿속에서 그날을 수천 번, 수만 번 떠올렸다. 아들을 살릴 수는 없었을까? 마잉의 목숨을 구할 수는 없었을까? 금은보화로 의관들을 매수할 수는 없었을까? 황제의 발치에 엎드려 자비를 빌 수도 있지 않았을까? 그는 세상에 한 명뿐인 사랑하는 사람조차 지키지 못하는 겁쟁이였을까? 피라는 모든 것을 버리고 마잉과 함께 조그만 낚싯배에 올라 달아나는 자신의 모습을 상상했다. 이름 모를 항구를 찾아 떠도는, 평생토록 겁에 질려 어깨너머를 돌아보는 삶을. 하지만 그랬더라면 마잉은 살았을 것이다. 살아 있을 것이다.

그러나 모든 상상의 끝에는 똑같은 결과가 기다렸다. 일족의 몰살이었다. 양친, 아내, 숙부와 숙모까지. 황제에 대한 불충은 핏줄에 흐르는 오점이었기에 일족 전체가 갚아야 할 죄였다.

스스로 택할 수도 있었던 다른 길은 아무것도 떠오르지 않았다. 그럼에도 피라는 스스로를 탓했다.

피라는 마피데레 황제 앞에 나아가 태의령의 말을 전했다.

황제는 격노했다.

"아비가 누구냐?"

"귀비가 밝히려 하지 않습니다."

피라가 대답했다. 죽은 사람의 목소리였다.

피라는 레온을 설득하고 싶었다. 실은 레온이 간택하기 전에 자신이 먼저 마잉을 만났다고, 그러니 실제로는 불충을 저지른 것이 아니라고 설명하고 싶었다. 그러나 수궁령이라는 직책을 맡은 자로서, 피라는 궁중의 법도에 정통했다. 황제가 건드린 적이 없더라도, 아예 이름조차 모를지라도, 아예 얼굴조차 기억 못 할지라도, 여종은 황제의 소유물이었다. 두 사람은 실제로 불충을 저질렀던 것이다. 피라가 마잉을 황제의 소유물 이상으로 보기 시작한 바로 그 순간부터.

그리하여 피라가 말 한마디 없이 물끄러미 지켜보는 가운데, 아기는 마잉 귀비의 눈앞에서 베개에 눌려 질식당했다. 근위병들이 마잉의 목을 조르는 동안에도 피라는 가만히 지켜보기만 할 뿐, 말이 없었다. 그런 다음 둘의 시체를 버리러 가는 길에 마잉의 차가운 살갗에 손이 닿았을 때에도, 피라는 표정에 감정이 드러나지 않도록 안간힘을 썼다.

그러면서도 피라는 한 가지 맹세를 했다. 자나 황실을 멸망시켜 마잉의 원수를 갚겠다는 맹세였다. 그는 진심이 담긴, 어마어마한, 진짜 불충을 저지를 작정이었다.

"수궁령, 반란 소식을 전하는 상주문 때문에 귀찮아 죽을 지경이오. 어쩌면 좋겠소?"

"렌가, 기껏해야 산적과 노상강도일 뿐입니다. 폐하께서 신경 쓰실 일이 아닙니다. 그런 하찮은 자들을 떠올리며 소중한 시간을 낭비하는 것만으로도 폐하의 체통에 손상이 갑니다. 그런 자질구레한 문제를 일일이 보고하는 자는 사형에 처한다고 선포하십시오. 폐하 대신 섭정이 처리하면 됩니다."

"수궁령, 짐의 진정한 벗은 그대뿐이오. 그대는 짐에게 무엇이 최선인지 늘 생각해 주는구려."

"감사합니다. 자, 그럼 오늘은 무엇을 하시겠습니까? 상림원(上林苑)에 딸린 수족관에 행차하시어 새끼 크루벤과 노시겠습니까? 아니면 파사에서 새로 진상한 궁녀들을 둘러보시는 것은 어떻겠습니까?"

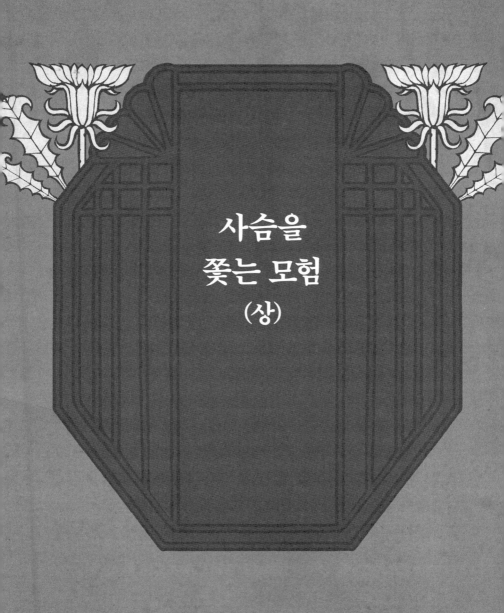

사슴을 쫓는 모험 (상)

제12장

번져 가는 반란

다라 본섬

선무 4년 3월

황궁의 장난감 제국에서 술이 흐르고 보석이 반짝이는 동안, 에리시 황제의 진짜 제국은 갈가리 찢어졌다.

이 무렵 물고기의 예언이 적힌 후노 크리마와 조파 시긴의 깃발 아래 모인 반란군은 2만 명에 이르렀다. 그들은 코크루 왕가의 적통을 찾아 왕으로 추대했다. 파사 국 북부의 시골에서 양 떼를 벗 삼아 조용히 살아가던 스물세 살 먹은 목동은 그렇게 코크루 국의 수피 왕이 되었다.

짧은 생을 살아오면서 그때껏 다스린 것은 양 떼뿐이었지만, 젊은 수피 왕이 기품과 소탈함을 겸비하고 부하들에게 명령을 내리기까지는 그리 오랜 시간이 걸리지 않았다.

"형, 봤지?" 라소 미로가 형 다피로에게 말했다. "왕족의 피는 정말로 특별해. 그렇지 않고서야 양치기로 자란 남자애가 하루아침에 나라 하나를 다스리는 자리에 올랐는데, 어떻게 저렇게 여유 만만할 수가 있냐고! 저렇게 기품이 넘치고 말이야. 명령도 늠름하게 내리고!"

동생의 말에 다피로는 어이가 없다는 듯이 눈을 굴렸다.

"야, 생각해 봐. 잘 차려입은 양반들이 나를 찾아와서는, 내가 왕이 될 운명이라면서 하루 종일 졸졸 따라다니는 거야. 그러면서 내가 무슨 엄청 똑똑하고 영리한 사람인 것처럼 내가 하는 말마다 고개를 끄덕이고, 나한테 크고 묵직한 왕관이랑 치렁치렁한 노란색 비단옷을 주면서 황금 옥좌에 앉으라고 하는 거지. 그럼 나도 결국에는 자신감이 넘쳐서 왕처럼 행동할 거야. 태어날 때부터 옥좌에 등이 붙어 있었던 것처럼 말이지."

"글쎄." 라소는 미심쩍다는 듯이 형을 위아래로 훑어보았다. "형이 잘하는 거라곤 내 앞에서 두목 행세하는 것뿐이잖아. 비단 용포 같은 걸 입어 봤자 곡마단의 원숭이처럼 보일걸."

수피 왕은 사루자 한복판에 위치한 옛 사원인 염빙궁(炎氷宮)에서 코크루의 수호신인 자매신 카나와 라파에게 기도를 올렸다.

"자나의 죄는 많고도 많다." 기도를 마친 수피 왕은 광장을 가득 메운 백성들 앞에서 연설을 했다. "그러나 죗값을 치를 날이 마침내 다가왔다. 이제 모든 티로 국가가 부활할 것이며, 세상은 올바른 모습을 되찾을 것이다."

기대감에 들뜬 군중 앞에서, 수피 왕은 후노 크리마에게 나피 공

(公)의 작위를 하사하고 코크루군 원수로 임명했다. 조파 시긴은 칸 핀 공이자 코크루군의 부원수가 되었다. 둘에게는 코크루의 예전 영토를 남김없이 수복할 때까지 모든 곳에서 자나군과 싸우라는 명령이 내려졌다. 크리마와 시긴이 군대의 선두에 서서 사루자 시가를 행진하는 동안 백성들은 꽃과 사루자 해변에서 실어온 고운 백사를 뿌리며 환호했다.

"이 맛에 사는 거지, 안 그래?"

라소 미로는 거리에 늘어서서 환호성을 지르는 예쁜 소녀들에게 미소를 날리며 중얼거렸다.

"야, 우린 자나의 진짜 군대는 아직 구경도 못 했어." 다피로가 동생을 보며 말했다. "축배를 들기에는 너무 이르다고."

반란의 씨앗은 바람이 부는 곳이면 어디로든 퍼져 나갔고, 정복 당했던 티로 국가들은 긴 겨울을 나고 고개를 드는 죽순처럼 무서운 기세로 부활했다.

본섬 북쪽에서는 마지막 파사 국왕의 손자인 실루에라는 남자가 보아마에서 왕위에 올랐다. 실루에의 군대는 금세 1만 명에 이르렀다.

동쪽에서는 간 국 왕실의 방계 후손이 '부와 문화의 땅 간의 달로 왕'을 자칭하고 나섰다. 늑대발섬에 있는 간의 옛 수도 토아자에 주둔하던 자나 군대는 화살 한 대 쏴 보지 못하고 항복했다. 주둔군 부대는 즉시 간 왕실 근위대로 이름을 바꾸었고, 자나 출신 전 사령관은 백작 작위를 기꺼이 받아들였다. 간 군대가 토아자 항구에 정박해 있던 자나 해군의 전함도 함께 접수하면서 달로 왕은 원래 간의 영토였던 비옥한 충적 평야를 수복하기 위한 본섬 침공 작전을 준비했다.

한편 소나루 사막 남쪽에 있는 마지 반도의 여러 도시는 제각각 독립국 연맹의 일원이라고 선포했다. 마지 반도는 과거 서로 다른 시기에 코크루와 간의 지배를 받았던 역사가 있기에, 이곳의 도시들은 영리하게도 두 티로 국가에 부분적인 연합을 천명했다.

서쪽에서는 우아하고 세련된 문화로 이름난 아무 국이 아름다운 아룰루기섬에서 광복을 선언했다. 그러나 본섬의 옛 아무 영토는 여전히 자나의 삼엄한 통치하에 있었다.

부활한 리마 국은 파사 국의 지원에 힘입어 다무 산맥과 시나네 산맥 이북의 영토를 재빨리 수복했다. 리마 부흥군의 병사들은 목숨을 걸고 산맥 남쪽으로도 최대한 밀고 내려갔다. 자나 제국이 무너질지도 모르는 상황에서 과거 아무 국과 늘 영유권 다툼을 벌였던 지역에 리마의 깃발을 먼저 꽂을 수 있으리라는 기대에서였다.

티로 육국 가운데 자나의 지배력이 조금도 흔들리지 않은 곳은 하안 국뿐이었다. 그러나 하안에도 망명 정부는 있었고, 아직 청년이었던 30년 전에 마피데레 황제에게 항복했던 하안의 코수기 왕은 이제 새로 즉위한 코크루 국왕 수피의 빈객 자격으로 코크루 수도 사루자에 머물고 있었다.

"이제 곧 수도 긴펜을 다시 보실 수 있을 겁니다."

수피 왕은 코수기 왕에게 그렇게 약속했다.

코수기 왕은 고개를 끄덕였다. 뻣뻣하고 희끗한 턱수염이 위아래로 흔들렸고, 방금 군은 용암처럼 까맣고 쭈글쭈글한 얼굴에 자리 잡은 탁한 두 눈은 변화무쌍한 작금의 상황이 믿어지지 않는다는 듯이 불안해 보였다. 몇 달 전까지만 해도 자나 제국은 무적으로 여겨졌고, 하안의 광복이라는 꿈은 황당무계한 동화나 다름없었기 때문이었다.

수피 왕은 전시(戰時) 대연맹을 수립하고자 부활한 육국의 모든 왕을 사루자로 초대했다. 그곳에서 왕들은 맹주를 뽑아 최선의 전략을 결정할 터였다.

제13장

킨도 마라나

다라 본섬

선무 4년 3월

킨도 마라나는 자신이 언젠가 주판을 놓고 갑옷 차림으로 허리에 검을 찰 날이 오리라고는 꿈에도 생각지 못했다.

마라나의 관심사는 다라의 모든 섬에서 걷은 세금을 황실 금고에 채우는 것뿐, 수많은 사람을 죽이는 방법 같은 것은 생각해 본 적도 없었다. 그가 평생을 바친 일은 탈세 행위를 적발하는 기법을 고안하는 일이었지, 전략을 세우고 전사자 통계를 분석하는 일이 아니었다.

일찍이 우등생이었던 마라나는 계산에 타고난 재능을 보였고, 관료제의 출세 사다리를 착실히 올라갔다. 그는 주화 더미와 콩 자루와 둘둘 말린 피륙과 기름 단지, 건어물 다발, 조개 꾸러미, 쌀과 밀과 수수 포대, 양모 포대, 생선 껍질이 든 양철통 따위의 수량을 세는 일이 즐거웠다. 그에게는 물자를 분류하여 적재적소에 배치한 후에 목록에서 해당 항목을 지우는 일이 곧 기쁨이었다. 나이를 먹어 은퇴할 때까지 그 일을 했더라면 행복했을 사람이었다.

그러나 승상의 명령은 추상같았다. 그리하여 평생 단 하루도 전장에 서 본 적 없는 직업 관료가 영문도 모른 채 자나 제국군의 원수가 되었다. 마라나는 이제 자나의 육군과 수군과 공군의 전 병력을 지휘하는 총사령관이었다.

어쨌거나, 공무원의 본분은 직위에 딸린 임무를 부지런히 수행하는 것이었다. 마라나는 자신이 제일 잘하는 일부터 시작하기로 했다. 바로 수중에 있는 자산의 재고 조사였다.

명목상 자나 제국의 지상군 병력은 10만 명이었다. 그러나 킨도 마라나가 계산한 연간 국고 세입 전망치가 실제 세입과 일치한 적이 한 번도 없었던 것과 마찬가지로, 병력 숫자 역시 이런저런 사유 때문에 줄여 잡는 수밖에 없었다.

첫째는 지배 권역의 문제였다. 황제의 통치권이 아직 유효한 지역은 자나의 본거지인 다수섬과 루이섬, 서북쪽의 초승달 군도, 서남쪽의 에코피섬, 그리고 본섬 중앙부에 나비 모양으로 펼쳐진 비옥한 게피카 평원과 게지라 평원이 전부였다. 당장은 험준한 다무 산맥과 시나네 산맥, 또 드넓은 리루강과 물살이 거친 소나루강이 반란군을 막아 주는 형국이었다. 물론 뜨겁고 광활한 곤로기 사막도 이에 일조했다.

본섬 서북부 구석의 하안 국 또한 아직은 온전히 제국의 지배하에 있었다. 그러나 다른 점령지의 주둔군은 투항하여 반란군에 가담했거나, 기지에 틀어박혀 농성을 하느라 총사령부와 교신이 끊긴 판국이었다. 그 병력을 장부의 자산 난에 기입할 수는 없는 노릇이었다. 마라나가 실제로 지휘할 수 있는 병력은 고작 1만, 무궁성 인근에 주둔한 가장 충성스러운 지상군 부대들이었다.

둘째는, 아직 자나 제국의 지배력이 유효한 권역에서조차도 상황이 턱없이 불안정하다는 점이었다. 다라 제도 전역에서 끌려와 황릉 공사 및 해저 땅굴 공사에 투입된 수많은 죄수와 부역 노동자가 폭도로 돌변하는 것은 시간문제였다. 반란군이 제국의 심장부에 총공세를 감행하기라도 하면, 그들은 자기네 고향에서 온 반란군을 '해방군'으로 환영할 터였다.

셋째로, 수군과 공군의 현황이 엉망이었다. 대형 비행함은 유지 및 운용에 막대한 비용이 들었다. 비단 주머니에 채운 부양용 기체가 느리지만 쉬지 않고 누출되는 탓에 정기적으로 재충전해야 하기 때문이었다. 부양용 기체의 발생지는 전 세계에 단 한 곳뿐이었기에, 평시에 재충전 비행 일정을 조율하는 일은 각지의 공군 사령관이 귀찮아하는 잡무가 되었다. 마피데레 황제를 보좌하여 쉬지 않고 순행에 나서는 몇 척을 제외하면 통일 전쟁에서 활약한 자나의 비행함들은 거의 대부분 지상에 묶여 있었다. 수군 역시 지난날의 허울만 간신히 유지하는 상태였다. 북해에서 해적을 감시하는 함대를 제외하면 자나 수군의 함선들은 수년째 선거(船渠)에 묶인 채 좀이 슬어 간신히 떠 있는 지경이었다. 이 또한 장부의 부채 난에 기입할 항목들이었다.

마지막으로, 군의 사기가 구제불능 수준으로 추락해 있었다. 마라나는 사람이 일에 대해 품는 감정이 그 일을 수행하는 방식에 어떤 영향을 미치는지를 잘 알았다. 자나가 제국이 아니라 아직 티로칠국 가운데 한 나라였던 시절, 자나 백성들은 자신들을 촌스럽고 야만스러운 가난뱅이 사촌처럼 푸대접하는 다른 섬의 사람들에게 분노했다. 레온 왕이 정복 전쟁을 선포하고 전쟁 비용을 마련하느라 세금을 올렸을 때 자나 백성들은 조국이 다라 제도에서 정당한 지위를 누리려면 전쟁도 불사하겠다는 목적의식을 뚜렷이 공유했고, 이 때문에 세금을 거의 쾌척하다시피 했다. 그 목적의식은 제국의 평화 아래 급속히 시들었다. 그리고 지금, 기대감과 목적의식을 공유한 것은 육국의 반란군이었고, 자나군 병사들은 쫓기는 신세가 되어 풀이 죽은 채 과연 자신들의 대의가 정당한지조차 확신하지 못했다.

자산과 부채를 비교하여 대차 대조표를 완성한 마라나는 수지를 하나하나 개선해 나갔다. 그것이야말로 마라나에게 익숙한 일이었다. 일명천 연간의 마지막 몇 해 동안, 또 선무 연간에 들어선 지금은 더더욱, 황실에서는 갖가지 터무니없는 지출 명세서를 재무부에 청구했다. 그럼에도 번번이 어떻게든 처리할 방법을 찾은 마라나였다.

마라나는 먼저 부채를 자산으로 바꾸는 일부터 시작했다. 부역 노동자들은 제국군으로 편입시키는 방법이 있었고, 죄수와 노예에게는 전투에서 혁혁한 공을 세우면 평민으로 사면해 준다는 조건을 내걸었다. 이 병력을 훈련시키기 위해 자나군 정예 부대의 선임 병사들이 진급하여 새로 확대된 군의 오장(伍長)이나 조장(組長), 오십

인장(伍十人長), 백인장(百人長)을 맡았다. 전투 경험이 없는 신병들은 한 부대에 같은 고향 출신이 너무 많이 몰리지 않도록 안배했다. 이런 식으로 뿔뿔이 흩어져서 훈련을 거친 후에 자나군 선임병의 감시를 받으면, 신병들은 적어도 당분간은 제국 심장부를 공격하는 반란군에 맞서 효과적으로 싸울 수 있을 듯싶었다. 통화 가치를 떨어뜨리는 조치로 장기적인 예산 문제를 해결하기는 불가능해도 임시변통은 할 수 있는 것과 같은 이치였다.

그러나 진정한 해결책은 자나의 본거지, 즉 루이섬과 다수섬에 있었다. 마라나는 고향으로 돌아가 자나와 제국의 대의를 철석같이 신봉하는 애국자들로 군대를 조직해야 했다.

제국의 지배가 아무리 가혹하다 해도 상관없었다. 자나의 빈민이 다른 나라의 빈민과 똑같이 제국의 학정 아래 신음한다 해도 알 바 아니었다. 마라나가 그곳 백성들의 애국심과 투쟁심에 불을 붙이기만 하면, 자나 출신 신병들은 마피데레 황제의 꿈이 다시 한번 이루어지는 날까지 기꺼이 그리고 거뜬히, 육국을 차례로 재정복할 터였다. 이는 무리한 요구, 아마도 제국의 상인과 농부에게 세법을 따르게 했던 것만큼이나 힘든 일이었다. 그러나 마라나는 그 일을 제법 훌륭하게 수행하지 않았던가? 세법이 제국을 움직이는 모든 정책의 축소판이듯이, 어쩌면 마라나가 통달한 세금 운용 지식은 천하 경륜의 축소판일 수도 있었다.

어쩌면 섭정은 이유가 있어서 그를 택했는지도 몰랐다.

킨도 마라나는 한숨을 쉬었다. 할 일이 태산 같았다.

'크리마시긴 원정군'은 처음부터 승승장구했다.

크리마 원수와 시긴 부원수는 먼저 리루강 이남에 잔류한 자나 주둔군부터 소탕하기로 결정했다. 리루강 자체는 제국 수군이 초계했기 때문에 드넓은 강을 건너는 것은 아직 선택지에 들어가지도 않았다.

도시들은 차례로 반란군의 수중에 들어갔고, 무혈입성도 드물지 않았다. 제국군 병사들은 저항할 의지가 전혀 없었기에 아예 성문을 열어 놓는가 하면, 군복을 벗고 기다리다가 반란군이 접근하면 민간인 속에 섞이려 하는 경우도 왕왕 있었다.

크리마와 시긴은 연이은 승전이 자신들의 지략과 용기 덕분이라고 자찬했다. 병법서니 전술 교범이니 하는 책들이 왜 필요하단 말인가? 그런 것은 늙은 귀족이 자기 권위를 세우려고 들먹이는 방법일 뿐이었다. 둘은 비록 일개 농민 출신이었지만 용맹한 제국군의 병사들은 그들의 깃발만 봐도 줄행랑을 치기에 바빴다.

임명장에 먹물도 마르지 않은 두 공작은 병사들에게 제식 훈련도, 전투 진형을 짜는 훈련도 시키지 않았다. 그런 게 다 왜 필요하단 말인가? 코크루 해방군은 민중의 정당한 지지와 분노가 원동력인 무적의 군대이거늘!

그들은 군의 기율과 지휘 계통을 깡그리 무시했다. 심지어 군복마저도 재량껏 입게 했다. 모든 반란군 병사는 자기 마음에 드는 옷을 입었고, 혁명에 대한 열의를 정 드러내고 싶으면 코크루의 쌍둥이 까마귀 문장이 그려진 붉은색 띠를 이마에 둘렀다. 행군할 때에도 빨리 걷든 천천히 걷든 자기 마음이었다.

무기 역시 마찬가지였다. 병사들은 제국군 무기고에서 탈취한 검을 차기도 했고, 농기구나 조리 도구가 더 편하면 그것을 무기로 삼기도 했다. 급료는 없었다. 그저 점령한 도시에서 제국을 지지한다고 알려진 시민의 재산을 빼앗아 수입으로 삼을 뿐이었다. 반란군 병사들은 내킬 때마다 웃고, 농을 지껄이고, 잡담을 하고, 아예 드러누워서 낮잠을 자기도 했다. 도시를 향해 진군하는 원정군의 모습은 마치 장터로 향하는 거대한 농민 무리 같았다.

그러나 코크루 북부를 파죽지세로 휩쓸던 반란군은 운 나쁘게 이들과 마주친 상인과 농부, 나무꾼, 어부 등에게는 재난이었다. 상품과 돈, 가축, 작물까지. 반란군은 무엇이든 마음껏 약탈했다.

"코크루 해방을 위해 징발하는 거다." 그들은 약탈품의 원래 주인에게 이렇게 말했다. "당신들도 자나의 폭정을 무너뜨리고 수피 왕의 영광을 드높이는 데에 *기꺼이* 한몫하고 싶을 거야, 안 그래?"

이 번지르르한 말에 수긍하지 않는 소유주는 얼마 못 가서 주먹에 수긍하거나, 아니면 더 지독한 꼴을 당해야 했다.

어안이 벙벙해진 피해자들은 땅바닥에 쓰러져 맞은 자리를 어루만지면서, 폭도들로 이루어진 군대가 흙먼지를 일으키며 멀어지는 광경을 멍하니 바라보았다. 반란군이 지나간 자리는 메뚜기 떼가 초토화시킨 들판처럼 황량해 보였다.

"우리가 도적 떼랑 다를 게 뭐야?"

라소 미로는 형에게 이렇게 물었다. 형제가 저마다 걸쳐 멘 자루에는 도로에서 마지막으로 마주친 상인 대열한테서 빼앗은 약탈품이 들어 있었다.

"형, 나 해방군이 된 기분은 하나도 안 드는데."

"걱정 마, 라소." 주머니 사정이 전에 없이 넉넉해진 다피로가 동생에게 말했다. "넌 이유 같은 거 고민할 필요 없어. 네가 할 일은 원수님들께서 시키시는 대로 따르는 거야. 전쟁은 원래 그런 거야. 이유를 궁리해서 찾아내는 건 우리보다 똑똑한 사람들한테 맡기면 돼."

코크루군의 새 원수와 부원수의 약탈 행위에 관해 전해들은 핀 진두는 역겨움에 치를 떨었다.

"수피 왕은 도대체 무슨 생각을 하는 거지? 왕이 고대의 정통 의식에 따라 길일을 택해 투노아로 건너와서 우리에게 코크루 군대의 지휘권을 위임하기만 기다렸거늘. 네 조부님 때 그랬던 것처럼 말이야. 아마도 왕은 백성들이 뭘 기대하는지 모르는 게 아닌가 싶구나."

"이대로 가다간 끝이 안 좋을 것 같습니다, 숙부님. 우리가 본섬으로 건너가야 합니다. 수피 왕이 우리에게 오지 않는다면, 우리가 왕에게 가야 합니다. 코크루에는 다시 한번 진두 일족의 굳건한 힘이 필요합니다. 코크루군의 진짜 원수 말입니다."

코크루 국의 쌍둥이 까마귀 깃발과 진두 일족의 국화 문양 깃발이 바다에서 불어오는 차가운 바람에 나부끼는 가운데, 장정 800명이 밀집 대형으로 바닷가에 서 있었다. 바다에는 그들을 본섬으로 싣고 갈 낚싯배 선단이 둥둥 떠 있었다.

핀 진두는 천천히 병사들 앞으로 나아가며 한 사람 한 사람과 눈을 맞추었다.

"고맙다. 제군이 바로 코크루가 다시 살아난 이유다. 제군을 이끌게 되어 영광이다."

핀 진두의 말을 듣고 몇몇 병사가 뭐라고 외치기 시작했다. 곧이어 다른 병사들도 따라 외쳤고, 이내 800명 전원이 한목소리가 되어 외쳤다.

"진두! 진두! 진두!"

핀은 고개를 끄덕이고 빙긋이 웃으며 눈물을 닦았다.

뒤에 서 있던 마타가 훌쩍 뛰어 돌로 된 계선주(繫船柱)에 올라섰다. 모여 선 장정들보다 더욱 높은 곳에 선 마타의 목소리는 장정들의 머리 위로 우렁차게 퍼져 나갔다.

"제군은 투노아에서 가장 용맹한 장사들이다. 일단 저 배에 오르면, 우리는 에리시 황제의 목을 베기 전에는 절대로 돌아오지 않을 것이다!"

"진두! 진두! 진두!"

"그리고 다시 돌아올 때면!" 병사들 가운데 한 명이 외쳤다. "우리 모두 비단옷을 입고 키 큰 말에 올라 금의환향할 것입니다!"

병사들은 다 함께 껄껄 웃었다. 그중 마타의 웃음소리가 가장 우렁찼다. 높이 퍼져 나가는 그들의 웃음소리는 하늘의 중심을 찌르는 창과도 같았다.

병사들은 바람이 점점 강해져서 동남풍으로 변하는 것을 느꼈다. 바람은 다라 본섬을 향하여 불고 있었다. 아직 이른 봄이었는데도,

바닷바람은 카나산의 봉우리에서 뿜어 나온 뜨거운 김처럼 따뜻하기만 했다.

"카나 신께서 우리를 가호하시는 거야." 병사들 사이로 소곤거리는 소리가 퍼져 나갔다. "마타 님은 카나 신의 전사야."

코크루에 있는 카나산의 화구가 분화하며 짙은 연기와 불붙은 재를 토해냈다.

기묘한 전략이로군, 키지. 세금 징수원을 데려다가 진정한 장수와 맞붙일 작정인가?

분화구 위로 거센 돌풍이 불어닥치자 거무튀튀한 분화구 안쪽의 용암이 환하게 빛났다.

너희 자매는 자나를 얕봤다가 무사히 끝난 적이 없을 텐데.

주판으로 '의심을 종결짓는 자'를 어떻게 이기겠다는 건지, 상상이 안 가는걸.

엄니가 박힌 그 야만스러운 곤봉도 잊으면 안 되지. 너희가 복수에 눈이 멀고 피에 굶주린 이 필멸자를 왜 골랐는지는 나도 알아.

근처에 있는 라파산의 빙설이 갈라지면서 움직이는 듯했다.

알면 우리한테도 좀 가르쳐 주지그래.

전쟁이라면 환장하는 피소웨오가 좋아할 인간형이라고 생각했기 때문이지. 너흰 이자를 미끼로 삼아 전쟁의 신을 너희 편에 끌

어들이려는 거야. 만약 피소웨오가 한쪽 편의 검을 더 단단하게 만들거나 한쪽 편의 말을 더 빨리 지치게 한다고 해도, 엄밀히 따지면 전쟁에 직접 관여하지 않기로 한 우리 협정을 위반하는 것은 아니니까.

그리고 키지 당신이 세금 징수원을 전사로 택한 것은 루소가 자기와 같은 계산꾼을 도와줄 거라 기대했기 때문이겠지. 당신 속은 당신의 산 정상에 있는 호수처럼 훤히 들여다보여.

둘 중 어느 편의 미끼가 더 먹음직스러운지는 두고 보면 알 거야, 안 그런가?

본섬에 도착한 핀 진두는 즉시 사루자로 향하고자 했다.

그러나 마타의 생각은 달랐다.

"후노 크리마를 찾아가 직접 만나고 싶습니다. 저는 왕이나 대사를 대하는 법은 잘 모릅니다만, 전사 대 전사로 대화하는 법은 잘 압니다. 크리마에게는 무언가 다른 평민들보다 특출한 점이 있을 겁니다. 그러니 수피 왕이 저희보다 더 높이 평가했겠지요."

"나는 네가 돌아올 때까지 사루자 외곽에서 투노아의 팔백 자제 (子弟)와 함께 기다리마. 네게 부디 쌍둥이 신의 가호가 있기를."

이윽고 마타가 저만치 멀어지자 핀은 한숨과 함께 고개를 저었다. 그러고는 혼자서 중얼거렸다.

"시간낭비일 뿐이다, 조카야. 설령 왕이라 할지라도 단단한 표면에 부딪혀 보지 않으면 금강석과 투명한 황옥을 구별하지 못하는 법이야."

그리하여 마타는 혼자서 말을 타고 코크루의 드넓은 평원과 높고 낮은 산지를 질주하며 크리마시긴 원정군이 지나간 길을 따라 서쪽으로 향했다. 마타는 일찍부터 웬만한 말이 감당하지 못할 정도로 덩치가 컸고, 핀은 가문의 성에서 쫓겨나 숨어 살던 시절에는 조카에게 제대로 승마 훈련을 시킬 여력이 없었다. 젊은 마타에게 말을 타고 가는 먼 길은 승마 연습을 할 기회였다. 그가 탄 말은 사루자 외곽의 시장에서 큰돈을 주고 구입한 자나산 말로, 여느 코크루산 말보다 키도 크고 기운도 셌다.

마타는 어느새 말과 함께하는 데서 즐거움을 느꼈다. 말은 권위에 복종하는 천성을 타고난 동물이었다. 만물의 질서에서 자신에게 마련된 천부적 지위를 기꺼이 받아들였기 때문이었다. 말을 타고 서쪽으로 점점 더 나아가는 동안, 마타는 말과 기수가 함께 추는 복잡한 춤에 관해 생각했다. 순조로운 말 타기의 전제 조건인 그 협동 작업은 가신과 영주, 신하와 주군 사이에 복잡하게 얽힌 상호 의무 관계와 비슷했다.

그러나 월등한 힘과 체격을 지닌 자나산 말에게조차도 마타는 너무나 무겁기만 했다. 며칠 동안 크리마와 시긴의 뒤를 쫓은 끝에, 말은 마타가 조심한 보람도 없이 탈진하고 말았다. 코크루 서부 해안의 리루강 입구에 자리 잡은 도시인 디무에 도착하기 직전, 말은 비틀거리다가 넘어져 다리가 부러졌고 마타는 땅에 나동그라졌다. 마타는 가슴이 무너지는 슬픔을 참으며 나아로엔나로 말의 고통을 단숨에 끝내주었다.

생각지도 못했던 뜨거운 눈물을 참으며 마타는 자신에게 걸맞은 말을 찾아야 한다고 생각했다. 코크루가 자국의 군대에 걸맞은 원수를 찾아야 하는 것과 마찬가지로.

앞서 시긴이 코크루 왕가의 적통을 찾아 반란에 정당성을 부여하자고 했을 때 크리마는 좋은 제안이라고 생각했지만, 이제 그 생각은 흔들리고 있었다.

자나 제국에 맞서 목숨을 걸고 반란의 기치를 내건 주인공은 크리마와 시긴이었다. 병사들이 우러르고 따르는 이름 역시 그들의 이름이었고, 제국군을 격파하며 이 도시에서 저 도시로 진격하는 장본인 역시 그들이었다. 그런데도 코크루의 왕좌에는 그 청년이, 아버지를 잘 만난 것 말고는 아무 일도 한 적 없는 그 애송이가 앉아 있었다. 그 애송이가 손가락으로 이곳저곳을 가리키고 입으로 이 소리 저 소리를 지껄이면 시긴과 크리마는 거기에 *번번이* 복종해야 했다.

아무래도 옳은 일 같지가 않았다.

그리고 그 예언도. 실은 크리마와 시긴이 날조한 예언이었지만, 크리마는 더 이상 그런 식으로 생각하고 싶지 않았다. 실제로 이제껏 벌어진 일들을 보면 대부분 그 예언대로 진행되지 않았던가? 그들이 이기고 있지 않은가? 그러니 어쩌면 그와 시긴이 두루마리를 만들기로 마음먹은 것은 애초에 *신들*의 의도였는지도 몰랐다. 어쩌면 신들이 그의 손과 손가락을 빌려 예언을 적고 둘둘 말아서 물고기 배 속에 넣었는지도 몰랐다. 그는 그저 신들의 도구였다.

그렇게 생각하면 안 되는 이유가 있을까? 신들이 그런 식으로 뜻을 행하지 않는다고 누가 확신할 수 있단 말인가? 이는 가장 지혜로운 사상가들에게조차도 수수께끼가 아니던가?

언제나 코앞의 일밖에 생각할 줄 모르는 시긴은 크리마의 이런 생각을 비웃었다.

"내가 쓴 예언이 신들한테서 받은 거라고? 호호, 그건 전에 본 연극에서 따온 말이었어."

그러나 크리마는 이제 그 예언을 자신과 전혀 무관한 것, 신들이 그에게 내려 준 진짜 계시라고 생각했다. 시긴은…… 그 생각에 이의를 제기할지도 모르는 유일한 인물이었다.

그리고 그 예언은 크리마가 왕이 될 거라고 했다. 고작 나피 공이 아니라, 겨우 코크루군 원수가 아니라, 왕이었다. 왕.

후노 크리마가 스스로를 서(西)코크루의 왕으로 선포했다는 소식에 사루자는 벌집을 쑤신 듯 소란해졌다. 수피 왕의 참모들은 왕에게 크리마의 '부주의하게 하사받은' 관작을 즉시 삭탈해야 한다고, 또한 토벌대를 파견하여 그를 잡아다가 반역죄를 물어야 한다고 간언했다.

"크리마를 잡아 오라고?" 수피 왕은 쓴웃음을 지었다. "나더러 대체 무슨 수로 그리하라는 말인가? 거의 전군이 그의 손아귀에 있거니와, 병사들은 첫날부터 그를 따라 오늘에 이르렀거늘. 그의 의중은 나도 짐작이 간다. 모든 일은 그가 이루었는데 어째서 영광은 내가 차지하느냐, 그 말이 아닌가?"

참모진은 대꾸하지 못했다.

"그나마 온 나라가 아니라 *서코크루*의 왕이라 자칭한 것을 다행으로 여겨야지. 나로서는 그에게 축하를 보내는 것밖에 방법이 없네."

"이는 극악한 선례로 남을 것입니다." 참모들이 중얼거렸다. "감히 '서코크루'라니, 당치도 않습니다."

"지금 우리가 벌이는 일 가운데 선례가 있는 것은 *하나*도 없다. 더는 잃을 것이 없다고 판단한 노역자 두 명 때문에 제국이 흔들릴 줄 누가 알았겠는가?

어느 날 갑자기 새 티로 국가가 나타나면 안 된다는 법이라도 있는가? 세상에는 진짜라고 믿는 사람의 수가 충분히 많아지면 진짜가 되는 것들이 적지 않다. 크리마는 스스로 왕이라고 선포했고, 자신과 뜻을 함께하는 무장한 병사 2만을 거느리고 있다. 내가 보기에 증거는 그 정도면 충분하다. 그러니 법도에 따라 크리마를 새 티로 왕의 반열에 맞아들여야 마땅할 것이다."

왕실 전령이 후노 왕의 즉위식을 축하하기 위해 출발했다.

* * *

"형, 생각해 봐. 우린 왕이 우리랑 똑같은 처지였을 때부터 알고 지낸 사이라고." 이렇게 말하는 라소 미로의 표정은 놀라움으로 가득했다. "두루마리가 들어 있는 생선의 배를 가른 게 나잖아."

라소는 연회장 반대편 끄트머리의 옥좌에 앉아 있는 후노 왕을 멍하니 바라보았다. 연회장은 원래 마구간으로, 리루강 하구의 거대한 항구 도시인 이곳 디무에 주둔하던 자나군 기병대의 시설이었다.

마구간은 상태와 크기가 후노 왕의 목적에 들어맞는 유일한 건물이었으나 그리 깨끗하지는 않았다. 이 때문에 마구간을 축하연에 어울리는 장소로 바꾸는 작업에 투항한 제국군 병사들이 동원되었다. 그들은 사흘에 걸쳐 마구간을 쓸고 닦은 다음, 먼지가 일지 않도록 바다 장미의 향을 우린 물을 바닥에 뿌렸다. 바깥에는 비가 내렸지만 그래도 신선한 공기가 들어오도록 창은 모두 열어 놓았다.

그렇게까지 했건만, 오랜 세월 묶여 있던 말 떼에게서 밴 이곳의 악취는 시큼한 땀 냄새와 싸구려 술의 알싸한 냄새와 조잡한 요리의 느끼한 냄새를 뚫고 스멀스멀 피어올랐다.

기다란 연회 식탁은 도시의 모든 식당에서 징발한 식탁을 서둘러 붙여 놓은 탓에 비뚤배뚤했고, 추레한 식탁보는 창문에서 뜯은 장막과 깃발을 꿰맨 것이었다. 연회장 안은 사람이 너무 많이 들어차서 어두웠기 때문에 비어 있는 구석과 시렁마다 횃불이 걸리고 촛불이 놓였다. 연회의 분위기는 유쾌하고 정겹고 흥겨웠으나…… 왕에게 걸맞은 자리는 아니었다.

"야, 왕은 처음부터 우리랑 똑같은 처지가 아니었어." 다피로는 동생에게 말했다. "우린 왕국을 얻게 해 주는 예언 같은 거 꿈에도 생각 못 하잖아. 실은 말이지, 그 생선에서 이 모든 게 시작됐을 때 우리가 왕이랑 같이 있었다는 말은 입 밖에 안 내는 게 좋을 거야. 미천한 출신 이야기를 자꾸 수군거렸다가 왕의 귀에 들어가면, 아무래도 재미없는 꼴을 당할 것 같으니까."

후노 크리마는 즉위식에 신들의 은총이 깃들게 할 생각으로 디무의 모든 석공과 목수와 조각가, 그리고 각각의 신을 모시는 사제들까지 불러 모은 다음, 그들에게 다라 팔대 신의 새 신상을 즉위식 축하연에 어울리는 규모로 사흘 안에 만들어 내라고 명령했다.

"원수…… 음…… 전하." 그들 가운데 담력이 남달랐던 피소웨오 신전의 사제장이 반론을 제기하려 했다. "그처럼 거룩한 목적에 어울리는 신상을 그토록 짧은 시간에 완성하기란 절대 불가능합니다. 저희 신전에 있는 피소웨오 신상은 석공 열 명이 꼬박 1년에 걸쳐 완성했습니다. 적합한 재료를 찾을 시간이 필요합니다. 밑그림을 제대로 그리는 데에도 시간이 듭니다. 석재를 자르고, 조각하고, 연마하고, 금박을 입히고, 그림을 그릴 시간도 있어야 합니다. 신상의 눈을 그리고 입을 뚫을 길일을 정하는 데에도 시간이 걸립니다. 전하의 명을 완수하기란 절대 불가능합니다."

크리마는 경멸하는 눈으로 사제장을 흘겨보며 땅에 침을 뱉었다. *나는 황제도 벌벌 떨게 한 사람이다. 내가 곧 신들의 도구인 것이야. 그런 내 앞에서 뭐가 가능하고 뭐가 불가능한지 주절거리는 이 버러지는 뭐지?*

"너는 열 명이 신상 하나를 조각하는 데에 1년이 걸렸다고 했다. 허나 나는 너에게 1000명이 넘는 인부를 줄 것이다. 그 정도면 같은 일을 사흘 만에 할 수 있을 것이야."

"그 논리대로라면 여성 열 명을 시켜서 한 달 만에 아기를 낳는 것도 가능할 것입니다."

사제장의 건방진 말투에 크리마는 대뜸 격노했다. 사제장은 감히 신을 기리는 일에 서둘러 임하지 않은 죄로 신성 모독 판결을 받았고, 피소웨오 신전 앞에서 사람들이 보는 가운데 배를 가르는 부복형(剖腹刑)에 처해졌다. 그의 아집과 내면에 도사린 무지 때문에 배 속의 내장이 얼마나 배배 꼬여 있는지 만인에게 보여 주려는 목적에서였다.

다른 사제들은 그제야 후노 왕의 논리가 옳다며 온 힘을 다해 서둘러 일하겠노라고 맹세했다.

그리하여 연회장으로 탈바꿈한 마구간의 양 측면에 이제 거대한 신상 여덟 기가 늘어서 있었다. 시간에 쫓긴 사제와 장인들은 평소에 자부하던 기술을 발휘하려 하지 않았다. 예컨대 투투티카 신상은 짚단을 차곡차곡 쌓고 천으로 친친 감아서 만든 것이었다. 피부에 숭숭 뚫린 구멍은 회반죽 덩어리로 메꾼 다음, 야한 색의 도료를 끼얹고 대걸레 같은 붓으로 아무렇게나 처덕처덕 칠했다. 완성된 결과물은 미(美)의 신에게 바치는 장엄한 신상보다는 농부가 시험 삼아 만들어 본 허수아비에 가까웠다.

다른 신들의 모습은, 혹시 볼 엄두가 난다면 말이지만, 더욱 끔찍했다. 온갖 잡동사니가 신상의 재료로 동원되었다. 신전 공사에 쓰고 남은 돌과 통나무, 무너진 성벽의 부스러기, 리루강에 둥둥 떠다니던 쓰레기, 헤진 겨울 외투에서 꺼낸 솜까지. 다급해진 장인들은 건축 자재를 구하려고 인근의 민가로 몰려가 거주자를 내쫓고 집을 허물었다. 신상들은 하나같이 저마다의 개성보다는 제작의 용이성을 더 고려한 탓에 자세가 뻣뻣했고, 개별 부위 또한 하나같이 조잡한 데다 금칠은 제대로 마르지도 않아서 만지면 손에 묻어날 지경이었다.

그중 최악은 십중팔구 피소웨오 신상이었을 것이다. 사제장이 처형당한 후, 부사제장은 신전에 있는 피소웨오 신상을 부순 다음 연회장으로 운반하여 다시 조립하는 것이 가장 안전한 길이라고 판단했다. 신성한 물건을 훼손하는 행위였지만 그러거나 말거나 상관없었다. 자기 배도 갈라질지 모른다는 불안 앞에서는 교리 또한 융통성을 띠게 마련이었다. 부서진 조각을 연회장으로 옮기고, 다시 붙이고, 이음매를 회반죽으로 덕지덕지 메꾼 다음 칠까지 새로 하는 작업은 그야말로 대공사였고, 마지막의 마지막 순간에야 비로소 완료되었다.

이 작업에 투입된 인부들은 커다란 짐말을 이용할 수 있었다는 점에서 운이 좋았다. 크리마와 시긴이 마구간의 다른 말들과 함께 접수한 그 거마(巨馬)는 처음에는 정복자들의 감탄을 자아냈다. 몸길이는 체격이 가장 큰 자나산 종마의 두 배이고 키는 거의 한 배반이나 되는 그 거대한 흑마는 검은 갈기가 물결치듯 나풀거리는 우람한 몸집이 그야말로 제왕에게 어울리는 말이었다. 크리마는 대번에 자기 말로 삼겠노라고 했다.

그러나 그런 말이 마구간에서 가장 외진 구석에 묶여 있었던 까닭은 오래지 않아 밝혀졌다. 성질이 거칠고 고집이 센 그 흑마는 사납게 날뛰며 사람의 말을 따르지 않았다. 자나 주둔군 사령관은 최고의 조련사조차도 이 야수 같은 말 앞에서는 두 손을 들었다며, 필시 너무 멍청해서 기수의 명령을 따르지 못하는 것이라고 했다. 기수의 안전을 보장할 수 없는 까닭에 쉬지 않고 채찍질을 하며 무거운 짐을 나르는 용도로 쓰는 수밖에 없다는 말이었다.

실망한 크리마는 그 멍청한 짐말을 신상 건조 작업에 투입했다. 그 짐말은 이제 피소웨오 신상의 발치에서 후들후들 떨며 가쁜 숨을 고르고 있었다. 지난밤부터 오전까지 내내 고된 노동에 시달리고 나서 여태 기운을 회복하는 중이었다. 근처에 널브러진 인간들의 몰골 역시 크게 다르지 않았다. 그들은 왕의 눈을 피해 안전한 곳을 찾아 꾸벅꾸벅 졸고 있었다.

수피 왕이 보낸 축하 편지가 도착하면서 후노 왕의 정통성을 의심하던 목소리는 쥐 죽은 듯 잠잠해졌고, 부대장과 부관들은 차례로 일어서서 새 왕을 칭송하며 건배를 청했다. 왕은 이미 취한 상태였다. 몸도 제대로 못 가눌 만큼 취해 있었다. 임시로 만든 옥좌(옥좌라고 해 봐야 전임 현장이 쓰던 낡은 방석에 금칠을 하고 물통 네 개를 다리 대신 받친 것이었지만)에 앉아 있기조차 힘들었던 왕은, 누군가 건배를 청할 때마다 술잔을 들어 입술에 대기만 하고 고개를 끄덕였다.

후노 왕은 흐뭇했다. 무척 흐뭇했다.

부원수 시긴 공이 안 보이는 것에 신경을 쓰는 사람은 이제 아무도 없는 듯했다. 설령 신경이 쓰인다고 해도 입 밖에 내는 사람은 아무도 없었다.

연회가 막 시작했을 무렵, 왕의 부관 가운데 한 명이 이 경사스러운 자리에 어째서 시긴 공의 모습이 안 보이냐고 큰소리로 물었다. 예의 그 거대한 짐말만큼이나 영리한 부관이었다. 동료들은 그의 말을 못 들은 척하고 더 큰소리로 왕을 칭송했지만, 그는 동료들을 아랑곳하지 않고 계속 떠들었다.

이 소란이 후노 왕의 시선을 끌었고, 왕은 그 부관 쪽을 흘깃 보며 눈살을 찌푸렸다. 잠시 후 근위대의 대장이 명령을 내렸다. 대장은 언제나 후노 왕의 의중을 훤히 들여다보는 영리한 남자였다. 어리석은 부관의 동료들은 본능적으로 탁자 밑으로 몸을 숙였고, 입이 싼 바보 부관은 자신도 모르는 사이에 근위대 병사들이 쏜 화살에 고슴도치 신세가 되었다.

그 후로 시긴 공은 처음부터 없었던 사람이나 마찬가지였다. 적어도 즉위식을 축하하러 연회장에 모인 사람들에게는, 그랬다.

다피로 미로는 왕이 아니라 연극에서 왕을 연기하는 배우를 보는 듯한 묘한 느낌이 들었다. 꼬맹이였을 적에 다피로와 라소 형제는 순회 극단의 그림자 인형극을 몹시도 좋아했다. 색색의 꼭두각시 인형과 하얀 비단 장막을 챙겨서 시끄럽게 자바라를 치고 나팔을 불며 이 섬 저 섬을 떠도는 극단이었다. 그들은 주로 오후에 미로 형제의 고향 마을에 도착하여 마을 한복판의 공터에 조그마한 극장을 차리기 시작했다.

해가 지고 나서 일찌감치 밭일을 끝내고 저녁까지 챙겨 먹은 부지런한 구경꾼들이 도착하면, 극단은 하나둘 늘어가는 관객들의 흥을 돋우려고 가벼운 희극을 상연했다. 인형극 배우들은 높이 지은 무대 아래쪽에 숨었고, 그들 뒤편에서 이글거리는 불길이 섬세하고 정교한 인형들의 다채로운 그림자를 장막에 비추는 가운데, 배우들의 걸쭉한 농담 중간 중간에 요란한 자바라 소리가 분위기를 고조시켰다.

그러다가 밤이 깊어져 온 마을 사람들이 무대 주위로 모여들면,

극단은 본 공연을 시작했다. 보통은 비련의 연인들이나 아름다운 공주와 용맹한 영웅, 사악한 대신과 늙고 어리석은 왕이 나오는 슬픈 옛날이야기였다. 꼭두각시 인형들은 야자열매로 만든 비파와 대나무 피리의 음률에 맞추어 길고 달콤하고 슬픈 노래를 불렀다. 다피로와 라소는 마음을 흔드는 노랫소리에 귀를 기울이며 머리 위에서 천천히 회전하는 별들을 올려다보다가, 이따금 서로에게 기댄 채 까무룩 잠들기도 했다.

그때 보았던 인형극 한 편이 이제 다피로의 기억 속에서 떠올랐다. 외설스러운 복장을 하고 종이 왕관을 쓴 거지가 왕 행세를 하는 이야기였다. 그 우스꽝스러운 인형이 무대를 돌며 춤추는 동안 마을 사람들은 폭소를 터뜨렸다. 그것은 공작새, 아니, 공작새 흉내를 내는 수탉이었다.

역사책에 나오는 진부한 미사여구를 되는 대로 이어 붙여 떠듬떠듬 늘어놓는 건배사가 또 한 번 끝을 맺었고, 또 다른 부대장이 자리에 앉았다. 그는 새 왕의 비위에 거슬릴 실언을 무심코 내뱉지 않은 데에 기뻐하며 이마의 땀을 훔쳤다.

낯선 남자가 자리에서 일어섰다. 그는 연회장에 있는 모두의 눈길을 대번에 잡아끌었다. 키는 팔 척에 술통처럼 굵직한 몸통, 게다가 그 눈! 남자의 두 눈은 마치 칼끝 네 개가 횃불의 불빛 속에 번득이는 듯했다. 남자가 잔을 들어 건배를 청하지 않고 우두커니 서 있자 술렁거리던 연회장은 쥐 죽은 듯 고요해졌다.

"누…… 누구냐, 너는?"

후노 왕이 물었다.

"나는 마타 진두라고 하오. 반란을 일으킨 영웅 후노 크리마와 조파 시긴이 어떤 사람인지 알아보러 여기까지 왔소. 허나 내 눈에는 사람처럼 차려입은 원숭이밖에 안 보이는구려. 그대는 마피데레가 분수에 안 맞게 출세시킨 바보들과 조금도 다르지 않소. 황제의 명령으로도 민중의 지지로도, 개미 새끼를 코끼리로 바꿀 수는 없소. 사람은 자기가 타고난 격에 넘치는 자리를 감당치 못하는 법이니."

섬뜩한 침묵이 흘렀다.

"네놈…… 네놈이 감히…… ."

후노 왕은 격노한 나머지 말도 잇지 못했다. 근위대장이 휘파람을 불자 마타 주위에 앉은 빈객들이 일제히 몸을 숙였다. 근위대 병사들은 활이 보름달처럼 휘어지도록 시위를 당겼다. 마타가 방패로 삼을 생각으로 앞에 놓인 식탁을 휙 뒤집자 그릇과 술병과 술잔이 사방으로 날아갔다.

그때 피소웨오 신상의 발치에 서 있던 거대한 짐말이 힝힝거리며 울더니, 땅을 박차고 뛰어올랐다. 말이 뛰어오르자 그때껏 신상의 발에 묶여 있던 고삐가 끊어졌다. 토대를 단단히 다지지 않고 서둘러 만든 피소웨오 신상은 쿵음과 함께 무너지기 시작했다.

연회장의 시간은 느리게 흐르는 듯했다. 화살이 날아갔고, 신상은 계속 무너졌고, 말은 마타 앞에 도착했고, 마타는 자기 몸집에 맞춰 키와 체격을 빚어 놓은 듯한 그 말에 올라탔고, 그러는 동안 부서진 신상은 아래로 쏟아져 내렸고, 근위대가 쏜 화살은 신상의 파편에 부딪혀 떨어졌고, 먼지와 박살 난 식탁과 접시와 술잔이 사방에 흩날리는 가운데 사람들의 비명이 울려 퍼졌다.

이윽고 마타는 전신이 새까만 말에 올라탄 채 연회장에서 사라졌다. 바람처럼 날쌔고 물처럼 거침없는 말의 움직임은 캄캄한 밤이 외톨이 늑대의 단짝인 것과 같은 이치로 마타의 움직임과 더없이 잘 어울렸다.

네 이름은 '레피로아'로 해야겠구나. 마타는 말을 타고 사루자로 돌아오는 길에 생각했다. *둘도 없는 단짝이라는 뜻이지.* 바람에 머리칼이 나부꼈고, 마타는 생전 처음 느끼는 자유와 속도감에 젖어들었다. 둘이서 커다란 하나가 된 마타와 말의 모습은 말 그대로 인마일체(人馬一體)였다.

너는 내가 찾아 헤매던 말이야. 너 역시 지금껏 주인을 찾아 헤맸을 테지. 우리는 둘 다 너무 오랫동안 이름 없는 삶을 보내며 괴로워했어, 세상이라는 무대에서 우리의 진짜 소임을 얻지 못한 채로. 진정한 가치를 지닌 존재들이 제자리를 찾아야 비로소 세상이 다시 번영할 수 있거늘.

"저게 바로 진짜 영웅의 모습이야."

라소가 형 다피로에게 소곤거렸다.

이번만큼은 다피로도 부정하지 못했다.

위험한 선례를 남겼군, 나의 형제 피소웨오여.

키지, 나는 유별난 짓은 아무것도 하지 않았어. 내가 일부러 또는 직접 해친 필멸자가 한 명이라도 있었나?

너는 그자를 감싸려고 네 신상을……

해를 막는 것과 해를 입히는 것은 달라. 협정은 깨지지 않았어.

말본새가 꼭 루소의 가호를 받는 소송 대리인들 같군…….

나까지 끌어들이지는 말아 줘, 형제자매 여러분. 물론 철학자들이 부작위와 작위를 어떻게 구분할지에 관해 오랫동안 고민한 건 나도 잘 아는 바……

그만! 이번에는 그냥 넘어가겠어, 피소웨오. 이번 한 번은.

일주일 후, 디무 성 외곽의 해자에서 물에 떠 있는 시긴 공의 시체가 발견되었다. 왕은 벗의 죽음을 공식적으로 애도하고 소리 높여 탄식하는 한편으로, 물에 빠져 숨을 거둔 원인이 된 벗의 술버릇을 저주했다.

모두가 왕의 슬픔에 맞추어 자신의 슬픔을 조심스레 표현했다. 후노 왕이 30초 간 통곡했을 때 감히 그 이상 통곡하는 이는 아무도 없었다. 왕이 물고기 배 속에서 예언이 나왔을 때의 이야기를 언급하며 어떤 이의 이름을 결코 입에 올리지 않으면, 마찬가지로 아무도 그 이름을 입 밖에 내지 않았다. 만약 왕이 마지못해 인정하는 말투로 말하길, 시긴 공은 늘 겁쟁이였고 한낱 왕의 추종자였는데도 반란에 기여한 자기 공을 과장하기 일쑤였으며, 술을 참지 못하는 주정뱅이였다고 하면…… 그러면 사관과 서기는 왕의 의도에 맞추어 기록을 신중하게 고쳤다.

"형, 우리 기억이랑 너무 다른 거 아니야? 맹세해도 좋아, 내 기억으론 분명히……"

다피로는 손으로 동생의 입을 틀어막았다.

"쉿, 조용히 해. 친구 사이란 게 원래 어렵고 힘들 때 형제처럼 지내기는 쉽지만, 성공한 후에 그러기는 힘든 법이야. 피보다 진한 우정 같은 건 없거든. 명심해, 라소."

그리고 물론, 시체로 발견된 시긴 공의 목에 빙 둘러진 불그스름한 자국에 관해 언급하는 사람은 아무도, 한 명도 없었다. 밧줄로 조른 흔적과 일치하는 자국이었는데도.

"이거 아무래도 수상하지 않아요?"

뮌 사크리가 퉁명스레 말했다. 두 눈이 둥글넓적한 얼굴에서 튀어나올 것처럼 되록거렸다.

"서코크루의 왕이란 작자가 하루아침에 뜬금없이 튀어나왔는데, 진짜 안 수상해요?"

쿠니 가루는 낸들 아냐는 듯이 어깨를 으쓱했다.

"나는 백성들이 추대했다는 이유로 주디 공이 됐는데. 그거나 예언에 따라서 왕이 된 거나, 정통성을 따지면 그게 그거 아니겠냐?"

"이 건을 그냥 넘기면 머잖아 사방에서 왕이니 공이니 하는 놈들이 비 그친 뒤의 죽순처럼 나타날 거야." 코고 옐루는 담담하게 말하며 고개를 절레절레 흔들었다. "언젠가 우리 모두 오늘 이날을 후회하게 될 것 같군."

"뭐, 알아서들 하라지. 간판을 다는 건 쉬운 일이니까. 어려운 건 그걸 지키는 일이지."

후노 왕이 진급시킨 부하는 여럿이었지만, 그들 가운데 맨 처음 왕과 함께 반란을 일으켰던 부역 노동자 서른 명의 모습은 보이지 않았다. 실은 시긴 공이 죽고 나서 그 서른 명 가운데 누구도 왕과 처음부터 함께였다는 말을 입에 올리지 않았다. *아, 그 물고기의 예언 말이지. 그래, 맞아, 정말 멋진 이야기지. 나도 누구한테 들어서 알아.*

후노 왕의 밤잠은 한결 더 달콤해졌다.

제14장

쿠니 가루, 행정가가 되다

주디 현

선무 4년 3월

주디 공(公)이라는 직위는 아마도 쿠니 가루가 처음으로 즐거움을 느낀 일자리였을 것이다.

아쉬운 점이 있다면 단 하나, 처가와 친가 식구들이 여전히 쿠니를 멀리 한다는 점이었다. 그들은 당장의 승리가 한시적일 뿐이며 제국군이 금방이라도 다시 들이닥치리라고 확신했다.

"다들 자나의 법이 얼마나 혹독한지 잘 알면서 그런다니까." 쿠니는 화가 나서 씩씩거렸다. "혹시라도 제국군이 다시 돌아오면 어차피 다 죽은 목숨이라고. 그러니까 나한테 몽땅 걸고 갈 데까지 가는 게 낫잖아."

그러나 가루 일족과 마티자 일족의 연장자들은 에리시 황제가 마피데레 황제보다는 더 자비로울 거라고 기대했고, 그래서 실패할 운명인 반란군으로부터 거리를 두고 운신의 폭을 확보하는 편이 더 현명하다고 생각했다. 쿠니 역시 데면데면하게 굴면서 그들에게 협조했다(지아의 어머니인 루 마티자 부인은 친구를 통해 딸에게 보낸 편지에서 아버지 길로가 결국에는 마음을 돌릴 거라고 했다, 만약 쿠니가 앞으로도 일을 잘해 나간다면.).

그러나 쿠니의 어머니 나레 가루는 남편의 뜻을 거스르고 몰래 아들과 며느리 지아를 몇 차례 방문해서 임신한 지아에게 조언을 해 주었고, 쿠니에게 좋아하는 음식을 만들어 주기도 했다.

"엄마, 나 이제 다 컸어요."

쿠니는 토란이 든 찰밥을 밥공기에 꾹꾹 담아 주는 나레에게 이렇게 말했다.

"다 큰 녀석이 자기 엄마 마음을 그렇게 갈기갈기 찢어 놓을 리가 없지. 너 때문에 내 머리가 얼마나 하얘졌는지 한번 봐라."

그래서 쿠니는 지아가 빙그레 웃으며 지켜보는 가운데 토란 찰밥만 꾸역꾸역 먹었다. 쿠니는 어머니의 자랑이 되어야겠다고 다짐했다. 아내 지아와 마찬가지로 어머니는 쿠니의 인생에서 그를 결코 포기하지 않은 몇 안 되는 사람 가운데 한 명이기 때문이었다.

쿠니는 꼭두새벽에 일어나 현 외곽으로 나가서 병사들의 제식 훈련을 감독했고, 돌아와서는 재빨리 아침 겸 점심을 먹고 나서 이른 오후까지 민생과 행정상의 문제를 살펴보았다. 예전 주디 현청에서 일한 경험이 도움이 되었다. 그 시절 함께 일하던 관리들과 친분을 쌓으면서 그들이 하는 지루한 업무가 얼마나 중요한지 이해했기 때문이었다. 그 일이 끝나면 잠깐 낮잠을 자고 일어나서 주디의 거물 상인 및 변두리 농촌의 연장자들을 만나 민원을 들었다. 쿠니는 그들에게 남아서 저녁을 함께 들자고 청했고, 식사가 끝나면 잠자리에 들 때까지 남은 서류를 검토했다.

"쌍둥이 신께 맹세하는데, 난 당신이 이렇게 열심히 일하는 건 처음 봐."

지아는 쿠니의 머리와 등을 다정하게 쓰다듬으며 말했다. 커다랗고 활달한 개를 쓰다듬는 듯한 손길이었다.

"말도 마, 요즘은 술도 반주 아니면 안 마신다니까. 이렇게 사는 게 과연 건강에 좋을지 모르겠어."

쿠니는 입맛을 다시기는 했지만 술병을 찾아 두리번거리지는 않았다. 지아는 이제 쿠니와 함께 술을 마시려 하지 않았다. 배가 잔뜩 불룩해진 지금 술을 마시는 것은 안전하지 않다는 이유에서였다('한두 잔 정도는 괜찮지 않을까?' '힘들게 가진 아기야, 쿠니. 운에 맡길 생각은 요만큼도 없어.').

"늙은 농부들은 뭐 하러 만나는 거야? 전임 현장은 그 사람들한테 눈길도 안 주던데. 자기는 일을 너무 사서 하는 것 같아."

지아의 말에 쿠니의 표정이 진지해졌다.

"이곳 사람들은 내가 예전에 친구들이랑 술에 취해서 소리를 지르고 비틀비틀 몰려다니는 꼴을 다 봤어. 다들 나를 버릇없는 애송이로 여겼겠지. 그러다 내가 황제한테 봉급을 받는 공무원이 된 걸 보고 나서는, 야심도 없는 따분한 공무원 나부랭이라고 생각했겠지. 하지만 잘못 본 거야.

예전의 나는, 농부들은 배운 게 없어서 들을 얘기도 없을 거라고 생각했어. 막일꾼은 마음속에 세심한 감정을 담을 자리가 없으니 막돼먹었을 거라 생각했고. 하지만 그건 착각이었어.

난 부역 감독관으로 일하는 동안 내가 맡은 죄수들을 제대로 이해하지 못했어. 그런데 산적이 되고 나서 하류 중의 하류들하고 부대껴 살게 된 거야. 범죄자나 노예, 탈영병, 잃을 게 아무것도 없는 인간들이랑. 생각했던 거랑 다르게 그 사람들한테는 빈한한 기품과 멋이 있었어. 그러니까 날 때부터 못된 인간은 아니었던 거야, 못된 위정자들 때문에 못된 인간이 됐을 뿐이지. 가난한 백성들은 기꺼이 허리띠를 졸라매려고 했지만, 황제가 아무것도 안 남기고 다 뺏어가 버렸으니까.

그 사람들의 꿈은 소박해. 손바닥만 한 땅뙈기랑 세간살이 조금, 따뜻한 집, 같이 얘기할 친구들, 밝고 건강한 처자식 정도지. 그 사람들, 진짜 사소한 친절까지 다 기억하면서 부풀린 이야기 몇 개만 듣고 내가 좋은 사람인 줄 철석같이 믿고 있어. 나를 어깨에 태우고 주디 공이라고 불러 준 사람들이야, 그러니까 꿈을 조금이나마 이룰 수 있게 내가 도와줘야 해.”

지아는 쿠니의 이야기를 유심히 들었다. 입에 달고 사는 농담을 할 때의 목소리가 아니었다. 지아는 남편의 눈을 가만히 살피다가 깨달았다. 그의 두 눈은 언젠가 지아가 미래에 관해 물었을 때와 똑같이 진지하게 반짝이고 있었다.

“계속 열심히 해, 그럼.”

지아는 쿠니의 어깨를 한참 동안 쓰다듬다가 침실로 향했다.

지아가 잠자리에 든 후, 쿠니는 몰래 집을 빠져나가 '빛나는 술동이' 주점에서 린 코다와 한잔 걸칠까 하고 생각했다.

린은 쿠니에게 이날 밤 술집에 들르면 신나게 놀 수 있을 거라고 장담했다.

"와수 누님이 우리를 위해서 재미난 걸 준비해 놨대. 사람들한테 네가 자기 가게에 자주 들렀다고, 지금도 막역한 사이라고 떠들고 다닌 모양이야. 그러니까 네가 와서 얼굴을 비춰 주면 옛 친구의 체면을 세워 주는 셈인 거지."

주디 공이라는 직위는 꽤나 고된 자리였고, 종일 *미파 라리* 자세로 앉아 있다 보면 허리가 다 뻐근했다. 쿠니는 솔직히 술집에 가서 옛 친구들과 어울리고 싶은 마음이 간절했다. 그곳에서는 몸가짐에 신경 쓸 필요 없이 *게위파* 자세로 편히 앉을 수 있었고, 한마디 할 때마다 남의 귀를 의식할 필요 없이 흉금을 털어놓을 수도 있었다. 책임감에 투철한 자신이 아니라 예전의 자신이 될 수 있었던 것이다.

그러나 이룰 수 없는 바람이라는 것은 스스로도 아는 바였다. 좋든 싫든, 이제 쿠니는 '건달 쿠니 가루'가 아니라 '주디 공'이었다. 진심으로 편하게 굴 수 있는 곳은 이제 어디에도 없었다. 어디를 가든, 사람들은 주디 공이라는 새 직함을 쿠니의 일부로 여겼다.

술집 주인 와수는 그 직함에 깃든 마법을 살짝 빌려서 술 취한 손님들과 짤랑거리는 동전을 만들 심산으로 쿠니를 부른 것이었다.

린 역시 사람들한테서 돈을 받고 그 대가로 주디 공과 '연결'해 주는 일을 생업으로 삼아 희희낙락했다. 와수 역시 린의 새 고객 명단에 올라 있을 터였다.

코고 옐루는 그런 짓을 당장 그만두라고 했지만, 린은 아노 고전에 나오는 격언을 인용하며 이렇게 대답했다. "*다트랄루 가크루카사 크룬펜 키 피테위카디푸 키 로뒤 인그로 사 네피카위.* 물이 너무 맑으면 물고기가 못 사는 법이다, 이거지."

암흑가에 어느 정도 연을 대어 놓는 것이 중요하다는 점에는 쿠니도 동의했다. 또한 쿠니는 린이 돈을 받고 알선한 이들에게 부당한 이익을 챙겨 준 적은 없노라고 코고를 안심시켰다.

그러나 쿠니는 처리할 일이 너무나 많았다. 이날 낮에 만난 촌로들은 관개 수로를 정비해야 한다고 건의했다. 쿠니는 린이 추천한 업자들의 입찰 견적이 적정한지 검토해 볼 작정이었다. 그리고 나서 민원 몇 건만 더 훑어보면 오늘은 이만……

얼마 안 있어 쿠니는 책상에 엎드린 채 잠들었다. 쿠니가 꿈에서 감미롭고 따끈한 고량주를 마시는 동안 얼굴에 눌린 서류는 입가에서 길게 흐른 침에 축축하게 젖어 갔다.

"가루 공, 현의 재정에 관해 드릴 말씀이 있습니다."

쿠니는 옛 친구들이 '가루 공'이라고 부를 때마다 흐뭇하면서도 불편했다. 물론 한때 그와 친구들을 막 대하던 제국 치안관과 병사들이 그렇게 부를 때에는 흐뭇했지만, 친형처럼 여기던 코고 같은 친구에게서 그 호칭을 듣는 지금 같은 때에는 왠지 거북한 느낌이 들었다. 게다가 코고의 말투에는 농담을 하는 기색이 전혀 없었다. 고개를 살짝 숙인 코고의 시선은 가루의 발치를 향하고 있었다.

"그 '가루 공' 소리 좀 안 하면 안 돼? 우린 죽마고우잖아, 왜 모르는 사람처럼 굴고 그래."

"죽마고우인 건 맞습니다. 하지만 사람에게는 맡은 자리와 써야할 가면이 있고, 그러한 자리와 가면 또한 그 나름의 실체가 있는 법이지요. 권위란 미묘한 것입니다, 따라서 다스리는 자와 따르는 자 모두 적절한 의례와 행동을 통해 세심하게 만들어 나가야 합니다."

"코고, 나 아직 술 한잔도 안 걸쳤어. 철학 수업받기에는 너무 이르다고."

이 말에 코고는 한숨을 쉬었지만 속으로는 빙그레 웃었다. 인습을 존중하지 않는 성품은 코고가 쿠니를 따르는 이유인 동시에 그 끝이 어디일지 염려하는 이유이기도 했다. 코고는 쿠니를 돕고 싶었다. 말 그대로 이제 막 둥우리를 떠나려 하는 독수리 같은 쿠니를.

"쿠니, 예전 친구들이 너랑 격의 없이 지내는 걸 보면 백성들은 너를 공손하게 대하지 않을 거야. 그랬다간 사람들이 혼란을 느낄 거다. 무대에서 왕을 연기하는 배우가 관객에게 진짜 왕이라는 인상을 주려면, 동료 배우들도 그를 진짜 왕에 걸맞게 예우해야 해. 배우 한 명이 객석을 향해 눈을 찡긋하기라도 하면 환상은 부서지고 말아. 넌 이제 주디 공이야, 그러니까 네가 최고 책임자라는 걸 명확히 하는 게 최선이야. 상대가 누구든 간에."

쿠니는 내키지 않는 표정으로 고개를 끄덕였다.

"알았어, 사람들 앞에선 '가루 공'이라고 불러도 돼. 하지만 나한테 넌 앞으로도 코고야. 너를 '옐루 행정관'이라고 부르면서 진지한

낮으로 대하는 건 불가능하다고. 그러니까 토 달지 마. 내가 사람 이름 못 외우는 거 너도 알지?"

코고는 못 말리겠다는 표정으로 고개를 저었지만, 이 문제는 일단 접어 두기로 했다.

"재정이 문제입니다, 가루 공."

"재정이 어때서?"

"주디 현청의 제국 금고에서 몰수한 돈이 바닥났습니다. 그중 대부분은 수피 왕께서 크리마시킨 원정군의 군자금을 요청하셨을 때 사루자로 보냈습니다. 남은 돈은 병사들 급료와, 그…… 주디 현민들의 환심을 사려고 거리에서 잔치를 열고 공짜 음식과 공짜 옷을 뿌리는 데에 썼습니다."

"내 생각엔 이쯤에서 세금이 제대로 안 걷힌다는 얘기가 나올 것 같은데."

"가루 공, 귀공의 관대함은 비할 데가 없습니다. 제국의 복잡하고 가혹한 세제를 폐지하셨을 뿐 아니라, 저에게 공정하고 백성의 부담이 적은 새 과세 방안을 올리도록 명하셨으니까요. 하지만 새로 책정한 세금이 잘 걷히질 않습니다. 주디 현의 경기가 불안정해서 그렇습니다. 상인들은 반란군이 승리할 거라고 확신하지 못하거니와, 만약 제국이 다시 돌아오면 귀공께 바친 세금은 공연한 지출이 될 거라고 생각합니다. 그래서…… 탈세를 하고 있지요."

쿠니는 낭패라는 듯 머리를 긁적였다.

"병사들 급료는 당연히 줘야지. 네 급료랑, 힘들 때 같이 고생한 녀석들 몫도 잊으면 안 되고. 그래도 너무 심하게 쥐어짜고 싶진 않은데…… 의욕이 넘치는 세금 징수원만큼 사람을 화나게 하는 것도 없으니까 말이지."

"가루 공은 역시 현명하시군요. 저한테 방법이 있습니다."

"어디 한번 들어 볼까."

"요식업을 예로 들어 보겠습니다. 술집이나 식당에서 세금을 온전히 내지 않으려고 이용하는 꼼수는 이중장부를 만드는 것입니다. 하룻밤 매상이 은전 150냥이라고 하면, 현청에 보여 주는 장부에는 50냥만 적는 식이지요. 그런 식으로 빼돌린 세금을 회수할 방법이 필요합니다."

"그래서 어떻게 하자는 건데?"

"새 복권 제도를 만들었다고 선포하시는 겁니다. 운 좋게 자유를 찾은 주디 백성들에게 상을 준다는 명분으로 말입니다."

"그게 탈세를 잡는 일이랑 무슨 상관인지 이해가 안 가는데."

"상관이 있습니다. 다만 간접적일 뿐이지요, 어떤 돈이든 대용품이 있는 것처럼요."

"좋은 생각이라는 게 그거야? 사람을 충분히 끌어들이려면 상품을 크게 걸어야 할 텐데. 이미 있는 도박장만 해도 한두 군데가 아니잖아. 그 업자들이랑 무슨 수로 경쟁할 건데?"

"아뇨, 복권은 더 큰 목적을 위한 위장일 뿐입니다. 아시겠습니까, 복권을 사람들에게 직접 파는 게 아닙니다. 돈을 쓸 때 영수증처럼 받게 하는 겁니다. 은전 1냥에 복권 한 장씩, 상인한테서 공짜로 받도록 하는 거지요. 돈을 많이 쓰면 쓸수록 복권도 더 많이 받을 수 있게 말입니다."

"그럼 상인은 그 복권을 어디서 구하는데?"

"저희한테 돈을 내고 사야 합니다."

쿠니는 그 제안을 곰곰이 생각해 보았다. 황당무계한 계획이었지만…… 그럼에도 분명 효과적이었다.

"코고, 이 악당 같으니!" 쿠니는 코고의 등을 철썩 갈겼다. "그 계획대로 하면 상인들은 장부 조작을 못 하게 돼, 손님들이 자기가 쓴 돈만큼 복권을 내놓으라고 닦달할 테니까 말이지. 또 그 복권은 우리한테서 사야 하니까 결국엔 실제 매상에 비례해서 복권 대금을 내놓을 수밖에 없어."

"세금 본연의 목적이 바로 그것이지요."

"주디의 모든 소비자를 우리 밑에서 일하는 세금 징수원으로 만들어 버린다, 이거지." 쿠니는 이제 탈세를 못 하게 된 것을 깨달은 술집 주인 와수의 표정을 상상하고 하마터면 동정심이 들 뻔했다. "이런 생각을 해 놓고 양심의 가책 같은 거 못 느꼈어?"

"저는 그저 이 분야의 최고한테서 배웠을 뿐입니다. 주군이 의로운 도적이라면, 그 부하도 주군의 대의를 실현하기 위해 마땅히 파격적인 방법을 동원해야지요."

코고와 쿠니는 함께 껄껄 웃었다.

쿠니는 군대를 양성하면서 크리마와 시긴의 방식을 따르지 않았다. 앞서 산적질에 품었던 낭만적인 선입견이 깨지면서, 운 좋게 자나 출신 지배자를 타도하고 잠깐의 기쁨에 들뜬 농민들이 막상 제국군 정예 부대 앞에서는 추풍낙엽 신세가 되지 않을까 하고 의심했기 때문이었다. 제국이 최근의 혼란을 딛고 진짜 반격에 나서는 것은 시간문제였다.

"가루 공께 경례!"

무루는 주디 성문 근처의 훈련장에 나타난 쿠니를 보고 날렵하게 경례를 했다.

알고 보니 무루는 훌륭한 검사(劍士)였다. 잘린 왼손 대신 팔뚝에 방패를 묶고 싸우는 무루의 실력은 쿠니 산적단의 누구에게도 뒤지지 않았다. 쿠니가 주디 현을 차지한 이후, 무루는 성문 경비대에 소속된 오장으로 근무하고 있었다.

쿠니는 무루에게 손을 흔들어 쉬어 자세를 취하도록 했다. 무루가 겪은 일을 생각하면 아직도 가슴이 아팠거니와, 말단 오장에게 그토록 깍듯한 경례를 받기가 민망했기 때문이었다.

"피는 잘 지내?"

쿠니가 물었다. 무루는 훈련장 쪽을 턱짓으로 가리켰다.

"제 아들놈은 저쪽에 있습니다. 사크리 사령관님한테 훈련받느라고 죽을 지경입니다."

쿠니는 전직 산적단과 폭도 출신 백성들을 진짜 군대 비슷한 것으로 탈바꿈시키느라 임기응변을 발휘하는 수밖에 없었다. 그 첫걸음은 뮌 사크리를 대장에 임명하고 병사들의 체력 훈련을 맡기는 것이었다.

눈앞에 펼쳐진 광경에 놀란 쿠니가 우뚝 멈춰 섰다. 지름이 50미터쯤 되는 땅을 둘러싸고 울타리가 둥그렇게 세워져 있었다. 안쪽의 땅은 흙에 물을 뿌려서 만든 진창이었다. 커다란 돼지 다섯 마리가 꿀꿀거리며 뛰어다니는 가운데, 남자 열 명이 돼지를 쫓아 비틀비틀 뛰어다니고 있었다. 한 걸음 내디딜 때마다 발이 푹푹 빠지는 진흙탕에서 뛰려고 안간힘을 쓰는 남자들은 돼지와 마찬가지로 온몸이 진흙투성이였다.

"이게 다 뭐야?"

"제가 또 푸줏간 주인 아닙니까." 뮌은 의기양양하게 가슴을 펴면서 말했다. "사람들 눈에는 제 훈련법이 좀 파격적으로 보일 수도 있겠지요."

"지금 이게 훈련이라고?"

"진창에서 돼지들이랑 씨름하다 보면 몸이 민첩해지고 지구력도 좋아집니다, 가루 공." 땀을 뻘뻘 흘리는 진흙투성이 병사들과 목이 터져라 꿀꿀대는 돼지들을 보며 뮌이 씩 웃자 입가의 텁수룩한 수염이 고슴도치처럼 삐죽 솟았다. "요리조리 도망치는 제국군 돼지들을 상대하려면 저 정도 준비는 해야지요."

쿠니는 고개를 끄덕이고는 웃음이 터지기 전에 서둘러 자리를 떴다. 그래도 뮌의 황당무계한 훈련법에 나름의 논리가 있다는 것은 인정할 수밖에 없었다.

전직 마구간지기였던 샌 카루코노는 기병대의 대장으로 임명되었으나…… 그 기병대는 사실 병사 200명이 말 50마리를 돌아가면서 타는 부대였다.

"말이 더 필요합니다."

샌은 주디 공을 보자마자 입버릇이 된 탄식을 내뱉었다.

"필요한 건 나도 많아. 사람도, 돈도, 무기랑 보급품도. 그래도 난

불평은 안 하잖아. 샌, 너도 수중에 있는 걸로 버티는 법을 좀 배워
봐."

"말이, 더, 필요합니다."

샌은 꿋꿋이 되뇌었다.

"새 화젯거리를 개발할 때까지는 서로 안 보는 걸로 하자."

더 제대로 된 전술과 공성전 기술, 보병 전투 진형 등의 훈련은 주
디에 주둔하던 제국군의 선임 장교인 도사 부사령관의 몫이었다.
도사는 휘하 병사들이 폭동을 일으킨 주디 현민들 앞에서 무기를
버렸을 때 함께 투항한 인물로, 반란이라는 대의에 적극 찬성하는
듯했다. 쿠니는 그를 완전히 신임하지는 않았지만 선택의 여지가
없다는 느낌이 들었다. 어쨌거나 쿠니의 부하들 가운데 사관학교
출신은 아무도 없었다.

쿠니는 부하들을 시켜 현 주위의 전원 지대에 순찰을 돌며 산적
과 강도를 소탕케 했다. 그러면서 협박과 포상을 섞어 가며 범죄자
대부분을 군대로 편입시켰다. 코고와 린은 사람을 많이 해친 악명
높은 범죄자 몇 명만이라도 본보기로 처형해야 한다고 간언했으나
소용이 없었다. 한때는 스스로도 이름난 범죄자였던 쿠니였지만,
그래도 산적 두목들의 숙적이 되는 현실을 피할 수는 없었다. 이 역
시 단순히 재정상의 문제였다. 상인들은 재화를 팔아서 이익을 냈
고, 그 이익에서 세금이 발생했고, 주디 공은 그 세금을 모아서 필요
한 온갖 것을 마련했기 때문이었다. 그런데 도적 떼가 상업의 흐름
을 막아 버리면 그중 어떤 일도 일어날 수 없었다.

해가 바뀌고 석 달이 지났을 무렵, 주디 현으로 통하는 도로에 다시 상인들이 나타나면서 시장에도 다시금 활기가 돌았다. 현 외곽의 농부들 역시 봄 파종을 시작했다. 심지어 바다에서 잡은 생선까지 주디의 시장에 다시금 등장했다.

"죄수 몇 명도 인솔 못 하던 사람치고는 현을 다스리는 솜씨가 꽤 훌륭한걸."

"벌써 감탄하면 곤란한데."

지아의 말에 쿠니는 우쭐해서 대꾸했다.

그러나 속으로는 걱정했다. 모든 일이 잘 풀리고 있었다. 너무나 잘 풀렸다. 지금은 분명 둑이 무너지기 전의 일시적인 소강상태에 지나지 않았다. 제국이 반격을 시작할 날이 눈앞에 와 있었다.

제15장

리마의 왕

루이섬의 산촌, 본섬의 나 시온

선무 4년 3월

탄노 나멘은 노인이었다.

평생을 군인으로 산 나멘이었다. 조국에 봉사하고 키지 신에게 영광을 돌리자는 호소에 응답하기 위해, 나멘은 고타 톤예티 장군의 부친이었던 콜루 톤예티 장군 휘하의 말단 창병으로 군문에 들어섰다. 꾸준히 진급한 비결은 용맹과 불굴의 헌신이었다. 마침내 자나 제국군의 장군으로 퇴역할 무렵, 나멘이 전장에서 보낸 세월은 어언 50년이 넘었다.

퇴역한 후에 루이섬 북부 해안의 고향 마을로 돌아간 나멘은 바다와 맞닿은 널따란 땅을 사들였다. 올리브 나무와 구기자나무를 심은 그 땅에서 나멘은 '토지'라는 이름을 지어 준 개와 함께 지냈다. 다리를 저는 토지는 주인이 별빛 가득한 바다가 내려다보이는 안뜰에 앉아서 꾸벅꾸벅 조는 밤이면 그 곁을 지키다 함께 잠들곤 했다.

낮이면 나멘은 가잉만(灣)의 거친 파도 위에 떠 있는 조그마한 낚 싯배에서 시간을 보냈다. 이따금 바다가 잔잔해지면 조류를 타고 며칠씩 정처 없이 떠다니며 한낮에는 서늘한 돛 그늘에 누워 낮잠 을 잤고, 밤에는 쌀로 빚은 술을 홀짝이며 몸을 덥혔다. 그러다 마음 이 동하면 닻을 내려 배를 세우고 낚싯대를 꺼냈다.

나멘은 청새치나 개복치를 잡을 때면 신이 났다. 신선한 생선회 는 둘도 없는 별미였다.

그렇게 혼자서 오랫동안 항해하다 보면 가끔씩, 동틀 녘 해수면 위로 우아하게 뛰어오르는 다이란 떼를 목격할 때가 있었다. 다이 란 떼는 햇살에 물든 비늘을 무지갯빛으로 반짝이며, 기다랗고 매 끈한 꼬리로 나란히 호를 펼쳐 그리며 뱃머리 앞으로 멀어져 갔다. 그럴 때면 나멘은 반드시 일어서서 경건하게 가슴에 손을 얹고 고 개를 숙였다. 늘 머리맡에 검을 놓고 잠들면서 가정도 꾸리지 않고 평생을 보냈지만, 나멘은 다이란이 상징하는 여성성의 힘에 큰 경 의를 품고 있었다.

한평생 나멘의 가슴을 가득 채운 유일한 사랑은 조국 자나였다. 그는 자나를 위해 싸웠고, 자나가 다른 모든 티로 국가 위에 서고 나서야 피 흘리기를 멈추었다. 그리하여 이제 그 싸움의 나날은 끝 났다고 확신했다.

"내 꼴을 좀 보게. 사지가 다 굳어서 느릿느릿 움직이잖나. 검을 들려고 하면 손이 다 떨릴 지경이야. 이제 무덤에 들어갈 날이 머지 않았단 뜻이지. 이런 나를 왜 찾아온 건가?"

"섭정께서⋯⋯." 킨도 마라나는 적당한 말을 찾느라 우물쭈물했다. "불충을 의심하시어 수많은 장군들을 숙청하셨습니다. 저로서는 그 혐의에 대해 보탤 말이 없습니다만, 결과적으로 제 휘하에는 경험과 식견을 지닌 사령관이 거의 남아 있질 않습니다. 제게는 파죽지세로 진격하는 반란군을 막아 줄 사람이 필요합니다, 그것도 간절히."

"젊은이들이 나서서 힘을 보탤 일이야. 나는 이미 내 소임을 다했네."

나멘은 몸을 숙여 토지의 등을 쓰다듬었다. 마라나는 노인과 그의 개를 가만히 응시했다. 그러고는 차를 홀짝였다. 머릿속으로는 계산을 하면서.

"반란군은 자나가 나태해졌다고 떠벌리고 있습니다. 안락한 삶에 익숙해져 싸우는 법을 잊어버렸다더군요."

마라나의 목소리는 생각에 잠긴 사람처럼 나지막했다. 혼잣말을 하는 사람처럼.

나멘은 안 듣는 척하면서 가만히 귀를 기울였다.

"그런데 어떤 자들은 자나가 전혀 변하지 않았다고 지껄입니다. 천하통일은 단지 육국이 분열되어 약해졌기 때문에 가능했던 것이지, 자나가 강하고 용맹했기 때문이 아니라면서요. 그자들은 톤예티 장군과 유마 장군의 무용담을 허풍 아니면 선전일 뿐이라고 비웃습니다."

"아무것도 모르는 천치들이!"

나멘은 찻잔을 벽에 던져 산산조각냈다. 주인이 무엇 때문에 그렇게 화가 났는지 보려고 고개를 돌린 토지는 두 귀가 쫑긋 서 있었다.

"톤예티 장군의 발에 입을 맞출 자격도 없는 것들이 감히 장군의 이름을 입에 올리다니. 용기와 명예로 따지자면 후노 크리마 같은 놈 100명을 합쳐도 톤예티 장군의 새끼발가락에도 못 미치거늘."

마라나는 태연한 표정을 유지한 채 시종 차만 홀짝였다. 사람을 부추기는 비결은 상대의 급소를 정확히 찾아서 이쪽이 원하는 일을 하고 싶어 안달이 날 때까지 꾹꾹 누르는 것이었다. 탈세범을 무릎 꿇리고자 할 때 가장 애지중지하는 것을 찾아낸 다음, 상대가 먼저 지갑을 열고 엉엉 울며 전 재산을 기꺼이 내놓을 때까지 꽉 쥐어짜는 것과 같은 이치였다.

"그래, 반란군 놈들이 그렇게 기세등등한가?" 조금은 냉정을 되찾은 나멘이 물었다. "믿을 만한 소식은 웬만해선 듣기 힘들 텐데."

"아, 그럼요. 겉모습은 추레할지도 모르지만, 반란군 무리가 지평선에 일으키는 흙먼지만 보여도 저희 병사들은 냅다 달아나기 바쁩니다. 육국의 백성들은 자나 제국이 흘리는 피로 자신들의 원한을 달래고자 합니다. 마피데레 선제 폐하와 에리시 황제 폐하의 치세가…… 그리 너그럽지는 않았으니까요."

나멘은 한숨을 쉬며 *게위파* 자세로 꼬았던 다리를 풀었다. 다탁을 잡고 일어서는 모습이 힘들어 보였다. 곁에 다가온 토지가 다리에 몸을 기대자 나멘은 몸을 숙여 개의 등을 쓰다듬어 주었지만, 허리가 아파서 다시 몸을 펴야 했다.

나멘은 뻣뻣하게 굳은 허리를 쭉 펴면서 하얗게 센 머리를 손으로 쓸어 넘겼다. 다시 말에 오르거나 예전 힘의 10분의 1만큼이라도 발휘하여 검을 휘두르는 자신의 모습이 도무지 상상이 가지 않았다.

그러나 나멘은 뼛속까지 자나의 애국자였기에, 자신이 싸울 날이 아직 끝나지 않았다는 것을 깨달았다.

마라나가 루이섬에 머물며 모험을 갈망하는 젊은이들, 즉 자나의 정복이 남긴 전리품을 지키기 위해 기꺼이 목숨을 던질 청년들을 모아 지원군 부대를 조직하는 동안, 나멘은 배를 띄워 본섬으로 향했다. 그는 제국의 수도인 판 주변의 방어를 지휘하며 혹시 이용할 수 있을지 모를 반란군의 약점을 찾아볼 작정이었다.

본섬의 서북 해안을 따라 수심이 얕고 수온이 낮은 자틴만을 둘러싼 형상으로 자리 잡은 옛 하안 국의 영토는, 여전히 제국의 굳건한 통치하에 있었다. 자틴만의 물속에는 조개류와 게, 바닷가재 등이 많이 살아서 계절이 바뀔 때마다 물개 떼가 몰려와 잔치를 벌이곤 했다.

바닷가에서 뭍으로 나아가다 보면 지면이 완만하게 높아지다가 짙푸른 숲이 나타났다. 크게 보면 마름모꼴인 이 원시림이 바로 부활한 리마 국의 심장부인 '지륜(地輪) 삼림'이었다. 인구가 적은 내륙 국가 리마는 천하통일 이전의 칠국 가운데 가장 작고 약한 나라였다. 전쟁과 무기의 신이자 대장간과 살육의 신인 피소웨오가 숲으로 둘러싸인 리마를 보금자리로 택한 것은 조금 모순으로 보이기도 했다.

지룬 삼림에 자라는 아름드리 참나무는 다른 나라 수군의 여러 함선에서 돛대와 선체로 쓰였지만, 정작 리마는 바다를 제패할 야심을 품어 본 적이 없었다. 사실 리마는 적진의 지하 깊숙이 땅굴을 파고 나아가 화약으로 날려 버리는 육군이 유명했다. 화약은 리마의 장인들이 다무 산맥과 시나네 산맥의 풍부한 광맥을 파느라 갈고닦은 기술이었다.

정복 전쟁 이전, 자나의 옛 민요 중에 이러한 노래가 있었다.

> 힘은 빈자리를 싫어해서 메꿀 자를 찾는 법.
> 코크루와 파사는 단단한 대지에서 힘을 끌어내고
> 리마의 광부들은 깊은 땅속에서 양손의 불을 휘두르고
> 아무와 하안과 간은 배를 띄워 물을 지배한다지만,
> 비어 있는 자리인 하늘을 다스리는 자야말로
> 세상의 키를 잡고 천하를 내려다보리.

이는 비행함을 완비한 자나가 다른 모든 티로 국가에 승리한 까닭을 설명하는 노래로 여겨졌다. 그러나 노랫말에 묘사된 리마는 사실 과장된 면이 없지 않았다. 한때는 불을 다루는 리마의 광부가 가공할 존재로 여겨지던 시절이 실제로 있었지만 이미 옛일이었고, 이제는 사그라져 가는 영광의 마지막 등걸불에 지나지 않았다.

자나가 정복 전쟁을 시작하기 오래전, 리마의 영웅들이 온 다라에서 으뜸가는 검장이 만든 무기를 휘두르며 본섬을 지배하던 시대가 있었다. 삼형제국인 하안과 리마와 파사는 동맹을 맺고 하안의 최신식 고속 함대와 리마의 우수한 병기, 어떤 지형에서든 탁월한 지구력을 발휘하는 파사의 보병을 결합하여 불패의 군대를 조직했다. 그리고 그 세 나라 가운데 리마 전사들의 무용이 가장 드높았다.

그러나 이 시대에는 아직 군대의 규모가 작았고 철 또한 희귀했으며, 전투의 승패는 용맹한 장수끼리 벌이는 일대일 결투로 판가름 났다. 이러한 상황에서 리마의 적은 인구는 전혀 약점이 아니었다. 리마 왕은 자국의 넉넉한 광산에 힘입어 정예 검사를 적은 수만 양성하고도 다른 티로 국가들을 압도할 수 있었다. 피소웨오가 이런 리마를 총애하는 것도 당연했다.

그러나 티로 국가들이 대군을 운용하기 시작하면서 전사 개개인의 무용은 점차 빛이 바랬다. 부러지기 쉬운 무쇠 창이라고 해도 병사 100명이 들고 진형을 짜서 덤비면 두꺼운 갑옷을 입고 1000번 담금질한 강철 검을 든 장수를 쓰러뜨릴 수 있었다. 다주 진두 장군 같은 전사의 무위(武威)는 다분히 상징적이었고, 진두 장군 본인조차도 전투의 승패는 전략과 보급과 병력에 따라 결정되는 것을 잘 알았다.

이러한 국면에서 리마의 쇠퇴는 정해진 수순이었다. 인구가 훨씬 많은 동북쪽의 파사에 복속하게 되면서 리마의 찬란했던 과거는 아득한 기억으로 변했다. 리마의 왕들은 제례와 의식에서 위안을 찾으며 오래전에 숨을 거둔 위대한 시대의 꿈을 이어 갔다.

그것이 자나에 정복당할 당시의 리마였다. 그리고 그 리마가 부활했다.

"리마는 껍데기밖에 안 남았습니다." 나멘 장군이 파견한 첩자의 보고였다. "파사군은 몇 개월 전에 저희 주둔군을 몰아내고 리마를 재건했습니다. 하지만 파사와 간 사이에 분쟁이 일어나면서 파사군은 다시 본국으로 귀환했습니다. 리마군의 병사들은 오합지졸이고 지휘관은 겁쟁이입니다. 금과 여자, 그리고 황제 폐하의 자비를 조건으로 회유하면 금세 넘어올 겁니다."

나멘은 고개를 끄덕였다. 얼마 후, 판에서 출발한 제국군 병력 3000명이 야음을 틈타 거룻배에 올라 소리 없이 미루강을 건넜다. 그들은 다무 산맥의 험준한 봉우리를 빙 둘러 은밀히 행군했고, 이내 리마의 캄캄한 숲속으로 사라졌다.

리마의 지주 왕은 원래 천하통일 이전 마지막 리마 왕의 손자로, 파사의 실루에 왕이 도와준 덕분에 옛 수도인 나 시온에서 왕위에 올랐다.

어린 지주 왕은 하루아침에 달라진 환경 탓에 어안이 벙벙할 지경이었다. 그는 원래 자틴만의 바닷가에서 굴 따는 일로 입에 풀칠을 하던 열여섯 살 소년이었고, 가장 큰 관심사는 마을에서 가장 예쁜 소녀 팔루의 마음을 얻는 것이었다.

그러던 어느 날 파사의 군인들이 오두막집으로 찾아와 지주 앞에 무릎을 꿇더니, 그가 이제 리마의 왕이라고 했다. 군인들은 금실과

은실로 짠 비단 용포를 지주의 어깨에 걸쳐 주고 안개와 짠바람으로 유명한 도시 보아마의 보석 장인들이 크루벤 뼈에 산호와 진주를 박아 만든 유서 깊은 홀(笏)을 쥐여 준 다음, 그를 낚아채듯이 데려갔다. 바다로부터, 그리고 소리 없이 많은 이야기를 들려주는 팔루의 검고 반짝이는 두 눈으로부터

그리하여 지주는 이곳 나 시온에 와 있었다. 길거리는 현무암을 잘게 부수고 그 위에 백단향 판자를 깔아 포장했고, 리마의 산에서 벤 단단한 목재로 지은 왕궁은 달에 있다는 전설 속의 궁전처럼 낯설어 보이는 도시였다. 거리 모퉁이마다 리마의 옛 영웅들을 모신 사당이 있었다. 리마라는 이름이 전장에서 아직 존경과 두려움의 대상이던 시절의 영웅들이었다.

"여기가 전하의 선조들께서 대대로 거주하시던 곳입니다." 대신이라고 자칭하는 남자들이 말했다. "저희는 전하의 아버님께서 성장하시는 모습을 이곳에서 지켜봤습니다. 투항하기를 거부한 다른 왕족들이 쌍수문(雙樹門) 앞에서 자나 군인들의 검에 처형당하는 광경을 보며 통곡하시는 그분의 모습 또한 지켜봤습니다. 아아, 사형 집행인을 침착하게 응시하던 왕족들의 등은 얼마나 꼿꼿했던지요!"

대신들은 지주의 아버지, 즉 마지막 태자를 비판하는 것은 삼갔다. 태자는 자나군 사령관 앞에 무릎을 꿇고 리마의 국새를 바친 유일한 왕족이었다. 이후 하안의 옛 영토인 자틴만의 바닷가로 유배당한 태자는 어부가 되었고, 그가 키운 아들은 머릿속에 하루 치 굴 수확량과 얌전한 처녀를 만나 가정을 꾸릴 생각밖에 없는 필부가

되었다.

그러나 지주는 눈치챌 수 있었다. 고개를 조아린 대신들은, 설령 드러내 놓고 말하지는 않았다 하더라도, 지주의 아버지가 자나 정복자들에게 굴복하지 않고 다른 왕족들의 모범을 좇아 목숨을 던지기를 바랐다. 대신들의 눈에 지주의 아버지는 아들이 평생 봐 왔던 조용하고 사려 깊은 남자가 아니었다. 뜨겁게 달군 돌에 구워 먹는 굴을 좋아하는, 술은 입에 대지 않고 으깬 바위 설탕을 살짝 넣은 민들레 차만 마시는, 결코 목소리를 높이는 법이 없는 점잖은 남자가 아니었다.

"자기만의 인생보다 행복한 것은 없단다." 아버지가 지주에게 한 말이었다. "그런 삶은 남이 적어 주는 대로 말하고 남이 이끄는 대로 움직이는 삶보다 훨씬 행복한 법이야. 너는 절대로 야망을 품지 말거라."

아버지는 나 시온의 왕궁에서 살던 시절의 이야기를 입에 올리지 않았다. 독이 있는 성게의 가시에 찔려 오랫동안 고생하다가 숨을 거둘 때까지 내내 침묵을 지켰다.

그러나 대신들의 눈에 비친 지주의 아버지는 그저 상징일 뿐이었다. 다름 아닌 리마가 겪은 치욕의 상징이었다.

지주는 대신들에게 알려 주고 싶었다. 아버지는 선량한 사람이었다고, 더는 피를 흘리지 않기로 판단한 사람이었다고 말하고 싶었다. 왕좌에 앉아 숨을 거두는 삶보다는 매일 아침 눈을 떠서 햇살에 물든 파도를 바라보는 삶, 고깃배의 뱃머리를 뛰어넘는 다이란 때의 모습을 지켜보는 삶을 더욱 귀하게 여긴 사람이었다고 말하고 싶었다. 대신들의 경멸 어린 표정 앞에서 아버지의 명예를 지키고 싶었다.

그러나 지주는 입을 다문 채 대신들이 늘어놓는 말을 가만히 듣기만 했다. 리마의 마지막 왕, 즉 그의 조부가 자나 정복자들에 맞서 토해냈던 불온한 말들이었다.

마지막 남은 리마인이 숨을 거둔 후에도 우리는 넋이 되어 너희와 싸울 것이다.

너희가 보는 것은 나의 최후가 아니다. 나는 저세상에서 너희를 기다리고 있을 것이다.

대신들의 이야기는 지주에게 동화와 그림자 연극에나 나오는 옛날 이야기처럼 느껴졌다.

지주는 대신들이 하라는 대로 했다. 왕의 예법에 관해 아무것도 몰랐기에, 스스로 대신들의 꼭두각시가 되었다. 지주는 대신들의 지시를 따르며 그들이 내리라고 한 명령을 스스로 내리는 명령인 양 앵무새처럼 되뇌었다.

그러나 지주는 바보가 아니었다. 실루에 왕이 그저 선의 때문에 자신이 왕위를 되찾도록 도와주지 않은 것 정도는 알 수 있었다. 약소국인 리마는 파사에 의존했다. 이와 동시에 제국의 심장부인 게피카 평원과 파사 사이의 완충지대이기도 했다. 만약 부활한 티로 국가들이 제국을 뒤엎는 데 성공하면 이후의 패권을 놓고 새로이 쟁탈전이 벌어질 터였다. 그리고 실루에 왕이 지주에게 보이지 않는 줄을 달아 놓고 나 시온의 정국을 조종한다면, 그 쟁탈전에서 우위를 누리게 될 터였다. 대신들은 정말로 지주의 신하들일까? 아니면 그들 역시 파사에서 보내는 지시를 따를까? 도무지 알 수가 없었다.

지주는 거대한 가위로 자신에게 매달린 줄을 끊는 상상을 했다. 하지만 그런 가위를 휘두를 사람이 누구일까? 지주 자신은 분명 아니었다.

어찌해야 좋을지 가르쳐 달라고 피소웨오 신께 기도를 올려 봐도 사원의 신상은 지주를 마주 보기만 할 뿐, 계시는 돌아오지 않았다. 지주는 외톨이였다.

지주는 새로 얻은 삶이 마음에 들지 않았지만 받아들이는 수밖에 없다고 느꼈다. 굴 따는 어부로 살면서 다른 어부의 딸과 오순도순 사는 삶으로 돌아가고 싶었지만, 그에게 왕족의 피가 흐르는 이상은 이룰 수 없는 꿈이었다.

제국군 병사 3000명은 리마의 숲을 유령처럼 통과했다. 겁을 먹었거나 자나 첩자에게 뇌물을 받은 리마군 지휘관들은 정찰대의 보고를 무시하고 참나무 벽으로 둘러싸인 요새에 틀어박힌 채 침략군과 싸우기를 거부했다. 리마군 병사들 가운데 억센 나무꾼 출신인 일부는 황제의 잔악한 통치가 영원히 끝났다고 믿은 나머지 비겁한 지휘관의 반역 행위를 규탄하며 자기들끼리 교전에 나섰다. 그들은 눈 깜짝할 사이에 제국군의 칼날 아래 괴멸당했다.

일주일 후 어느 안개 낀 추운 날 아침, 숲에서 몰려나온 제국군이 나 시온 외곽의 평지를 차지하고 수도를 포위했다.

수도 방위군의 화살은 얼마 못 가서 바닥났다. 지주 왕의 신하들은 백성들에게 집을 부수어 자갈과 기둥, 부서진 자재 등을 무기로 삼아 성벽을 기어오르는 자나 군인들에게 던지도록 명령했다. 집을 잃은 나 시온의 백성들은 봄의 추운 밤공기에 덜덜 떨며 길바닥에서 잠을 잤다.

원군을 요청하려고 파사에 보낸 전서구는 돌아오지 않았다. 어쩌면 배신한 리마군 지휘관들이 나멘 장군에게 진상한 훈련받은 매에게 붙잡혔는지도 몰랐다. 아니면 파사의 실루에 왕이 원군을 보내봐야 헛수고라고 판단했을 수도 있었다. 미숙한 파사군이 나멘 장군과 그가 거느린 역전의 용사들을 상대하기란 무리였으므로. 어느쪽이든 조만간 리마에 원군이 도착할 일은 없었다.

대신들은 지주 왕에게 패배가 임박했으니 부디 항복을 고려하라고 간언했다.

"그대들은 내 선친의 결정에 찬성하지 않은 줄로 아는데."

그 말에 대신들은 대꾸하지 않았다. 다만 몇몇은 남몰래 성을 빠져나가 자나군의 진지로 향했다. 그렇게 떠난 이들의 목은 백단향 상자에 담긴 채 나 시온으로 돌려보내졌다.

나멘 장군의 부하들은 화살에 편지를 묶어 나 시온 성 안으로 발사했다. 편지의 내용은 이러했다. '자나는 나 시온이 항복하든 말든 개의치 않는다. 다른 티로 국가들에게 반란은 용납될 수 없다는 본보기를 보여 줘야 한다. 제국을 배반한 자는 그 대가를 치를 것이다. 나 시온의 남자는 한 명도 남지 않고 도륙당할 것이고 여자는 모조리 노예로 팔려 갈 것이다.'

자나의 자비도 파사의 원군도 바랄 수 없게 되자 대신들은 절박해졌다. 이제 그들은 백성들에게 끝까지 저항하라는 명령을 내리라고 왕에게 간언했다. 필사적으로 싸우다 보면 나멘 장군이 마음을 고쳐먹을지도 모를 일이었다.

그러나 나멘은 나 시온에 대한 공격을 중지시켰다. 그는 부하들에게 성 안으로 흘러드는 강을 막고 기다리라고 지시했다. 굶주림과 갈증과 돌림병이 그를 대신하여 싸우도록.

"물과 식량이 얼마 안 남았소."

지주 왕은 바싹 마른 입술을 혀로 축였다. 그는 왕궁을 포함하여 모든 공직자에게 일반 백성과 똑같은 식량만 배급하라는 명령을 이미 내려놓은 터였다.

"백성들을 구할 길을 도모해야 하오."

대신들은 저마다 의견을 내놓았다.

"전하, 전하께서는 리마인이 품은 의지의 상징이십니다. 신민들은 전하를 위해 기꺼이 목숨을 내놓아야 마땅합니다. 영광스럽게 숨을 다한 백성들의 주검은 그들의 올곧은 기상을 청사에 길이 남길 것입니다."

"백성들 가운데 일부에게 자결로써 애국심을 증명하도록 명령해야 할지도 모르겠습니다. 그리하면 남은 이들에게 식량이 더 돌아갈 것입니다."

"여자와 아이들을 모아 돌파 부대를 조직하는 것은 어떨까 합니다. 성문을 열고 그들을 제국군 진영으로 돌격시키는 겁니다. 황제의 부하들은 우르르 몰려오는 여리고 앳된 얼굴을 보면 당황해서 인정사정없이 베어 쓰러뜨리지 못할 겁니다. 만약 적들이 달아나는 아녀자를 그냥 놔두면, 우리도 변장을 하고 그 속에 섞여 안전한 곳으로 피할 수 있을 겁니다. 혹시라도 적들이 여자와 아이마저 죽인다면 후퇴해서 다른 계획을 세우면 됩니다."

지주 왕은 자신의 귀를 의심했다.

"부끄러운 줄 아시오! 그대들은 지난 몇 달간 내게 리마 왕가의 명예니, 왕과 귀족이 백성에게 진 의무니 하는 말들을 잔뜩 늘어놓았소. 그런데 지금은 리마 백성이 그대들의 하잘것없는 목숨을 위해 무의미한 희생을 치러야 한다고 떠들고 있잖소. 백성이 자기 재산과 노역을 제공하여 우리의 호사스러운 삶을 떠받치는 까닭은 오로지 위기가 닥쳤을 때 우리가 지켜 주리라는 희망이 있기 때문이오. 그런데 그 하나뿐인 의무를 저버리고 여성과 어린이를 사지로 몰아넣으려 하다니. 참으로 역겹구려."

* * *

지주 왕은 나 시온 성의 성벽 위에 올라 나멘 장군에게 협상을 청했다.

"장군, 그대는 자신이 거느린 젊은 병사들의 목숨을 소중히 여기는 사람이오."

나멘은 가늘게 뜬 눈으로 어린 왕을 올려다볼 뿐, 말이 없었다.

"나 시온을 공격하지 않은 걸 보면 알 수 있소. 그대는 단 한 명의 병사도 잃지 않고 승리할 방법이 있다면 그 방법을 택할 사람이오."

자나군 병사들의 시선이 눈도 깜짝하지 않고 꼿꼿이 서 있는 자신들의 지휘관에게로 향했다.

"도성의 최후가 이제 목전에 닥쳤소. 나로서는 필사의 반격을 명할 수도 있소. 우리는 필시 질 것이오, 하지만 그대의 부하들도 일부는 전사할 것이오. 또한 그대의 이름은 여자와 아이를 도륙한 자로서 육국의 백성들에게 대대로 멸시당할 것이오."

나멘은 얼굴을 씰룩거렸지만, 그래도 가만히 듣기만 했다.

"장군, 리마는 무기와 사람은 부족하나 상징은 풍부한 나라요. 그중 최고의 상징은 바로 나일 거요. 반란을 일으킨 다른 티로 국가에 본보기를 내고 싶다면, 나 하나로 족할 것이오. 나 시온의 백성들은 내 명에 따라 그대에게 맞섰을 뿐이오. 만약 그대가 이들의 목숨을 살려 준다면 장차 임할 싸움에서 맞서는 이가 더 적을 테고, 전사하는 부하도 더 적을 것이오. 그러나 만약 이들을 죽인다면, 장차 그대가 공격하는 모든 도시는 결사의 각오로 항전할 것이오."

마침내 나멘 장군이 입을 열었다.

"귀하는 왕궁에서 자라지는 않았을지도 모르겠소만, 리마의 왕좌에 앉을 자격이 있구려."

항복 조건은 매우 간단했다. 지주 왕과 모든 대신이 에리시 황제에게 철저한 복종을 맹세하고 저항을 완전히 포기하는 것이었다. 그 대신 나멘 장군은 나 시온의 백성들을 해치지 않기로 했다.

지주 왕은 나멘이 자신을 전쟁 포로로 붙잡아 판으로 끌고 가리라는 것을 일찌감치 간파했다. 그곳에서 그는, 반란자 왕에게서 거둔 승리를 축하하기 위해 널따란 거리를 가득 메운 제도의 백성들 사이를, 알몸으로 끌려다닐 터였다. 또다시 줄에 묶여서, 또다시 꼭 두각시 인형이 되어. 그런 다음 기나긴 고문 끝에 공개처형을 당할 터였다. 아니면 목숨을 건지거나. 이는 에리시 황제의 변덕에 달린 일이었다.

이제 밤이 내려앉았다. 나 시온의 성문이 열리자 큰길 한복판에 무릎을 꿇은 지주 왕의 모습이 눈에 들어왔다. 왕은 한 손에 리마의 국새를 들고 다른 손에는 횃불을 들고 있었다. 어둠에 감싸인 둥그런 불빛 속에서 왕은 몹시도 외로워 보였다.

"약속을 잊지 마시오." 지주 왕은 점점 다가오는 나멘 장군을 향해 말했다. "나는 항전을 완전히 포기하고 그대의 자비에 목숨을 내맡겼소. 내가 조건을 지켰다고 인정하시오?"

나멘 장군은 고개를 끄덕였다.

지주 왕은 큰길 양편에 무릎을 꿇은 대신들에게로 시선을 돌렸다. 대신들은 가장 좋은 관복을 차려입고 있었다. 마치 이날이 왕의 대관식이라도 되는 양. 관복의 화려한 색과 고급스러운 옷감은 그들 뒤편에 늘어선 평민들의 남루한 옷과 극명한 대조를 이루었다. 대신들의 차분하고 위엄 있는 표정과 야윈 백성들의 분노와 공포로 물든 표정 또한 딴 나라 사람들처럼 닮은 구석이 없었다. 대신들이 지켜보는 것은 하나의 의식, 의례와 정치의 문제였다.

지주 왕은 나직하게 웃었다.

"자, 나의 충성스러운 대신들이여, 이제 그대들이 원하던 상징을 받으시오. 저세상에서 그대들을 기다리고 있겠소."

왕은 횃불을 떨어뜨려 자기 몸에 불을 붙였다. 향유로 적셔 둔 용포는 대번에 불길로 화하여 왕의 옥체와 국새를 집어삼켰다. 왕의 비명은 끊이지 않고 이어졌고, 주위를 둘러싼 사람들은 자나인과 리마인을 가릴 것 없이 모두 제자리에 얼어붙은 듯 꼼짝도 하지 못했다.

마침내 불길이 사그라졌을 때 지주 왕은 이미 숨이 끊어진 후였고, 리마의 국새는 알아보기도 힘들 지경으로 망가져 있었다.

"이자는 약속을 어겼습니다." 나멘의 부관이 말했다. "숯덩이가 된 시체를 전리품 삼아 판으로 가져가서 개선 행진을 할 수는 없습니다. 도성의 백성을 모두 도륙할까요?"

나멘 장군은 고개를 저었다. 살이 타는 냄새는 구역질이 치밀 정도로 역겨웠고, 나멘은 문득 자신이 너무 늙고 지쳤다는 느낌이 들었다. 나멘은 지주 왕의 창백한 얼굴이, 곱실거리는 머리와 가느다란 콧날이 마음에 들었다. 등을 꼿꼿이 펴고 서 있던 그 어린 왕에게, 정복자인 자신 앞에서 일말의 두려움도 내비치지 않던 왕의 그 차분한 회색 눈에 경의를 품었다. 그 젊은이와 마주 앉아 긴 이야기를 나누고 싶었다. 나멘은 그가 몹시도 용감하다고 생각했다.

킨도 마라나가 찾아오지 않았더라면 좋았을 텐데 하는 생각이 다시금 간절히 떠올랐다. 집의 벽난로 앞에 앉아 느긋하게 엎드린 토지의 등을 쓰다듬고 싶은 마음이 간절했다. 그러나 나멘은 조국인 자나를 사랑했고, 사랑에는 희생이 따르는 법이었다.

당장의 희생은 이것으로 충분하다.

"왕은 내게 한 약속보다 더 큰 약속을 지켰다. 나 시온의 백성은 오늘부로 자나의 검을 두려워할 필요가 없다."

큰길을 가득 메운 나 시온의 백성들은 나멘의 선언을 소리 없이 환영했다. 그들의 시선이 무릎 꿇은 대신들의 등에 꽂혔다. 대신들은 이제 바람 속의 낙엽처럼 덜덜 떨고 있었다.

나멘의 입에서 한숨이 흘러나왔다. *전쟁이란 스스로의 기세에 취해 굴러가는 무거운 바퀴와 같구나.*

나멘은 기운 없는 목소리로 말을 이었다.

"허나 지주 왕의 대신들은 모조리 호송 수레에 태워라. 판으로 끌고 가서 황궁 동물원의 먹이로 던져 줄 것이다."

이에 군중은 괴성을 지르며 격렬하게 환호했다. 춤추듯 땅을 구르는 그들의 발소리는 자나군이 딛고 선 지면까지 진동시킬 정도로 강렬했다.

제16장

"후노 왕 전하"

디무

선무 4년 4월

디무는 드넓은 리루강이 바다로 나가는 어귀에 자리 잡은 도시였다. 이곳에서 강의 폭은 1.5킬로미터가 넘게 넓어졌다. 강어귀 북쪽, 그러니까 디무에서 보면 강 건너편에 자리 잡은 디무시는 디무보다 나중에 생긴 더 부유하고 세련된 자매 도시였다. 디무에서 출발하는 배가 코크루의 내륙 지방에서 생산한 농산물을 실은 반면에 디무시의 부두는 옛 아무 국의 영토인 게피카의 장인들이 만든 강철과 칠기, 자기 등을 실은 배로 가득했다.

천하통일 이후, 다라 제도 전역에서 세금과 물자와 사람을 싣고 출발한 모든 배는 일단 디무와 디무시에 도착한 다음, 리루강을 따라 제국의 빛나는 심장부인 판을 향해 나아갔다. 강의 양쪽 기슭에는 무수히 많은 수차가 쉬지 않고 돌아가면서 이 물의 교역로에 상품을 제공할 방앗간과 공장에 동력을 공급했다. 리루강의 어귀에 돈이 들어오면 들어올수록 모든 것이 더욱 풍부해졌는데 그중에는 좋은 것도 있었고, 나쁜 것도 있었다. 쌍둥이 도시로 향하는 여행자들은 만약 맛있는 음식과 정직한 상인을 찾는다면 디무로 가야 하지만, 미인과 끝나지 않는 밤의 도락을 찾는다면 디무시로 가야 한다고 했다.

근래 들어 디무와 디무시는 흡사 골짜기를 사이에 두고 마주 보는 두 마리 성난 늑대처럼 서로를 건너다보는 형국이었다. 디무는 후노 왕이 왕조를 세우고 1만 반란군과 함께 강을 건너 판으로 진군할 날을 기다리는 곳이었다. 디무시에서는 탄노 나멘 장군이 1만 제국군을 거느리고 반란군을 격파할 기회를 노리는 중이었다. 리루강 자체는 제국 수군 함대가 움직이는 울타리처럼 두 진영을 가르며 초계 작전을 펴는 공간이었다. 이따금 전함에서 불붙은 기름통을 발사하면 강기슭의 반란군 병사들은 욕을 지껄이며 사방으로 흩어졌고, 전함의 포병들은 그 광경을 보며 소리 높여 웃었다.

디무시의 제국군이 디무의 반란군 수비대를 상대로 약한 도발을 꾸준히 이어가는 데에 만족하는 것처럼 보이자 후노 크리마는 적군을 무시하기로 마음먹었다. 어쨌거나 그는 이제 '후노 왕'이었고, 당장은 더 중요한 문제에 관심을 쏟아야 했다.

예컨대 새 왕궁의 건설 공사라든가.

후노 크리마는 왕 노릇을 어떻게 하는지는 잘 모르는 듯했지만,

그럼에도 위대한 왕에게는 웅장한 왕궁이 있어야 한다는 신념만은 투철했다. 다른 티로 국가의 왕궁만큼, 아니, 어떤 나라의 왕궁보다도 웅장한 궁이 있어야 비로소 어엿한 티로 국가로 존중받으리라는 생각 때문이었다.

그리하여 서코크루의 병사들은 훈련을 하는 대신 목재를 끌고 벽돌을 쌓고, 토대를 닦고 돌을 깎으며 하루하루를 보냈다.

더 빨리, 더 높이, 더 크게! 후노 왕은 대신과 건축가들을 호되게 꾸짖었다. *왕궁 공사가 왜 이리도 더딘 것이냐?*

더 서둘러라, 더 빨리, 더! 대신들은 이제 공사 현장의 십장 노릇을 하는 대장과 장교들을 닦달했다. *더 열심히 일하도록 부하들을 다그쳐야 한다.*

서둘러라, 어서, 더 빨리! 십장들은 이제 노역자 신세가 된 병사들에게 고함을 질렀다. 그들에게는 명령을 효과적으로 전달하기 위해 채찍과 몽둥이를 비롯한 여러 방법을 재량껏 사용할 자유 또한 주어졌다.

병사들 가운데 일부는 슬슬 궁금증을 품기 시작했다. 만약 그들이 황릉 공사장이나 해저 땅굴 공사장에서 에리시 황제를 위해 하던 것과 똑같은 일을 한다면, '반란군'이라는 이름이 왜 필요한가 하는 궁금증이었다.

병사들의 불만은 후노 왕의 귀에까지 전해졌다.

왕은 불같이 격노했다. 에리시 황제 같은 폭군 밑에서 억지로 노역하는 것과 자신들을 해방시켜 준 은인을 위해, 또 새 나라의 영광을 위해 헌신하는 것은 천양지차이거늘, 그 배은망덕한 자들은 이를 외면했던 것이다. 그런 말을 소곤거리는 자는 분명 제국의 첩자였다. 이 땅에 불만과 불화의 씨앗을 심고 거짓과 선동을 퍼뜨리려는 수작이었다. 그런 무리는 뿌리를 뽑아야 마땅했다.

근위대장은 왕이 임명한 믿을 만한 장교들을 데리고 비밀 특수부대를 조직했다. 부대원들은 밤이 되면 병영을 순찰하면서 감히 후노 왕과 서코크루의 명예에 흠이 되는 말을 하는 자가 있는지 염탐했다. 이들은 군복과 별도로 머리에 검은 수건을 두르고 뒤통수에 굳게 매듭을 지었고, 이 '흑건대(黑巾隊)'에 의해 반역자로 지목된 병사는 그날부로 행방이 묘연해졌다.

흑건대가 적발한 반역자의 수가 늘면 늘수록 후노 왕은 더욱 더 불안해졌다. 제국의 첩자는 사방에 도사리고 있는 듯했다. 왕은 '전하'라는 경칭을 깜박 잊고 제대로 붙이지 않은 대신이 벌벌 떠는 모습을 한참 동안이나 가만히 노려보곤 했다. 왕은 이 부하를 시켜 저 부하를 염탐하도록 명하고는, 고작 한 시간 후에 염탐당하는 부하를 불러 처음의 그 부하를 염탐하도록 명했다. 그런 그가 과연 흑건대 자체에 제국의 첩자가 침투하지 않았다고 확신할 수 있었을까?

해결책은 명확했다. 후노 왕은 특별히 신임하는 부하 몇 명을 모아 그들에게 흑건대를 사찰할 권한을 부여했다. 그들은 하얀 머리띠를 두르고 뒤통수에 매듭을 지어 한층 더 높은 신임의 증거로 삼았다. 그들이 맨 먼저 반역죄로 고발한 사람은 근위대의 전임 대장, 즉 흑건대의 현임 대장이었다. 후노 왕은 이에 상심하면서도 한편으로는 지극히 당연한 결과라고 생각했다. 생선이 상할 때 대가리부터 썩듯이 부패는 수뇌부에서 시작하게 마련이었다. 그러니 왕을 배반할 만한 자가 있다면 당연히 근위대장이었다.

그리하여 흑건대가 백성들을 사찰하는 동안 백건대(白巾隊)는 흑건대를 사찰했다. 그런데 백건대는 누가 사찰해야 할까? 후노 왕은 이 문제를 두고 깊이 고뇌했다. 고민에 고민을 거듭한 끝에 왕이 찾은 답은 회색 머리띠를 두른 회건대(灰巾隊)였다.

해결책이 나올 때마다 새로운 문제가 불거지는 것만 같았다. 후노 왕은 절망에 빠졌다.

디무의 병영에서는 밤사이에 병사들이 사라지기 시작했다. 처음에는 졸졸 새는 물줄기 같던 탈영병의 흐름은 이내 점점 커져서 홍수로 바뀌었다.

"라소, 우리도 여차하면 달아나야 해. 우리까지 반역자로 몰리기 전에."

다피로는 동생의 귀에 대고 소곤거렸다. 남이 듣지 않도록 조심스레 낮춘 목소리였다. 누가 변장한 흑건대인지 알아볼 방법이 없기 때문이었다.

그러나 라소는 고개를 저었다. 자나군 병사에게 칼을 꽂은 순간, 처음으로 사람을 죽인 그 순간의 흥분을 라소는 똑똑히 기억했다. 후노 왕은 라소에게 남자답게 떨치고 일어서는 법을 보여 준 사람이었다. 제국이 황릉의 토대로 사용할 바위처럼 무심하게 부서뜨려 먼지로 만들었을 자신의 목숨을 어떻게 되찾을지 가르쳐 준 사람 또한 후노 왕이었다. 왕은 약속했다. 라소 같은 자들도 제국을 무너뜨릴 수 있다고, 부모님의 원수를 갚을 수 있다고.

라소는 그 약속을 잊고 싶지 않았다.

디무의 병영은 여전히 1만 병력을 수용할 만큼 넓었지만, 밤이면 막사의 침상은 절반이 넘게 비어 있었다.

"왕궁이 어째서 아직도 완공되지 않은 것이냐? 서두르라고 하지 않았더냐. 서두르란 말이다!"

격노하는 후노 왕 앞에 나서서 이제 공사 일정을 맞추기에는 인력이 부족하다고 말할 만큼 간이 큰 대신은 한 명도 없었다. 징병대가 시 외곽의 농촌을 누비며 아직 달아나지 않은 남자가 있으면 아무나 붙잡아서 강제로 입대시켰다. 체포된 탈영병은 남은 병사들에게 충성심을 심어 준다는 명분하에 공개 처형을 당했지만, 상황은 개선되기는커녕 악화되기만 하는 모양새였다.

결국에는 리루강의 강둑 위에 배치된 초병들까지 시내로 불려 와서 왕궁 공사에 투입되었다. 왕의 관심사는 오로지 그것뿐이기 때문이었다.

* * *

"나멘 사령관님, 전투연을 타고 날아오른 정찰병들이 보고하길, 저녁때가 되면 천막 열 개 가운데 한 개꼴로만 밥 짓는 연기가 올라온다고 합니다."

"때가 됐구나."

야심한 시각, 피로와 두려움에 젖은 후노 왕의 병사들이 깊은 잠에 빠져 있는 동안, 제국군 보병 5000명이 나룻배를 타고 리루강을 건너 디무 시 북쪽 수 킬로미터 지점에 상륙했다. 토벌군 보병 부대가 디무 시로 진격하는 동안 제국 수군은 강기슭의 방어 부대를 향해 전에 없이 격렬한 공격을 퍼부었다. 불타는 기름통이 샛노란 꼬리를 달고 별똥별처럼 밤하늘을 밝히며 날아갔고, 그 흔들리는 불빛 속에서 빗줄기 같은 화살이 날카로운 소리를 내며 후노 왕의 마지막 병사들이 곯아떨어져 있는 병영으로 내리꽂혔다.

단순하고 명료한 완패였다. 서코크루군의 절반은 갑옷을 걸치기는커녕 눈도 제대로 못 뜬 채 숨이 끊어졌다. 나머지 절반은 어떻게든 반격하려고 안간힘을 썼고, 그러는 동안 돌을 깎고 나무를 자를 시간에 검술과 궁술을 훈련해야 했다는 것을 깨달았다. 그러나 후회해 봤자 이미 엎질러진 물이었다.

후노 왕은 왕홀과 갓 제작해서 반질반질한 서코크루의 옥새를 황급히 챙겼다. 마차에 뛰어오른 왕은 마부에게 빨리 출발하라고 고함쳤다. 당장 디무에서 벗어나 사루자로 돌아가야 했다. 수피 왕에게서 남은 반군의 지휘권을 넘겨받아 이 패전의 치욕을 되갚을 수 있도록.

이건 옳지 않아. 후노 왕은 격노했다. 자나에 대항하여 의분을 공유했던 그의 부하들은 무적이어야 마땅했다. 이치에 닿는 설명은 단 하나, 아군의 대오에 잠입한 겁쟁이들이 배신했다는 것이었다. 그는 오로지 노회한 제국군 사령관 나멘이 음험한 술수와 첩자를 너무 많이 부렸기 때문에 패배했을 뿐이었다. 흑건대와 백건대와 회건대로 끝낼 것이 아니라 무지개의 색깔만큼 많은 비밀 부대를

만들었어야 했다.

"서둘러라, 어서, *더 빨리!*"

후노 왕은 마부를 다그쳤다. 마부는 나이가 서른 줄에 들어선 남자였다. 이마의 문신은 그가 자나의 법에 의해 중죄인으로 처벌받은 적이 있다는 증거였다. 후노 왕의 예상과 달리 마부는 말들을 채찍질하지 않았다. 그러는 대신 말들이 느긋하게 나아가도록 놔둔 채로, 돌아앉아서 왕을 마주 보았다.

"소인은 세카 키모라고 합니다. 투노아 군도 출신이지요."

후노는 멍하니 마부를 응시했다.

"저는 나피에서 맨 처음 반란에 참여한 무리 가운데 한 명입니다. 당신과 시긴 공의 뜻을 받들어서." 세카는 말을 이었다. "당신과 조파 시긴은 그날 밤 저와 건배를 나눴습니다. 승리를 거둔 후에."

"시긴과 내가 동격인 양 말하는 것은 용서치 않……"

세카가 후노의 말을 끊었다.

"제 동생은 열흘 전에 병으로 몸져누웠습니다, 그런데 동생 부대의 백인장이 왕궁 건설 공사에 한 명도 빠지면 안 된다며 쉬지 못하게 했습니다. 그 애는 한낮의 열기를 못 견디고 쓰러졌고, 십장에게 채찍질을 당하다가 죽었습니다. 당신은 그 일을 알고 계셨습니까?"

후노 왕은 눈앞에 있는 남자가 무슨 소리를 지껄이는지 도무지 알 수가 없었지만, 그의 화법이 자꾸만 예절에 어긋나는 것은 확실히 알 수 있었다.

"내게 말을 할 때에는 '후노 왕 전하'라고 해라. 자, 서둘러라, 어서 나를 이곳에서 데리고 나가라."

"그럴 수는 없을 것 같습니다, 전하."

키모가 고삐를 냉큼 잡아당기자 마차가 급정거했고, 그 바람에 후노 왕은 좌석에서 굴러 떨어졌다. 뒤이어 키모의 검이 날카롭게 번득이는가 싶더니, 후노 크리마의 머리가 바닥에 나동그라졌다.

"이제 꿈속에서 마음껏 거대한 왕궁을 지을 수 있겠구나." 키모는 마차의 끌채에서 말 한 마리를 풀어 준 다음, 안장도 없는 말 등에 풀쩍 올라탔다. "하지만 나는 진짜 영웅을 따라갈 것이다."

키모는 말의 머리를 동쪽으로 틀어 사루자를 향해 달렸다. 그와 마찬가지로 투노아가 낳은 아들이자 이미 전설이 된 마타 진두가 레피로아를 타고 질주했던 길을 따라서.

키지, 이 첫 번째 판에서는 우리 쪽이 졌다고 인정하겠어. 우리가 너무 얕본 거야. 마라나와 나멘, 둘 다.

너희 쌍둥이와 피소웨오는 그게 고질병 같더구나. 언제나 자나를 얕보는 것 말이야.

마음껏 히죽거려 보게, 형제여. 그대가 자랑하는 비행함처럼 헛바람을 잔뜩 들이켜 봐. 언제나 마지막에 웃는 자가 가장 크게 웃는 법이니까.

"그대를 만나니 기쁘기가 한량없구려." 수피 왕은 사루자의 성문에서 핀 진두와 마타 진두를 맞이하며 말했다. "코크루의 백성들은 우리 군대의 진정한 원수를 간절히 기다렸소."

제17장

주디의 성문

사루자, 그리고 주디 현

선무 4년 4월

나멘 장군이 디무 시에서 펼친 기습 공격은 제국군이 리루강 이남에서 전개하는 대토벌전의 신호탄이었다. 크리마시긴 원정군에 투항했던 마을과 도시는 몇 주 만에 거의 대부분 제국의 지배하로 되돌아갔고, 제국군은 코크루를 재정복하기 위해 남쪽으로 무자비한 행군을 시작했다.

코크루의 수피 왕이 사루자에서 결성한 전시 대연맹은 벌써 몇 주째 회의를 거듭했지만, 어떠한 결론에도 이르지 못했다.

회의실을 둘러본 수피 왕은 아무와 파사, 리마, 간의 대사 및 하안의 코수기 왕이 모두 출석한 것을 확인했다. 그들은 회의실의 두툼하고 푹신한 돗짚자리 바닥에 저마다 자국의 상징색으로 만든 방석을 깔고 격식을 차린 *미파 라리* 자세로 앉아 있었다. 등을 꼿꼿이 펴고 무릎을 꿇어 정강이 부분에 체중이 고르게 실리도록 앉는 불편한 자세였다.

"시작하기 전에 먼저 지주 왕 전하를 기리기 위해 다라 제도에서 가장 용감한 군주께 걸맞은 예를 갖추어야 할 것입니다."

리마 대사는 옷소매로 눈가에 번진 눈물을 찍으며 말했다.

회의실에 있던 사람들은 일제히 고개를 끄덕여 동의했고, 한 명씩 차례로 일어나 지주 왕의 용감했던 삶과 그보다 더 용감했던 죽음을 찬양하는 추도사를 구구절절 읊었다. 수피 왕은 점점 낮아지는 물시계의 수위를 흘깃 보고는 애써 조바심을 감추었다. 3주 전으로 거슬러 올라가면 이들 가운데 과연 누가, 리마의 대사까지 포함해서, 걸인 무리 속에 섞여 있는 지주 왕을 알아보았을지 미심쩍었다. 그런데 지금은 다들 그를 어릴 적부터 알던 사이인 양 행동하고 있었다.

파사 대사는 누구보다 긴 추도사를 읊으며 파사와 리마의 '특별한 관계'를 거듭 또 거듭 강조했다. 이에 기가 막혔던 수피 왕은 자꾸만 천장으로 향하려 하는 눈길을 붙잡느라 어느새 머리가 지끈거렸다. 파사 대사는 무려 한 시간이 지나서야 자리에 앉았다.

"오늘 저희 리마에 경의를 표해 주신 여러분께 감사드립니다." 리마 대사는 거의 울먹이다시피 했다. "지금은 제가 리마 망명 정부의 수반이 아닐까 싶습니다."

참석자 전원의 귀에 간신히 닿을 만큼 조그만 목소리로 이렇게 덧붙이는 대사를 주제넘게 여기는 사람은 없었다.

수피 왕이 이날 토론하고자 했던 주요 안건을 막 상정하려는 찰나, 파사 대사가 다시 자리에서 일어섰다.

"서코크루의 후노 왕 또한 추모해야 마땅합니다. 비록 예법에는 어두웠을지 모르나……" 파사 대사는 쿡쿡 웃는 간과 아무의 대사에게 눈을 찡긋했다. "……그럼에도 수피 왕 전하께 승인을 받아 어엿한 티로국 왕의 반열에 올랐으니까요."

너희는 후노 크리마를 시골뜨기로 업신여길지도 모르지만, 그가 없었다면 반란은 애초에 시작되지도 않았을 것이다. 너희가 할 수 있는 일이라고는 마땅한 예를 갖추어 그를 추모하는 것뿐이거늘.

그러나 수피 왕은 속에서 들끓는 분노를 억눌렀다. 이 자리에서는 더 중요한 일을 논의해야 했고, 그는 파사를 대표하는 이 얼간이의 협력이 필요했다.

또다시 한 사람씩 차례로 일어나 후노 왕을 기리는 거짓 추도사를 늘어놓았다. 다행히도 이번에는 짧게 끝났다.

드디어. 수피 왕은 속으로 중얼거렸다.

"친애하는 티로 대표 여러분, 우리는 탄노 나멘의 코크루 침공이라는 시급한 문제를……"

그때 코수기 왕이 말허리를 자르고 끼어들었다.

"수피, 이 늙은이의 무례를 잠시만 눈감아 주시오."

인내심을 바닥까지 긁어모아서, 수피 왕은 못다 한 말을 삼키고 코수기 왕에게 계속하라는 뜻으로 고개를 끄덕였다. 코수기 왕이 하려는 말이 무엇인지는 이미 아는 바였다. 하안은 여태 제국의 지배에서 벗어나지도 못한 상태였건만, 코수기 왕은 하안의 '영토 보전'이라는 목표에 집착했던 것이다. 아는 노래가 한 곡뿐인 사람이 지칠 줄도 모르고 그 노래를 불러 대는 격이었다.

그럼에도 수피 왕은 코수기 왕을 제지하지 못했다. 모든 티로 국가는 적어도 명목상으로는 동등하기 때문이었다. 따라서 하안이 이제껏 반란에 기여한 바가 아무것도 없다 할지언정, 수피 왕은 대동맹의 회의에서 코수기 왕의 발언권을 인정하는 수밖에 없었다.

"내가 들은 안타까운 소식에 따르면, 나멘이 코크루에 집중한 틈을 타 파사의 군대가 태곳적부터 하늘에 인정받은 리마와 하안의 영토를 점령했다고 하오."

"전하, 분명 무언가 착오가 있는 듯합니다." 파사 대사의 말이었다. "파사군 지휘관들이 받은 지도는 아마도 실수로 하안의 영토를 크게 그려서 파사의 영토를 축소했으리라 여겨지는 해묵은 오류를 꼼꼼하게 검증하여 바로잡은 것입니다. 하오나 그 말씀을 듣고 보니 떠오르는 것이 있군요. 저는 이 자리에서 간에 정식으로 항의하고자 합니다. 간 함대는 오게 군도 주변에서 파사 어민들을 괴롭혀 왔습니다. 여기 계신 모든 분이 아시다시피 오게 군도는 언제나 파사의 영토였지, 간의 영토가 아닙니다."

"대사의 말씀은 간의 사서에 적힌 내용과 다르군요." 간 대사는 이렇게 응수했다. "사실 파사가 그 섬들을 불법하게 점령할 수 있었던 이유는 단 하나, 지금으로부터 100년 전에 간이 자나와 싸우느라 바빠서 신경 쓸 겨를이 없었기 때문입니다. 그리고 해묵은 오류를 바로잡는 문제로 말씀드릴 것 같으면, 지금이야말로 마침내 코크루가 간에 투노아 군도를 반환할 적기라고 생각합니다만."

수피 왕은 두개골이 부서질 것처럼 찔러 대는 날카로운 두통을 달래려고 관자놀이를 문질렀지만 헛수고였다.

"친애하는 티로 대표 여러분."

한참 만에 수피 왕이 입을 열었다. 그는 '친애하는'이 목에 걸려 거의 내뱉다시피 했다.

"말씀을 듣자 하니 제국은 이미 역사 속으로 사라졌고, 우리는 벌써부터 칠국이 쟁패하던 옛 시절로 돌아간 듯하군요. 허나 여러분께서는 제국군이 이곳을 향해 시시각각 진군하는 중인 것을 잊고 계십니다. 서로의 차이를 접어 두고 하나로 뭉치지 않으면 우리는 저마다 리마와 같은 수난을 겪고 다시금 자나의 멍에를 져야 할 것입니다."

대사들과 코수기 왕은 잠시 침묵을 지켰지만, 오래지 않아 회의실은 또다시 옥신각신하는 소리로 가득 찼다.

수피 왕은 관자놀이를 더 세게 문질렀다.

회의실 바깥의 복도에서 귀를 기울이던 핀 진두는 고개를 절레절레 흔들고는, 묵묵히 돌아서서 그곳을 떠났다. 그에게는 현실에서 처리할 일이 있었다. 그리고 이제는 더 허비할 시간이 없었다.

바야흐로 봄이었다. 날씨도 따뜻하고 포근했기에 쿠니 가루는 지아와 린 코다, 코고 옐루, 뮌 사크리, 샌 카루코노를 데리고 소풍을 가기로 했다. 들어오는 보고는 하나같이 나멘이 거느린 제국군이 아직 서쪽 멀리에 있다고 했거니와, 소풍을 나가면 제국의 공세 앞에서 어떻게 주디를 지킬지 노심초사하는 동료들의 불안을 조금은 덜어 줄 수 있을 듯싶어서였다.

"오늘은 말이 더 필요하다는 소리 같은 건 정말로 듣고 싶지 않군."

쿠니는 일행이 탈 말을 거느리고 다가오는 샌 카루코노에게 말했다. 샌은 빙긋이 웃었다.

"한마디도 안 하겠습니다."

일행은 지아를 위해 천천히 말을 몰았다. 이제는 언제 진통을 시작해도 이상하지 않은 몸이었지만, 지아는 싱그러운 공기와 들꽃이 가득 핀 산기슭의 경치를 만끽했다. 이따금 신기한 약초가 보이면 말을 세우고 일행에게 따 달라고 부탁해서 가방에 챙겨 넣기도 했다.

소풍 도시락 또한 지아의 작품이었다. 김이 모락모락 나는 고기만두(여기에 '이보다 더 신선할 순 없으니까요'라며 오는 길에 딴 새 약초를 곁들였다.), 설탕과 식초로 절인 죽순, 다수산 고춧가루를 뿌린 게살 부침, 그리고 발포성 포도주까지. 포도주는 과거 주디 현의 제국 주둔군 지휘관이었다가 조국을 버리고 쿠니 쪽에 가담한 도사 부사령관의 소장품이었다. 일행은 젓가락을 쓰는 대신 다 함께 손으로 음식을 집어 먹었다.

"아, 잘 먹었다."

쿠니는 만족스럽게 트림을 했다. 그들 여섯은 양지바른 비탈에 드러누워 있었다. 양껏 먹고 마신 데다 산토끼와 꿩을 쫓아다니느라 노곤해진 참이었다. 말들은 자유로이 거닐며 풀을 뜯었다. 참으로 멋진 하루, 이대로 성에 돌아가 일을 하기에는 너무 아까운 날이었다.

샌은 기지개를 켜려고 일어나서 말들이 너무 멀리 가지 않았는지 확인했다. 그러다가 문득 중얼거렸다.

"왜 성에 하얀 깃발이 걸려 있지?"

다른 사람들도 느릿느릿 일어나 눈 위에 손차양을 하고 멀리 있는 주디 성의 성벽을 바라보았다. 샌의 말이 옳았다. 이제 검은 까마귀와 흰 까마귀가 그려진 붉은 깃발 대신 하얀 깃발이 성문 위에 나부끼고 있었고, 쿠니는 그 깃발에 그려진 새가 밍겐 수리가 아닌가 하는 불길한 의심이 들었다.

순식간에 술이 깬 쿠니와 친구들은 조바심에 황급히 말을 달려 주디 성문 앞으로 돌아왔다. 예상대로 성문은 굳게 닫힌 채 잠겨 있었다.

"죄송합니다, 가루 공."

성벽 꼭대기에서 이렇게 외친 남자는 원래 제국군의 병사였다.

"무루는 어디 갔어?"

쿠니가 외쳤다. 평소 같으면 성문을 여닫는 일은 무루의 책임이었다.

"무루 오장은 가루 공을 배신할 수 없다며 저항하려 했습니다. 그래서 도사 부사령관님이 어쩔 수 없이 처형했습니다."

쿠니는 묵직한 주먹에 배를 얻어맞은 느낌이 들었다.

"도대체 왜 이러는 거야?"

"공께서 자리를 비우신 사이에 도사 부사령관님이 현의 유지들을 설득해서 다시 제국에 충성을 맹세토록 했습니다. 듣자 하니 나멘 장군은 반란군을 내쫓고 즉시 투항한 도시는 공격하지 않는답니다. 하지만 저항하면 혹독한 대가를 치르게 됩니다. 가루 공, 저는 공을 진심으로 존경합니다, 또 훌륭한 주군이라고 생각합니다. 하지만 제게는 아내와 어린 딸이 있습니다. 그 딸이 자라서 혼인할 때까지 지켜보고 싶습니다."

잠깐 동안, 쿠니는 진작 낌새를 채고도 직감을 무시했던 자신을 심하게 자책했다. 표정은 이루 말할 수 없이 침통했고, 이내 말이 뒷걸음질을 하자 하마터면 말에서 떨어질 뻔도 했다.

"젠장. 이런 젠장."

"당신은 아무것도 없이 시작해서 여기까지 왔잖아. 다시 시작하면 되지, 뭐."

쿠니는 손을 뻗어 지아의 손을 잡았다. 힘껏.

다시 고개를 들었을 때, 쿠니의 표정은 결의로 충만했다.

"그래, 알았다." 쿠니는 성벽 위쪽을 향해 외쳤다. "모두에게 전해라, 비록 동의하지는 않아도 당신들의 결정을 존중한다고. 하지만 쿠니 가루가 이대로 끝나지는 않을 거라고도."

해가 서녘으로 기울 무렵, 풀죽은 기수 여섯 명을 태운 말 여섯 마리가 밤을 보낼 채비를 하려고 조그만 개울 옆에 멈춰 섰다. 얼마간 심사숙고한 끝에 쿠니가 내놓은 최선책은 사루자로 향하는 것, 그리하여 이 '자칭 주디 공'을 인정하고 주디를 되찾을 병력을 빌려주도록 수피 왕을 설득해 보는 것이었다.

일행은 모닥불을 피워 놓고 이날 일찍 잡은 산토끼와 꿩을 굽기 시작했지만, 불가의 침통한 분위기는 낮의 유쾌하던 분위기와 극명한 대비를 이루었다.

키가 홀쭉한 남자 한 명이 개울가 바로 옆의 숲에서 홀연히 나타나더니, 쿠니 일행 쪽으로 다가왔다. 샌과 뮌은 조심스레 검 자루에 손을 얹었다. 남자는 해칠 뜻이 없다는 듯 빙그레 웃으며 아무것도 없는 양손을 들고 천천히 불가 쪽으로 걸어왔다. 모닥불이 드리운 둥그런 불빛 속에서 남자가 점점 가까워지자 쿠니 일행은 그의 생김새를 더 자세히 볼 수 있었다. 체격은 홀쭉하다 못해 여위었고, 피부는 루소 해변의 유명한 모래처럼 새까맸다. 남자의 연녹색 눈이 일렁이는 불빛을 받아 환하게 반짝였다.

"소생은 루안 지아라고 합니다, 하안 출신이지요. 청컨대 이 낯선 자에게 음식을 조금 나누어 주실 수 있을까요? 그 대신 제 술 부대에 든 술을 기꺼이 드리겠습니다."

쿠니는 낯선 남자를 멍하니 바라보았다. 이 루안 지아라는 남자는…… 그의 풍모에는 어딘가 쿠니의 마음을 흔드는 구석이, 거의 십 년은 될 법한 과거의 기억을 상기시키는 구석이 있었다. 린 코다와 함께 마피데레 황제의 순행 행렬을 구경하러 주디 현 어귀에 갔던 바로 그날의 기억이었다.

"당신, 그때 그 연을 조종하던 기수잖아." 쿠니의 입에서 불쑥 터져 나온 말이었다. "황제를 죽이려고 했던 그 사람."

제18장

루안 지아

긴펜

자나 정복 이전

문아(文雅)의 땅 하안에서 학문은 한낱 사치품이 아니라 삶의 방식이었다.

자나에 정복당하기 전, 갈대가 우거진 드넓은 갯벌과 자갈투성이 해변에 잇닿은 하안의 전원 지대에는, 무수히 많은 오두막 학당이 모래성처럼 즐비하게 늘어서 있었다. 이들 학당의 교사는 나라의 녹을 받으며 가난한 집 아이들에게 읽기와 쓰기, 기초 산술 등을 가르쳤다. 더 부유하고 재능 있는 아이들은 온 다라에서 가장 이름난 사립학교가 모여 있는 수도 긴펜으로 향했다. 다라 제도에서 으뜸가는 학자들 중에는 긴펜에 있는 학교의 강의실과 연구소에서 유학생 시절을 보낸 이가 많았다. 통치술을 예술의 경지로 승화시킨 철학자 탄 페위지, 제국의 섭정이자 비할 데 없는 서예가 뤼고 크루포, 그 둘의 스승이었던 기 안지, 죽음을 무릅쓰고 마피데레 황제를 비판한 후조 투안, 그 밖에도 여러 학자들이 있었다.

예전의 하안에서는 여행자가 밭둑을 걷는 농부를 아무나 붙잡고 정치와 천문, 농업, 기상학 같은 주제로 이야기를 나누어도 무언가 배워 갈 것이 있었다. 수도 긴펜에서는 상점의 수습 점원조차도 혼자 힘으로 세제곱근을 구하고 마방진을 거뜬히 풀었다. 비록 음식은 평범하고 술도 그저 그런 수준이었지만, 다관과 주점에서는 온 다라에서 가장 명석한 인재들이 정치와 자연의 이치를 논하는 광경이 눈에 띄곤 했다. 하안은 티로 국가들 가운데 가장 근면한 나라는 아니었으나 하안 출신 기술자와 발명가는 모든 나라에서 앞다투어 찾는 수차와 풍차를 설계했고, 가장 정확한 물시계를 제작했다.

그러나 정복 이후 모든 것이 변하고 말았다. 하안이 책을 불태우고 학자들을 파묻은 마피데레 때문에 입은 정신적 타격은 다른 티로 국가들보다 더 심각했다. 오두막 학당은 재정 지원이 끊긴 탓에 버려졌다. 긴펜의 사립학교는 여러 곳이 문을 닫았고, 그나마 명맥을 유지한 몇몇 학교는 빛나던 과거의 그림자로 전락했다. 학자들이 솔직한 답을 내놓기를 두려워하고 현실의 문제를 제기하는 것은 더욱 두려워했기 때문이었다.

일생의 대업을 포기하고 싶은 마음이 들 때마다, 루안 지아는 머릿속으로 떠올렸다. 살해당한 학자들을, 불태워진 책들을, 육신을 잃은 망령들의 비난이 그칠 줄 모르고 메아리치는 것만 같던 텅 빈 강의실을.

지아 일족은 까마득한 옛날부터 하안 왕가를 섬겼다. 가장 최근의 오대만 헤아려 봐도 승상 셋과 장군 둘, 왕실 점복관(占卜官) 다섯을 배출할 만큼 명문가이기도 했다.

루안 지아는 영특한 소년이었다. 다섯 살에 이미 하안의 시인들이 고전 아노어로 지은 시 300수를 암송했다. 일곱 살에는 왕립 점술 학회가 경악할 만한 기량을 선보일 정도였다.

점술은 다라 제도 전역에서 고대부터 전해 내려온 기예였지만, 학문의 땅인 하안만큼 점술을 열심히 연구한 티로 국가는 없었다. 뭐니 뭐니 해도 하안은 속임수와 산술과 예언의 신 루소가 총애하는 터전이었던 것이다. 신들의 말은 언제나 모호했고, 때로는 인간의 기도를 한창 듣는 도중에 마음을 바꾸기도 했다. 점술은 본질적으로 불확실한 방법을 통해 미래를 확정하는 행위였다.

따라서 예언의 정확도를 높이는 최선의 길은 같은 질문을 여러 차례 되풀이하고 가장 많이 나온 답이 무엇인지 확인하는 것이었다. 예컨대 왕이 올해 농사와 고기잡이가 전해보다 더 잘될지 어떨지 궁금해하는 경우가 있었다. 이 궁금증에 답하기 위해 점술 학회는 먼저 회원들을 소집하여 루소 신에게 올리는 기도문의 형식으로 질문을 작성했다.

그런 다음 루소 신의 전령으로 여겨지는 커다란 바다거북의 말린 등갑 열 개를 루소 해변의 검은 모래 위에 일렬로 늘어놓았다. 그러는 동안 활활 타는 석탄이 가득한 화로에 쇠막대기 열 개를 꽂고 풀무질을 하다가, 쇠막대기가 빨갛게 달아오르면 꺼내서 등갑에 대고 갈라질 때까지 꾹 눌렀다. 이 단계가 끝나면 점복관들이 모여 등갑의 균열에 나타난 방향을 표로 작성했다. 만약 등갑 여섯 개가 대략 동서 방향으로 갈라지고 네 개는 대략 남북 방향으로 갈라졌다면, 이는 곧 그해의 수확량 및 어획량이 5분의 3 확률로 전해보다 넉넉 하리라는 뜻이었다. 이 결과는 갈라진 금 한 가닥 한 가닥의 각도를 정확히 측정하여 균열의 대략적인 방향과 비교함으로써 더욱 정밀 해졌다.

점복관에게 기하학을 비롯한 수학의 여러 분과 학문은 중요한 도 구였다.

루안 지아의 아버지는 수석 점복관이었다. 루안은 일찍부터 아버 지가 하는 일에 큰 관심을 품고 유심히 지켜보았다. 일곱 살이던 해 어느 날, 루안은 아버지를 따라 점술 학회가 왕의 중요한 질문에 답 을 찾으려고 모여 있는 루소 해변에 갔다. 아버지가 수염이 희끗희 끗한 점복관들과 함께 일을 하는 동안 루안은 혼자 해변을 거닐다 가, 스스로 고안한 놀이를 시작했다.

루안은 검은 모래에 정사각형을 그리고 그 안쪽에 꼭 들어맞는 원을 그렸다. 그런 다음 눈을 감고서 도형이 있는 쪽을 대강 겨누어 조약돌을 던졌고, 조약돌이 정사각형 안쪽에 떨어진 횟수와 원 안 쪽에 떨어진 횟수를 종이쪽지에 기록했다.

의식을 마친 아버지가 루안을 데리러 왔다.

"무슨 놀이를 하고 있느냐, *루티카?*"

루안은 놀이 같은 게 아니라고 대답했다. 그러면서 '루소의 수'를 계산하는 중이라고 했다. 루소의 수란 원둘레와 지름의 비를 가리 키는 말이었다.

루안은 아버지에게 이렇게 설명했다. 원의 넓이는 반지름의 제곱에 루소의 수를 곱한 값이었다. 반면에 정사각형의 넓이는 원의 반지름에 2를 곱한 값의 제곱, 또는 반지름의 제곱에 4를 곱한 값이었다. 따라서 정사각형의 넓이에 대한 원의 넓이의 비율은 루소의 수를 4로 나눈 값과 같았다.

만약 도형에 던진 조약돌의 수가 충분히 많으면 원 안쪽에 떨어진 조약돌 수와 정사각형 안에 떨어진 조약돌 수의 비율은 대략 각 도형의 넓이의 비율과 일치한다. 루안은 그 비율에 4를 곱하여 루소의 수 자체의 근삿값을 계산해 냈던 것이다. 조약돌을 더 많이 던질수록 그 값의 정확도는 더 높아졌다.

그리하여 루안은 우연에서 확실성을, 혼돈에서 질서를, 무작위에서 의미와 완성과 아름다움에 이르는 형식을 이끌어 냈던 것이다.

루안의 아버지는 조숙한 아들을 보며 경악했다. 이는 물론 지능이 높다는 증거였지만, 한편으로는 신앙심의 증거이기도 했다. 루안은 분명 루소 신의 특별한 가호를 받는 아이였다.

별일 없이 성장했더라면 루안 지아는 아버지의 뒤를 이어 하안 왕실의 수석 점복관이 되었을 것이다. 그리하여 숫자와 도형, 계산과 정리, 증명과 수수께끼 풀이를 통해 신들의 모호한 뜻을 밝히는 멋진 일로 여생을 보냈을 것이다.

그러나 그의 삶에 마피데레 황제가 등장했다.

지아 일족은 하안을 지키기 위해 목숨을 걸었다. 루안의 아버지는 굴곡진 거울을 발명하여 오로지 태양의 힘만으로 자나 군함을 불태워서 조국의 해안을 지켰다. 루안의 할아버지는 발사형 폭죽으로 강화한 쇠뇌를 고안하여 저공비행을 하는 자나 비행함을 격추했다. 고작 열두 살이었던 루안 본인은 가죽에 결이 고운 철조망을 겹쳐서 더 가볍고 튼튼한 방패를 만들었고, 이로써 자나군의 화살로부터 수많은 하안 병사의 목숨을 구했다.

그러나 결국에는 모두 헛수고였다. 자나군은 희생을 치르기는 했지만 꾸준히 땅과 바다와 하늘을 장악해 갔고, 남은 것은 결국 하안의 수도 긴펜뿐이었다. 겨울 무도회로 향하는 하안 여성들이 몸에 몇 겹씩 두른 기다란 비단옷처럼, 자나군은 기세등등한 병사들을 몇 겹씩 둘러 세워 긴펜 성을 포위했다. 그러나 긴펜의 우물은 깊었고 식량 창고 또한 가득 차 있었다. 코수기 왕은 다른 티로 국가들이 원군을 보낼 때까지 농성을 하기로 결심했다.

그러나 하안의 왕궁은 속부터 타락하고 부패한 곳이었다. 학문이 탐욕을 이기지 못한다는 사실이 증명된 셈이었다. 왕좌에 앉도록 지원하겠다는 자나의 꼬드김에 넘어간 왕자 한 명이 몰래 성문을 열면서, 긴펜은 하룻밤 만에 함락당했다. 코수기 왕은 항복을 선언했지만 자나의 침략자들은 이미 긴펜 성을 피바다로 만들었다. 검은 모래와 자갈이 깔린 길거리는 바다 밑의 혈산호처럼, 분출하는 용암처럼, 저무는 해 뒤의 서녘 하늘처럼 붉게 물들었다.

지아 일족이 만든 기발한 무기의 성능에 격노한 긴펜의 정복자 유마 장군은 부하들이 시내에서 약탈과 살육을 벌이는 동안 따로 부대를 파견하여 지아 일족의 장원을 덮쳤다.

"*루티카.*" 루안의 아버지는 몸을 숙여 아들의 이마를 쓰다듬으며 소리 죽여 말했다. "우리 지아 일족은 오늘 수많은 목숨을 내놓을 것이다. 이는 하안에 대한 충성과 신들에 대한 믿음과, 저 폭군 레온에 대한 경멸을 보여 주기 위함이란다. 허나 우리의 죽음이 헛일이 되지 않으려면 일족의 씨앗 하나를 남겨서 꽃필 기회를 주어야 해. 너는 자나의 침략자들을 따돌리고 하안의 영광을 다시 드높일 때까지 이곳으로 돌아오지 마라."

루안의 아버지는 집안의 하인 가운데 나이가 지긋한 심복을 불러서 자나군 병사처럼 변장하도록 지시했다.

"루안에게 하녀 옷을 입혀서 함께 이곳을 떠나게. 시내는 아비규환이 되었으니 누가 봐도 포로를 데리고 가는 자나 침략군으로 알걸세. 긴펜을 벗어나면 내 아들을 지켜 주게, 지아 일족의 마지막 자손일세. 자, 어서 가게!"

하인에게 질질 끌려서 시내를 빠져나가는 동안 루안은 울고 악을 쓰면서 가족과 함께 죽게 해 달라고 애원했다. 자나군 병사들은 아군 동료가 착란에 빠져 울부짖는 포로를 끌고 가는구나 하고 두 사람을 무시했다. 나중에, 어린 루안은 아버지가 얼마나 훌륭한 점복관인지를 깨달았다. 아버지는 아들이 겁에 질려 울부짖더라도 들키지 않을 만한 변장을 골랐던 것이다.

루안 아버지의 묘수가 통한 덕분에 두 사람은 안전하게 탈출했다. 그러나 그날 밤 어느 시골 마을에 숨어 잠든 사이에, 늙은 하인은 자나의 야만인에게 붙잡힌 소녀를 구해야 한다고 믿은 마을 사람들에게 살해당하고 말았다.

하안이 맞이한 기나긴 속국 시대의 첫날이 밝을 무렵, 루안은 그때껏 알던 세상에서 멀리 떨어져 모르는 사람들 속에 홀로 남겨진 자신을 발견했다.

함락당한 긴펜에 살아남은 가족은 한 명도 없었다.

루안이 성장하는 동안 육국은 한 곳씩 차례로 무너져 갔다.

황제는 인두겁을 쓴 사냥개들을 수도 없이 부리며 불온한 사상을 품은 자를 찾아내려 혈안이 되어 있었고, 루안은 그들의 눈을 피해 쉴 새 없이 달아나고 또 숨으면서 일족과 하안 왕실의 원한을 갚으리라 다짐했다. 아버지의 마지막 소원을 이루리라 맹세했다. 루소 신의 뜻을 실현하리라, 그리하여 이 뒤엎어진 세상의 균형을 되찾으리라 결심했다.

루안은 전장에서 돌격을 이끌 만한 사람은 아니었다. 연설에 격정을 담아 군중을 봉기시킬 만한 사람도 아니었다. 그렇다면 무슨 수로 복수의 꿈을 이룬단 말인가?

루안은 전신전령을 다하여 기도했다. 신들의 뜻을 확인하고자 몇 번이고, 몇 번이고.

"루소 신이시여, 하안이 부흥하고 자나가 멸망하는 것이 당신의 뜻입니까? 그렇다면 그 뜻을 실현하기 위해 제가 무엇을 해야 합니까?"

매일, 매시간, 깨어 있는 매 순간, 루안은 똑같은 질문을 되뇌며 답이 담긴 계시를 찾아 헤맸다.

방금 지나온 들판에 우거진 들꽃 중에 산당근이 해란초보다 더 많았던 것에는 무슨 의미가 있을까? 산당근은 흰색이고 해란초는 노란색, 각각 자나와 하안의 상징색이었다. 그렇다면 신들이 자나 제국을 더 아긴다는 뜻일까?

어쩌면 꽃의 모양이 관건일 수도 있었다. 해란초를 보면 키지의 *파위*인 밍겐 수리의 둥그렇게 휜 부리가 떠오르는 반면, 섬세한 산당근의 꽃 모양은 루소의 그물을 연상케 했다. 그렇다면 신들이 하안을 아끼는 마음을 보여 주려 한 것일 수도 있었다.

또는, 어쩌면, 답은 수학적 수수께끼 속에 숨겨져 있는지도 몰랐다. 루소는 너무 골똘히 생각하다 그만 길 한복판에 멈춰 섰다. 해란초 한 송이를 이루는 꽃잎의 넓이는 간단히 계산할 수 있는 반면에 산당근의 이른바 '산형 화서(繖形花序)'는 정확한 넓이를 가늠하기가 몹시 어려웠다. 큰 핏줄이 실핏줄로 갈라지듯이, 중심 꽃대에서 뻗어 나온 꽃대가 다시 여러 꽃대로 갈라지다가, 각각의 끝마디에 제대로 알아보기도 힘들 만큼 조그만 흰색 통꽃을 피우기 때문이었다. 이처럼 조밀한 입체가 아니라 빈틈과 선으로 이루어진 대상의 넓이를 계산하기란 눈송이의 둘레 길이를 구하는 일만큼이나 어렵다는 것을 루안은 대번에 알 수 있었다. 그렇게 하려면 새로운 경지의 수학이 필요했다. 무한소와 자기 복제 도형을 설명할 수 있는 수학이.

그렇다면 이것은 하안의 부흥에 이르는 길이 길고도 험하리라는, 그러므로 낮은 성공률을 만회할 수 있는 새 길을 찾아야 한다는 신들의 암시일까?

점술의 기예를 아무리 동원해 봐도 확실한 것은 단 하나, 신들은 직접 답하기를 거부한다는 사실이었다. 결과는 여전히 미지의 영역에 있었다.

신들에게서 앞날에 관한 답을 얻지 못한 루안은 현세의 문제에 집중했다. 수학 지식은 점술의 영역에만 써먹을 수 있는 것이 아니었다. 루안은 힘과 저항 및 압력과 부하를 계산할 줄 알았고, 지렛대와 톱니와 경사판을 결합하여 복잡한 기계를 만들 줄도 알았다. 그러한 기계와 구동 기관으로 과연 암살자 한 명이 육국의 대군조차 실패한 일에 성공할 수 있을까?

혼자서, 버려진 창고 건물의 캄캄한 지하실에 틀어박힌 채로, 루안은 마피데레 황제 암살 계획을 다듬고 또 다듬었다. 그러는 동안 이제는 다라 제도 전역에 뿔뿔이 흩어진 옛 하안의 귀족들과 비밀리에 연락을 취하며 그들이 새 체제에 충성하는지 어떤지 확인했다. 자신을 동정하는 인사가 있으면 루안은 도움을 청했다. 돈, 소개장, 비밀 공방을 지을 만한 장소 같은.

루안은 대담한 계획에 착수했다. 키지산에서 나는 부양용 기체로 하늘에 떠서 깃털 노로 움직이는 거대 비행함은 자나 제국이 정복자라는 것을 보여 주는 주요한 상징이었다. 그러므로 인과응보가 무엇인지 보여 주기 위해, 루안은 똑같이 하늘에서 마피데레 황제에게 죽음을 안겨 주기로 했다. 영감을 준 것은 하안의 스산한 해안가에서 목격되는 거대한 앨버트로스와 절벽에 둥지를 튼 독수리였다. 날개를 퍼덕이지 않고 몇 시간씩 활공하는 그 새들을 떠올리며, 루안은 기수와 폭탄 몇 개를 싣고 줄 없이 날아오를 수 있는 전투연을 설계했다. 황제의 첩자들에게 들키지 않도록 옛 코크루와 간의 접경지대에 펼쳐진 위소티 산맥의 인적 없는 외딴 골짜기와 산길에서 실험 비행을 거듭하는 동안, 루안이 만든 모형 연의 크기는 점점 더 커졌다.

모형 연이 부서져 가까운 인가와 마을까지 며칠이나 걸리는 이름 모를 골짜기에 추락하기를 몇 차례, 머리가 어질어질하고 뼈가 부러지고 온몸에 피를 흘리는 초주검이 되었을 때, 루안은 자신이 혹시 미친 것은 아닌지 궁금해졌다. 하늘에서 천천히 회전하는 별들을 올려다보며, 멀리서 길게 우는 늑대 소리에 귀를 기울이며, 억겁의 세월을 무심하게 흘려보내는 자연계에 비하면 인간의 목숨은 얼마나 덧없는 것인지 생각했다.

이런 생각도 들었다. 신들의 말이 그토록 모호하고 난해한 까닭은 그들이 하찮은 필멸자들하고는 척도 자체가 다른 시공간을 경험하기 때문이 아닐까? 1년에 한 뼘만 움직이는 빙하도 라파 여신이 보기에는 홍수의 물살처럼 빨랐고, 느릿느릿 녹았다가 굳는 용암도 카나 여신이 보기에는 졸졸 흐르는 산 속의 개울이나 마찬가지였다. 늙은 거북으로 상징되는 루소 신은 이미 100년을 100만 번 살았고 앞으로도 수백만 번 더 살 것이며, 다라의 역사에 기록된 모든 시대의 인간들은 그가 짜디짠 눈물을 머금은 눈 위의 두툼한 눈꺼풀을 몇 번 끔벅거리는 사이에 깨끗이 사라질 터였다.

루안이 생각하기에 신들은 긴펜의 왕좌에 누가 앉든 아랑곳하지 않았다. 누가 죽고 누가 살든 신경 쓰지 않았다. 신들은 인간 세상의 일에 초연했다. 그런 그들의 뜻을 점칠 수 있으리라 여기다니, 바보 같았다. 마피데레 황제에게 복수해 봤자 고작 상처 입고 분노한 자신의 마음을 달랠 수 있을 뿐, 신들에게 무슨 의미가 있을 거라고 생각하는 것은 어리석은 짓이었다.

　그러다가 몇 번인가 눈을 깜박이고 나서, 루안은 자신이 다시 인간 세상으로 돌아온 것을 깨달았다. 그곳은 자나 제국이 지배하는 세상, 폭군의 지배를 기꺼이 받아들이는 사람이 너무도 많은 세상, 그의 맹세가 아직 지켜지지 않은 세상이었다.

　루안에게는 해야 할 일이 있었다. 그는 다친 다리에 붕대를 감고 탈진한 채 눈을 감고 가만히 누워 기다렸다. 절뚝거리며 골짜기를 벗어날 힘이 생길 때까지. 설계상의 오류를 바로잡고 다시 연을 띄울 힘이 생길 때까지.

　루안이 에르메 산맥에서 날아올라 주디 현 북쪽 도로에서 황제의 목숨을 노릴 때까지는 몇 년이라는 시간이 필요했다.

　연일 내리쬐는 햇볕에 후끈하게 달아오른 포린 평원에서는 줄이 없는 연을 높이 띄울 만큼 강한 상승 기류가 발생했다.

　루안은 연에 몸을 묶고 최종 점검을 마친 다음, 황제의 순행 행렬 위로 날아올랐다. 저 아래 보이는 드넓은 평원에 느리게 흘러가는 강처럼 나아가는, 야만스럽고도 화려한 행렬을 향하여.

　그리고 실패했다. 루안의 조준 실력은 정확했지만 황제의 근위대장은 용감했고, 머리 회전도 빨랐다. 다시없을 기회는 그렇게 사라졌다. 이제 루안은 수배자가 되어 제국 전역에서 쫓기는 신세였다. 마피데레 황제를 암살하는 일에 누구보다 근접한 위험인물로서.

　황제의 목숨을 살린 것은 신들의 뜻이었을까? 키지 신이 루소 신을 꺾고 자나 제국을 지킨 것일까? 신들이 무엇을 바라는지는 도무지 알 길이 없었다.

　제국 안에 루안이 안전하게 머물 곳은 없었다. 황제 암살 미수범을 숨겨 주는 것은 다섯 대가 멸족당할 범죄였으므로, 한때 그를 도왔던 옛 친구들과 하안의 귀족들도 이제는 주저 없이 그를 신고할 터였다.

　갈 곳은 한 군데밖에 떠오르지 않았다. 탄 아뒤. 본섬의 사람은 야만인들이 무서워 감히 접근하지 못하는 남해의 고도였다. 당면한 위험과 미지의 위험 사이에서 루안은 목숨을 건 도박을 감행했다. 어차피 루소는 도박꾼들의 수호신이었으므로.

　뗏목을 타고 표류하다가 탄 아뒤의 바닷가에 닿은 루안은 갈증과 허기로 반송장이 되어 있었다. 파도를 피해 엉금엉금 기어서 해변을 올라가던 도중에는 그만 까무룩 정신을 잃고 말았다. 한참 후에 깨어났을 때, 눈에 들어온 것은 자신을 둥그렇게 에워싼 사람들의 발이었다. 루안은 발에서 다리로, 다시 벌거벗은 몸통으로 시선을 옮겼고, 마침내 탄 아뒤 전사들의 눈을 마주 보았다.

　아뒤족은 키가 크고 호리호리하면서도 근육이 다부졌다. 피부는 다라에도 흔한 갈색이었지만, 복잡한 진청색 문신으로 뒤덮여 있었다. 먹물로 새긴 문신은 햇살 아래에서 무지갯빛으로 번쩍였다. 금빛 머리칼에 파란 눈을 한 전사들은 저마다 창을 꼬나들고 있었고, 그 창끝은 루안의 눈에 상어 이빨처럼 날카로워 보였다.

　루안은 다시 정신을 잃었다.

　알려진 바에 따르면 아뒤족은 사람을 무자비하게 죽여 잡아먹는 야만족이었다. 이는 곧 여러 티로 국가, 특히 아무와 코크루가 오랜 세월 동안 탄 아뒤를 정복하려다 실패한 이유였다. 다라 본섬의 문명인들은 차마 아뒤족의 잔혹성을 따라잡지 못한다는 것이었다.

그러나 겁에 질린 루안의 예상과 달리 아뒤족은 그를 잡아먹지 않았다. 정신을 차렸을 때 아뒤족 전사들은 사라지고 없었다. 그들은 루안을 해치지 않고 섬에서 혼자 살도록 내버려 두었다.

루안은 아뒤족 마을에서 떨어진 바닷가에 오두막을 지었다. 자기 손으로 물고기를 잡고, 자기 몫의 토란 밭을 일구었다. 밤이면 오두막 앞에 나와 앉아서 먼 마을에 깜박이는 불빛을 바라보았다. 그 불 주위에는 몸이 유연한 젊은 남녀가 모여 춤을 추고 노래를 불렀고, 가끔은 가만히 둘러앉아 새로운 방식으로 들려주는 오래된 이야기에 귀를 기울이기도 했다.

루안은 자신의 행운을 믿기가 힘들었다. 그는 아뒤족이 보여준 기묘한 자비심에 보답할 능력이 있음을 증명해야 한다는 생각에 사로잡혔다. 그래서 유독 큰 물고기를 낚거나 혼자서는 다 먹기 힘들 만큼 달콤한 열매가 잔뜩 달린 덤불을 찾으면, 남은 것을 들고 아뒤족 마을의 어귀까지 가서 그곳에 두고 왔다.

호기심이 동한 아뒤족 아이들이 루안의 오두막에 들르기 시작했다. 처음에는 위험한 짐승의 굴에 접근할 때처럼, 루안이 이쪽의 움직임을 눈치챈 낌새가 보이면 깔깔 웃으며 달아나 버렸다. 그래서 루안은 못 본 척하기가 불가능할 때까지 가만히 있다가 아이들이 지척까지 오면 고개를 들고 빙긋이 웃었고, 그제야 용감한 몇몇 아이도 그를 보며 마주 웃었다.

루안은 자신도 모르는 사이에 몇 가지 몸짓과 손동작으로 아이들과 의사소통을 했다. 해맑게 웃는 얼굴과 전염성을 지닌 웃음소리 앞에서는 수줍어하기가 오히려 힘들었다.

아이들은 루안에게 마을 사람들이 그를 특이하게 여긴다고 알려주었다. 마을 어귀에 선물을 두고 가는 습관 때문이었다.

루안은 두 손을 활짝 펴고 영문을 모르겠다는 표정을 지었다.

아이들은 해어져서 누더기나 다름없는 루안의 옷을 잡아끌며 마을로 데려갔다. 마을에서는 잔치와 춤판이 벌어져 있었고, 루안은 원래 마을에 살던 사람인 양 함께 어울려 먹고 마셨다.

이튿날 아침, 루안은 마을로 짐을 옮겨 새 오두막을 지었다.

몇 달 후, 아뒤족의 언어를 어느 정도 익히고 나서야 루안은 비로소 자신의 행동이 얼마나 신기해 보였는지 이해할 수 있었다.

"왜 혼자서 멀찍이 떨어진 곳에 살았어?" 추장의 아들 키젠이 물었다. "꼭 외지인처럼."

"내가 외지인이 아니란 말이야?"

"바다는 끝도 없이 넓지만, 섬은 수도 적고 크기도 작아. 바다의 엄청난 힘 앞에서 우린 모두 갓난아기처럼 약하고 무방비해. 바닷가에 떠내려 온 사람은 누구나 형제인 거야."

야만스럽기로 악명 높은 사람들에게 그런 말을 들으니 기분이 이상했지만, 이 무렵 루안은 자신이 실은 아뒤족에 관해 아는 바가 전혀 없다는 것을 마침내 인정할 수밖에 없었다. 세간의 상식 가운데 진짜 지식이라고 할 만한 것은 거의 없었다. 인간이 신의 계시로 여기는 것들이 대개는 마음속에 품은 소망에 지나지 않는 것과 마찬가지였다. 진실은 남에게서 들은 세상이 아니라 실제로 뛰어든 세상에 존재했다.

아뒤족은 루안을 토루노키라고 불렀다. 아뒤족 말로 '긴 발 게'라는 뜻이었다.

"나한테 왜 그런 이름을 지어 준 거지?"

"처음 봤을 때 꼭 그렇게 보였거든. 바다에서 기어 올라올 때."

루안은 껄껄 웃으며 키젠과 함께 술잔 가득 담긴 아라크를 마셨다. 야자열매를 발효시켜 만든 독하고 달콤한 아라크는 한 잔 들이켜면 눈앞에 별이 보이는 술이었다.

루안 지아는 아뒤족의 일원으로 남은 평생을 행복하게 보내고 싶었다. 수수께끼 같은 신들의 계시나 어릴 적에 했던 불가능한 맹세 같은 것은, 두 번 다시 떠올리고 싶지도 않았다.

루안은 아뒤족에 전해지는 비밀스러운 지식을 배웠다. 햇빛에 물든 바다를 단조롭고 광막한 공허가 아니라 해류가 도로처럼 질서 있게 교차하는 살아 있는 공간으로 파악하는 법, 색색의 새와 영리한 원숭이와 사나운 늑대의 울음소리를 알아듣고 흉내 내는 법, 눈길이 닿는 모든 것을 유용한 도구로 바꾸는 기술 등이었다.

그 답례로 루안은 아뒤족 친구들에게 일식과 월식을 예측하는 법, 계절의 흐름을 정확히 파악하는 법, 날씨를 점치고 다음해 토란 수확량을 미리 가늠하는 법 등을 알려 주었다.

그러나 밤이면 불길한 꿈에 시달리느라 온몸이 땀에 흠뻑 젖곤 했다. 오래된 기억들이 의식의 표면으로 떠올라 가라앉기를 거부했다. 책이 불타는 광경과 죽어가는 학자들의 비명이 루안의 머릿속을 가득 채웠다. 마음은 본섬에 팽개치고 온 것처럼 여겨지는 임무를 간절히 그리워했다.

친구인 키젠은 루안의 눈에 비친 감정을 읽고 이렇게 말했다.

"사시나무는 고요히 서 있고 싶어 하지. 하지만 바람은 나무를 가만히 놔두지 않아."

"네 말이 맞아, 형제여."

루안은 키젠을 그렇게 불렀고, 두 사람은 말없이 함께 아라크를 들이켰다. 서글픈 이야기를 나누는 것보다는 그 편이 훨씬 나았다.

그리하여 토루노키가 된 지 7년 만에, 루안은 새 동포들에게 작별을 고하고 야자열매 뗏목에 올라 본섬을 향해 출발했다.

루안은 본섬을 가로질러 천천히 이동했다. 세월이 흐른 덕분에 추적망은 확실히 느슨했다. 그럼에도 루안은 계속 떠돌이 이야기꾼으로 변장한 채 자틴만의 어촌을 이곳저곳 떠돌며 때가 무르익기를 기다렸다.

돌아온 루안을 맞이하는 조국의 풍경은 암담했다. 제국은 옛 하안의 삶을 구석구석 파고들어 후벼 놓았다. 동포들은 이제 자나의 글자를 익숙하게 적었고, 제국풍의 옷을 입었고, 정복자들의 말씨를 흉내 냈다.

루안은 자신의 옛 하안 말씨를 흉내 내며 놀리는 아이들을 보고 가슴이 찢어지는 듯했다. 정말로 이방인이 돼 버린 느낌이었다. 다관의 가수들은 야자 비파를 연주하며 옛 하안의 노래를 불렀다. 궁정 시인이 삶의 덧없는 아름다움을 찬양하기 위해 지은 노래들이었다. 오두막 학당, 석조 회랑이 늘어선 사립학교, 머리를 맞대고 학문의 방법을 열심히 토론하는 남녀 같은. 그러나 가수들은 그 노래를 마치 이국의 것인 양 불렀다. 신화 속의 과거를 다룬 노래처럼, 자신과 아무 상관도 없는 내용처럼. 그들의 웃음소리에서 조국을 잃은 비통함 같은 것은 전혀 느껴지지 않았다.

루안은 실의에 빠졌다. 하고자 했던 일이 무엇인지 기억조차 안 날 정도로.

어느 날 이른 아침, 루안은 하안의 조그만 마을 변두리에 있는 해변을 걷다가, 아직 안개가 자욱하게 깔린 부두에 앉아 있는 늙은 낚시꾼을 발견했다. 노인은 기다란 대나무 낚싯대를 바다에 드리우고 물 위에 발을 대롱거리고 있었다. 루안이 가까이 다가가는 사이에 노인의 신발이 발에서 벗겨지더니, 첨벙 소리와 함께 물에 빠지고 말았다.

"어이, 잠깐만. 내려가서 주워 와."

노인이 루안을 불렀다. *미안한데도 번거롭겠지만도, 부탁 좀 해도 되겠나*도 없었다. 고귀한 지아 일족의 후손이라는 자부심만큼은 변함이 없었던 루안 지아는 노인의 말투에 신경이 곤두섰다. 그럼에도, 루안은 억지로 마음을 가라앉히고 물로 뛰어들어 노인의 낡고 지저분한 신발을 주워 왔다.

"내 발에 신겨라."

부두로 올라오는 루안을 향해 노인이 한 말이었다. 감정을 읽기 힘든 연갈색 눈이 루안의 피부보다 더욱 까맣고 주름진 얼굴에서 이쪽을 가만히 응시하고 있었다.

고맙네도 신세 좀 지세도, 미안하지만 부탁 좀도 없었다. 루안은 이제 화가 아니라 호기심이 동했다. 그래서 무릎을 꿇고 바닷물이 뚝뚝 떨어지는 신발을 노인의 발에 신겼다. 노인의 발은 살갗이 갈라지고 쭈글쭈글해서, 보고 있으려니 바다거북의 두툼한 가죽이 떠오를 지경이었다.

"아예 못 가르칠 만큼 건방진 놈은 아닌가 보구나."

늙은 낚시꾼이 말했다. 씩 웃는 입술 사이로 드러난 누렇고 비뚤배뚤한 위아래 치열에는 시커먼 빈틈이 숭숭 나 있었다.

"내일 아침 일어나자마자 이리로 나와라. 너한테 줄 게 있을지도 모르니."

이튿날, 루안은 사원의 첫 종이 울리기도 전에 부두로 나갔다. 해가 막 떠오른 참이었는데도 노인은 이미 전날 그 자리에 앉아 물 위에 발을 대롱거리며 낚시를 하고 있었다. 루안이 보기에 노인은 낚시꾼 같지 않았다. 그보다는 하루치 노동을 시작하기 전에 한 시간이라도 짬을 내어 공부하고자 새벽에 등교하는 학생들을 기다리는, 예전 오두막 학당의 교사 같았다.

노인은 루안에게 눈길도 주지 않았다.

"너는 젊은이고 나는 늙은이다. 너는 학생이고 나는 스승이지. 그런데 나보다 늦게 나타나느냐? 일주일 후에 다시 와라. 제대로 예를 갖춰서."

일주일이 흐르는 동안 루안은 몇 번인가 그 마을을 떠나려고 했다. 그 노인은 십중팔구 사기꾼에 지나지 않았다. 그러나 만약이 루안의 머릿속을 야금야금 갉아먹었고, 혹시가 루안의 발목을 붙잡았다. 약속한 날, 루안은 해가 뜨기도 전에 부두에 도착했다. 그러나 또다시 노인이 먼저 도착해 있었다. 발을 대롱거리며, 낚싯대를 드리운 채로.

"아직 멀었다. 한 번 더 기회를 주마."

다시 일주일 후, 루안은 아예 전날 밤부터 부두에서 야숙을 하기로 마음먹었다. 담요를 챙겨 가기는 했지만 뼛속까지 시린 바닷바람을 맞으며 잠들기란 불가능했다. 담요를 두르고 앉아 덜덜 떨면서, 루안은 아무래도 정신 병원에 가 보는 게 좋겠다는 생각을 떠올렸다.

노인은 해가 뜨기 두 시간 전에 나타났다.

"약속을 지켰구나. 그런데 왜? 왜 여기에 와 있는 거냐?"

춥고 지치고 굶주린 루안은 이 정신 나간 늙은이에게 한마디 쏘아붙이고 싶었다. 그러나 루안이 바라본 노인의 두 눈은 별빛을 받아 따스하게 빛나고 있었다. 그 눈을 보며 루안은 아버지의 눈이 떠올랐다. 별이 가득한 하늘 아래 루안과 함께 누워 별자리 이름과 행성의 궤도를 묻던 아버지의 눈이.

루안은 깊숙이 고개를 숙이며 말했다.

"제가 무엇을 모르는지 모르기 때문입니다."

노인은 흡족한 표정으로 고개를 끄덕였다.

그는 루안에게 몹시도 묵직한 책 한 권을 건넸다. 밀랍 표의 문자를 채운 두루마리는 시나 노래를 적는 데 사용한 반면, 이처럼 얇은 종이를 두툼하게 묶은 필사본 책자는 표음 문자와 숫자를 빼곡히 기록하는 데에 사용했다. 떠오르는 생각을 그때그때 적어서 실용지식을 전달하기에 적당했기 때문이었다.

책장을 훌훌 넘기는 동안 루안은 깨달았다. 그 책은 기발한 기계장치와 세상의 이치를 이해하는 새로운 방법에 관한 수식과 도표로 가득했다. 대개는 루안도 이미 짐작은 했으나 아직 어렴풋하기만 한 개념들을 설명하고 부연하는 내용이었다.

"자연을 이해하는 것은 인간이 신을 이해하는 경지에 가장 가까이 가는 방법이니라."

루안은 책을 몇 쪽 읽어 보려다가 치밀하고 정확한 내용에 압도되고 말았다. 그 책을 연구하기 위해서라면 평생을 바칠 수도 있을 것만 같았다.

책장을 계속 넘기던 루안은 책의 뒤쪽 절반이 백지인 것을 알아차렸다. 그는 어리둥절한 표정으로 노인을 바라보았다.

낚시꾼 노인은 빙그레 웃고는 소리 없이 입 모양으로 말했다. *잘 봐라.*

책으로 눈길을 돌린 루안은 비어 있던 종이에 하나둘 나타나는 숫자와 글자를 보고 경악했다. 종이 위에 몽실몽실한 덩어리로 나타난 표의 문자는 차츰 또렷한 획이 생기고 매끈한 모양을 갖추더니 오밀조밀한 글꼴로 바뀌었다. 그 문자들은 어엿한 실체로 보였지만, 막상 만지려고 하면 손끝은 허공의 환상을 휘저을 뿐이었다. 진다리 문자 역시 희미한 흔적처럼 꼬물꼬물 종이 위에 나타나 춤추듯 꿈틀거리다가, 이내 제자리를 찾아서 가지런하고 우아한 대열을 이루었다. 처음에는 검은 윤곽선이 뭉개진 것처럼 나타났던 그림들도 천천히 갖가지 색을 띠기 시작했다.

책 속의 글과 그림은 바다에서 솟아오르는 섬들처럼, 실체를 이루어 가는 신기루처럼 모양을 갖추었다.

"그 책은 네가 성장하는 만큼 성장한다. 배우면 배울수록 배울 것이 더 늘어난다는 말이다. 그 책은 곧 너의 보조 도구다. 혼돈 속에서 질서를 보고 기발한 발명을 하는 네 정신의 연장인 셈이지. 책에 담긴 지식은 네 호기심을 재료로 삼아 다시 차오르는 만큼, 바닥나는 일은 결코 없을 것이야. 그리고 때가 무르익으면 책이 너에게 보여 줄 것이다, 네가 이미 알면서도 아직 생각할 엄두를 못 내는 것을."

루안은 무릎을 꿇었다.

"감사합니다, 스승님."

"나는 이제 가야겠다. 네가 맡은 바 사명을 다하면…… 지금 사명이라고 생각하는 것이 아니라, 너의 *진짜* 사명을 다하면…… 그때는 긴펜의 루소 대신전 뒤에 있는 조그만 뜰에서 다시 만날 수 있을 게다."

루안은 감히 얼굴도 들지 못했다. 부두의 판자 바닥에 이마를 댄 채로 멀어지는 노인의 발소리에 가만히 귀를 기울였다. 철벅거리며 해변을 내려가는 늙은 거북의 발소리 같았다.

"우리는 네 생각보다 훨씬 더 신경을 쓰고 있다."

노인은 그 말을 남기고 사라졌다.

손에 들어온 마법의 대저(大著)에는 제목이 적혀 있지 않았기에, 루안은 그 책을 『기트레 위수』라고 부르기로 했다. '너 자신을 알라'라는 뜻의 고전 아노어 격언이었다. 원래는 아노족의 대현자 콘 피지의 저작에 나오는 말이었다.

다라 제도의 이곳저곳을 여행하면서 루안은 『기트레 위수』에 각지의 지리와 풍습을 기록했다. 드넓은 리루강을 길들여 농업용수로 사용하는 비옥한 게피카 평원에 이르렀을 때에는 거대한 풍차의 그림을 책에 그려 넣었다. 기술이 발달한 게지라 평원에서는 기술자들에게 뇌물을 주고 방적 및 방직 공장에 동력을 제공하는 복잡한 톱니바퀴 수차의 제작 비결을 배웠다. 칠국의 전투연 설계도를 비교하여 각각의 장단점을 명확히 밝히는가 하면, 유리 장인과 대장장이와 바퀴 장인, 시계 제작자, 방사 등을 만나서 배운 내용 또한 빠짐없이 책에 적어 넣었다. 기상 변화, 포유류과 어류와 조류의 이동, 식물의 용도 및 효능 등은 아예 일기처럼 기록했다. 책에 있는 도표에 따라 모형을 만들고 실험하여 가르침을 검증하기도 했다.

자신이 무엇을 준비하는지는 확실히 알 수 없었지만, 루안은 더 이상 방황하는 기분이 들지 않았다. 언젠가 때가 무르익으면 뭔지 모를 큰 사명을 위해 지금 모으는 지식을 사용하게 되리라는 것을, 이제는 이해할 수 있었다.

가끔은 신들이 분명하게 말할 때도 있었다.

제19장

형 제

사루자

선무 4년 4월

"그날 일은 오랫동안 기억 속에 묻어 뒀습니다."

루안 지아의 시선은 모닥불 너머 먼 곳을 향하고 있었다.

"하지만 선생께선 그날 제게 가르쳐 주셨습니다, 한 사람의 힘만으로도 세상을 바꿀 수 있다는 걸요."

쿠니의 말에 루안은 빙그레 웃었다.

"그땐 어려서 앞뒤를 못 가렸던 거지요. 설령 성공했다고 해도 별 소득은 없었을 겁니다."

쿠니는 그 말에 화들짝 놀랐다.

"왜 그런 말씀을 하시나요?"

"마피데레가 죽었을 때 저는 한동안 어쩔 줄을 몰랐습니다. 제 가족이 몰살당한 것도, 제가 보장된 미래를 잃은 것도, 하안이 멸망한 것도 다 그자 때문이었으니까요. 저는 제 손으로 복수할 기회를 영영 잃어버린 저 자신을 탓했습니다.

그러다가 에리시 황제와 섭정이 제국을 자기네 놀이터로 만들어 버린 걸 보고 사태가 오히려 악화됐다는 걸 알았지요. 마피데레는 한 개인에 지나지 않았습니다. 죽음이 임박했을 때의 소문을 듣자 하니 실로 병들고 약한 개인이었더군요. 하지만 그가 창조한 제국은 나름의 생명을 얻었습니다. 황제를 죽이는 정도로는 부족했을 겁니다. 우리는 제국을 죽여야 합니다.

저는 지금 코수기 왕 휘하에서 일하려고 사루자로 향하는 길입니다. 제 조국 하안을 되찾고 숨이 끊어진 제국의 몸뚱이를 갈가리 찢을 때가 됐으니까요."

쿠니는 망설이다가 말을 꺼냈다.

"그런데요, 티로 국가들끼리 싸우던 시절로 다시 돌아가는 게 진짜로 좋은 걸까요? 제국이 잔인하긴 해도 백성들 처지에서 크리마하고 시긴이 뭐 얼마나 나은 지배자였을까 생각해 보면, 잘 모르겠거든요. 형편없는 그 두 선택지 말고 더 나은 길이 분명히 있을 거예요."

루안 지아는 이 낯선 젊은이를 찬찬히 살펴보았다. 자신들의 대의를 이토록 공공연히 의문시하는 반란군은 처음이었다. 그럼에도, 루안은 어느새 쿠니 가루에게 호감을 느꼈다.

"제 생각에 반란은 그저 시작일 뿐입니다. 사슴 사냥의 시작과 비슷하지요. 들판에 나와서 활과 창을 휘두르는 사람은 많지만, 과연 누가 사슴을 쓰러뜨릴지는 아직 알 방법이 없다는 말입니다. 사냥이 어떻게 끝날지는 우리 모두에게 달렸습니다."

쿠니와 루안은 서로 마주 보며 빙그레 웃었다. 그들은 지아가 향초로 완벽하게 맛을 낸 산토끼와 꿩 구이를 함께 먹었고, 루안의 술부대에 든 달콤한 아라크를 함께 마셨다.

둘은 그날 밤 늦게까지 앉아서 함께 이야기를 나누었다. 나머지 일행이 모두 잠든 후에도, 모닥불이 꺼져서 불티로 변한 후에도, 갓 사귀어 어색하던 사이가 서로의 진심을 읽는 친밀한 사이로 바뀐 후에도.

"좋은 친구들은 항상 너무 일찍 헤어지는 것 같군요."

루안 지아는 두 손을 맞잡고 쿠니 가루를 향해 들어올렸다. 하안의 전통적인 작별 인사였다.

그들이 서 있는 곳은 사루자의 '두 번째 물결' 여관 앞이었다. 그리 화려하지는 않지만 아늑한 여관이었고, 쿠니는 일행과 함께 이제 막 여장을 푼 참이었다.

"고작 하룻밤 이야기를 나눴을 뿐이지만, 많은 것을 배웠습니다. 루안 선생 덕분에 세상이 얼마나 넓은지, 또 제가 아는 것이 얼마나 적은지 깨달았습니다."

"조만간 가루 공께서 저보다 훨씬 많은 것을 보고 겪으실 거라는 느낌이 드는군요. 가루 공, 제 생각에 공께서는 이제 막 깨어나려 하는 크루벤입니다."

"예언인가요?"

루안은 잠시 망설이다 대답했다.

"예감이라고 해 두지요."

그 말에 쿠니는 웃음을 터뜨렸다.

"어휴, 제 친척이랑 친구들 앞에서 말씀해 주셨으면 좋았을 텐데. 아직도 제가 별 볼 일 없는 위인이라고 생각하는 사람이 많아서 말이죠. 하지만 아닙니다. 전 크루벤이 되고 싶진 않아요. 그보다는 민들레 씨가 되는 게 더 나을 것 같아요."

루안은 잠시 놀란 눈치였지만, 이내 천천히 미소를 지었다.

"실례했습니다, 가루 공. 아첨하는 것처럼 들리는 말투는 피했어야 했는데. 공께선 고귀한 가문 출신은 아닌지 몰라도 고귀한 성정을 타고나셨군요."

쿠니는 붉어진 얼굴로 답인사를 하고 씩 웃었다.

"선생은 제 친구이십니다. 앞일이 어떻게 되든, 제 식탁에 항상 선생의 자리가 있다는 걸 명심해 주십시오."

루안 지아는 엄숙하게 고개를 끄덕였다.

"감사합니다, 가루 공. 하지만 저는 코수기 왕을 섬기기로 결심했습니다. 왕 밑에서 하안을 위해 제 사명을 다하지 않으면 안 됩니다."

"그럼요, 실례를 저지를 생각은 없었습니다. 그저 더 일찍 만났으면 좋았을 텐데 하는 생각뿐입니다."

수피 왕은 자칭 '주디 공'이라는 이자를 어찌해야 좋을지 도무지 알 수가 없었다. 전통에 따르면 그런 작위나 영지는 존재하지도 않았거니와, 왕인 자신이 만든 적이 있는지 어떤지도 기억나지 않았기 때문이었다. 그러나 서코크루의 후노 왕 소식을 들었을 때와 마찬가지 방식으로, 수피 왕은 공작보다는 깡패에 더 가까워 보이는 이 뚱뚱한 젊은이가 사람들 앞에서 그 칭호를 사용하도록 너그럽게 허락했다.

왕이 묵인하는 기색이 뚜렷해지자 쿠니 가루는 이제 자신의 작위를 더 진지하게 여겨야겠다는 생각에 흐뭇해졌다. 왕이 공작으로 대우해 주는 이상 마땅히 공작에 걸맞게 행동해야 했다.

"전하, 소신은 전하께 경의를 표하는 것에 더하여 중요한 소식을 알려 드리고자 이곳에 왔습니다. 지금 탄노 나멘의 군대가 남하하는 중입니다. 크리마와 시긴이 점령한 도시 여러 곳이 나멘의 위명(威名)에 겁을 먹고 다시 제국에 붙으려 할지도 모릅니다. 실제로 주디 현은 이미 제국 편으로 넘어갔습니다."

그 말은 곧 자칭 '주디 공'께서 빈털터리가 됐다는 뜻이로군. 수피 왕은 속으로 중얼거렸다. 알맹이는 사기꾼이었어. 그래도 나한테 소개를 받을 때까지 그 별것 아닌 소식을 감춘 수법은 마음에 드는걸.

"소신에게는 주디를 탈환할 병력이 필요합니다. 그곳에서 제국군을 저지할 거점을 마련해야 합니다."

오호, 비렁뱅이치고는 꽤 용감하지 않은가!

"군의 전략에 관한 문제는 진두 원수와 상의토록 하시오."

수피 왕은 한시라도 빨리 그를 눈앞에서 치워 버리고 싶었다.

"마타야, 나는 승인할 수 없다. 너무 위험한 도박이지 않으냐. 세카 키모가 전한 디무 함락 작전이 사실이라면 나멘은 대비를 단단히 하고 있을 것이다. 이곳에서 기다렸다가 적군이 근접하면 치는 것이 낫다.”

핀의 조카는 삼촌에게 대꾸할 말이 더 있었지만, 때마침 들어온 경비병이 ‘주디 공 쿠니 가루’라는 이가 진두 원수를 뵙고자 한다고 보고했다.

“주디 공이라고? 그런 작위를 들어 본 적 있느냐?”

핀이 묻자 마타는 금시초문이라는 표정으로 어깨를 으쓱했다.

쿠니는 천막에 들어서기가 무섭게 놀라서 숨이 턱 막혔다. 원수용 천막 한복판에 이제껏 본 인간들 가운데 가장 놀라운 표본이 서 있었던 것이다. 마타 진두의 키는 8척이 넘었고, 양팔은 빈말로라도 날씬하다고 하기 힘든 쿠니의 양 허벅지를 합친 만큼이나 굵직했다. 마타의 길고 가느다란 눈은 눈꼬리가 다이란의 몸통처럼 위로 뻗쳐 있었다. 그 눈은 각각 눈동자를 두 개씩 품고 있었다.

그러나 도박장에서 잔뼈가 굵은 쿠니는 속마음을 숨기고 태연한 표정을 짓는 법을 잘 알았다. 그는 마타의 양팔을 잡고 그의 눈을 올려다보며(코에 가까운 쪽 눈동자에 초점을 맞추면서) 코크루군의 원수이자 명성이 자자한 투노아의 핀 진두 공을 마침내 뵙게 되어 기쁘다는 인사를 구구절절 늘어놓았다.

“그분은 제 숙부님이십니다.”

마타는 이 조그만 남자의 거침없는 태도에 기분이 좋아졌다. 사실 쿠니는 조그만 남자가 아니었다. 6척이 조금 안 되는 보통 키였지만, 마타 앞에서는 누구나 작아 보이게 마련이었다. 게다가 쿠

니의 불룩한 똥배는 십중팔구 실력 있는 전사가 아니라는 증거이
자…… 마타의 관점에서는 흠이기도 했다. 그럼에도 마타는 자신의
키나 비범한 눈을 보고 움츠러들지 않은 쿠니가 마음에 들었다.

쿠니는 실수한 것을 알고도 당황한 기색이 없었다. 그는 핀 진두
쪽으로 돌아서서 태연하게 말을 이었다.

"물론이지요. 두 분이 꼭 닮으신 것을 제가 잘 알겠습니다. 축하
드립니다, 진두 원수님. 정말로 훌륭한 조카를 두셨습니다. 위대한
두 전사께서 지켜 주시다니 코크루는 참으로 운이 좋군요."

세 사람은 천막 바닥의 검소한 방석에 앉았다. 쿠니는 곧바로 엉
덩이를 깔고 양다리를 포개어 편안한 *게위파* 자세로 앉았다. 핀과
마타는 잠시 망설이다가 쿠니의 선례를 따랐다. 무슨 까닭에선지
마타는 쿠니의 스스럼없는 태도가 거슬리지 않았다. 행동거지는 전
혀 귀족 같지 않았지만, 쿠니에게서 흘러나오는 다정함과 씩씩함에
마타는 저도 모르게 존경심을 느꼈다.

쿠니는 자신이 찾아온 목적과 주디를 방어 거점으로 삼으려는 계
획을 재빨리 설명했다.

마타 진두와 핀 진두는 마주 보다가 동시에 웃음을 터뜨렸다.

"가루 공, 믿기 힘들지도 모르겠소만." 핀 진두는 웃음을 그치고
나서 말했다. "귀공이 들어오기 직전까지 나는 조카와 함께 전략 회
의를 하는 중이었소. 나는 아군이 포린 평원 이쪽에 머문 채로 방어
를 강화하면서 나멘이 접근하기를 기다려야 한다고 했고, 그 생각
은 지금도 변함이 없소. 우리는 코크루 북부의 모든 도시가 항복하
는 상황에 대비해야 하오. 나멘은 이곳 사루자에 당도할 무렵에는

보급선이 너무 길어져서 병사들의 사기가 떨어질 것이오. 적군을 쳐부술 공산이 더 커진다는 뜻이지."

"숙부님, 제 생각은 정반대입니다. 지금 당장 나멘을 쳐야 합니다. 그자는 이때껏 제대로 된 저항에 부딪힌 적이 없습니다. 이때껏 상대하던 크리마는 자기가 뭘 하는지도 모르는 얼간이였으니까요. 지금쯤 나멘은 오만방자해졌을 테고, 부하들도 우쭐해 있을 겁니다. 숙부님과 제가 최고의 정예 병력을 이끌고 평원 지대의 도시를 거점으로 삼아 나멘을 정면으로 공격하면, 적군이 코크루 중심부까지 진격하기 전에 승기를 잡을 수 있습니다. 우리의 승리는 지주 왕이 숨을 거둔 후로 사기가 꺾인 타지의 반란군에게 단비 같은 자신감을 줄 겁니다."

"제 생각엔 그 계획을 실현할 절호의 장소가 바로 주디인 것 같습니다만."

쿠니는 마타의 뜻을 눈치채고 이렇게 말했다.

"앞서도 얘기했소만, 그건 도박이오." 핀은 잠시 머릿속으로 주판알을 굴리고 말을 이었다. "나멘에 대항할 거점을 만들려면 병력이 적어도 5000명은 있어야 할 텐데, 당장은 그만한 병력을 내주기가 쉽지 않소. 만약 주디 현에서 패해서 그 5000명을 잃으면 사루자 근교를 방어하는 아군의 힘은 약해질 거요. 어쩌면 전쟁의 판도가 송두리째 바뀔 수도 있소."

"어차피 인생이란 한판의 큰 도박이지요. 전쟁에서 확실한 것은 아무것도 없습니다. 도박을 걸지 않으면 결코 이길 수 없는 법입니다."

쿠니의 말에 마타 진두는 고개를 끄덕였다. 쿠니는 마타의 마음 속에 있는 말을 그대로 들려주고 있었다.

　"게다가 윤리적 차원의 문제도 있습니다. 만약 코크루 북부를 나멘에게 고스란히 내준다면, 포린 평원의 모든 도시에 사는 백성들은 자나 제국에 다시금 지배당하며 크리마와 시긴과 수피 왕 전하를 섬겼다는 이유로 모질게 탄압받을 것입니다. 우리가 냉정하게 계산한 전략에 따라 백성들을 포기한다면 민심 또한 차갑게 식고 말 것입니다." 쿠니의 이야기는 계속 이어졌다. "백성들이 크리마와 시긴의 깃발 아래 들고일어났다가 이제는 수피 왕 전하를 따르는 것은 제국이 물러가야 삶이 더 나아질 거라는 약속을 믿었기 때문입니다. 아군에는 그런 백성들의 꿈을 실현하고자 열심히 싸운 사람들이 있습니다. 저는 그 꿈이 물거품이 되지 않도록 온 힘을 다해 나멘을 막아야 한다고 믿습니다."

　핀은 작금의 상황을 곰곰이 생각해 보았다. 마타는 혼자서 지휘를 맡기에는 너무 다혈질이었다. 그런데 이 쿠니 가루라는 남자의 넉살과 재치는 마타가 지닌 용기와 무력의 좋은 짝이 될 듯싶었다.

　마침내 핀이 고개를 끄덕였다.

　"마타에게 병력 5000을 주겠소. 귀공은 공동 사령관으로 함께 가시오. 부디 실망시키지 않기를 바라겠소. 그동안 나는 이곳 사루자에서 신병을 모집하여 군세를 확장할 것이오. 귀공이 나멘을 저지하는 시간이 길어질수록 내가 가서 포위를 깨뜨릴 승산 또한 높아지는 셈이오."

지아는 몸 상태를 생각해서 사루자에 남기로 했다. 핀 진두는 지아를 친딸처럼 보살피겠노라고 약속했다.

"조심해."

지아는 씩씩한 표정을 지으려고 애쓰며 말했다.

"걱정 마, 난 쓸데없이 위험에 뛰어드는 사람이 아니니까. 뭐, 누가 이상한 약초를 챙겨 주지만 않으면 말이지."

그 말에 지아는 웃음을 터뜨렸고, 쿠니는 눈물도 안 마른 채 웃는 지아의 얼굴이 유독 예뻐 보인다고 생각했다. 비를 맞은 배꽃처럼.

쿠니는 부드러운 목소리로 말했다.

"그리고 조금만 있으면 가루 2세가 당신 곁을 지켜 줄 거야."

둘은 손을 맞잡고 한참 동안 말이 없었다. 그러다가 아침이 밝아서 분주히 오가는 사람과 말 떼의 소리가 더는 외면하지 못할 만큼 커지자 그제야 손을 풀었다. 쿠니는 지아에게 마지막으로 힘껏 입을 맞춘 다음, 뒤도 돌아보지 않고 지아가 머무는 조그만 오두막집을 나섰다.

주디 현으로 돌아가는 길은 사루자로 향하던 길보다 훨씬 짧았다. 말 5000마리가 질주하는 광경은 실로 장관이었다.

쿠니는 곁에서 말을 달리는 샌을 보며 빙긋이 웃었다.

"이제 당분간은 말이 더 필요하다는 소릴 안 들어도 되겠군."

그러나 샌은 대꾸하지 않았다. 마타의 애마인 레피로아, 신화에나 나올 법한 그 말에 온통 정신이 팔려 있었기 때문이었다. 그런 말이 있으리라고는 상상도 못 했거니와 그 말을 길들이는 사람이 있다니 더더욱 놀라웠다. 샌은 기회가 생기면 레피로아를 꼭 한번 자세히 살펴보고 싶었다.

말들이 일으킨 흙먼지 사이로 코크루의 붉은 깃발이 보이자 주디성의 성벽 위를 지키던 병사들은 마음이 흔들렸다. 나멘 장군이 이길 가능성은 여전히 무시할 수 없었지만 제국군은 아직 코빼기도 보이지 않는 반면, 수피 왕의 군대는 성문 바로 앞까지 들이닥쳤기 때문이었다. 도사 부사령관은 항복하기로 한 병사들에게 곧바로 체포되어 포승줄에 묶였고, 성벽에 나부끼던 깃발은 도로를 따라 달려오는 기마대의 깃발과 똑같은 빛깔로 바뀌었다(그러나 성벽 위의 초병들은 제국의 하얀 깃발을 곱게 접어 감추어 놓았다. 며칠 후에 다시 쓸 일이 있을지 어떨지는 아무도 모르는 일이었으므로. '유비무환이라는 말도 있으니까.').

마타 진두는 전신을 덮는 사슬 갑옷 차림에 나아로엔나, 즉 '의심을 종결짓는 자'라는 이름의 검과 그 짝인 곤봉 고레마우를 등에 지고 있었다. 출발하기 전, 쿠니는 마타에게 그 범상치 않은 검을 보여달라고 부탁했지만 너무 무거워서 두 손으로 간신히 들다시피 했고, 혀를 내두르며 마타에게 검을 다시 가져가라고 하고는 변변찮은 제 모습을 자조하듯이 웃었다.

"저 같은 놈은 100년을 수련해도 진두 공의 10분도 1도 못 쫓아가겠네요."

마타는 그 칭찬에 말없이 고개만 끄덕였다. 쿠니의 칭찬이 그저 아첨이 아니라 진심인 것은 마타도 알 수 있었다. *자신의 약점을 선뜻 인정하는 자는 나름의 강점이 있게 마련이지.*

마타의 거대한 흑마 레피로아는 주인이 다른 기수들을 난쟁이로 보이게 하는 것과 마찬가지로 다른 말들을 인형 크기로 보이게끔 했다. 여행용 외투를 걸친 쿠니 가루는 평생 짐말로 일한 늙은 흰색 노새를 타고 마타 곁에서 달렸다. 레피로아와 머리를 나란히 한 노새는 조랑말, 또는 당나귀처럼 보였다. 노새의 가장 큰 장점은 승마 실력이 변변찮은 쿠니를 태우고 꾸준히 달리는 것이었다.

이 기묘한 한 쌍은 코크루군을 이끌고 나란히 달리며 주디 현으로 들어섰다. 주디의 방어군은 몇 시간 전까지 제국 깃발을 휘날린 것이 남의 일인 양 성문 앞에 가지런히 도열하여 이들을 맞이했다. 병사 몇 명이 시장에 끌려가는 양처럼 꽁꽁 묶인 도사 부사령관을 끌고 와서 말에 탄 마타와 쿠니 앞에 내동댕이쳤다.

모든 것을 체념한 듯, 도사는 눈을 꾹 감고 있었다.

"주디 공을 배반한 자가 이놈입니까? 사지를 말에 묶어 당기게 하는 거열형에 처하는 것이 좋겠군요. 갈기갈기 찢어진 시체는 나멘에게 환영 선물로 보냅시다."

마타 진두의 말에 도사는 진저리를 쳤다.

"그렇게 편히 끝내줄 수야 없지요. 진두 장군, 이자의 처분은 제게 맡겨 주시지 않겠습니까?"

"그럼요. 공을 모욕한 자이니 마땅히 공께서 처분하셔야지요."

쿠니는 노새에서 내려와 포박당한 도사에게 걸어갔다.

"정말로 우리가 나멘을 이길 가망이 없다고 믿었나?"

"다 알면서 왜 굳이 묻는 거요?"

도사는 야멸치게 쏘아붙였다.

"그래서 병사와 백성의 목숨을 헛되이 버릴 수는 없다고 판단한 거로군."

도사는 침통하게 고개를 끄덕였다.

"주디 현을 맡기기에는 내가 영 못 미더웠겠지, 자넨."

쿠니의 말에 도사는 웃음을 터뜨렸다.

"당신은 산적이자 불량배일 뿐이오! 전쟁을 어떻게 해야 하는지에 관해서는 일자무식이지 않소!"

이제는 거짓말을 해봐야 헛일이었다. 도사는 이 어리석은 자에게 본심을 털어놓으면 적어도 속은 후련해질 듯싶었다.

"무슨 말인지 알겠어. 내가 자네 처지였으면, 나도 똑같이 했을지도 몰라." 쿠니는 무릎을 꿇고 도사의 포승줄을 풀어 주었다. "자넨 주디 백성들의 목숨을 구하려고 했어, 내 부모형제와 처가 식구들까지 포함해서. 그런 자네한테 가혹한 벌을 내리는 건 콘 피지의 가르침에 어긋나는 짓이야. 설령 나를 배신했다고 해도 말이지. 하지만 장담하는데, 우린 그 늙다리 나멘과 제국의 불한당 놈들을 반드시 쳐부술 거야. 자네한테 내리는 벌은 이거야, 지금까지 따르던 부하들을 계속 지휘하도록 해. 지금부터는 부하들에게 신의와 용기를 가르치는 거야."

도사는 자신의 귀를 믿을 수가 없었다. 그래서 밧줄에서 해방된 팔을 멍하니 내려다보았다. 잠시 후, 도사는 쿠니 앞에 무릎을 꿇고 땅바닥에 이마를 댔다.

마타 진두는 미간을 찌푸렸다. 이 처분은 명백한 실수였다. 주디 공은 성정이 아녀자처럼 여리고 군기가 뭔지도 잘 모르는 모양이었다. 배신자에게 그토록 관대한 처분을 내렸다가는 장차 더 많은 배신을 초래할 뿐이었지만, 이미 그자의 운명을 쿠니에게 맡기겠다고 한 이상 끼어들 수는 없는 노릇이었다.

마타는 조용히 고개를 젓고 이 일은 당분간 잊기로 했다. 아직 할 일이 산더미 같았다. 나멘의 군대가 당장 들이닥친다고 해도 이상하지 않은 상황이었다.

주디 현을 장악한 동안 도사는 쿠니와 지아의 가족을 해치지 않고 내버려두었다. 쿠니는 그 소식에 기뻐하며 도사를 살려 두기로 한 결정이 옳았다고 더욱 확신했다.

쿠니는 먼저 장인인 길로 마티자를 찾아갔다. 길로는 사위를 정중하게 맞이했지만, 분위기는 데면데면했다. 쿠니는 아직 사위의 입지를 완전히 신용하지 못하는 장인의 마음을 헤아리고 서둘러 처가를 떠났다.

페소 가루의 집에서 펼쳐진 재회의 장면은 영 딴판이었다. 그 자리에는 공동 사령관의 양친에게 경의를 표할 생각으로 쿠니를 따라온 마타도 함께 있었다.

쿠니는 머리를 향해 날아오는 신발을 피해 냉큼 몸을 숙였다.

"네놈의 정신 나간 짓거리 때문에 네 엄마랑 내가 얼마나 더 죽을 고비를 넘겨야 직성이 풀리겠냐?"

페소는 문간에 서서 악을 썼다. 분노가 이글거리는 눈은 자두처럼 동그랬고, 덥수룩한 흰 수염은 숨을 씩씩거리느라 잉어 수염처럼 삐끔거렸다.

"참한 처녀를 만나서 번듯한 일자리를 잡고 착실하게 살기만 바랐거늘. 그런데 이게 뭐냐, 네가 벌이고 다니는 난장 때문에 온 일족이 언제 목이 달아날지 모를 판국이 아니냐!"

쿠니가 팔로 머리를 감싸고 달아나는 사이에 신발 한 짝이 또다시 머리 옆으로 날아갔다.

"쿠니야, 엄마는 네가 옳은 일을 하려고 애쓰는 거 다 알아!" 나레는 남편을 말리려고 기를 쓰며 외쳤다. "잠깐만 피해 있어, 아버지가 알아듣게 엄마가 설명할게!"

마타는 이 광경을 보고 충격에 빠졌다. 양친 없이 자라는 동안 그는 아버지와 사는 것이 어떤 경험인지 늘 궁금했다. 그런 그에게 페소와 쿠니가 벌이는 소동은 상상조차 해 본 적 없는 광경이었다.

"아버님께서는 쿠니 공의 업적을 자랑스럽게 여기지 않으시는 겁니까? 귀공은 주디의 공작이 아닙니까! 가루 가문에서는 적어도 열 대 안에서는 가장 큰 명예일 텐데요."

"명예가 다는 아니랍니다, 진두 장군." 쿠니는 맨 처음 날아온 신발에 맞은 어깨를 주무르면서 말했다. "부모란 원래 자식이 안전하고 평범하게 살기만 바라는 사람들이거든요."

마타는 고개를 절레절레 흔들었다. 그 같은 서민의 감정을 도무지 이해할 길이 없어서였다.

친인척과 달리 오랜 부하들, 즉 쿠니를 따라 에르메 산맥에 들어가 산적이 되었다가 나중에 주디 현으로 돌아와 반란군이 된 일당은 돌아온 쿠니를 보고 기뻐서 방방 뛰었다. 쿠니가 없는 동안 그들 가운데 일부는 마지못해 도사에게 복종하는 척했고, 일부는 대놓고 저항하다가 옥에 갇혔다.

지아를 산채까지 안내했던 숫기 없는 청년 오소 크린 역시 투옥당한 이들 중 한 명이었다. 쿠니는 즉시 현의 감옥으로 달려가 눅눅한 감방의 문을 직접 열었다. 오소는 갑자기 들이친 햇빛에 눈을 껌벅거렸다.

"나를 편들다가 이렇게 고생을 하다니, 너를 볼 면목이 없구나."

쿠니는 짚을 채운 요에서 비틀비틀 일어나는 오소를 부축하며 말했다. 그러고는 오소에게 고개를 숙였다. 눈가에 맺힌 눈물을 소매로 닦으며, 쿠니는 이렇게 덧붙였다.

"나를 따라 준 너희 모두에게 이런 고초를 겪게 하다니 정말 부끄러워 죽을 지경이야. 내 형제들이여, 난 이 자리에서 맹세하겠어. 너희가 마땅히 누려야 할 모든 부와 명예를 내 손으로 안겨 줄 때까지, 난 오늘 이 빚을 갚았다고 생각하지 않을 거야."

감옥에 갇혔던 심복들은 일제히 쿠니 앞에 무릎을 꿇었다.

"그런 말씀 마십시오, 가루 공! 몸 둘 바를 모르겠습니다!"

"공께서 앞장서시면 저희는 키지산 꼭대기까지, 타주 폭포 밑바닥까지 따라갈 겁니다!"

"공처럼 너그러운 주군을 섬기는 것은 축복입니다, 가루 공!"

마타는 예법에 어긋난 이 광경에 다시금 미간을 찌푸렸다. 쿠니 같은 상급자가 어떻게 오소 크린 같은 하인에게 고개를 숙일 수가 있는지, 또 이 비천한 무지렁이들이 어떻게 그런 얼간이 같은 소리를 나불거릴 수가 있는지 도무지 이해가 가지 않아서였다.

코고 옐루의 입가에 미소가 떠올랐다가 금세 사라졌다. 쿠니의 진심이 정치가의 연기 본능으로 변하는 광경은 몇 번을 봐도 놀랍기만 했다. 물론 쿠니가 자신을 배반하느니 차라리 감옥행을 택한 부하들의 충절에 감동한 것은 사실이었지만, 한편으로 쿠니는 그 감동을 전력으로 표현하면 더욱 큰 충성심을 이끌어낼 수 있음을 잘 아는 인물이기도 했다.

오소는 떨리는 목소리로 물었다.

"저…… 지아 마님도 같이 오셨나요?"

쿠니는 오소의 양어깨를 굳게 잡았다.

"집사람 걱정을 다 해 주다니 고맙다, 오소. 지아는 사루자에 남았어. 같이 오기에는 몸이…… 많이 무거워져서."

"아, 예."

오소는 실망한 기색을 숨기지 못했다.

"그렇게 시무룩할 것까진 없잖아." 쿠니는 껄껄 웃었다. "지아한테 편지라도 쓰지 그래? 둘이 에르메 산맥에서부터 친한 사이였잖아, 맞지? 지아도 네 소식을 들으면 반가워할 거야."

쿠니와 마타는 주디 현 방어 부대가 크리마시긴 원정군의 모든 생존자를 기꺼이 환영한다는 포고문을 발표했다. 디무 시가 함락당한 이후 고만고만한 무리를 지어 코크루의 들녘을 방랑하던 패잔병들이 그 부름에 응하면서, 주디에 주둔하던 병력은 금세 5000명에서 8000명으로 불어났다.

"라소, 너 진짜 군대로 돌아가고 싶어? 그냥 우리끼리 산에 들어

가서 산적으로 살면 그만이잖아. 전쟁은 귀족들이 알아서 하게 놔두고."

다피로는 동생에게 물었다. 주디 현까지는 아직 수십 리를 더 가야 했다. 형제가 서 있는 언덕은 며칠 전 쿠니 패거리가 소풍을 나왔던 바로 그 언덕이었다.

디무 시에서 빠져나오는 길은 악몽이나 마찬가지였다. 어둠 속에서 적군에게 쫓겨 퇴각하는 동안 다피로와 라소 형제는 죽기 살기로 싸웠다. 전세를 돌이킬 가망이 완전히 사라진 것을 깨닫고 나서, 두 소년은 부유한 상인의 저택 지하실에 숨어 디무 시의 약탈이 끝나기를 기다렸다. 그런 다음 몰래 빠져나와 성 바깥으로 시체를 묻으러 가는 수레에 몰래 올라탔다. 죽은 사람 시늉은 그들 형제가 지난 며칠 동안 익힌 특기였다.

"엄마랑 아빠는 산적이 된 우리를 보고 싶어 하지 않을 거야."

라소는 퉁명스럽게 대꾸했다. 다피로는 한숨을 쉬었다. 동생은 어머니와 함께 지내던 추억을 형보다 더 애틋하게 간직하고 있었다. 형제의 아버지가 해저 땅굴 공사장에서 숨을 거둔 후, 세금 징수원들은 황제에게 바쳐야 할 노동력을 아버지가 포탈했으니 그 '보상'으로 세금을 더 내라며 세 모자를 끈질기게 괴롭혔다. 형제의 어머니는 남편을 잃은 슬픔과 절망에 자포자기한 나머지 술을 하나뿐인 위안으로 삼기에 이르렀다. 술이 깬 아침에는 눈물을 흘리며 사과하다가 저녁이 되면 또다시 인사불성이 되도록 취하는 어머니를 보며, 다피로는 셀 수 없이 많은 날을 가슴 아파했다. 취한 어머니가 유독 거칠게 손찌검을 하는 날이면 동생 라소를 지키느라 갖은 애를 써야 했던 다피로였다.

형제에게는 이제 서로밖에 없었다.

"난 에리시 황제를 만나서 물어보고 싶어. 왜 우리 아빠가 집에 돌아오지 못했는지, 왜 부하들한테 엄마랑 우릴 가만두라고 하지 않았는지. 우린 아무한테도 폐를 끼친 적이 없는데. 그저 우리끼리 먹고살려고 발버둥친 죄밖에 없는데." 라소의 목소리는 치미는 울음을 억지로 삼키느라 조금씩 작아졌다.

"그래, 알았어. 주디 공이랑 진두 장군 밑으로 들어가자."

다피로가 보기에 동생은 천하의 얼간이였지만, 한편으로는 용감한 사내이기도 했다. 자신 또한 동생만큼 용감해지고 싶었다.

"형, 우리 전에 진두 장군 본 적 있지 않아? 나 생각났어! 후노 왕의 즉위식에서 본 그 수수께끼의 기수야, 왕을 비웃으면서 원숭이라고 했던 그 사람!"

다피로는 동생과 함께 그날의 기억을 떠올리며 쿡쿡 웃었다.

"그래, 주군이 그 정도는 돼야 따르는 보람이 있지. 세상에 무서울 게 없는 사람이었어. 게다가 후노 왕의 부하들이 활을 쏘려고 했을 땐, 피소웨오 신이 직접 나서서 막아 줬다고."

"라소, 엉터리 미신 같은 소리 그만 좀 하래도."

다피로는 존경심이 묻어나는 동생의 목소리를 들으며 문득 서글 퍼졌다. 라소가 그런 목소리로 얘기한 사람은 이제껏 아버지, 아니면 형인 다피로 자신뿐이었던 것이다. 어쩌면 라소도 이제 어린애가 아닌지도 몰랐다. 자기만의 영웅을 가질 나이가 됐는지도.

잠시 마음을 추스른 다피로가 말을 이었다.

"주디 현에선 군인들 대우도 꽤 공평하고 봉급도 제때 나온다더라. 적어도 입에 풀칠은 할 수 있을 거야. 잘하면 언젠가 에리시 황제를 볼 수 있을지도 모르고. 하지만 조금이라도 이상하다 싶으면 너랑 나는 바로 튀는 거다. 귀족을 위해서 죽는 건 바보나 하는 짓이야. 쌍둥이 여신의 이름을 걸고 장담하는데, 귀족들은 우리 목숨하고 동전 한 닢을 교환할 수 있다면 눈도 깜짝 않고 그렇게 할 거야. 그러니까 우리 목숨은 우리가 알아서 지키는 수밖에 없단 말이야. 형 말 무슨 뜻인지 알겠어?"

제20장

하늘의 대군

루이섬

선무 4년 5월

자나 제국의 여느 백성과 마찬가지로 킨도 마라나는 제국군의 비행함을 무척이나 자랑스러워했다. 그러나 마라나가 꿈에도 생각지 못했던 사실이 있었으니, 언젠가 손바닥이 못투성이인 키지산 공군 기지의 정비공처럼 자신도 비행함의 작전에 익숙해질 날이 오리라는 것이었다.

까마득히 높은 키지산은 만년설로 덮인 성층 화산으로서 루이섬의 풍경 위로 군림하듯 우뚝 솟아 있었다. 산에 있는 몇 개의 분화구 가운데 두 곳은 물이 가득한 호수였다. 그중 더 높은 곳에 있고 크기도 더 큰 아리수소 호수는 저녁 하늘 같은 파란색이었고, 낮은 곳에 있고 크기도 작은 다코 호수는 에메랄드 같은 초록색이었다. 하늘에서 본 두 호수는 키지산의 하얀 가슴에서 자랑스럽게 빛나는 보석 두 알처럼 보였다.

키지산은 거대한 밍겐 수리의 보금자리였다. 날개를 펼치면 거의 6미터에 이르는 이 사납고 위풍당당한 맹금은 다라 제도에 서식하는 어떤 육식성 조류보다 더 덩치가 컸다.

그러나 밍겐 수리의 가장 독보적인 특징은 그 비범한 비행 능력이었다. 며칠씩 공중을 활공하며 같은 자리를 천천히 맴도는 정도는 기본이었고, 때로는 송아지나 양, 심지어 혼자 다니는 목동까지 낚아채서 먹이로 삼았던 것이다. 덩치가 보통이 아닌 새라고는 하지만 어떻게 그런 곡예를 부리는지는 설명할 길이 없었다.

밍겐 수리의 가공할 비행 능력은 오랫동안 키지 신의 신통력 가운데 하나로만 여겨졌다. 그러나 마피데레 황제의 아버지인 데잔 왕 연간에, 신성 모독 행위를 서슴지 않을 만큼 호기심이 왕성한 탐험가 몇 명이 목숨을 걸고 밍겐 수리를 해부한 끝에 마침내 비밀이 밝혀졌다.

밍겐 수리는 대부분 다코 호수의 기슭에 둥우리를 짓고 호수에 사는 통통한 빙어를 잡아서 새끼에게 먹였다. 그런데 다코 호수에는 특이한 점이 있었다. 깊은 물속에서부터 커다란 거품이 쉬지 않고 올라와 수면에서 터졌던 것이다. 거품 안에 든 기체는 온천수와 달리 황 성분이 없었고 불도 안 붙었으며, 사실상 냄새나 맛이 전혀 느껴지지 않았다. 아무도 그 기체에 관심을 기울이지 않았다.

그러나 그 기체는 알고 보니 몹시도 특별한 물질이었다. 공기보다 가벼웠던 것이다.

밍겐 수리의 몸속에는 커다란 기낭(氣囊)들이 그물처럼 연결되어 있었다. 그들은 다코 호수에 솟아오르는 거품 속에 부리를 담가 그 신기한 기체를 몸속의 기낭에 채웠다. 물고기가 부레를 팽창시키거나 수축시켜 물속에서 뜨고 가라앉듯이, 밍겐 수리는 이 기낭에서 부양력을 얻어 하늘을 활공했던 것이다. 가공할 비행 능력의 원천은 바로 이 기낭이었다.

자나의 명석한 기술자 키노 예는 밍겐 수리의 신체 구조를 본떠서 자나의 날개 달린 거대 비행함을 설계했다. 우아한 자태를 자랑하는 비행함은 비록 병력이나 물자를 수송하는 능력은 해상 선박과 견주기 힘들었지만 속도와 기동성이 탁월했고, 정보 수집 활동에서 매우 유용했다. 적의 수군을 상대할 때에도 가공할 능력을 자랑했다. 함선은 공중에서 쏟아지는 공격에 속수무책인 반면, 점착력이 강한 화염탄에 불을 붙여 투하하는 비행함은 몇 척만으로도 함대 전체를 궤멸시킬 수 있었다.

그러나 가장 중요한 군사적 용도는 바로 심리적 타격이었다. 비행함은 하늘에 떠 있는 것만으로도 적군에 대한 위협이자, 자나군 지휘관이 그들의 움직임을 훤히 내려다보고 있으므로 빠져나갈 구멍이 없다고 알리는 신호였다.

* * *

마라나가 키지산의 공군 기지에 인원을 재배치하고 다시금 제대로 운용하기까지는 꼬박 한 달이 걸렸다. 기지의 상태는 참담했다. 대나무 관은 쪼개졌고 가죽 마개는 뻣뻣하게 말라서 갈라졌고, 선 거(船渠)와 비행함은 망가져 있었다. 기지의 늙은 사령관은 기지 운 영비로 할당된 예산을 빼돌려 자기 주머니를 채웠고, 그 와중에 일 부를 다시 쪼개어 친구들과 그들의 정부를 위해 호화로운 유람용 이인승 비행정을 만들었다.

그러나 사령관은 우수한 관료로 인정받는 방법에 정통했다. 그는 정교하게 제작한 모형 비행함을 제도 판으로 부지런히 배달하여 에 리시 황제의 큰 환심을 샀다. 황제는 후궁과 시녀를 시켜 부채를 부 치고 대롱으로 바람을 불어 모형 비행함을 움직이면서 제국의 축소 모형 위에서 모의 공중전을 벌였다. 이 장난감에 크게 기뻐한 황제 가 수궁령 피라와 섭정 크루포에게 사령관을 입이 닳도록 칭찬했던 것이다.

마라나는 사령관과 그 친구들, 정부들까지 즉시 체포한 다음 모 두 발가벗겨서 다코 호수로 끌고 갔다. 그곳에서 그들은 나무에 묶 여 밍겐 수리의 밥이 되었다. 어린 맹금들은 그날 부덕한 인간의 살 로 잔치를 벌였다.

전임 사령관의 가장 큰 실책은 숙련된 정비공을 대부분 해고한 것이었다. 그러나 마라나는 때마침 코크루 북부를 재점령하면서 정 비공들에게 쏠쏠한 임금을 제공할 여유가 생겼다.

제국의 전직 최고 세금 징수원은 이제 기지를 시찰하면서 수리 중인 낡은 비행함의 선체와 건조 중인 새 비행함을 꼼꼼히 둘러보왔다. 기술자들이 사방에서 소란스럽게 벌어지는 작업을 설명하는 동안, 그는 가만히 귀를 기울이며 고개를 끄덕였다.

비행함의 반경식(半硬式) 뼈대는 대나무로 만든 거대한 테와 세로 띠로 이루어졌다. 뼈대 안에는 비단으로 만든 기낭 여러 개를 매달았다. 이 기낭에는 다코 호수에서 모은 부양 기체를 채웠다. 기낭에는 그물처럼 연결된 밧줄이 묶여 있어서, 아래쪽의 선체 구역에서 이 밧줄을 당기면 기낭을 부풀리거나 쪼그라뜨려서 부력을 조절할 수 있었다. 기낭을 압축하면 부양 기체의 부피가 줄어서 부력이 작아지고 기낭을 팽창시키면 기체의 부피가 늘어서 부력이 커지는 식이었다. 뼈대 전체는 수지를 바른 천으로 감싸서 적군의 화살을 막았다. 그 안쪽에는 기낭 양편을 따라 노잡이들의 자리가 마련되어 있었다. 노예나 다름없는 처지의 이 징용자들이 커다란 날개를 노처럼 저으면 비행함이 하늘을 나아갔다. 날개는 밍겐 수리가 털갈이를 하면서 떨어뜨린 깃털을 모아 만든 것으로, 가볍고 튼튼해서 공기를 힘차게 밀어냈다.

하부 선체의 일부는 뼈대 안에, 일부는 뼈대 아래쪽으로 튀어나와 있었다. 이 선체가 바로 전투원과 장교들의 숙소 겸 화약 및 무기 저장고였다. 최대급 비행함은 50명이 승선할 수 있었는데 그중 30명은 노잡이였고 나머지는 전투원이었다.

"한 달 안에 몇 척이나 준비할 수 있겠나?"

"지금도 철야 근무 태세로 일하는 중입니다, 원수님. 부양 기체를 채취하는 작업은 서두른다고 되는 게 아닙니다. 지난 1000년간 그랬던 것처럼 호수에서 나오는 대로 모으는 수밖에 없으니까요. 한 달이면 10척, 잘하면 12척까지는 완성해서 1개 함대를 편성할 수 있을 겁니다."

마라나는 고개를 끄덕였다. 그 정도면 충분했다. 비행함대가 하늘에서 지원하면 제국 수군은 아룰루기섬을 초토화하고 아무 국 전체를 다시 제국의 통치하에 돌려놓을 터였다. 그리하여 후방이 안정되면, 그다음은 본섬 남부의 반란군 거점을 향해 공격을 개시할 차례였다.

제21장
폭풍 전야

주디 현

선무 4년 6월

"어때, 한 잔 더?"

쿠니는 이렇게 묻고 나서 대답도 듣지 않고 손짓으로 종업원을 불렀다.

마타의 입에서 끙 소리가 흘러나왔다. '빛나는 술동이' 주점에서 내놓는 쓰디쓴 맥주나 싸고 독한 고량주는 마타의 입에 맞지 않았다. 술이 아니라 무슨 헌 집의 칠을 벗길 때 쓰는 약품을 들이켜는 기분이었다. 안주 또한 기름지고 느끼했지만, 인화 물질처럼 독한 술에 위가 구멍 나는 사태를 막으려면 같이 먹는 수밖에 없었다. 가끔은 손님들이 하나같이 양념 묻은 손가락을 쪽쪽 빠는 광경에 속이 거북해지기도 했다. 이 주점에서는 젓가락을 내놓지 않았다.

자라는 동안 마타는 삼촌 핀의 지도하에 술을 멀리하고 공부에 전념했고, 투노아에 있는 일족의 성을 탈환한 후에는 건조하고 서늘한 지하실에 보관되어 있던 고급스러운 포도주만 입에 댔다. 마타는 이제 그 포도주 생각이 간절했다.

그럼에도 마타는 한숨을 쉬며 쿠니의 서민적인 술 취향을 따랐다. 쿠니의 스스럼없는 행동과 거친 화법을 아랑곳하지 않은 것과 마찬가지 이유에서였다. 결국 쿠니는 귀족 태생이 아니었던 것이다. 마타는 '백성들이 추대한 공작'이 도대체 뭔지 여전히 이해가 가지 않았지만, 그 모든 불편함과 의문을 꾹 참은 까닭은 바로 쿠니와 함께 있으면…… 즐겁기 때문이었다.

지아는 사루자에 남아 있었고 갓난아기가 살아서 백일을 맞기 전에는 출생을 정식으로 알리지 않는 것이 관습이었기에, 쿠니는 아무 소식도 듣지 못한 채 애만 태웠다. 그래서 병사들의 사기에 나쁜 영향을 미치지 않으려고, 또한 아내 곁을 지키지 못한다는 죄책감을 덜 생각으로, 쿠니는 매일 밤 술잔치를 열면서 매번 마타를 초대했다.

그런 자리에서 쿠니는 부하들을 친구처럼 대했다. 마타는 그 부하들, 즉 행정관 코고 옐루와 개인 비서 린 코다, 보병대장 뮌 사크리, 기병대장 샌 카루코노, 심지어는 배신을 밥 먹듯이 한 도사 부사령관마저도 쿠니에게 크나큰 애정을 품은 것을 알 수 있었다. 그들이 품은 애정은 의무보다 더 큰 것에서 비롯된 충성심이었다.

쿠니 패거리는 지저분한 농담을 주고받으며 예쁘장한 종업원에게 실없이 수작을 걸었고, 이런 술자리가 난생처음이었던 마타는 자신도 모르는 사이에 그 분위기를 즐기고 있었다. 이곳의 술자리는 사루자의 세습 귀족들이 여는 딱딱하고 격식 차린 연회보다 훨씬 더 즐거웠다. 귀족의 연회에서는 모두가 정중하게 행동하면서 무례한 말은 한마디도 입에 담지 않고 저마다 회반죽을 굳힌 것처럼 딱딱한 미소를 지었고, 칭찬 속에는 모욕이 감춰져 있었으며, 말한마디 한마디는 두 번, 때로는 세 번씩 곱씹어야 진의를 간파할 수 있었다. 그런 연회에 나갈 때면 마타는 머리가 지끈거리고 안 어울리는 자리에 왔다는 생각이 들었지만, 쿠니의 친구들과 함께 있으면 밤이 끝나지 않았으면 좋겠다는 생각이 들었다.

게다가 이 쿠니라는 남자는 '주디 공'이라는 임무를 진지하게 수행했다. 실제로 *너무 진지한 게 아닌가* 싶을 정도였다. 마타는 행정의 자질구레한 면면까지 흐뭇한 표정으로 직접 챙기는 쿠니의 모습을 여전히 믿기가 힘들었다. *세금 징수 현황까지 시시콜콜 들여다보는 공작이 있다니,* 카나 여신과 라파 여신의 빛나는 머릿결이 무색할 노릇이 아닌가!

마타는 지금껏 쿠니 같은 사람을 본 적이 없었고, 그래서 쿠니가 귀족으로 태어나지 않은 것을 천만부당한 일로 느꼈다. 쿠니는 마타가 아는 일부 세습 귀족보다 훨씬 더 존경받을 자격을 갖춘 인물이었다.

가끔 너그러움이 지나친 것만 빼면. 그 생각을 하면서 마타는 도사 부사령관을 못마땅한 눈으로 흘겨보았다.

그러나 쿠니와 마타는 원대한 계획의 밑그림을 함께 그리는 사이였다. 바로 조국 코크루를 자나의 지배로부터 영원히 해방시키는 것이었다. 쿠니는 *마음의 그릇이 큰 사람이야.* 마타는 그렇게 결론지었다. 시적이거나 감동적인 표현은 아니었지만, 마타는 남에게 이보다 더 진실한 찬사를 바친 적이 없었다. 상대가 귀족이든 평민이든 간에.

주점 종업원들은 목이 타는 듯한 고량주가 철철 넘치는 술병을 쟁반에 받쳐 들고 쉴 새 없이 내왔다. 마타는 술잔의 술을 한 모금 홀짝였다. 맙소사, 기억 속의 끔찍한 맛과 똑같았다.

"심심한데 놀이라도 할까요."

샌 카루코노의 말에 다른 이들이 왁자하게 동의했다. 놀이 없이 술만 마시는 것은 독작이나 다름없기 때문이었다.

"그럼 '바보의 거울'은 어때?"

쿠니가 제안했다. 실내를 빙 훑어보던 그의 시선이 꽃다발을 꽂아 놓은 꽃병에서 멈췄다.

"주제는 꽃이 좋겠군."

바보의 거울은 귀족과 평민들 모두 즐겨 하는 놀이였다. 참가자들은 먼저 동물이나 식물, 책, 가구 같은 범주를 하나 정한 다음, 한 명씩 차례로 자신을 정해진 범주 안의 한 가지 대상에 비유하여 묘사했다. 솜씨가 훌륭하다고 모두에게 인정받을 경우에는 나머지 참가자들이 술을 마셨다. 그렇지 않으면 비유한 당사자가 술잔을 비웠다.

린 코다가 제일 먼저 하겠다고 나섰다. 자리에서 일어선 린은 취기 때문에 휘청거리다가 기둥을 끌어안고 몸을 기댔다. 그 모습을 본 샌이 농담을 던졌다.

"거 아주 풍만한 아가씨를 끌어안았는데. 나 같으면 몸통은 조금 더 날씬하고 굴곡이 살아 있는 아가씨를 고를 텐데 말이지."

린은 손에 들고 있던 닭다리를 샌에게 집어던졌다. 샌은 냉큼 피하다가 하마터면 자빠질 뻔하고는 껄껄 웃었다.

린은 진지한 표정으로 놀이를 시작했다.

"친구들. 나는 밤에 꽃을 피우는 야화 선인장이라네."

"왜, 1년에 딱 하룻밤만 행운을 잡으니까?"

린은 날아드는 야유를 무시했다.

"야화 선인장은 낮에 보면 모습이 초라해서 다들 땅에 박힌 막대기 정도로 여기지. 하지만 본래는 땅거죽 밑에서 사막의 수분과 양분을 끌어 모아 커다랗고 즙이 많은 열매를 맺고, 이 맛있는 열매로 사막을 건너는 많은 여행자들의 목숨을 구하는 식물이야. 운이 좋은 사람만 1년에 단 하루, 그것도 한밤중에만 야화 선인장에 피어나는 꽃을 볼 수 있어. 별빛으로 가득 물든, 유령 백합처럼 생긴 커다랗고 하얀 그 꽃을."

좌중은 린의 유창한 언변에 놀라 잠시 할 말을 잊었다.

침묵을 깬 사람은 샌이었다.

"너 혹시 학당 선생한테 연설문을 써 달라고 돈을 준 거 아냐?"

린은 남은 닭다리 한 개를 마저 샌에게 던졌다.

"린의 장점이 겉으로 안 드러나는 건 사실이야." 쿠니가 빙그레 웃으며 말했다. "네가 이 중차대한 시기에 마타와 나에게 힘을 보태려고 더 많은 주디 현 사람들을…… 그래, '뒷세계 사람들'이라고 해 두자. 그 사람들을 더 많이 끌어들이려고 무진장 애쓴 건 내가 잘 알아. 남들은 너의 수고를 몰라 줄 때도 있겠지만, 나는 다 보고 기억한다는 걸 명심해 줘."

린은 별것 아니라는 듯이 손을 내저었지만 표정은 누가 봐도 감동한 기색이 역력했다.

"적절한 비유였어. 나는 잔을 비울 거야."

쿠니가 말했다. 다음으로 일어선 뮌 사크리는 대뜸 스스로를 가시가 부숭부숭한 선인장에 비유했다.

모두가 만장일치로 술잔을 비웠다.

"우리 착한 뮌아, 너는 그 턱수염이 문제야." 끼어든 사람은 이번에도 샌 카루코노였다. "누구한테 입이라도 맞추려고 들면 그 따가운 수염 때문에 상대 입술에 구멍이 열댓 개는 뚫릴 거다."

"바보 같은 소리 집어치워!"

뮌이 버럭 소리를 질렀다.

"성문 옆에 사는 그 총각이 네가 선물을 들고 찾아갈 때마다 숨으려고 하는 이유가 뭔지 생각해 본 적 있냐? 가끔은 면도도 좀 하고 그래."

뮌의 얼굴은 불이라도 붙은 양 새빨개졌다.

"무슨 소릴 하는 건지 모르겠네."

"네가 그 젊은 녀석을 좋아하는 건 주디 사람 절반은 다 알아." 샌이 말을 이었다. "네가 아무리 푸주한이라도 그렇지, 꼭 그렇게 항상 푸주한처럼 하고 다녀야겠냐?"

"네가 언제부터 연애 도사였다고 나불거려?"

"알았어, 그만해." 쿠니는 껄껄 웃으며 말했다. "뮌, 내가 그 청년한테 너를 정식으로 소개해 주면 어떨까? 주디 공이 초대하는데도 달아나진 않을 거 아냐."

뮌은 홍조가 덜 가신 얼굴로 고개를 끄덕여 감사를 표했다.

다음으로 일어선 코코 옐루는 스스로를 계산적이고 끈기가 강한 파리지옥에 비유했다. 그 말을 들은 쿠니는 어린애 딸랑이처럼 도리질을 했다.

"아니, 그건 아니지. 그런 식의 자기 비하는 내가 용납 못 해. 넌 주디의 공공 행정을 떠받치는 굵직한 대나무야. 튼튼하고, 유연하고, 그러면서도 속은 한 점의 이기심도 없이 텅 비어 있지. 그러니까 네가 잔을 비워야 해."

다음은 쿠니 가루 차례였다. 자리에서 일어선 쿠니는 술 쟁반을 들고 지나가던 과부 와수의 허리를 끌어안더니, 와수가 웃으며 빠져나가는 사이에 그녀의 귀 뒤에 꽂혀 있던 민들레 꽃송이를 휙 뽑아서 모두가 볼 수 있게 높이 들었다.

코고 옐루가 미간을 찌푸렸다.

"가루 공, 본인을 잡초에 비유하시려는 겁니까?"

"그냥 잡초가 아니야, 코고. 민들레는 강인한 꽃인데 사람들이 오해하는 것뿐이라고."

쿠니는 지아에게 구혼할 때의 기억이 떠올라 눈물이 핑 돌았다.

"민들레는 지는 법이 없어. 정원사가 잔디밭에서 다 뽑아내고 드디어 해치웠구나 할 때쯤 비가 내리면, 조그맣고 노란 꽃이 다시 고개를 들지. 그러면서도 절대로 거만 떠는 법이 없어. 색깔도 향기도 다른 꽃을 압도하지 않으니까. 무서울 정도로 실용적이라서 잎은 맛있는 먹거리 겸 약으로 쓰이는가 하면, 뿌리는 단단한 땅을 무르게 해서 연약한 다른 꽃들의 자리를 마련해 주는 개척자 노릇까지 해. 하지만 민들레가 최고로 멋진 이유는, 흙에 뿌리를 박고 살면서도 하늘을 꿈꾸는 꽃이라는 거야. 꽃씨가 바람에 올라타면 민들레는 사람이 공들여 가꾼 장미나 울금향이나 만수국보다 훨씬 더 멀리 날아가서, 훨씬 더 넓은 세계를 볼 수 있어."

"참으로 훌륭한 비유입니다." 코고는 그렇게 말하고는 자기 술잔을 비웠다. "제 식견이 너무 좁아서 그만 헤아리질 못했군요."

마타 역시 고개를 끄덕이고는 술잔을 비웠다. 독한 술에 목구멍이 마비되는 듯했지만, 그는 내색하지 않고 묵묵히 참았다.

"진두 장군님, 이제 장군님 차렙니다."

샌이 마타를 재촉했다. 마타는 망설였다. 말주변도 재치도 변변치 않은 데다, 이런 놀이에서 두각을 나타낸 적도 없기 때문이었다. 그러다 아래로 눈길을 내린 순간 때마침 장화에 새겨진 진두 일족의 문장이 눈에 들어왔고, 그 덕분에 무슨 말을 해야 할지가 퍼뜩 떠올랐다.

마타는 자리에서 일어섰다. 밤이 깊도록 술을 마셨는데도 자세가 아름드리 참나무처럼 흔들림이 없었다. 마타는 손뼉을 쳐서 천천히 박자를 맞추다가, 투노아 섬에 전해지는 옛 민요의 곡조에 맞춰 노래를 시작했다.

당년 9월 하고도 9일
내가 필 무렵이면 다른 이는 모두 스러졌으리

넓고 스산한 판의 거리에 차가운 바람이 이네

황금빛 폭풍이, 황금빛 파도가 덮쳐 오네

화려한 내 향기 하늘을 찌르고

황금 갑옷 만인의 눈을 가리리

도도한 긍지에 취해 만 자루 검이 춤을 추네

제왕의 위엄을 지키려, 홍진의 죄를 씻으려

충절과 지조에 사는 고귀한 형제여

그 색을 몸에 두르고 어찌 겨울을 두려워하는가.

"꽃 중의 제왕이로군요."

입을 연 사람은 코고 옐루였다.

마타는 고개를 끄덕였다.

쿠니는 마타의 박자를 따라가려고 손가락으로 탁자를 두드리고 있었다. 그러다가 방금 끝난 노래의 여운을 음미하는 듯, 아쉬운 표정으로 손을 멈췄다.

"'내가 필 무렵이면 다른 이는 모두 스러졌으리.' 쓸쓸하고 공허하지만, 그래도 호쾌한 기개가 있어. 코크루군 원수의 후예에게 딱 어울려. 꽃 이름을 한 번도 안 밝히면서 국화를 칭송하는 노래라. 아름답군."

"우리 진두 일족은 언제나 스스로를 국화에 비유했지."

쿠니는 마타에게 고개를 숙이고 술잔을 비웠다. 다른 이들도 주군의 예를 따랐다.

"하지만 쿠니, 넌 그 노래를 다 이해한 게 아니야."

쿠니는 곤혹스러운 표정으로 마타를 올려다보았다.

"그 노래가 국화만 칭송한다고 한 사람은 없을 텐데. 민들레 또한 같은 색으로 피지 않던가, 형제여?"

쿠니는 껄껄 웃으며 마타와 팔짱을 끼었다.

"형제여! 우리가 힘을 합치면 어디까지 날아갈 수 있을까?"

빛나는 술동이 주점의 침침한 불빛 속에서, 그들의 눈은 물기를 머금고 반짝였다.

마타는 모두에게 감사의 말을 남기고 술을 들이켰다. 태어나서 처음으로, 마타는 사람들 속에서 외로움을 느끼지 않았다. 그들에게 속한 기분을 느꼈다. 낯설면서도 반가운 감정이었다. 그 감정을 이런 곳에서 느끼게 되다니 놀라웠다. 이 컴컴하고 지저분한 술집에서, 싸구려 술을 마시고 형편없는 안주를 먹으며, 한두 달 전만 해도 크리마와 시긴처럼 귀족 흉내를 내는 무지렁이라고 무시했을 사람들 속에서.

제22장

주디 성 전투

주디 현

선무 4년 6월

크리마와 시긴이 나피에서 반란의 깃발을 들었을 당시에 수많은 백성이 그들에게 가담하려고 모여들었지만, 한편으로는 산적이나 도적 떼가 되어 세상의 혼란을 마음껏 이용한 백성 또한 많았다. 그중 가장 잔악하고 무서운 패거리 가운데 푸마 예무가 이끄는 강도단이 있었다. 원래 농민이었던 예무는 제국의 관료들이 황제 전용 사냥터를 만들려고 그의 땅을 동전 한 닢 주지 않고 몰수하면서 빈 털터리가 되었다.

예무의 부하들은 포린 평원을 가로지르는 간선 도로에서 상단의 마차 대열을 먹잇감으로 삼다가, 마침내 표적이 뜸해지는 지경에 이르렀다. 경기가 나빠지면서 도로를 오가는 상인들이 점점 줄어든 탓이었다. 장삿길은 너무나 위험했다. 제국군과 반란군이 진격과 후퇴를 거듭하고 무장한 군인들이 사방에서 탈주하는 판국에 도로를 안전하게 지킬 수 있는 사람은 없었다. 예무 패거리는 짭짤한 표적을 찾아 점점 더 멀리까지 돌아다녔고, 그러다가 전에는 한적했던 주디 현의 교역이 활발해진 것을 눈치챘다.

주디 공은 영지에서 도적 떼를 몰아낼 정도로 열심히 일하는 기색이 뚜렷했고, 혼란스러운 와중에도 돈을 벌고자 하는 용감한 상인들은 상품을 싣고 주디 현으로 향했다. 사막에서 새 초지로 향하는 양떼의 뒤를 쫓는 늑대들처럼, 예무 강도단은 즉각 에르메 산맥으로 거점을 옮겼다.

예무는 주디 공을 두려워하지 않았다. 경험에 비추어 보면 반란군 부대는 군기도 훈련 수준도 제국군에 뒤처졌기 때문에, 예무는 단 한 번의 전투로 적의 사령관을 처치할 때도 있었다. 가끔은 대장을 잃은 반란군 병사들이 예무의 휘하로 들어오기도 했다. 예무는 주디로 향하는 어리석은 상인들에게서 '세금'을 있는 대로 뜯어내어 호의호식할 작정이었다.

어느 날 오후, 예무 강도단은 조그만 언덕의 꼭대기 근처에 있는 잡목림에 매복했다.

그들은 주디 성의 남쪽 도로를 따라 천천히 이동하는 대상(隊商)을 지켜보는 중이었다. 짐마차가 느릿느릿 움직이는 것으로 보아 틀림없이 값진 상품을 잔뜩 실은 행렬이었다. 예무의 우렁찬 함성을 신호로 강도단은 평원을 휩쓰는 바람처럼 말을 달려 언덕을 내려갔다. 푸짐한 전리품을 손에 넣으리라는 확신을 품고서.

짐마차 대열이 멈췄다. 강도단이 접근하는 사이에 마부들은 말을 풀어 주고 짐을 죄다 버린 채 냅다 달아났다. 푸마 예무는 그 광경을 보며 껄껄 웃었다. 난세의 강도질이란 쉬워도 너무 쉬웠다. 그야말로 어린애 손목 비틀기가 아닌가!

버려진 짐마차들은 도로에 얌전히 서 있었다. 물가에서 잠들었다가 고스란히 그물에 잡힌 기러기 떼처럼.

그러나 강도단이 도로로 접근하여 마차 행렬 한복판에 멈춰 선 순간, 마차 짐칸의 벽이 종잇장처럼 박살 나면서 완전무장을 한 군인들이 쏟아져 나왔다.

군인들 일부가 말에서 내린 강도단과 싸우는 동안 나머지 군인들은 짐마차를 끌고 둥그런 원을 만들어 강도단의 퇴로를 차단했다. 눈치 빠른 몇몇은 사태를 파악하고 재빨리 말을 돌려 원이 닫히기 전에 빠져나갔지만, 두목인 푸마 예무를 포함한 나머지 패거리는 짐마차로 이루어진 벽 안에 꼼짝없이 갇히고 말았다.

양팔은 말의 허벅지처럼 굵직하고 어깨는 황소처럼 떡 벌어진 거인 한 명이 원의 중앙으로 걸어 나왔다. 예무는 거인의 눈을 보고 가슴이 철렁 내려앉았다. 한쪽 눈에 눈동자가 두 개씩 들어 있어서 시선을 맞추기가 불가능했다.

"강도여. 너는 가루 공의 함정에 꼼짝없이 걸렸다."

거인의 목소리는 악몽에 나오는 저승의 왕처럼 서슬이 퍼렀다. 그는 등의 검집에서 자기 덩치만큼이나 커다란 검을 뽑아 들었다.

"나아로엔나와 인사해라. 너의 무법자 시절이 끝났음에 한 점의 의심도 없으니."

글쎄, 그건 두고 봐야지. 예무는 누구와 싸워도 이길 자신이 있었다. 이 거인은 기세등등해 보이기는 했지만 한편으로는 귀족의 분위기가 풍겼다. 예무는 건방지기만 할 뿐 실력은 형편없는 귀족들을 지금껏 수도 없이 처치한 바 있었다. 그들은 스스로를 용맹한 전사로 여겼지만, 더러운 수법을 동원한 싸움에 관해서는 아무것도 몰랐다.

예무는 말의 옆구리를 차서 마타 진두를 향해 돌진했다. 검을 높이 쳐들고서, 단숨에 두 쪽을 내 버릴 기세로.

마타는 마지막 순간까지 가만히 서 있다가, 인간의 동작으로 믿기 힘들 만큼 재빨리 옆으로 비켜섰다. 그러고는 왼손을 뻗어 예무가 탄 말의 고삐를 잡았다. 오른손은 거대한 검을 쳐들어 머리 위에서 내려치는 예무의 일격을 막았다.

챙!

예무는 자신도 모르는 새에 땅바닥에 누워 있었다. 숨을 쉴 수가 없었다. 머릿속이 안개가 긴 듯 흐릿하고 윙윙거리는 와중에 떠오르는 생각은 단 두 가지였다.

첫째, 무슨 수를 썼는지는 알 수 없었지만 마타는 질주하는 말을 왼팔의 힘만으로 멈춰 세웠고, 그러면서 발도 꿈쩍하지 않았다. 말이 갑자기 정지하는 바람에 푸마는 달리던 기세 그대로 말의 머리 위로 날아가 공중에서 한 바퀴 돈 후에 땅에 철퍼덕 나자빠졌다.

둘째, 마타의 오른팔은 위에서 내려치는 예무의 일격을 가뿐하게 튕겨 냈다. 예무가 더 높은 곳에 있었는데도, 예무의 힘과 말의 추진력이 함께 결합된 일격이었는데도.

예무가 눈앞으로 들어올린 오른손은 엄지와 검지 사이가 피투성이었다. 손이 마비된 듯, 아무것도 느껴지지 않았다. 검이 부딪혔을 때 튕겨낸 힘이 얼마나 강했던지 오른손의 조그만 뼈들은 죄다 박살이 났고, 검은 손에서 빠져나가 멀리 날아가 버렸던 것이다.

위를 올려다보니 검이 보였다. 하늘 저 높이, 아직도 빙글빙글 돌고 있었다. 검은 회전 궤도의 정점에 이르러 한순간 정지하는가 싶더니, 아래쪽을 향해 똑바로 낙하하기 시작했다.

예무는 생각할 겨를도 없이 몸을 굴렸고, 낙하한 검은 땅바닥에 자루까지 깊숙이 박혔다. 예무의 다리 옆으로 한 뼘도 떨어지지 않은 자리였다.

"항복하겠습니다."

마타 진두의 차가운 눈을 올려다보는 동안, 예무의 마음속에는 정말이지 한 점의 의심도 남아 있지 않았다.

마타 진두는 주디 현을 느긋한 사냥터로 여길 다른 강도단에 경고를 보낼 겸, 성문 앞에 기둥을 세우고 푸마 예무를 목매달고 싶어했다.

그러나 쿠니는 이에 반대했다.

마타는 못마땅한 눈으로 쿠니를 흘겨보았다.

"또 동정심이 발동했나? 저자는 강도이자 살인자야, 형제."

"나도 한때는 산적이었어. 강도질이 무조건 사형에 처해야 할 이유가 되진 않아."

마타는 믿을 수 없다는 표정으로 쿠니를 응시했다. 쿠니는 마타를 보며 멋쩍게 웃었다.

"잠깐 그랬다는 얘기지, 아주 잠깐. 게다가 우린 항상 사람을 해치지 않으려고 애썼어. 상인들한테 집에 돌아갈 여비까지 남겨 줬다니까. 부하들을 먹여 살리려면 어쩔 수 없었다고."

마타는 고개를 절레절레 흔들었다.

"그 얘기는 안 들었으면 참으로 좋았을 것을. 이제 내 머릿속에선 죄수복을 입고 감방 철창을 두드리는 네 모습이 사라지지 않을 거야."

쿠니는 낄낄 웃었다.

"거 잘됐네. 산적질을 시작하기 전에 뭘 하면서 먹고살았는지까지는 얘기 안 할게. 그나저나 딴소리가 너무 길어진 것 같군.

내가 하고 싶은 말은 이거야. 예무는 말 타는 실력도 뛰어나고, 지도력도 이미 입증된 지휘관이야. 우세한 적을 보면 물러나 숨어 있으면서 공격할 기회를 노릴 줄도 알고. 우리한테는 말이 잔뜩 있으니까, 예무를 이용할 방법이 있을 거야. 정찰대의 보고에 따르면 나멘이 지금 이리로 오는 중이니까."

* * *

나멘의 군대는 굶주린 파도처럼 포린 평원에 밀어닥쳤다. 패배한 반란군 무리는 그 파도 앞에서 혼비백산해 달아나며 살려 달라고 울부짖었다. 수많은 패잔병이 넘어졌고, 내리찍는 말발굽과 돌진하는 군인들의 발에 짓밟혀 순식간에 먼지 속으로 사라졌다. 지평선에 자욱한 흙먼지 속에서 이따금 눈부시게 번득이는 갑옷과 검극의 빛을 가만히 지켜보며, 쿠니는 가슴이 철렁 내려앉고 입속이 바싹 말랐다.

쿠니는 더 많은 피난민이 들어올 수 있도록 두려움을 무릅쓰고 주디의 성문을 열어 놓았지만, 결국에는 나멘의 군대가 성벽까지 들이닥치기 전에 성문을 닫으라고 명령할 수밖에 없었다. 쿠니의 부하들은 밀려드는 난민들에게 검과 창을 휘두른 끝에야 성문을 닫을 수 있었다. 성벽 너머에서 들려오는 비명과 애원에 울음을 터뜨린 사람은 한둘이 아니었다.

"가루 공! 적들이 화차로 성문을 공격하고 있습니다!"

"가루 공! 감시탑에 화살이 바닥났습니다, 적들이 성벽을 타고 넘어올 겁니다!"

보고가 속속 들어왔지만 쿠니는 얼어붙은 사람처럼 꿈쩍도 하지 않았다. 주디 성에 들어오지 못한 피난민들의 비통한 애원이 머릿속에 남아 메아리친 탓이었다. 먼저 보낸 부하 후페와 무루가 떠올랐다. 또다시 그가 내린 결정 때문에 사람들이 죽어가고 있었다. 또다시, 그는 중압감에 짓눌린 채 무엇이 옳은 길인지 몰라 우두커니 서 있기만 했다.

그런 주군의 모습에 주디의 병사들 역시 당황하기 시작했다.

나멘의 부하들은 성벽에 기다란 사다리를 걸쳤다. 검을 뽑아 든 군인들이 궁수대의 빗발 같은 엄호 사격에 힘입어 사다리를 오르기 시작했다. 몇몇은 이미 성벽 꼭대기에 이르러 주디 수비대의 병사들과 싸우는 중이었다. 훈련 말고는 싸워 본 적이 없는 주디 병사들

은 쭈뼛쭈뼛 검을 휘두르다가 자나군 고참병들의 맹공에 밀려 주춤
주춤 물러섰다.

주디 병사 한 명의 팔이 잘려 날아갔다. 그 병사는 비명을 지르며
주저앉아 땅에 나동그라진 팔을 잡으려고 엉금엉금 기어갔다. 주위
에 있던 수비대 병사들의 얼굴은 일제히 하얗게 질렸다. 자나군 병
사들이 성큼 나서서 비명을 지르던 병사의 숨통을 끊자 수비대는
무기를 내팽개치고 돌아서서 달아났다.

이윽고 나멘의 부하 수십 명이 먼저 올라온 동료들에게 가세했
다. 그들이 성벽 위에 교두보를 마련하고 감시탑을 차지하면 주디
성의 성문이 열려 모든 것이 끝장날 판국이었다.

마타 진두는 성벽 위로 향하는 계단을 단 몇 걸음 만에 훌쩍 뛰어
올라갔다. 오른손에 나아로엔나를 쥐고 왼손에는 고레마우를 쥔 채
로, 그는 자나군 병사들이 모여 있는 곳 한복판으로 단숨에 뛰어들
었다.

고레마우가 적군의 머리를 박살 내면서 뇌수와 피가 사방으로 튀
었다. 자나군 병사들은 주춤 물러나서 잠시 꼼짝도 하지 못했다. 마
타는 입을 벌리더니 곤봉에 묻은 선혈을 살짝 핥았다.

"다른 인간들의 피 맛과 똑같구나. 어차피 모두 죽을 운명이니 그
렇겠지."

뒤이어 나아로엔나는 살육의 국화처럼 희뿌연 잔영을 남기며 회
전했고, 고레마우는 불끈거리는 죽음의 심장처럼 시커먼 그늘을 달
고 치솟았다가 내리찍었다. 자나군 병사들이 막으려고 쳐든 검과
방패는 부러지거나 튕겨 날아갔고, 마타 진두 주위에는 순식간에

시체 수십 구가 널브러졌다.

"어서 와라." 마타는 겁을 먹고 물러선 주디 병사들에게 말했다. "이 즐거운 싸움을 놓칠 작정이냐?"

눈앞의 광경에 고무된 주디 병사들은 마타 진두 주위로 몰려와 갈고리처럼 구부러진 공성용 사다리의 끄트머리를 힘껏 내리쳤다. 그들은 마침내 부서진 사다리를 허공으로 밀어냈고, 아직 사다리에 매달린 자나군 병사들의 공포로 물든 비명에 환호성을 질렀다.

쿠니는 마타를 바라보았다. 마치 신화 속의 대(大)이산 전쟁에 나오는 위풍당당한 영웅처럼, 주위에 비처럼 쏟아지는 화살도 아랑곳 않고서 성벽 위에 우뚝 서 있는 마타를 보며, 쿠니는 존경심에 가슴이 벅차올랐다. 이 무서운 난세에 모두가 죽을 운명인 것은 사실이었다. 그러나 사람은 마음만 먹으면 마타 진두처럼 살면서 한 점 의심 없이 싸울 수도 있었다. 아니면 겁에 질려 웅크린 채 주저하다가 실수 위에 또 다른 실수를 쌓거나.

쿠니는 주디의 공작이었다. 그리고 지금, 그의 성은 그에게 의지하고 있었다.

쿠니는 계단을 뛰어 올라갔다. 마타의 등 뒤에서 다른 자나군 병사가 성벽으로 기어오르는 중이었다. 쿠니는 검을 뽑아 들고 돌진했고, 그 병사가 막으려고 휘두른 일격을 쳐낸 다음 그의 목 깊숙이 검을 박아 넣었다. 검붉은 것이 분수처럼 솟았다. 어느새 곁에 선 마타가 쿠니를 도와 사다리를 부수어 성벽에서 밀어냈다.

쿠니는 얼굴에 뜨거운 것이 묻은 느낌이 들었다. 그래서 손을 뻗어 얼굴을 닦고 손가락을 내려다보았다. 피였다. 쿠니가 처음으로 죽인 사람의 피.

"맛이 어떤지 봐."

쿠니는 마타의 말대로 했다. 짜고, 텁텁하고, 조금은 쌉쌀했다. 마타가 곁에 있으니 온몸에 용기가 넘쳐흐르는 기분이었다. 지아가 준 용기 나는 약초를 열 개는 입에 털어 넣은 것처럼.

"가루 공, 적들의 화차가 성문에 불을 질렀습니다!"

쿠니가 아래쪽을 내려다보니 소가죽을 둘러친 화차들이 성문 아래쪽에 모여 있는 광경이 눈에 들어왔다. 수비대의 화살은 소가죽 방호막에 박혀 수레에 탄 병사들에게 닿지 않았고, 그 틈에 적군이 두꺼운 참나무 성문에 불을 붙였던 것이다.

앞장서서 싸우는 마타와 쿠니에게 고무된 수비대 병사들은 감시탑에서 묵직한 돌을 떨어뜨려 마침내 화차를 부서뜨렸지만, 불은 여전히 활활 타올랐다.

"물과 모래를 더 준비해 둘 것을."

도사가 중얼거렸다. 쿠니는 경험이 일천한 자신을 탓했다. 농성에 대비하여 식량과 무기를 모으는 데에 정신이 팔린 나머지 기본적인 준비를 소홀히 했던 것이다.

나멘의 부하들은 성벽 발치에서 물러났다. 그들은 피어오르는 연기와 넘실거리는 불길을 다 함께 구경하는 중이었다. 이제 곧 성문이 무너져서 활짝 열릴 판국이었다.

"쿠니, 성문 앞 광장에 부대를 집결시키자. 성문이 부서지면 길거리에서 마지막 한 명까지 싸우는 거야."

마타의 말에 쿠니는 고개를 저었다. 마타가 아무리 용감하고 힘이 세다고 해도 1만 명을 상대로 버티기란 불가능했다. 쿠니는 마른 입술을 핥았다. 물, 물 양동이를 잔뜩 준비해 둬야 했는데.

"따라와, 어서!"

쿠니는 이렇게 외치고는 불타는 성문 위쪽의 감시탑으로 부리나케 뛰어 올라갔다. 그곳에서, 그는 웃옷 위에 두른 허리띠를 풀기 시작했다.

"뭐 하는 거야?"

뒤에 바짝 붙어선 마타가 물었다.

"엄호해 줘!"

쿠니가 외쳤다. 그러고는 성벽 위로 올라가 뒤로 돌아서더니, 쪼그려 앉아서 성벽 바깥쪽을 향해 오줌을 누기 시작했다.

부하들은 대번에 쿠니의 의도를 알아차렸다. 몇몇은 주군을 따라 허리띠를 풀기 시작했고, 나머지는 쪼그려 앉은 동료들을 가려 주려고 성벽 너머로 몸을 숙이고 방패를 내밀었다. 나멘의 부하들도 수비대의 작전을 간파하고 일제히 화살을 발사했다. 방패에 부딪히는 화살촉 소리가 한여름의 우박 소리 같았다.

오줌 폭포가 성벽을 타고 흘러내려 불타는 성문에 쏟아졌다. 불길이 피식 소리와 함께 꺼지면서 뿌연 김이 구름처럼 피어올랐다.

"이리 와, 형제, 너도 한몫해야지!"

쿠니는 마타를 향해 외치며 껄껄 웃었다. 그러고는 연기와 지린내가 진동하는 수증기에 파묻혀 쿨룩거렸다.

"이거야말로 진정한 오줌발 결투라고."

마타는 웃어야 할지 화를 내야 할지 갈피가 잡히지 않았다. 도무지 제대로 된 병법으로 받아들이기가 힘들어서였다.

"왜, 남들 앞이라 긴장돼? 부끄러워하지 마. 다 친구들인데, 뭐."

마타는 한숨을 쉬며 성벽 위로 올라간 다음, 병사들이 받친 방패 뒤에 쪼그리고 앉아 방광의 긴장을 푸는 데에 집중했다.

어느덧 2주째, 탄노 나멘은 무려 1만이 넘는 병력으로 주디 성을 포위했다.

이토록 치열한 저항은 예상 밖이었다. 주디의 방어 병력은 나멘이 디무에서 쳐부순 오합지졸과 딴판이었다. 이름도 못 들어 본 주디 공이라는 자와 유명한 코크루군의 원수 다주 진두의 손자인 마타 진두 장군은 아무래도 만만치 않은 상대 같았다. 그들은 틀림없이 공성전이 시작되기 전에 물자를 비축했을 터였고, 이제는 등갑 속에 몸을 숨긴 거북처럼 성벽 뒤에 숨어 끈기 있게 기다리는 중이었다.

나멘은 주디 현을 포기하고 반란군의 수괴가 있는 사루자로 진군할 생각도 해 보았다. 그러나 전투연에 태워 하늘로 올려 보낸 정찰병이 보고하길, 주디 성 안에는 군인들이 꽉 들어차 있고 거리마다 번득이는 검과 군기(軍旗)가 가득하다고 했다. 제국군의 병력과 맞먹을 정도, 어쩌면 더 많을 수도 있다고 했다. 만약 나멘이 주디 현을 우회하여 사루자로 향하면 그 병력이 뒤쪽에서 습격해 올지도 몰랐다.

아쉽게도 나멘은 공성용 장비를 거의 준비하지 않았다. 제국군이 진격하기가 무섭게 성을 버리고 산으로 달아나는 반란군만 상대했던 경험을 너무 과신한 탓이었다. 주디 수비대는 나멘이 보유한 몇 안 되는 공성 사다리와 화차, 성문 돌파용 충차(衝車) 등을 단숨에 해치웠다. 이제 나멘에게는 주디 성을 단시간 내에 함락할 방법이 남아 있지 않았다. 성벽 아래로 땅굴을 파려면 시간이 너무 오래 걸렸고, 숲이 없는 포린 평원에서 투석기나 공성용 쇠뇌를 만들려면 에르메 산맥에서부터 통나무를 실어 오지 않고는 불가능했다.

나멘의 미간에 깊은 주름이 파였다. 포위 공격을 연장하는 것 말고는 대안이 없는 듯했지만, 그래도 결국에는 이길 자신이 있었다. 어쨌거나 아군은 게피카의 제국군 보급창에서 재보급을 받을 수 있었지만, 방어하는 적군 측은 성 주변의 전원 지대에조차 나갈 수 없는 상황이었으므로. 주디 성 안의 군량 창고가 아무리 가득 차 있다 한들 결국에는 바닥을 보일 터였다.

"쿠니, 병사 몇 명 때문에 왜 그렇게 호들갑을 떠는 거지?"

마타가 물었다. 쿠니가 날마다 주디 시장에서 '승리 축하연'을 벌여야 한다고 고집했기 때문이었다. 이는 전날 특별히 용감한 업적을 보여 준 군인과 민간인을 치하하는 자리였다. 푸짐한 돼지 통구이와 갓 구운 전병을 잔뜩 차린 축하연에서 사람들은 즐겁게 취해 춤을 추었다.

"농성을 하느라 다들 신경이 곤두서 있잖아."

쿠니는 나지막이 소곤거렸다. 그러고는 일어서서 이날 칭찬받은 병사들의 용감한 행동을 하나하나 나열하고 또다시 축배를 청했다. 쿠니가 늘어놓은 이야기는 마타가 보기에 반은 허풍일 만큼 살이 잔뜩 붙어 있었고, 칭찬을 받은 병사들은 붉어진 얼굴로 멋쩍게 웃으며 고개를 저었다. 그러나 시장에 모인 사람들은 즐거워하는 눈치였다.

사람들이 환호하는 사이에 쿠니는 술잔을 비우고 자리에 앉았다. 그런 다음 웃음 띤 얼굴로 사람들에게 손을 흔들며 마타에게 계속 소곤거렸다.

"자신만만하고 느긋한 분위기를 유지하는 게 중요해. 공개적으로 축하연을 열면 우리가 보급 걱정을 안 한다는 걸 보여 줄 수 있잖아. 지금은 사재기나 폭리를 취하는 걸 막아야 해."

"사람들 눈에 너무 신경을 쓰는 것 같군. 그건 겉치레야, 본질이 아니라."

"겉치레가 곧 본질이야. 봐, 민간인들한테 종이 갑옷을 입히고 목검을 들려서 거리를 돌아다니게 했더니 나멘의 정찰대가 감쪽같이 속았잖아. 놈들은 우리 병력이 실제보다 더 많은 줄 알아. 나멘이 사루자로 진격하지 않고 여기 머무는 게 그 증거야. 우리가 나멘을 여기다 오래 묶어 둘수록, 원수 각하께서는 반격의 발판을 더 탄탄하게 다지실 수 있어."

마타는 쿠니의 작전을 전쟁이 아니라 연극에나 어울리는 것으로 치부하며 무시했지만, 그래도 쿠니의 꾀가 바람직한 효과를 거두는 것만은 인정하는 수밖에 없었다.

"남은 식량으로 얼마나 더 버틸 수 있지?"

"아마도 조만간 배급을 시작해야 할 거야." 쿠니는 선선히 인정했다. "푸마 예무가 제대로 해 주길 기대하는 수밖에."

포위 공격을 장기화하려던 나멘의 계획은 당초 기대했던 것과 달리 잘 풀리지 않았다.

가루와 진두가 성문을 걸어 잠그고 주디 성 안에 틀어박힌 채 성 앞의 들판에서 제국군과 정면으로 승부하기를 거부하는 동안, 나멘은 어느새 말을 타고 돌아다니는 강도 무리의 습격에 연일 시달리는 처지가 되고 말았다.

'의적 기사단'이라 자칭하는 이들 강도 무리는 리루강에서부터 이어지는 제국군의 기다란 보급선을 상대로 방해 공작을 폈다. 그들은 전시에 지켜야 할 법령을 철저히 어기면서 나멘에게 끝날 줄 모르는 두통을 안겨 주었다.

나멘이 기병 부대를 파견하면 의적 기사단은 번번이 냅다 줄행랑을 쳤다. 무거운 갑옷을 입지 않았기에 빨리 달릴 수 있다는 이점을 십분 이용했던 것이다. 그러다가 나멘의 부하들이 휴식을 취할 때면 언제나, 그것도 주로 한밤중에, 의적 기사단은 요란한 소음과 함께 실제로는 공격을 안 하면서 공격하는 *시늉*을 했다. 이런 상황이 거듭되자 나멘의 부하들은 잠을 잘 수가 없었고, 경계심 또한 무뎌졌다.

밤새 이어지는 이런 식의 양동 작전을 몇 차례 겪고 나서 나멘의 부하들은 경계를 늦추고 새로 경보가 울려도 더는 민첩하게 반응하지 않았다. 그러나 의적 기사단이 *진짜* 공격을 시작한 것은 바로 이때였다. 그들은 회오리바람처럼 야영지를 휩쓸며 사방에 불을 지르고 말 떼를 풀어놓았고, 이로써 병사들이 혼란에 빠져 사방에서 우왕좌왕하게 만들었다. 그러면서도 오래 머무르며 싸우지는 않았다.

기사단의 목표는 오로지 식량이 실린 수레를 터는 것, 또 들고 달아날 수 없는 물자는 배설물과 독이 든 물을 잔뜩 끼얹어 못 쓰게 만드는 것이었다. 제국군 병사들의 급료를 수송하는 현금 수레를 약탈하는 것 또한 기사단의 일과였다.

군대는 밥심으로 행군하게 마련이었고, 군인은 봉급을 못 받으면 항명하게 마련이었다. 나멘은 이토록 큰 군대를 적지에서 얼마나 더 유지할 수 있을지 슬슬 걱정되기 시작했다. 그가 이때껏 현지 주민들에게서 물자를 강제 징발하지 않고 참은 까닭은 제국군이 농민에게 너무 가혹하게 굴면 코크루를 재점령한 후에 안정을 도모하기 힘들 거라 믿었기 때문이었다. 그러나 보급로가 점점 위태로워지자 이제 며칠 안에 선택의 여지가 없어지리라는 생각에 불안해졌다.

사기가 떨어진 제국군은 탈영병이 급격히 증가했다. 의적 기사단을 추격하도록 파견한 부대들은 늘 한 걸음 뒤처졌다. 한술 더 떠 의적 기사단은 약탈한 보급 물자를 쪼개어 인근의 농민들에게 나눠 주기까지 했고, 그러다 보니 나멘의 부하들이 기사단을 색출하려고 마을에 들를 때 제국군을 도우려고 나서는 주민은 단 한 명도 없었다. 분통이 터진 제국군이 반항적인 현지 주민에게 화풀이라도 했다가는 '의적 기사단'의 머릿수만 늘어날 뿐이었다.

나멘은 의적 기사단 때문에 울화통이 터질 지경이었다. 그러나 이 전술을 생각해 낸 인물이 누구이든 간에, 상대하기에 부족함이 없는 적이라는 것만은 인정할 수밖에 없었다.

"치고 빠지는 전술은 약한 자의 특기야. 진정한 전사는 그런 지저분한 술수에 기대지 않아. 우리는 개활지로 나가서 나멘과 정정당당하게 맞붙어야 해."

마타는 쿠니의 제안을 듣고 가소롭다는 듯이 단칼에 거절하며 그렇게 말했다. 쿠니는 난처한 듯이 뒤통수를 긁었다.

"그치만 주디의 백성을 보호하는 게 우리 임무잖아. 네가 훌륭하게 훈련시키기는 했지만, 우리 병사들은 수도 적고 제국군의 고참병에 비하면 햇병아리나 다름없다고. 솔직히, 네 말마따나 우린 약해. 그리고 난 내 부하들이 헛된 죽음을 맞게 하고 싶진 않아. 이기자고 하는 일인데 뭐가 '지저분'하겠어?"

설득하기까지는 몇 시간이 걸렸지만, 결국 쿠니는 마타를 구슬렸다. 마타는 푸마 예무가 지난날 저질렀던 도적질을 용서하는 데에 찬성했다. 단, 예무가 자기 패거리를 코크루군의 비정규 전투원으로 전환시킨다는 조건하에.

"꿀단지를 안겨 주는 김에 꿀을 좀 더 바르는 게 좋겠어."

"목숨을 살려 주는 걸로는 부족하다는 건가?"

"예무는 제 잘난 맛에 사는 당나귀 같은 녀석이야. 알아서 척척 일하게 하려면 채찍과 당근을 같이 써야 한다, 이거지."

내키지는 않았지만, 마타는 수피 왕 앞으로 추천서를 써서 예무에게 '포린 후(侯)'라는 작위를 하사해 달라고, 또 작위 세습을 허락하는 증서는 나중에 따로 내려 달라고 요청했다.

그리하여 푸마 예무는 포린 후이자 '자나군에 내린 천벌'인 동시에 '코크루 선풍 기마대'의 사령관이 되었다.

예무는 의적 활동으로 얻은 전리품을 부하들에게 푸짐하게 나눠 주면서 선포했다.

"쿠니 가루를 만난 건 내 평생 최고의 행운이다. 제군, 내 뒤를 바짝 따라와라, 그리하면 더욱 풍요로운 미래가 너희를 반길 것이다. 봐라, 이 몸은 후작이 되지 않았느냐! 사람을 부릴 줄 아는 주군은 검만 휘두를 줄 아는 주군보다 열 배는 더 무서운 법이다."

나멘은 휘하의 병사들이 싸울 기력을 다 잃기 전에 주디 성 포위전에 종지부를 찍기로 마음먹었다. 그는 주디 수비대의 두 사령관에 관한 보고를 면밀히 검토하고 묘책을 생각해 냈다. 만약 교활한 주디 공을 전장으로 끌어내기가 불가능하다면, 젊고 혈기 방장한 마타 진두를 도발하여 이쪽 의도대로 움직이게 하는 것도 한 가지 방법이었다.

나멘은 먼저 주디 성의 성벽 위로 전투연을 띄우고 여자 옷 차림의 쿠니 가루와 마타 진두가 겁에 질려 벌벌 떠는 모습을 그린 전단을 뿌리게 했다.

쿠니 가루와 마타 진두는 싸우기가 너무나 두려워서 규방(閨房)에 꼭꼭 숨어 있다. 전단에는 이렇게 적혀 있었다. *코크루는 아녀자의 마음을 지닌 겁쟁이들의 나라로구나.*

전투연에 탄 기수들은 더욱 모욕적인 말을 외치며 조롱했다.

"쿠니 가루는 주디의 공작 부인, 마타 진두는 그 시녀라네."

"쿠니 가루는 취미가 화장하기라더군! 마타 진두는 향수라면 사족을 못 쓰고!"

"쿠니하고 마타는 제국군 그림자만 봐도 놀라서 운다던데!"

쿠니는 전단을 찬찬히 살펴보며 낄낄 웃었다.

"마음대로 떠들라고 해. 여장한 내 모습도 꽤 예쁜걸. 근데 저 자식들, 나 보고 살 좀 빼라고 은근히 이렇게 그려 놓은 것 같기도 해. 몇 장 모아서 지아한테 보내 줘야겠다. 아기 때문에 많이 힘들 텐데 이걸 보면 분명 웃을 수 있을 거야, 아기에게 쌍둥이 여신의 가호가 있기를."

"지금 제정신으로 하는 말인가?"

마타 진두는 으르렁대며 손에 들고 있던 전단을 갈기갈기 찢어발겼다. 그러고는 자기 앞의 탁자를 내리쳐 박살 내더니, 그걸로는 성이 안 찼는지 쿠니 앞의 탁자까지 박살을 냈다. 부서진 탁자의 잔해는 쿵쿵 내리찍는 마타의 발길과 돌바닥 사이에서 톱밥처럼 잘게 부스러졌다.

그래도 분노는 누그러지지 않았다. 눈곱만큼도. 마타는 쿠니 앞에서 왔다 갔다 하며 나무 쪼가리를 사방으로 걷어찼다. 하인들은 포탄처럼 날아오는 파편에 맞을세라 허둥지둥 방구석으로 몸을 피했다.

"여자에 비유되는 게 그렇게 화낼 일이야? 따지고 보면 세상의 절반은 여성인데."

쿠니의 말에 마타는 눈을 희번덕거렸다.

"너는 수치심이 뭔지도 모르나? 네 명예는 어디로 간 거야? 이런 모욕을 그냥 넘길 수는 없어."

쿠니의 목소리는 조금도 변하지 않았다. 실은 더욱 차분해졌다.

"이 그림들은 너무 초보적이야. 나라면 나멘한테 사람을 예술적으로 모욕하는 법을 잔뜩 가르쳐 줄 수 있는데 말이지. 예를 들면, 여기 이 그림은 훨씬 더 섬세하고 음란하게 그릴 수도 있어."

"뭐가 어째?"

마타는 온몸이 분노로 부들부들 떨렸다.

"진정해, 형제. 이건 좋은 징조야. 나멘은 초조해하는 중이야, 우리가 개활지로 나가서 우세한 자기 군대랑 붙을 기미가 안 보이니까 말이지. 우린 안전한 성 안에 꼭꼭 숨어 있고 식량도 충분해, 그런데 나멘은 고슴도치를 상대하는데 어딜 물어야 할지 모르는 개처럼 폴짝폴짝 뛰고 있어. 푸마 예무가 보급선을 바짝 조이는 바람에 절박해진 거지. 그래서 너를 자기 의도대로 싸우게 하려고 이런 술수를 쓰는 거야."

"하지만 효과가 있어. 난 녀석과 *반드시* 싸울 거다, 계속 이렇게 웅크리고 있을 순 없어. 네가 손 놓고 가만히 있으면 난 내일 당장 성문을 열고 기병대와 함께 돌격한다."

쿠니는 마타의 말이 진심인 것을 눈치챘다. 고심에 고심을 거듭한 끝에, 쿠니는 마침내 씩 웃었다.

"나한테 생각이 있어. 너도 *분명* 마음에 들 거야."

* * *

마타는 하늘을 독차지한 독수리가 된 기분이었다. 비행이 이토록 멋진 것인 줄 알았더라면 진작 이 방법을 택했을 터였다.

까마득히 먼 저 아래 지상에, 주디 성의 거리와 집들이 장난감처럼 조그맣게 보였다. 성벽 너머에는 나멘군의 진지가 커다란 그림처럼 펼쳐져 있었다. 높은 하늘에서 보니 꼭 논의 경계를 표시하는 야트막한 논둑 같았다. 마타는 적군 진영의 배치 및 정렬 현황을 머리에 새긴 다음, 조그만 점처럼 보이는 병사들의 수를 헤아렸다.

기분은 마치 대나무와 비단으로 만든 커다란 날개가 등에서 돋아난 듯했고, 그 날개에 부딪혀 하늘 높이 데려다 준 바람의 소리는 황홀하기까지 했다. 몸을 이쪽저쪽으로 기울이면 방향을 틀거나 빙글빙글 돌 수도 있었고, 순식간에 강하하거나 상승할 수도 있었다. 현실 세계의 모든 굴레에서 벗어나 깃털처럼 가벼워진 기분으로, 마타는 다라의 온 하늘을 누빌 수도 있을 것만 같았다.

마타는 비행의 즐거움에 취해 껄껄 웃었다.

하늘을 나는 환상의 유일한 훼방꾼은 어깨띠에 연결된 기다란 비단 밧줄이었고, 그 밧줄이 끝닿은 지상에서는 세카 키모와 병사 몇 명이 권양기로 밧줄의 길이를 조절하여 마타가 하늘을 활공하도록 돕는 중이었다. 마타가 저 아래의 조그만 사람 형상들을 향해 손을 흔들자 아마도 키모일 법한 형상이 손을 흔들어 화답했다. 권양기 조작병들은 마타가 더 높이 상승하도록 밧줄을 풀었다. 마타는 다시 제국군 진영을 살펴보기 시작했다.

"나멘 할머니의 진영에 이 몸과 승부를 겨룰 자는 없는가?"

마타는 우렁찬 목소리로 외치며 나아로엔나를 휘둘렀다. 검에서는 이제껏 공중에서 도륙한 전투연 기수 열 명의 피가 채 마르지 않고 뚝뚝 떨어졌다.

마타의 등에 달린 거대한 전투연은 쿠니가 내놓은 묘안이었다.

평범한 정찰용 연의 세 배 크기인 그 전투연을 달고 공중 결투를 벌이자는 것 또한 쿠니의 생각이었다.

쿠니는 성벽 위로 전령을 올려 보내서 나멘의 도전을 받아들인다고 선포했다. 단, 거기에는 한 가지 기묘한 조건이 있었다. 전령은 목청껏 외쳤다.

"나멘 장군이 가루 공과 진두 장군의 명예를 욕보인 이상, 그 모욕을 푸는 길은 오로지 고대의 관례를 따르는 것뿐이오. 대이산 전쟁 때부터 다주 진두 원수님의 영광스러운 위업에 이르기까지, 우리 코크루의 사서에는 위대한 영웅들이 언제나 일대일로 결투를 벌였다고 기록되어 있소. 고결한 귀족의 위엄을 어찌 범용한 농민 군사들에게 지키라고 맡길 수 있겠소? 나멘 장군과 일대일로 싸워서 이 모욕을 직접 갚는 것이 진두 장군의 뜻이오."

"귀족들이 저런 말을 좀 자주 해 주면 원이 없겠다." 다피로는 동생 라소에게 소곤거렸다. "이런 식으로 뭐든 자기네끼리 싸워서 해결하면 우리 같은 백성들은 농사나 지으면서 행복하게 살 수 있을 거 아냐. 왕이니 공작이니, 다들 어디 경기장에 들어가서 맨손으로 원 없이 싸우라고 해. 우린 구경하면서 응원이나 하게."

"형, 형은 어떻게 그렇게 태연할 수가 있어?" 라소는 하늘에 떠 있는 마타를 황홀한 표정으로 올려다보았다. "진두 장군님을 보면서 가슴이 두근거리지도 않아? 형이랑 나도 저렇게 용감하면 좋을 텐데."

"내가 보기엔 용감한 게 아니라 멍청한 거야. 적이 밧줄을 겨누고 화살을 쏘면 떨어질 게 뻔하잖아."

라소는 고개를 저었다.

"아무리 제국의 사냥개들이라고 해도 그렇게 비겁한 수작은 안 부릴 거야, 진두 장군이라면 더더욱. 형, 예전에 그림자 인형극 구경할 때 잠이라도 잤어? 결투는 시작부터 끝까지 명예로워야 해. 지상에서든, 공중에서든."

다피로는 뭐라고 더 말하고 싶었지만, 결국 혀만 날름 내밀고는 고개를 절레절레 흔들었다.

전령이 설명하기를, 진두 장군은 나멘 장군이 연로한 점을 감안하여 그의 명예를 위해 대신 싸울 자나군 용사가 나서면 얼마든지 상대해 줄 작정이었다. 또한 지상에서 결투를 벌이면 나멘 장군이 우세한 병력으로 진두 장군을 습격할 염려가 있으니, 주디 성의 성벽 상공에서 결투를 벌이자는 것이 주디 공의 제안이었다. 이보다 더 공정하고 명예로운 결투가 있겠는가?

외통수에 걸려든 나멘은 이 뻔뻔한 술수를 생각해 낸 쿠니 가루에게 욕을 퍼부었다. 결투는 꿈에도 생각지 못한 책략이었다. 나멘의 의도는 마타 진두와 쿠니 가루가 이쪽의 도발에 넘어가서 성문을 열고 평야에서 전면전을 벌이자고 의기투합하는 것이었고, 그리하여 철저히 박살 나는 것이었다. 그런데 쿠니가 교묘한 말장난으로 사령관끼리 벌이는 일대일 결투라는 시대에 뒤떨어진 관례를 제안했던 것이다. 만약 거절하면 나멘은 겁쟁이 취급을 받을 수밖에 없었고, 그랬다가는 이미 땅에 떨어진 제국군 병사들의 사기가 아예 땅속에 처박힐 판이었다.

이를 바득바득 갈면서, 나멘은 무예가 가장 뛰어난 병사와 장교들에게 부디 스스로 나서서 자나 제국의 명예를 짊어진 투사가 되어 달라고 부탁했다. 지원자들은 한 명씩 차례로 전투연에 매달려 하늘 높이 올라갔다. 공중에서 마타 진두와 결투를 벌이기 위하여.

캉! 카캉! 째앵!

두 전투연은 거대한 밍겐 수리 한 쌍처럼 곤두박질쳤다가 다시 치솟았고, 연들이 서로 가까워질 때마다 검극이 격렬하게 부딪히는 소리가 하늘을 찌렁찌렁 울렸다. 양 진영의 병사들은 목을 길게 뽑고 넋이 나간 듯 멍한 표정으로 하늘에서 빙빙 도는 전사들을 올려다보았다. 새처럼 회전하며 서로에게 덤벼드는 전사들을 보는 것만으로 정신이 아찔했다.

마타 진두의 가슴은 기쁨으로 벅차올랐다. *모름지기 싸움이란 이렇게 해야지! 쿠니는 진정으로 내 영혼을 이해해 주는 친구야.* 한쪽 눈에 눈동자가 한 개만 있는 사람들보다 시력이 훨씬 뛰어난 마타가 보기에 적군 전사는 느린 동작으로 움직이는 것이나 마찬가지였다. 그는 상대의 무력한 공격을 아무렇지도 않게 쳐내는 동시에 강력한 힘으로 상대의 무기를 허공 멀리 날려 버렸고, 뒤이어 우아한 곡선을 그리며 나아로엔나를 휘둘러 가엾은 상대의 목을 베거나 고레마우로 두개골을 박살 내서 단숨에 저세상으로 보내 주었다.

자나군의 용사 열 명이 하늘로 날아올랐다. 숨이 끊어진 주검 열구가 땅으로 떨어졌다. 주디 성 안쪽의 함성이 점점 더 커지는 동안 나멘 진영은 점점 더 조용해졌다.

"꼭 피소웨오 신이 인간의 모습으로 나타난 것 같아."

라소가 중얼거렸다. 다피로는 우스갯소리로 받아치지 않았다. 이번만은, 다피로 역시 경외감에 말을 잊고 말았다. 마타 진두 장군은 정말로 하찮은 인간들 속의 신이었다.

마타가 상공에서 싸우는 동안 쿠니는 세카 키모 곁에 서서 손에 땀을 쥐고 하늘을 올려다보았다. 쿠니는 마타의 무예와 기개를 믿었지만, 그럼에도 대담한 동작을 연이어 감행하며 번번이 죽음을 비껴가는 마타를 보고 있노라니 심장이 목에서 튀어나올 듯이 조마조마해지는 것은 어쩔 도리가 없었다.

"바짝 당겨!"

쿠니는 세카와 부하들에게 중얼거렸다. 권양기 조작병들에게 따로 지시할 필요가 없다는 것은 그 역시 잘 아는 바였다. 병사들은 밧줄이 축 처지면 연이 땅으로 추락하지 않도록 권양기를 돌려 팽팽하게 당겨야 하는 것을, 그리고 나서는 다시 밧줄을 조금씩 풀어야 하는 것을 숙지하고 있었다. 그러거나 말거나 쿠니는 아무 말이라도 보태야 자신도 거드는 기분이 드는 것 같았다.

비록 오래 알고 지낸 사이는 아니었지만, 쿠니는 슬슬 마타를 가장 친한 친구로 여기기 시작했다. 거의 가족처럼 느껴질 정도였다. 마타의 퉁명스럽고 딱딱하고 고리타분한 사고방식에는 어딘가 마음이 아련해지는 구석이 있었다. 마타와 함께 있으면 쿠니는 더 나은 사람이 되고 싶어졌다. 마타가 흡족해 할 사람, 더 품격 있는 사람이 되어야겠다는 마음이 샘솟았다. 마타와 헤어진다는 생각은 차마 떠올리고 싶지도 않았다.

자나군의 용사가 더는 하늘로 올라오지 않자 성벽 위에 있던 쿠니와 마타의 부하들은 나멘 쪽 진영을 향해 야유를 퍼부었다.

"이제 누가 여자 같은지 한번 얘기해 보시지?"

"탄노 나멘은 검보다 자수바늘을 더 잘 쓰는 할머니로구나!"

"나멘 할머니, 오늘 저녁 반찬은 뭔가요?"

"자나에서 오신 아가씨들, 너무 늦기 전에 판에 있는 집으로 돌아들 가셔야 하는 거 아닌가!"

성벽 위로 돌과 통나무를 나르던 여성들 가운데 그 야유를 듣고 표정이 굳는 사람이 몇몇 있었다.

상공에 있던 마타는 쿡쿡 웃으면서도 그런 저급한 농담에 즐거워하는 스스로에게 조금은 어색함을 느꼈다. 반면에 쿠니는 손을 흔들어 부하들을 조용히 시켰다.

"자나 여성들이 얼마나 용감한지는 내가 직접 봐서 알아."

큰소리로 외친 것도 아니었건만, 쿠니의 목소리는 상공에 높이 떠 있는 마타에게까지 또렷이 들렸다. 양 진영의 병사들은 숨죽인 채 다음 말을 기다렸다. 쿠니에게는 그렇게 사람들의 주의를 끄는 능력이 있었다.

마타는 놀라서 휘둥그레진 눈으로 쿠니를 내려다보았다. *설마 또 지저분한 농담을 꺼내려고 분위기를 잡는 건가?* 그러나 쿠니의 말투와 표정은 지나치다 싶을 만큼 엄숙했다. 비웃는 느낌은 털끝만큼도 없었다.

"나는 아들을 지키려고 부역 감독관의 주먹질을 기꺼이 감내한 자나 출신 어머니를 알아. 자길 지키러 온 사람을 거꾸로 지켜 주면서, 산적이 우글거리는 산속을 임신한 몸으로 몇 리나 걸어간 코크루 출신 아내도 알고. 우리가 지금 여기 서서 껄렁껄렁한 머슴애들처럼 상대편을 비웃는 동안, 우리 땅에 농사를 짓고 밥을 만들어 주는 사람은 누구지? 우리에게 옷을 지어 주고 화살을 만들어 주는 사람은? 성벽 위로 공격용 돌을 올려다 주고, 부상자를 아래로 내려다 주는 사람은 또 누구야? 이번 반란에서 주디의 여성들이 너희와 나란히 싸운 걸 잊었어? 관습 때문에 우리 남자들이 검을 들고 갑옷을 입기는 하지만, 너희 가운데 자신보다 더 용감하고 강인한 어머니나 누이, 딸, 여성 친구가 한 명도 없는 사람이 과연 있을까?

그러니까 상대를 모욕한답시고 여성에 비유하는 짓은 이제 그만하자."

주디 성의 성벽 위쪽과 아래쪽 모두, 쥐 죽은 듯이 고요했다. 들리는 거라곤 전투 연의 줄을 조종하는 권양기가 철컥거리는 소리뿐이었다.

마타는 쿠니의 연설에 완전히 동의하지는 않았다. 아녀자의 용기를 어찌 남자의 용기와 견줄 수 있단 말인가! 그러나 가만히 보니 저 아래에 있는 나멘의 부하들조차도 쿠니의 말에 압도된 눈치였다. 어쩌면 그들은 머나먼 자나에 있는 어머니와 누이와 딸을 생각하며 자신들이 이 코크루에서 뭘 하고 있는지 궁금해하는지도 몰랐다. 방금 그 말 역시 나멘 군대의 사기를 꺾으려는 쿠니의 계략이었다면, 참으로 절묘하다 아니할 수 없군.

"하지만 나멘의 간이 콩알만 해진 것도 당연하다는 말은 꼭 해 두고 싶군." 쿠니는 다시금 평소의 건들거리며 빈정대는 말투로 너스레를 떨었다. "아니, 가끔은 나멘이랑 에리시 황제를 구분하는 것도 힘들다고. 동화책 읽어 줄 사람이 없으면 잠을 못 자는 건 둘 다 똑같으니까!"

주디 성벽 위쪽에서 왁자한 웃음소리가 울려 퍼졌고, 쿠니와 마타의 부하들은 새로 얻은 조롱의 소재를 창의적으로 활용했다.

너덜너덜한 주검 열 구가 하늘에서 떨어지자 제국군 병사들은 자원해서 하늘로 올라갈 마음이 싹 사라졌지만, 마타는 여전히 공중에서 나아로엔나와 고레마우를 기세등등하게 휘두르고 있었다. 나멘의 부하 장교들은 늙은 장군의 고뇌와 분노가 서린 눈을 외면하며 주춤주춤 물러섰다.

차 한 잔이 식을 만큼의 시간을 기다린 후, 쿠니는 고수와 나팔수에게 승전가를 연주하라는 신호를 보냈다. 나멘군 진영은 패배를 인정하는 듯 고요하기만 했다.

주디군 병사들이 비단 밧줄을 천천히 감아서 마타의 전투연을 성안에 부드럽게 착륙시킬 무렵, 사방에서 환호가 터졌다.

"코크루군의 원수님이 오신다, 만세!"

실제로 남쪽 저 멀리서 거대한 먼지구름이 피어올라 주디 현으로 오는 길을 뒤덮고 있었다. 그 먼지구름 사이로, 마치 안개 속의 풍경처럼, 질주하는 말들의 모습과 피처럼 붉은 깃발이 어렴풋이 보였다. 코크루군 원수 핀 진두의 깃발이었다.

"기병대가 도착했어!" 쿠니는 전투연을 등에서 떼어내는 마타에게 외쳤다. "너희 숙부님께서 주디 성의 포위를 풀려고 지원군을 데리고 오셨어, 우리가 해낸 거야!"

마타는 쿠니의 양팔을 붙들고 거칠게 끌어안았다. 잠깐 동안, 그는 무슨 말을 해야 할지 알 수가 없었다. 자신을 사로잡은 감정의 아득한 깊이에 경악한 탓이었다.

"형제여." 마침내 마타의 입에서 흘러나온 말이었다. "우리가 힘을 합쳐 제국의 파도를 막아낸 거다."

"형제여." 쿠니는 눈물을 글썽거렸다. "네 곁에서 싸울 수 있어서 영광이었어."

"성문을 열어라!" 마타가 외쳤다. "원수님과 함께 공격한다, 나멘을 판까지 쫓아 버리자!"

실로 궤멸적인 패주였다. 제국군은 두 늑대 무리 사이에 낀 양 떼처럼 무너졌다. 병사들은 무기와 황금, 갑옷, 여벌 군화까지 모조리 팽개친 채 말에 올라 더 빨리 달리라고 채찍질했다. 북쪽을 향하여, 안전한 고국을 향하여.

승선 인원을 초과한 배에 올라 리루강을 건너려다 익사한 제국군 병사만 수백 명이었다. 쿠니와 마타는 코고 옐루에게 주디 현을 맡기고서 부하들을 이끌고 추격전에 가담했고, 이로써 리루 강 남쪽 기슭의 여러 도시에는 다시 한번 반란의 깃발이 나부꼈다.

제23장
디무 성의 학살

디무

선무 4년 7월

코크루군이 한창 포위 공격을 벌이는 디무 성은 리루강 남녘에 유일하게 남은 제국군의 거점이었다.

디무 백성들의 기억 속에는 후노 왕 치하의 끔찍했던 시절이 아직 생생했던 탓에 시의 원로들은 자나 제국에 도시의 명운을 걸어 보기로 결정했고, 시민들은 자진해서 제국군 병사들과 함께 성벽을 지켰다.

마타 진두는 디무가 저항하는 기간이 하루씩 길어질 때마다 부하들에게 도시를 약탈할 기간을 하루씩 더 늘려 줄 것이며, 성을 함락한 후에는 명망 있는 시민들을 하루당 100명씩 처형할 것이라고 선언했다. 아쉽게도 그 선언은 원래 의도와 달리 나멘을 향한 디무 사

람들의 지지를 꺾지 못했다. 반란군에 맞서는 시민 지원군의 전의
는 오히려 전보다 더 불타는 듯했다.

한편으로는 제국군의 마라나 원수가 대함대를 이끌고 아무 해협
으로 이동하고 있다는 소식도 전해졌다. 수비대가 오래 버티기만
하면 디무는 포위에서 풀려날지도 몰랐다.

"마타, 그렇게 협박하는 건 현명한 짓이 아니야. 디무 사람들 처
지에선 크리마 때문에 그 고생을 했으니 반란에 가담하길 꺼릴 만
도 해."

"형제여, 디무는 언제나 코크루의 도시였다. 지금 그들이 제국 편
에 붙어서 조국이 보낸 해방자인 우리에게 맞서는 것이야말로 제국
의 지배하에 타락했다는 증거야. 배신자는 그 몸에 흐르는 배신의
피로 숙청하지 않으면 안 돼."

쿠니의 입에서 한숨이 흘러나왔다. 마타가 이렇게 자기 기분에
취해 추상적인 말이 가득한 고담준론을 늘어놓을 때면 좀처럼 토
론을 하기가 힘들었다. 마타는 자신의 증오심을 떳떳하게 여겼기에
그토록 추상같은지도 몰랐다. 가끔씩, 그가 보는 세상은 소름 끼치
도록 선명한 핏빛이었다.

쿠니와 마타는 육로로 행군하여 디무에 도착한 탓에 해전을 치를
전력은커녕 배 한 척도 없었다. 리루강 연안과 하구의 통제권은 제
국 수군에 넘겨주는 수밖에 없었다. 이 때문에 코크루군의 디무 포
위 태세는 불완전했다. 나멘은 디무의 부두를 통해 보급 물자와 식
량을 계속 들여왔고, 제국 수군의 함선은 쉬지 않고 리루강을 초계

하며 연안의 반란군 병사들을 조롱했다.

"나한테 병력이 5만 명만 있었어도." 마타가 중얼거렸다. "병사한 명당 모래주머니 한 개씩 강 상류로 지고 나르게 했을 텐데. 그렇게 하면 한나절 만에 리루강의 물길을 막을 수 있어. 그다음엔 말라 버린 강바닥에 생선처럼 축 늘어진 적들의 함선에 올라 수군 놈들에게 따끔한 맛을 보여 주는 거다."

"병력이 5만 명이나 있으면, 서로서로 어깨를 딛고 올라서기만 해도 디무 성의 성벽을 넘을 수 있을 거야. 그렇게 공들여 둑을 쌓고 말고 할 필요가 없을 것 같은데."

쿠니는 마타를 보며 씩 웃었다. 그 말에 마타는 껄껄 웃었다.

"네 말이 맞아. 전술은 단순하고 명쾌한 게 최고지."

그리하여 하루 또 하루가 지나는 동안, 마타는 부하들을 몇 개 부대로 나누어 교대로 디무 성을 공격하게 하면서 수비대에 쉴 틈을 주지 않았다. 그러면서 한편으로는 근방 몇 리에 걸쳐 농민들을 징집하여 성벽 아래로 땅굴을 파는 임무에 투입했다.

* * *

"아이고, 이러다 허리 끊어지겠다. 땅 파는 것도 좋지만 잠깐 쉬어야겠어. 라소, 여기 좀 앉자."

다피로는 등을 쭉 펴면서 중얼거렸다. 그러고는 땅굴에서 들고 나온 흙 양동이를 굴 입구 근처의 흙무더기에 비우고 땅에 주저앉았다.

라소는 자기 몫의 양동이를 비우고 형을 물끄러미 보다가, 입을 꾹 다문 채 다시 굴속으로 돌아갔다.

"너 왜 그래?" 흙이 가득 찬 양동이를 들고 다시 나타난 동생에게 다피로가 물었다. "그렇게 죽어라 일하다가 진짜 죽는 수가 있다니까. 야, 동생아, 우리 대장은 이제 크리마가 아니야. 가루 공은 우리가 잠깐 쉰다고 채찍질을 하실 분이 아니라고."

"진두 장군님이 쉬시기 전엔 나도 안 쉴 거야."

다피로는 손차양으로 햇빛을 가리고 디무의 성벽을 바라보았다. 사다리를 타고 돌격하는 공성 부대의 선두에, 아래쪽의 부하들을 지키려고 거대한 방패를 들고 위에서 빗발치는 화살을 막아내는 마타 진두의 커다란 덩치가 눈에 들어왔다. 진두 장군은 오전 내내 그리고 오후 내내, 공격조가 교대하는 동안에도 전혀 쉬지 않고 그곳을 지켰다.

"저 사람은 지치지도 않는 걸까?"

다피로는 큰소리로 감탄했다.

"진두 장군님은 현실에서 부활한 이야기 속의 영웅 같아."

"너 요즘 입만 열면 진두 장군님이 어쨌느니, 진두 장군님이 저쨌느니 하는 소리밖에 안 하더라. 아예 찾아가서 나 대신 네 형님이 돼 달라고 하지 그래."

다피로의 말에 라소는 웃음을 터뜨렸다.

"왜 그래, 형. 바보 같은 소리 하지 마."

"저 사람도 다른 귀족들이랑 똑같아. 너 크리마가 왕이 되고 나서 어떻게 변했는지 벌써 잊었어?"

"진두 장군님은 후노 크리마 같은 인간하곤 달라."

라소의 단호한 목소리에는 날이 서 있었다. 다피로는 그런 동생과 말싸움해 봐야 소용없다는 것을 잘 알았다.

"장군님은 언제나 솔선수범하시는 분이야, 그런 장군님을 실망시키느니 차라리 죽는 게 나아. 난 성벽이 무너지든가 아니면 장군님이 쉬라고 하실 때까지 계속 땅굴을 팔 거야. 제국의 함대가 도착하기 전에 디무를 함락해야 하니까."

다피로는 한숨을 쉬고 다시 땅굴을 파러 미적미적 돌아갔다.

열흘째 되던 날, 공병대는 마침내 디무의 성벽을 무너뜨렸다.

홍수처럼 성 안으로 쏟아져 들어간 반란군은 일말의 자비심도 없이 제국군의 잔당을 소탕했다. 나멘은 가장 충성스러운 부하 몇백 명과 함께 함정에 빠진 늑대처럼 밤새 분투한 끝에 간신히 부두로 탈출했고, 그곳에서 제국군의 수송선을 타고 디무시로 안전하게 피신했다.

나멘을 따라 리루강을 건넜던 제국군 1만 명 가운데 그와 함께 살아서 다시 강을 건넌 병력은 고작 300명이었다.

쿠니는 완강하게 만류했지만, 마타는 협박을 실행에 옮겼다.

"협박은 약속 같은 거다. 곧이곧대로 지키지 않으면 부하들의 존경을 잃게 돼."

"자비를 베풀면 더 많은 사람들의 마음을 얻을 수 있어."

"적을 동정하는 건 아군을 가혹하게 대하는 것과 같다."

쿠니는 그 말에 대꾸할 말을 찾지 못했다. 그저 마타 곁에 서서, 코크루군 병사들이 디무의 유력 인사 1000명을 포위한 광경을 무력하게 지켜볼 뿐이었다. 병사들은 그들을 제국의 동조자라고 욕했고, 그들에게 스스로 묻힐 무덤을 파도록 했다.

"지금 실수하는 거야, 형제."

그러나 마타는 명령을 내렸고, 코크루군 병사들은 울부짖는 남녀 1000명을 밀어서 거대한 구덩이에 빠뜨렸다. 그러고는 산 채로 파묻기 시작했다.

"진두 장군을 적으로 돌리는 건 엄청난 실수야."

라소가 중얼거렸다. 그러고는 형 다피로와 함께 귀를 틀어막았지만, 그래 봤자 죽어가는 사람들의 비명 소리를 막을 수는 없었다.

사랑하는 당신에게

편지가 너무 짧아서 미안. 아직 몸 상태도 전 같지 않고, 우리 아들 때문에 도무지 짬을 낼 수가 없네.

그래, 그 소식을 전하려고. 당신도 이제 아빠야!

아기가 태어난 지 100일이 됐다. 이보다 더 건강한 아기도 없을 거야. 당분간은 토토티카라고 부를까 해. 말문이 트일 만큼 자라면 그때 정식 이름을 지어 주자.

애가 꼭 당신을 축소해 놓은 것처럼 생겼는데, 이게 참, 의외로 엄청 귀여운 거 있지. 그래도 일찍부터 당신처럼 배가 나오지는 않으면 좋겠어. 수피 왕 전하의 왕궁에 계신 귀부인들은 아기가 귀여워서 잠시도 가만두질 못해. 하지만 내가 안아 줄 때가 아니면 금세 울어 버리지 뭐야. 나 그동안 좋은 꿈을 꾸게 하는 약초를 챙겨 먹었어. 우리 아기도 모유를 통해서 좋은 꿈을 조금이나마 섭취할 수 있게 말이야. 약효가 나타나는 것 같아. 자면서도 빙그레 웃는다니까!

카나 여신과 라파 여신께 당신을 지켜 달라고 기도하고 있어. 마타 씨와 함께 잘 싸울 수 있도록 말이야. 괜히 위험한 짓 하지 않겠다고 약속해 줘. 나랑 우리 토토티카한테 무사히 돌아와야 하니까.

당신을 사랑하는 아내
지아

"축하한다, 형제여! 아들이라니 기적 같은 경사다. 이제 다음번 주디 공이 누구인지 알게 됐군. 어서 만나고 싶다."

"국화의 해에 태어난 아이야, 그러니까 삼촌처럼 돌봐 줘!"

마타와 쿠니는 망고 술이 담긴 술잔을 나란히 비웠다. 지아의 편지는 죽음과 살육의 한복판에서 실로 반가운 소식이었다.

두 의형제는 디무의 부두에 서서 리루강을 유유히 오가는 제국군 함선을 바라보았다. 배들은 디무 쪽 화살과 투석기의 사정거리에서 한참 벗어나 있었다. 마타의 분노가 가라앉은 후에 쿠니는 재빨리 디무의 질서를 바로잡고 부하들에게 약탈 행위를 막도록 지시했다. 도시가 예전으로 돌아가려면 아직 시간이 걸릴 터였지만, 그래도 시민들은 더 이상 '해방군'이 두려워 벌벌 떨지는 않았다.

강을 오가는 함선들 너머 리루강 하구 건너편에, 화려하게 칠한 디무시의 건물들이 보였다. 두 사람은 더욱 멀리까지 나아갈 날을 상상했다. 디무시를 넘어, 카로 반도의 비옥한 들판을 넘어, 산만 한 파도가 들이치는 아무 해협에 이르는 날을. 그 해협 너머에는 아룰루기섬이 자리 잡고 있었다. 수상 도시와 공중 궁전이, 웅장한 항구와 우아한 배들이, 세련된 풍습과 고상한 예법이 수많은 시인의 시와 그보다 더 많은 그림을 통해 불후의 명성을 얻은 땅이었다.

"아무에는 훌륭한 수군이 있다. 우리가 리루강을 건너서 황제의 코앞까지 진군할지 어떨지는 그들이 마라나의 함대를 막아내느냐에 달렸다."

"부디 성공하길 기도하는 수밖에."

제24장

아룰루기 해전

아룰루기섬

선무 4년 7월

고전 아노어로 '아름다운 땅'이라는 뜻인 아룰루기는 그 이름에
걸맞은 섬이었다. 드넓은 백사장과 바다갈대 덤불로 뒤덮인 완만한
모래 언덕, 필리 풀이 우거진 초록빛 구릉지가 있었고, 깊은 골짜기
에는 보리수나무와 은엽판근(銀葉板根)이 한가득 숲을 이루고 있었
다. 가지에서 지면으로 뿌리를 내리는 보리수는 탐스러운 머리타래
를 빗질하는 여인 같았고, 땅 위로 거울 판처럼 솟은 은엽판근의 뿌
리는 간에서 수입한 호화로운 칠기 병풍 같았다.

온 사방에 형형색색의 난초가 피어 있었다. 하얀 난초는 바닷조
개 껍데기보다 더 희고 붉은 난초는 산호보다 더 붉었다. 낮이면 황
금빛 벌새들이 이 꽃에서 저 꽃으로 날아다녔고, 밤이면 천상에서

온 손님인 양 날개가 은색 달빛으로 물든 얌전한 나방들이 그 자리를 대신했다.

그런 아룰루기섬에서도 가장 아름다운 곳은 호수 위의 도시 뮈닝이었다. 투투티카 호수의 동생 격인 수심이 얕은 토예모티카 호수의 조그만 섬들을 하나로 잇게끔 세워진 뮈닝은, 물 위에 떠 있는 왕관을 닮은 도시였다. 사원의 섬세한 첨탑과 궁전의 우아하고 뾰족한 여러 탑은 중력을 부정하듯 높이 지어진 좁다란 구름다리로 촘촘하게 이어져 있었다.

뮈닝 시내의 주택과 탑은 작은 섬들의 한정된 공간을 최대한 활용하도록 지어졌다. 폭이 좁고 높다란 건물의 벽은 신축성이 있어서, 바람이 불면 대숲의 대나무처럼 휘었다가 다시 펴졌다. 지면에 빈자리가 부족해져서 호수 바닥에 기다란 통나무를 박고 수면 위에 지은 집들은 소금쟁이처럼 보였다.

뮈닝 사람들은 섬 주위에 떠 있는 수상 정원에서 신선한 과일과 채소를 얻었다. 건물 사이사이에는 밧줄과 향기로운 백단향 판자로 만든 무대가 걸려 있어서 아룰루기의 고관과 귀부인들은 밤이면 비단 신발을 신고 이곳에 나와 춤을 추거나, 호수에서 동쪽으로 고작 몇 리 떨어진 뮈닝토즈 항구의 바다 위에 뜬 달을 감상하며 차를 마시곤 했다.

그러나 뮈닝의 보석은 뭐니 뭐니 해도 키코미 공주였다.

열일곱 살인 키코미 공주의 연황색 피부와 폭포처럼 탐스럽고 구불구불한 연갈색 머리카락, 깊고 잔잔한 우물처럼 빛나는 연청색 눈은 전설과 음유시인들의 노래에 더없이 어울리는 소재였다. 공주는 정복 전쟁 이전 아무의 마지막 군주였던 포나후 왕의 손녀이자 하나뿐인 직계 후손이었다. 그러나 아무의 왕위 계승법에서는 여성이 왕좌에 오르는 것을 허락하지 않았기 때문에, 부활한 아무 국은 포나후 왕의 배다른 형제이자 키코미 공주의 종조부인 포나도무 왕이 다스렸다.

아룰루기의 공중 다관에서, 사람들은 포나도무 왕의 병사나 첩자의 귀를 피해 소곤거리곤 했다. 키코미 공주가 남자로 태어나지 않은 것은 정말이지 애석한 일이라고.

방에 홀로 앉아서, 거울에 비친 얼굴을 보며, 키코미는 화장의 마지막 단계를 마무리했다. 연갈색 머리카락은 원래부터 금발이었던 것처럼 보이도록 금가루를 뿌렸고, 눈 주위는 파란 눈이 더욱 돋보이도록 파란 분을 발랐다. 아무의 수호신인 투투티카 여신과 더 비슷하게 보이려고 한 화장이었다.

한숨은 쉬지 않았다. 이날 밤 키코미는 상징이 될 예정이었고, 상징이 하는 많은 일 중에 한숨을 쉬며 운명을 한탄하는 일은 포함되지 않았다. 키코미는 종조부가 병사들의 사기를 진작할 목적으로 지루한 연설을 떠듬떠듬 이어가는 동안, 그 곁에 가만히 서서 웃으며 손을 흔들 예정이었다. 그리하여 선원과 수병들에게 그들이 싸우는 이유를, 아무의 이상적인 여성상을, 투투티카 여신의 가호를, 더 나아가 우아함과 아름다움과 교양과 문화의 전형인 아무가 야만적이고 낙후된 자나보다 더 우월하다는 자부심을 일깨워 줄 예정이었다.

그러나 자신이 불행하다는 것만은 부정할 수 없었다.

말을 깨우치고 나서부터 줄곧, 키코미는 아름답다는 말을 귀가 따갑도록 들으며 자랐다. 그렇다고 해서 안타깝게 처형당한 할아버지의 충실한 종이었던 양부모가 또래 아이들 누구보다 일찍 읽고 쓰기를 배운 키코미에게 총명하다는 칭찬을 안 한 것은 아니었고, 친자식들보다 더 높이 뛰고 더 빨리 달리고 더 무거운 것을 들 수 있는 키코미를 대단하게 여기지 않은 것도 아니었다. 다만 주위 사람들은 하나같이 이 같은 장점들을 키코미의 아름다운 용모라는 왕관에 박힌 단순한 장식쯤으로 여겼다.

키코미가 나이를 먹어 가면서 그 왕관은 더욱 무거워졌다. 여름날 토예모티카 호수 기슭에서 친구들과 함께 숨이 턱까지 차고 살갗이 땀에 번들거릴 때까지 신나게 달리다가 옷을 훌훌 벗어 던진 채 시원하고 상쾌한 호숫물에 뛰어들어 헤엄을 치는 즐거움은, 키코미에게 더 이상 허락되지 않았다. 그 대신 따가운 햇볕은 티 없이 깨끗한 피부를 망친다느니, 맨발로 달리면 발바닥에 보기 흉한 굳은살이 박인다느니, 호수에 함부로 뛰어들었다가는 물속의 날카로운 돌에 긁혀 평생 남을 흉터가 생길 수도 있다느니 하는 말을 들어야 했다. 키코미가 여름에 해도 좋다고 허락받은 유일한 활동은 무용이었다. 장소는 비단 차양으로 햇빛을 가리고 바닥에는 풀로 짠 보드라운 깔개가 깔린 조용하고 차분한 연습실이었다.

키코미가 아이였을 때부터 키워 온 꿈, 즉 하안에 가서 수학과 수사학과 글쓰기의 거장들 밑에서 공부하고, 공부를 마치면 머나먼 간의 토아자로 가서 자신의 이름을 건 무역 상회를 세우겠다는 꿈은, 마음속에 봉인됐다. 그 대신 뮈닝의 옷가게에서 큰돈을 주고 고용한 선생들이 키코미에게 이런저런 행사에 맞는 갖가지 드레스의 색과 재단법과 옷감의 재질에 관해 가르쳤다. 키코미가 아름답다는 말을 듣고 또 들은 몸의 여러 부위를 강조하는 옷들이었다. 그 선생들은 걷는 법과 말하는 법, 젓가락 쥐는 자세를 통해 기분을 우아하게 표현하는 법, 또 제각각 다른 분위기를 내면서도 그림처럼 빈틈없는 다양한 화장법도 함께 가르쳤다.

"제가 이런 걸 왜 배워야 하죠?"

이렇게 묻는 키코미에게 양어머니가 대답했다.

"넌 지금도 수수한 여자애는 아니야. 하지만 아름다움이란 숨은 소질이 다 드러날 때까지 갈고닦아야 하는 거란다."

그리하여 키코미는 수사학 대신 발성법을 배웠고, 글 짓는 법 대신 화장하는 법을 배웠다. 분과 물감과 보석과 염색약으로, 찡그린 표정과 웃는 표정과 뾰로통한 표정으로, 더 아름다워지기 위해.

아름다운 여성은 아름다운 외모가 형벌이라고 불평한다는 말은 판에 박힌 진부한 문구였지만, 키코미의 경우에 그 말은 진부한 문구라고 해서 진실이 아닌 것은 아니었다.

반란이 일어나서 아무 왕실이 부활했을 때, 키코미는 마침내 집행 유예를 얻었다고 생각했다. 혁명과 전쟁의 시대가 왔으니 군대를 모으고 새 법령을 반포해야 할 텐데 아름다운 외모가 무슨 쓸모가 있단 말인가? 아무 왕실의 일원이었던 키코미는 종조부인 왕의 곁에서, 어쩌면 왕의 신임을 받는 보좌관으로서 일할 수 있을지도 모른다고 생각했다. 키코미는 명석했고 예법에 밝았다. 근면의 가치 또한 잘 알았다. 분명 왕과 대신들 역시 그 점을 알아주지 않을까?

그러나 그 생각이 이루어지는 대신, 키코미의 몸은 아름다운 드레스에 감싸였고 얼굴은 피부가 움직이는 느낌이 간신히 들 만큼 두꺼운 화장으로 뒤덮였다. 이쪽에 서라느니 저쪽으로 가라느니 하는 지시를 받는가 하면('우아하게, 명심하세요, 춤추듯이, 둥둥 떠가듯이.'), 언제나 눈에 잘 띄는 곳에 머물되 입은 항상 다물고 있으라는 지시도 받았다. 얌전하고 새침하게, 고혹적으로 보이도록.

"너는 아무 부흥의 상징이다." 종조부인 포나도무 왕의 말이었다. "모든 티로 국가 가운데 우리 아무는 언제나 문명과 품위와 순수의 본질에 헌신하는 나라로 유명했다. 키코미, 네가 조국을 위해 할 수 있는 가장 큰 헌신은 아름다움을 유지하는 것이다. 백성들에게 조국의 이상과 정체성과 우리 수호신인 투투티카 여신의 모습을 가장 선명히 떠올리게 해 줄 사람은 누구도 아닌 바로 너다."

키코미는 창문 옆에 걸린 드레스를 흘끔 쳐다보았다. 투투티카 여신을 연상시키도록 고풍스럽게 재단한 청색 비단 드레스였다. 키코미는 아름다운 옷을 두르고 예쁘게 색칠한 신상 노릇을 하며 또 하룻밤을 보낼 각오를 다졌다.

"공주님은 투투티카 호수를 닮았군요."

키코미는 그 목소리에 소스라치게 놀라 주위를 두리번거렸다.

"겉으로 보이는 수면은 잔잔하지만, 속에는 거친 급류가 몰아치고 캄캄한 동굴이 가득해요."

침실 문 옆의 그늘 속에 웬 여자가 서서 말하고 있었다. 키코미가 모르는 여인이었지만, 여느 궁중 시녀들과 마찬가지로 현대적으로 재단한 황록색 비단 드레스 차림이었다. 어쩌면 왕이 신임하는 보좌관의 아내나 딸일 수도 있었다.

"그대는 누구지?"

여인이 한 걸음 내딛자 석양빛에 얼굴이 환히 드러났다. 키코미는 그 얼굴을 보며 경탄했다. 머리는 황금빛에 눈은 청금석처럼 파랬고, 피부는 잘 연마한 호박처럼 티 한 점 보이지 않았다. 키코미가 이제껏 본 적 없는 미인, 처녀 같으면서 어머니 같고 동시에 노파 같은…… 나이를 종잡을 수 없는 미인이었다.

여인은 키코미의 물음에 답하는 대신 딴 이야기를 꺼냈다.

"공주님은 외모가 아니라 말과 생각과 행동으로 인정받고 싶어 해요. 그리고 자신의 외모가 평범했더라면 그렇게 인정받기가 더 쉬웠을 거라고 생각하지요."

키코미는 그 당돌한 말에 얼굴이 붉어졌다. 그러나 여인의 파란 눈에는, 너그럽고 따스하고 차분한 그 눈빛에는, 악의를 품고 하는 말이 결코 아니라고 안심시키는 구석이 있었다.

"어렸을 때, 난 남자 형제와 친구들하고 토론을 벌이곤 했어. 남자애들은 이긴 적이 거의 없었지. 그 애들은 머리도 둔하고 공부도 열심히 안 했거든. 하지만 내 논리가 더 탄탄하다는 게 명확해지면 남자애들은 웃으면서 말했어. '이렇게 예쁜 여자애랑은 도저히 말싸움을 못 하겠다니까.' 그러면서 내가 이겼다는 걸 인정하지 않았지. 내 삶은 그때랑 별로 변한 게 없어."

"신들은 우리에게 저마다 다른 재능과 자질을 내려 주지요. 공작이 깃털 때문에 사냥당한다고 불평해 본들, 아니면 뿔도마뱀이 오로지 독 때문에 자기 가치를 인정받는다고 아쉬워한들, 무슨 득이 있을까요?"

"무슨 뜻으로 하는 말이지?"

"신들은 인간을 수수하게 만들기도 하고 아름답게 만들기도 해요. 뚱뚱하게 또는 날씬하게, 어리석게 또는 총명하게도 만들지요. 하지만 주어진 자질로 어떻게 자기 앞길을 개척할지는 우리 각자에게 달렸어요. 뿔도마뱀의 독은 폭군의 목숨을 빼앗아 나라를 구할 수도 있지만 시정잡배의 손에 들어가면 살인 무기가 되기도 해요. 공작의 깃털은 장군의 투구 장식으로 수천 병사의 마음을 한데 뭉치게 할 수도 있지만, 조상의 재산을 물려받은 어리석은 부자에게 부채질을 해 주는 하인의 손에서 끝을 맞을 수도 있어요."

"그런 건 다 말장난이야. 깃털을 어디에 쓸지 정하는 건 공작이 아니고 독으로 뭘 할지 정하는 것도 도마뱀이 아니니까. 난 그저 국왕 전하와 대신들이 옷을 입혀서 전시하는 인형일 뿐이야. 투투티카 여신의 신상으로도 얼마든지 할 수 있는 일이지."

"공주님은 타고난 미모가 자신을 가두는 덫이라고 분노하고 억울해하시지요. 하지만 공주님이 스스로 생각하는 만큼 강인하고 용감하고 총명한 사람이라면, 그 미모가 얼마나 위험하고 강력한 무기가 될 수 있는지 아실 거예요. 제대로 사용만 한다면."

키코미는 할 말을 잊은 채 그 여인을 멍하니 바라보았다.

"신들 가운데 가장 어린 투투티카는 가장 약한 신으로 여겨지기도 했어요. 하지만 대이산 전쟁 당시 투투티카 여신은 혼자 힘으로 영웅 일루산을 쓰러뜨렸지요. 여신의 미모에 눈이 먼 일루산이 방심한 틈을 타 독이 묻은 비녀로 단숨에 처치한 거예요. 그 덕분에 아무는 일루산의 군대에 짓밟히지 않았고, 아무 사람들은 대대로 여신의 위업을 칭송하고 있어요."

"미인은 항상 요부나 탕녀나 싸구려 장식품이 돼서 사람의 정신을 빼놓는 일만 해야 하는 거야? 내 앞에 열린 길은 그것뿐일까?"

"그건 남자들이 여자한테 붙인 꼬리표에 지나지 않아요." 여인의 목소리에는 날이 서 있었다. "당신은 그런 여성들을 경멸하는 것처럼 말하지만, 실은 역사가들이 남긴 말과 판단을 앵무새처럼 되뇌는 것뿐이에요. 역사가만큼 신뢰할 수 없는 인종도 없는데 말이지요. 영웅 일루산의 경우를 생각해 보세요. 그는 에코피 여왕의 침실에 몰래 숨어 들어가는가 하면, 초승달 군도의 왕자와 공주들이 모인 자리에 알몸으로 나타나서 자신은 남자와 여자 모두에게서 즐거움을 얻는다고 했어요. 역사가들이 그런 일루산을 난봉꾼이라고, 색마라고, '싸구려 장식품'이라고 기록했을까요?"

키코미는 그 말을 찬찬히 곱씹으며 아랫입술을 깨물었다. 여인의 이야기는 계속 이어졌다.

"요부는 힘 대신 속임수로 승리를 이끌어 내는 사람이고, 탕녀는 마법사가 마술 지팡이를 휘두르듯이 육신의 매력을 이용하는 사람이지요. '싸구려 장식품'도 마찬가지예요, 수천 명의 마음과 영혼을 하나로 모아 멈출 수 없는 힘을 만들기 위해 스스로 장식품이 되겠다고 결심할 수도 있어요.

키코미 공주님, 아무는 지금 위험에 처했어요. 이 아름다운 섬을 돌무더기로 바꿔 버릴 수도 있는 위험에요. 공주님이 맑은 정신과 튼튼한 마음을 지닌 분이시라면 지금은 자신의 미모를 저주할 게 아니라 자신 앞에 얼마나 험한 길이 펼쳐져 있는지, 또 자신과 자신의 백성들을 위해 그 미모를 어떻게 이용할지 고민해야 해요."

키코미는 뮈닝토즈 항구의 부두에 서서 함대가 출항하는 광경을 지켜보았다. 머리부터 발끝까지 아무의 상징색인 파란색으로 휘감은 공주의 모습은 멀리서 보면 투투티카 여신의 현신 같았다.

공주는 전함 갑판에 차렷 자세로 흐트러짐 없이 도열해 있는 수병들을 향해 손을 흔들었다. 아직 소년처럼 순진하고 해맑은 얼굴을 한 젊은 병사들이었다. 몇몇은 공주에게 웃음을 지으며 손을 흔들기도 했다. 갑판 앞쪽에 도열한 장교들은 해변에 모여선 왕과 대신들을 향해 경례했다. 그들 아래에서 거대한 노 여러 개가 일제히 움직이자 전함은 소금쟁이처럼 우아하게 물을 가르고 나아갔다.

먼 수평선 위에 떠서 빛을 발하는 타원형 물체 열 개는, 제국의 비행함 편대였다. 조그마한 물방울처럼 보이는 주황색 덩어리는 가벼운 깃털 날개가 달린 듯한 모양새가 마치 아룰루기섬의 난초 수풀에 자생하는 반딧불 나방의 변종 같았다.

저토록 아름다운 것이 어떻게 그토록 무서울 수가 있을까? 키코미는 속으로 중얼거렸다.

* * *

제국 함대의 기함인 비행함 '키지의 혼'의 조종실. 킨도 마라나 원수는 수평선 위에 떠 있는 뮈닝의 환한 불빛을 지그시 바라보았다. 그보다 더 가까운 캄캄한 바다 위에는 그를 상대하러 온 아무 수군 함대의 횃불 불빛이 가물거렸다.

마라나는 과거 뮈닝에서 휴가를 보내며 그곳의 아름다운 고전 양식 건물과 주민들의 호의를 만끽한 경험이 있었다. 다라 제도의 다른 어느 지방도 뮈닝만큼 향기로운 난초 차를 만들지 못했다. 뮈닝 사람들은 난초 100종을 교배하여 1만 가지 변종을 만들었기 때문에, 뮈닝에 있는 다관을 순례하는 데에 평생을 바친다고 해도 그곳의 차를 모두 맛보기란 불가능했다.

그토록 아름다운 곳을 이제 파괴해야 하다니, 비극이었다.

저 아래 바다에는 제국 수군의 함선 80척이 대열을 이루어 항해했고, 주위의 하늘에는 제국 공군의 다른 비행함 9척이 비행하는 중이었다. 노잡이들이 팔 힘을 비축하도록 비행함은 대형 전투연이 끌고 있었고, 수군 함선은 돛을 전부 펼치고 바람의 힘으로 나아가고 있었다. 전투가 벌어지면 인간의 근육만이 제공할 수 있는 민첩성과 속력이 필요하기 때문이었다.

전투함 뒤편의 어두운 바다 먼 곳에서는 느리고 둔중하게 생긴 수송선들이 파도를 가르고 전진했다. 루이와 다수에서 징집한 신병 1만 명, 즉 제국군의 막내 신참병들을 태운 배였다.

마라나는 제국 함대에 접근하는 아무 함대에서 눈을 떼지 않았다. 나멘이 코크루에서 궤멸적인 패배를 당했다는 소식이 전해진 이상, 마라나는 이번 전투에서 반드시 신속한 승리를 거두어야만

했다. 하안과 리마를 비롯한 다라 제도의 다른 지역으로 반란의 기운이 번지지 않도록.

제국 함대가 사정거리 안으로 들어오는 동안, 아무 수군의 카티로 제독은 주황색 열기구 두 대를 띄워 전투 진형을 갖추라는 명령을 내렸다. 풀로 엮은 뼈대에 종이를 발라 만든 작은 열기구는 아래의 촛불이 데운 더운 공기를 타고 하늘로 떠올랐다.

함대는 횃불을 모조리 끄고 돛을 접은 다음, 노 구멍을 열고 기다란 전투용 노를 해수면에 드리웠다.

카티로 제독은 자신을 찾아온 행운에 남몰래 미소 지었다. 제국군 원수의 갑옷을 입은 수석 세금 징수원은 아무래도 수군 전술에 까막눈인 모양이었다. 함대를 저토록 밀집시킨 채 아룰루기섬에 위험한 야간 공격을 감행하다니, 바보나 할 짓이었다.

가시거리가 짧은 밤이다 보니 무거운 제국군 함선은 아군끼리 충돌하는 사태를 피하기 위해 천천히 기동해야 했다. 그보다 더 가볍고 날렵한 아무군 함선은 바짝 붙은 제국군 함선 사이를 재빨리 이동하며 노를 부수고 갑판에 화염탄을 발사하여 제국 수군의 수적 우세를 무력화할 수 있었다.

제국 수군의 함장들은 밀집 진형의 허점을 이미 아는 모양이었다. 제국군 함선들이 속력을 늦추는가 싶더니, 점점 다가오는 아무 함대를 피할 작정인지 노를 반대쪽으로 저으며 물러나기 시작했다.

"달아날 곳은 어디에도 없다, 마라나."

카티로 제독은 선홍색 열기구 네 대를 띄우라고 명령했다. 함대

총공격을 알리는 신호였다. 아무 수군의 전투함 40척은 후퇴하는 제국 함대를 쫓아 맹렬히 노를 저었다.

그러나 하늘의 거대 비행함 열 척은 계속 전진하다가 이내 아무 함대 상공에 이르렀다. 비행함 편대는 아무군 함선 위에서 선회하며 화염탄을 투하하기 시작했다.

카티로는 이 공격에 대응할 준비가 되어 있었다. 불이 잘 붙는 돛은 이미 모두 접어 둔 상태였고, 수병들은 외부 장비를 모두 치우고 갑판에 젖은 모래를 깐 다음 선내로 피신해 있었다. 이는 자나의 정복 전쟁 기간에 만들어진 오래된 전술이었다. 모래에 떨어진 화염탄은 깨져서 폭발하기는 했지만 불길을 멀리 퍼뜨리지는 못했다. 한참 후, 비행함 편대는 화염탄이 바닥 났는지 노를 반대편으로 저어 후퇴하는 수군 함대를 따라 물러나기 시작했다.

제국 함대는 예상대로 너무 서둘러 후퇴하다가 난관에 부딪혔다. 배를 돌릴 틈도 없이 노를 젓는 바람에 항로를 제대로 잡지 못한 것이었다. 후진하던 제국군 함선들은 서로 충돌하여 속도가 느려졌다. 아무 함대 측에서 보면 뱃머리에 달린 충각과 투석기의 밥이나 마찬가지였다. 제국 함대를 향해 점점 다가가는 동안 조바심이 난 아무 수군의 몇몇 함장은 제국 전투함을 향해 화염탄과 돌을 발사했지만, 대부분 표적에 닿지 못하고 바다에 떨어졌다.

"침착하게 기다려라."

카티로 제독이 중얼거렸다. 그러나 큰 문제는 아니었다. 쏜살같이 돌격하는 아무 수군의 전투함들은 이제 곧 제국 함대를 들이받을 참이었다. 부러진 노와 자나 수군 병사들의 주검이 바다에 둥둥 떠다니는 광경이 눈에 선했다.

카티로 제독의 기함 옆에서 전진하던 아무 수군의 전함이 갑자기 오른쪽으로 기우뚱하더니, 우현의 노가 제멋대로 허우적거렸다. 무슨 까닭인지 우현의 노가 모조리 망가진 전함은 다리 절반이 말을 듣지 않는 지네 꼴이 되고 말았다. 제자리에서 빙그르르 돌던 전함이 카티로 제독을 향해 기울기 시작했다.

"피해라!"

카티로 제독이 외쳤다. 그러나 기함 좌현의 노잡이들은 경악에 찬 비명을 내질렀다. 그들의 노 역시 알 수 없는 이유로 말을 듣지 않았다. 좌현의 노는 무언가 굵직하고 무거운 물체에 부딪힌 듯, 노잡이들이 당기면 당길수록 더욱 완강하게 말을 듣지 않았다. 두 전함은 천둥 같은 굉음과 함께 충돌했다. 이 혼란 속에서 노의 일부는 부러졌고 일부는 노잡이들의 손에서 벗어나고 말았다.

혼비백산한 아무군 수병들은 피해 상황을 점검하려고 횃불을 밝혔고, 좌현 아래쪽을 내려다본 카티로 제독은 조각배 여러 척에 가득 탄 병사들이 기함의 노를 부수는 광경을 목격했다.

카티로 제독은 그제야 마라나가 준비한 작전을 눈치챘다.

제국 함대가 후퇴하면서 남겨 둔 조각배에는 검은 옷을 입고 갈고리가 박힌 그물을 든 수병들이 타고 있었다. 아무 함대가 이 특공대의 존재를 까맣게 모른 채 지나가는 동안, 조각배에 탄 제국군 특공대는 아무군 전투함의 노에 그물을 던져 한 덩어리로 뒤엉키도록 묶어 버렸다. 아무 함대의 전투함들은 통제 불능 상태에 빠져 자기들끼리 충돌했다.

또다시 상공으로 접근한 제국군 비행함 편대가 무시무시한 화염탄을 투하하자 갑판 위의 아무군 수병들은 엄폐물을 찾아 사방으로 달아났고, 비명을 지르며 바다로 뛰어들기도 했다. 제국 함대의 거대한 전함들이 엉망이 된 아무 함대를 향해 다가왔다. 학살의 막이 오를 시간이었다.

* * *

키코미 공주는 눈을 감았다. 이제 바다 저 멀리에서 불타는 방주로 변해 버린 아무의 함선들을 보고 싶지 않아서였다. 아니면 바닷속으로 가라앉는 병사들의 끔찍한 절규를 상상하고 싶지 않았거나.

종조부인 포나도무 왕은 입을 꾹 다문 채 뮈닝으로 돌아가기 위해 걸음을 옮겼다. 이제 항복을 준비할 시간이었다.

포나도무 왕은 벌거벗겨진 채 우리에 갇혔다. 그대로 비행선에 실려 무궁성으로 호송된 다음, 제도 백성들이 늘어서서 환호하는 거리를 행진할 예정이었다. 그러나 정작 마라나는 키코미 공주에게 온통 정신이 팔려 있었다. 아무가 자랑하는 보석에게.

"공주마마, 이런 식으로 만나게 되어 참으로 애석하군요."

키코미는 이 말라빠진 남자의 지루하기 짝이 없는 얼굴을 가만히 바라보았다. 이마에 관료라고 적힌 듯한 얼굴이었다. 키코미가 이제껏 만난 수많은 남자들과 마찬가지였다. 그러나 한편으로는 수천 명의 죽음을 초래한 남자이기도 했다.

그의 수중에는 제국의 살인 병기를 조종할 권력이 있었지만, 키코미에게는 자신의 몸 말고는 아무것도 없었다.

그러나 키코미는 자신이 남자들에게 어떤 영향을 미치는지를 잘 알았다.

"마라나 원수님, 저는 원수님의 포로랍니다. 아무쪼록 원수님께서 원하시는 대로 하소서."

마라나는 숨이 턱 막혔다. 키코미의 목소리는 손가락이 달린 듯했고, 그 손가락들이 얼굴을 어루만지고 가슴을 가볍게 두드리는 것만 같았다. 당돌한 말투에는 말속에 함축된 의미가 선연하게 드러났다.

"원수님의 권세는 정말 대단하세요. 원수님 같은 분은 아마 온 다라를 통틀어서 한 분뿐이겠지요."

마라나는 눈을 감고 키코미의 목소리를 음미했다. 그 목소리를 들으며 잠들면 아름다운 꿈을 꿀 수 있을 듯싶었다. 아무의 특산품인 난초 차가 떠올랐다. 달콤하고, 은은하고, 산뜻했다. 평생 듣고 싶은 목소리였다.

키코미는 마라나에게 다가와 양팔로 목을 끌어안았다. 마라나는 피하지 않았다.

* * *

"다음은 뭔가요?"

거울 앞에 앉아 머리를 빗던 키코미가 물었다. 공주의 머리카락은 장막을 통과하며 부드러워진 아침 햇살에 물들어 있었다. 마라나의 눈에는 그 머리가 황금빛 후광으로 보였다.

"포로들을 판으로 데려가야 하오."

마라나는 침대에 누운 채로 말했다.

"이렇게 일찍요?"

공주의 말에 마라나는 쿡쿡 웃었다.

"잠시도 지체할 틈이 없소. 다른 나라들은 지금도 반란에 가담해 있으니까…… 하지만 백성들에게 신망을 받는 사람을 한 명 골라서 이곳의 책임자로 남겨 놓는 것도 괜찮겠군. 말귀가 통하면서 황제 폐하께 충성을 바칠 만한 사람으로."

공주는 잠깐 손을 멈추는 듯하다가, 다시 빗질을 계속했다.

"그대가 아무의 공작이 되는 것은 어떻겠소? 듣자 하니 그대의 종조부보다는 그대가 더 왕좌에 어울리는 인물이라던데."

공주는 머리만 빗을 뿐 대답이 없었다.

마라나는 깜짝 놀랐다. 그는 방금 키코미가 가족과 국민들에게서 받은 것보다 더욱 큰 경의를 그녀에게 표한 참이었다. 그러니 조금이나마…… 감사를 받아야 마땅했다.

"뭘 그리 골똘히 생각하고 있소?"

키코미는 빗질을 멈췄다.

"당신요."

"내가 어쨌기에?"

"판으로 돌아간 당신 모습을 상상하고 있었어요. 자나의 영광을 위해 자기가 한 일의 100분의 1도 공헌한 적 없는 사람들에게 머리를 조아리는 당신 모습을. 당신 덕분에 모든 것을 누리는 사내아이가 당신의 머리를 다독이면서, 이제 당신이 거둔 승전을 자기 것처럼 축하해야 하니 그만 가 보라고 말하는 광경도."

"말조심하시오."

마라나는 방금 그 얘기를 들은 하인이 없는지 확인하려고 실내를 두리번거렸다.

"아무의 왕좌에는 종조부보다 제가 더 어울린다고 말씀하셨지요. 아마 그럴 거예요, 세상은 항상 공정하거나 올바른 곳은 아니니까요. 명예가 반드시 자격 있는 사람에게 돌아가는 것도 아니고요. 애석하게도."

공주의 대담한 말을 들으며 마라나는 마음속에서 무언가 꿈틀거리는 느낌이 들었다. 마라나는 '키지의 혼'의 조종실에 앉아 판으로 돌아가는 자신의 모습을 상상했다. 군대를 거느리고 제도에서 개선 행진을 하는 모습을 상상했다. 그 상상 속에서 왕궁은 그의 집이었고, 곁에 있는 아름다운 키코미 공주는 그의 첩이었다.

마라나는 거울에 비친 공주의 얼굴을 바라보았다. 거울을 통해 그를 마주 보는 공주의 눈빛은 당돌함과 고분고분함, 어느 쪽으로도 움직일 준비가 되어 있었다. 활력이 넘치는, 야심만만한, 고혹적인 눈빛이었다.

"하지만 우린 세상을 더 공정한 곳으로 만들 수 있지 않을까요? 더 올바른 곳으로?"

키코미가 물었다. 또다시, 마라나는 공주의 목소리에 휘감기는 기분이 들었다. 그 목소리에 이끌려 감히 찾아갈 엄두도 못 냈던 곳으로 향하는 기분이 들었다.

마라나는 침대 옆에 있는 조그만 탁자로 눈을 돌렸다. 탁자 위에는 반듯하게 갠 군복 상의가 놓여 있었다. 지난밤, 그가 공주를 안기전에 시간을 들여 개어 놓은 옷이었다. 탁자 위에는 동전 몇 개도 흩어져 있었다. 그는 손을 뻗어 동전을 한 무더기로 가지런히 쌓아올렸다. 그는 무질서를 싫어했다.

동전들이 부딪치면서 귀에 익은 소리가 들려왔다. 마음속 깊숙한 구석에서 마라나는 명쾌한 소리를 들었다. 세심한 계산의 결과에서 나는 소리, 차변란과 대변란이 정확하게 기입된 깔끔한 장부가 내는 소리였다. 마라나가 그 소리에 부르르 몸을 떨면서, 공주가 건 주문은 깨지고 말았다.

몹시도 아쉬운 표정으로, 마라나는 공주를 돌아보았다.

"그 정도면 됐소."

마라나는 숨을 깊이 들이마셨다. 하마터면 공주의 계략에 넘어갈 뻔했다. *정말로 영리하고 대담하군. 쓸모가 있겠어.*

"야심이 있는 여자인 줄 알았는데, 내가 잘못 봤군."

마라나의 말에 키코미는 몸을 틀어 그를 마주 보았다. 계략이 실패한 것을 눈치챈 공주의 표정은 참담했다.

"그저 야심만 있는 게 아니었어. 당신은 이 땅과 백성들을 사랑해. 그래서 그들이 인정해 주기를 애타게 갈망하지."

"나는 아무의 딸이니까요."

"공주 마마, 당신에게 제안을 하나 하겠소. 당신이 수락하면 나는 아룰루기섬을 지금 이대로 내버려둘 거요. 적절하게 매긴 추가 세금과 황제 폐하께 다시금 충성을 다할 의무를 제외하면, 이곳의 삶은 전과 별 다를 바가 없을 거요. 뮈닝의 다관에는 달콤한 차 향기와 아름다운 노래가 마르지 않을 테고, 백성들은 앞으로도 세련된 고향의 아취에 감탄하겠지. 당신은 백성들을 지킨 군주로서 노래와 이야기 속에 길이 기억될 거요."

"전 제가 아무의 공작이 되는 줄 알았는데요."

마라나는 웃음을 터뜨렸다.

"그거야 내가 당신에게 아무를 맡기고 떠나는 게 얼마나 위험한지 깨닫기 전의 이야기지."

키코미 공주는 말이 없었다. 한 손은 멍하니 파란 비단 드레스를 쓸어내렸고, 다른 손은 손가락에 낀 큼지막한 사파이어 반지를 매만지는 것처럼 보였다.

조금만 더 참을성이 있었다면, 조금만 더 의뭉스러웠다면 좋았을 텐데 하는 생각이 들었다. 키코미에게는 에리시 황제를 배반하고 판으로 진군하도록 이 남자를 꼬드길 기회가 있었다. 그런데 그 기회가 허망하게 날아가 버렸다. 속이 빤히 들여다보이는 연기 때문에.

"허나 만약 내 제안을 거절한다면, 나는 당신을 판의 가장 저급한 매음굴로 데려가 동전 한 닢에 팔아넘길 거요. 그러면 당신은 영원토록 매춘부로 기억되겠지."

이번에는 키코미 공주가 깔깔 웃을 차례였다.

"내가 그런 말에 겁먹을 줄 알았나요? 당신은 지금도 나를 매춘부로 여기잖아요."

마라나는 고개를 저었다.

"그게 다가 아니요. 나는 토예모티카 호수의 물을 모조리 빼고 뮈닝을 잿더미로 만들라고 명령할 거요. 논밭에는 소금을 뿌리고, 아룰루기 주민 열 명 중 한 명을 처형하라는 명령도 내릴 거요. 이미 수많은 목숨을 죽였으니 몇 명 더 죽인다고 해서 거리낄 것은 없소. 그러나 무엇보다도, 나는 아룰루기의 운명을 결정한 장본인으로 당신을 지목할 거요. 오로지 당신 한 명을. 백성들을 구할 기회를 주었건만 당신이 거절했노라고."

키코미 공주는 마라나를 물끄러미 응시했다. 이 남자에게 느끼는 감정을 표현할 말이 도무지 떠오르지 않았다. 증오라는 말은 턱없이 모자란 것만 같았다.

경비행함 한 척이 키코미 공주와 포나도무 왕을 판으로 호송하기 위해 출발했다. 아무의 귀족 몇 명을 비롯한 요인들이 두 사람과 함께 비행함에 올랐다. 왕궁 근위대의 대장인 카노 소 역시 포로 중 한 명이었다.

포로 호송 임무는 그야말로 최소 인원이 맡았다. 비행함 내부의 선실 구역은 짧은 복도와 창고, 승무원 숙소로 쓰는 방 몇 칸으로 이루어져 있었다. 그중 한 방에는 키코미와 포나도무가 알몸으로 우리에 갇혀 있었다. 나머지 포로들은 밧줄로 꽁꽁 묶인 채 복도 맞은편의 방에 갇혔다.

비행함이 이륙하기가 무섭게, 카노 소는 손목에 친친 감긴 밧줄을 더듬더듬 살펴보았다. 경비병들은 군기가 빠져서 임무를 나 몰라라 했고, 밧줄은 낡아서 팽팽한 느낌이 없었다.

카노는 몇 시간을 기다린 끝에 마침내 병사들의 경계가 충분히 느슨해졌다고 판단했다. 그때부터 카노는 밧줄을 풀기 시작했고, 달랑 혼자 그 방을 지키는 제국군 병사가 앞을 지나갈 때면 즉시 움직임을 멈췄다. 그렇게 살갗이 벗겨져 피가 배어날 때까지 밧줄을 문질렀다. 신음이 흘러나왔지만, 카노는 멈추지 않았다. 밧줄이 피에 미끄러워진 덕분에 일이 더 쉬워졌다.

마침내. 양손이 자유로워졌다.

아무 수군의 병사들이 캄캄한 바다에서 죽어가는 동안, 불타는 배에서 차가운 아무 해협의 물속으로 뛰어들어 사라져 가는 동안, 카노는 부두에 서서 힘없이 지켜보기만 했다. 그러나 오만한 제국군 병사들이 실수를 저지른 지금, 카노는 그 빚을 톡톡히 받아낼 작정이었다.

경비병이 등을 돌린 사이에 카노는 재빨리 발목에 묶인 밧줄을 풀었다.

경비병이 다시 눈앞을 지나갈 때, 카노는 벌떡 일어나 그를 바닥에 넘어뜨렸다. 그러고는 경비병의 허리띠에 꽂힌 단검을 뽑아 순식간에 목을 찔렀다.

카노는 주위의 다른 포로들을 풀어 주었다. 풀려난 사람들은 방안에 있는 무기를 잡히는 대로 집어 들고 조심스레 복도를 내다보았다. 그들은 운이 좋았다. 복도에는 사람 그림자도 보이지 않았다. 다른 경비병들은 모두 자는 중이었다.

포로들은 재빨리 움직였다. 몇 안 되는 제국군 병사들은 잠든 채 살해당했고, 포로들은 몇 분 만에 조종실을 점령했다. 조종사들과 징집병 출신인 노잡이들은 별 저항 없이 항복했다.

카노는 포나도무 왕과 키코미 공주가 갇혀 있는 방으로 들어섰다. 알몸인 두 사람이 부끄러워하지 않도록, 카노는 재빨리 눈을 돌렸다. 그러고는 철창을 열고 병사들의 숙소에서 가져온 옷과 침대보를 건넸다.

"기적입니다, 전하, 그리고 공주님! 저희는 이제 자유입니다. 제국군 비행함까지 손에 넣었습니다."

알몸인 채로도 위엄과 우아함을 잃지 않은 키코미 공주는 카노에게 감사 인사를 건네고 거친 목면 침대보를 몸에 둘렀다. 비단 드레스도 보석관도, 화장과 화려한 장신구도 없었지만, 카노의 눈에 비친 공주는 그 어느 때보다도 아름다웠다. 카노는 오래전부터 공주를 연모했다. 키코미는 진정으로 아무의 보석이었다.

카노는 기쁨과 안도감에 물든 키코미 공주의 얼굴을 보며 믿어 의심치 않았다. 공주의 기쁨과 안도감은 마라나가 마련한 비참한 운명에서 벗어나도록 도와준 자신 덕분이라고. 자신이 이 자리에 있도록 일이 풀려 준 것에 고마운 마음이 들 정도였다. 이제 그를 보는 공주의 얼음처럼 차갑고 파란 눈에는 따사로운 빛이 감돌았다. 차가우면서 동시에 따뜻한 눈빛이었다. 카노는 공주가 부탁만 하면 그녀를 위해 기꺼이 죽을 수도 있을 것 같았다.

"이제 어디로 가면 좋단 말이냐?"

포나도무 왕이 물었다. 신하들과 헤어져 안락하고 안전한 왕궁을 떠난 지금, 왕은 어찌할 바를 모르는 신세였다. 나라를 잃은 사람의 처지에 아직 적응하지 못한 탓이었다.

"사루자로 가요. 수피 왕이 도와줄 거예요."

공주의 목소리는 침착하고 냉정했다. 카노는 키코미가 포로로 붙잡힌 치욕을 이미 극복한 것을 깨달았다. 그녀는 다시금 공주이자, 아무의 보석이었다. 백성들은 이제 공주에게 나아갈 바를 묻고 있었고, 키코미는 이 난국에서 백성들을 이끌 터였다. 왕위 계승법에 뭐라고 적혀 있든 간에.

비행함은 돛과 방향타를 조정하여 남쪽으로 날기 시작했다. 코크루를 향하여.

제25장

"사슴이 아니라 말입니다"

판

선무 4년 8월

수궁령 피라는 수심에 잠겨 있었다.

재무 대신을 자나군의 원수에 임명한 섭정 크루포의 조치는 뜻밖에도 최고의 선택이었던 것으로 밝혀졌다. 그 꼼꼼하고 계산적인 관료는 모두의 예상을 뛰어넘었다.

귀에는 들리는 것이라고는 아룰루기섬에서 전해 온 승전보 이야기뿐이었다. 몇몇 티로 국가는 이미 비밀리에 사절단을 파견하여 항복 조건을 논의하는 중이었다. 분명 리루강 남녘에는 제국군이 밀리는 곳도 있었지만, 반란군은 여전히 강을 건너 제국의 심장인 게피카 평원에 진입하지 못하는 형편이었다.

크루포는 날마다 자신의 혜안이 깃든 인선을 자랑하며, 마치 전설적인 정치가 아루아노의 재림이기라도 한 것처럼 황궁을 활보했다. 피라가 없었으면 자신은 끈 떨어진 연이나 다름없는 신세였음을 잊어버렸는지, 크루포는 순식간에 피라의 눈엣가시가 되었다.

크루포가 야망을 품은 것은 공공연한 사실이었다. 그는 이미 판에서 가장 권세 있는 인물이었지만, 피라는 그가 언젠가는 에리시 황제를 필요로 하지 않으리라는 것을 꿰뚫어보았다. 마라나가 지지해 주기만 하면 크루포는 대정전에 들어서서 그곳에 모인 대신들에게 진짜 황제가 누구냐고 묻기만 하면 그만이었다. 그리고 마라나를 제국군 원수로 임명한 장본인은 다름 아닌 크루포였다.

그리고 대정전에 모인 대신들은, 언젠가 섭정이 말을 끌고 왔을 때 사슴이라고 동의했던 그들은, 자신들 앞에서 방금 그 질문을 던진 사람이 황제 폐하라고 답할 터였다.

그러면 옥좌에 앉아 있는 저 어린애는 누군가?

누가 알겠습니까? 필시 사기꾼일 테지요.

그렇다면 그 아이 곁에 서 있는 저자는?

한낱 집사이자, 어린애 놀이 동무입니다! 예로부터 전해 내려온 자나의 미덕을 더럽힌 자이기도 합니다. 저자의 목을 치소서!

피라는 고개를 절레절레 흔들었다. 가만히 앉아서 그 꼴을 볼 수는 없었다. 전에는 자나 제국이 쓰러지는 것만 봐도 만족할 수 있었지만, 이제 피라는 그 이상을 원했다. 천치 같은 에리시와 크루포를 그토록 오랫동안 참아 주었으므로.

자나 황실로부터 옥좌를 빼앗는 사람은 크루포가 아니라, *피라*여야 했다. 마잉의 원수를 제대로 갚아 주려면.

"폐하를 알현하러 왔소."

"*렌가*께서는 바쁘십니다."

"노느라 바쁘시다는 뜻이겠지요, 그 말씀은."

크루포는 일이 돌아가는 모양새가 점점 더 눈에 거슬렸다. 결정은 오로지 자신이 내리고 황제는 결정된 사항을 읊을 뿐이었건만, 크루포는 한낱 하인처럼 매주 그 버르장머리 없는 어린애를 찾아와 보고를 올려야 했다.

자신을 알현하러 온 사람은 누구든 수궁령 피라의 허락부터 얻어야 한다는 어린 황제의 독단적인 명령은, 크루포가 느끼는 굴욕감을 더욱 무겁게 할 뿐이었다. 실은 크루포 자신이 아니라 피라야말로 *진짜* 하인이기 때문이었다. *이제 슬슬 변화를 줄 때가 됐는지도 모르겠군.*

"아직 어리시다 보니 한눈을 파실 때가 많기는 합니다." 피라는 선선히 인정했다. "그래도 제가 *렌가*의 심기를 주의 깊게 살피고 있으니, 뵙기에 적당한 때가 되면 알려 드리겠습니다."

"고맙구려."

크루포는 떨떠름하게 대답했다. 수궁령 피라는 실없는 인간이라 황제가 어울려 놀기를 좋아할 만도 했다. 그러나 크루포와 피라는 선제가 숨을 거두었을 때 누구에게도 밝힐 수 없는 음모를 함께 꾸민 공동 운명체였다. 그에게는 피라가 필요했다. 적어도 당분간은.

"안으로 드십시오, 어서요. 폐하께서 국정 운영의 세부 사항을 알고 싶어 하십니다. 지금 바로 들어가서 알현하십시오."

크루포는 관복과 관모의 매무새를 바로잡고 황제의 개인 정원으로 이어지는 황궁 복도를 서둘러 걸어갔다. 비취와 호박 구슬이 달린 관모는 곧 섭정의 권위를 보여 주는 상징이었다. 뒤따르던 피라 역시 그의 걸음을 따라잡으려고 뛰다시피 했다.

두 사람은 모퉁이를 돌아 정원으로 들어섰다. 보아하니 황제는 긴 의자에 앉아서 무릎 위부터 의자 위로 길게 놓인 옷감 더미를 쓰다듬는 듯했다. 그러면서 혼자 말을 하며 웃고 있었다.

크루포는 가까이 다가갔다.

"*렌가*, 부르셨습니까?"

열다섯 살 난 소년 황제는 흠칫 놀라 고개를 들었다. 긴 의자 위에 놓인 옷감 더미가 부스럭거리는가 싶더니, 얼굴이 빨개진 소녀가 황제의 무릎 위에서 일어나 앉았다. 풀어헤친 가슴을 가리려고 했지만 헛수고였다. 소녀는 섭정과 수궁령과 황제에게 재빨리 고개 숙여 인사한 다음, 정원 길을 따라 쪼르르 달아나 덤불 뒤로 모습을 감추었다.

에리시 황제는 얼굴을 붉히며 격노했다.

"짐은 섭정 따위 부른 적 없소. 물러가시오, 냉큼! 썩 *꺼지란* 말이오!"

크루포는 전력을 다해 뒷걸음으로 물러났다.

피라는 땅바닥에 엎드려 차가운 돌에 이마를 댔다.

"송구하옵나이다, *렌가*. 섭정이 막무가내로 들이닥쳤습니다. 제 힘으로는 막을 수가 없었습니다!"

황제는 고개를 끄덕이고는 귀찮은 듯이 손을 내저어 수궁령을 보냈다. 그러고는 일어서서 소녀가 달아난 쪽으로 향했다.

피라는 혼자서 빙긋이 웃었다. 어린 황제에게는 이런 때에 훼방을 놓는 것만큼 창피하고 짜증스러운 일도 없었다. 이제 황제는 섭정을 볼 때마다 이 불쾌한 기억을 떠올릴 터였다.

뒤이어 피라는 크루포의 집사를 매수하여 섭정이 서예 연습을 하고 버리는 두루마리를 모조리 모아 놓게 했다.

"나는 섭정의 서예 실력을 존경한다네. 섭정께서 쓰레기로 버리시는 아름다운 작품을 모으고 싶어서 그러는 것뿐이야."

피라의 말투는 겸손하기 짝이 없었다. 집사는 그 말에서 어떤 악의도 느끼지 못했다. 그러기는커녕 수궁령에게 연민을 느꼈다. 세상에 이렇게 딱한 삶도 있단 말인가. 온종일 하는 일이라고는 십 대 소년을 재미있게 해 주는 것뿐인 사람이, 취미랍시고 하는 짓은 남이 버린 쓰레기를 모으게 해 달라고 부탁하는 것이라니. 진정한 위인인 섭정 크루포하고는 하늘과 땅만큼이나 차이 나는 삶이었다.

피라는 두루마리가 웬만큼 모일 때까지 기다렸다. 그런 다음 뜨거운 주전자를 두루마리 뒤에 대고 밀랍 글자가 떨어질 만큼 부드러워질 때까지 조심스럽게 문질렀다. 그러고는 필요한 글자를 골라서 새 두루마리 위에 원하는 순서대로 배열한 다음, 밀랍이 녹아서 새 위치에 고정되도록 한 번 더 가열했다.

이제 피라의 수중에는 크루포가 일필휘지로 써 내려간 아름다운 서예 작품 한 점이 있었다. 섭정이 손수 쓴 글씨는 아니었지만, 결코 위조로 판명할 수 없는 작품이었다.

피라는 그 두루마리를 대정전 계단 위에 아무렇게나 버려두었다. 아무나 발견해서 황제에게 가져가도록.

나는 생쥐를 태우고 날아야 하는 독수리요
들쥐 앞에 머리 숙여야 하는 늑대로다
그러나 이 몸이 마땅히 서야 할 자리에 서는 그날,
어리석은 아이는 내 앞에 엎드려 목숨을 구걸하리라.

"그때 그 사슴을 기억하십니까, 렌가?"
피라는 두려움과 분노에 떠는 에리시 황제의 귀에 속삭였다.
"이제라도 깨달음을 얻으셨기를 바랄 따름입니다."

반역이라니! 크루포는 자기 귀를 믿을 수가 없었다. 황실 근위대의 병사들은 한밤중에 크루포의 처소에 들이닥쳐서는, 잠든 그를 깨워서 손발에 족쇄를 채웠다. 이제 그는 황궁의 지하 감옥에 갇혀 있었고, 그에게 불리한 증거가 무엇인지 얘기해 주는 사람조차 없었다.

그러나 크루포는 결백을 입증할 자신이 있었다. 글로 사람의 마음을 움직이는 법을 아는 사람이 있다면 바로 크루포였다. 그러면 붓과 먹물로, 칼과 밀랍 덩어리로 자신의 목숨을 구할 수 있었다.

크루포는 황제에게 상주문을 올리고 또 올렸다. 편지를 쓰고 또 썼다. 그러나 답장은 한 통도 오지 않았다.

수궁령 피라가 오랜 친구를 방문했다.

"도대체 무슨 짓을 하신 겁니까? 섭정의 야심은 정녕 끝이 없단 말입니까?"

피라는 서글픈 표정으로 고개를 절레절레 흔들었다. 크루포는 아무것도 인정하려 하지 않았다. 피라가 손짓하자 등 뒤에 서 있던 남자들이 앞으로 나섰다.

크루포는 평생 그토록 끔찍한 고통을 경험한 적이 없었다. 그의 손가락에 있는 뼈는 하나씩 차례로 부러졌고, 부러진 뼈는 다시 한 번 차례로 부러졌다. 크루포는 실신했다.

고문자들은 크루포의 얼굴에 찬물을 끼얹어 정신을 차리게 한 다음, 또다시 고문을 가했다.

크루포는 모든 것을 인정했다. 피라가 눈앞에 내미는 서류가 무엇인지도 모른 채, 그는 이 사이에 붓을 물고 서명했다. 손가락이 녹아내린 밀랍처럼 흐물흐물했기 때문이었다.

근위대 병사 세 명이 옥에 갇힌 크루포를 찾아왔다. 그중 한 근위병이 물었다.

"*렌가*께서 섭정의 자백이 사실인지 확인하라며 보내셨습니다. 폐하께서는 피라 수궁령의 열의가 너무 지나쳤을지도 모른다고 근심하고 계십니다. 혹시 고문을 당하신 적이 있습니까?"

크루포는 고개를 들어 퉁퉁 부은 눈으로 근위병들의 뒤쪽을 살폈다. 피라는 어디에도 보이지 않았다.

드디어, 누명을 벗을 기회가!

크루포는 필사적으로 고개를 끄덕였다. 말을 하고 싶었지만 나오지 않았다. 피라의 부하들이 벌겋게 단 부지깽이로 혀를 지져 버렸기 때문이었다. 크루포는 자신이 무슨 일을 겪었는지 보여 주려고 근위병들을 향해 손을 펴 보였다.

"자백은…… 진실이 아니었군요. 맞습니까?"

크루포는 고개를 끄덕였다.

피라, 이 비천한 종놈아. 무사히 넘어가지는 못할 거다.

근위병들은 감옥을 떠났다.

"부하들에게 근위대 제복을 입혀서 각하를 시험해 봤습니다."

수궁령 피라의 목소리는 차가웠다.

"진심에서 우러난 자백이 아니라고 하셨다지요. 지금도 말 대신 사슴이 보인다는 착각 때문에 괴로워하시나 본데, 제가 확실히 가르쳐 드리겠습니다. 사슴이 아니라 말입니다. 알아들으시겠습니까?"

피라의 부하들은 밤새도록 크루포를 고문했다.

피라는 최고의 의사들을 시켜 크루포를 치료했다. 의사들은 피라의 손에 붕대를 감고 혀에 연고를 발라 주었다. 원기를 회복하도록 탕약을 먹이고, 멍든 곳에는 약초로 만든 고약도 붙여 주었다. 그러나 크루포는 의사의 손길을 피해 몸을 움츠렸다. 그에게 더 큰 고통을 안기려는 피라의 속임수일 거라 두려워하면서.

어느 날, 근위대 병사들이 또다시 옥에 갇힌 크루포를 면회하러 왔다.

"폐하께서 섭정의 자백이 진실인지 확인코자 하십니다. 혹시 고문을 당하신 적이 있습니까?"

크루포는 고개를 저었다.

"그렇다면 자백은…… 진실입니까?"

크루포는 열심히 고개를 끄덕였다. 웅얼거리고 꺽꺽거리면서, 손짓발짓을 다 해가며, 자백은 한 글자 한 글자가 모두 진실이라고 전하려 했다. 자신은 황제를 배반한 반역자라고. 황제가 죽기를 바랐노라고. 그 일을 몹시도, 몹시도 후회하고 있지만, 받아야 할 벌은 달게 받겠노라고. 크루포는 이번에는 자신의 연기가 합격점을 받기를 갈망했다.

에리시 황제는 근위대장의 보고를 들으며 가슴이 무너지는 것처럼 비통했다. 마음속 깊은 곳에는 섭정이 정말로 반역을 꾀했다는 사실을 믿으려 하지 않는 자신이 있었다.

그러나 근위대장은 크루포를 면회하고 온 부하의 이야기를 상세히 전했다. 수궁령 피라는 코빼기도 보이지 않는 안전한 조사실에서, 크루포는 조사를 맡은 근위병에게 자신은 고문당한 적이 없노라고 꿋꿋이 주장했다. 죄를 깊이 뉘우치고 있기는 하지만 자백은 진실이라는 말도 했다.

황제는 충격에 넋이 나갈 지경이었다.

수궁령 피라가 황제를 달래러 왔다.

"사람의 마음속을 들여다보기란 힘든 법입니다. 상대를 아무리 잘 안다고 생각해도 마찬가지입니다."

에리시 황제는 크루포의 심장을 도려내어 대령하라고 명령했다. 충절의 단심(丹心)을 간직한 붉은색인지, 아니면 반역의 흉심(凶心)을 품은 검은색인지 확인할 수 있도록.

그러나 막상 심장을 대령했을 때, 어린 황제는 이미 용기를 잃은 후였다. 그는 크루포의 심장을 쳐다보지도 않은 채 개들에게 먹이로 던져 주라고 명령했다.

이제 승상 직을 겸임하게 된 수궁령 피라는 반란으로 관심을 돌렸다.

언젠가, 피라는 자신에게 목숨을 구걸하는 어린 황제를 보며 즐거워할 작정이었다. 그가 자나 황실에서 제국을 빼앗을 바로 그날에. 그러나 당장은 반란군부터 처치해야 했다.

먼 곳에 있는 군대를 지휘하는 일은 식은 죽 먹기로 보였다. 크루포가 할 수 있었던 일이라면, 그 역시 못 할 이유가 없었다.

아무가 함락당하면서 반란에 가담한 티로 국가는 고작 세 곳으로 줄어들었다. 북쪽에는 험준한 산악 국가 파사가 리마의 울창한 삼림 너머에 병력 1만을 보유하고 있었다. 동쪽에는 부유한 간이 1만이 넘는 보병을 보유하고 있었고, 반란군 진영에 유일하게 남은 수군을 늑대발섬에 주둔시키고 있었다. 남쪽에는 용맹한 전사들로 유명한 코크루가 탄노 나멘 장군을 리루강 북녘으로 쫓아낸 채 버티는 중이었다.

킨도 마라나는 파사의 실루에 왕을 유약한 기회주의자쯤으로 여기며 무시했고, 간의 달로 왕 역시 늑대발섬을 차지한 것으로 만족한 채 선조들의 땅인 본섬의 게피라 평원을 잊었다고 보고 높이 평가하지 않았다. 마라나의 계획은 나멘 장군의 군대와 협동하여 조직적인 총공세를 펴는 것이었다. 표적은 코크루, 제국을 실제로 위협하는 유일한 티로 국가였다.

그러나 계획을 작전으로 실행하기 전에 무궁성에서 전령이 도착했다. 전령이 가져온 소식은 섭정 크루포가 역모를 꾸미다가 체포되어 처형당했다는 것, 또 승상 피라가 늑대발섬을 총공격하기 위해 제국군 전체에 집결 명령을 내렸다는 것이었다. 전령은 고란 피라의 명령문을 낭독했다.

"외곽의 섬들부터 평정하도록 하라. 그리하면 본섬은 저절로 그 뒤를 따를 것이다."

말도 안 되는 전략 같았지만, 마라나는 황실 전령 앞에서 언짢은 기색을 보이지 않으려고 꾹 참았다. 아무래도 황제와 신임 승상은 전쟁을 대정전의 모형 제국에서 벌이는 놀이쯤으로 여기는 모양이었다. 제아무리 자나군의 원수라 할지언정, 마라나는 결국 장기짝에 지나지 않았다. 상관이 원하는 대로 집어서 원하는 곳에 내려놓는 장기짝이었다.

아주 잠깐, 마라나는 차라리 키코미 공주의 유혹에 넘어갔더라면 좋았을 텐데 하고 생각했다.

그러나 그 기회는 이미 과거가 되었고, 반역의 길은 앞으로도 상상 속에만 남아 있을 터였다. 반란을 일으키기에는 마라나는 너무나 꼼꼼했다. 질서와 사람의 분수에 대한 믿음이 뼛속까지 배어 있는 인물이었다.

마라나는 한숨을 쉬며 이동 명령을 내렸다. 제국 함대의 함선과 병력 2만 명은 본섬 북쪽 바다로 항해하여 파사를 끼고 돌아서 늑대발섬으로 향할 예정이었다.

한편 나멘은 소수 병력에게 리루강 및 리마 삼림 외곽의 방어를 맡기기로 했다. 나멘 자신은 병력 2만 명을 따로 떼어 소코 협곡을 통과할 예정이었다. 그런 다음 평탄한 게지라 평원과 그곳의 부유한 농업 지대 및 평화로운 논 지대를 지나 시나네 산맥이 바다로 이어지는 곳에서 함대와 만날 작정이었다. 그곳에서, 제국군은 늑대발섬에 총공격을 감행할 예정이었다.

제26장

맹주의 약속

판

선무 4년 9월

수피 왕은 한자리에 모인 여러 티로 국가의 대사와 왕에게 불같이 화를 냈다.

너무도 옹졸한 그들의 작태에 신물이 나서였다. 몇 달 동안 격론을 벌였는데 결정된 것은 여태 아무것도 없었다. 모두 힘을 합쳐 판으로 진군할 계획을 세우는 대신, 각국의 대표들은 아직 상상일 뿐인 승리 이후에 전리품을 어떻게 나눌지를 두고 옥신각신했다.

리마와 아무는 무너졌고, 하안은 잠깐의 해방조차 누리지 못한 판국이었다. 제국은 티로 국가를 하나하나 재점령하며 마피데레 황제가 수십 년 전에 이룩한 위업을 재현하는 중이었다. 반란군은 패망의 구렁텅이 앞에서 비틀대고 있었다.

모든 티로 국가가 동등하고 독립적이라는 명제는 매력적이지. 수피 왕은 생각했다. 허나 지금은 현실을 직면해야 한다.

"논의는 여기까지요. 나는 스스로를 맹주로 천거하겠소."

수피 왕의 선언에 좌중은 충격에 빠져 말을 잊었다. 티로 연맹의 맹주는 지난 수백 년 동안 존재한 적이 없었기 때문이었다.

그러나 반대하는 사람은 아무도 없었다. 적어도 드러내 놓고 반대하지는 않았다. 어쨌거나 코크루는 가장 강대한 군대를 보유했고, 제국을 상대로 싸우면서 승리를 거둔 유일한 티로 국가이기도 했다.

"마라나와 나멘은 전력을 총동원하여 늑대발섬을 공격할 예정이오, 우리는 의견의 불일치를 접어 두고 온 힘을 다해 간을 도와야 하오."

수피 왕의 말에 간의 대사는 열심히 고개를 끄덕였다.

"파사와 코크루는 가용 병력을 남김없이 파견할 것이오, 그러니 여러분도 도울 수 있는 것은 도와야 하오. 군자금, 무기, 정보, 뭐든 좋소. 육국이 늑대발섬에서 연합 전선을 펴는 거요."

실제로 연합 전선이라는 말은 단순한 미사여구가 아니었다. 모든 티로 국가는 도울 힘이 있었다. 리마 군대의 잔당은 코크루로 피신하여 복수의 칼을 모질게 가는 중이었다. 아무 수군의 함선 몇 척도 아무 해협 해전에서 살아남아 만신창이가 된 채 사루자 항구로 피신했고, 포나도무 왕과 키코미 공주 역시 그들과 합류했다. 다만 두 사람이 탈출할 때 이용한 비행함이 착륙 직후 알 수 없는 이유로 부양 기체가 누출되는 바람에 무용지물이 된 것은 뼈아픈 손실이었다. 정복당한 티로 국가의 부유한 귀족들 역시 군자금으로 변통할 만한 국보를 가득 챙겨서 모두 사루자로 도피해 있었다.

하안조차도 힘을 보탤 구석이 있었다. 코수기 왕은 루안 지아를 밀사로 임명하여 하안에 파견했고, 루안은 그곳에서 불만에 가득 찬 젊은이들을 모아 제국의 심장부를 소란스럽게 할 지하 운동 조직을 결성하는 데에 성공했다.

"우리가 늑대발섬에서 무너지면 다라 본섬은 또다시 야만과 독재의 구렁텅이에 빠질 것이요. 그러나 승리하면, 우리는 제국에 남은 마지막 희망의 불씨를 밟아 꺼버릴 것이요. 킨도 마라나는 루이섬과 다수섬에서 제국에 목숨을 바칠 젊은이들을 더는 모을 수 없을 거요. 자나의 백성들도 우리만큼이나 고초를 겪었기 때문이오.

우리는 공동 운명체요. 함께 이기든가, 함께 죽을 것이오."

수피 왕은 저마다 꿍꿍이가 다른 각국의 왕과 대사를 믿지 않았다. 그들을 싸우게 하려면 대놓고 몰아세우는 수밖에 없었다.

"만약 늑대발섬에서 승리하면 우리는 게지라 평원을 진격하여 소코 협곡을 통과할 테고, 이로써 황제의 궁이 있는 판에서 전투를 시작할 거요. 나는 이 자리에서 맹주의 자격으로 선언하는 바이오. 에리시 황제를 생포하는 자는 누구든, 지위고하를 막론하고 새 티로 국가의 왕으로 추대할 것이며, 게피카 평원의 가장 비옥한 땅을 영토로 내줄 것이오."

회의실의 대사와 왕들은 처음에는 그 선언에 마지못해 찬성했지만, 핀 진두 원수의 차가운 눈길이 한 명 한 명에게 꽂히면서 박수 소리와 환호성은 점점 커졌다.

말은 뒤를 지키는 검이 있을 때 더 큰 설득력을 얻는 법이었다.

포나도무 왕은 맹주가 약속한 땅은 원래 아무의 영토라고 중얼거렸지만, 키코미 공주와 함께 수피 왕의 자비에 의지하는 자신의 처지를 고려하여 목소리를 한껏 낮추었다.

지아가 세 들어 사는 집은 사루자 외곽의 해변에 자리 잡은 조그마한 마을에 있었다. 코크루의 귀족 가문이 여름 별장으로 사용하다가 형편이 어려워져 세를 내놓은 집이었다. 넓기는 해도 화려하지는 않았고, 집세도 감당할 만한 수준이었다.

동쪽 수평선 너머에는 투노아 제도가 있었다. 마타 진두는 바닷가에 한참 서서, 밀려오는 파도를 향해 부서진 조개껍데기와 조약돌을 던지며 고향 생각을 했다. 그러다가 고개를 수그리고 쿠니네 집의 현관으로 들어섰다.

"쿠니 형, 지아 형수!"

마타의 목소리는 쩌렁쩌렁했다.

"불편한 시간에 찾아온 게 아니면 좋겠는데."

마타와 쿠니는 한 달 전에 사루자로 귀환했다. 마라나와 나멘이 디무를 공격할 기미가 전혀 없는 것을 확인한 후의 일이었다. 쿠니가 지아와 함께 지내며 아버지가 된 즐거움을 만끽하는 동안, 마타는 코크루군의 운영을 책임진 숙부의 일을 거들었다. 그러나 왕과 대사들이 반란군의 전략을 좀처럼 결정하지 못하면서 이제는 둘 다 슬슬 좀이 쑤시던 참이었다.

"어이쿠, 마타 대형."

쿠니는 지아와 함께 자리에서 일어섰다.

"대형이 찾아오기에 불편한 시간 같은 게 어딨다고 그러시나. 같은 식구끼리."

오소 크린이 간식과 차를 쟁반에 내왔다.

"오소, 하인처럼 이러지 않아도 된다고 몇 번이나 얘기했잖아. 넌 쿠니의 경호원으로 온 거야, 내 심부름꾼이 아니라."

"괜찮습니다, 지아 마님." 오소는 붉어진 얼굴로 대답했다. "제가 가루 공께 데려와 달라고 간청한걸요. 가루 공을 경호하는 일이든 지아 마님의 가사를 거드는 일이든, 뭐든 도울 자신이 있습니다. 저는 뭐든 할 겁니다. 가루 공을…… 그리고 마님을 위해서라면요."

"덩치만 컸지 속은 어린애라니까. 고마워, 오소."

말은 그렇게 했지만, 지아 역시 빙그레 웃고 있었다. 숫기 없는 청년 오소는 고개 숙여 인사하고 자리를 떴다.

지아와 쿠니는 마타를 반갑게 맞이하고 바닥에 *게위파* 자세로 편히 앉았다. 지아가 차를 따르는 사이에 쿠니는 마타에게 아기를 건넸다. 아기 안는 법을 모르는 마타는 야자열매처럼 커다란 손으로 조심조심 아기를 받아들었다. 아기는 울음도 터뜨리지 않고서 이 거인을 흥미로운 듯이 올려다보았다. 쿠니와 지아는 그 광경을 보고 나란히 깔깔 웃었다.

"체격이 너랑 똑같구나, 쿠니. 하지만 얼굴은 훨씬 잘생겼다."

마타는 아기의 통통한 다리와 볼록한 배를 보며 말했다.

"우리 남편이랑 너무 오래 붙어 다닌 게 틀림없군요. 수준 낮은 농담까지 배울 정도라니."

지아는 빙긋 웃으며 말했다. 셋이서 함께 차를 마시고 대나무 젓가락으로 말린 망고와 대구포를 집어먹는 동안, 마타는 쿠니에게 수피 왕이 무슨 선언을 했는지 들려주었다.

　"게피카의 왕이라니! 장교고 사병이고, 다들 들떠서 아주 난리가 나겠는걸."

　"분명 그럴 거다."

　"형제, 넌 어떻게 그렇게 침착할 수가 있어? 보나 마나 너를 위해서 준비한 약속인 게 뻔하잖아!"

　쿠니가 너스레를 떨자 마타는 씩 웃었다.

　"반란군에는 영웅이 많다. 신들의 총애를 받아 그 상을 거머쥘 사람이 누군지 어찌 알겠나?"

　마타의 말에 쿠니는 고개를 저었다.

　"그렇게까지 겸손 떨 필요 없어. 담대하게 나아가서 네 운명을 거머쥐는 거야."

　마타는 웃음을 터뜨렸다. 확신에 찬 쿠니를 보며 흐뭇해진 한편으로 왠지 쑥스러웠기 때문이었다.

　"당장은 수피 왕이 나를 늑대발섬에 모인 연합군의 사령관으로 임명해 주길 바랄 뿐이다. 숙부님께서 사루자에 머무실 수 있도록 말이야. 숙부님께는 휴식이 필요하고, 수피 왕도 본토 방어를 책임진 원수가 곁에 있으면 더 안심이 될 테니까."

　"내가 같이 갈게. 우리가 힘을 합치면 천하무적이잖아."

　마타의 입가에 미소가 떠올랐다. 쿠니가 곁에 있으면 마타는 정말로 즐거웠다. 썩 훌륭한 전사는 아닐지도 모르지만, 쿠니는 언제나 기발한 발상을 내놓았다.

이윽고 쿠니와 지아가 서로를 마주 보며 빙그레 웃었다. 쿠니는 마타 쪽으로 몸을 기울이며 말했다.

"조만간 가루 2세가 한 명 더 태어날 거야."

"또 경사가! 이거야 원, 시간낭비란 걸 모르는 부부로군."

마타는 행복한 두 사람을 위해 건배를 청했다.

"우리 가루 일족은 민들레 같아서 말이지. 아무리 힘들고 어려워도 착착 수를 늘려 간다고."

쿠니는 지아의 등을 부드럽게 쓸어 내렸고, 지아는 흡족한 눈빛으로 품에 안긴 아기의 눈을 내려다보았다. 그들을 둘러싼 벽은 변변한 장식도 없이 휑하고 외풍마저 들이쳤지만, 마타는 호화로운 걸그림과 바삐 오가는 하인들로 가득한 수피 왕의 궁정보다 이 집이 더 따뜻하게 느껴졌다.

마타는 아이가 있으면 좋겠다는 생각을 해 본 적이 한 번도 없었다. 그러나 이즈음 들어 키코미 공주와 함께 있을 때면, 마타의 머릿속에는 전략과 전술이 아닌 다른 것이 스멀스멀 떠오르곤 했다.

제27장

키코미 공주

사루자

선무 4년 9월

군대가 늑대발섬으로 출정할 준비를 하는 동안, 사루자는 키코미 공주를 둘러싼 소문으로 떠들썩했다.

아름다운 공주와 젊은 마타 진두 장군이 함께 있는 모습은 사람들의 눈에 자주 띄었다. 둘은 주위의 이목을 단숨에 잡아끄는 한 쌍이었다. 마타는 피소웨오 신이 인간의 모습으로 나타난 듯했고, 키코미는 투투티카 여신의 모든 신상을 능가할 만큼 아름다웠다. 그 둘보다 더 어울리는 짝은 어디에도 없었다.

마타는 스스로에게 섬세한 감정이 있다고 생각하지 않았지만, 키코미 공주를 보고 있노라면 케케묵은 시에 나오는 진부한 표현처럼 마음이 들뜨고 호흡 또한 가빠졌다. 공주의 눈을 보고 있을 때면 시간이 멈춘 것만 같았다. 그저 온종일 앉아서 공주만 바라보고 싶었다.

그러나 마타는 무엇보다도 공주의 이야기를 듣는 것이 즐거웠다. 키코미의 목소리는 몹시도 나지막해서 자세히 들으려면 번번이 몸을 기울여야 했고, 그럴 때면 공주의 향긋한 체취가 숨에 섞여 들어왔다. 진하고 고급스러운, 열대의 향기였다. 마타는 공주의 목소리가 자신을 쓰다듬는 것 같다고 느꼈다. 그 목소리가 얼굴을 쓸어내리고, 머리를 쓸어 넘기고, 심장 위로 부드럽게 통통 뛰어가는 것만 같았다.

키코미는 아룰루기섬에서 보낸 어린 시절 이야기를 들려주었다. 왕국을 빼앗긴 공주로 자라는 것의 모순에 관한 이야기였다.

할아버지의 충신에게 입양되어 그 집 식구로 자라는 동안, 키코미는 양부모의 친자식들이 그러했듯이 유복한 상인 집안의 딸로서 살고 싶어 했다. 그러나 양부모는 그런 키코미에게 왕가의 피와 함께 전해 내려온 의무를 잊으면 안 된다고 가르쳤다.

이제는 왕좌도 왕궁도 없었지만 아무 백성들은 여전히 키코미를 공주로 여겼다. 키코미는 축제가 열리면 앞장서서 춤을 이끌었고, 잃어버린 영광을 그리워하는 귀족들을 위로했고, 형제자매와 함께 뮈닝의 훌륭한 학교에 다니며 아노 고전을 공부하고 노래와 야자비파 연주를 배웠다. 키코미는 공주라는 지위를 낡은 감정의 외투처럼 마음에 둘렀다. 헐어 빠져서 온기를 느낄 수는 없지만 버리기에는 너무나 소중한 외투처럼.

그러다가 반란이 일어나면서, 동화에나 나오는 줄 알았던 삶이 하루아침에 현실이 되었다. 대신들은 키코미 앞에서 고개를 조아렸고, 눈을 내리깐 남자들은 키코미를 뮈닝의 왕궁으로 모셔 갔으며, 해묵은 예식과 의례가 다시금 생명을 얻었다. 보이지 않는 벽이 키코미를 둘러싸고 솟아올랐다. 키코미 공주로 사는 삶은 커다란 특권이었지만 한편으로는 무거운 짐이었다.

마타는 그 짐이 얼마나 무거운지 잘 알았다. 영예와 의무에 따라오는 부담감을, 잃어버린 옛 영광과 새로 짊어진 막중한 기대의 무게를. 쿠니 가루처럼 귀족으로 태어나지 않은 사람, 날 때부터 지닌 특권을 빼앗긴 적이 없는 사람은 결코 이해하지 못할 경험이었다. 마타에게 쿠니는 형제나 다름없는 사람이었지만 키코미 공주는 마음속을 들여다보는 사람이었다. 마타는 다른 누구에게도 그토록 친밀한 감정은 느끼지 못할 것만 같았다. 숙부인 핀에게조차도.

"우리는 서로 비슷한 처지예요. 당신은 태어나서 지금껏 남에게 이래라저래라 지시를 받으면서, 남이 가르쳐 준 모습에 자신을 맞추려고 애썼어요. 하지만 당신 스스로 뭘 원하는지 생각해 본 적 있나요? 진두 일족의 마지막 후예가 아니라 당신 스스로, 마타라는 한 개인으로서?"

"지금까지는 없었습니다만, 이제는 다릅니다."

마타는 키코미 공주와 함께 있을 때 자주 빠지곤 하는 몽롱한 상태에서 벗어나려고 고개를 흔들었다. 마타는 예법의 신봉자였고, 자신의 순수한 의도를 지키고 싶었다. 그는 키코미를 투노아 공작이자 코크루군의 원수인 숙부에게 소개시키고 그에게 축복을 받을 작정이었다. 그다음은 포나도무 왕을 찾아가 결혼을 허락받을 차례였다.

키코미는 격식을 갖춘 *지리* 자세를 풀고 일어나 복도 저편으로 멀어지는 마타의 등을 지켜보았다.

문을 닫고 거기에 기대어 선 키코미의 표정은 깊은 수심에 잠겨 있었다. 키코미는 애도하는 중이었다. 잃어버린 자유를, 잃어버린 자기 자신을.

근위대장 카노 소는 어쩌면 그렇게도 어리석을까. 공주와 포나도무 왕을 '기적적'으로 탈출시킨 것이 자신의 용감한 행동 덕분이라고 생각하다니.

나는 거래를 했어.

키코미에게 무엇보다 큰 괴로움은 마타를 좋아한다는 것이었다. 키코미는 마음이 끌렸다. 마타의 숫기 없는 모습과 무뚝뚝한 태도에, 그의 진솔하고 꾸밈없는 말투에, 그리고 감정을 숨기지 못하는 그의 순수한 표정에도. 그의 단점마저도 너그럽게 보아 넘길 정도였다. 그의 욱하는 성미도, 다치기 쉬운 자존심도, 심지어 도가 지나친 명예심마저도. 시간은 그런 면모들을 진정한 품격으로 다듬어 줄 터였다.

당신은 내 거짓된 미소를 꿰뚫어보지 못하는 건가요? 내 열정이 가짜라는 걸 간파할 수가 없나요?

키코미는 유혹의 기술을 잘 알지 못했다. 실은 지금껏 그런 기교를 경멸해 왔고, 이 때문에 킨도 마라나를 상대로 너무 서두르고 말았다. 그러나 이제는, 그 기술을 더없이 훌륭하게 발휘하는 중이었다. 그 이유는 너무나 명백해서 머릿속에 떠오를 때마다 부정해야 할 정도였다. 어쩌면 키코미의 행동은 결코 연기가 아닌지도 몰랐다. 그래서 자신이 하는 일이 더욱 더 괴로웠다.

키코미는 손톱이 살을 파고들 정도로 힘껏 주먹을 쥐었다. 머릿속에 아룰루기섬이 불타는 광경을 떠올렸다. 칼날 아래 벌벌 떠는 뮈닝의 백성들을 떠올렸다.

마타에게 속을 털어놓는 짓은 차마 할 수 없었다.

나는 이미 거래를 했어.

핀 진두에게 여자란 언제나 기분전환 거리에 지나지 않았다. 이 따금 욕구를 해소하려고 하녀를 침소로 들이기는 했지만, 그런 여자들에 마음을 빼앗겨 진짜 사명을 잊는 법은 결코 없었다. 그 사명이란 바로 진두 일족의 명예와 코크루의 영광을 되살리는 것이었다.

그러나 이 여성은, 조카와 함께 들어온 이 키코미 공주라는 여성은, 달랐다.

키코미는 어린 대추나무처럼 당찼다. 핀 진두는 2만 병력을 지휘하는 원수였고 수피 왕조차도 군사 문제에 관해서는 모든 것을 그에게 일임했건만, 키코미는 그런 핀 앞에서 조금도 움츠러들지 않았다. 키코미는 나라를 잃은 공주이면서도 대군의 원수인 핀과 대등한 처지인 양 행동했다.

키코미는 여느 여자들과 달리 핀에게 자신을 보호해 달라는 눈짓이나 태도를 보이지 않았다. 그래서 핀은 더더욱 키코미를 지켜 주고 싶었다. 손을 뻗어 품 안에 끌어안고 싶었다.

키코미는 핀을 존경한다고 했고, 아룰루기섬의 젊은이들이 치른 희생에 슬퍼한다고 했다. 핀이 그때껏 만난 귀족 여자들은 어리석은 존재였다. 하나같이 실내 장식과 무도회나 연회 일정에 정신이 팔려 있었다. 그러나 이 공주는 아무 해협의 차가운 물속에서 쓸쓸히 죽어간 젊은이들을 위해 진심에서 우러난 눈물을 흘렸다. 그녀는 남자들이 영광을 좇아 전쟁터로 향하는 이유가 무엇인지 이해했고, 그 남자들이 죽어가는 순간에는 어김없이 어머니나 아내를, 딸이나 누이를 떠올린다는 것 또한 이해했다. 정말이지 남자들이 목숨을 바칠 가치가 있는 여성이었다.

그리고 아름다웠다. 너무도 아름다웠다.

키코미는 고혹적인 미소를 지었다.

마음속에서는, 비명을 지르고 있었다.

핀 진두 원수는 그저 키코미가 신변의 안전을 간절히 원할 거라고만 생각했고, 그래서 키코미가 식견과 공감을 담아 아무 수군의 패전에 관해 이야기했을 때 놀란 기색이 또렷했다. 키코미는 자신이 받은 교육을 칭찬하는 핀의 말투에 내려다보는 기색이 배어 있는 것을, 또 자신이 사루자의 도서관에 감탄했다는 얘기를 했을 때 핀이 쿡쿡 웃었던 것을 놓치지 않았다. 핀은 키코미가 뮈닝토즈 항구의 조선소에서 전투함을 건조하느라 갖은 고생을 했던 여성들 이야기를 할 때에는 건성으로 들었지만, 그 전투함에 탄 수병들 이야기를 할 때에는 눈을 반짝였다.

핀이 키코미에게 그대는 '헛바람만 든 귀족 처자들'하고는 영 다르다고 말했을 때, 그 말은 진심에서 우러난 찬사였다. 그는 키코미가 자신이 속한 성별의 별종으로 여겨지는 것을 자랑스러워할 거라고 믿어 의심치 않았다.

키코미를 상징으로 만든 것은, 이 진퇴양난의 궁지에 몰아넣은 것은, 바로 핀 같은 남자들이었다.

하지만 어찌 보면 그 덕분에 일이 쉬워졌다. 키코미는 핀 앞에서 무슨 말을 하고 어떤 행동을 해야 할지 훤히 알았고, 심지어 핀의 이상적인 여성상에 맞게 행동해야 하는 어려운 임무를 즐기기까지 했다. 남자들은 키코미가 그들을 우러러보는 시늉을 할 때에만 그녀를 가치 있는 존재로 여겼기 때문이었다. 해바라기가 태양을 우러러보듯이.

나는 거래를 한 몸이야.

키코미 공주와 핀 숙부 사이에 오간 시선은 도대체 뭐였을까? 마타는 곰곰이 생각했다. 키코미가 그런 식으로 고개를 숙인 까닭은, 숙부가 손을 뻗어 키코미의 어깨를 그렇게 만진 까닭은 무엇이었을까? 그것이 숙부가 조카의 배필감을 맞이하는 방식일까?

어쩐지 그들 셋 모두가 상견례라는 목적에서 겉돌았다는 느낌이 들었다. 혼란스러웠다. 노골적인 말이나 부적절한 말은 누구도 입에 올리지 않았지만, 그런데도 너무나 많은 말이 오간 것만 같았다.

자신보다 그토록 어린 여성에게 이런 감정을 느껴도 되는 걸까?

핀은 곰곰이 생각했다. 조카가 청혼하려는 상대를 가로채는 짓이 도리에 맞는 일일까? 핀은 언제나 마타를 아들처럼 아꼈다. 그럼에도, 지금 그는 마타에게 질투를 느꼈다. 마타의 젊음에. 마타의 체력에. 키코미에게 청혼하는 그 뻔뻔함에.

그러나 키코미는 핀이 자신에게 이런 감정을 품어도 좋다고 이미 허락했다, 그렇지 않은가? 키코미의 그 눈빛은, 그 한숨은…… 그 속에는 백 마디 허락이 담겨 있었다.

핀은 키코미가 그의 원숙함과 연륜에서 우러난 안정감에 반한 것을 간파했다. 마타는 젊고 충동적이어서 키코미에게 푹 빠져 있었다. 꽁무니를 졸졸 따라다니는 강아지처럼. 그러나 키코미는 분별 있는 여성이었다. 핀이 보기에 그녀가 원하는 연인은 더 남자답고 더 점잖고, 더 현실적인 상대였다.

마타는 쿠니에게 자신의 처소로 와 달라고 부탁했다.

술잔 두 개에 고량주를 따르는 동안, 마타는 풀이 죽어서 시무룩한 표정으로 한마디도 하지 않았다. 탁자 옆의 청동화로에는 장작이 활활 타고 있었다. 쿠니는 친구의 맞은편에 앉아 술잔을 기울였다. 싸고 독한 술 때문에 눈물이 찔끔 나왔다.

모르는 사람이 없는 그 소문을 쿠니 역시 들어서 알고 있었다. 눈치 빠른 쿠니는 아무 말도 하지 않았다.

"숙부께서 나를 멀리하실 작정인가 보다."

마타는 술잔을 단숨에 비웠다. 그러고는 사레가 들린 척 요란하게 기침을 해서 눈물을 감추었다.

"늑대발섬의 연합군 총사령관에는 파시 로마를 임명하셨어, 사루자 성문 옆에 앉아 보초나 서면 딱 어울릴 그 늙다리 퇴물을. 나는 고작 후위대 지휘를 맡았는데 말이지. 게다가 일주일 안에 출발해서 키시 해협을 건널 준비를 마쳐야 하는데, 정작 주력 부대와 함께 바다를 건너는 것조차 허락받지 못했어. 내 임무는 항구에 남아 기다리면서 혹시 모를 철수 작전에 대비해 마지 반도를 지키는 거다."

쿠니는 시종 말이 없었다. 그저 마타의 잔을 채워 줄 뿐이었다.

"공주는 나와 숙부 가운데 한 명을 택하지는 않을 거라더군. 그러니 숙부가 대신 결정을 내린 거다, 나를 내쫓기로. 그런 식으로 보여 주려는 거야. 내가 자기 손바닥 위에 있다는 걸. 나 따위는 아무것도 아니라는 걸. 내가 전공을 세울 기회마저 빼앗아 가면서."

마타는 불이 이글거리는 화로에 침을 뱉었다.

"그런 말을 입에 담는 건 좋지 않아, 형제. 너랑 원수님은 코크루의 하늘을 떠받치는 두 기둥이야. 불화는 말이지, 집의 토대를 갉아먹는 흰개미 같은 거야. 다 함께 무너지지 않으려면 반드시 뿌리 뽑아야 할 전염병이지. 지금은 주어진 임무에 집중하는 게 네가 할 일이야. 병사들의 목숨은 너한테 달렸잖아."

"쿠니, 조카의 여자를 가로챈 숙부는 내가 아니야! 신뢰의 끈을 잘라 버린 혈육도 내가 아니고! 숙부는 약해 빠진 노인일 뿐이야, 이때껏 자신을 위한 싸움을 하면서 내 힘에 의지했던 노인. 어쩌면 그것도 이제 그만둘 때가 됐는지도."

"작작 좀 해! 넌 지금 취해서 자기가 무슨 말을 하는지도 몰라. 마타, 내가 같이 갈게, 너랑 같이 마지 반도로 갈게. 그 변덕스러운 여자는 잊어버려. 너랑 원수님의 마음을 동시에 갖고 논 여자야, 네가 화낼 가치도 없는 여자라고."

"키코미를 욕하지 마!"

마타는 일어서서 쿠니를 후려치려고 했지만, 비틀거리는 바람에 그만 주먹이 빗나가고 말았다. 쿠니는 냉큼 피해서 마타를 붙들고 굵다란 팔 한쪽을 자기 어깨에 걸쳐 부축했다.

"알았어, 형제. 공주 얘기는 그만할게. 하지만 너랑 원수님 둘 다 애초에 그 여잘 안 만났더라면 좋았을 거야, 진심으로."

그러나 쿠니는 결국 마타와 함께 전장으로 향할 수 없었다. 주디현에서 코고 옐루의 편지가 도착했기 때문이었다. 쿠니의 어머니가 돌아가셨다는 소식이었다. 쿠니는 관습에 따라 주디로 돌아가 그곳에 30일 동안 머무르며 상을 치러야 했다. 쿠니는 당면한 위기를 넘길 때까지 장례를 미루겠다고 했지만, 마타는 완고하게 고개를 저었다. 마타는 아무리 전쟁 중이라고 해도 예법은 지켜야 한다고 믿는 사람이었다.

지아는 둘째를 가진 몸으로 첫째를 데리고 먼 길을 가기가 힘들다 보니 사루자에 남기로 했다. 마타는 믿을 만한 부하를 보내어 지아를 돌보겠노라고 약속했다.

오소 크린은 사루자에 남아 지아를 경호하겠다고 자원했고, 쿠니는 대번에 허락했다. 편히 부릴 수 있는 충성스러운 부하를 지아 곁에 둔다는 생각에 한결 마음이 놓였기 때문이었다.

"당신이 떠난 사이에 외간 남자를 집에 두는 건 좀 그런데. 사루자에서 무슨 소문이 돌든 나야 신경 안 쓰지만, 그래도 빌미를 안 주는 게 제일 좋잖아."

"제가 마님의 집사가 되겠습니다, 집사라면 정식으로 집안일을 돕는 사람이니까 괜찮을 겁니다."

지아는 오소의 제안에 반대했지만, 쿠니는 그렇게 하는 것이 최선이라고 결정했다.

"고맙다, 오소. 지아를 보호하려고 자진해서 그렇게까지 하다니, 정말 고맙다. 네가 보여 준 충성은 결코 잊지 않을게."

오소는 나지막이 감사하다는 말을 중얼거렸다.

한편 쿠니의 부대는 이미 늑대발섬 원정군에 편입되어 있었지만, 마타는 쿠니의 심복들과 고참병 500명을 따로 빼내어 쿠니와 함께 주디 현으로 향하도록 지시했다.

쿠니는 마타에게 감사하고 고향으로 돌아갈 준비를 시작했다.

"조심해, 형제. 지금은 제국을 쳐부순다는 눈앞의 목표에만 집중해야 해. 네가 불렀던 노래를 잊지 마, 너와 나의 황금빛 우애를 담은 그 노래를. 난 네가 게피카의 왕이 돼서 판에서 개선 행진을 할 날을 기대하고 있어. 그날이 오면 백성들은 네 이름을 하늘까지 닿도록 외칠 거야. 약속할게, 그땐 내가 네 곁에서 누구보다 소리 높이 네 이름을 외칠 거라고."

그러나 마타는 말이 없었다. 그의 시선은 아득히 먼 곳을 향한 듯했다.

***

"다피로, 일어나서 군장을 챙겨라. 너는 가루 공과 함께 주디 현으로 돌아간다."

백인장의 말에 잠에서 깬 다피로와 라소는 서로 마주 본 다음, 하품을 하며 짐을 싸기 시작했다.

"뭐 하는 거냐, 라소? 네 형한테 한 말이다, 너는 안 간다."

"하지만 저희는 내내 함께 싸웠습니다."

"거 안됐구나. 진두 장군께서 3중대의 50명을 뽑아 가루 공과 함께 가라고 하셨다. 난 명령을 따를 뿐이다. 다피로는 가고, 라소는 남는다."

젊고 오만한 백인장은 그렇게 말하며 히죽 웃었다. 목에 걸린 상어 이빨 목걸이를 쓰다듬는 모습이 다피로와 라소 형제에게 자신의 별것 아닌 권위에 도전해 보라고 도발하는 듯했다.

"그러니까 다시 군대에 들어가진 말자고 했잖아. 안 되겠다, 우리 탈영하자."

다피로의 말에 라소는 고개를 저었다.

"진두 장군님의 명령이야. 난 장군님의 뜻을 거스르긴 싫어."

이제 미로 형제에게 남은 일은 서로에게 작별 인사를 건네는 것뿐이었다.

"내가 게으름뱅이로 찍혀서 이렇게 된 것 같아. 나도 너처럼 열심히 했으면 좋았을 텐데. 에이, 왜 바람이 이렇게 불고 난리람. 눈에 먼지가 들어가서 눈물이 나네."

부는 거라고는 몹시도 잔잔한 산들바람뿐이었다.

"그냥 이렇게 생각해, 형. 만약 내가 늑대발섬에서 못 돌아오면, 앞으로는 내 걱정을 안 해도 된다고 말이야. 그렇게 되면 예쁜 아가씨랑 결혼해서 미로라는 성을 계속 이어갈 수 있잖아. 후후, 혹시 또 모르지, 에리시 황제를 생포하는 사람이 형이 될지도. 가루 공은 기발한 계략을 끝도 없이 내놓으니까."

"몸조심해, 라소, 알았지? 항상 맨 앞에서 싸우려고 안달하지 마. 뒤로 물러나서 전황을 찬찬히 살피는 거야. 혹시라도 질 것 같으면, 바로 달아나."

깊은 밤, 카나 산의 불타는 분화구는 몇 리 바깥에서도 환한 빛이 보였다.

그 분화구가 우르릉거렸다.

간의 타주여, 백인장의 군복을 입고 여기서 뭘 하는 거지?

거친 웃음소리가 울려 퍼졌다. 배를 난파시키는 폭풍우처럼, 캄캄한 바다를 가르는 상어의 지느러미 소리처럼.

너희는 나의 터전인 늑대발섬까지 전쟁터로 만들려고 하면서, 내가 자그만 놀이를 하는 것도 못 봐주겠다는 건가?

그대가 인간들 일에 끼어서 한쪽을 편들 줄은 몰랐는데.

편을 들다니, 누가? 난 그냥 재미를 보러 왔을 뿐이야.

형과 동생을 갈라놓는 게 재미있다는 건가?

필멸자들은 늘 숙부와 조카를 갈라놓고, 남편과 아내를 갈라놓

지. 난 그저 그들의 삶에 의외성이라는 양념을 살짝 더할 뿐이야. 누구나 가끔은 타주의 맛을 보고 싶어 하니까.

핀 진두는 마타와 키코미 둘 모두를 보호하려면 어쩔 수 없었다고 스스로를 타일렀다.

마타의 행동은 갈수록 거칠어졌고, 키코미는 마타가 자신에게 일언지하에 청혼을 거절당하면 무슨 짓을 할지 몰라 안절부절못했다. 연정에 눈이 먼 마타를 제정신으로 되돌리는 것도, 연약하고 섬세한 키코미를 지키는 것도 오로지 핀만이 할 수 있는 일이었다.

핀은 키코미에게 자신과 함께 밤을 보내자고 청했다. 키코미는 한동안 꼼짝 않고 앉아 있다가 조용히 고개를 끄덕였다.

키코미는 핀의 술잔에 망고 술을 연거푸 따라 주었고, 술과 키코미의 아름다움에 함께 취한 핀은 술잔을 기울이는 손을 멈출 수가 없었다. 핀은 키코미 덕분에 젊은 시절로 다시 돌아간 기분이 들었다. 혼자 힘으로도 제국을 완전히 무너뜨릴 수 있다는 자신감이 넘쳐흐를 정도였다. 역시, 그의 결정은 의심할 것 없이 옳았다. 키코미는 그의 것이었다.

핀은 키코미를 끌어안았다. 키코미는 웃으며 요염하게 고개를 들었다. 입맞춤을 기다렸다는 듯이.

달은 몹시도 환했다. 은색 달빛이 창문을 통해 돗짚자리가 깔린 바닥으로, 핀 진두가 요란하게 코를 골며 잠들어 있는 침대로 쏟아져 들어왔다.

키코미 공주는 침대 귀퉁이에 앉아 있었다. 알몸으로. 밤공기는 따뜻했지만, 공주는 떨고 있었다.

진두 일가를 상대로 여자의 무기를 사용하시오.

키코미는 머릿속으로 킨도 마라나의 말을 백 번째 떠올렸다.

펀 진두와 마타 진두는 철통같은 코크루 군사력의 심장이자 영혼이오. 허나 공주, 당신이라면 거짓 애정으로 숙부와 조카를 이간질해서 코크루 군대를 질투와 의심으로 마비시킬 수 있을 거요. 그러다 때가 무르익으면, 둘 중 한 명을 암살하시오. 코크루군의 두 팔 중 한 짝이 떨어져 나가면 남은 한 짝은 나멘과 내가 간단히 잘라 버릴 수 있을 테니.

이것이 내가 제안하는 거래의 조건이오, 공주님. 스스로를 바쳐 임무를 완수하시오, 실패하면 그 대가는 당신 대신 아무 백성들이 치르게 될 거요.

키코미는 침대에서 일어섰다. 조용히, 우아하게, 무용 교사들이 가르쳐 준 대로 미끄러지듯이 침실을 가로질러 걸어갔다. 멈춰 선 곳은 방 건너편의 병풍 앞, 드레스를 걸쳐 놓은 곳이었다. 허리띠 속의 비밀 주머니에 손을 넣어 꺼낸 것은 가느다란 단검이었다. 키코미는 손바닥에 파고드는 손잡이의 거친 감촉을 느꼈다.

이 단검의 이름은 '크루벤의 가시'라고 하오. 오래전 마피데레 황제가 아직 레온 왕이던 시절에, 간의 암살자가 그에게 사용하려 했던 무기요. 이것을 당신이 갇힐 비행선 선실에 남겨 두겠소. 크루벤의 엄니 한 개를 통째로 깎아서 만든 것이라, 금속으로 만든 보통 무기와 달리 의심병에 걸린 티로 왕들이 흔히 설치해 놓는 자석 문

이나 탐지 장치를 무사히 통과할 수 있소. 암살자에게는 최고의 무기요.

키코미는 단검 끄트머리에 손가락을 댔다. 핏방울 하나가, 은색 달빛에 빛나는 흑진주처럼, 손가락 끝에 맺혔다. 경비병들은 공주에게 원수의 개인 처소를 찾는 방문객이라면 예외 없이 통과해야 하는 통로를 지나가 달라고 부탁했고, 공주가 강력한 자철석으로 된 그 짧은 통로를 지나는 동안 거듭 죄송하다고 사과했다. 만일 이 단검이 금속제였다면 공주는 단검을 숨긴 부위가 자철석에 들러붙어 진짜 목적을 들켰을 터였다.

마라나는 그토록 멀리까지 내다보았다.

소리 없이, 우아하게, 키코미는 다시 침대로 돌아왔다.

쓰디쓴 웃음이 얼굴에 번졌다. 마라나는 키코미를 공작의 깃털로 여겼다. 뿔도마뱀의 독주머니에서 나온 독 한 방울로 여겼다. 그러나 키코미에게는 선택지가 있었다. 가능성은 낮고 제한적이었지만, 키코미는 그것을 최대한 이용할 작정이었다.

오랫동안 고민한 끝에 내린 결정이었다. 마타는 아직 젊지만 떠오르는 태양 같아서, 본인의 가능성을 이제 막 완전히 깨달으려는 참이었다. 반면에 핀은 전성기를 이미 지난 노인이었다.

만약 키코미가 마타를 죽인다면, 핀은 이미 예정된 노화의 내리막길로 더욱 빠르게 굴러 떨어질지도 몰랐다. 하지만 핀을 죽인다면 혈기 방장한 마타는 분노와 복수의 일념으로 가득 찰 테고, 이로써 제국은 스스로 창조한 괴물과 마주할 수밖에 없었다.

키코미는 자신이 내린 판단이 이성적이기를 바랐다. 마타에게 품은 연정 때문에 치우친 것이 아니기를.

키코미는 핀의 벗은 몸을 내려다보았다. 벗어진 머리를, 슬슬 윤 곽이 흐릿해져 가는 곳곳의 근육을. 이 순간이 오지 않기를 얼마나 바랐던가. 공주가 아니었더라면, 그저 유복한 상인의 딸이었더라면 얼마나 좋았을까. 특권에는 의무가 따르는 법이었고, 때로는 한 사 람의 목숨과 섬 하나의 운명 가운데 한쪽을 택해야 하는 경우도 있 었다.

"미안해요. 미안해요. 미안해요."

키코미는 핀의 턱을 들어올렸다. 핀이 잠결에 뭐라고 웅얼거리는 사이, 키코미는 목 뿌리의 부드럽고 우묵한 곳에 단검을 깊숙이 찔 러 넣었다. 두 손으로 단검의 손잡이를 쥐고 좌우로 흔들자 피가 사 방에 흩뿌려졌다.

컥컥거리는 소리와 함께 눈을 뜬 핀이 키코미의 양손을 붙들었 다. 달빛 속에서 키코미는 술잔만큼이나 휘둥그레진 핀의 눈을 똑 똑히 보았다. 말은 하지 못했지만, 핀은 키코미가 단검을 놓칠 정도 로 세게 손목을 틀어쥐었다. 키코미는 손목이 부러진 것을 느낄 수 있었다. 스스로 목숨을 끊으려던 결심은 그렇게 물거품이 되고 말 았다.

온 힘을 다해, 고통스러운 신음을 흘리며, 키코미는 핀의 손을 뿌 리치고 그의 팔이 닿지 않는 곳까지 물러났다.

"아룰루기섬의 백성들을 위해서 그랬어요." 소곤거리는 목소리. "거래를 했어요. 용서해 줘요. 난 거래를 했어요."

마라나는 키코미가 아무 백성들의 마음속에 영원토록 기억될 거라고 약속했다. 백성들이 대를 이어 공주의 희생을 칭송하는 노래를 부를 거라고, 공주의 영웅적인 행위를 기리는 이야기를 자손에게 들려줄 거라고 했다.

키코미에게 그런 칭송을 받을 자격이 있을까? 물론이었다, 아무 백성들의 목숨을 구했으므로. 그러나 한편으로는 코크루군 원수를 잔혹하게 살해하고 이로써 반란군과 헤아릴 수 없이 많은 이들의 목숨을 위태롭게 했다. 딱히 후회하지는 않았다. 키코미는 아무의 딸이었고, 그래서 늘 섬의 백성들을 세상 무엇보다 소중하게 여겼다. 커다란 악행 둘 중에서 키코미는 그나마 작은 쪽을 택했다.

설령 그렇다 하더라도, 핀 진두와 마라나의 칼날 아래 목숨을 잃을 그 많은 사람들을 내세에서 무슨 낯으로 마주해야 할까? 키코미는 서슬 퍼런 비난의 눈길에 대비해 마음을 강철같이 단련하는 수밖에 없었다.

버둥거리던 핀의 움직임은 점점 느려졌고, 약해졌다.

차가운 달빛 속에서, 키코미는 부러진 손목의 통증 때문에 시야가 한순간 흐릿해졌다가, 다시 맑아졌다. 마라나의 교활한 계략을 그제야 깨달은 키코미는 두려움에 몸서리쳤다. 만약 자나 제국이 앞으로 벌어질 전투에서 아무를 보호한다면, 이 때문에 아무 백성들이 키코미를 칭송한다면, 키코미의 손에 원수를 잃은 코크루는 아무와 자나를 같은 편으로 의심하고 더 나아가 키코미가 한 짓마저 아무의 계략으로 여길지도 몰랐다. 그렇게 되면 뮈닝은, 그 아름답고 가녀린 물 위의 도시는, 마타의 군대가 치켜든 횃불 속에서 잿더미가 될지도 몰랐다.

요부는 힘 대신 속임수로 승리를 이끌어 내는 사람이고, 탕녀는 마법사가 마술 지팡이를 휘두르듯이 육신의 매력을 이용하는 사람이지요. '싸구려 장식품'도 마찬가지예요, 수천 명의 마음과 영혼을 하나로 모아 멈출 수 없는 힘을 만들기 위해 스스로 장식품이 되겠다고 결심할 수도 있어요.

마라나가 의지하는 것은 키코미의 허영심이었다. 자기 백성들에게 위대한 영웅이 되고 싶어 하는, 희생양으로서 기억되고 싶어 하는 욕망이었다. 그러나 키코미가 누릴 영광은 코크루와 아무 사이에 끝없는 불화를 일으켜 결국에는 아름다운 아룰루기섬을 잿더미로 만들 불씨였다.

마라나의 계략을 뒤엎을 방법은 하나뿐이었다. 아무의 안전을 보장하기 위해, 키코미는 역사에 남을 자신의 이름을 스스로 더럽혀야 했다.

핀의 몸이 축 늘어진 순간, 키코미는 있는 힘껏 악을 질렀다.

"내가 코크루군의 원수를 죽였다! 아아, 킨도 마라나, 부디 기억해 줘요, 당신을 사랑해서 한 일이라는 걸!"

복도를 달려오는 묵직한 군홧발 소리와 검이 철그렁거리는 소리가 점점 더 커졌다. 키코미는 핀의 주검이 누워 있는 침대로 휘청휘청 걸어가 앉았다.

"마라나, 나의 마라나! 아무의 공주로 사느니 차라리 당신의 계집종이 되겠어요!"

나를 갈기갈기 찢어 죽이겠지. 키코미는 생각했다. 자나군의 원수와 내통한 창부라며 찢어 죽일 거야, 사랑에 눈이 멀어 백성들과 반란군을 배신한 어리석은 계집애라고 욕하면서. 그게 사람들이 기억할 나의 모습이겠지. 하지만 아무는 무사할 거야. 아무는 무사할 거야.

키코미는 목이 터져라 악을 질렀다. 병사들이 휘두른 검에 목소리를 빼앗길 때까지.

정말로 미안하다, 막내 누이여······.

밍겐 수리가 하늘을 누비는 광경은 다라 제도에 있는 모든 섬에서 이따금 목격할 수 있었지만, 그날 이후 아룰루기섬에서만은 그 새의 모습을 두 번 다시 볼 수 없었다. 신들 가운데 막내인 투투티카 여신의 터전인 그 섬에서만은.

제28장

루안 지아의 전략

주디 현

선무 4년 10월

　루안 지아는 쿠니의 아버지 페소 가루에게 조의를 표한 다음, 가루 부인의 영전 앞에 서서 명복을 빌며 향에 불을 붙였다.

　루안은 하안에서 사루자까지, 다시 주디까지 쉬지 않고 말을 달렸다. 여로의 태반은 제국이 통치하는 지역이었기 때문에 밤에 말을 달리고 낮에는 황제의 첩자들을 피해 숨어 지내야 했다. 말 위에서 여러 날을 보내다 보니 원래 야위었던 몸은 더욱 야위었고, 웃옷은 진흙과 흙먼지가 두껍게 앉아 있었다. 그러나 루안의 눈은 전보다 더욱 환하게 빛났고, 더욱 열정이 넘쳤고, 그 어느 때보다도 흥분으로 가득했다.

쿠니의 어머니 나레가 숨을 거두면서 마음이 약해진 페소는 결국 쿠니를 집에 들이지 말라던 명령을 철회했다.

쿠니 가루는 자기 방에 들어서는 루안 지아를 보고 자리에서 일어섰다. 상을 치르는 사람답게 온통 흰옷 차림이었던 쿠니는 관습에 따라 얼굴에 재를 바르고 어깨에는 거친 삼베를 두르고 있었다. 두 눈은 빨갛게 부어서 피곤해 보였다. 두 사람은 서로 팔을 부여잡은 채 잠깐 동안 말없이 공감을 나누었다.

루안은 등을 쭉 펴고 무릎을 꿇은 *미파 라리* 자세로 앉았다.

"어머니의 사랑은 인생이라는 걸그림에서 가장 튼튼한 실이지요. 그런 사랑을 잃으신 귀공의 슬픔에 제 마음도 공명하고 있습니다."

교양 있는 사람이라면 똑같이 미사여구가 가득한 인사말로 답례했을 테지만, 주디 공의 답인사는 단순명료했다.

"전 어머니를 엄청나게 실망시켰습니다. 그런데도 어머니는 변함없이 저를 사랑해 주셨어요."

"저는 부모가 자녀를 키우면서 누리는 기쁨은 사람이 야생의 새를 놓아 주면서 느끼는 기쁨과 비슷하다는 생각을 자주 합니다. 감히 말씀드리건대, 가루 부인께서는 크나큰 기쁨을 누리셨을 겁니다. 아쉽게도 귀공께서 얼마나 높이 날아오르는지는 조금밖에 못 보셨습니다마는."

진심 어린 루안의 위로를 들은 쿠니 가루는 고개를 숙였다.

"감사합니다."

"가루 공, 공이나 저나 아직은 서로를 잘 알지 못합니다. 하지만 저는 처음 뵌 그날 이후 몇 달 동안 가루 공 생각을 많이 했습니다. 저는 가루 공이 언젠가 이 세상을 거인처럼 활보하며 신들과 함께 술잔을 기울일 드문 사람이 될 거라고 믿습니다."

루안의 말에 쿠니는 힘없이 웃었다.

"그렇게 거창한 칭찬을 들으니 상복을 입은 와중에도 그만 웃음이 나오는군요. 인간이란 참 묘한 짐승이네요."

"저는 칭찬을 하러 온 게 아닙니다, 가루 공. 귀공께 기회를 드리려고 온 겁니다."

루안 지아는 하안에 머물며 목숨을 아끼지 않는 피 끓는 젊은이들을 선동하여 제국의 심장부에서 방해 공작을 펴는 비밀 임무를 수행했다. 성공할 가망이 거의 없는 위험한 임무였지만, 루안은 군말 없이 받아들였다. 조국을 사랑하는 마음이 어느 선을 넘으면 실낱같은 희망이라도 붙잡고 싶어지는 법이었다. 신중한 계산과 세심한 예측 같은 것은 무시한 채로.

그러던 어느 날 밤, 루안은 종이가 부스럭거리는 소리에 눈을 떴다. 자리에서 일어나 앉은 루안이 달빛 속에서 목격한 것은 책상 위에 놓인 『기트레 위수』, 즉 바닷가의 늙은 노인에게서 받은 그 두꺼운 책의 책장이 저절로 팔락거리며 넘어가는 광경이었다.

루안은 침대에서 일어나 책상 옆에 앉은 다음, 저절로 펼쳐진 책에 이때껏 한 번도 본 적 없는 내용이 적혀 있는 것을 알아차렸다. 천천히, 새로 나타난 글자와 그림이 빈 지면을 메꾸어 갔다.

그것은 다라의 지도였다. 깨알처럼 조그마한 검고 하얀 기호들은 저마다 제국과 반란군 연합이 지휘하는 군대를 나타냈다. 지도 아래에 적힌 글은 긴 설명문의 도입부 같았다.

루안은 그 글을 읽었다. 해가 떴다가 지고 다시 떠올랐다. 루안은 허기와 갈증도 잊은 채 계속 읽었다.

사흘 후, 자리에서 일어선 루안은 책을 덮고 껄껄 웃었다.

책은 단순히 루안이 몇 년 동안 다라 제도를 여행하며 배운 갖가지 것들을 보여 줄 뿐이었다. 마치 그의 머릿속이 종이 위로 쏟아져 나온 것만 같았다. 다만 책의 내용은 체계가 있었고, 질서정연했고, 모든 것이 한자리에 제시되어 있었다. 이미 아는 것들을 새로운 방식으로 보는 경험을 통해 루안은 새로운 발상을 떠올렸다. 그리고 깨달았다. 지금까지 살아온 삶은 바로 이 순간을 위한 서장에 지나지 않는다는 것을.

바야흐로 아버지에게 했던 맹세를 지킬 때였다.

루안 지아는 먼저 코수기 왕에게 자신의 전략을 설명했다.

"나는 이미 늙었네, 루안. 그런 모험은 아직 세상을 잘 몰라서 자신감이 넘치는 젊은이한테 어울릴 걸세. 나는 수피 왕의 빈객으로 머무는 것에 만족하네. 자네가 꿈꾸는 위업은 다른 이들에게 맡기고 싶네."

루안이 다음으로 찾아간 사람은 마지 반도의 나수에 머무는 마타 진두였다. 그러나 숙부와 키코미 공주의 죽음으로 인한 충격에서 아직 벗어나지 못한 진두 장군이 모든 방문객을 사절한 탓에, 루안은 말할 기회조차 얻지 못했다.

쿠니 가루는 루안의 마지막 희망이었다. 가루는 용맹한 장수가 아니었고, 출신 계급 역시 평민에 지나지 않았다. 그러나 루안은 가루의 마음속 깊은 곳에 무언가 소용돌이친다는 느낌을 받았다. 쿠니는 자신을 설득해 줄 누군가를 기다리는 사람, 그리하여 도박을 걸고 싶어 하는 사람 같았다.

"수피 왕께서는 에리시 황제를 생포하는 사람은 누구든 새 티로 국가의 왕으로 추대하겠노라고 약속하셨습니다."

루안의 말에 쿠니는 고개를 끄덕였다. 그러면서 떠올린 사람은 마타 진두였다. 제도 판에 입성할 용기와 무예를 지닌 사람이 있다면 바로 그의 친구 마타였다.

"탄노 나멘은 늑대발섬에서 마라나와 합류하기 위해 소코 협곡으로 출발하면서 판에 최소한의 방어 병력만 남겨 뒀습니다. 반란군 연합이 늑대발섬에 병력을 집중하면, 제국 수군만으로도 리루강과 아무 해협을 너끈히 방어할 수 있다고 봤기 때문입니다."

"나멘이 제대로 봤군요. 아군은 본섬 서부 해안에는 수군이라고 할 만한 것도 없으니."

"수군이라고 해서 꼭 배를 타야 한다는 법은 없습니다."

쿠니는 루안을 돌아보았다. 표정이 무슨 뚱딴지같은 소리냐고 묻는 듯했다.

루안은 쿠니에게 자신의 계획을 대강 설명했다. 그러는 동안 내내 목소리가 떨리지 않도록 안간힘을 썼다. 루안은 멀쩡한 사람처럼, 정신을 놓지 않은 사람처럼 보여야 했다. 물론 그가 이야기하는 계획은 정신 나간 짓이었지만. 루안은 이렇게 말하며 이야기를 마무리했다.

"도적 떼를 소탕하려면 그들의 두목을 잡아야 합니다. 그리고 커다란 뱀을 처치하려면 목을 베어야 하는 법이지요."

쿠니는 말없이 앉아 있었다. 그러다 한참 만에 입을 열었다.

"대담한 계획이군요. 굉장히 위험한 계획이기도 하고."

루안은 쿠니의 눈을 똑바로 마주 보았다.

"가루 공, 지금이 바로 결단의 순간입니다. 날갯짓을 하다가 떨어져 죽는 한이 있더라도 밍겐 수리처럼 높이 날아오르시겠습니까? 아니면 참새처럼 남의 집 처마 밑에 떨어진 쌀을 쪼아 먹으면서 안전하게 평생을 보내시겠습니까?"

쿠니의 표정은 조금도 변하지 않았다. 이 남자의 야심에 불을 붙이는 데에 성공했는지 아니면 실패했는지, 루안은 확신이 서지 않았다. 그가 계산한 모든 변수 가운데 가장 예측하기 어려웠던 것은 바로 쿠니가 어떻게 반응하는가였다.

"설령 내가 성공한다고 해도 판을 무슨 수로 지키겠어요? 바늘로 검을 상대하는 거나 마찬가지일 텐데요."

"친구인 진두 공이 반드시 도우러 와 줄 겁니다. 하지만 그건 나중 일입니다. 이 계획은 미리 아는 사람이 적으면 적을수록 좋습니다, 그렇지 않으면 절대로 성공할 수 없습니다."

"그러면 마타와 내가 함께 왕이 되겠군요. 함께 싸우던 전우가 나란히 왕좌에 앉는 셈이네요."

쿠니의 말에 루안은 고개를 끄덕였다.

"주디 성 방어전에서 그러셨던 것처럼 잘 어울리실 겁니다."

"성공한다면, 말이겠죠. 선생의 제안은…… 도박 그 자체로군요."

루안은 실망하기에 앞서 마음을 추스를 준비를 했다. 분명 쿠니는 한때 도박꾼이었지만, 지금은 이룬 것이 많은 사람이었다. 그리고 이룬 것이 많은 사람은 배짱이 작아지게 마련이었다.

"그래서, 루소 신은 선생의 계획을 어떻게 보는 것 같나요?"

쿠니의 질문에 루안은 담담한 눈빛으로 대답했다.

"제 아버지는 루소 신을 섬기는 수석 점복관이었습니다. 저 역시 점술에는 일가견이 있다고 알려진 몸입니다. 하지만 가루 공, 솔직히 말씀드리건대, 신들의 뜻을 미리 알기란 불가능합니다. 제가 지금껏 목격한 징조들은 하나같이 여러 가지 뜻으로 해석할 수 있는 것뿐이었습니다. 제 지론은 이렇습니다. 신들이란 바람이나 파도 같은 존재입니다. 스스로를 돕는 자만이 올라탈 수 있는 거대한 힘인 것입니다."

루안의 말을 들은 쿠니는 빙긋이 웃었다.

"점복관의 아들이 그런 말을 하다니, 무식한 사람한테는 신성모독으로 들릴지도 모르겠군요."

"하안에서 오래 공부한 사람들 사이에서는 흔한 생각입니다. 긴펜의 여러 학교가 작은 규모에 맞지 않게 터무니없이 많은 다라의 수학자와 철학자와 입법자를 배출한 것은 우연이 아닙니다. 저희는 인간의 힘으로 알 수 없는 것을 밝히기 위해 알 수 있는 것을 필사적으로 계산합니다."

"놀란 척해서 미안해요. 선생을 시험해 보려고 그랬어요. 루소 신도 이 정신 나간 계획을 지지한다고 했으면, 아마 선생을 못 믿었을 거예요."

쿠니의 말에 루안은 껄껄 웃었다.

"연기 실력이 훌륭하시군요, 가루 공."

"잔챙이 범죄꾼 겸 도박꾼으로 살던 시절에 갈고 닦은 실력이죠. 아마 선생께서도 아시겠지만, 도박꾼들은 두 부류로 나눌 수 있어요. 절반은 루소 신을 섬기고 나머지 절반은 타주 신을 섬기거든요. 왜 그런지 아세요?"

루안은 망설이지 않고 제격 대답했다.

"루소 신을 섬기는 이들은 기술로 승부하기를 좋아합니다. 충분히 알고 계산하면 미래를 예측할 수 있다고 믿기 때문입니다. 반면에 타주 신을 섬기는 이들은 운으로 승부하기를 좋아합니다. 세상일은 타주 신의 소용돌이처럼 예측불허이고, 미래가 마음에 들지 안 들지 또한 정해진 것이 아니라고 믿기 때문이지요."

"저는 언제나 두 신 모두에게 제물을 바쳤습니다. 그러니 루안 선생, 선생의 터무니없는 계획과 그 배후에 있는 지식을 다시 찬찬히 설명해 주시지요."

루안은 상세한 수치와 지도, 부대 이동 및 자나 지휘관들의 신상에 관한 정보들을 나열하며 자신이 추론한 바를 설명해 나갔다. 쿠니는 귀를 쫑긋 세우고 들으면서 이따금 질문도 했다.

설명을 끝마칠 즈음, 루안은 눈앞에 쌓인 종이 더미를 보며 절망했다. 자신의 계획이 스스로 보기에도 황당무계했기 때문이었다. 그것은 실현 불가능한 몽상이었다. 성공할 가망은 낮은 정도가 아

니라 아예 없었다. 쿠니는 일부러 루안에게 설명시켜서 그 계획이
실현 불가능한 것임을 루안 스스로 깨닫게 한 셈이었다.

"저 때문에 시간만 낭비하셨군요. 면목 없습니다."

루안은 짐을 챙기기 시작했다.

"루안 선생, 기술로 승부를 건다고 해서 꼭 이긴다는 보장은 없어
요. 결국에는 지식으로 넘을 수 없는 간극이란 게 항상 있으니까요.
모든 변수를 다 계산한 후에도 주사위는 던져야 해요, 그 간극을 뛰
어넘으려면."

산들바람을 타고 날아온 민들레 꽃씨가 바깥뜰의 허공에 점점이
떠다녔다.

쿠니는 눈을 돌려 그 꽃씨들을 바라보았다. 에르메 산맥에서처럼
지아의 '특제' 약초 말랭이가 있었으면, 또는 주디 성의 성벽에서처
럼 마타가 곁에 있었으면 얼마나 좋을까 싶었다. 그러나 이번 일은
오롯이 스스로 결정할 문제였다.

*내가 평생 기다려온 바람이, 지금 이 순간 불어오는 걸까? 지금이
야말로 내가 고향을 떠나 날아오를 때일까?*

쿠니는 루안을 보며 빙그레 웃었다.

"저는 언제나 흥미진진한 모험을 택하겠다고 스스로에게 다짐했
어요. 살다 보면 누구나 타주 신을 만날 때가 한 번은 있게 마련이
지요."

그러고는 어머니의 영전에 작별 인사를 고하러 갔다. 상을 다 치
르지 못하고 일찍 떠나서 죄송하다는 사과와 함께.

다피로 미로는 입이 찢어져라 하품을 했다. 주디 현을 나서는 길은 동트기 전의 어둠에 덮여 아직 쌀쌀했다. 하늘의 별을 올려다보던 다피로의 입에서 한숨이 흘러나왔다.

다피로는 목적지가 어디인지 전혀 알지 못했다. 통보받은 사항은 그저 며칠 동안 빠른 속도로 행군을 하리라는 것, 또 밤에는 한데서 야영을 하리라는 것뿐이었다. 높으신 나리들은 말단 보병 나부랭이에게 일이 어떻게 돌아가는지 전혀 알려 주지 않았기에, 다피로는 영문도 모른 채 이리저리 불려 다니는 데에 이골이 났다. 그러나 사루자에 있는 사령부와 수피 왕에게 전령이 가지 않은 것 정도는 알고 있었다. 다피로는 전령들과 친하게 지내는 사이였다. 전령이란 곤충의 더듬이 같은 존재, 즉 알아 두면 좋을 정보를 제일 먼저 아는 사람이기 때문이었다. 일이 흥미롭게 돌아가는 중이었다. 가루 공이 무슨 계획을 세웠든 간에 수피 왕과 진두 장군을 비롯한 모두에게 철저히 감추고 있다는 뜻이기 때문이었다.

가루 공의 참모들이 모두 원정에 동행하는 동안 도사는 주디에 남아 현의 경비를 책임졌다. 무슨 일인지 몰라도 중요한 일인 것만은 분명했다.

다피로의 생활은 주는 밥을 먹고, 급료를 받고, 오랫동안 지루함에 시달리다가, 시시때때로 아주 짧은 공포와 과로에 시달리는 식으로 흘러갔다. 전쟁은 지휘하는 사람을 빼면 누구에게도 즐거운 일이 아니었다.

그래도 군인 노릇밖에 할 일이 없는 사람의 처지에서 보면 가루 공은 모시기에 괜찮은 주군이었다. 부하들을 필요 이상으로 위험에 노출시키지 않는 것이 가루 공의 신조라는 소문은 아무래도 사실 같았다. 다피로는 이 때문에 가루 공을 마타 장군보다 더 나은 지휘관으로 여겼다. 동생 라소는 마타의 오만한 용기와 수훈에 매료되어 있었지만, 다피로는 진두가 죽음을 두려워하지 않는 것을 간파했다. 진두는 그 무엇도 두려워하지 않았다. 그리고 다피로가 아는 한, 이는 미덕이 아니었다.

보병 500명은 대상으로 변장한 채 길을 따라 걸었다. 그들이 향하는 방향은 줄곧 서남쪽이었다. 목적지가 어딘지는 선두에서 말을 타고 가는 가루 공, 그리고 신들만이 알 뿐이었다.

부대는 항구 도시인 칸핀에 도착했다. 가루 공의 새 참모인 루안지아, 그 정체를 알 수 없는 남자는, 부대가 도시 외곽에 야영지를 마련하는 동안 혼자서 부두로 향했다.

다피로는 성벽을 바라보며 자신의 기묘한 삶을 되돌아보았다. 지금으로부터 1년 남짓 전에, 다피로는 동생과 배를 타러 바로 이곳 칸핀으로 오는 길이었다. 그 배의 목적지는 제국의 수도 판, 마피데레 황제의 능을 건설하는 노역에 투입되어 죽을 때까지 사슬에 묶인 채 채찍질당하는 미래가 기다리는 곳이었다. 그러나 형제는 칸핀에 도착하지 않았다. 그들의 대장인 후노 크리마와 조파 시긴 덕분에 삶의 방향이 돌이킬 수 없이 바뀌었다.

그랬던 다피로가 결국, 이곳 칸핀에 도착했다. 그런데 이번에 향하는 목적지는 어디일까?

코크루 연안을 오가는 배들은 예외없이 제국 수군의 집요한 공격에 시달렸기 때문에 그 포위망을 뚫고 출항하려는 배는 좀처럼 찾기가 힘들었다. 그러나 설득하는 쪽이 내미는 돈의 액수가 어느 선을 넘어가면, 어떤 위험이라도 감수하는 것이 또한 인지상정이었다. 루안 지아는 부두의 선장들에게 두둑한 돈주머니를 보여 주었다.

가루 공의 부하들은 밤을 틈타 상선 세 척에 올랐다. 다피로는 캄캄한 화물칸에서 억지로 잠을 청했다. 병사들은 말린 생선이나 피륙 더미처럼 한 덩어리가 되어 붙어 있었고, 거친 파도에 배가 흔들린 탓에 사방에서 토사물 냄새까지 진동했다.

일단 바다로 나간 후에는 교대로 갑판에 올라가 맑은 공기를 마셔도 좋다는 허락이 내려왔다. 다피로는 해와 달과 별의 위치를 보며 배가 어디로 향하는지 추측해 보았다. 시야에는 육지가 전혀 보이지 않았으므로 해안을 따라 항해하는 것은 아니었다. 목적지는 야생의 땅 에코피섬일까? 코끼리 떼가 아득히 펼쳐진 초원을 거니는, 섬의 대부분은 미개척지인 그곳일까? 그렇다면 가루 공은 새 식민지를 만들 작정인 걸까? 본섬을 벗어난 적이 한 번도 없었던 다피로는 앞으로 도착할 곳에서 무엇을 보게 될지 궁금했다.

그러나 해가 지는 방향은 늘 우현 쪽이었다. 배가 줄곧 남쪽을 향해 나아가는 것처럼.

"육지다!"

다피로는 해변을 따라 늘어선 시커먼 나무들을 바라보았다. 사람의 손에 베어져 배나 집, 투석기, 왕궁의 서까래 따위가 된 적이 없는 원시림이었다.

그들이 도착한 곳은 탄 아뒤. 식인종 야만인들의 섬이었다. 다피로는 슬며시 검 자루를 쥐었다. 가루 공은 도대체 왜 그들을 이리로 데려왔을까? 탄 아뒤 섬은 문명인이 올 곳이 아니었다. 오랜 세월 동안 여러 티로 국가가 이 섬에 정착하여 자기네 영토로 삼으려고 부단히 시도했지만, 그런 시도는 번번이 실패로 끝났다.

상선은 수심이 얕은 만에 닻을 내렸고, 부대는 조각배를 타고 해변에 상륙했다. 이윽고 상선들이 닻을 올리고 뱃머리를 돌려 바다로 나가자 가루 공과 부하들은 야생의 섬에 오도카니 남겨졌다.

때는 이미 저물녘이었다. 코고 옐루와 뮌 사크리는 부하들에게 해변에서 야영할 준비를 시작하라고 지시했다. 루안 지아는 야영지 끄트머리로 가서 작은 기구 등롱(燈籠)을 꺼냈다. 그러고는 등롱의 연료 자루에 말린 풀을 채우고 불을 붙인 다음, 하늘로 띄워 올렸다. 조그마한 주황색 점이 깜박이며 어두운 하늘로 둥실둥실 떠가다가 별들 사이로 사라질 때까지, 루안은 가만히 눈으로 그 점의 뒤를 좇았다.

그러던 루안이 우렁찬 함성을 지르기 시작했다. 오래전 마피데레 황제를 암살하려 했던 그날처럼. 늑대가 울부짖는 소리 같은 루안의 함성은 바람을 타고 사람의 손을 거부하는 캄캄한 숲속으로 멀어져 갔다.

다피로는 저도 모르게 부르르 몸을 떨었다.

이튿날 아침, 아뒤인 전사 수백 명이 야영지를 포위했다. 구릿빛

피부에 금발인 그들은 활시위를 팽팽하게 당기고 창을 어깨 위로 치켜든 채로, 코크루군 병사들을 냉담한 눈으로 응시했다.

루안 지아가 긴장한 병사들에게 외쳤다.

"무기를 내려놔라! 모두 두 손을 머리 위로 들도록."

병사들은 망설였지만, 가루 공 역시 같은 명령을 내렸다. 다피로는 마지못해 검을 내려놓고 두 손을 들었다. 그러면서도 눈으로는 아군을 둘러싸고 위협하듯 서 있는 아뒤인들을 찬찬히 살폈다. 그들의 벌거벗은 몸과 정교한 문신에 다피로는 겁이 더럭 났다. 얼굴에까지 문신이 새겨져 있어서 표정을 읽기가 힘들었다. 다피로는 탄 아뒤에 관해 들었던 이야기가 머릿속에 한꺼번에 떠올랐다. 아직 아침도 먹기 전이었건만…… 남의 아침거리가 되고 싶은 마음은 눈곱만큼도 없었다.

아뒤인 전사 무리가 둘로 갈라져서 길을 내자 나이든 전사 한 명이 나타났다. 문신이 어찌나 많은지 맨몸이 아니라 먹물을 뒤집어쓴 것처럼 보이는 그 노인은, 숲처럼 빽빽한 창과 화살을 지나 탁 트인 곳으로 들어섰다.

노인은 먼저 가루 공과 참모진을, 다음으로 병사 한 명 한 명을 둘러보았다. 그의 시선이 루안 지아에서 멈췄다. 얼굴을 뒤덮은 먹물 선이 움찔움찔 움직이는가 싶더니, 하얀 이가 드러났다. 다피로는 흠칫 놀란 와중에도 노인이 웃고 있는 것을 깨달았다.

"토루노키, 신디 수울루 아키이아 스쿨로도로, 노미 노미."

노인의 입에서 나온 말이었다.

"노미, 노미우야, 키젠 토."

루안 지아가 대꾸했다. 그 역시 웃고 있었다.

뒤이어 서로를 향해 다가간 두 사람은 이마를 맞대고 어깨를 끌어안았다.

키젠 추장이 루안 지아와 쿠니 가루를 상대로 협상을 하는 동안, 코크루군 병사들과 탄 아뒤의 전사들은 서로에 관해 알아 가는 시간을 가졌다.

믠 사크리는 덩치가 큰 아뒤인 전사 도무딘에게 씨름 시합을 청했다. 다른 이들은 다 함께 두 사람을 둘러싸고 앉아서 소소한 물건을 판돈 삼아 땅바닥에 내려놓았다. 멋진 시합이었다. 몸무게로 따지면 도무딘이 믠보다 적게 잡아도 30근은 더 나갔지만, 기술에서는 다년간 진흙탕에서 돼지들과 씨름한 믠이 훨씬 위였다. 결국 자기보다 작은 믠에게 메쳐져 모래밭에 처박힌 도무딘이 양 손등을 땅에 대고 항복 표시를 하자 양편 모두 환호성을 질렀다. 믠은 손을 내밀어 도무딘을 일으켜 세웠고, 독한 아라크가 철철 넘치는 야자 열매 술잔이 사람들 사이를 돌고 또 돌았다.

다피로는 판돈 대신 딴 상어 가죽 쌈지를 흐뭇한 표정으로 허리띠에 묶었다. 하지만 그 쌈지를 잃은 아뒤인 전사에게 딱한 마음이 들어서 그에게 동전 두 닢을 건넸다. 다피로가 듣기에 이름이 '훌루웬'인 듯한 그 전사는 고개를 끄덕하고 씩 웃었다. 다피로는 훌루웬에게 몸에 가득한 문신의 의미를 설명해 달라고 손짓 발짓으로 부탁했고, 훌루웬은 땅에 그림을 그리며 설명하기 시작했다.

음, 결국엔 여자를 꼬시려고 그렇게 공들여 새긴 거였군. 다피로는 훌루웬이 그린 그림의 의미를 골똘히 생각하다가 퍼뜩 깨달았다. 그래서 막대를 주워다가 땅에 여성의 형상을 그리기 시작했다. 가슴과 엉덩이를 유독 과장해서. 다른 전사들도 다피로의 그림 실력을 감상하려고 둥그렇게 모여 섰고, 어느새 다피로는 아뒤인들의 존경 어린 눈길을 한 몸에 받았다.

식인종치고는 꽤 괜찮은 친구들 같은데.

저녁때가 되자 아뒤인 여성 몇 명이 식사 준비를 거들러 야영지에 찾아왔다. 가루 공에게서 예의를 깍듯이 지키라는 경고를 받은 코크루군 병사들은 남성과 다름없이 온몸 가득 문신을 새긴 아뒤인 여성들을 보고 대경실색했지만, 쭈뼛거리거나 수군거리지는 않았다. 다피로는 땅에 그려 놓은 자신의 작품이 퍼뜩 떠올라 소스라치게 놀랐다가 훌루웬이 이미 몰래 지워 버린 것을 알고 안도의 한숨을 내쉬었다. 둘은 서로 시선을 맞추고 낄낄 웃었다.

저녁 자리에는 구운 야생 토란이 나왔다. 땅을 파서 만든 돌화덕에 바나나 잎으로 싸서 구운 멧돼지 고기도 있었다. 이름 모를 새의 알과 상어 고기, 고래 고기도 있었다. 바닷소금을 빼면 양념이랄 것이 거의 없었지만 음식은 하나같이 신선하고 신기했고, 몹시도 맛있었다. 그리고 모두가 아라크를 연거푸 들이켰다.

만찬이 끝나고 아뒤인들과 술 취한 코크루군 병사 몇몇이 어우러져 춤판을 벌인 사이, 믠 사크리가 다피로를 한쪽으로 불러냈다.

"신참, 너 수영 잘하냐?"

다피로는 고개를 끄덕였다. 다피로와 라소 형제는 키에사 마을에 흐르는 개울에서 반나절씩 헤엄을 치며 놀곤 했고, 추수가 끝난 후의 농한기에는 코크루의 해안을 따라 조업하는 고깃배에 타 몇 달씩 일하기도 했다. 수영이라면 이골이 난 다피로였다.

"좋아. 가루 공은 태생이 뭍사람이거든, 나도 마찬가지고. 너 내일 가루 공 곁에 딱 붙어서 혹시 무슨 일 있는지 잘 지켜봐라."

"바다로 나가는 겁니까?"

뮌은 고개를 끄덕였다. 눈이 흐뭇한 빛을 머금고 반짝였다.

"내일이면 너도 남들 앞에서 자랑할 진짜 모험담이 생길 거다."

"그래서, 당신은 그 폭군을 타도하고 싶은 거요? 다라의 모든 섬을 지배하는 최고 추장을?"

루안 지아가 키젠 추장의 말을 통역해 주었다.

쿠니는 고개를 끄덕였다.

"그다음엔 당신이 그를 대신해 최고 추장이 될 거요?"

쿠니는 빙긋이 웃었다.

"아마 그렇게 되진 않을 거예요. 다라 사람들은 자유를 사랑해서, 최고 추장 한 명이 모두를 지배하는 건 바라지 않거든요. 하지만 대추장 몇 명은 다시 생기겠죠. 잘하면 나도 그중 한 명이 될 테고."

"무슨 말인지 알겠소. 이곳 탄 아뒤에도 여러 부족이 있소. 우리역시 단 한 명을 섬기는 것은 결코 바라지 않소." 무언가 미심쩍었는지, 키젠 추장의 눈이 가늘어졌다. "그런데 당신들이 평화를 사랑한다고? 툭하면 우리한테 싸움을 걸어서 자기네 방식을 따르라고하는 다라 사람이 그런 말을 하다니, 이상하군."

"다라 사람이라고 해서 다 그렇게 생각하진 않아요. 모든 물고기가 다 한 방향으로 헤엄치는 게 아니듯이."

쿠니의 말을 들은 키젠은 부루퉁하게 중얼거렸다.

"만약 우리가 당신을 도우면, 그 대가로 우리에게 뭘 줄 거요?"

"탄 아뒤 사람들이 원하는 게 뭐죠?"

"만약 당신이 대추장의 반열에 오르면, 우리를 영원히 건드리지 않겠다고 다른 대추장들과 약속할 수 있겠소? 다라의 그 누구도 탄 아뒤에 발을 들이지 않도록 하겠다고 말이오."

쿠니 가루는 그 제안을 곰곰이 생각했다. 오랜 세월 동안 이 탄 아뒤 섬을 정복하겠다는 야망을 품은 사람은 끊이지 않고 나타났다. 코크루와 아무와 간의 왕, 그리고 대공은, 한 명도 빠짐없이 한 번쯤은 이 섬을 정복하려고 시도한 적이 있었다. 마피데레 황제 역시 두 차례나 원정대를 파견했지만, 번번이 실패하고 말았다. 쿠니는 아뒤인들이 왜 그토록 본섬인에게 넌덜머리가 났는지 이해가 갔다.

루안 지아의 말에 따르면 수피 왕의 증조부인 코크루의 산페 왕은 일찍이 탄 아뒤를 정복하려고 1만 군사를 파병했다. 코크루군은 사방 약 20리 넓이의 정착지를 가까스로 확보한 다음, 포로로 붙잡은 아뒤인에게 글쓰기와 농사짓기, 길쌈 등을 가르쳤다. 그런 식으로 문명의 편리함을 가르쳐 주면 저항을 포기하리라고 기대했기 때문이었다. 그러나 아뒤인은 코크루의 기술과 도구가 있으면 더 많은 식량을 생산하고, 거친 날씨로부터 몸을 편히 지키고, 미래 세대에게 말로 전하는 것보다 더 안전한 방식으로 지혜를 전수할 수 있다는 것을 모두 인정하면서도, 심지어 코크루군의 칼끝을 마주하면서도, 이를 받아들이는 것은 거부했다. 그들은 남녀 할 것 없이 모두 자유를 무엇보다 소중히 여기는 사람들이었다.

"약속은 할 수 있지만, 그래 봐야 별 의미는 없을 거예요."

키젠 추장의 표정이 험악해졌다.

"당신 지금 자신의 말이 힘을 못 쓸 거라고 인정하는 거요?"

"만약 제가 대추장이 되면 칙명을 내릴 수는 있어요. 어쩌면 다른 대추장들한테 같은 칙명을 내리라고 설득할 수도 있겠죠. 하지만 모든 백성이 이치에 안 맞는 칙명을 따를 거라고 기대할 수는 없어요. 백성들을 죄다 감옥에 처넣으면 또 모르지만요. 탄 아뒤 섬이 바다 위에 떠 있는 한, 다라 사람들은 꾸역꾸역 몰려올 거예요. 본 적이 없는 걸 보고 싶어 하는 욕심을 사람들의 마음에서 지워 버릴 수는 없으니까요."

"그럼 당신하고 얘기해 봤자 헛수고로군."

"키젠 추장님, 거짓말을 지어내서 추장님이 듣고 싶어 하시는 이야기를 들려 드리는 건 쉬워요, 하지만 전 그렇게는 안 할 겁니다. 추장님은 다라 사람들처럼 사는 게 어떤 건지 궁금해하는 사내아이가 이 섬에 한 명도 없다고 자신 있게 말씀하실 수 있나요? 멋진 옷을 입고, 도자기 그릇에 음식을 차려 먹고, 섬에서는 본 적 없는 여성이랑 사귀어 보고 싶은 소년이 과연 없을까요? 다라의 여성들처럼 살면 어떤 기분일지 궁금해하는 여자아이는요? 비단 옷이나 염색한 목면 옷을 입고, 노래를 부르고 시를 쓰고, 다른 나라에 사는 다른 인종의 남자랑 결혼하길 꿈꾸는 소녀가 한 명도 없을까요?"

"우리 아이들 머릿속에 그런 어리석은 생각은 털끝만큼도 없소."

"키젠 추장님, 그렇게 생각하신다면 추장님은 젊은 사람들 속을 털끝만큼도 모르시는 거예요. 젊은이들은 노인들이 질색하고 두려워하는 걸 좋아해요. 뭔가 새로운 것, 전설이나 상상을 통해서만 어렴풋이 아는 것, 그런 것에 목말라하는 마음을 젊은이한테서 빼앗기란 불가능해요. 뭐, 마음을 꽁꽁 얼리고 정신을 감옥에 처넣으면 가능하겠죠. 하지만 추장님은 탄 아뒤 섬이 자유로운 땅으로 남기를 바라신다면서요.

저는 상인들이 이곳 해안에 못 들르게 막을 수는 없어요. 이익만 낼 수 있다면 물불을 안 가리는 사람들이니까요. 모험가들이 이 섬을 향해서 출항하지 못하게 막을 수도 없어요. 다라 사람 누구도 가본 적 없는 땅에 발을 디디는 것 자체를 보상으로 생각하는 사람들이니까 말이죠. 포교 활동을 하려고 이곳을 찾는 종교인들도 못 막기는 마찬가지예요. 여러분한테 자기 믿음을 가르쳐 주는 게 옳은 일이라고 믿고, 그런 활동 자체를 복된 삶으로 여기는 사람들이니까요.

하지만 이거 *하나*는 약속할 수 있어요. 만약 제가 대추장이 되면, 제 나라의 백성들이 이 땅에 와서 무력을 이용해 그런 활동을 하는 건 용납하지 않을 거예요. 그리고 다른 대추장들도 제 선례를 따르도록 온 힘을 다해 촉구할 거고요. 만약 다라 사람이 이 땅에 온다면 강요가 아니라 설득을 하러 올 거예요. 여러분이 그 방문객들을 해치지 않는 한, 다라의 육군이나 수군이 그 사람들을 편들면서 끼어드는 일은 절대 없을 겁니다."

"상인과 포교자의 부드러운 침략이 군대보다 훨씬 더 큰 피해를 입힐 수도 있소. 당신들의 부와 신기한 생활 방식, 눈이 돌아갈 만큼 멋진 물건 같은 것의 유혹은 그 위험을 깨닫기에 너무 어린 우리 아이들을 꼼짝 못 하게 사로잡을지도 모르오. 당신네 다라인들이 우리 젊은이들의 정신을 독으로 물들이면 우리는 끝장이오. 당신 말마따나 젊은이들은 경험이 얕아서, 자신한테 해로운 것을 원하는 경우가 많소. 나 역시 젊을 적에 품었던 이런저런 생각들을 지금은 강하게 부정하고 있고, 젊은 나를 괴롭혔던 여러 욕망 또한 지금은 모두 버렸소."

"추장님께서 그토록 귀하게 여기시는 자유와 생활 방식이 정말로 아낄 만한 가치가 있는 것이라면, 추장님께선 다라에서 온 외지인들보다 훨씬 더 쉽게 젊은이들의 마음을 얻으실 거예요. 하지만 젊은이들은 스스로 선택할 권리를 인정받아야 합니다. 자신의 삶을 하나의 커다란 실험으로 삼도록 허락받아야 해요. 젊은이들이 스스로 *선택해서* 추장님처럼 되어야 한다는 말이죠. 탄 아뒤에 남은 유일한 희망은 바로 그거예요."

키젠 추장은 아라크를 단숨에 들이켰다. 그러고는 야자열매 술잔을 획 던져 버리고 껄껄 웃었다.

"쿠니 가루, 당신 처지에선 나한테 거짓말을 하고 넘어가는 게 더 쉬웠을 거요. 그렇게 내 요청을 고스란히 수락했다면, 난 당신이 우리의 도움을 받을 자격이 없다고 생각했겠지."

나를 떠보는 거였구나. 쿠니는 루안 지아를 흘깃 돌아보았다. 두 사람의 얼굴에 그제야 알겠다는 뜻의 미소가 떠올랐다.

루안이 자리에서 물러나 자러 간 후에도 쿠니 가루와 키젠 추장은 밤늦게까지 술잔을 기울였다. 두 사람의 눈은 뜻이 맞는 동지를 만난 기쁨으로 반짝였다.

　그들은 새벽 미명에 노를 저어 바다로 나갔다.

　아름드리나무의 몸통을 통째로 깎아 만든 아뒤인들의 기다란 조
각배는 제각각 서른 명이나 되는 인원을 싣고도 놀랄 만큼 안정적
으로 나아갔다. 잠이 채 깨지 않은 다피로는 어안이 벙벙했다. 이대
로 노를 저어 본섬까지 돌아가는 걸까?

　두 시간 동안 쉬지 않고 노를 젓다 보니, 생선 배처럼 하얀 동쪽
하늘이 눈에 들어왔다. 키젠 추장이 손을 들자 배들이 멈췄다. 코크
루군 병사들이 보기에는 다른 곳과 전혀 다를 바 없는 바다였다.

　키젠 추장은 고래 뼈로 만든 기다란 나팔을 꺼내어 주둥이 부분
을 물속에 담갔다. 추장이 나팔을 불자 조각배의 바닥을 통해 진동
이 느껴질 만큼 우렁찬 소리가 울려 퍼졌다. 고래 울음소리처럼 구
슬프고도 웅장한 소리였다. 다른 배에 탄 아뒤인 몇 명은 그 소리에
가락을 맞추어 노로 수면을 치기 시작했다.

　해가 동쪽 수평선에 고개를 내미는 순간, 동쪽으로 4리쯤 떨어진
수면에서 거대한 검은색 물체가 솟아올랐다. 간의 방직공들이 즐겨
사용하는 날렵한 조개껍데기 북처럼 생긴 그 시커먼 물체는 떠오르
는 해를 가리며 둥그렇게 솟았다가, 다시 물속으로 모습을 감추었
다. 잠시 후, 수면에 솟아올랐던 물체가 내뿜은 천둥소리 같은 굉음
이 조각배에 탄 남자들을 덮쳤다.

　그 시커먼 물체의 정체는 크루벤, 온몸이 철갑 비늘로 덮인 다라
의 거대한 외뿔 고래이자, 바다의 지배자였다. 몸길이가 200척이나

되는 크루벤의 덩치는 나란히 있으면 코끼리조차 생쥐로 보일 만큼 거대했다. 눈은 너무나 새까매서 햇빛을 모조리 빨아들이는 깊은 우물 같았고, 머리 위의 호흡공으로 숨을 토하면 분수 같은 물줄기가 100척 높이로 솟아올랐다.

더 많은 크루벤들이 조각배 근처에서 속속 솟아올랐다. 하나, 둘, 다섯, 열 마리. 조각배가 흔들리자 아뒤인들은 배가 뒤집히지 않도록 균형을 잡기에 바빴다.

"우리가 타고 갈 수송선이 도착했구나."

뮌 사크리가 말했다. 다피로는 자신이 어느새 입을 헤 벌리고 있었던 것을 그제야 깨달았다.

아뒤인 전사들은 반짝이는 철갑 비늘과 꿈틀거리는 살덩어리로 이루어진 움직이는 섬들 곁에서 나란히 노를 저었다. 가루 공의 부하들은 경악한 나머지 입도 뻥긋 못하고 가만히 앉아 있기만 했다.

아뒤인들이 거대한 크루벤의 옆구리로 기어 올라가 등판의 비늘에 안장을 매고 커다란 눈 위의 눈꺼풀에 고삐 두 줄을 묶는 동안, 뮌은 루안 지아에게서 들은 이야기를 다피로에게 들려주었다.

아뒤인은 크루벤이 인간만큼 영리하다고 믿었지만, 조그만 점 같은 섬에 얽매이는 대신 끝없는 바다를 누비며 긴 삶을 살아가는 크루벤은 사실상 인간과 닮은 구석이 거의 없었다. 크루벤에게는 여느 티로 국가만큼이나 세련된 나름의 문명이 있었으나 그들의 관심사는 인간의 정신에는 낯설었고, 감성 또한 이질적이었다. 다라 사람들은 크루벤의 외양에 압도되어 그저 멀리서 경탄하는 데에 머물렀지만, 탄 아뒤 사람들은 수천 년에 걸쳐 크루벤과 어느 정도 의사 소통을 하기에 이르렀다.

아뒤인 전사들은 크루벤 무리에게 이 쿠니 가루라는 손님의 작은 부탁을 하나 들어 달라고 요청했다. 그 거대한 물짐승들은 곰곰이 생각한 끝에 요청을 승낙했다. 보상은 아무것도 바라지 않았다. 인간들이 크루벤을 위해 무엇을 해 줄 수 있겠는가? 그들은 아무것도 원치 않았다. 그저 자신들의 즐거움을 위해 하는 일일 뿐이었다.

고삐를 잡으러 우두머리 크루벤의 머리 위로 올라가기 전, 다피로는 같은 배에 타고 있던 홀루웬에게 자기 검을 건넸다.

"혹시 살아서 못 내려올지도 모르니까."

다피로는 그 아뒤인 전사가 부디 알아듣기를 바라며 말했다.

홀루웬은 검을 받아들고 무게를 가늠하더니, 자신이 차고 있던 전투용 곤봉을 다피로에게 건넸다. 끄트머리가 뭉툭한 곤봉은 날카로운 뼛조각과 면도날처럼 예리한 석편이 촘촘히 박혀 있었다. 그것을 본 다피로는 마타 진두의 곤봉인 고레마우를 떠올렸다.

다피로는 곤봉을 단단히 움켜잡았다. 동생이 곁에서 이 광경을 함께 봤더라면 하는 생각이 들었다. 나중에 오늘 일을 이야기해 주면 라소는 믿으려 하지 않을 테지만, 적어도 이 곤봉이 어느 정도는 사실이라는 증거가 되어 줄 듯싶었다.

"이 녀석은 잘 물게 생겼으니까 '물쇠'라고 불러야겠다."

다피로는 곤봉을 보며 중얼거렸다. 아노어 고전에서 인용한 멋진 이름은 아니었지만, 이 순간 다피로 미로는 그야말로 전설에 나오는 영웅이 된 기분이 들었다.

꿈을 꾸고 있다는 생각이 들 때마다 다피로는 혀를 잘근 깨물었고, 아찔한 통증은 그에게 꿈이 아니라고 가르쳐 주었다. 그렇게 꿈이 아니라는 생각이 들 때면 주위를 둘러보았고, 그때마다 보이는 것은 현실에 존재할 리 없는 풍경이었다.

눈앞의 하늘에 거대한 전함의 기움 돛대처럼 우뚝 치솟은 것은, 길이가 20척이나 되는 크루벤의 뿔이었다. 뿔의 밑동은 장정 두 명이 끌어안아도 손이 안 닿을 만큼 굵직했다. 뿔의 끄트머리는 창끝보다 더 날카로워서 앞을 가로막는 것은 무엇이든 쳐부술 듯이 위협적이었다.

우르릉거리는 파도는 크루벤의 우람한 뿔과 따개비가 다닥다닥 붙은 이마에 부딪혀 난폭한 안개로 변해 다피로의 옷을 흠뻑 적셨다. 거친 물보라에 가끔은 눈도 제대로 뜨기 힘들었다. 눈길 닿는 곳은 어디든 짜디짠 안개에 되비친 햇살이 무지개가 되어 반짝였다.

파도는 병사들이 탄 거대한 생물 앞에서 저절로 갈라졌다. 다피로가 앉아 있는 곳에서는 파도가 치는 것을 느끼기도 힘들었다. 느껴지는 것은 그저 아래쪽에서 부드럽고 느릿하게 너울거리는 거대한 몸뚱이의 움직임뿐이었다. 사려 깊고, 강력한, 무게가 10만 관이 넘는 근육과 힘줄의 운동이었다.

다피로가 앉은 안장은 바로 아래쪽의 너비가 한 자쯤 되는 비늘에 부착되어 있었다. 검푸른 비늘은 광택이 도는 모습이 비에 젖은 흑요석 같기도 했고, 일몰 직후의 저녁 하늘 같기도 했다. 하나같이 똑같이 생긴 비늘은 다피로 밑에서 꿈틀대는 힘찬 몸뚱이를 포석처럼 촘촘하게 뒤덮은 채 앞으로는 이마와 뿔까지 이어졌고, 뒤로는 무려 200척이나 이어지다가 너비가 50척인 두 갈래 꼬리에 이르렀다. 물속에서 불쑥 솟아오른 꼬리가 수면을 철썩 때리면 해일이 몰려올 때처럼 우레 같은 소리가 울려 퍼졌다.

다피로 뒤쪽의 안장에는 가루 공이 앉아 있었다. 가루 공 역시 물에 흠뻑 젖은 몰골이었고, 안장에서 미끄러지지 않으려고 다피로를 두 팔로 힘껏 붙잡고 있었다. 다피로는 자신을 단단히 붙잡은 가루 공의 손에서 두려워하는 기색을 느꼈지만, 그러면서도 다피로가 본 가루 공의 얼굴은 이제껏 본 적이 없을 만큼 환하게 웃고 있었다.

"신참, 나를 따라오길 잘한 것 같지 않냐?"

가루 공은 다피로가 돌아보는 기척을 눈치채고 물었다.

다피로는 고개를 끄덕이고 꿈이 아닌지 확인하려고 다시 한번 혀를 살짝 물었다.

두 사람은 크루벤의 등에 타고 있었다. 그들 주위로 또 뒤쪽 멀리까지, 크루벤 스무 마리가 함께 헤엄치고 있었다. 가루 공의 군대는 바다의 지배자들의 등에 올라탄 채로 아무 해협을 향해 이동하는 중이었다.

그들은 어떤 배보다도, 어떤 비행함보다도, 인간이 만든 어떤 장치보다도 더 빠르게 진군했다.

크루벤 함대가 아무 해협에 접근하는 동안 등에 탄 기수들은 쌍둥이 까마귀가 그려진 코크루의 붉은 깃발을 높이 들었다.

초계 작전을 수행하던 제국군 함대에게 눈앞의 광경은 신화나 전설의 한 장면이었고, 말로만 듣던 신기루였다. 거대한 크루벤은 티로 연맹의 맹주나 황제를 상징하는 영물(靈物)이었다. 그런데 코크루군 병사들이 그 영물의 등에 타고 있었다. 현실일 리가 없었다. 있을 수 없는 일이었다.

제국군 함대의 전투함 한 척이 미처 길을 비키지 못하고 꾸물거리자 크루벤 한 마리가 그 배를 뿔로 들이받기로 마음먹었다. 배의 철목 용골과 참나무 돛대는 거인의 발에 짓밟힌 잔가지처럼 부러졌고, 수병들은 자신들이 탄 배가 산산조각이 나 흩어지면서 하늘 높이 날아갔다.

크루벤 함대는 자나 제국의 본거지인 루이섬에 도착했다. 해안 가까이 접근한 크루벤 무리는 시계 반대 방향으로 천천히 섬을 돌았다.

크루벤의 등에 탄 병사들은 코크루 깃발을 휘저으며 목청껏 외쳤다. 제국은 무너졌다고, 마타 진두가 이미 무궁성에 입성하여 바로 지금 황궁을 불태우고 있다고. 이제 주디 공 쿠니 가루가 루이섬에 항복을 받으러 왔으니, 저항하는 자는 바다의 지배자 크루벤에게 들이받힐 것이라고.

루이섬의 백성들은 크루벤 무리가 코크루 군대를 태우고 항해하는 광경에 할 말을 잊은 채 우두커니 서 있기만 했다. 인간이 크루벤을 타고 다닌다는 이야기는 들은 적도 없었거니와, 직접 목격한 사람은 더더욱 없었기 때문이었다. 이는 분명 신들이 반란군의 편에 섰다는 뜻이었다.

크루벤 함대가 해변에 정박하고 등에 탄 기수들이 내리는 동안,

자나군 병사들은 감히 접근할 엄두도 내지 못했다. 그들은 거대한 물짐승 무리가 바다로 물러나 방향을 틀어 멀어지는 동안 내내 차렷 자세로 서 있었다. 가루 공이 코크루의 핏빛 깃발을 뒤에 나부끼며 위풍당당하게 개선 행진을 시작하자 자나군 병사들은 자진해서 무기를 내려놓았다.

쿠니 가루는 키지산 공군 기지에 도착했다. 그곳의 기술자와 관리들은 땅에 엎드려 루이섬의 정복자를 환영했다.

"먼 길을 왔습니다."

루안 지아는 웃음을 머금고 말했다.

"이제 조금만 더 가면 돼요."

쿠니 역시 웃는 얼굴로 답했다.

이윽고 코크루군 500명은 대형 비행함 열 척을 타고 하늘로 날아올라 본섬으로 향했다. 이번 목적지는 판, 제국의 수도였다.

비행함 편대가 옛 하안 국의 영토와 게피카 평원의 논밭과 마을 위를 둥실둥실 떠가는 동안, 지상의 백성들은 잠시 멈춰 서서 하늘을 올려다보다가 다시 자기 일로 돌아갔다. 마라나 원수가 늑대발섬에서 반란군을 쳐부수려고 준비하는 중이었다. 그러니 새로 나타난 비행함 편대는 보나마나 제국의 증원군이었다. 승리는 제국의 것이었다. 모두의 기억 속에서 늘 그랬듯이.

비행함 편대는 판에 가까워지면서 점점 속도를 낮추다가 황궁을 향해 하강하기 시작했다. 근위대 병사들은 비행함을 보고도 경계하지 않았다. 아마 죽어가는 반란군들의 비명을 듣고 싶은 황제 폐하께서 비행함을 타고 친히 전선에 나가시려는 게 아닐까?

비행함 편대는 황궁 대정원 한복판에 착륙했다. 대정전 앞에 널따랗게 펼쳐진 이 정원은 에리시 황제가 근위대를 사열하는 장소였다. 가끔은 활로 쏘아 맞히기 쉽도록 약을 먹여서 얌전해진 말과 짐승들을 풀어놓고 사냥놀이를 하는 곳이기도 했다.

"가루 공, 저한테 스무 명만 남겨 주십시오. 여기서 비행함 한 척을 지키고 있겠습니다. 한 시간 안에 성공하지 못하면 퇴로를 뚫어서 돌아오십시오, 그럼 곧바로 퇴각하는 겁니다."

"성공이 코앞에 있는데도 실패에 대비하자는 건가요?"

"신중을 기하자는 것뿐입니다."

"그렇게 실패할까 봐 걱정하지 않았다면 마피데레 암살 시도의 결과는 달라졌을지도 몰라요. 선생은 처음부터 주디 현을 탈출할 생각을 품었어요, 그래서 그 비행 틀에 너무 무거운 짐을 싣지 않았던 거죠. 더 큰 폭탄을 실을 수도 있었는데, 아니면 폭탄을 던지기 전에 더 낮게 날 수도 있었는데."

루안은 가만히 서서 쿠니의 말을 곰곰이 생각했다.

"선생, 가끔은 신중함이 미덕이 아닐 때도 있어요. 난 도박판에서 잔뼈가 굵은 놈이라고요. 그런 내가 장담하는데, 루소보다는 타주가 훨씬 재미있는 신이에요. 도박을 걸 거면 아낌없이 걸어야 더 재미있다, 이거죠."

쿠니의 말에 루안은 웃음이 터졌다.

"그럼 이번 판은 아낌없이 걸어 보기로 하지요. 오늘은 저도 가루 공과 함께 싸우겠습니다. 뒷일은 걱정하지 않고."

무장한 병사들이 비행함에서 뛰어내려 대정전으로 돌격했다. 선두에 선 사람은 쿠니와 루안이었다.

루안은 자철석으로 된 정문을 피해 쿠니와 병사들을 인도했다. 일찍이 마피데레는 암살자를 극도로 두려워했기 때문에, 황제를 알현하는 사람은 반드시 무기를 놓고 들어가야 했다. 만약 누군가 무장한 채 궁에 들어서면 자력을 띤 문이 무기를 끌어당겨 암살범을 빈손으로 만들어 버렸다. 이 때문에 루안은 황궁 근위대와 궁인들이 드나드는 옆문으로 향했다.

특공대는 대정전에 만들어진 모형 섬들을 짓밟으며 달려갔다. 그 모형은 에리시 황제가 공들여 만든 다라 제도의 축소판이었다. 달콤한 술이 사방으로 튀었고, 술을 뿜던 분수대도 마침내 작동을 멈추었다. 황궁 내부로 돌격하던 쿠니 가루의 부하들이 정교한 분수 장치를 뒤늦게 발견하고 산산이 망가뜨렸기 때문이었다.

낮잠에 취해 있던 근위병들은 그제야 깨어나서 대정원으로 달려갔다. 그러나 이미 엎질러진 물이었다. 사방에 불길이 활활 치솟았고, 죽어가는 대신과 궁인들의 끔찍한 비명 소리가 황궁을 가득 채웠다.

널따란 황궁을 효과적으로 수색하기 위해 루안과 쿠니는 부대를 두 패로 나누었다. 루안은 서궁을, 쿠니는 동궁을 맡기로 했다.

다피로 미로는 가루 공의 뒤를 바짝 쫓았다. 가루 공을 *지키는* 것이 다피로의 임무라고 뮌 사크리 대장이 말했기 때문이었다. 물론 수영을 못하는 가루 공이 크루벤 등에서 떨어져 바다에 빠지지 않도록 잘 지켜보라는 말일 수도 있었다. 그러나 다피로는 가루 공 곁에 바짝 붙어서 명령을 곧이곧대로 따르기로 했다.

가루 공은 목숨 아까운 줄을 잘 아는 사람이었고, 부하들은 일이 잘못될 경우에 대비해 주군을 지키려고 혈안이 되어 있었다. 그 말은 곧 전투 중에 제일 안전한 곳은 가루 공 옆자리다, 그거지. 다피로의 사고방식은 언제나 극히 실용적이었다.

굽이굽이 휘어진 통로를 차례로 돌파한 일행은 갈림길에서 둘로 나뉘었다. 쿠니는 도중에 생포한 궁인을 협박하여 길을 안내케 했다. 다피로와 부하들은 닥치는 대로 불을 질렀다. 혼란과 혼돈을 힘닿는 데까지 퍼뜨리기 위해서였다.

복도를 정신없이 달려간 특공대는 마침내 막다른 끄트머리에 서 있는 웅장한 황금색 문과 맞닥뜨렸다. 쿠니가 문을 당겨 보았지만, 꿈쩍도 하지 않았다. 다피로와 병사들은 복도 구석의 벽감에 있던 키지 신의 육중한 석상을 공성퇴 삼아 문을 들이받기 시작했다.

쿵, 쿵, 쿵.

잠긴 문 너머에서 겁에 질려 악을 지르는 소리와 다급하게 소곤거리는 소리가 들려왔다. 안에 있는 사람들에게 다른 탈출구가 없다는 뜻이었다.

쿵, 쿵, 쿵.

고함 소리와 둔중한 발소리가 복도에 울려 퍼졌다. 뒤를 돌아보니 근위대 잔당이 쿠니 일행을 발견하고 돌격하는 중이었다. 쿠니의 부하 몇 명은 신상에서 손을 떼고 근위대를 막으러 갔지만, 쿠니와 다피로는 멈추지 않고 문을 두들겼다.

근위병의 숫자는 적지 않았다. 쿠니와 함께 있던 부하들이 상대하기에는 너무 많았다. 복도 저 멀리서 뭔 사크리와 샌 카루코노, 린 코다를 비롯한 부하들이 근위병들과 싸우며 쿠니 일행과 합류하려고 애쓰는 중이었다. 그러나 그들은 너무나 멀리 있었다.

마침내 황금 문이 부서졌다.

쿠니와 다피로는 문 안쪽으로 데굴데굴 굴러 들어갔다. 그들이 있는 곳은 널따란 침실이었다. 침대 위에는 웬 소년이 이불을 친친 두르고 숨어서 울고 있었다. 소년이 입은 비단 옷에는 도약하는 크루벤 문양이 수놓여 있었다.

침대 발치에 웬 늙은 남자가, 연민과 승리감이 뒤섞인 표정을 하고 서 있었다. 그 노인은 문을 부수고 들이닥친 쿠니의 병사들 쪽으로 돌아섰다.

"나는 승상 고란 피라다. 모두 무기를 내려놓고 내 말을……"

다피로는 물쇠를 휘둘러 단번에 피라의 두개골을 박살 냈다. 수훈을 눈앞에 둔 지금, 길을 막고 얼쩡거리는 인간을 상대하느라 시간을 낭비할 때가 아니었다. 다피로는 어린 황제를 자기 손으로 붙잡을 작정이었다.

에리시 황제를 생포하는 자는 지위고하를 막론하고 새 티로 국가의 왕이 된다고 했겠다. 다피로는 입꼬리가 슬며시 올라갔다. 물론 진짜 왕이 될 거라고 기대하지는 않았다. 그러나 가루 공이라면 분명 앞서서 길을 닦아 준 다피로에게 두둑한 상을 내릴 터였다.

그러나 쿠니는 다피로보다 한발 더 빨랐다. 단숨에 침대 위로 훌쩍 뛰어오른 쿠니는 울고 있는 소년의 멱살을 잡고 끌어낸 다음, 소년의 목에 검을 들이댔다.

"근위병들한테 항복하라고 명령해."

쿠니는 검을 소년의 목에 대고 슬며시 당겼다. 가느다란 핏줄기가 창백한 피부 위로 송골송골 맺혔다.

"멈춰라, 어서, 모두 싸움을 멈춰라!"

에리시 황제가 외쳤다. 눈물과 콧물로 범벅이 된 벌건 얼굴로.

근위병들은 어찌할 바를 몰라 주춤거렸다.

저 꼬맹이가 침대 이쪽에 가까이 있었어야 했는데, 아쉽군. 다피로는 속으로 중얼거렸다. *뭐, 어차피 가루 공을 상대로 이기진 못했겠지만. 꾀가 보통이어야 말이지.*

"빨리 항복시키는 게 좋을 거야, 안 그럼 저 늙다리 겁쟁이처럼 대가리를 날려 버릴 거니까."

다피로는 소년의 눈앞에서 물쇠를 빙빙 돌렸다.

소년은 너무나 겁에 질려 말도 제대로 못 했다. 침실 안은 쥐 죽은 듯 고요했다.

문득, 대리석 바닥에 물이 졸졸 흐르는 소리가 모두의 귀를 파고들었다.

에리시 황제가 소변을 지리는 소리였다.

근위병들은 그제야 검을 내려놓았다.

〈하권에서 계속〉

옮긴이 ┃ 장성주

고려대학교 동양사학과를 졸업하고 출판 편집자를 거쳐 지금은 번역자로 활동 중이다. 우리
말로 옮긴 책에 『모나 리자 오버드라이브』, 『별도 없는 한밤에』, 「다크 타워」 시리즈, 『산산
조각 난 신』, 『인기 없는 에세이』, 『버트런드 러셀의 자유로 가는 길』, 『오컬트, 마술과 마법』,
『좀비 서바이벌 가이드』, 『언더 더 돔』, 『워킹 데드』, 『아돌프에게 고한다』, 『표류교실』 등이
있다.

민들레 왕조 연대기 1

제왕의 위엄(상)

1판 1쇄 찍음 2019년 3월 21일
1판 2쇄 펴냄 2023년 9월 14일

지은이 ┃ 켄 리우
옮긴이 ┃ 장성주
발행인 ┃ 박근섭
편집인 ┃ 김준혁
펴낸곳 ┃ 황금가지

출판등록 ┃ 2009. 10. 8 (제2009-000273호)
주소 ┃ 06027 서울 강남구 도산대로 1길 62 강남출판문화센터 5층
전화 ┃ 영업부 515-2000 **편집부** 3446-8774 **팩시밀리** 515-2007
홈페이지 ┃ www.goldenbough.co.kr

도서 파본 등의 이유로 반송이 필요할 경우에는 구매처에서 교환하시고
출판사 교환이 필요할 경우에는 아래 주소로 반송 사유를 적어 도서와 함께 보내주세요.
06027 서울 강남구 도산대로 1길 62 강남출판문화센터 6층 민음인 마케팅부

한국어판 ⓒ ㈜민음인, 2019. Printed in Seoul, Korea
ISBN 979-11-5888-469-7 04840
ISBN 979-11-5888-471-0 04840 (set)

㈜민음인은 민음사 출판 그룹의 자회사입니다.
황금가지는 ㈜민음인의 픽션 전문 출간 브랜드입니다.